文/白/对/照

太平廣記

十

〔北宋〕李昉 等 编纂
谦德书院 译

團结出版社

图书在版编目（CIP）数据

文白对照太平广记 / (北宋) 李昉等编纂 ; 谦德书院译. -- 北京 : 团结出版社, 2022.10

ISBN 978-7-5126-9290-9

Ⅰ. ①文… Ⅱ. ①李… ②谦… Ⅲ. ①笔记小说—小说集—中国—北宋②《太平广记》—译文 Ⅳ. ①I242.1

中国版本图书馆CIP数据核字(2022)第001044号

出版：团结出版社

（北京市东城区东皇城根南街84号 邮编：100006）

电话：（010）65228880 65244790（传真）

网址：www.tjpress.com

Email：65244790@163.com

经销：全国新华书店

印刷：北京天宇万达印刷有限公司

开本：145×210 1/32

印张：286.75

字数：8200千字

版次：2022年10月 第1版

印次：2022年10月 第1次印刷

书号：978-7-5126-9290-9

定价：880.00元（全十四册）

目录

卷第三百三十三　鬼十八

卷第三百三十四　鬼十九

卷第三百三十五　鬼二十

卷第三百三十六　鬼二十一

卷第三百三十七　鬼二十二

卷第三百三十八　鬼二十三

卷第三百三十九　鬼二十四

卷第三百四十　鬼二十五

卷第三百四十一　鬼二十六

卷第三百四十二　鬼二十七

卷第三百四十三　鬼二十八

卷第三百四十四　鬼二十九

卷第三百四十五　鬼三十

卷第三百四十六 鬼三十一

卷第三百四十七 鬼三十二

卷第三百四十八 鬼三十三

卷第三百四十九 鬼三十四

卷第三百五十 鬼三十五

卷第三百五十一 鬼三十六

卷第三百五十二 鬼三十七

卷第三百五十三 鬼三十八

卷第三百五十四　鬼三十九

卷第三百五十五　鬼四十

卷第三百五十六　夜叉一

卷第三百五十七　夜叉二

卷第三百五十八　神魂一

卷第三百五十九　妖怪一

卷第三百六十　妖怪二

卷第三百六十一　妖怪三

卷第三百六十二　妖怪四

卷第三百六十三　妖怪五

卷第三百六十四　妖怪六

卷第三百六十五　妖怪七

卷第三百六十六　妖怪八

卷第三百六十七

妖怪九人妖附

卷第三百三十二—卷第三百六十七

卷第三百三十三　鬼十八

黎阳客

开元中，有士人家贫，投丐河朔，所抵无应者。转至黎阳，日已暮，而前程尚遥。忽见路傍一门，宅宇甚壮，夜将投宿。乃前扣门，良久，奴方出。客曰："日暮，前路不可及，辄寄外舍，可乎？"奴曰："请白郎君。"乃入。

须臾闻曳履声，及出，乃衣冠美丈夫，姿度闲远，昂然秀异。命延客，与相拜谒，曰："行李得无苦辛，有弊庐，不足辱长者。"客窃怪其异，且欲审察之，乃俱就馆，颇能清论，说齐周已来，了了皆如目见。客问名，曰："我颍川荀季和，先人因官，遂居此焉。"命设酒殽，皆精洁，而不甚有味。有顷，命具榻舍中。邀客人，仍敕一婢侍宿。客候婢款狎，乃问曰："郎君今为何官？"曰："见为河公主簿，慎勿说也。"俄闻外有叫呼受痛之声，乃窃于窗中窥之。见主人据胡床，列灯烛，前有一人，被发裸形，左右呼群鸟啄其目，流血至地。主人色甚怒曰："更敢暴我乎？"客谓曰："何人也？"曰："何须强知他事。"固问之，曰："黎阳令也，好射猎，数逐兽，犯吾垣墙，以此受治也。"客窃记之。明旦顾视，乃大冢也。前问，人云是荀使君墓。

黎阳客

在开元年间，有一位读书人家境贫寒，到河北投奔乞求，所到的地方都没有接应他的。他又转投到黎阳，天色已经晚了，但是前面的路还很遥远。忽然看见路的旁边有一个门，宅院房子十分壮观，夜里他想要投宿那里。于是就上前去敲门，过了许久，奴仆才出来。客人说："天晚了，前面的路途遥远不能走到地方，我就寄居在外面的房舍，可以吗？"奴仆说："请允许我问问郎君。"就进去了。

不一会儿，就听到走路声，等他出来一看，竟然是一位衣冠楚楚的美男子，姿态很是闲适潇洒。命令仆人请客人进来，和客人相互拜见后，说："旅行有不辛苦的吗？有个破屋子，不能够辱长者你来住。"黎阳客私下对这件事很奇怪，想要观察一下，便和他一起到了馆舍，那男子非常善于谈论时事，说着齐和周朝以来的事，清清楚楚就像亲眼所见一样。黎阳客问他的名字，他说："我是颍川的荀季和，因为父辈做官到此，于是住在这里。"又下令摆设饭菜，都十分精洁，可是却没有什么味道。一会儿之后，命人准备下榻的屋子。请客人进来，仍旧安排一个婢女侍候睡觉。客人等到婢女恳切亲近的时候，就问说："郎君现在做的是什么官？"婢女回答道："做河公主簿，千万不要和别人说啊。"不久听到外面有人遭受痛苦的喊声，就悄悄在窗户那偷看，看见主人坐在胡床上，摆放着灯烛，前面有一个人，披着头发、赤裸身体，左右的人呼叫群鸟去啄他的眼睛，血一直流到地上。主人十分恼火，说道："竟敢欺负我吗？"客人问他道："是什么人？"主人说："为什么一定勉强知道其他的事情？"客人坚持问他，主人说："是黎阳令，喜欢射猎，有几次追赶野兽，冲撞了我的矮墙，因此受治裁。"客人偷偷记下了地址。第二天回去一看，居然是一座大坟墓。上前询问，别人说是荀使君坟墓。

至黎阳，令果辞以目疾。客曰："能疗之。"令喜，乃召人，具为说之。令曰："信有之。"乃暗令乡正，具薪数万束，积于垣侧。一日，令率群吏，纵火焚之，遂易其墓，目即愈。厚以谢客而不告也。后客还至其处，见一人头面焦烂，身衣败絮，蹲于榛棘中，直前诣，客不识也。曰："君颇忆前寄宿否？"客乃惊曰："何至此耶？"曰："前为令所苦，然亦知非君本意，吾自运穷耳。"客甚愧悔之，为设薄酹，焚其故衣以赠之。鬼忻受遂去。（出《广异记》）

李迥秀

尚书李迥秀，素与清禅寺僧灵贞厚善。迥秀卒数年，灵贞忽见两吏，赍符追之，遂逼促就路，奄然而卒。前至一处，若官曹中。须臾延谒，一人朱衣银章，灵贞自疑命当未死。朱衣曰："弟子误相追，阇梨当还。"命敕前吏送去。欲取旧路，吏曰："此乃不可往，当别取北路耳。"乃别北行，路甚荒塞，灵颇不怿。可行数十里，又至一府城，府甚丽。门吏前呵云："可方便见将军。"即引入，见一人紫衣，据厅事，年貌与李公相类，谓曰："贞公那得远来？"灵贞乃知正是。因延升阶，叙及平旧。临别握手曰："欲与阇梨论及家事，所不忍言。"遂忽见泪下。灵贞固请之，乃曰："弟子血祀将绝，无复奈何。可报季友等，四时享奠，勤致丰洁。兼为写《法华经》一部，是所望也。"即挥涕诀。灵贞遂苏，具以所见告。诸子及季友，素有至性焉，为设斋及写经。唯斋损独怒曰："妖僧妄诞，欲诬玷先灵耳！"其后竟与权梁山等谋反伏诛，兄弟流窜，竟无种嗣矣。（出《广异记》）

到了黎阳之后，黎阳令果然因为眼病推辞不见。客人说："眼病能治好。"县令十分高兴，于是招呼客人进来，客人把之前的经历全部都告诉了县令。县令说："相信有这样的事。"就暗暗让乡正准备几万捆柴禾，堆在了墙的旁边。一天县令率领群吏放火烧了荀使君的墓，终了还迁走了坟墓，县令眼睛就恢复好了。县令用厚礼答谢了客人却不告诉他为什么。直到后来客人回到他的住处，看见一个人头面部已经焦烂，身上穿着破了的衣服，蹲在荆棘中，一直上前，客人已经不认识他了。那个人说："你还记得以前寄宿的事吗？"客人就惊讶地说："你为何到这来了呢？"回答说："以前因为你受苦，但是也知道不是你的本意，是我自己运气不好罢了。"客人听后感到十分惭愧后悔，为他摆好了薄酒，烧了自己的旧衣服赠给他。鬼愉快地接受后就离开了。（出《广异记》）

李迥秀

尚书李迥秀，一向和清禅寺灵贞交情很好。迥秀去世几年后，灵贞突然看见两个小吏，拿着符追过来，就逼迫他上路，灵贞便奄奄一息，最后死去了。到前面一个地方，看上去和官府一样。过了一会儿有请灵贞进去拜见，他看见一个人穿着红衣服，上面有白色花纹，灵贞认为自己命不该死。穿红衣服的人说："弟子错追了你，高僧你该回去。"便命令之前的小吏送他回去，想要寻找来时的路，小吏说："这里不可以去，应该另外再找北路吧。"就告别往北走，路十分荒凉，灵贞非常不高兴。大概走了几十里路后，又到一个府城，府城十分华丽。门吏上前大声说："允许你们去见将军。"于是就领着灵贞进去，看见一个穿着紫衣的人，在那里办理公事，年龄相貌跟李公很相像，对灵贞说："贞公从哪里远来啊？"灵贞才知道这位正是李公。李公便请灵贞走上台阶，叙说平素的旧事，临别握着手说道："想要和高僧谈论家事，又不忍心说出来。"说着说着就流下泪来。灵贞坚持请他说出来，李公于是说："弟子的儿孙，将要断绝了，不再有什么办法了。可告诉季友等人，四季享奠，勤勉以达到丰富清洁的程度，同时为我写一部《法华经》，这是我所希望的。"李迥秀就挥泪诀别。

琅邪人

琅邪有人行过任城，暮宿郭外。主人相见甚欢，为设杂果。客探取怀中犀靶小刀子，将以割梨，主人色变，遂奄然而逝。所见乃冢中物也。客甚惧，然亦以此刀自护。且视冢傍有一穴，日照其中颇明，见棺榇已腐败，果盘乃树叶贮焉。客匍匐得出，问左右人，无识此冢者。（出《广异记》）

崔咸

博陵崔咸，少习静，家于相州，居常葺理园林。独在斋中，夜雷雨后，忽有一女子，年十六七，逾垣而入。拥之入室，问其所从来，而终无言。咸疑其遁者，乃深藏之。将旦而毙，咸惊惧，未敢发。乃出于里内，占其失女家。须臾，有奴婢六七人，丧服行语，若有寻求者。相与语曰："死尚逸，况生乎？"咸从而问之，对曰："郎君何用问？"固问之，乃曰："吾舍小娘子，亡来三日。昨夜方敛，被雷震，尸起出，忽不知所向。"咸问其形容衣服，皆是宵遁者，乃具昨夜之状。引至家验之，果是其尸，衣裳足履皆泥污。其家大异之。归将葬，其尸重不可致，咸乃奠酒祝语之，乃去。时天宝元年六月。（出《通幽记》）

灵贞于是就苏醒了，把看见的事全都告诉了李迥秀的儿子们和季友，他们一向有好的本性，就给李迥秀摆设斋饭、抄写经书。只有斋损发怒说道："妖僧荒诞，想要诬玷我们的祖先吧！"之后竟然和权梁山等人谋反被杀，他的兄弟也都逃跑了，最终李迥秀便没有后代了。（出《广异记》）

琅邪人

琅邪有个人路过任城，夜晚住宿在城郭外。主人见着他很高兴，给他摆设了杂果。客人从怀中取出把小刀子，想要用刀割梨，主人的脸色变了，于是突然死去。客人所看见的都是坟墓中的东西。客人十分害怕，然而也用这把刀来保护自己，而且看到坟的旁边有一个洞穴，太阳照着里面很明亮，又看见棺材已经腐烂破败，果盘里装的是树叶。客人爬了出来，问附近的人，没有人知道这座坟是谁的。（出《广异记》）

崔咸

博陵崔咸，小时候习惯清静。家住在相州，住在那儿的时候常常修理园林。有天独自在书斋中，夜里雷雨过后，突然看见一个十六七岁的女子，翻墙而入。抱着崔咸走进屋内，崔咸问她是从哪里来，可是她最终都没有回答。崔咸怀疑她是逃跑的人，就把她严密藏起来。快到天亮的时候她就死了，咸崔很害怕，不敢对他人说出来，于是就走出家门来到街上，占卜那个死去的女人的家在哪里。一会儿后，有六七个奴婢，穿着孝服边走边说，好像是要找人的意思，互相说着："死人还能逃跑，更何况活人呢？"崔咸就跟着询问她们，她们回答说道："郎君为什么要问这个？"崔咸坚持问她们，于是奴婢们就说："我们家的小娘子，去世了已经有三天。昨天夜里才装殓，遭到了雷震，尸体从棺中起来后出走，突然不知到哪去了。"崔咸问她的样貌和穿着的衣服是什么样子，回答的都和夜里跑来的那个人一样。就把昨夜的情况全都说了出来。带领她们到家里验证，果然

季攸

天宝初，会稽主簿季攸，有女二人，及携外甥孤女之官。有求之者，则嫁己女，己女尽而不及甥。甥恨之，因结怨而死，殡之东郊。经数月，所给主簿市胥吏姓杨，大族子也，家甚富，貌且美。其家忽有失胥，推寻不得。意其为魅所惑也，则于墟墓访之。时大雪，而女殡室有衣裾出。胥家人引之，则闻屋内胥叫声，而殡宫中甚完，不知从何入。遽告主簿，主簿使发其棺，女在棺中，与胥同寝，女貌如生。其家乃出胥，复修殡屋。胥既出如愚，数日方愈。女则下言于主薄曰："吾恨舅不嫁，惟怜己女，不知有吾，故气结死。今神道使吾嫁与市吏，故辄引与之同衾。既此邑已知，理须见嫁。后月一日，可合婚姻。惟舅不以胥吏见期，而违神道。请即知闻，受其所聘，仍待以女婿礼。至月一日，当具饮食，吾迎杨郎。望伏所请焉。"主簿惊叹，乃召胥一问。为杨胥，于是纳钱数万，其父母皆会焉。攸乃为外生女造作衣裳帷帐，至月一日，又造馔大会。杨氏鬼又言曰："蒙恩许嫁，不胜其喜，今日故此亲迎杨郎。"言毕，胥暴卒，乃设冥婚礼，厚加棺敛，合葬于东郊。（出《纪闻》）

是那个人的尸体，衣裳鞋子都是污泥。那家的人非常奇怪。回去后将要给她入葬，那尸体沉重得不能抬起，崔咸就祭酒祈祷，便抬回去了。当时是天宝元年六月。（出《通幽记》）

季攸

天宝初年，会稽的主簿叫季攸，有两个女儿，同时带外甥孤女来到官府。有来求婚的，就出嫁自己的女儿，自己的女儿都出嫁了却没嫁外甥女。外甥女很恨他，因此结下怨恨而死去，灵柩停放在东郊。过了几个月，所给主簿市胥吏姓杨，是大家族的儿子，家里十分富贵，相貌又很俊美，他家忽然失去胥吏，推算寻找也找不到。推想他是被鬼所迷惑，就在废墟坟墓中寻找他。当时下着大雪，而季攸外甥女的殡室内却有衣裙出现。胥吏家人便进去，然后听到棺内有胥吏的叫声，可是棺材完好，不知道他是从哪里进去的。家人马上报告主簿，主簿让人打开那棺材后，看见季攸外甥女在棺材里，和胥吏同睡在一起，外甥女的容貌像活时一样。他家人就抬出胥吏，再修整殡室。胥吏出来以后就像一个傻子，几天后才恢复过来。外甥女就对主簿说："我恨舅舅不嫁我，只怜爱自己的女儿，不知道我的存在，所以生气，郁结而死。现在神道让我嫁给市吏，所以我就引领他，和他同床。现在既然这个城邑已经知道，按理应当被嫁出。下月初一，可结为婚姻。只有舅舅不按胥吏的期望，而违背神道的话。请马上听着，接受他的聘礼，以对待女婿的礼节对待胥吏。到了那月初一，应当准备好饭菜，我迎接杨郎。希望按我所说的请他。"主簿吃惊地感叹，于是就召来胥吏问他。是杨胥，因此收下了几万钱，他的父母也全都会见了。主簿季攸就给外甥女做了衣裳和帷帐，到了那月一日，又做好饭菜大会宾客。杨氏鬼又说："蒙恩许嫁，非常欣喜，今天因此亲自迎接杨郎。"说完，胥吏就去世了，于是摆设阴间婚礼，厚加棺殓，在东郊合葬了。（出《纪闻》）

武德县田叟

武德县酒封村田叟，日晚，将往河内府南，视女家礼事。出村，有二人随之。与叟言，谓叟曰：“吾往河南府北，喜翁相随。”及至路而二人不肯去。叟视之非凡，乃下驴谓之曰：“吾与汝非旧相识，在途相逢，吾观汝指顾，非吉人也。汝姑行，吾从此南出。汝若随吾，吾有返而已，不能偕矣。”二人曰：“慕老父德，故此陪随。如不愿俱，请从此逝，翁何怒也？”方酬答，适会田叟邻舍子，自东来，问叟何为，叟具以告。邻舍子告二人：“老父不愿与君俱，可东去，从老父南行，君何须相绊也？”二人曰：“诺。”因东去，叟遂南。邻舍子亦西还，到家未几，闻父老家惊叫。邻舍子问之，叟男曰：“父往女家，计今适到。而所乘驴乃却来，何谓也？”邻舍子乃告以田叟逢二人状，因与叟男寻之。至与二人言处，叟死沟中，而衣服甚完，无损伤。乃知二人取叟之鬼也。（出《记闻》）

裴徽

河东裴徽，河南令回之兄子也。天宝中，曾独步行庄侧，途中见一妇人，容色殊丽，瞻靓艳泆。久之，徽问：“何以独行？”答云：“适婢等有少交易，迟迟不来，故出伺之。”徽有才思，以艳词相调，妇人初不易色，亦献酬数四。前至其家，邀徽相过。室宇宏丽。入门后，闻老婢怒云：“女子何故令他人来？名教中宁有此事！”女辞门有贤客，家人问者甚众。有顷老婢出，见徽辞谢，举

武德县田叟

武德县酒封村田叟，天黑时，将要去河内府的南面，查看女儿家礼的事情。走出村子后，有两个人跟着他。和田叟说话，对田叟说道："我们去河南府的北面，很高兴一起去。"等到上大道时，那两个人不愿意离去。田叟觉得他们不同寻常，就从驴上下来，然后对他们说："我和你们不是原来就相识的人，只在路上遇到了，我看你们指点观望的样子，不是吉祥的人啊。你们姑且前行吧，我从这里向南面走。如果你们跟随我，我只能返回罢了，不能一起走了。"那两个人说道："羡慕你的功德，所以才这样陪伴着您。如果您不愿意一起走的话，就从这里分离，您为什么要发怒呢？"当他们说话的时候，刚好田叟邻居的儿子，从东面走来了，问田叟在做什么，田叟把刚才的事全都和他说了。领居的儿子告诉那两个人："老人不愿意和你们一起走，你们可以向东走，却跟着老人往南行，你们为什么要搅扰他呢？"那两个人说："好。"于是他们向东走去，田叟就向南走，邻居的儿子也向西返回，他到家不久后，就听到老人家里有惊叫的声音。邻居的儿子上前询问这件事，田叟的儿子说："父亲去姐姐家，估算着现在正好在那儿，可是他所骑的驴却回来了，是为什么呢？"邻居的儿子就把田叟碰见两个人的情况都告诉了他。于是就和田叟的儿子去寻找田叟。到了和那两个人说话的地方，看见田叟已经死在了沟里，可是衣服十分完好，也没有损伤。于是知道那两个人是要田叟命的鬼。（出《纪闻》）

裴徽

河东有个名叫裴徽的人，是河南令回兄长的儿子。在天宝年间，曾独自步行在村庄边，路上看见一个妇人，容貌特别漂亮，光艳照人。过了很久，裴徽问她："为什么一个人走呢？"那个女子回答道："刚才婢女们有点东西要买，过去很久还没有来，所以出来等候她们。"裴徽很有才思，用艳词挑逗她，妇人开始的时候没有改变脸色，应酬对答几句。往前走到了她家，妇人请他探访。见那屋宇宏伟动深有士风。须臾，张灯施幕，邀徽入坐。侍数人，各美色，香气芬馥，进止甚闲。寻令小娘子出，云："裴郎何须相避？"妇人出，不复入。徽窃见室中甚嚣，设绮帐锦茵，如欲嫁者，独心喜欲留。会腹胀，起如厕，所持古剑，可以辟恶。厕毕，取剑坏纸，忽见剑光粲然，执之欲回，不复见室宇人物。顾视在孤墓上丛棘中，因大号叫。家人识徽，持烛寻之，去庄百余步，瞪视不能言，久之方悟尔。（出《广异记》）

李陶

天宝中，陇西李陶，寓居新郑。常寝其室，睡中有人摇之，陶惊起，见一婢袍裤，容色甚美。陶问："那忽得至此？"婢云："郑女郎欲相诣。"顷之，异香芬馥，有美女从西北陬壁中出，至床所再拜。陶知是鬼，初不交语，妇人惭怍却退。婢慢骂数四云："田舍郎，待人故如是耶？令我女郎愧耻无量。"陶悦其美色，亦心讶之，因绐云："女郎何在？吾本未见，可更呼之。"婢云："来。"又云："女郎重君旧缘，且将复至，忽复如初，可以殷勤也。"及至，陶下床致敬，延止偶坐，须臾相近。女郎貌既绝代，陶深悦之，留连十余日。陶母躬自窥觇，累使左右呼陶，陶恐阻己志，亦终不出。妇云："大家召君，何以不往？得无坐罪于我？"陶乃诣母，母流涕谓陶曰："汝承人昭穆，乃有鬼妇乎？"陶云改之。自尔留连，半岁不去。其后陶参选，之上都，留妇在房。陶后遇疾笃，鬼妇在房，谓其婢云："李郎今疾亟，为之奈何？当相与往省问。"至潼壮丽，走进了大门之后，听到老婢女生气地说："你为什么让别人进来？名教坊中哪有这样的事？"女子告诉她说门外有位贤能的客人，很多家人过来寻问。过了一会儿老婢女出来，看见裴徽要告辞，他的一举一动非常有士的风度。过一会儿，就点灯拉幕邀请裴徽进来入坐。几个侍女，各自有各自的美色，香气十分浓郁，举止非常闲雅。不久让妇人出来，说："裴郎为什么要躲避我呢？"妇人出来后，不再进去。徽偷偷看见屋里非常喧闹，摆着绮帐锦绣垫子，好像要出嫁似的，他独自开心想要留下。赶上他腹胀，起身去厕所，他所拿的古剑，可以避邪。上完厕所，他拿出剑削纸，突然看见剑光璀璨，他拿剑想要回去，却再看不见屋里的人和物。环顾四周发现自己在孤墓上的丛棘中，因此大声哭叫。家里人听出是裴徽，拿着蜡烛寻找他。离村庄一百多步的地方，看见他瞪眼看着大家说不出话，很久之后才明白过来。（出《广异记》）

李陶

天宝年间，陇西有人名叫李陶，住在新郑。常常在他的屋中睡觉。睡觉时有人摇晃他，李陶惊惧地站了起来，看见一个婢女穿着袍裤，容貌很是美丽。李陶问道："你怎么忽然能够到这里？"婢女说："郑女郎想要和你相见。"顷刻间，出现异样的芬芳，有个美女从西北面的板壁里出来，到床所在的地方拜了又拜。李陶知道她是鬼，刚开始也不和她说话，美女惭愧地退去，婢女谩骂几次说道："田舍郎，能这样对待别人吗？让我们女郎羞愧地无地自容。"李陶喜欢她的美色，心里非常惊讶，于是哄骗说："女郎在哪里呢？我原来没有看见，可以再一次招呼她。"婢女说道："来吧。"又对李陶说："女郎看重您的旧情，还会再来，不要再像刚才那样，应该热情相待。"等她到了之后，李陶走下床表示敬意，邀请她并坐，不一会儿就又靠近点儿。女郎的样貌已经是绝代佳人，李陶十分高兴，逗留了十几天。李陶的母亲亲自窥视，多次让身边的人召唤李陶。李陶担心母亲阻碍自己的心愿，也始终不肯出来。妇人说："大家招呼你，为什么不出去，该不会怪罪于我吧？"李陶就到母亲那里去拜见，母关，为鬼关司所遏，不得过者数日。会陶堂兄亦赴选入关，鬼得随过。其夕，至陶所，相见忻悦。陶问："何得至此？"云："见卿疾甚，故此相视。"素所持药，因和以饮陶，陶疾寻愈。其年选得临津尉，与妇同众至舍。数日，当之官。鬼辞不行，问其故，云："相与缘尽，不得复去。"言别凄怆，自此遂绝。（出《广异记》）

长洲陆氏女

长洲县丞陆某，家素贫。三月三日，家人悉游虎丘寺，女年十五六，以无衣不得往，独与一婢守舍。父母既行，慨叹投井而死。父母以是为感，悲泣数日，乃权殡长洲县。后一岁许，有陆某者，曾省其姑。姑家与女殡相近，经殡宫过，有小婢随后，云："女郎欲暂相见。"某不得已，随至其家。家门卑小，女郎靓妆，容色婉丽。问云："君得非长洲百姓耶？我是陆丞女，非人，鬼耳。欲请君传语与赞府。今临顿李十八求婚，吾是室女，义难自嫁。可与白大人，若许为婚，当传语至此。"其人尚留殡宫中。少时，当州坊正，从殡宫边过，见有衣带出外，视之，见妇人，以白丞。丞自往，使开壁取某，置之厅上，数日能言。问焉得至彼，某以女言对，丞叹息。寻令人间临顿李十八，果有之，而无恙自若。初不为信，后数日乃病，病数日卒。举家叹恨，竟将女与李子为冥婚。（出《广异记》）

亲流泪对李陶说道："你要承继李家宗嗣，是应该有鬼妇的人吗？"李陶说会改正。从此开始流连，半年也不肯离去。之后李陶参加选职，到了上都，留了妇人在房间。李陶后来得了大病，鬼妇在房里，对她的婢女说："李郎现在病重，应该怎么办呢？应当和我去探问。"到了潼关后，被鬼关司所阻挡，过了几天也不能通过。正好赶上李陶的堂兄也去赴选，进潼关的时候，鬼得以跟着过关。那天晚上，到了李陶住的地方，相见了十分高兴。李陶问她道："怎么能够到这里来？"回答说："看见你病得很厉害，所以过来在这见面。"真情地拿着药，调好给李陶喝了，李陶的病不久就痊愈了。那年当选为临津尉，和妇人一起回到住的地方。几天过后，李陶去上任。鬼告辞不去，李陶问她原因，她就说："和你的缘分已经尽了，不能再去。"告别的语言凄怆，从此就消失不见了。（出《广异记》）

长洲陆氏女

长洲县丞陆某，家境一直很贫寒。三月三日，家人一起去游览虎丘寺，女儿年纪十五六岁，因为没有衣服穿不能一起去，独自和一个婢女守着房屋。父母走了以后，她慨叹之后投入井中死了。父母因此感到很悲伤，哭泣了几天，就把尸体暂时停放在长洲县。此后一年左右，有个姓陆的人，曾经探望他的姑姑，姑姑家和那个女子殡葬的地方离得很近，经过殡宫，有个小婢女跟在他后面，说："女郎想要短暂时间的相见。"陆某不得已，就跟着到她的家。家门很窄小，女郎妆容美丽端庄，容貌婉丽，问道："你不是长洲的百姓吗？我是陆丞的女儿，不是人，是鬼。想要请你传话给我家，现在临顿李十八求婚，我是有家的女儿，从道义上说不能自己出嫁。可以告诉长辈，如果答应成婚，应当传话到这里。那人还留在殡宫里。"过了一会儿，当州坊正，从殡宫旁边经过，看见衣带露出来，仔细一看，发现是妇人。把这件事告诉陆丞，陆丞亲自去。让人打开殡宫墙壁救出陆某，放在厅上，几天之后才能说话。陆丞问陆某怎么能够到那儿，陆某把女子的话告诉他。陆丞叹息。派人去寻问临顿李十八，果然有这个人，但是他没有病很正常。刚开始不相信，过几天就生病了，

刁缅

宣城太守刁缅，本以武进。初为玉门军使，有厕神形见外厩，形如大猪，遍体皆有眼，出入溷中，游行院内。缅时不在，官吏兵卒见者千余人。如是数日。缅归，祭以祈福，厕神乃灭。缅旬日迁伊州刺史，又改左卫率、右骁卫将军、左羽林将军，遂贵矣。（出《纪闻》）

王无有

楚丘主簿王无有，新娶，妻美而妒。无有疾，将如厕，而难独行，欲与侍婢俱，妻不可。无有至厕，于垣穴中，见人背坐，色黑且壮。无有以为役夫，不之怪也。顷之，此人回顾，深目巨鼻，虎口乌爪。谓无有曰："盍与子鞋。"无有惊，未及应，怪自穴引手，直取其鞋，口咀之。鞋中血见，如食肉状，遂尽之。无有恐，先告其妻，且尤之曰："仆有疾如厕，虽一婢相送，君适固拒。果遇妖怪，奈何？"妇犹不信，乃同观之。无有坐厕，怪又见，夺余一鞋，咀之。妻恐，扶无有还。他日，无有至后院，怪又见，语无有曰："吾归汝鞋。"因投其傍，鞋并无伤。无有请巫解奏，鬼复谓巫："王主簿禄尽，余百日寿。不速归，死于此。"无有遂归乡，如期而卒。（出《纪闻》）

病几天就去世了。全家都叹息悔恨，最终让女儿和李十八结为阴间婚姻。（出《广异记》）

刁缅

宣城的太守刁缅，本来凭借武功进取，最初担任玉门军使。有厕神在外面的马圈出现，形状很像大猪，全身各处都有眼睛，在厕所里面出入，在院内游行。刁缅当时不在家中，官吏兵卒看见厕神的有一千多人。像这样持续了几天。刁缅回家后，祭祀祈祷求福，厕神就消失了。刁缅十天后升官到伊州担任刺吏，又调转担任左卫率右骁卫将军左羽林将军，从此之后便富贵了。（出《纪闻》）

王无有

楚丘主簿王无有刚刚娶了妻子，妻子容貌漂亮却常常嫉妒。王无有生病了，要到厕所，却难以自己去，想和侍女一起去，妻子不同意。王无有到了厕所，在墙洞里，看见有人背坐着，肤色黝黑又很健壮。王无有以为是役夫，没有觉得奇怪。过了一会儿，这个人回过头来看，只见他深深凹陷的睛睛，巨大的鼻子，虎一样的嘴巴，黑色的爪子。对王无有说道："把你的鞋给我。"王无有十分害怕，还没来得及回答，妖怪便从洞穴中伸出了手，径直来拿他的鞋，用嘴巴嚼着，鞋里出现了血，像吃肉那样就把鞋吃光了。王无有十分害怕，先告诉他的妻子，又责怪她说道："我有病到厕所只是让一个婢女送我，你就坚决阻拦。果然遇到了妖怪，怎么办呢？"妇人还是不相信，就一起过去看看。王无有到厕所，妖怪又出现了，夺他剩下的那一只鞋，用嘴巴嚼着。妻子很害怕，搀扶着王无有回到屋中。又有一天，王无有到后院，妖怪又出现了，他告诉王无有说道："我来还给你鞋。"便把鞋子扔在王无有身边，鞋并没有损坏。王无有请了巫婆解释这件事，妖怪又对巫婆说道："王主簿官禄已经快到尽头了，还能活一百多天。如果不快赶回家，就会死在这里。"王无有于是就返回了家乡，到预计的日子就去世了。（出《纪闻》）

王 昇

吴郡陆望，寄居河内。表弟王昇，与望居相近。晨谒望，行至庄南故村人杨侃宅篱间，忽见物两手据厕，大耳深目，虎鼻猪牙，面色紫而斒斓，直视于昇，惧而走。见望言之，望曰："吾闻见厕神无不立死，汝其勉之。"昇意大恶，及还即死。（出《纪闻》）

高 生

天宝中，有渤海高生者，亡其名。病热而瘠，其臆痛不可忍。召医视之，医曰："有鬼在臆中，药可以及。"于是煮药而饮之，忽觉暗中动摇。有顷，吐涎斗余，其中凝固不可解，以刀剖之，有一人涎中起。初甚幺麽，俄长数尺。高生欲苦之，其人趋出，降阶遽见。自是疾闻。（出《宣室志》）

王昇

吴郡陆望，寄住在河内。他的表弟王昇，和陆望住得很近。早晨去拜见陆望，走到村庄南面已经死去的村里人杨侃宅院里，突然看见一个怪物，两只手按着厕所，有大耳朵、深深凹陷的眼睛，虎一样的鼻子，猪一样的牙齿，面容呈现紫色而且有斑斑点点，直直地看着王昇，王昇十分害怕便逃走了。看见陆望就告诉他这事。陆望说道："我听说看见厕神的人没有不马上死的，你要努力活呀。"王昇料想要有极其不好的事情发生，等回到家就去世了。（出《纪闻》）

高生

天宝年间，有个渤海的高生，丢失了他的名字。生了严重的病而且身体很瘦弱，胸中痛得无法忍受。找来医生看病，医生说道："有鬼在你的胸中，药可以治到。"于是煮药喝了下去，突然觉得暗中有人摇动他。过了一会儿，吐出一斗多的口水，其中有个不能融化的固体，用刀具剖开它，有一个人从口水中站了起来。刚开始很小，很快长到了几尺高。高生想要让他吃点儿苦头，那个人便赶紧出来，跑到台阶下面立刻不见了。从此以这种疾病就闻名于世了。（出《宣室志》）

卷第三百三十四　鬼十九

杨 准

唐杨准者，宋城人，士流名族。因出郊野，见一妇人，容色殊丽。准见挑之，与野合。经月余日，每来斋中，复求引准去。准不肯从，忽尔心痛不可忍，乃云："必不得已，当随君去，何至苦相料理。"其疾遂愈，更随妇人行十余里，至舍，院宇分明，而门户卑小。妇人为准设食，每一举尽碗。心怪之，然亦未知是鬼。其后方知。每准去之时，闭房门，尸卧床上，积六七日方活。如是经二三年。准兄渭准曰："汝为人子，当应绍绩。奈何忽与鬼为匹乎？"准惭惧，出家被缁服，鬼遂不至。其后准反初服。选为县尉，别婚家人子。一年后，在厅事理文案，忽见妇人从门而入，容色甚怒。准惶惧，下阶乞命，妇人云："是度无放君理。"极辞搏之，准遇疾而卒。（出《广异记》）

王 乙

临汝郡有官渠店，店北半里许李氏庄王乙者，因赴集，从庄门过。遥见一女年可十五六，相待欣悦，使侍婢传语。乙徘徊槐阴，便至日暮，因诣庄求宿。主人相见甚欢，供设亦厚。二更后，侍婢来云："夜尚未深，宜留烛相待。"女不久至，便叙绸缪。事毕，

杨准

唐代有一位叫杨准的人，是宋城人，士流名族。因为有事到荒野郊外去，看见了一位妇人，长得十分漂亮。杨准便引诱她，和她野合。过了一个多月之后，每次来书斋中，妇人又总是请求带着杨准离开那里。杨准不肯答应，忽然杨准的心痛得不能忍受，就说道："一定是没办法了，应该随你一起去，何至于麻烦你来照料我呢。"他的病便马上好了，又跟着妇人走十多里路，到了一座房舍，院宇分明，但是门很窄小。妇人给杨准摆好饭菜，每次当他一拿起碗时，全都是空碗。心里就感到很奇怪，但他并不知道是鬼。后来才知道。每当杨准离开的时候，妇人都将房门关闭，像尸体那样躺在床上，总共过六七天才能恢复。像这样过了两三年。杨准的哥哥对杨准说道："你是人的后代，应当传宗接代。怎么突然和鬼结为夫妻呢？"杨准感到很惭愧、害怕，出家门的时候穿上黑衣服，鬼就不来了。后来杨准又穿上从前的衣服，被任命为县尉，另外取某人家的女儿。过了一年后，在厅堂办理文案，突然看见妇人从前门进来，脸色很生气。杨准很害怕，下了台阶便乞求饶命，妇人说道："这次没有放过你的道理。"妇人严酷地扑打他，李准得了病，而后就去世了。（出《广异记》）

王乙

临汝郡有个叫官渠店的地方，从店往北边走半里路左右是李家庄，庄上有个叫王乙的人，因为要赶集从庄门经过。远远看见一个女子年龄有十五六岁，高兴地等着他，并派了侍女传话给王乙。王乙在槐荫下徘徊，到了黄昏，就到庄上一户人家求宿。主人见着他十女悄然忽病，乙云："本不相识，幸相见招。今叙平生，义即至重。有何不畅耶？"女云："非不尽心，但适出门闭，逾垣而来。墙角下有铁爬，爬齿刺脚，贯彻心痛，痛不可忍。"便出足视之。言讫辞还，云："已应必死。君若有情，回日过访，以慰幽魂耳。"后乙得官东归，涂次李氏庄所，闻其女已亡。私与侍婢持酒馔至殡宫外祭之，因而痛哭。须臾，见女从殡宫中出，乙乃伏地而卒，侍婢见乙魂魄与女同人殡宫，二家为冥婚焉。（出《广异记》）

韦栗

韦栗者，天宝时为新淦丞，有少女十余岁。将之官，行上扬州，女向栗，欲市一漆背金花镜。栗曰："我上官艰辛，焉得此物？待至官与汝求之。"岁余女死，栗亦不记宿事。秩满，载丧北归，至扬州，泊河次。女将一婢持钱市镜，行人见其色甚艳，状如贵人家子，争欲求卖。有一少年年二十余，白皙可喜，女以黄钱五千余之，少年与漆背金花镜，径尺余。别一人云："有镜胜此，只取三千。"少年复减两千。女因留连，色授神与，须臾辞去。少年有意淫之，令人随去，至其所居。须臾至铺，但得黄纸三贯，少年持至栗船所，云："适有女郎持钱市镜，入此船中。今成纸钱。"栗云："唯有一女，死数年矣。君所见者，其状如何？"少年具言服色容貌，栗夫妻哭之。女正复如此。因领少年入船搜检，初无所得。其母剪黄纸九贯，置在榇边案上，检失三贯，众颇异之，乃复开棺，见镜在焉，莫不悲叹。少年云："钱已不论。"具言本意，复赠分欢喜，饮食起居都很优待。二更之后，侍女过来说道："夜还没有深，应该留下蜡烛相陪。"女子不久就到了，便开始陈述缠绵的情意。事后，女人悄悄地突然忧虑起来，王乙说道："本来不认识，有幸蒙召相见。现在又叙说平生之事，情义已经这样深重。有什么不顺心的呢？"女子说道："不是没有诚意，只是正赶上我出来时门关闭了，我是翻越墙过来的，墙角下有个铁筢，筢齿扎到了脚，刺到心痛，痛得不能忍受。"便伸出脚来让王乙看。说完就告辞回去，说道："已经应是必死的人了，您如果有情，过几天来看我，来凭吊我的灵魂吧。"后来王乙做官东归后，经过李家庄，听说那个女子已经去世了，私下里和侍女拿着酒菜到殡宫外祭祀她，并且痛哭起来。过了一会儿，看见女子从殡宫里出来，王乙就趴在地上死了。侍女看见王乙的魂魄和那女子一起进入殡宫，两人结成阴间婚姻。（出《广异记》）

韦栗

韦栗，天宝年间担任新淦丞，有个女儿十多岁。韦将要到扬州上任，女儿向父亲请求买一面漆背金花镜。韦栗说道："我去做官很艰辛，哪能得到这样的东西呢？等到了官府再给你寻找。"一年多后，女儿就死了。韦栗也不记得过去的事了。俸禄满后，带丧回家。乘船到了扬州，停在河岸边。有个女子让一个婢女拿着钱去买镜，旁边的人看她容貌十分美丽，姿态很像富贵人家的女儿，争着想求她买自己的镜子。有一个年龄二十多岁的青年，皮肤白皙可爱，女子用五千多铜钱买他的镜子，青年给她直径一尺多的漆背金花镜。另外一个人说道："有面镜子比这面镜子要好，只要三千。"青年又减了两千。女子因此留步，恋恋不舍，心领神会，过了一会儿才告辞离开。青年有意调戏她，派人跟着到她的住所。青年到了店铺后，却只得到黄纸三贯。青年拿了它到了韦栗的船上，说道："刚才有个女子拿钱买镜，到了这只船中，现在变成纸钱了。"韦栗说："我只有一个女儿，去世了几年了。你看见的女子，相貌是怎样的呢？"青年把她的服饰容貌详细说了。韦栗夫妇痛哭起来，女儿当初正是这个样子，于是领着青年进

十千，为女设斋。（出《广异记》）

河间刘别驾

河间刘别驾者，常云：“世间无妇人，何以适意？”后至西京通化门，见车中妇人有美色，心喜爱悦，因随至其舍，在资圣寺后曲。妇人留连数宵，彼此兼畅。刘侯不觉有异，但中宵寒甚，茵衾累重，然犹肉不暖，心窃怪之。后一日将曙，忽失妇人并屋宇所在，其身卧荒园中数重乱叶下，因此遇痼病。（出《广异记》）

王玄之

高密王玄之，少美风彩，为蕲春丞，秩满归乡里，家在郭西。尝日晚徙倚门外，见一妇人从西来，将入郭，姿色殊绝，可年十八九。明日出门又见，如此数四，日暮辄来。王戏问之曰：“家在何处？向暮来此？”女笑曰：“儿家近在南冈，有事须至郭耳。”王试挑之，女遂欣然，因留宿，甚相亲昵，明旦辞去。数夜辄一来，后乃夜夜来宿。王情爱甚至，试谓曰：“家既近，许相过否？”答曰：“家甚狭陋，不堪延客，且与亡兄遗女同居，不能无嫌疑耳。”王遂信之，宠念转密。于女工特妙，王之衣服，皆其裁制，见者莫不叹赏之。左右一婢，亦有美色，常随其后。虽在昼日，亦不复去。王问曰：“兄女得无相望乎？”答曰：“何须强预他家事？”

入船中寻找。最初毫无所得。她的母亲剪了纸钱九贯，放到棺材旁边的桌子上。再翻检查看时，少了三贯钱，大家觉得很奇怪。就再一次打开那棺材，看见镜子在那里，没有不悲叹的。青年说道："不谈论钱了。"把他的本意全都说了出来，又赠送了十千钱，给那位女子设斋。（出《广异记》）

河间刘别驾

河间有一位叫刘别驾的人，常常说道："如果世间没有妇人的话，哪里能符合心愿呢？"后来到西京通化门，看见车里有位妇人很是漂亮，心里很是喜欢爱恋，就跟随她到了她的房舍。在资圣寺后面曲折又隐避的地方，在妇人家里逗留几夜，两个人都十分欢畅。刘侯不觉有什么奇怪的，只是半夜特别寒冷，盖了几层锦被，然而身体还是不暖和。刘侯暗暗奇怪。后来有一天，天将要亮的时候，妇人和所在的房舍突然都消失了，他的身体躺在荒园中几层乱叶的下面，因为这个得了痼病。（出《广异记》）

王玄之

高密有一个叫王玄之的人。年少的时候俊美而且有风采。担任蕲春丞，俸禄已满回到乡里。家在城西。曾经有一天在黄昏的时候，从屋里走出来斜靠着门外，看见一个妇人从西面走来，将要进入城中，她的样貌艳丽绝世，年龄大概是十八九岁。第二天出门的时候又看见她，像这样有数次，天色晚了就来了。王玄之戏谑地问她道："家在哪里呢？怎么一到天黑就来这里。"妇人笑着说道："我家很近，就在南冈，因有事需要到城里。"王玄之试着挑逗她，妇人于是很开心，便留下来住宿，两人十分亲热。第二天天亮妇人便告辞离去，隔几夜就会来一次，后来便夜夜来住。王玄之对她有很深的喜爱之情，就尝试着对她说道："你的家既然离这里非常近，允许我过去看看可以不？"女子回答说："家里很狭窄又简陋，不方便请客人过去，况且我和亡兄的女儿一起住，不能没有嫌疑。"王玄之就相如此积一年，后一夜忽来，色甚不悦，啼泣而已。王问之，曰："过蒙爱接，乃复离去，奈何？"因呜咽不能止，王惊问故，女曰："得无相难乎？儿本前高密令女，嫁为任氏妻，任无行见薄，父母怜念，呼令归。后乃遇疾卒，殡于此。今家迎丧，明日当去。"王既爱念，不复嫌忌，乃便悲惋，问明日得至何时，曰："日暮耳。"一夜叙别不眠，明日临别，女以金缕玉杯及玉环一双留赠，王以绣衣答之，握手挥涕而别。

明日至期，王于南冈视之，果有家人迎丧。发榇，女颜色不变，粉黛如故。见绣衣一箱在棺中，而失其所送金杯及玉环。家人方觉有异。王乃前见陈之，兼示之玉杯与环，皆捧之而悲泣。因问曰："兄女是谁？"曰："家中二郎女，十岁病死，亦殡其旁。"婢亦帐中木人也，其貌正与从者相似。王乃临柩悲泣而别，左右皆感伤。后念之，遂恍惚成病，数日方愈。然每思辄忘寝食也。（出《广异记》）

郑德懋

荥阳郑德懋，常独乘马，逢一婢，姿色甚美，马前拜云："崔夫人奉迎郑郎。"鄂然曰："素不识崔夫人，我又未婚，何故相信了她说的话，宠爱想念越来越密切。因为她的针线活儿做得特别好，王玄之的衣服，都是她裁制的，看见的人没有不叹赏有加的。妇人身边有个婢女也很漂亮，常常跟在她的后面。虽然在白天，也不离开。王玄之问道："亡兄的女儿莫不是期望我什么吧？"妇人回答道："为什么要强行干预别人家的事呢？"

就这样过了一年。后来有一天夜里女子突然来了，脸色非常不高兴，只是不停地哭。王玄之问她是什么原因，她说："过去蒙你怜爱接纳，竟然要离开，怎么办呢？"于是又不停地哭，王玄之吃惊地问她原因。女子说道："能不难为我吗？我本来是高密令的女儿，嫁给了任氏为妻，任没有好的品德怠慢我，父母可怜我，召我回去。后来就因为得病死去了，把灵柩停放在了这里。现在家里办丧事，我明天应该回去。"王玄之既然已经爱恋她，便不再猜忌她，就悲伤了起来，问她明天能待到什么时候，女子回答说："日落时分吧。"一夜叙别都没有睡觉。第二天分别的时候，女子将金镂玉杯和一双玉环留赠给王玄之，而王玄之用绣衣答赠，握着手挥泪辞别。

第二天到了迎丧的时刻，王玄之在南冈上观望，果然她家里有人前来迎丧。揭开棺材衬帘，那女子的容颜都没有改变，妆束和原来的一样。发现一箱绣衣在棺材中，但是丢失了所赠送的玉杯和玉环。家人才感觉有些奇怪。玄之于是就走上前述说了这件事，同时给他们看玉杯和玉环，都捧着它们悲伤地哭起来，于是问她的家人："兄弟的女儿是谁呢？"回答说："是家中二儿子的女儿，十岁的时候就病死了，棺材也在她旁边。"她的婢女就是殡帐中的木头人，它的容貌和那女子身边的侍女很像。王玄之到灵柩前悲伤哭泣着告别，左右的人都很悲伤。王玄之后来经常想念她，于是恍惚成病，过了几天才好。然而每次想起她就忘记了吃饭睡觉。（出《广异记》）

郑德懋

荥阳的郑德懋，曾经常常独自骑马，遇到一个婢女，容貌非常漂亮，婢女来到马前拜见说道："崔夫人奉迎郑郎。"郑郎吃惊地说："我从来就不认识崔夫人，我又没结婚，为什么迎我呢？"婢女说迎？”婢曰：“夫人小女，颇有容质，且以清门令族，宜相匹敌。”郑知非人，欲拒之，即有黄衣苍头十余人至曰：“夫人趣郎进。”辄控马。其行甚疾，耳中但闻风鸣。

奄至一处，崇垣高门，外皆列植楸桐。郑立于门外，婢先白。须臾，命引郑郎入。进历数门，馆宇甚盛，夫人著梅绿罗裙，可年四十许，姿容可爱，立于东阶下。侍婢八九，皆鲜整。郑趋谒再拜。夫人曰：“无怪相屈耶？以郑郎清族美才，愿托姻好。小女无堪，幸能垂意。”郑见逼，不知所对，但唯而已。夫人乃堂上命引郑郎自西阶升。堂上悉以花罽荐地，左右施局脚床七宝屏风黄金屈膝，门垂碧箔，银钩珠络。长筵列馔，皆极丰洁。乃命坐。夫人善清谈，叙置轻重，世难以比。食毕命酒，以银贮之，可三斗余，琥珀色，酌以镂杯。侍婢行酒，味极甘香。

向暮，一婢前白：“女郎已严妆讫。”乃命引郑郎出就外间，浴以百味香汤，左右进衣冠履佩。美婢十人扶入，恣为调谑。自堂及门，步致花烛，乃延就帐。女年十四五，姿色甚艳，目所未见。被服粲丽，冠绝当时，郑遂欣然，其后遂成礼。明日，夫人命女与就东堂，堂中置红罗绣帐，衾褥茵席，皆悉精绝。女善弹箜篌，曲词新异。郑问：“所迎婚前乘来马，今何在许？”曰：“今已反矣。”

如此百余日，郑虽情爱颇重，而心稍嫌忌。因谓女曰：“可得同归乎？”女惨然曰：“幸托契会，得侍巾栉。然幽冥理隔，不遂道："夫人的小女儿十分有姿色，而且都是清门令族，许配给你是特别合适的。"郑郎知道她不是人，想要拒绝她，马上有十多个穿黄衣服的男仆过来，说道："夫人在催郑郎进去。"就上前控制他的马，跑得非常快，耳边只能听到风在响的声音。

过了不久，到了一个地方，高墙高门，外面栽着一排一排的楸桐。郑郎在门外站着，婢女先说话。不一会儿，令她领着郑郎进去。经过了几道门，馆楼十分壮观，夫人穿着梅绿色的罗裙。年龄大概有四十岁，姿容可爱，在东阶下站着。侍女有八九个，都穿着鲜艳整齐的衣服。郑郎再次拜见。夫人说："不要怪我委屈您啊，因为郑郎你呀出身名门望族才貌双全，想要托付联姻为好。小女不能主动，希望您能对她表示爱意。"郑郎为她所逼迫，不知道如何应对，只能照她所说的做。夫人就在厅堂上命人带领郑郎从西阶上来。堂上全都是花毯铺设的地面，左右的人布置脚床、七宝屏风、黄金屈膝，门上垂着竹帘，银钩珠络。长筵列馔，都极其丰盛而且清洁。于是夫人就让郑郎坐下，夫人擅长清谈，叙说布置的情况，世人都难以与之相比。吃后就命令上酒，用银器盛着大概三斗多琥珀色的酒。用镂杯斟酒，侍女倒酒，味道特别甜香。

到了晚上，一个婢女就上前说道："女郎已妆扮好了。"就命令仆人带着郑郎来到外面的厅里，用百味香水沐浴，左右的人送来衣帽和鞋佩，十个漂亮的婢女扶着他进入花堂，尽情戏谑。从厅堂到门口，走到花烛前面，就邀请郑郎进入帐内。那个女子年龄十四五岁，容貌十分漂亮，从来没有见过的美丽。穿着鲜艳美丽，在当时没有比这更好的了，郑郎便十分高兴，接着就拜完婚礼。第二天，夫人让女子和郑郎一起到东堂，堂中放置着红罗帷帐，被褥、坐垫、席子，都极其精致。女子擅长弹奏箜篌，曲词也很新颖特别。郑郎问她："迎婚前我骑来的马，现在在哪里呢？"女子回答说："现在已经返回去了。"

像这样度过了一百多天。郑郎虽然对女子情爱很深厚，可心里却微微有怀疑，于是就对女子说道："可以同你一起回去吗？"女子伤心地说："有幸能和你托身投合在一起，可以陪伴侍奉着你。然而阴如何？”因涕泣交下。郑审其怪异，乃白夫人曰：“家中相失，颇有疑怪，乞赐还也。”夫人曰：“适蒙见顾，良深感慕。然幽冥殊涂，理当暂隔。分离之际，能不泫然。”郑亦泣下。乃大宴会，与别曰：“后三年，当相迎也。”郑因拜辞，妇出门，挥泪握手曰：“虽有后期，尚延年岁。欢会尚浅，乖离苦长。努力自爱。”郑亦悲惋。妇以衬体红衫及金钗一双赠别，曰：“若未相忘，以此为念。”乃分袂而去。夫人敕送郑郎，乃前青骢，被带甚精。

郑乘马出门，倏忽复至其家，奴遂云：“家中失已一年矣。”视其所赠，皆真物也。其家语云：“郎君出行后，其马自归，不见有人送来。”郑始寻其故处，唯见大坟，旁有小冢，茔前列树，皆已枯矣。而前所见，悉华茂成阴。其左右人传崔夫人及小郎墓也。郑尤异之，自度三年之期，必当死矣。后至期，果见前所使婢乘车来迎。郑曰：“生死固有定命，苟得乐处，吾复何忧？”乃悉分判家事，预为终期，明日乃卒。（出《宣室志》）

朱敖

杭州别驾朱敖旧隐河南之少室山。天宝初，阳翟县尉李舒在岳寺，使骑招敖。乘马便骋，从者在后，稍行至少姨庙下。时盛暑，见绿袍女子，年十五六，姿色甚丽。敖意是人家臧获，亦讶其暑月挟纩。驰马问之，女子笑而不言，走入庙中。敖亦下马，不见曹和世间本来就是相隔开的，不能满足你的心愿该怎么办呢？”于是涕泪俱下。郑郎察觉到她的怪异，就告诉夫人说：“家里失去了我，非常有疑心，觉得奇怪，请让我回家吧。”夫人说：“刚才蒙你看重，觉得深深感激和钦慕。但是阴间有特殊的道路，按理应该暂时分开。分离的时候，能不感到悲伤吗？”郑郎也流下眼泪，就准备了盛大宴会，和女子相告别说：“三年之后，一定来迎接你。”郑郎就拜谢告别了。妇人出门后，挥着泪握着郑郎的手说：“虽然以后有相会的日子，还要延续年月。但欢聚的日子还是太少，分离的日子痛苦且漫长，希望你努力爱惜自己吧。”郑郎也十分悲伤，女子用贴身的红衬衫和一双金钗送给郑郎来告别，说道：“如果你没有忘记我，就用这些作为纪念。”于是就分别了。夫人令仆人送郑郎，郑郎就走上前骑上了青骢马，马的披带十分精美。

郑郎骑着马出门，很快就到了自己的家，奴仆就说道：“家里丢你已有一年了。”看他带回所赠的东西都是真的，他家人告诉他说：“郎君出门后，你的马就自己回来了，没看见有人送来。”郑郎开始寻找他去过的地方，只见到一座大的坟墓，旁边有座小的坟墓，坟前有一排树，都已经枯死了。可是以前所看见的，全部是茂密成荫的树林。他左右的人告诉他说这是崔夫人和她的孩子的坟墓。郑郎十分奇怪，自己推测到了三年的期限，一定将要死了。后来到了限定的日期，果然看见从前所使的婢女骑着马来迎接他。郑郎说道：“生死本来就自有定命，只要能够安乐，我又有什么可忧虑的呢？”于是就全都安排好了家事，预感到自己终期已经到了，第二天就去世了。（出《宣室志》）

朱敖

杭州别驾朱敖以前隐居在河南的少室山。天宝初年，阳翟县尉李舒在岳寺，派骑兵召朱敖来见。朱敖就骑着马驰骋而去，跟从的人在后面，刚刚走到少姨庙下的时候。当时正是盛夏，就看见一个穿绿袍的女子，年龄有十五六岁，容貌非常漂亮，朱敖推测是别人家的奴婢，也惊讶于她暑天还穿着棉衣。就骑马上前询问她，女子微笑有人。遂壁上观画，见绿袍女子，乃途中睹者也，叹息久之。至寺具说其事，舒等尤所叹异。尔夕既寐，梦女子至，把被欣悦，精气越泆，累夕如此。嵩岳道士吴筠为书一符辟之，不可。又吴以道术制之，亦不可。他日，宿程道士房。程于法清净，神乃不至。敖后于河南府应举，与渭南县令陈察微往诣道士程谷神。为设薯药，不托莲花，鲜胡麻馔。留连笑语，日暮方回。去少室五里所，忽嵩黑云腾踊，中掣火电。须臾晻昧，骤雨如泻。敖与察微从者一人伏枥林下，旁抵巨壑。久之，有异光，与日月殊状。忽于光中遍是松林，见天女数人，持一舞筵，周竟数里，施为松林上。有天女数十人，状如天仙，对舞筵上。兼有诸神若观世音。终其两舞，如半日许。曲终，有数人状如俳优，卷筵回去，便天地昧黑，复不见人。敖等夤缘夜半，方至舍耳。（出《广异记》）

裴虬

苏州山人陆去奢亭子者，即宋散骑戴颙宅也。天宝末，河东裴虬常旅寄此亭，暴亡，久之方悟。说云："初一人来云：'戴君见召。'虬问戴为谁，人曰：'君知宋散骑常侍戴颙乎？'虬曰：'知之。'曰：'今呼君者，即是人也。'虬至见颙，颙求以已女妻虬，云：'先以结婚，不当再娶。'颙曰：'人神殊道，何苦也？'虬言：'已适有禄位，不合为君女婿。'久之，言相往来。颙知虬不可屈，乃释之，遂活也。"（出《广异记》）

但是不说话，走进了庙中。朱敖也下了马，没有看见人，就欣赏着壁画，看见了绿袍女子，就是路上遇到的那个，叹息了很久。到了寺庙之后，就把刚才的事都一一说了，李舒等人特别惊叹又诧异。那天晚上睡着之后，梦见女子来到，他就抓着被子非常欢悦，精气越来越散失了，连着几天晚上都是这样。嵩岳的道士吴筠给他写了一张符箓避邪，没有用。吴筠又用道术控制，也不行。后来有一天，朱敖借宿在程道士房里。程道士以纯正恬静求法，神却没有到。朱敖后来在河南府应举，和谓南县令陈察微到道士程谷神那儿去拜访，程道士给他们配了薯药，不托莲花，鲜胡麻馔。流连笑语，到了日落才回去。离开了少室山五里左右，忽然嵩岳山上黑云腾涌，空中雷电交加。不久之后就暗淡无光，雨水像从空中倒下。朱敖和察微随从的人趴在柞树林中，旁边挨着深深的沟壑。过了许久，有一种奇异的光出现，与日月的光不同。忽然在光中出现遍是松林的景象，可以看见几个天女，拿着一张舞席，方圆四周竟然能达到数里，散放在松林上。有几十个天女，样貌就如同天仙一样，在席上对舞。同时还有各种神像观世音。两支舞蹈结束后，好像过了半天左右。曲子结束，有几个像歌舞艺人的人，卷起舞席回去了，天地也随之昏暗，又看不见人了。朱敖等人攀附向上直到半夜，才到了房舍。（出《广异记》）

裴虬

苏州山人陆去奢的房子，就是宋散骑戴颙的房子。天宝末年，河东裴虬经常在这个亭子旅居，有一天突然昏死过去了，很久之后才醒过来，说道："刚才一个人来说：'戴君要召见你。'我问他说戴君是谁，那人说道：'你知道宋散骑常侍戴颙吗？'我说：'知道他的。'那人说：'现在招呼你的就是这个人。'我到那里后看见戴颙，戴颙请求把自己的女儿嫁给我，我说道：'我已经结婚，不可以再娶妻了。'戴颙说道：'人和神的道德不同，为什么要这样呢？'我说：'已经有刚好的禄位，不应该再做您的女婿。'这样对答了很久。戴颙明白我不能屈从后，就放了我，于是我就活了。"（出《广异记》）

赵 佐

赵佐者，天宝末补国子四门生。常寝疾，恍惚有二黄衣吏拘行至温泉宫观风楼西，别有府署。吏引入，始见一人如王者。佐前拜谒，王谓佐曰："君识我否？"佐辞不识。王曰："君闻秦始皇乎？我即是也。君人主于我家侧造诸宫殿，每奏妓乐，备极奢侈，诚美王也。故我亦如此起楼以观乐。"因访问人间事甚众。又问佐曰："人间不久大乱，宜自谋免难，无久住京城也。"言讫，使人送还。（出《广异记》）

岐州佐史

岐州佐史尝因事至京，停兴道里。忽见二人及一无头人来云："王令追己。"佐史知其鬼，因问："君在地下，并何职掌？"云："是捉事。"佐史谓曰："幸与诸君臭味颇同，能相救否？事了，当奉万张纸钱。"王人许诺："期后五日，若不复来者，即是事了。其钱可至天门街烧之。"至五日不来，吏乃烧钱毕，因移居崇仁里。后京中事了，西还岐州，至杏树店，复逢二人，问："何所来？""顷于旧处相访不是，所处分事已得免，劳致钱贱地，所由已给永年优复牒讫。非大期至，更无疾病耳。"（出《广异记》）

赵佐

赵佐，在天宝末年教国子监的四个学生。经常卧病在床，恍惚之间有两个穿黄衣服的小吏拘捕他走到温泉宫观风楼的西面。旁边另外有个官府。小吏带领他进去后，才看见一个人和皇帝一样。赵佐上前拜见，皇帝对赵佐说道："你认识我吗？"赵佐说自己不认识，皇帝说："你听说过秦始皇吗？我就是。君主在我家旁边建造了这些宫殿，每每弹奏妓乐，都极为奢侈，实在是美王。所以我也像这样建造了楼阁来观赏舞乐。"那个人问了很多人间的事情之后，又告诉赵佐道："人世间不久就会大乱，你自己应该设法避免灾难，不要长久住在京城。"说完之后，就派人送他回去了。（出《广异记》）

岐州佐史

岐州的佐史曾经因为有事到京城，停留在兴道里。突然看见两个人和一个无头人来，对他说："阎王命令我们来追捕你。"佐史知道他们是鬼，就问他们道："你们在阴间是做什么官？"回答说道："是捉事。"佐史对他们说道："有幸和你们做同样的事，能救救我吗？事情结束后，一定会送给你们万张纸钱。"那两个人答应了，约定五天之后，如果没有再来，就是事成了。那些纸钱可以送到天门街烧掉。等到了第五天没有来，佐史就烧了纸钱，因为这件事移居到了崇仁里。后来京中事情结束后，就向西归回到岐州，到了杏树店的时候，佐史又遇到那两个人，问他们："从哪里过来？"他们说："刚才在老地方访问你没遇到，所处罚的事都已经免除了，烦劳送钱到阴间，请求给以长寿优待的书简已写完，不是死期到临，便再不会患病了。"（出《广异记》）

卷第三百三十五　鬼二十

浚仪王氏

浚仪王氏，士人也。其母葬，女婿裴郎饮酒醉，入冢卧棺后，家人不知，遂掩圹。后经数日不见裴郎，家诬为王氏所杀，遂相讼。王氏实无此，举家思虑。葬日恐在圹中，遂开圹得之，气息奄奄，以粥灌之，数日平复。说云，初葬之夕，酒向醒，无由得出。举目窃视，见人无数，文柏为堂，宅宇甚丽。王氏先亡长幼皆集，众鬼见裴郎甚惊，其间一鬼曰："何不杀之？"妻母云："小女幼稚仰此，奈何欲杀？"苦争得免。既见长筵美馔，歌乐欢洽。俄闻云："唤裴郎。"某惧不敢起。又闻群婢连臂踏歌，词曰："柏堂新成乐未央，回来回去绕裴郎。"有一婢名秾华，以纸烛烧其鼻准成疮，痛不可忍，遂起遍拜，诸鬼等频令裴郎歌舞。饥请食，妻母云："鬼食不堪。"令取瓶中食与之，如此数夜。奴婢皆是明器，不复有本形像。（出《广异记》）

章仇兼琼

唐天宝中，章仇兼琼为剑南节度，数载入朝。蜀川有张夜叉者，状如狂人，而言事多中。兼琼将行，呼而问之，夜叉云："大

浚仪王氏

浚仪有个王氏，是一个读书人。他母亲下葬的时候，女婿裴郎喝醉了，进入了坟墓里面，躺在棺材后面，家里人都不知道，就掩埋了坟墓。过了几天，没有看见裴郎，裴家就诬告说被王氏杀了，于是打起了官司。王氏确实没有做这件事，全家都在想这件事。想到下葬那天，裴郎可能在墓穴里，于是打开了坟墓找到裴郎，裴郎已经奄奄一息，于是用粥喂养他，几天后就康复了。他说刚埋上那晚，酒就醒了，但没有办法出来。抬眼偷偷一看，看见有很多的人，精心装饰的柏木殿堂，屋宇都非常美丽。王家先前死去的人，老老少少都聚集在一起，众鬼看见裴郎，都十分惊讶，其中一个说："为什么不杀了他？"丈母娘说道："女儿还小，还要依靠他，怎么能现在杀了他呢？"苦苦争取，才能免除一死。于是裴郎就看见了十分隆重的筵席，美酒佳肴，歌舞欢乐，其乐融融。一会又听见有人说："去叫裴郎来。"他害怕得不敢起身。又看见群婢拉着手跳踏歌舞。歌词是："柏堂新成乐未央，回来回去绕裴郎。"有一个婢女名字叫作秾华，用纸烛烧他的鼻子烧成了疮，痛得不能忍受，于是裴郎就起身一一揖拜，群鬼就不停地让裴郎歌舞。裴郎饿了，想吃东西，丈母娘说道："鬼的食物不可以吃。"就叫人拿瓶中的食物给裴郎，像这样过了几天。奴婢们其实都是纸木做成的随葬品，但现在已经不是原来的样子了。（出《广异记》）

章仇兼琼

唐朝天宝年中，章仇兼琼担任剑南的节度使，过了几年后入朝。蜀川有个叫张夜叉的，样貌像狂人，他所说的话大部分都是对的。

使若住蜀，有无涯之寿。若必入朝，不见其吉。”兼琼初甚惶惧，久之曰：“安有是耶？”遂行。至汉州，入驿，堕马身死，独心上微暖。彭州刺史李先令洛阳尉马某送药酒罨药兼起居。洛阳去汉州五十里，奉命便行。至汉州入驿，到兼琼所，忽然颠倒而卒。后兼琼乃苏，云地下所由，以马尉见。马氏亦死，便至其家，家人惊异，云：“适尔奉命，还何处也？”不言，视天太息。其妻再问：“傧从何在？又不把笏，何也？”马殊不言。遽挥使去，因流涕言：“已代章仇大使死。适于地下苦论，地下所由并为他，无如之何。自念到官日浅，远客孤弱，故还取别。”举言悲号，又谓其妻曰：“无苦，我代其死，彼亦当有深恤，无忧不得还乡。但便尔仓卒，死生永隔，以此为恨耳！”言讫不见。子等初犹恍然疑之，寻见床舁尸还。兼琼翌日还成都，赙马氏钱五百万，又敕彭州赙五百万，兼还四年秩禄云。（出《广异记》）

李林甫

唐李林甫为相既久，自以阴祸且多，天下颇怨望。有鬼灾，乃致方术士以禳去之。后得一术士曰：“相国豪贵久矣，积怨者亦多矣。为祸之基，非一朝一夕之故。虽然，庶可免者，朝夕之祸也。”林甫曰：“若之何？”术士曰：“可于长安市求一善射者以备之。”林甫乃于西市召募之，得焉。自云尝厕军伍间，以善射称，近为病，他无所知。林甫即资其衣食，月计以给。后一夕，林甫会宴于兼琼将要出发的时候，就召来他卜问，夜叉说道：“大人如果住在蜀地，就会有无边的福寿。如果一定要入朝的话，不见吉祥啊。”兼琼刚开始十分恐惧，时间长了就说道：“怎么一定就会有这样的事呢？”于是出发进京了。到了汉州进入驿站的时候，从马上掉下来去世了，只是心口还有一点点热气。彭州的李刺史，命令洛阳的县尉马某送去了药酒，兼顾着喂药和生活起居。洛阳距离汉州有五十里，马某接到命令之后就出发了。到了汉州驿站兼琼屋子前的时候，就突然倒地死了。后来，兼琼醒了过来，述说了到阴间的经历，是因为马某才能够免于一死。马某已经死去，回到了他的家。家人觉得很奇怪，说道：“刚才奉命出行，为什么回来了？”马某不说话，仰头对着天长叹。他妻子又问道：“随从都在哪里呢？又不拿着笏板，为什么呢？”马某依然不说话。于是挥着手让他走。马某流着眼泪说道：“我已经替代章仇节度使死了，刚才在阴间苦苦争论了一番，我这所有的经历，都是为了章仇大使，没有什么办法啊！自己考虑到做官的时间短，远去的路孤苦力弱，所以回来告别。”说完就悲伤地大声哭起来。又对他的妻子说道：“不要愁苦。我代替他死，你也可以有丰厚的抚恤，不必担忧不能还乡。但是我突然死了，死人和活着的人永远相隔，这真是遗憾的事啊。”话说完人就不见了。孩子们开始还恍然心疑，过了一会就看到他的尸体回来了。兼琼第二天就返回了成都，给马家治丧费五百万钱，又下文让彭州给五百万钱。而且还给了四年的俸禄。（出《广异记》）

李林甫

唐朝的李林甫担任宰相已经很久了，自己知道做的坏事太多，天下百姓都怨声载道。就一定会有灾祸，于是找了术士祈祷以免除灾祸。后来找到一个术士，术士说道：“相国作为豪贵这么久了，有积怨的人很多，这是灾祸的根本原因，不是一朝一夕造成的。虽然是这样，也有办法免除朝夕的灾祸。”李林甫说道：“怎么做呢？”术士说道：“可以在长安城里找一个擅长射箭的人预备着。”李林甫于是从西市招募到了一个。他自己说曾经当过兵，以擅长射箭为大家所称庭，燕赵翼侍。度曲未终，忽然中绝。善射者异而听之，无闻矣。乃默筹曰："夜未阑，忽如是，非有他耶？抑术士之言耶？"乃执弓矢，逾垣以入伺之。忽见垣之南，有一物堕而下，又一人逾来，善射者一发中之，乃惊去。因至林甫长乐之地，见歌者舞者，噤而不能啭其喉，屹而不得翻其袖，寂寂然若木偶状者。因视垣南堕下之物，即一囊而结者。解其中，有数百签，皆林甫及家僮名氏也。于是以名呼，一一而应。遂宴饮如初。其明日，术士来，且贺："以赖此人，不然几为所祸。乃负冤而死者也。明公久专机要，积戾万状。自兹十稔，乃非吾之所知。"其后林甫籍没，果期十年也。（出《宣室志》）

陈希烈

陈希烈为相，家有鬼焉。或咏诗，或歌呼，声甚微细激切，而历历可听。家人问之曰："汝何人而在此？"鬼曰："吾此中戏游，游毕当去。"或索衣服，或求饮食，得之即去，不得即骂。如此数朝，后忽谈经史，鬼甚博览。家人呼希烈侄婿司直季履济，令与鬼谈，谓履济曰："吾因行，故于此戏，闻君特谕，今日豁然。有事当去，君好住。"因去。（出《纪闻》）

杨国忠

唐天宝中，杨国忠权势薰灼，朝廷无比。忽有一妇人，诣宅请赞，最近因为生病没有可以去的地方。李林甫就资助他吃穿，按月付给他。后来有一天晚上，李林甫在庭院中宴请宾客，燕人赵翼担任侍卫。一首曲子还没有结束，忽然在中途就停止了。擅长射箭的人感觉有异常就听动静，没有人来，暗暗思忖道："还没有到晚上，忽然像这样，莫非是有事？抑或真的像术士说的那样吗？"于是拿着弓箭，跳墙进来等待。突然看见南边的墙上有一个东西掉下来，又有一个人越过墙来。擅长射箭的人就一箭射中了他，他就惊慌逃跑了。擅长射箭的人回到李林甫玩乐的地方，看见唱歌跳舞的人都闭着嘴不能发出声音，站立着不能舞动他们的衣袖，没有声息，像木偶一样。看南墙掉下来的东西，是个口袋，解开口袋后，里面有几百个竹签，都是李林甫和家童的姓名。他就按签上的姓名呼叫，都一一答应了，于是继续宴饮像刚开始的时候一样。第二天，术士来道贺。说道："全依靠擅长射箭的人，不然的话，几乎造成祸端。自己要含冤而死了。明公长期管理机要大事，积累的罪过上万。从现在开始以后的十年，就不是我所能知道的了。"后来李林甫死的时候，果然是预期的十年。（出《宣室志》）

陈希烈

陈希烈担任宰相，家里有鬼，有的时候吟诗，有的时候唱歌，声音非常细微、激切，但是却可以听得清清楚楚。家人问他道："你是什么人？为什么在这里？"鬼说道："我在这里游玩，游玩结束就离开。"有的时候索要衣服，有的时候索要食物，得到之后就离开，得不到就骂人。像这样连续几天。后来鬼突然谈论起经史，知识非常渊博。家人就召来陈希烈的侄婿司直季履济，让他和鬼聊天，鬼对履济说道："我因为出来行走到这里游戏，听到了您的教诲，今天忽然明白了。有事应该离开了，您保重。"于是离开了。（出《纪闻》）

杨国忠

唐朝天宝年间，杨国忠权势滔天，朝中没有人能和他相比。突见，阍人拒之，妇人大叫曰："我有大事，要见杨公，尔何阻我！若不见我，当令火发，尽焚杨公之宅！"阍人惧，告国忠。国忠见之，妇人谓国忠曰："公为相国，何不知否泰之道？耻公位极人臣，又联国戚，名动区宇，亦已久矣。奢纵不节，德义不修，而壅塞贤路，谄媚君上，又亦久矣。略不能效前朝房杜之踪迹，不以社稷为意，贤与愚不能别。但纳贿于门者，爵而禄之。大才大德之士，伏于林泉，曾不一顾。以恩付兵柄，以爱使牧民。噫！欲社稷安而保家族，必不可也！"国忠大怒，问妇人曰："自何来？何造次触犯宰相，不惧死罪也？"妇人曰："公自不知死罪，翻以我为死罪。"国忠怒，命左右欲斩之，妇人忽不见。国忠惊未已，又复立于前。国忠乃问曰："是何妖耶？"妇人曰："我实惜高祖太宗之社稷，被一匹夫倾覆。公不解为宰相，虽处佐辅之位，而无佐辅之功。公一死小事耳，可痛者，国朝自此弱。几不保其宗庙，胡怒之耶？我来白于公，胡多事也？今我却退，胡有功也？公胡死耶？民胡哭也？"言讫，笑而出，令人逐之，不见。后至禄山起兵，方悟"胡"字。（原缺出处，明抄本作出《宣室志》，今见《说郛》三三《潇湘录》）

李叔霁

唐天宝末，禄山作乱。赵郡李叔霁与其妻自武关南奔襄阳，妻与二子死于路，叔霁游荆楚。久之，禄山既据东京。妻之姑寡居，不能自免，尚住城中，辛苦甚至。役使婢洛女出城采樵，遥见犊走甚急，有紫衣人骑马在后。车中妇人频呼洛女，既近，问："识我否？"婢惊喜曰："李郎何往？娘子乃尔独行。"妻乃悲泣然有个妇人到杨宅想要请见杨国忠，门人拦住她不让进。妇人大叫道："我有重要的事，想要见杨公，你为什么要阻拦我？如果不见我，我就让起大火，烧掉杨公的住宅。"门人害怕，就禀告了杨国忠。杨国忠会见了她，妇人对杨国忠说道："你是相国，不知道否泰之道吗？杨公你位极人臣，又联了皇亲国戚，名震国内，已经很久了。奢侈放纵不加节制，道德仁义不加修养，又堵塞纳贤的道路，谄媚皇上，也已经很久了。一点都不能效仿前朝房、杜的做法，不以国家大事为重，贤和愚不能区别，只从门中收受贿赂，封官晋爵。有才德的人被杀害在林泉，都不曾看一下。因为恩惠就交出兵权，因为自己喜欢就让他役使百姓。噫！想要国家安定，想要保住你的家族，一定不能这样了！"杨国忠非常生气，问妇人道："你从哪里来？为什么要冒犯宰相？不害怕死罪吗？"妇人说道："你自己都不知道死罪，却反过来判我死罪。"国忠大怒，命令卫兵去杀她，妇人忽然不见了。杨国忠惊讶未已，妇人又站到他的面前。杨国忠问道："你是哪里的妖怪？"妇人道："我实在是惋惜高祖、太宗的江山，被一个匹夫葬送了。你不懂如何做一个宰相，虽然处在辅佐皇上的位子上，但却没有辅佐的功劳。你死了是小事，可悲的是，国家将要从此衰弱，几乎不能保住宗庙。胡讨厌你吗？我来告诉你胡要闹事了吗？现在我退回去，是胡的功劳吗？你因为胡而死吗？老百姓也因胡而哭吗？"说完就笑着走了。杨国忠派人追她，没有看见。后来安禄山起兵，才知道"胡"字的意思。（原缺出处，明抄本作出《宣室志》，今见《说郛》三三《潇湘录》）

李叔霁

唐朝天宝末年，安禄山作乱。赵郡人李叔霁和他的妻子从武关向南逃到了襄阳，妻子和两个儿子在途中死去，李叔霁就长期游历在荆楚一带。安禄山已经占据了东京都洛阳。妻子的姑姑寡居在家不能逃难，还住在城里，特别辛苦，吩咐婢女出洛阳城砍柴，婢女远远看见一头牛犊走得非常快。有一个穿紫色衣服的人骑马跟在后面。车中有个妇人连声招呼她。等到婢女走近了，她问婢女说："你认识云："行至襄阳，叔霁及两儿并死于贼。我缘饥馁，携小儿女嫁此车后人。"遂与洛女见姑。哭毕，问姊娣何在，姑言近在外。曰："此行忽速，不可复待。"留停半日许，时民饥，姑乃设食，粗粝无味。妻子于车中取粳米饭及他美馔，呼其夫与姑餐，餐毕便发。临别之际，谓曰："此间辛苦，亦合少物相留，为囊赍已前行。今车中唯有一匹半绢，且留充衣服，深以少为恨也。"乾元中，肃宗克复二京，其姑与子同下扬州。月余，叔霁亦至，相见悲泣，再叹其妻于客中因产殁故，兼小儿女相次夭逝。言讫又悲泣。姑初惭怍，为其侄女为贼所掠。及见叔霁情至，因说其事。云所著裙，即此留绢也。叔霁咨嗟而已。吴郡朱敖，尝于陈留贼中识一军将，自言索得李霁妇云。（出《广异记》）

新繁县令

新繁县令妻亡，命女工作凶服。中有妇人，婉丽殊绝，县令悦而留之，甚见宠爱。后数月，一旦惨悴，言辞顿咽。令怪而问之，曰："本夫将至，身方远适，所以悲耳。"令曰："我在此，谁如我何？第自饮食，无苦也。"后数日求去，止之不可，留银酒杯一枚为别。谓令曰："幸甚相思，以此为念。"命赠罗十匹。去后恒思之，持银杯不舍手，每至公衙，即放案上。县尉已罢职还乡里，其妻神柩尚在新繁，故远来移转。投刺谒令，令待甚厚。尉见银杯，数窃视之。令问其故，对云："此是亡妻棺中物，不知何得至此？"令叹良久，因具言始末，兼论妇人形状音旨，及留杯赠罗之事。尉愤我吗？”婢女惊喜地说道：“李郎去哪里了？娘子为什么独自出行？”妻子就悲痛地哭着说：“走到襄阳的时候，叔霁和两个儿子都死在贼兵的手里。我因为饥饿，就带着孩子嫁给了这个车后面的人。”于是就和婢女一起去见姑姑。哭完问道：“兄弟姐妹们都在哪儿？”姑姑说道：“最近他们在外面。”妻子道：“这次出来很急，不能过多停留。”待了半天，妻子饿了。姑姑就准备了饭菜。粗米饭没有味道。妻子就从车中拿出稻米饭和其他好吃的东西。招呼她丈夫和姑姑来吃。吃完就离开了。分别的时候，妻子对姑姑说：“这个地方太辛苦。我只能拿一点东西相赠。因为行李盘缠走在前面。现在车中只有一疋半绢，暂且先留下来做点衣服。太少了，非常遗憾。”乾元年中，肃宗收复了二京。她姑姑和儿子一起去了扬州。一个月后，叔霁也到了。见面都非常伤心。惋惜他妻子在途中因为生产而死。小儿女也相继夭亡了。说完又哭了起来。姑姑开始的时候因侄女被贼兵掳掠失去贞节而觉得惭愧。等看到叔霁情真意切，就说出了那件事。说身上穿的裙子就是她留下的绢做的。叔霁只有不停地叹息。吴郡人朱敖，曾在陈留城的贼兵中认识一位军将。他自己说过抢到了李叔霁的妻子那样的话。（出《广异记》）

新繁县令

新繁县令的妻子死了，吩咐女工们做丧服。其中有个妇人，相貌十分美丽，县令喜欢就留下她，她很是受县令宠爱。几个月之后，有一天早晨，她的脸色凄惨、悲伤，言语哽咽。县令对此觉得奇怪就问她，她说道：“我的丈夫要来了。我将要远行，所以悲伤。”县令说道：“我在这里，谁能把我怎么样呢？只管吃饭，不必苦恼。”过了几天之后，妇人请求离开，县令不能阻止，她留下了一个银酒杯作告别礼物。对县令说道：“承蒙您的相思，把这个当作纪念吧。”县令赠给她锦罗十疋。等她离开后，县令一直很想念她，拿着银杯不离手，每次到了公衙，就放在桌案上面。有个县尉已经离职回了家乡，他妻子的灵柩，还在新繁，所以从远方过来移灵柩。投书拜见了县令，县令待他特别热情。县尉看见了银杯，几次偷偷地看它。县令问他原

怒终日，后方开棺，见妇人抱罗而卧，尉怒甚，积薪焚之。（出《广异记》）

姚萧品

姚萧品者，杭州钱塘人。其家会客，因在酒座死，经食顷乃活。云：初见一人来唤，意是县家所由。出门看之，便被捉去。至北郭门，有数吏在船中。捉者令品牵船，品云："忝是绪余，未尝引挽。"遂被捶击，辞不获已，力为牵之，至驿亭桥，已八九里所，鬼不复防御，因尔绝走得脱也。（出《广异记》）

梁守威

唐肃宗时，安史之党方乱。邢州正在贼境，刺史颇有安时之志。长安梁守威者，以文武才辨自负，自长安潜行，因往邢州，欲说州牧。

至州西南界，方夜息于路傍古墓间，忽有一少年手携一剑亦至，呵问守威曰："是何人？"守威曰："我游说之±，欲入邢州说州牧，令立功报君。"少年曰："我亦游说之士也。"守威喜而揖，共坐草中，论以世乱。少年曰："君见邢牧，何辞以说？"守威曰："方今天子承祧，上皇又存，佐国大臣，足得戮力同心，以尽灭丑类。故不假多辞，邢牧其应声而奉我教也，可谓乘势因时也。"少年曰："君知其一，不知其二。今太子传位，上皇犹在。君以为天下有主耶？有归耶？然太子至灵武，六军大臣推戴，欲以为天下主。其如自立不孝也，徒欲使天下怒，又焉得为天下主也？设若太因。回答说道："这是我死去的妻子棺材中的东西，不知道什么原因到了这里。"县令叹息了很久，就详细地告诉了他前前后后的事情，还谈论了妇人的音容笑貌及留杯赠罗的事情。县尉生了一整天的气。后来打开了棺材，看见妇人怀抱锦罗躺着。县尉非常生气，堆了柴草烧掉了棺材。（出《广异记》）

姚萧品

姚萧品是杭州钱塘人。他家里宴请客人，他就在酒座上死了。过了一顿饭的时间才活过来。说开始有人来招呼他，感觉像是县衙的差人。出门一看，就被捉去了。到了北郭门，有几个衙役在船中。抓他的人让他去拉纤。姚萧品说道："我是世家子弟，没有拉过纤。"于是就被捶打。坚持要离去但不能脱身。于是卖力为他们拉船，到了驿亭桥，已经走了八九里路，鬼就不加防备，于是他就快跑得以脱身。（出《广异记》）

梁守威

唐肃宗在位时，安史之党开始作乱。邢州正处在贼兵的控制境内，安史之党大有安于现状的心态。长安人梁守威，认为自己文武才辩过人，从长安偷偷出来去邢州，想要游说州牧。

到了邢州的西南部，这天夜里在路旁的古墓间休息，突然有一个少年手提着宝剑也来到这里，斥问守威说："你是什么人？"守威说道："我是游说之士，想去邢州游说州牧，让他立功报答皇上。"少年说："我也是游说之士。"守威高兴地向他行礼，两人一起坐在草中，谈论当下的乱事。少年说："你见到州牧，用什么样的话来说服他呢？"守威说道："现在天子登基，太上皇还在，凡是辅佐国家的大臣，应该完全勠力同心来消除丑类。所以不用说太多，邢州牧就能马上听取我的劝告，可以说是因势利导啊。"少年说道："您只知其一，不知其二。现在太子登基，太上皇还在。您以为天下有主了吗？有归宿了吗？但太子登基灵武，六军和大臣都拥戴他，想把他当成天子但奉行上皇，而征兵四海，力剪群盗，收复京城，唯抚而辑之，爵赏军功，亦行后而闻之，则不期而大定也。今日之大事已失，卒不可平天下。我未闻自负不孝之名，而欲诛不忠之辈者也。欲安天下，宁群盗，必待仁主得位。君无说邢牧，我若可说，早已说之。”守威知少年有才略，因长叹曰：“我何之？昔刘琨闻天下乱而喜，我今遇天下乱而忧。”

少年乃命行，诣一大林，及达曙，至林下。见百余人，皆擐甲执兵，乃少年之从者。少年索酒馔，同欢话而别。谓守威曰：“我授君之一言，君当听之。但回长安，必可取爵禄也。太子新授位，自贱而贵者多矣。关内乱之极也，人皆思治愿安，君但以治平之术教关内诸侯，因依而进。何虑不自立功耶？”守威拜谢而回，才行十步已来，顾之不见。乃却诣林下访之，唯见坏墓甚多。（出《潇湘录》）

下的主人。这就像自己树立了不孝的名声。只能让天下人愤怒，又如何能成为天下之主呢？如果太子只尊奉太上皇，征召四海出兵，全力铲除群匪，收复京城，只安抚贼兵，犒赏战斗有功的人。实施之后，天下人都知道了，这样不久天下就安定了。现在大势已去了，最后还是不能平定天下。我不曾听说有谁身负着不孝之名，但却想杀不忠之辈。想要安定天下，平息群盗，一定要等到仁主继位。你不用游说邢州牧，我如果能说，早已经说服他了。”守威知道少年有雄才大略，就长叹了一声，说道：“我去哪儿呢？以前刘琨听说天下大乱而高兴，我现在遇到天下大乱而忧愁。”

少年于是请他到树林去，到天亮时才走到一片林中。看见了一百多人，都身披着战甲，手拿着兵器，都是少年的随从。少年要来了酒菜，和守威话别。对守威说道：“我送您一句话，您应该要听从：只要回长安去，一定能得到官做。太子刚继位，从贫贱升到权贵的人多了。国内乱到了极点，人们都希望得到治理，得到安宁，你只把整治平定天下的道理告诫给国内的诸侯，循序渐进，你又何愁不能立功呢？”守威辞谢后就返回了。才走了十几步，回头就看不见他了。就到刚才去的林中找他，只见有很多毁坏的坟墓。（出《潇湘录》）

卷第三百三十六 鬼二十一

常夷 张守一 郑望 宇文觌 李莹 裴晟 李氏

常夷

唐建康常夷，字叔通，博览经典，雅有文艺。性耿正清直，以世业自尚。家近清溪，常昼日独坐。有黄衫小儿赍书直至阁前曰：“朱秀才相闻。”夷未尝识也，甚怪之。始发其书，云：“吴郡秀才朱均，白常高士。”书中悉非生人语，大抵家近在西冈，幸为善邻，思奉颜色。末有一诗云：“具陈□□□，□□□□□。平生游城郭，殂没委荒榛。自我辞人世，不知秋与春。牛羊久来牧，松柏几成薪。分绝车马好，甘随狐兔群。何处清风至，君子幸为邻。烈烈盛名德，依依仁良宾。千年何旦暮，一室动人神。乔木如在望，通衢良易遵。高门傥无隔，向与折龙津。”其纸墨皆故弊。常夷以感契殊深，叹异久之，乃为答书，殷勤切至。仍直克期，请与相见。既去，令随视之，至舍西一里许，入古坟中。

至期，夷为具酒果。须臾，闻扣门，见前小儿云：“朱秀才来谒。”夷束带出迎。秀才著角巾葛单衣曳履，可年五十许，风度闲和，雅有清致。与相劳苦，秀才曰：“仆梁朝时，本州举秀才高第。属四方多难，遂无宦情，屏居求志。陈永定末，终此地，久处泉壤，常钦风味，幽明路绝，遂废将迎。幸因良会，大君子不见嫌弃，得申郁积，何乐如之。”夷答曰：“仆以暗劣，不意冥灵所在咫尺，久阙承禀，幸蒙殊顾，欣感实多。”

因就坐，啖果饮酒，问其梁陈间事，历历分明。自云朱异从

常夷

唐建康人常夷，字叔通，博览经典，高雅有文采，性情清正耿直。自我尊尚家业。家住在靠近清溪的地方，经常白天独自坐着一天。有个穿着黄衫的小孩，拿着书信直奔他家，说道："朱秀才来信。"常夷不曾认识他，觉得很奇怪，于是就拆开他的书信。上面写着："吴郡秀才朱均，白常高士。"信中都不是活人说的话，大致是说"家在西冈附近，有幸能成为邻居，想见上一面"。最后有一首诗写道："具陈□□□，□□□□□。平生游城郭，殂没委荒榛。自我辞人世，不知秋与春。牛羊久来牧，松柏几成薪。分绝车马好，甘随狐兔群。何处清风至，君子幸为邻。烈烈盛名德，依依伫良宾。千年何旦暮，一室动人神。乔木如在望，通衢良易遵。高门倘无隔，向与折龙津。"书信的纸墨都十分破旧。常夷感慨很深、叹异良久，就写了一封回信，殷勤邀请，约定了日期，和他见面。小孩离开了，常派人跟随着，到住宅西面大概一里路的地方，进到了古墓中。

到了约定的时候，常夷为他准备了酒菜水果。一会儿听到了敲门声，看见了之前来的小孩，说："朱秀才来拜见！"常夷就系上腰带出来迎接。秀才头戴着角巾，穿着葛布单衣，拖拉着鞋。年纪大约五十岁，风度闲和，雅有清致。两人便互相问候，秀才说道："我在南朝梁时，考中了本州的秀才。当时正值天下多难，我就没有做官的心情，就隐居起来保持志气。南陈永定末年的时候死在了这里。长期处于黄泉，总是仰慕高士的风范，阴府路绝，也就消除了相见的期望。幸亏有这次很好的机会，您不嫌弃，能够倾诉心中的抑郁。有什么快乐能像这样呢？"常夷说道："我因为愚昧不曾留意冥灵近在眼前。所以很长时间都没有到府上求见。幸蒙你光顾，非常高兴。"

于是坐下吃水果饮酒，常夷问他陈梁间的事情，他都历历分明。

子，说异事武帝，恩幸无匹。帝有织成金缕屏风，珊瑚钿、玉柄麈尾，林邑所献七宝澡瓶、沉香镂枕，皆帝所秘惜。常于承云殿讲竟，悉将以赐异。昭明太子薨时，有白雾四塞。葬时，玄鹄四双，翔绕陵上，徘徊悲鸣，葬毕乃去。元帝一目失明，深忌讳之。为湘东镇荆州，王尝使博士讲《论语》。至于见瞽者必变色，语不为隐，帝大怒，乃鸩杀之。又尝破北虏，手斩一裨将。于谨破江陵，帝见害，时行刀者乃其子也。沈约母拜建昌太夫人时，帝使散骑侍郎就家读策受印绶，自仆射何敬容已下数百人，就门拜贺，宋梁已来命妇，未有其荣。庾肩吾少事陶先生，颇多艺术。尝盛夏会客，向空大嘘气，尽成雪，又禁诸器物，悉住空中。简文帝诏襄阳造凤林寺，少刹柱木未至，津吏于江中获一樟木，正与诸柱相符。帝性至孝，居丁贵嫔柩，涕泣不绝，卧痛溃烂，面尽生疮。侯景陷台城，城中水米隔绝，武帝既敕进粥，宫中无米，于黄门布囊中赍得四升，食尽遂绝，所求不给而崩。景所得梁人，为长枷，悉纳其头，命军士以三投矢乱射杀之，虽衣冠贵人，亦无异也。陈武帝既杀王僧辩，天下大雨百余日。又说陈武微时，家甚贫，为人庸保以自给。常盗取长城豪富包氏池中鱼，擒得，以担竿系，甚困。即祚后，灭包氏。此皆史所脱遗。事类甚多，不可悉载。

后数相来往，谈宴赋诗，才甚清举，甚成密交。夷家有吉凶，皆预报之。后夷病甚，秀才谓曰："司命追君为长史，吾亦预巡察，此职甚重，尤难其选，冥中贵盛无比。生人会当有死，纵复强延数年，何似居此地？君当勿辞也。"夷遂欣然，不加药疗，数日而自称朱异的侄子，说朱异为武帝做事，所受到的恩宠没人能和他相比。武帝有织成的金缕屏风。珊瑚钿，玉柄麈尾拂尘，林邑所献七宝澡瓶，沉香镂枕，都是武帝珍爱之物。常常在承云殿从头到尾地讲这些事，这些东西都赏赐给了朱异。昭明太子死的时候，有白雾四下涌来。下葬的时候有玄鹄四双，绕着陵墓盘旋，徘徊着悲鸣，下葬完毕才飞走。元帝的一只眼睛失明，非常忌讳。担任湘东镇守荆州的主将时，曾经让博士给他讲解《论语》。讲到瞎眼人时必定改变脸色，博士说话不隐讳，元帝十分的生气，于是就毒死了他。又曾经在攻破北虏时，亲手杀了一名副将。于谨攻破了江陵，元帝被害的时候，拿刀的人是他的儿子。沈约的母亲被封为建昌太夫人，当时皇帝让散骑侍郎到她的家里宣读策书，授予她官印。从仆射何敬容以下有几百人来登门拜贺，宋梁以后，妇人都没有像她这样的荣耀。庾肩吾小时候师从陶先生，陶先生很擅长法术。曾经在盛夏会宴宾客，对着天空大口吹气，气尽便成了雪，又让各种器物全停留在空中，简文帝下诏在襄阳建造凤林寺庙宇，做柱子的木头还没有到，差吏在江中得到了一根樟木，正好和那些柱子一样，简文帝性情孝顺，在丁贵妃的灵柩前，哭泣不停。躺下感觉到疼痛，身体溃烂了，脸上都生了疮。侯景攻陷台城的时候，城中断了水米，武帝同意喝粥，宫中没有米了，在寺院中施得了四升，吃完就没了，再要不给于是就死了。侯景捕获到梁人，戴上长枷，要全砍下他们的脑袋，让军士三次乱箭射之，虽然是衣冠贵人，也不能够幸免。陈武帝杀了王僧辩后，天就下起了大雨，一连一百多天。又传说陈武帝小的时候家里很穷，替别人家当雇工生活，常常偷长城富豪包氏池塘中的鱼，被抓到后用扁担打他。他当了皇帝后，就消灭了包家。这都是史书中遗漏的事情。故事有很多，不能全部都说完。

以后有多次来往，谈宴赋诗，才华坦露，变成了很好的朋友。常夷家有吉凶之事，朱秀才都预报给他，后来常夷病得厉害，秀才对他说道：“司命任命你做长史，我也是先来巡察，这个职务非常重要，人选很困难。在阴界中尊贵无比。活着的人都会死的，虽然勉强多活几年，和担任这个职务有什么两样呢？你不应该推辞。”常夷就高兴

卒。（出《广异记》）

张守一

乾元有张守一，为大理少卿。性仁恕，以平反折狱，死囚出免者甚多。后当早朝，有白头老人，伛偻策杖，诣马前拜谢。守一问故，请避从者，曰："非生人，明公所出死囚之父也。幽明卑贱，无以报德。明公傥有助身之求，或能致耳。请受教。"守一曰："贤子无罪，非我屈法伸恩，不敢当此。忝列九卿，颇得自给，幸无劳苦。"再三慰遣之，鬼曰："当尔且去，傥有求不致者，幸相念。"遂不见。俄尔有诏赐酷，城中纵观，守一于会中窥见士人家女，姿色艳绝，相悦之，而防闲甚急，计无从出，试呼前鬼："颇能为我致否？"言讫即至，曰："此易事耳，然不得多时，才可七日。"曰："足矣，得非变化相惑耶？"鬼曰："明公何疑之深，仆以他物代取其身。"遂营寂静之处，设帷帐。有顷，奄然而至。良久寤惊曰："此何处？"唯守一及鬼在傍，绐云："此是天上天使。"因与款昵，情爱甚切。至七日，谓女曰："天上人间当隔异，欢会尚浅，便尔乖离，如何？"因流涕取别。鬼复掩其目送还。守一后私觇女家，云："家女卒中恶，不识人，七日而醒。"后经十年，又逢此鬼，曰："天曹相召，便当承诀。今奉药一丸，此能点化杂骨，为骨黜刀把之良者。愿公宝之，有急当用。"因歔欷而去。药如鸡卵许大。至武太后时，守一以持法宽平，为酷吏所构。流徙岭表，资用窘竭，乃以药点骨，信然。因取给，药尽遂卒。（出《广异记》）

地同意了，不再使用药物治疗，过了几天就死了。（出《广异记》）

张守一

乾元年中，有一位张守一是大理寺少卿。性情仁慈，因为为狱中的死囚平反，死囚获免出狱的非常多。后来在张守一上早朝的时候，有一个白发老翁，身体伛偻，拄着拐杖到马前拜谢。守一问他原因，他请求回避跟随的人，说道："我不是活人，是明公所放出的死囚的父亲。在阴间的身份卑微，没有机会能报答恩德。明公如果有求助的事，或许能用到我，请告诉我。"守一说道："贤子没有罪，不是因为我枉法施恩，不敢接受你的谢意。我身为九卿，生活能够得到保障，没有什么劳苦。"再三安慰送走他，鬼说道："暂时离开，如果有用到我但是我不在的时候，就请呼唤我。"说完就不见了。不久之后皇上下诏举行酒会，可以在城中尽情观赏，守一在酒会中，看见一个士人家的女儿，姿色美艳绝伦，守一很喜欢她，但是她防范很严，守一想不出办法，于是就试着召唤以前那个鬼："能为我把她弄来吗？"刚说完，鬼就到了。鬼说道："这是容易的事，但是时间不能长，只能七天。"守一说道："足够了，需要变化来让她迷惑吗？"鬼说道："明公为何要顾虑这么多，我用其他的东西来代替她的身体。"于是在寂静的地方建好了一个帷帐，过了一会儿，女子忽然来了。很久之后从睡梦中惊醒过来，说道："这是什么地方？"只有守一和鬼在旁边，骗她道："这是天上的天使。"因此和她亲近，情爱非常殷切。等到了第七天，就对女子说道："天上人间相隔不同，在一起的欢乐没有结束，只能让你离开了，怎么样？"于是流着泪相互告别。鬼又蒙住她的眼睛把她送回去了。后来守一私自去到女子家，她的家人说："女儿突然间病了，不认识人了，过了七天才醒过来。"后来过了十年，守一又一次遇到这个鬼。鬼说："天曹召唤，就应该永别，现在送你一丸药。这个药能融化各种骨头，是蚀骨的好药。你应该要珍惜它，遇到急事再用。"然后就叹息着走了。药丸如同鸡蛋般大小。到了武太后掌权时，守一因为执法公平，被酷吏所拘禁，流放到了岭外，没有钱了，生活非常窘迫。于是把药滴在骨头上，果然和

郑望

乾元中，有郑望者，自都入京，夜投野狐泉店宿，未至五六里而昏黑。忽于道侧见人家，试问门者，云是王将军，与其亡父有旧，望甚喜。乃通名参承，将军出，与望相见。叙悲泣，人事备之，因尔留宿，为设馔饮。中夜酒酣，令呼蘧篨三娘唱歌送酒。少间，三娘至，容色甚丽，尤工唱《阿鹊监》，及晓别去。将军夫人传语，令买锦裤及头髻花红朱粉等。后数月，东归过，送所求物。将军相见欢洽，留宿如初。望问："何以不见蘧篨三娘？"将军云："已随其夫还京。"以明日辞去，出门不复见宅，但余丘陇。望怃然却回，至野狐泉，问居人，曰："是王将军冢。冢边伶人至店，其妻暴疾亡，以苇席裹尸，葬将军坟侧。故呼曰'蘧篨三娘'云。旬日前，伶官亦移其尸，归葬长安讫。"（出《玄怪录》）

宇文觌

韩彻者，以乾元中任陇州吴山令。素与进士宇文觌、辛稷等相善，并随彻至吴山读书，兼许秋赋之给。吴山县令号凶阙，前任多死。令厅有大槐树，觌、稷等意是精魅所凭，私与典正，欲彻不在，砍伐去之。期有一日矣，更白彻。彻谓二子曰："命在于天，责不在树，子等无然。"其谋遂止。后数日，觌、稷行树，得一孔，旁甚润泽，中有青气，上升为云。伺彻还寝，乃命县人掘之。深数尺，得一冢，冢中有棺木，而已烂坏，有少齿发及胫骨胯骨犹在。遥望西北陬有一物，众谓是怪异，乃以五千雇二人取之。初縋，然

鬼说的一样。依靠这个药供给所用，药用尽就死了。（出《广异记》）

郑望

乾元年中，有个名叫郑望的人从东都去往京城，晚上在野狐泉店投宿，没有走五六里路天就黑了。忽然在路旁看见有一户人家，尝试问守门的人，守门人说是王将军家，和他死去的父亲有旧交情，郑望就非常高兴。于是通报姓名想要参拜，将军出来和郑望相见，详细哭诉人事，将军于是留他住了一宿，为他设置了酒菜。半夜喝得兴起的时候，将军下令招呼蘧蒢三娘来唱歌助酒兴。不一会儿三娘到了，样貌十分艳丽，尤其擅于演唱《阿鹊监》，天快亮的时候郑望告别。将军夫人传话说让他买锦袴及头髻、花红、朱粉等几样东西。几个月之后，郑望回来，过来送夫人想买的东西。将军见了十分高兴，和以前一样留住了一宿。郑望问道："怎么没看见蘧蒢三娘？"将军说道："她已经跟着她的丈夫回京了。"第二天郑望告辞，出门之后没有再看见房子，只剩下荒野土丘。郑望怅然返回，走到野狐泉的时候，询问当地的居民。居民说："那里是王将军坟。坟的旁边有个唱戏的住在客店，他的妻子暴病而死，用苇席裹着尸葬在将军的坟侧，所以都说她是'蘧蒢三娘'。十天前唱戏的已经把她的尸体迁移归葬在长安了。"（出《玄怪录》）

宇文觌

韩彻这个人，乾元年中担任陇州吴山的县令。一向和进士宇文觌、辛稷友善交往，他们一起跟随韩彻到吴山去读书，韩彻还给他们秋天赶考的费用。吴山县令的房子被称为凶衙，前几任县令都死了。县令房子的大厅内有一棵槐树，宇文觌、辛稷等认为是精魅依靠的地方，私下和典正商量想趁着韩彻不在的时候，砍掉这棵槐树。有一天告诉了韩彻，韩彻对他们二位说道："命在于天，责任不在于树，你们不用这样。"他们的谋划就停止了。过了几天之后，宇文觌、辛稷走到树前看见一个洞，洞旁边非常湿润，从洞中冒出青气，上画烛一束，二人背刀缘索往视其食瓶，瓶中有水，水上有林檎缒夹等物，泻出地上，悉如烟销。

彻至，命佐史收骨发，以新棺敛葬诸野。佐史偷钱，用小书函，折骨埋之。既至舍，仓卒欲死，家人白彻，彻令巫视之。巫于彻前灵语，云："已是晋将军契苾锷，身以战死，受葬于此县。立冢近马坊，恒苦粪秽，欲求迁改。前后累有所白，多遇合死人，遂令冥苦无可上达。今明府恩及幽壤，俸钱市椋，甚惠厚。胥吏酷恶，乃以书函见贮骨发，骨长函短，断我胯胫，不胜楚痛，故复仇之耳。"彻辞谢数四，自陈："为主不明，令吏人等有此伪欺。当令市椋，以衣被相送。而可小赦其罪，诚幸也。"又灵语云："寻当释之，然创造此谋，是宇文七及辛四。幽魂佩戴，岂敢忘之？辛侯不久自当擢禄，足光其身。但宇文生命薄无位，虽获一第，终不及禄，且多厄难。无当救其三死，若忽为官，虽我亦不能救。"言毕乃去。佐史见释，方获礼葬。

觌家在岐山，久之，锷忽空中语云："七郎夫人在庄疾亟，适已往彼营救，今亦小痊。寻有庄人来报，无可惧也。若还，妻可之后，慎无食马肉。"须臾使至，具如所白。觌入门，其妻亦愈。会庄客马驹死，以熟肠及肉馈觌。觌忘其言而食之，遇乾霍乱，闷而绝气者数矣。忽闻锷言云："令君勿食马，何故违约？马是前世冤家，我若不在，君无活理；我在，亦无苦也。"遂令左右执笔疏方，升变成了云彩。等韩徇回去休息了，就命令小吏挖掘这个洞。在几尺深的地方有一个坟，坟中有棺木已经烂了，有少量的牙齿和头发，胫骨、胯骨都还在。远远看见西北角有一个东西，大家都说是鬼，就用五千钱雇二人去抓鬼。开始用绳子送他们下去，点了一束烛光。二人背着刀顺着绳索下去看见食瓶，瓶中有水，水上有林擒缒夹等物品，倒在了地上就像烟一样消散了。

韩徇来了，命令佐史盛敛骨头和头发，用新的棺材葬在野外。佐史贪污了钱财，折断骨头用小书套装起来就埋葬了。等回到家的时候，突然就快要死了，他的家人把这件事告诉了韩徇，韩徇让巫师查看，巫师在韩徇面前显灵说道："我是晋代的将军契苾锷，因为战斗而死去，被葬在了这个县，坟墓靠近马厩，一直以来因为臭粪的污秽而苦，想要请求迁坟，前后多次诉说，都遇上当死之人，使我在阴间受的苦难都无处上达。现在明府的恩泽涉及我，拿钱买棺材的恩惠极厚，然而酷吏可恶，用书套装我的骨头、头发，骨头长，书套短，折断了我的胫骨和胯骨，疼痛难忍，所以我就报复了他。"韩徇拜谢了四次，自己诉说道："我为官不明，让吏人做出这样欺诈的事。应该派人买棺材，再送上一些衣被。如果能够赦免他的罪过，实在是非常幸运的。"巫师又传灵语说："马上就会放过他。但促成这件事情的是宇文觌和辛稷。我虽然是幽魂，怎么能够忘记呢？辛侯不久就可以升官，光照其身。但宇文生命薄没有官运，虽然能够进士擢第，最终也不能做官，而且他多灾多难。我能救他于三次死难，如果他做了官，即使是我也不能救得了他了。"说完就离开了。佐史被释之后，就以礼埋葬了他。

宇文觌家住在岐山，过了很长时间之后，契苾锷在空中对他说道："七郎的夫人在庄中病得很厉害，刚才我已经去过那里营救，现在已经好了。一会儿庄里人来报告，可以不用担心，如果回家妻子的病好之后，千万不要吃马肉。"过了一会儿，庄里人到了，说的都和契苾锷告诉他的一样。宇文觌进了家门之后，他的妻子病也好了。刚好赶上庄客的马死了，把一些熟肠和马肉送给了宇文觌。宇文觌忘了契苾锷的话就吃了马肉，染上了霍乱，几次呼吸困难。突然听到契苾锷药至服之，乃愈。

后觌还吴山，会岐州土贼欲僭伪号，署置百官，觌有名，被署中书舍人。贼寻被官兵所杀，觌等七十余人，系州狱待旨。锷复至觌妻所，语云："七郎犯事，我在地中大为求请。然要三千贯钱。"妻辞贫家，实不能办。锷曰："地府所用，是人间纸钱。"妻云："纸钱当力办之。"焚毕，复至狱中谓觌曰："我适于夫人所得三千贯，为君属请，事亦解矣。有刘使君至者，即当得放，饱食无忧也。"寻而诏用刘晏为陇州刺史，辞日奏曰："点污名贤，曾未相见，所由但以为逆所引，悉皆系狱。臣至州日，请一切释免。"上可其奏。晏至州，上毕，悉召狱囚，宣出放之。

觌既以为贼所署，耻而还家。半岁余，吕崇贲为河东节度，求书记之士。在朝多言觌者，崇贲奏觌左卫兵曹河东书记，敕赐衣一袭，崇贲送绢百匹。敕至，觌甚喜。受敕，衣绿裳西向拜蹈，奴忽倒地。锷灵语叹息久之，谓觌："勿令作官，何故受之？此度不能相救矣。"觌云："今却还之，如何？"答云："已受官毕，何谓复还？千万珍重，不复来矣。"后四日，觌遇疾卒。初，女巫见锷衣冠甚伟，鬓发洞赤，状若今之库莫奚云。（出《广异记》）

李莹

寿昌令赵郡李莹，同堂妹第十三未嫁。至德初，随诸兄南渡，说道："让你不要吃马肉。为什么要违背约定呢？马是前世冤家，我如果不在的话，你就没有活的可能；我在，就没有苦恼了。"于是就让身边的人拿来笔开药方，药服下之后就好了。

后来宇文觌回吴山，遇到了岐山的土贼另立朝廷，召置百官，宇文觌被任命担任中书舍人。贼兵不久之后就被官军击败，宇文觌等七十多人被关押在州中的监狱中等候发落。契苾锷又到宇文觌妻子的住处说道："七郎犯事了，我在地下为他苦苦求情，但是需要三千贯钱。"妻子推辞说自己是贫穷的家庭，实在没有办法办到。契苾锷说道："地下用的是人间的纸钱。"妻子说："纸钱应该要极力办到的。"纸钱烧完后，契苾锷又到狱中对宇文觌说："我刚才从夫人那里拿到三千贯钱为你求情，事情也解决好了。有一个刘使君来了之后，你就可以被释放，从此饱食无忧了。"不久任命刘晏为陇州刺史的传诏到了，他上书言道："玷污有名贤的人，不曾见过，只是因为逆贼的引诱，全都关押在牢狱。我到州上的时候，请求赦免所有的人。"皇上批准了他的奏章。刘晏到了州上，就召集全部关押在狱中的囚犯。宣布释放了宇文觌。

宇文觌因为被贼兵封官的事情，蒙受耻辱回家还乡。过了半年之后，吕崇贲担任河东节度使，想要找一个担任书记的人。朝中有很多人推荐宇文觌。吕崇贲上奏任命宇文觌为左卫兵曹河东书记，皇帝下诏赏赐衣一袭，崇贲赠送百疋绢。诏书到了的时候，宇文觌很高兴，接过了官服向西拜谢，突然倒在了地上。契苾锷叹息很久，对宇文觌说："让你不要做官，为什么要接受官服呢？这次不能再救你了。"宇文觌说道："现在拒绝，还了官位怎么样？"契苾锷回答说："已经做上官担任官职了，怎么能说再退回去呢？千万要珍重，我不会再来了。"四天之后，宇文觌因为得病而死。开始女巫说看见契苾锷衣帽非常高大，鬓发红赤，样貌很像现在的库莫奚。（出《广异记》）

李莹

寿昌县令是赵郡人李莹，他的堂妹排行第十三，还没有出嫁。

卒，葬于吴之海盐。其亲兄岷，庄在济源，有妹寡居，去庄十余里。禄山之乱，不获南出。上元中，忽见妹还，问其由来，云：“为贼所掠。”言对有理，家人不之诘。姊以乱故，恐不相全，仓卒将嫁近庄张氏。积四五年，有子一人，性甚明惠，靡所不了，恒于岷家独鏁一房，来去安堵。岷家田地，多为人所影占，皆公讼收复之。永泰中，国步既清，岷及诸弟自江东入京参选。事毕还庄，欲至数百里。妹在庄，忽谓婢云：“诸兄弟等数日当至，我须暂住张家。”又过娣别，娣问其故，曰：“频梦云尔。”婢送至中路，遣婢还。行十余步，回顾不复见，婢颇怪之。后二日，张氏报云已死，姨及外甥等悲泣适已，而诸兄弟遂至。因发张氏妹丧。岷言：“渠上元中死，殡在海盐，何得至此？恐其鬼魅。”因往张家临视，举被不复见尸。验其衣镜，皆入棺时物。子亦寻死。（出《广异记》）

裴 䂮

河东裴䂮，幼好弹筝。时有弹筝师，善为新曲，䂮妹欲就学，难其亲受。于是䂮就学，转受其妹，遂有能名。久之，䂮客江湘，卒于南楚。母妹在家，䂮忽轻身独还。家惊喜，问其故，云：“囊赍并奴等在后，日暮方至。”欢庆之后，因求筝弹，复令其妹理曲。有所误错，悉皆正之。累正十余曲，因不复见。须臾，丧舆乃至云。（出《广异记》）

到了至德初年，和她的哥哥一起南渡，死了之后葬在吴地的海盐。她亲哥哥岷住在济源，妹妹寡居在外，距离庄子有十多里路，安禄山作乱的时候，她不能南行。上元年中，忽然看见妹妹回来了，问她从哪儿来，她说被贼兵所掳掠，言辞答对有根有据，家人就不再盘问她。嫂子因为动乱，恐怕不能照顾到她，很快就把她嫁给了附近村子的张家作为媳妇。过了四五年，有了一个儿子，性情十分聪明，没有人不知道的，一直在岷家独占一个房间，来去的时候在此休息。岷家的田地，很多都被别人侵占，都打官司收了回来。永泰年中，国家太平了之后，岷和各位兄弟从江东入京参加选官，结束之后回到庄子，还有几百里就要到了。妹妹在庄子里忽然对婢女说："各位兄弟几天内就会回来了，我要暂时住到张家。"又去和嫂子告别，嫂子问她原因，她说："总是做梦。"婢女送她到途中，她就让婢女回去。婢女走了十几步回头看，她就不见了，婢女觉得十分奇怪。两天之后，张家就来送信说她已经死了。姐妹和孩子们刚刚哭完，各位兄弟就到了，就发送妹妹的丧事。岷说道："她上元年间就死了，葬在海盐，怎么能够到这里？恐怕是她的鬼魂。"于是就到张家查看。掀开被子没有看见尸体，查验她的衣物，全部是当时入殓时的东西。儿子不久之后也死了。（出《广异记》）

裴䣍

河东裴䣍，小的时候爱好弹筝。当时有个弹筝的师傅，擅长弹奏新的曲子，裴䣍的妹妹想跟他学习，难以让他亲自教授。于是裴䣍就学完再转教给他妹妹，于是有了才名。过了很久，裴䣍客居于江湘，死在了南楚。母亲和妹妹在家，裴䣍突然轻装独自回到家里，家人都惊喜地问他原因，裴䣍就说："行李和仆人在后面，晚上才能到达。"欢庆之后，便要筝弹奏，又让他的妹妹弹奏曲子，有错误的地方，他都纠正了过来。一共纠正了十多首曲子之后，就不见了。过了一会儿丧车就到了。（出《广异记》）

李氏

上都来庭里妇人李氏者，昼坐家堂，忽见其夫亡娣，身衣白服，戴布幞巾，径来逐己。李氏绕床避走，追逐不止，乃出门绝骋。崎岖之中，莫敢支吾救援之者。有北门万骑卒，以马鞭击之，随手而消，止有幞头布，掩然至地，其下得一髑髅骨焉。（出《广异记》）

李氏

上都来庭里的妇人李氏，白天在家中坐着，突然看见她丈夫死去的小妾，身穿着白色的衣服，戴着布头巾，径直来追李氏。李氏就绕床躲避着逃跑，她不停地追逐，李氏就跑出门狂奔。道路很崎岖，逃跑时不能呼喊救援的人。在北门遇到骑兵，就用马鞭打她。她便随手消失了，只有布头巾悄然落在地上，在它下面看到一具骷髅。（出《广异记》）

卷第三百三十七　鬼二十二

韦璜　薛万石　范俶　李澣　张勍　牛爽　李咸　李昼
元载　萧审

韦璜

潞城县令周混妻者，姓韦名璜，容色妍丽，性多黠惠。恒与其嫂妹期曰："若有先死，幽冥之事，期以相报。"

后适周氏，生二女，乾元中卒，月余，忽至其家，空间灵语，谓家人曰："本期相报，故以是来。我已见阎罗王兼亲属。"家人问见镬汤剑树否，答云："我是何人，得见是事？"后复附婢灵语云："太山府君嫁女，知我能妆梳，所以见召。明日事了，当复来耳。"明日，婢又灵语云："我至太山，府君嫁女，理极荣贵。令我为女作妆，今得胭脂及粉，来与诸女。"因而开手，有胭脂极赤，与粉，并不异人间物。又云："府君家撒帐钱甚大，四十鬼不能举一枚，我亦致之。"因空中落钱，钱大如盏。复谓："府君知我善染红，乃令我染。我辞己虽染，亲不下手，平素是家婢所以，但承己指挥耳。府君令我取婢，今不得已，暂将婢去，明日当遣之还。"女云："一家唯仰此婢，奈何夺之？"韦云："但借两日耳。若过两日，汝宜击磬呼之。夫磬声一振，鬼神毕闻。"婢忽气尽，经二日不返，女等鸣磬。少选，复空中语云："我朝染毕，已遣婢还，何以不至？当是迷路耳。"须臾婢至，乃活，两手忽变作深红色。

又制五言诗，与姊嫂夫数首，其寄诗云："修短各有分，浮华

韦璜

路城县令周混的妻子，姓韦名璜，容貌娇妍美丽，性情十分聪明贤惠。常常对她嫂妹约定说道："如果有先死的，幽冥的事情，要定期相报告。"

后来嫁给了周混，生了两个女儿，乾元年中死去了，过了一个多月，忽然来到了她家，在空中显灵传语，对着家人说道："本来约好了要相报，所以我就来了。我已看见了阎罗王和亲人。"家人们问她有没有被下油锅和上剑树，她回答道："我是什么样的人，能被这样处置？"后来又附在婢女的身上显灵说道："太山府君嫁女儿，知道我会梳妆，所以被召，明天事情办完之后，还会再来的。"第二天，婢女又显灵说道："我去到了太山，府君女儿出嫁，十分豪华。让我给他女儿梳妆，现得到了胭脂和粉，来送给各位女眷。"于是摊开手，有特别红的胭脂和粉，和人间的东西并没有什么不同。又说道："府君家撒帐的钱很大，四十个鬼都不能举动一枚，我也拿到了。"于是就从空中撒下钱，钱就如同杯子一样大。又说道："府君知道我擅长染红，于是就让我染。我说自己虽然会染，但是不亲自动手，平时是家中的婢女所做的，只是听从我的指挥罢了。府君让我来取婢女，现在是不得已，暂时将婢女借去，明天就可把她送回来。"女眷们说道："一家人都依靠这个婢女，为什么要夺走她呢？"韦璜说："只是借两天罢了，如果超过了两天，你们就可以击磬石来招呼她。磬石一震动，鬼神全都可以听得见。"婢女突然就气绝倒地，过了两天之后还没有回来，女人们就敲响磬石。过了一会儿，韦璜又在空中说话："我已经染完，已经让婢女回去了，怎么还没到？可能是迷路了。"过了一会儿婢女到了。于是她就活过来，两手忽然变成了深红色。

韦璜又写了五言诗，赠送给姊妹、嫂子和丈夫几首，赠的诗这样亦非真。断肠泉壤下，幽忧难具陈。凄凄白杨风，日暮堪愁人。”又二章寄夫，题云“泉台客人韦璜”。诗云：“不得长相守，青春天舜华。旧游今永已，泉路却为家。”其一：“早知别离切人心，悔作从来恩爱深。黄泉冥寞虽长逝，白日屏帷还重寻。”赠嫂一章，序云《阿嫂相疑留诗》，曰：“赤心用尽为相知，虑后防前秖定疑。案牍可申生节目，桃符虽圣欲何为。”见其亲说云尔。（出《广异记》）

薛万石

薛万石，河东人。广德初，浙东观察薛兼训用万石为永嘉令。数月，忽谓其妻曰：“后十日家内食尽，食尽时，我亦当死。米谷荒贵，为之奈何？”妇曰：“君身康强，何为自作不祥之语？”万石云：“死甚可恶，有言者，不得已耳。”至期果暴卒，殓毕，棺中忽令呼录事佐史等。既至，谓曰：“万石不幸身死，言之凄怆。然自此未尝扰君，今妻子饥穷，远归无路。所相召者，欲以亲爱累君。”尔时永嘉米贵，斗至万钱，万石于录事已下求米有差。吏人凶惧，罔不依送。迨至丞尉亦有赠。后数日，谓家人曰：“我暂往越州，谒见薛公。汝辈既有粮食，吾不忧矣。”自尔十余日无言，妇悲泣疲顿，昼寝，忽闻其语，惊起曰：“君何所来？”答云：“吾从越还，中丞已知吾亡，见令张卿来迎，又为见两女择得两婿。兄弟之情，可为厚矣。宜速装饰，张卿到来，即可便发。不尔，当罹山贼之劫，第宜速去也。”家人因是装束。会卿至，即日首途，去永嘉二百里，温州为贼所破。家人在道危急，即焚香谘白，必有所言，不问即否。亲见家人白之。（出《广异记》）

写道："修短各有分，浮华亦非真。断肠泉壤下，幽忧难具陈。凄凄白杨风，日暮堪愁人。"又有两首赠给丈夫，落款是云泉台客人韦璜。诗写道："不得长相守，青春夭舜华。旧游今永已，泉路却为家。"另一首是："早知别离切人心，悔作从来恩爱深。黄泉冥寞虽长逝，白日屏帷还重寻。"赠予嫂子一首，序写道"阿嫂相疑留诗"，诗曰："赤心用尽为相知，虑后防前只定疑。案牍可申生节目，桃符虽圣欲何为。"这事被她的亲属传开了。（出《广异记》）

薛万石

薛万石，是河东人。广德初年，浙东的观察使薛兼训任命薛万石担任永嘉县令。几个月后，万石突然对他妻子说道："十天之后家中吃的东西就没了，那个时候，我也会死了。粮食稀少又很贵，怎么办呢？"妇人说道："你的身体很健康强壮，为什么自己要说不吉利的话呢？"万石说道："死是非常讨厌，有话要告诉你，迫不得已啊。"到那时万石果然就突然死了，盛殓结束后，棺中突然命令要招呼录事、佐史等人，他们就全部到了，万石对他们说道："万石不幸死了，说起来很凄怆。然而从前不曾打扰过你们，现在妻子和孩子贫穷饥饿，想远归却没有路可以走。所以招呼你们，就是想把亲人托付给你们。"那时是永嘉年，米很贵，一斗要达到一万钱，万石已经求录事给他家粮食，差吏很凶，但也没有不按照所托的相送，就连县丞、县尉也都有所赠送。几天之后，万石就对家人说道："我暂时去往越州，拜见薛兼训公，你们既然有了粮食，我就没有忧虑了。"从此开始十多天没有消息，妇人悲哭至疲劳困顿，白天睡觉的时候，突然听见了他说话，惊讶地起身说："您希望我们做什么呢？"万石回答说："我从越州回来，中丞已经知道我死了，让张卿过来迎接，还给两个女儿选择了两个女婿。兄弟之间的情谊，可以说是很深厚了。赶快整理好行装，张卿来到的时候，就立即出发，不然的话就会遇到山贼打劫，所以要尽快离开。"家人于是就收拾行李，等张卿到的时候，当天就出发离开了。在离永嘉二百里的温州被贼打劫，家人在路

范俶

范俶者，广德初，于苏州开酒肆。日晚，有妇人从门过，色态甚异。俶留宿，妇人初不辞让。乃秉烛，以发覆面，向暗而坐。其夜与申宴私之好，未明求去，云失梳子，觅不得。临别之际，啮俶臂而去。及晓，于床前得一纸梳，心甚恶之。因而体痛红肿，六七日死矣。（出《广异记》）

李澣

河中少尹李澣，以广德二年薨。初七日，家人设斋毕，忽于中门见澣独骑从门而入。奴等再拜，持澣下马，入座于西廊。诸子拜谒泣，澣云："生死是命，何用悲耶？只搅亡者心耳。"判嘱家事久之。澣先娶项妃妹，生子四人。项卒，再娶河南窦滔女，有美色，特为澣所爱。尔窦惧不出，澣使呼之。逆谓之曰："生死虽殊，至于恩情，所未尝替，何惧而不出耶？每在地下，闻君哭声，辄令凄断。悲卿亦寿命不永，于我相去不出二年。夫妻义重，如今同行，岂不乐乎？人生会当有死，不必一二年在人间为胜。卿意如何？"窦初不言，澣云："卿欲不从，亦不及矣。后日，当使车骑至此相迎，幸无辞也。"遂呼诸婢，谓四人曰："汝等素事娘子，亦宜从行。"复取其妻衣服，手自别之，分为数袋，以付四婢，曰："后日可持此随娘子来。"又谓诸子曰："吾虽先婚汝母，然在地下殊不相见，不宜以汝母与吾合葬，可以窦氏同穴。若违吾言，神道是殛。"言毕便出。奴等送至门外，见澣驶骑走，而从东转西不复见。后日车骑至门，他人不之见，唯四婢者见之。便装束窦，取所

途中遇到危险，就会焚香告诉他，一定会有话传来。不论怎样，亲自听见他家人说这件事了。（出《广异记》）

范俶

范俶这个人，广德初年，在苏州开酒馆。有一天晚上，有个妇人从门前经过，脸色神态十分奇怪，范俶就留她住宿，妇人刚开始没有推辞。而后就手拿着蜡烛，用头发盖住脸庞，对着暗处坐着。这天晚上和范俶偷偷交好，天没有亮就请求离开，说丢失了梳子，找不到，离别的时候，咬了范俶臂膀后离去，等到天亮之后，范俶在床前看到一把纸梳子，心里十分讨厌它。于是身体红肿疼痛，过了六七天就死了。（出《广异记》）

李澣

河中少尹李澣，在广德二年死了。初七日，家人设祭完毕后，突然在门中看见了李澣独自骑着马从门外进来。仆人等一再行礼，扶着李澣下马后，在西廊入座。孩子们都哭着拜见他，李澣说道："生死是命所决定的，为什么要悲伤呢？只会搅扰死者的心。"教诲嘱咐很长时间的家事。李澣先娶了项妃的妹妹，生了四个孩子。项氏去世之后，又娶了河南窦滔的女儿，有姣好的容貌，特别被李澣所宠爱。然而窦氏害怕不敢出来，李澣让人去招呼她，面对着她，然后对她说道："生死虽然不同，至于恩情，还没有能替换的，为什么要害怕而不出来呢？我每在地下听到你的哭声，就很伤心。伤心你也寿命不长，和我相隔不超过两年。夫妻之间情义深重，如今可以同行，难道不快乐吗？每个人生来都会死，不必看重一二年在人间的乐趣，你觉得怎么样呢？"窦氏开始的时候没有说话，李澣说道："你如果不听从，也不能等你了。后天会让车马到这迎接，不要推辞。"于是召唤了几个婢女，对她们四个人说道："你们一直侍奉娘子，也应跟着一起同行。"又拿来妻子的衣服，亲自分开，分为几袋，把它们交给四个婢女，说道："后天可拿着这东西跟随娘子一起来。"又对几个孩子

选衣服，与家人诀，遂各倒地死亡。（出《广异记》）

张 勍

代宗时，河朔未宁，寇贼劫掠。张勍者，恒阳人也，因出游被掠。其后亦自聚众，因杀害行旅，而誓不伤恒阳人。一日引众千人至恒阳东界。夜半月明，方息大林下，忽逢百余人，列花烛，奏歌乐，与数妇人同行。见勃，遥叱之曰："官军耶？贼党耶？"勍左右曰："张将军也。"行人曰："张将军是绿林将军耶？又何军容之整，士卒之整也？"左右怒，白勍，请杀之，因领小将百人与战。行人持戈甲者不过三二十人，合战多伤士卒。勃怒，自领兵直前，又数战不利。

内一人自称幽地王："得恒阳王女为妻，今来亲迎。比夜静月下涉原野，欲避繁杂，不谓偶逢将军。候从无礼，方叱止之。因不犯将军之怒。然素闻将军誓言，不害恒阳人。将军幸不违言。"以恒阳之故，勍许舍之，乃曰："君辈皆舍，妇人即留。"对曰："留妇人即不可，欲斗即可。"勍又入战，复不利，勍欲退。左右皆愤怒，愿死格。遂尽出其兵，分三队更斗，又数战不利。见幽地王挥剑出入如风，勍惧，乃力止左右。勍独退而问曰："君兵士是人也？非人也？何不见伤？"幽地王笑言曰："君为短贼之长，行不平之事，而复欲与我阴军竞力也。"勍方下马再拜。又谓勃曰："安说道："我虽然先和你们母亲结婚，但在地下不能相见，不应该把你们的母亲和我合葬，可以把窦氏和我合葬，如果违背了我的话，神通就会杀掉你们。"说完之后就出来了，仆人们送他到门外，看着李澣骑着马就跑了，从东转向西就不能再看见了。后天车马到了门口，其他的家人都没有看见，只有四个婢女看见了。就为窦氏做准备，拿着所选的衣服，和家人告别，于是各自倒地死了。（出《广异记》）

张勍

代宗时，河朔一带很不太平，寇贼劫掠。张勍是恒阳人，曾经因为出游被掳掠，后来张勍自己也聚众抢劫，因而杀害出行的人，但发誓不会伤害恒阳人。有一天，张勍带领一千人到了恒阳的东部，半夜的时候因为空中有明月，才歇息在树林中，突然遇到一百多人，列举着花烛，大声演奏歌乐，和几个妇人一起走着，看到了张勍，远远地喝问道："是官军？还是贼寇呢？"张勍左右的人说道："是张将军。"行人说道："张将军是绿林将军吗？又如何能军容整齐，士卒整齐呢？"张勍左右的人非常生气，就把这件事报告了张勍，请求杀他们，于是带领百余士卒出战。那一队人拿兵器的只有二三十人，交战起来张勍的士卒却多有损伤。张勍十分生气，就亲自带领士兵上前，又战斗了几次也没能取胜。

行人中有一个自称幽地王的，说他要娶恒阳王的女儿做妻子，现在亲自来迎娶。趁着寂静的夜月走过原野，想要躲避麻烦，不料偶然遇到了张将军。随从们无礼，正要喝斥制止他们，不要使将军生气，但是一直听说将军发誓不会伤害恒阳人，请将军不要违背誓言。因为是恒阳人，张勍准许放他们走，就说："你们这些人都可以离开了，妇人要留下。"对方回答说道："留下妇人不可以，想要再战还可以。"张勍再次进行战斗，还是没能取胜，张勍想撤退，左右的人都非常生气，愿意以死相拼。于是出动了全部的兵力，分三队来战，又几次的战斗都没有胜利。只看见幽地王挥着剑像风一样出入战阵，张勍心生恐惧，就全力阻止左右的人。独自撤退时问道："你的兵士是人？还是不是人？为什么不会受伤？"幽地王笑着说道：

禄山父子死，史氏僭命，君为盗，奚不以众归之，自当富贵？”勍又拜曰：“我无战术，偶然贼众推我为长，我何可佐人？”幽地王乃出兵书一卷，以授之而去。勍得此书，颇达兵术。寻以兵归史思明，果用之为将。数年而卒。（出《潇湘录》）

牛爽

永泰中，牛爽授庐州别驾。将之任，有乳母乘驴，为镫研破股。岁余，疮不差。一旦苦疮痒，抑搔之，若虫行状。忽有数蝉，从疮中飞出，集庭树，悲鸣竟夕。家人命巫卜之，有女巫颇通神鬼。巫至，向树呵之，咄咄语。诘之，答：见一鬼黑衣冠，据枝间，以手指蝉以导，其词曰：“东堂下，余所处。享我致福，欺我致祸及三女。”巫又言，黑衣者灶神耳。爽不信之，网蝉杀之，逐巫者。后岁余，无异变。爽有三女，在闺房。夏月夜褰闱，爽忽觉前床有一长大尸，白衾覆而僵卧。爽大怖，私语其妻，妻见甚慑。爽尝畜宝剑，潜取击之，划然而内惊叫。及烛，失其鬼，而闺中长女腰断矣，流血满地，爽惊恸失据。大小乱哭，莫知其由。既后半年，夜晦冥，爽列灯于奥，方寝心动，惊觉。又见前鬼在床，爽神迷，仓卒复刎之，断去。闺中乱喧，次女又断腰矣。举家惶振，议者令爽徙居，明鬼神不可与竞，爽终不改。明年又见，卒杀三女。而亲友强徙之他第，爽抱疾亦卒，果如蝉言。

“你是一群盗贼的首领，做不正当的事，还想和我们阴曹地府的士兵较量吗？”张勍才下马拜了又拜，幽地王又对张勍说道：“安禄山父子已经死了，现在史思明代替发号施命，你是盗贼，为什么不带领众人归顺他呢？自然就可以富贵了。”张勍又拜谢后说道：“我不懂得兵法，偶然间贼众推举我作为首领，我如何才能指挥人呢？”幽地王于是拿出一卷兵书，交给了他之后就离开了。张勍得到了这本兵书之后，就很精通兵法。不久率领众人归顺了史思明，史思明果然任命他做将军，几年之后就死了。（出《潇湘录》）

牛爽

永泰年中，牛爽被任命为庐州别驾。将要去上任，他有个乳母骑驴磨破了大腿。一年多了生了疮也没恢复。有一天早上，苦于腿疮搔痒难忍，就挠了几下，疮像个虫子的形状。突然有几只蝉从疮中飞了出来，都停在庭院中的树上哀叫到夜晚。家中让巫师卜算这件事。有一位女巫，十分精通神鬼之道，巫师对着树不断训斥。人们问她，她回答说道：“看见一个穿戴着黑色衣帽的鬼，站在树枝上。用手指着蝉传话过来：‘东堂的下面，是我所居住的地方。供奉我就能得到福祉，欺负我的话就会有祸降临到三个女儿的身上。’”女巫又说道：“黑衣人是灶神。”牛爽不相信她，用网抓住蝉并杀死了，赶走了巫师。后来一年多都没有变故。牛爽家里有三个女儿在闺房中，夏天月夜关门在家中，牛爽突然发觉有一具又长又大的尸体，白衣覆盖着僵卧在床。牛爽十分害怕，偷偷告诉了他的妻子，妻子看见了也很害怕。牛爽曾经保存一把宝剑，悄悄拿出来刺杀鬼，划了一下被里发出大声惊叫，等灯火点亮后鬼就消失了。可是闺中长女的腰已经断了，血流了满地，牛爽又惊讶又悲痛，不知道该怎么办。一家大小都在乱哭，不知道其中的缘故。在这之后过了半年，有天夜里昏暗，牛爽掌灯在屋子的西南角，刚刚睡下，心中一动就有了警觉，看见了以前的鬼又在床上。牛爽便神迷不清，仓促间又挥剑刺杀鬼，断了之后便消失了。闺阁中一片混乱喧哗，次女的腰又断了。全家都惊惶失措，议论此事的人让牛爽搬家，知道不能跟鬼神争胜，牛爽始终不改。第二年鬼后有华岳道士褚乘霞，善驱除，素与爽善，闻之而来。郡以是宅凶，废之。霞至独入，结坛守。其日暮，内闻雷霆搜索，及明，发屋拔木。道士告郡，命锹锸，发堂下丈余，得古坟，铭曰“卓女坟”。道士说，宵中，初有甲兵与霞战，鬼败而溃散。须臾，有一女子，年二十许，叩头谢，言是卓女郎。霞让之，答曰：“非某过也，宿命有素。值爽及女命尽，且不修德，而强梁诬欺，自当尔。”乘霞遂徙其坟，宅后不复凶矣。（出《通幽录》）

李咸

太原王容与姨弟赵郡李咸，居相卫间。永泰中，有故之荆襄，假公行乘传。次邓州，夜宿邮之厅。时夏月，二人各据一床于东西间，仆隶息外舍。二人相与言论，将夕各罢息，而王生窃不得寐。

三更后，云月朦胧，而王卧视庭木。荫宇萧萧然，忽见厨屏间有一妇人窥觇，去而复还者再三。须臾出半身，绿裙红衫，素颜夺目。时又窃见李生起坐，招手以挑之。王生谓李昔日有契，又必谓妇人是驿吏之妻，王生乃佯寐以窥其变。俄而李子起就妇人，相执于屏间，语切切然。久之，遂携手大门外。王生潜行阴处，遥觇之。二人俱坐，言笑殊狎。须臾，见李独归，行甚急，妇人在外屏立以待。李人厨取烛，开出书笥，颜色惨凄。取纸笔作书，又取衣物等，皆缄题之。王生窃见之，直谓封衣以遗妇人，辄不忍惊，伺其睡，乃拟掩执。封衣毕，置床上却出。顾王生且睡，遂出屏，又出现了，杀死了三女儿。亲友们强制让他搬了家。牛爽也得病死了，果然和蝉所说的一样。

后来有个华山道士褚乘霞擅长驱除鬼，一直和牛爽相处得很友善，听说了这事就来到这个州郡，这个郡的人认为这个宅子是凶宅，要废掉它。褚乘霞到了这里独自一人走进去之后，设好坛守护。那天晚上，听到里边雷霆大作，搜索交战。等到天亮以后，毁掉屋子，拔除树木。道士告诉州郡，让人用铁锹挖开屋子下面一丈多深后，看到一座古坟，墓铭写道："卓女墓。"道士说，刚到半夜的时候有甲兵和他战斗，鬼失败后就溃散了。一会儿有个女子，年纪二十左右，叩谢说自己是卓女。乘霞便责怪她，她回答道："不是我的过错，命运就是这样的。刚刚好该牛爽和女儿命到了尽头，而且不修德还蛮横欺诈，自然应该这样。"乘霞于是迁走了她的坟墓，房子后来就不再有凶了。（出《通幽录》）

李咸

太原王容和赵郡的表弟李咸，住在相州卫州一带。永泰年间，有事要去荆襄，利用公差去乘坐驿车，第二天到了邓州，晚上住在了邮驿的大厅里。当时是夏天，两人在东西间各自占用一张床，仆隶就在外屋休息。两人互相谈话，后来就结束谈话各自休息，但是王容睡不着觉。

三更之后，云和月都朦朦胧胧，王容就躺着看庭院中的树，树荫下十分冷落凄清，突然看见厨屏间有一个妇人在偷看，来去往返三次。过了一会儿，现出半身，绿色的裙子、红色的衣衫，素颜很是醒目。这时又看见李咸起身坐了起来，挥动手臂来挑逗她。王容以为李咸之前和她有约定，又以为妇人肯定是驿站差吏的妻子，王容于是假装睡着来静观其变。过了一会儿李咸从床上起来走近妇人，在屏间手拉着手，言语切切的样子。很久之后，就拉着手走出了大门。王容悄悄地走到暗处，远远地偷看他们，两个人都坐着，有说有笑互相调情。一会儿之后，就看见李咸一个人回来，走得很快，妇人在屏外站着等待。李咸到厨房拿出了蜡烛，打开书箱，脸色悲伤哀凄，与妇人语。久之，把被俱入下厅偏院。院中有堂，堂有床帐，供树森森然。既入食顷，王生自度曰："我往袭之，必同私狎。"乃持所卧枕往，潜欲惊之。比至入帘，正见李生卧于床，而妇人以披帛绞李之颈，咯咯然垂死。妇人白面，长三尺余，不见面目，下按悉力以勒之。王生仓卒惊叫，因以枕投之，不中，妇人遂走。王生乘势奔逐，直入西北隅厨屋中。据床坐，头及屋梁，久之方灭。童隶闻呼声悉起，见李生毙，七窍流血，犹心稍暖耳。方为招魂将养，及明而苏。王生取所封书开视之，乃是寄书与家人，叙以辞诀，衣物为信念。不陈所往，但词句郑重，读书恻怆。

及李生能言，问之，都不省记。但言仿佛梦一丽人，相诱去耳，诸不记焉。驿之故吏云，旧传厕有神，先天中，已曾杀一客使。此事王容逢人则说，劝人夜不令独寐。（出《通幽录》）

李 昼

李昼为许州吏，庄在扶沟。永泰二年春，因清明归，欲至伯梁河。先是路傍有冢，去路约二十步，其上无草，牧童所戏。其夜，李昼忽见冢上有穴，大如盘，兼有火光。昼异之，下马跻冢焉。见五女子，衣华服，依五方，坐而纫针。俱低头就烛，砣砣不歇。昼叱之一声，五烛皆灭，五女亦失所在。昼恐，上马而走。未上大拿出了纸笔写字，又拿出衣物等，都写上了名字。王容偷偷看到，只是以为李咸要把衣服送给妇人，就不忍心去惊动他，想等他睡下之后，就偷偷抓住她。李咸安排好衣服，放在床上然后出去了。看见王容已经睡下，就出屏和妇人说话。很久之后，拿着被子都去了偏院，院子里有堂屋，堂屋里有床帐，树木阴森寒冷的样子。进去了大概一顿饭的工夫之后，王容推测道："我去偷袭他们，他们一定睡在一起。"就拿着自己睡觉用的枕头去了，偷偷走进去想惊吓他们。等他进入帘内，正看见李咸躺在床上，而妇人正用衣带绞了李咸的脖子，李咸像快要死了的样子。妇人白色的脸，有三尺多长，看不见她的样貌，向下按住李咸，用尽力气来勒他。王容突然惊叫起来，就用枕头去砸她，没砸中，妇人就跑开了。王容趁势去追她，妇人直接进入西北角的厨房中。在床上坐着，脑袋碰到了房梁，很久之后才消失。童仆们听到叫声全部都起来了，看见李咸死了，七窍流着血，只是心口还是热的。于是为他招魂抢救，等到了天亮的时候才苏醒过来。王容拿来他写的书信打开查看，竟是寄信给家人，叙述的是告别的话，衣物作为想念之物，没说去哪里，但是所写词句郑重。信读起来很是哀伤。

等到李咸可以说话了，问他这件事，他全部不记得了。只说好像梦见一个美丽的女子，引诱他离开这里，其他的事他全部不记得了。驿站的老吏说道："以前传说厕所有鬼神，先天年间，曾经杀死一个客使。"这件事情王容遇到人就会说，告诫别人晚上不能独自睡觉。（出《通幽录》）

李昼

李昼是许州的官吏，住在扶沟。永泰二年春天，清明节回家，要去到伯梁河，去的途中路边有一座坟墓，离大路大概有二十步，坟墓上面没有草，是牧童嬉戏的地方。在这天晚上，李昼突然看见坟上有洞穴，和盘石一样大，而且有火光。李昼觉得很奇怪，就下马登上坟墓，看见五个女子穿着华丽的衣服，依照五个方位坐着缝补，全都低着头凑近烛光，勤勉不息的样子。李昼呵斥了一声，五处烛光路，五炬火从冢出，逐昼。昼走不能脱，以鞭挥拂，为火所爇。近行十里，方达伯梁河，有犬至，方灭。明日，看马尾被烧尽，及股胫亦烧损。自后遂目此为五女冢，今存焉。（出《博异志》）

元载

大历九年春，中书侍郎平章事元载，早入朝，有献文章者，令左右收之。此人若欲载读，载云：“俟至中书，当为看。”人言：“若不能读，请自诵一首。”诵毕不见，方知非人耳。诗曰：“城东城西旧居处，城里飞花乱如絮。海燕衔泥欲下来，屋里无人却飞去。”载后竟破家，妻子被杀云。（出《玄怪录》）

萧审

萧审者，工部尚书旻之子。永泰中，为长洲令，性贪暴，然有理迹，邑人惧惮焉。审居长洲三年，前后取受无纪极。四年五月，守门者见紫衣人三十余骑，从外入门。迎问所以，骑初不言，直至堂院。厅内治书者皆见。门者走入，白审曰：“适有紫衣将军三十骑直入，不待通。”审问：“其人安在？焉得不见？”门者出至厅。须臾，见骑从内出，以白衫蒙审，步行。门者又白奇事，审顾不言。诸吏送至门，不复见。俄闻内哭，方委审卒。后七日，其弟宇复墓，忽倒地作审灵语，责宇不了家事，数十百言。又云：“安胡者，将吾米二百石，绢八十匹，经纪求利。今幸我死，此胡辜恩，已走矣。明日食时，为物色捉之。”宇还至舍，记事白嫂，婢尔日亦灵语云然。宇具以白刺史常元甫，元甫令押衙候捉，果得安胡。米绢具在，初又云：“米是己钱，绢是枉法物，可施之。”宇竟施绢。（出《广异记》）

都灭了，五个女子也都消失了。李昼觉得害怕，就上马逃跑了。还没走上大道，五炬火光就从坟里出来追赶李昼。李昼不能逃脱，就用马鞭挥打，被火烧着了，走了快十里路，才到达伯梁河，有狗来了，灯火才熄灭。第二天看见马尾巴被烧没了，大腿和小腿也烧伤了。从此之后就把这坟看成五女坟，如今还留存在那里。（出《博异志》）

元载

大历九年春天，中书侍郎平章事元载早起上朝的时候，遇到一个献文章的人，元载让随从收下来。这个人想让元载读，元载说道："等回到中书省，再为你看。"那个人说道："如果不能读，请允许我自诵一首。"诵完以后就不见了，诗曰："城东城西旧居处，城里飞花乱如絮。海燕衔泥欲下来，屋里无人却飞去。"元载后来果然家道败落，妻子和孩子都被杀了！（出《玄怪录》）

萧审

萧审是工部尚书萧旻的儿子。永泰年中担任长洲令，性情贪婪暴虐，然而有规律可循，邑人都非常害怕他。萧审在长洲做官三年，前前后后收受的贿赂，无法无纪已经到了极点。永泰四年五月，守门人看见三十多个身穿紫衣骑马的人从外面进入门内，守门人迎上去问做什么，骑马的人刚开始不说话，直接到了堂院的厅内，厅内管书的人全部都看见了。守门人禀告萧审说："刚才有紫衣将军三十个，直扑进来，来不及通报。"萧审问道："那些人在哪儿？为什么看不见？"守门人出来到厅堂，一会儿过后，就看见骑马的人从里边出来，用白色的衣服蒙住萧审步行出来。守门人又说道："奇事啊。"萧审看着不说话，几个官吏送到门口，不能再看见他们了。过了一会儿，就听到了里面有人哭，才知道萧审已经死了。七天之后，他的弟弟萧宇去扫墓，突然倒地成了萧审显灵传话，责怪萧宇不管理家事，说了几百句话。后来又说："安胡这个人，把我的二百石米，八十匹绢，拿去经营挣了钱。现在安胡庆幸我死了，他辜负我的恩情然后跑了。明

天吃饭的时候，准备要抓他。”萧宇回到家，把他所记得的事情都转述给嫂子听，嫂子当天也传灵语这样说。萧宇就详细地把这件事告诉了刺史常元甫。元甫派衙役等候捉安胡，果然捉住了他。米和绢都在，萧审又说道：“米是自己的钱买的，绢是贪赃枉法来的物品，可以施舍给别人。”于是萧宇就全部施舍了绢。（出《广异记》）

卷第三百三十八 鬼二十三

卢仲海 王垂 武丘寺 李佐公 窦裕 商顺 李载 高励 萧遇 朱自劝

卢仲海

大历四年，处士卢仲海与从叔缵客于吴。夜就主人饮，欢甚，大醉。郡属皆散，而缵大吐，甚困。更深无救者，独仲海侍之。仲海性孝友，悉箧中之物药以护之。半夜缵亡，仲海悲惶，伺其心尚暖，计无所出。忽思礼有招魂望反诸幽之旨，又先是有力士说招魂之验，乃大呼缵名，连声不息，数万计。忽苏而能言曰："赖尔呼救我。"

即问其状，答曰："我向被数吏引，言郎中令邀迎。问其名，乃称尹。逡巡至宅，门阀甚峻，车马极盛。引入，尹迎劳曰：'饮道如何，常思曩日破酒纵思，忽承戾止。浣濯难申，故奉迎耳。'乃遥人，诣竹亭坐。客人皆朱紫，相揖而坐。左右进酒，杯盘炳曜，妓乐云集，吾意且洽，都忘行李之事。中宴之际，忽闻尔唤声。众乐齐奏，心神已眩，爵行无数，吾始忘之。俄顷，又闻尔唤声且悲，我心恻然。如是数四，且心不便，请辞，主人苦留，吾告以家中有急，主人暂放我来，当或继请。授吾职事，吾向以虚诺。及到此，方知是死，若不呼我，都忘身在此。吾始去也，宛然如梦。今但畏再命，为之奈何？"仲海曰："情之至隐，复无可行。前事既验，当复执用耳。"因焚香诵咒以备之。

卢仲海

大历四年，处士卢仲海和堂叔缵客居在吴地。晚上和主人喝酒，喝得十分高兴，最后大醉。其他人都走了，然而缵吐得很厉害，且感觉非常困倦。没有服侍他的人，只有卢仲海在服侍他。仲海是心性孝敬长者的人，拿出药盒中的所有药品来救护他。半夜的时候缵死了，仲海非常悲伤又惶恐，观察到他的心口还是热的，突然想到《礼》书上有招魂从冥界返回的说法，之前又听术士说过招魂的例子，于是大声呼喊缵的名字，连续不停地喊，喊了有几万次。忽然缵苏醒了说道："全靠你呼喊救了我。"

仲海随即问他情况，缵回答说道："我被几个差吏引导，说郎中让他们邀请我。询问主人的名字，说是姓尹。就犹犹豫豫地走到门前，大门特别高大，有很多车马。进去之后，尹迎出来说：'酒量怎么样？我常常怀念以前豪爽喝酒的日子，后来因为出错就戒掉了。难以洗雪，因此请您前来。'于是走了很远到了竹亭坐下。客人都穿官服，互相行礼后坐下。左右有侍酒斟酒的人，杯盘都闪耀发光，妓人的舞乐云集，我的情绪十分融洽，都忘记我们出来行走的事了。宴会中途的时候，突然听到了你呼唤我的声音。各种乐器一齐演奏，我的心神已经迷惑，喝了很多酒，我就忘了你呼唤我的事。过了一会儿，又听到你呼唤我的声音，而且非常伤心，我的心里也很悲伤。像这样多次之后，我的心中觉得不安宁，便请求告辞，主人苦苦挽留，我告诉他因为家中有急事，主人就暂时放我回来，还要继续邀请我，授予我官职，我对他假装答应。等到了这里之后，才知道我已经死了，如不召唤我，我都忘记自己的身体在这里了。从我离开时开始，就像做梦一样。现在只是害怕再来邀请我，这事应该怎么办呢？"仲海说道："事情到了这个地步，再没有别的办法可行了。前面那件事既然已经言语之际，忽然又没，仲海又呼之，声且哀厉激切，直至欲明方苏。曰：“还赖尔呼我，我向复饮，至于酣畅。坐寮径醉，主人方敕文牒，授我职。闻尔唤声哀厉，依前恻怛。主人讶我不怡，又暂乞放归再三。主人笑曰：‘大奇。’遂放我来。今去留未诀。鸡鸣兴，阴物向息，又闻鬼神不越疆。吾与尔逃之，可乎？”仲海曰：“上计也。”即具舟，倍道并行而愈。（出《通幽录》）

王垂

太原王垂与范阳卢收友善。唐大历初，尝乘舟于淮浙往来。至石门驿旁，见一妇人于树下，容色殊丽，衣服甚华，负一锦囊。王卢相谓曰：“妇人独息，妇囊可图耳。”乃弥棹伺之，妇人果问曰：“船何适？可容寄载否？妾夫病在嘉兴，今欲省之，足痛不能去。”二人曰：“虚舟且便，可寄尔。”妇人携囊而上，居船之首。又徐挑之，妇人正容曰：“暂附，何得不正耶？”二人色怍。垂善鼓琴，以琴悦之。妇人美艳粲然，二人振荡，乃曰：“娘子固善琴耶？”妇人曰：“少所习。”王生拱琴以授，乃抚轸泛弄泠然。王生曰：“未尝闻之，有以见文君之诚心矣。”妇人笑曰：“委相如之深也。”遂稍亲合，其谈谐慧辩不可言，相视感悦，是夕与垂偶会船前。收稍被隔碍，而深叹慕。夜深，收窃探囊中物，视之，满囊髑髅耳。收大骇，知是鬼矣，而无因达于垂。听其私狎，甚缱绻。既而天明，妇人有故暂下，收告垂，垂大慑曰：“计将安出？”收曰：“宜伏篑下。”如其言。须臾，妇人来，问：“王生安在？”收绐之曰：“适上岸矣。”妇人甚剧，委收而追垂，望之稍远，乃弃于岸。并棹倍行，数十里外，不见来，夜藏船处闹。半夜后，妇人至，直应验了，就应该再一次使用。”缵于是焚香吟诵咒语来预防不测。

在说话的时候，忽然又死去了，仲海再一次呼唤他，声音十分悲哀急切，一直到天快亮的时候，缵才苏醒过来，说道：“还是依赖你呼唤我，我再次又去饮酒，到了畅快的时候，就坐在小路上醉了。主人宣布了文书，授给我官职。听到你呼唤我的声音很悲哀急切，像先前那样悲痛。主人很惊讶我不像起初那样开心，我又再三请求他暂时放我回去。主人笑着说：‘真是太奇怪了。’于是就放我回来了。现在去留没有告别。鸡开始叫了，阴间的东西一直休息，又听说鬼神不会越过这个界限。我和你逃走，可以吗？”仲海说道：“这是上策啊。”于是准备了船，加快速度逃走后痊愈了。（出《通幽录》）

王垂

太原人王垂和范阳人卢收是好朋友。唐朝大历初年，他们曾经乘船在淮、浙间游历，到石门驿旁，在树下看见一个妇人，样貌十分美丽，穿的衣服也特别华美，背着一个锦囊。王垂、卢收互相说道：“妇人独自休息，妇人的包裹可以谋取。”于是停下桨等她，妇人果然问：“船是去往什么地方呢？可不可以捎上我？我的丈夫在嘉兴生病了，现在想去探望他，脚疼得不能走。”二人说道：“船是空的而且方便，可以捎上你。”妇人带着包裹上船，坐在了船头。二人慢慢挑逗她，妇人正色说道：“暂时向你们求助，怎么能不正经呢？”二人的脸色很生气。王垂擅长弹琴，用琴声来取悦她。妇人大笑起来美好艳丽。二人十分振奋，就问道：“娘子本来也会弹琴吗？”妇人说道：“小的时候学过。”王垂便拱手把琴给她，妇人弹奏了一曲《轸泛弄》。王垂说：“不曾听到过，好像感觉到了卓文君的真诚感情。”妇人笑着说道：“凝聚了司马相如的深情。”于是就稍微亲近一点，妇人谈吐和谐，聪慧、雄辩不能用语言表达，互相感到高兴，这天晚上就和王垂在船前苟合。卢收稍稍被隔开，非常羡慕。夜深的时候，卢收偷偷查看妇人包裹中的东西，满包都是骷髅。卢收特别害怕，晓得妇人是鬼，但没有机会让王垂知晓。听他的调情，十分情意缠绵。等到了天亮，妇人因故暂时下船，卢收把他看到的告诉了王人船，拽垂头。妇人四面有眼，腥秽甚，啮咬垂，垂困。二人大呼，众船皆助，遂失妇人。明日，得纸梳于席上，垂数月而卒。（出《通幽记》）

武丘寺

苏州武丘寺，山嵚盎，石林玲珑，楼雉叠起，绿云窈窕，人者忘归。大历初，寺僧夜见二白衣上楼，竟不下，寻之无所见。明日，峻高上见题三首，信鬼语也。其词曰："幽明虽异路，平昔忝工文。欲知潜寐处，山北两孤坟。"其二示幽独居。"高松多悲风，萧萧清且哀。南山接幽陇，幽陇空崔嵬。白日徒煦煦，不照长夜台。虽知生者乐，魂魄安能回。况复念所亲，恸哭心肝摧。恸哭更何言，哀哉复哀哉。"其三答处幽子。"神仙不可学，形化空游魂。白日非我朝，青松围我门。虽复隔生死，犹知念子孙。何以遣悲惋，万物归其根。寄语世上人，莫厌临芳樽。"庄上有墓林，古冢累累，其文尚存焉。（出《通幽记》）

李佐公

李佐公，大历中在庐州。有书吏王庾请假归。夜行郭外，忽值引驺呵避，书吏映大树窥之，且怪此无尊官也。导骑后，一人紫衣，仪卫如大使。后有车一乘，方渡水，御者前白："车軥索断。"紫衣曰："检簿。"遂见数吏检之，曰："合取庐州某里张道妻脊筋修之。"乃书吏之姨也。顷刻吏回，持两条白物，各长数尺，乃垂。王垂十分害怕，说道："有什么办法呢？"卢收说："你应该藏在床的下面。"王垂按照他的话做了。过了一会儿，妇人回来问道："王垂在哪儿呢？"卢收骗她说："刚刚到岸上去了。"妇人的反应非常快，丢下卢收去追王垂。看见她走得远一点，就把她丢在了岸上，加快速度行船直到几十里开外，没有看见妇人来。晚上就把船停在船多的地方。半夜之后，妇人来了，直奔到船上，拽住王垂的头。妇人的脸四面都有眼睛，腥秽之气非常强烈，用牙齿咬着王垂，王垂被困住了。二人就大声呼救，大家都过来帮忙，妇人就逃跑了。第二天，在席上得到一把纸梳子，王垂过了几个月就死了。（出《通幽记》）

武丘寺

苏州的武丘寺，在山间高耸着。石林非常精巧，楼台和城墙叠起，绿云幽静美好又深远，进来的人都忘了回去。大历初年，寺里的僧人夜里看见两个穿白衣服的人上楼之后，竟然没有下来，找他们也没找到。第二天，高山上看见题诗三首，果真是鬼的语言。其词曰："幽明虽异路，平昔添工文。欲知潜寐处，山北两孤坟。"（其二《示幽独居》）"高松多悲风，萧萧清且哀。南山接幽陇，幽陇空崔嵬。白日徒煦煦，不照长夜台。谁知生者乐，魂魄安能回。况复念所亲，恸哭心肝摧。恸哭更何言，哀哉复哀哉。"（其三《答处幽子》）"神仙不可学，形化空游魂。白日非我朝，青松围我门。虽复隔生死，犹知念子孙。何以遣悲惋，万物归其根。寄语世上人，莫厌临芳罇。"庄上有一片墓地，有很多古墓，那几首诗依然在那里。（出《通幽记》）

李佐公

李佐公，大历年中在卢州。有个书吏名叫王庾，请假回家。晚上在郊外行走的时候，忽然碰到骑马的侍从大声呵避，书吏躲在大树后面偷看，而且责怪这人不尊重官吏。看见前导骑兵的后面，有一个身着紫衣的人，仪仗与卫士的排场就像节度使一般，后面有一辆车，正在渡河，驾车的人上前报告说道："拉车的绳子断了。"紫衣人说

渡水而去。至姨家，尚无恙。经宿患背痛，半日而卒。（出《酉阳杂俎》）

窦裕

大历中，有进士窦裕者，家寄淮海。下第将之成都，至洋州，无疾卒。常与淮阴令吴兴沈生善，别有年矣。声尘两绝，莫知其适。沈生自淮海调补金堂令，至洋州，舍于馆亭中。是夕，风月晴朗。夜将半，生独若有所亡，而不得其寝。俄见一白衣丈夫，自门步来，且吟且嗟，似有恨而不舒者。久之，吟曰："家依楚水岸，身寄洋州馆。望月独相思，尘襟泪痕满。"生见之，甚觉类窦裕，特起与语，未及，遂无见矣。乃叹曰："吾与窦君别久矣，岂为鬼耶？"明日驾而去，行未数里，有殡其路前。有识者曰："进士窦裕殡宫。"生惊，即驰至馆，问馆吏，曰："有进士窦裕，自京游蜀，至此暴亡。太守命殡于馆南二里外，道左殡宫是也。"即致奠拜泣而去。（出《宣室志》）

商顺

丹阳商顺娶吴郡张昶女。昶为京兆少尹，卒葬浐水东，去其别业十里。顺选集在长安，久之，张氏使奴入城迎商郎。顺日暮与俱往，奴盗饮极醉，与顺相失。不觉其城门已闭，无如之何，乃独前行。天渐昏黑，雨雪交下，且所驴甚蹇，迷路不知所之，但信驴所诣。计行十数里，而不得见村墅，转入深草，苦寒甚战。少顷，道："查看文簿。"于是看见几个差吏查看文簿，说："应该取来卢州某里张道的妻子脊背上的筋来修理它。"那人正是书吏的姨。一会儿之后，差吏回来了，手里拿着两条白色的东西，每条长几尺，就渡水走了。书吏到了他的姨家，姨还没有病。过了一夜之后，发现背痛。半天后就死了。(出《酉阳杂俎》)

窦裕

大历年中，有个进士名叫窦裕，寄居在淮海。落榜之后将要去成都，走到洋州的时候没生病却死了。窦裕常常和淮阴县令、吴兴人沈生相处得很好，分开有一年了。互相断绝了彼此的消息，不知道他到哪里去了。沈生从淮海调补担任金堂县令，到了洋州之后，住在馆亭中。这天晚上，天气清朗，快到半夜的时候，沈生独自坐着，若有所失，睡不着觉。一会儿看见一个穿白衣男子，从门外面走了进来，一边吟诵一边叹息，似好像有遗憾却不能舒张的样子。过了很久，他吟诵着："家依楚水岸，身寄洋州馆。望月独相思，尘襟泪痕满。"沈生看着他，感觉他很像窦裕，特意起身和他交谈，没等起身，他就不见了。沈生于是叹息着说道："我和窦君分开很久了，一定是碰见鬼了。"第二天，驾车离去。没走几里路，看见有个灵柩停在前路。有认识的人说："这是进士窦裕下葬之处。"沈生十分吃惊，就跑回馆亭询问馆吏。馆吏说道："有个进士窦裕，从京城到蜀地游历，走到这突然死去。太守吩咐葬在馆南边二里之外，大道左边下葬的地方就是。"沈生于是就到坟前哭祭了一番才离开。(出《宣室志》)

商顺

有个丹阳人名叫商顺，娶了吴郡张昶的女儿。张昶是京兆少尹，死后葬在浐水的东面，离他家有十里远。商顺因选官要去长安，时间长了，张氏就派仆人进城去迎接商郎。商顺在傍晚的时候和仆人一起回来，仆人偷偷喝酒，喝到大醉，和商顺相互走散了。不知不觉城门已经关闭，商顺不知道怎么走，只得独自前行。天渐渐黑了起来，至一涧，涧南望见灯火。顺甚喜，行至，乃柴篱茅屋数间，扣门数百下方应，顺问曰："远客迷路，苦寒，暂欲寄宿。"应曰："夜暗，雨雪如此，知君是何人。且所居狭陋，不堪止宿。"固拒之，商郎乃问张尹庄去此几许，曰："近西南四五里，顺以路近可到。"乃出涧，西南行十余里，不至庄。雨雪转甚，顺自审必死，既不可，行欲何之，乃系驴于桑下，倚树而坐。须臾，见一物，状若烛笼，光照数丈，直诣顺前，尺余而止。顺初甚惧，寻而问曰："得非张公神灵导引余乎？"乃前拜曰："若是丈人，当示归路。"视光中有小道，顺乃乘驴随之，稍近火移，恒在前尺余。行六七里，望见持火来迎，笼光遂灭。及火至，乃张氏守莹奴也。顺问何以知己来，奴云："适闻郎君大呼某，言商郎从东来，急往迎。如此再三，是以知之。"遂宿奴庐中，明旦方去。（出《广异记》）

李 载

大历七年，转运使吏部刘晏在部为尚书，大理评事李载摄监察御史，知福建留后。载于建州浦城置使院，浦城至建州七百里，犹为清凉。载心惧瘴疠，不乐职事，经半载卒。后一日，复生如故。家人进食，载如平常食之。谓家人曰："已死，今暂还者，了使事耳。"乃追其下未了者，使知一切，交割付之。后修状与尚书雨雪交加，而且所骑的驴行动很缓慢，又迷路了，不知道要去哪里，只是任由驴走着。大概走了十几里之后，就看不见村庄了，辗转走到草深的地方，寒冷就更加剧烈。过了一会儿，到了一个山涧，看见涧南边有灯火。商顺非常喜悦，走到那里，有几间茅草屋，敲了几百下门才有人回应。商顺说道："我是远道来的客人，迷路了，非常冷，想暂时借住一晚。"回答说道："夜已经深了，雨雪如此这般的大，谁知你是什么人呢？而且住处又狭小简陋，不能让你借宿了。"坚决拒绝了商顺。商顺就问张尹庄离这里有多远，对方说道："在靠近西南方四五里。"商顺以为路近可以赶得到，就出了山涧，往西南方走了十几里路，还是没到庄子。雨雪开始下得更大，商顺以为自己一定会死，既然不能赶去那里，还走什么呢？于是把驴拴在了桑树下，倚着树坐着。一会儿看见一个东西，形状就像灯笼一样，光照有几丈远，直接走到了商顺的面前，在离他一尺多远的地方停住了。商顺开始的时候十分害怕，过了一会儿才问道："莫非是张公神灵来引导我的吗？"于是走上前拜谢说道："如果是丈人，请指引我回家的路。"看见灯光下有条小道，商顺就骑驴跟随着。稍微靠近一点，灯光就移开了，总是在他前面一尺多远的地方。走了六七里之后，看见有人拿着灯光来迎接，灯光就熄灭了。等迎接的灯光到了一看，是张家看坟的仆人。商顺问他怎么知道自己来，仆人说道："刚才听见张公大声招呼我，说商郎从东边过来，快去迎接他，像这样说了两三次，这样就知道了。"商顺于是住在仆人的草房中，到了第二天早晨才离开。（出《广异记》）

李载

大历七年，转运使刘晏在吏部担任尚书，大理评事李载兼任监察御史，主管福建的事宜。李载在建州浦城设置了使衙。浦城到建州有七百里，十分荒凉。李载心里害怕瘴疫，不乐意担任这个职务，过了半年死了，过了一天，又活了，和以前一样。家人端来了饭，李载像平常一样吃饭，对家人说道："我已经死了，现在暂时回来的原因，是为了了结公事。"于是追问属下没办完的事。让他们知晓了所有的别，兼作遗书，处分家事。妻崔氏先亡，左右唯一小妻，因谓之曰："我死，地下见先妻，我言有汝，其人甚怒，将欲有所不相利益，为之奈何？今日欲至，不宜久留也。"言讫，分财与之，使行官送还北。小妻便尔下船，行官少事未即就路。载亦知之，召行官至，杖五下，使骤去。事毕食讫，遂卒。（出《广异记》）

高励

高励者，崔士光之丈人也。夏日，在其庄前桑下，看人家打麦。见一人从东走马来，至励再拜，云："请治马足。"励云："我非马医，焉得疗马？"其人笑云："但为胶黏即得。"励初不解其言，其人乃告曰："我非人，是鬼耳。此马是木马，君但洋胶黏之，便济行程。"励乃取胶煮烂，出至马所，以见变是木马。病在前足，因为黏之。送胶还舍，及出，见人已在马边。马甚骏，还谢励讫，便上马而去。（出《广异记》）

萧遇

信州刺史萧遇少孤，不知母墓数十年。将改葬，旧茔在都。既至，启，乃误开卢会昌墓。既而知其非，号恸而归。闻河阳方士道华者，善召鬼，乃厚币以迎。既至，具以情诉，华曰："试可耳。"乃置坛洁诚，立召卢会昌至，一丈夫也，衣冠甚伟，呵之曰："萧郎中太夫人茔，被尔墓侵杂，使其迷误。忽急寻求，不尔，当旦夕加罪。"会昌再拜曰："某贱役者，所管地累土三尺，方十里，力可及。周外则不知矣。但管内无萧郎中太夫人墓，当为索之。以旦日为期。"及朝，华与遇俱往。行里余，遥见会昌奔来曰："吾缘事情，分别交付给人。后来又写了封信和尚书告别，同时作为遗书，处理家事。他的妻子崔氏先死了，身边只有一个小妾，于是对她说道：“我在地下见到了先前的妻子。我说有了你，她十分愤怒，将要有对你不利的事，怎么办呢？今天就要来了，这里不可以久留了。”说完之后，分给她一些财物，让行官把她送回北边。小妾立马到了船上，行官有点小事情，没能上路。李载也知道了，召来了行官，打了五杖之后，吩咐他快去。事情处理完，吃完饭之后，他就死了。（出《广异记》）

高励

高励是崔士光的丈人。夏天的时候，他在庄前的桑树下，看人家打麦。看见一个人从东边骑着马过来，到高励面前之后拜了又拜，说道：“请你治疗马的脚。”高励说：“我不是马医，如何能治马呢？”那人笑着说：“只要用胶粘上就可以了。”高励开始不能明白他说的话，那人于是告诉他说：“我不是人，是鬼。这匹马是木马，您只要用胶粘上它，就可以帮它行走了。”高励就取出胶煮烂了，出来走到马厩，看见那匹马已经变成木马。病在前足，就给他黏贴上。高励送胶回屋，等到出来看到那人已经在马的旁边。马十分高大，那人谢过高励之后，就上马离开了。（出《广异记》）

萧遇

信州刺史萧遇小的时候是个孤儿，不知道母亲的墓在哪里。几十年之后，准备改葬。旧的墓地在京都。于是到了那儿。打开了坟墓，却错开了卢会昌的墓。于是知道不是母亲的坟墓，就伤心地回去了。听说河阳有个方士叫道华，擅长召鬼，就花了重金聘来，详细地把事情告诉了他。道华说道：“可以试一下。”于是态度真诚地设好坛，马上召唤卢会昌，是一个男子，衣冠十分气派，道华呵斥他说：“萧郎中太夫人的墓，被你的墓侵犯了，让萧郎中迷惑搞错，赶快去寻找，不然就每天加大你的罪过。”卢会昌拜了又拜，说道：“我是卑贱的仆寻索，颇扰鬼神，今使按责甚急，二人可疾去。”言讫而灭，二人去之数百步，顾视，见青黑气覆地，竟日乃散。既而会昌来曰：“吾为君寻求，大受阴司谴罚，今计穷矣。”请辞去。

华归河阳，遇号哭。自是端居一室。夜忽如梦中，闻户外有声，呼遇小名曰：“吾是尔母。”遇惊走，出户拜迎。见其母，母从暗中出。遇与相见如平生，谓遇曰：“汝至孝动天，诚达星神，祇灵降鉴，今我与汝相见，悲怆盈怀。”遇号恸久之，又叹曰：“吾家孝子，有闻于天，虽在泉壤，甚为众流所仰。然孝子之感天达神，非惟毁形灭性，所尚由哀耳。”因与遇论幽冥报应之旨，性命变通之道。乃曰：“祸福由人，但可累德。上天下临，实如影响。其有树善不感者，皆是心不同耳。”言叙久之，遇悲慰感激曰：“不意更闻过奖之言，庶万分不恨矣。”乃述迷误茔域之恨，乃曰：“吾来亦为此。年岁浸远，汝小，何由而知？吾墓上已有李五娘墓，亦已平坦，何可辨也？汝明日但见乌鹊群集，其下是也。”又曰：“若护我西行，当以二魂舆人关。”问其故，答曰：“为叔母在此，亦须归乡。”遇曰：“叔母为谁耶？”母曰：“叔母则是汝外婆，吾亦自呼作叔母，怜吾孤独，尝从咸阳来此伴吾。后因神祇隔绝，不得去，故要二魂舆耳。”言讫而去，倏忽不见。遇哀号待晓，即于乌鹊所集平地掘之。信是李五娘墓，更于下得母墓，方得合葬。（出《通幽记》）

役，所管地方总共深有三尺，方圆十里，我的能力只能够到达这些，这个范围之外我就不知道了。只是我管辖之内没有萧郎中太夫人的墓，我应该为他寻找，以明天早晨为期限。”等到了早晨，道华和萧遇都去了，走了一里多地后，远远地看见卢会昌跑过来，说道：“我因为寻找太夫人的墓，打扰了很多鬼神，现在派人责罚十分紧急，你们二人应该赶快离开。”说完就消失了。两人走了几百步之后，四下一看，看见黑气笼罩着地面，过了一天才散去。不久卢会昌过来说：“我为您寻找太夫人的墓，受到阴司严重责罚，现在用尽办法了。”请求告辞离去。

道华回到了河阳，萧遇号哭。从此便住在最边上的一间屋子。夜晚忽然好像在梦中，听见门外有声音，召唤萧遇的小名说道：“我是你的母亲。”萧遇惊讶地跑出来，到门外拜见迎接他的母亲。母亲从黑暗中走出来，萧遇和她相见像母亲在世的时候一样。母亲对萧遇说道：“你极其孝顺感动了上天，精诚传达到星神，地神引以为鉴，现在我和你相见，有满怀的悲伤。”萧遇悲恸号哭了很久。母亲又说道：“我家的孝子，在天上都有名，我虽然在黄泉，也被众人所仰慕，但是孝子感动天地之神，不只是损害身体，这都是因为悲哀。”于是和萧遇谈论幽冥中报应的意义，性命变通的道理，说道：“祸福是因人而定的，但是可以积德。上天的报应，其实就像事物的回声。也有做了善事没有报答的，都是因为心不诚。”谈论了很长时间，萧遇的悲伤得到了安慰，十分感激地说道：“不在乎听到过奖的话，我实在是没有遗憾了。”于是说了迷误墓地的遗憾。母亲说道：“我来也是为了这件事，年代久远了，你那时候还小，怎么能知道呢？我的坟上已经有了李五娘墓，也已经平坦了，如何能辨别呢？你明天只要看见乌鹊聚集的地方，那下面就是了。”又说道：“如果送我西行，应该用两辆灵车进关。”问她原因，回答说：“因为叔母在这，也需要还乡。”萧遇问说：“叔母是谁呢？”母亲说：“叔母就是你的外婆，我也自称她为‘叔母’，她可怜我孤独，曾经想从咸阳到这陪伴我，后来因为地神隔绝，不能离开，所以要两辆灵车。”说完就离开了，很快就不见了。萧遇悲痛得哭到天亮，就在乌鹊聚集的平

朱自劝

吴县朱自劝以宝应年亡。大历三年，其女寺尼某乙，令往市买胡饼，充斋馔物。于河西见自劝与数骑宾从二十人，状如为官。见婢欺欷，问："汝和尚好在，将安之。"婢云："命市胡饼作斋。"劝云："吾此正复有饼。"回命从者，以三十饼遗之，兼传问讯。婢至寺白尼，尼悲涕不食，饼为众人所食。后十余日，婢往市，路又见自劝，慰问如初。复谓婢曰："汝和尚不了，死生常理，何可悲涕，故寄饼亦复不食。今可将三十饼往，宜令食也。"婢还，终不食。后十日，婢于市复见自劝。问讯毕，谓婢曰："方冬严寒，闻汝和尚未挟纩。今附绢二匹，与和尚作寒具。"婢承命持还，以绢授尼。尼以一匹制裤，一留贮之。后十余日，婢复遇自劝，谓曰："有客数十人，可持二绢。令和尚于房中作馔，为午食。明日午时，吾当来彼。"婢还，尼卖绢，市诸珍膳。翌日待之，至午，婢忽冥昧久之，灵语因言客至。婢起只供食，食方毕，又言曰："和尚好住，吾与诸客饮食致饱，今往已。"婢送自劝出门，久之方悟，自尔不见。（出《广异记》）

地挖掘，果然是李五娘的墓，再往下面挖到母亲的墓，才得以合葬。（出《通幽记》）

朱自劝

吴县朱自劝在宝应年中死亡，大历三年，他的女儿在寺里当一名尼姑，让婢女去买胡饼，用来充当斋饭。婢女在河西看见了朱自劝和骑马的随从二十人，外貌好像做官的样子，看见婢女于是叹息起来，问道："你家和尚好吗？你要去哪儿？"婢女说道："让我去买胡饼来当斋饭。"朱自劝说道："我这刚好还有饼。"回头吩咐跟从的人给她三十个饼，并且代为问候。婢女回到寺院向尼姑转述了这件事，尼姑悲泣着不肯吃，饼被众人吃了。过了十几天，婢女去买东西，在路上又遇到了朱自劝，和第一次一样慰问，朱自劝又对婢女说道："你家和尚不明事理，生死是正常的道理，为何悲伤落泪呢？之前给她的饼也不吃，现在可以把三十个饼带回去，应该让她吃。"婢女回来之后，尼姑始终不肯吃。又过了十天，婢女在集市上，又看见了朱自劝，问候完毕后，朱自劝对婢女说："现在正是冬天严寒，听说你家和尚没有棉衣，现在给你两匹绢，来给和尚做御寒的衣服。"婢女奉命拿了回来，把绢给了尼姑。尼姑用一匹绢做了裤子，一匹绢留下存放起来。十几天后，婢女又遇到了朱自劝，朱自劝对她说："有几十个客人，可以拿两匹绢。让和尚在房中做饭，当作午餐。明天午时，我会去那里。"婢女回去，尼姑卖了绢，买了各种美食。第二天等待他们，到了午时，婢女忽然不省人事很长时间，显灵传语说客人到了。婢女立起身供给食物，刚吃完，又说道："和尚安好，我和各位客人吃饱喝饱，现在走了。"婢女送朱自劝出门，很久之后才醒过来，从此再也没看见朱自劝。（出《广异记》）

卷第三百三十九　鬼二十四

罗元则

历阳罗元则，尝乘舟往广陵，道遇雨，有一人求寄载，元则引船载之。察其似长者，供待甚厚。无他装囊，但有书函一枚，元则窃异之。夜与同卧，旦至一村，乃求“暂下岸，少顷当还。君可驻船见待，慎无发我函中书也”。许之，乃下去。须臾，闻村中哭声，则知有异。乃窃其书视之，曰：“某日至某村，当取某乙，某村名良是。”元则名次在某下，元则甚惧而鬼还。责曰：“君何视我书函？”元则乃前自陈伏，因乞哀甚苦。鬼愍然，谓：“君尝负人否？”元则熟思之曰：“平生唯有夺同县张明通十亩田，遂至失业，其人身已死矣。”鬼曰：“此人诉君耳。”元则泣曰：“父母年老，惟恃元则一身，幸见恩贷。”良久曰：“念君厚恩相载，今舍去，君当趋归。三年无出门，此后可延十年耳。”即下船去。元则归家中，岁余，其父使至田中收稻，即固辞之。父怒曰：“田家当自力，乃欲偷安甘寝，妄为妖辞耶？”将杖之，元则不得已，乃出门，即见前鬼，髡头裸体，背尽疮烂，前持曰：“吾为君至此，又不能自保惜。今即相逢，不能相置。”元则曰：“舍我辞二亲。”鬼许，具以白父。言讫，奄然遂绝。其父方痛恨之，月余亦卒。（出《广异记》）

罗元则

历阳的罗元则，曾经乘船去广陵，路上遇到了下雨，有一个人请求让自己搭载一程，罗元则就划船前去带上他。注意到他长得像自己的长辈，对待他特别亲厚。他没有其他的行囊，只有一封书信，罗元则暗中感到特别惊异。夜里面和他一同睡觉，早晨的时候到了一个村子，那人于是请求道：“暂时让我下船上岸，过一会儿就会回来。你可以停船在这里等待，一定不要开启我的信封。”罗元则答应了，于是那位长者就下去了。过了一会儿，听见村子里有哭声，才发现其中的异样。于是就偷拿了他的书信窥视，上面写着：“某一天到某个村子，应该拿某个人，某个村子的名字正是他们所到的那个村子。”罗元则的名字在某个人的下面，罗元则特别害怕，鬼这时也回来了，责骂道：“你为什么要看我的书信呢？”罗元则于是走上前趴在地上，苦苦哀求。鬼看了生了怜悯之心，对他说：“你曾经对别人有过亏欠吗？”罗元则考虑很久后说道：“我一生只有夺取了同县的张明道十亩田，最终让他失去家产，这个人已经去世了。”鬼说：“就是这个人告你的状的。”罗元则哭着说：“我的父母年纪老迈，只能依靠我一个人，希望你大发慈悲。”过了很久，鬼才说：“感念你搭载我的恩德，今天我放你走，你应该快点回家，三年不要出门，这以后可以再延长十年的寿命。”说完就下船离开了。罗元则回到家里，一年多以后，他的父亲让他到田里面收割水稻，他立刻坚决地拒绝了。他的父亲非常愤怒地说：“种田的人应该自食其力，你想要偷懒睡觉，还要借鬼说的话来推辞吗？”说着就要用棍棒打他，罗元则没有办法，只好出去。刚出门，就看见之前的鬼，光着头，没有穿衣服，背上面都是疮疤，上前抓住他说：“我为了你到了这个地步，你又不能够自我保护珍惜。现在既然遇到了，就不能再放你在一边了。”罗元则说：“请放我回

李元平

李元平者，睦州刺史伯成之子，以大历五年客于东阳精舍读书。岁余暮际，忽有一美女服红罗裙襦，容色甚丽。有青衣婢随来，入元平所居院他僧房中。平悦而趋之，问以所适，及其姓氏。青衣怒云："素未相识，遽尔见逼，非所望王孙也。"元平初不酬对，但求拜见。须臾，女从中出，相见忻悦，有如旧识，欢言者久之，谓元平曰："所以来者，亦欲见君，论宿昔事，我已非人，君无惧乎？"元平心既相悦，略无疑阻，谓女曰："任当言之，仆亦何惧？"女云："己大人昔任江州刺史，君前生是江州门夫，恒在使君家长直，虽生于贫贱，而容止可悦。我以因缘之故，私与交通，君才百日，患霍乱没。故我不敢哭，哀倍常情。素持千手千眼菩萨咒，所愿后身各生贵家，重为婚姻。以朱笔涂君左股为志，君试看之。若有朱者，我言验矣。"元平自视如其言，益信，因留之宿。久之，情契既洽，欢惬亦甚。欲曙，忽谓元平曰："托生时至，不得久留，意甚恨恨。"言讫悲涕，云："后身父今为县令，及我年十六，当得方伯。此时方合为婚姻，未间，幸无婚也。然天命已定，君虽欲婚，亦不可得。"言讫诀去。（出《广异记》）

去和父母辞别。”鬼允许了，罗元则将一切详细地告诉了父亲。说完，突然就死了。他的父亲这才痛苦不已，后悔之前做的事，过了一个多月，也去世了。（出《广异记》）

李元平

李元平，是睦州刺史李伯成的儿子，在大历五年客居东阳的僧房中读书。一年后的一天傍晚，忽然有一个美丽的女子穿着红色的襦裙，姿容艳丽，有一位穿着青色衣服的婢女随侍，进入了李元平所居住的院落其他僧人的房间里，李元平感到非常愉悦，就跟着她，问她要到哪里和她姓甚名谁。穿青衣的婢女愤怒地说：“和你从来就不认识，就突然上前逼问，不是我们所希望见到的王公子弟。”李元平一开始并不回答，只是想要拜见。过了一会儿，那个女子从里面出来了，看见他非常开心，就像是曾经的旧相识一样，相互谈笑了很久，那个女子对李元平说：“我之所以来，也是想要见到你，说以前的事情，我已经不是人，你难道不害怕吗？”李元平内心愉悦，一点儿疑虑也没有，对那个女子说：“无论你说什么，也没有什么能够让我害怕的。”那个女子说：“我的父母曾经任职江州刺史，你的前世是江州门夫，我长期在刺史家长大，你虽然生于贫苦人家，但是你的仪容举止都是让人愉悦的。我出于这个原因，私下和你交往，和你相交才一百天，你就得了霍乱而去世了。我不敢哭，哀伤比普通的情理多了一倍。平常就向千手千眼菩萨祝祷，我所愿意的是各自投身在富贵人家，再次结为姻亲。就用红色的笔涂你的左腿作为标志，你可以看一下。如果有红色的记号，就说明我的话得到验证了。”李元平自己检视，发现和她说的情况是一样的，就更加相信她的话是正确的了，因此留她住宿。很久以后，他们的情感已经很融洽了，也非常欢愉。天快亮的时候，忽然对李元平说：“投生的时间已经到了，不能够长时间留在这里，对此感到非常遗憾。”说完以后非常悲伤地哭了，说：“我投生后的父亲是现在的县令，等到我十六岁的时候，你能够做到地方上的长官。那时候就能够结婚，没有到那个时间，希望你不要结婚。然而天命已经定下，即使是你想结婚，也是不能够成功

刘参

唐建中二年，江淮讹言有厉鬼自湖南来，或曰毛鬼，或曰毛人，或曰枨，不恒其称，而鬼变化无方。人言鬼好食人心，少女稚男，全取之。民恐惧，多聚居，夜烈火不敢寐，持弓刀以备。每鬼入一家，万家击板及铜器为声，声振天地，人有狂慑而死者。所在如此，官禁不能息。前兖州功曹刘参者，旧业淮泗，因家广陵。有男六人，皆好勇，刘氏率其子，操弓矢夜守。有数女闭堂内，诸郎巡外。夜半后，天色暝晦，忽闻堂中惊叫，言鬼已在堂中，诸郎骇。既闭户，无因人救，乃守窥之。见一物方如床，毛鬣如猬，高三四尺，四面有足，转走堂内。旁又有鬼，玄毛披体，爪牙如剑，把小女置毛床上，更擒次女。事且迫矣，诸郎坏壁而入，以射毛床，毛床走，其鬼亦走。须臾，失鬼所在，而毛床东奔，中镞百数，且不能走。一人擒得，抱其毛，力扦之。食顷，俱堕河梁，大呼曰："我今抱得鬼。"鬼困。急以火相救，及以火照之，但见抱桥柱耳。刘子尽爪损，小女遗于路。居数日，营中一卒夜见毛鬼飞驰屋上，射之不可，叫呼颇动众，明日伏罪。以令百姓，因而有盗窃，托以妖妄。既而自弥，亦不知其然。（出《通幽记》）

的。”说完之后就告辞离去了。（出《广异记》）

刘参

唐代建中二年，江淮地区传言有一个从湖南来的厉鬼，有的人叫它毛鬼，有的人叫它毛人，有的人叫它枨，没有一个统一的称呼，而且鬼也是变化多端的。有人说喜欢吃人的心，年轻的女孩子和男孩子，都抓取。因此百姓特别害怕，大多住在一起，夜里面燃烧大堆柴火，不敢睡觉，手里拿着弓箭和刀随时准备着。每次鬼进入其中一家的时候，其他很多家的人们就敲击木板和铜器制造声音，声音震天动地，人们有被吓死的。处处都是这样，官府无法禁止。前兖州功曹刘参，之前的家在淮泗，因为迁徙来到广陵。有六个儿子，都非常勇猛，刘参率领他的儿子，手里拿着弓箭夜里面值守。有几个女子把自己关在厅堂里，他的几个儿子在外面巡逻。半夜以后，天色昏暗，忽然听到厅堂里面有惊叫声，说鬼已经在厅堂里了。刘参的儿子们感到非常惊骇。既然已经关了门，那就没有办法进去救人，于是守在那里向里面偷看，看见一个像床一样的东西，身上的毛发和刺猬一样，身高三四尺，四面都有脚，转身走到厅堂里面。旁边又有一只鬼，黑色的毛皮在身上，爪子和牙像利剑一样，把他的小女儿放在床上，又抓了他的二女儿。事情已经发展到如此急迫的地步了，他的各个儿子破坏了墙面进去，用弓箭射击毛床，毛床逃走了，另一个鬼也跟着走了。过了一会儿，没看见那个鬼在什么地方，但是毛床在向东奔走，中了几百支箭，因此不能够跑了。一个人抓住了它，抱着它的毛，用力刺它。过了一顿饭的工夫，都坠落到桥梁下，大声呼喊说：“我现在抱住鬼了。”鬼被困住了。特别急迫地用火来救自己，等到大家用火照那个人的时候，看见他只是抱着柱子罢了。刘参的儿子都被抓坏了，他的小女儿丢在路旁边。过了几天，军营中一个小兵看见毛鬼在屋顶上飞奔，不能够射到它，他的叫声惊动了非常多的人，第二天就被惩罚了。这种情况是要百姓知道，出现这种事情是因为有盗贼，而妄称有鬼怪。后来就自行消失了，也没人知道是怎么回事。（出《通幽记》）

阎敬立

兴元元年，朱泚乱长安。有阎敬立为段秀实告密使，潜途出凤翔山，夜欲抵太平馆。其馆移十里，旧馆无人已久，敬立误入之，但讶莱芜鲠涩。即有二皂衫人迎门而拜，控辔至厅。即问此馆何以寂寞如是，皂衫人对曰："亦可住。"既坐，亦如当馆驿之礼。须臾，皂衫人通曰："知馆官前凤州河池县尉刘儆。"敬立见之，问曰："此馆甚荒芜，何也？"对曰："今天下榛莽，非独此馆，宫阙尚生荆棘矣。"敬立奇其言，语论皆出人右。儆乃云："此馆所由并散逃。"因指二皂衫人曰："此皆某家昆仑奴，一名道奴，一名知远，权且应奉尔。"敬立因于烛下，细目其奴。皂衫下皆衣紫白衣，面皆昆仑，兼以白字印面分明，信是儆家人也。令觇厨中，有三数婢供馔具，甚忙，信是无所由。

良久，盘筵至，食精。敬立与儆同餐，甚饱。畜仆等皆如法，乃寝。敬立问儆曰："缘倍程行，马瘦甚，可别假一马耶？"答曰："小事耳。"至四更，敬立命驾欲发，儆又具馔，亦如法。儆处分知远，取西槽马，送大使至前馆。兼令道奴被东槽马："我饯送大使至上路。"须臾马至，敬立乃乘西槽马而行，做亦行。可二里，儆即却回执别，异于常馆官。

别后数里，敬立觉所借马，有人粪之秽，俄而渐盛，乃换己马被驮。而行四五里，东方似明。前馆方有吏迎拜，敬立惊曰："吾才发馆耳。"曰："前馆无人，大使何以宿？"大讶。及问所送仆

阎敬立

兴元元年，朱泚在长安发动叛乱。有一个叫阎敬立的人作为段秀实的告密使，偷偷地离开凤翔山，夜间想要到太平馆。那个馆已经迁到了十里之外，旧馆已经很久没有人了，阎敬立误闯了进去，只是惊讶它的荒芜阻滞。突然有两个黑衣人迎着门参拜，控制马辔到厅堂之上。于是就问这个馆为什么如此安静，黑衣人回答说："也可以住。"坐下后，就按照馆驿的礼节进行，过了一会儿，黑衣人通报说："凤州河池县尉刘俶将要到这里了。"阎敬立见到后，问他："这个馆为什么如此荒凉呢？"回答说："现在天下动乱，不仅仅是这间馆，皇宫里都已经长了荒草了。"阎敬立对他说的话感到非常惊奇，他的语言和论调都高人一等。刘俶于是说："这个馆里所有的人都已经逃散了。"于是指着两个黑衣人说："这都是我家的昆仑奴，一个叫道奴，一个叫知远，暂且作为应付侍奉的罢了。"阎敬立于是在火烛下面，细细地看那两个昆仑奴。黑色的衣衫下面都穿着紫白色的衣服，脸上都有昆仑人三字，都用白字非常分明地印在脸上，真的是刘俶的仆人。让他看厨房，有几个婢女摆上餐具，十分繁忙的样子，确信没有其他可用的人才。

过了很久，端着餐盘上来了，上面的食物非常精致。阎敬立和刘俶一同吃饭，吃得非常饱。牲畜和仆人的饮食也是这样，接着就休息了。阎敬立问刘俶说："因为行程很赶，马变得特别瘦，可以借给我另外一匹马吗？"刘俶回答说："这是小事。"到四更的时候，阎敬立让车马出发，刘俶又摆上了酒食，和之前的一样。刘俶让知远拿西边马槽里的马，送大使到前面的驿馆。又让道奴打开东边的马槽牵出马，说："我亲自送大使到路上。"过了一会儿马来了，阎敬立于是乘着西边马槽里的马前行，刘俶也跟着他前行。大约前行二里路后，刘俶立马转身道别，和平常的馆官很不一样。

离开几里路后，阎敬立觉得他借的马，有人的粪便的秽臭味，过了一会，这种气味渐渐浓烈，于是就换成他自己的马驮着自己。又走了四五里，东方好像将要天明。前面的驿馆才有官吏来迎接拜见，阎敬立惊讶地说："我才从驿馆出发。"回答说："前面的驿馆是没马，俱已不见，其所驮辎重，已却回百余步置路侧。至前馆，馆吏曰：“昔有前官凤州河池县尉刘少府殡宫，在彼馆后园，久已颓毁。”敬立却回验之，废馆更无物。唯墙后有古殡宫，东厂前有搭鞍木马，西侧中有高脚木马，门前废堠子二，殡宫前有冥器数人。渐觉喉中有生食气，须臾吐昨夜所食，皆作朽烂气，如黄衣曲尘之色。斯乃榇中送亡人之食也。童仆皆大吐，三日方复旧。（出《博异记》）

崔书生

博陵崔书生，往长安永乐里。先有旧业在渭南。贞元中，尝因清明节归渭南，行至昭应北墟垅之间，日已晚，歇马于古道左。比百余步，见一女人，靓妆华服，穿越榛莽，似失路于松柏间。崔闲步劘逼渐近，乃以袂掩面，而足趾跌蹶，屡欲仆地。崔使小童逼而觇之，乃二八绝代之姝也。遂令小童诘之曰：“日暮何无俦侣，而怆惶于墟间耶？”默不对。又令一童，将所乘马逐之，更以仆马奉送。美人回顾，意似微纳，崔乃偻而缓逐之，以观其近远耳。美人上马，一仆控之而前。才数百步，忽见女奴三数人，哆口坌息，踉跄而谓女郎曰：“何处来？数处求之不得。”拥马行十余步，则长年青衣驻立以俟。崔渐近，乃拜谢崔曰：“郎君愍小娘失路，脱骖仆以济之，今日色已暮，邀郎君至庄可矣？”崔曰：“小娘子何忽独步凄惶如此？”青衣曰：“因被酒兴酣至此。”

有人的，大使你住在什么地方呢？”阎敬立听了之后更加惊讶。等到问到所送的马匹，都已经不见了，马匹上面驮的行李，被放在往回走一百多步的路的旁边。到了前面的驿馆，馆中的官吏说：“以前有前任馆官凤州河池县尉刘少府，已经去世了，葬在驿馆的后花园，过了很长时间，已经破败损毁了。”阎敬立转身回去验看，已经废弃的驿馆已经没有其他物品了，只有后墙后面有个古代的坟墓。东厂的前面有在马背上搭上鞍的木马，西边的中间有高脚的木马，门前有废弃的两个土堆，坟墓前有好几个殉葬的人。阎敬立渐渐觉得喉咙中有生的食物的气味，不一会儿就将昨天所吃的食物都吐出来了，都有腐败的气味，就像霉尘和酒曲的颜色。这是棺材里送给去世的人吃的食物。他的童仆等人都吐得特别厉害，三天后才恢复原样。（出《博异记》）

崔书生

博陵的崔书生，住在长安的永乐里，之前的旧居在渭南。贞元年间，曾经因为清明节要回到渭南，走到昭应北边的废墟里，天色已晚，在古道的左边停下让马歇息。在一百多步的地方，看见一个女人，穿着亮丽华贵的衣服，穿过荒草，像是在松柏中间迷失了道路。崔书生散着步渐渐靠近，于是看见她用衣袖掩着脸面，但是脚下却踉踉跄跄，几次将要扑倒在地。崔书生让自己的小书童靠近去看，发现是年方二八的冠绝当代的美女子。于是让小书童问她：“傍晚为什么没有同伴，一个人慌慌张张地走在废墟里呢？”那个女子沉默着没有回答，又让另一个童仆，骑着马追她，并把自己的仆人和马都送给她。那个美丽的女子回头，意思像是勉强同意了，崔书生于是就弯着背慢慢地跟上她，来看她将要去的地方是近是远。那个美丽的女子上了马，一个仆人在马前面控制缰绳。才走了几百步，忽然看见三个女奴，哆嗦着嘴唇，喘着粗气说：“你从什么地方来？我们找了几处都找不到你。”她们拥着马走了十几步，就看见一个年长的穿着青衣的人站在那儿等待。崔书生越走越近，于是上前拜谢崔书生说：“郎君害怕小娘子迷了路，就派我们前来迎接她，现在天色已晚，邀请取北行一二里，复到一树林，室屋甚盛，桃李甚芳。又有青衣七八人，迎女郎而人。少顷，一青衣出，传主母命曰："小外生因避醉，逃席失路，赖遇君子，恤以仆马。不然日暮，或值恶狼狐媚，何所不加。阖室戴佩。且憩，即当奉邀。"青衣数人更出候问，如亲戚之密。顷之，邀崔人宅。既见，乃命食。食毕酒至，从容叙言："某王氏外生女，丽艳精巧，人间无双，欲待君子巾栉，何如？"崔放逸者，因酒拜谢于座侧。俄命生出，实神仙也。一住三日，宴游欢洽，无不酣畅。王氏常呼其姨曰玉姨。玉姨好与崔生长行，爱崔口脂合子。玉姨输，则有玉环相酬。崔输且多，先于长安买得合子六七枚，半已输玉姨，崔亦赢玉指环二枚。

忽一日，一家大惊曰："有贼至。"其妻推崔生于后门出。才出，妻已不见，但自于一穴中。唯见芫花半落，松风晚清，黄萼紫英，草露沾衣而已。其赢玉指环犹在衣带。却省初见美人之路而行，见童仆以锹锸发掘一墓穴，已至榇中，见铭记曰："后周赵王女玉姨之墓。平生怜重王氏外生，外生先殁，后令与生同葬。"棺柩俨然，开榇，中有一合，合内有玉环六七枚。崔比其赌者，略无异矣。又一合，中有口脂合子数枚，乃崔生输者也。崔生问仆人："但见郎君入柏林，寻觅不得，方寻掘此穴，果不正也。"玉姨呼崔生奴仆为贼耳。崔生感之，急为掩瘗仍旧矣。（出《博物志》）

你去庄子里可以吗？”崔书生说：“小娘子为什么自己一个人慌张又凄凉地在这里走呢？”穿青衣的长者说：“因为喝酒喝到尽兴，所以走到这里来了。”

于是向北走了一二里路，又到了一片树林，房屋非常之多，桃花梨花正开得芬芳艳丽。又来了七八个青衣，迎接女子入门。过了一会儿，一个青衣出来了，传主母的话说：“小外甥女因为逃避酒醉，逃离酒席迷了路，幸好遇见了你，体恤她，将仆人和马赠给她。如果不是这样，天色已晚，如果遇到恶狼或者狐媚，又怎么不会遇害呢？我们全家都很感谢。你暂时在这休息一会儿，过一会就会邀请你。”穿着青衣的几个人连续出来向他表示问候，就像亲戚一般亲密。过了一会儿，邀请崔书生进屋。见面以后，就让人摆上食物。吃完以后又摆上了酒，缓缓地说：“我的王姓外甥女，美艳精致，人间第一，想要侍奉你的梳洗，怎么样？”崔书生是一个豪放不羁的人，因此就借酒在座位旁感谢。过了一会儿让她的外甥女出来，长得神仙一般。崔书生在那一住就是三天，休闲游乐，愉快交谈，没有不欢畅淋漓的。王氏经常将她的姨叫作玉姨。玉姨喜欢和崔生玩长行局，喜欢崔生的胭脂盒子。玉姨如果输了，就给他玉环。崔生输得比较多，事先在长安买了六七个盒子，一半已经输给玉姨，崔生也赢得两枚玉指环。

忽然有一天，一家大小惊慌地说：“有贼来了。”他的妻子推崔生出了后门。崔生才出来，他的妻子就已经不见了，但是他自己在一个墓穴中。只看见芫花已经落下一些，晚间的风吹过松树，十分清凉。周围是黄色和紫色的小花，草上的露水沾湿了衣裳而已。他赢下的玉指环还在衣带上。就走上去沿着刚刚见到没人的路向前行走，看见童仆用铁锹挖一个墓穴，已经挖到了棺材，看见上面的墓志铭说：“后周赵王的女儿玉姨的墓。她生平怜惜外甥女王氏，外甥女先去世，后来让她和外甥女合葬。”棺材十分完好，打开棺材，看见中间有一个盒子，盒子里面有六七枚玉环。崔书生把它和自己所见的对比了一下，基本上没有差异。还有一个盒子，中间有好几个胭脂盒子，正好是崔书生输的。崔书生问仆人，仆人回答说：“只看见郎君进入柏树林，找不到你，就找到这个墓进行挖掘，果然没有错。”玉姨叫

李 则

贞元初，河南少尹李则卒，未敛，有一朱衣人来，投刺申吊，自称苏郎中。既入，哀恸尤甚。俄顷尸起，与之相搏。家人子惊走出堂，二人闭门殴击，及暮方息，孝子乃敢入。见二尸共卧在床，长短形状，姿貌须髯衣服，一无差异。于是聚族不能识，遂同棺葬之。（出《独异志》）

陆 凭

吴郡陆凭少有志行，神彩秀澈，笃信谦让。家于湖州长城，性悦山水，一闻奇丽，千里而往，其纵逸未尝宁居。贞元乙丑岁三月，游永嘉，遘疾而殁。凭素与吴兴沈苌友善，苌梦凭颜色憔悴，曰："我游至永嘉，苦疾将困。君为知我者，愿托家事。"苌悲之。又叙旧欢，宴语久之。因述文章，话虚无之事，乃谓苌曰："赠君《浮云诗》一篇，以寄其怀。诗曰：'虚虚复空空，瞬息天地中。假合成此像，吾亦非吾躬。'"悲吟数四。临去曰："凭船已发来，明日午时到此。"执手而去。及觉，所记甚分明，乃书而录之。如期而凭丧船至。苌抚孤而恸，赙助倍礼。词人杨丹为之志，具旌神感，铭曰："笃生府君，美秀而文。没而不起，寄音浮云。"（出《通幽记》）

崔书生的奴仆为贼，崔书生感谢他，立马将墓地掩盖成原来的样子。（出《博物志》）

李则

贞元初年，河南少尹李则去世了，还没有殓葬，有一个穿着红色衣服的人走来，递上名片请求吊唁。进入家中，他悲痛得更加厉害。过了一会儿，尸体站起来，和他相互搏斗。家里面的人都受惊逃离出厅堂，这两个人关上门互殴，等到天黑才停止，他的儿子才敢进去。看见两个尸体一起躺在床上，身高大小、身形胖瘦，没有任何差异。因此他全族的人也不能辨识，就这样将两个人一口棺材下葬了。（出《独异志》）

陆凭

吴郡的陆凭在很小的时候就有志向和操行，神采秀丽明澈，非常忠诚礼让。他的家住在湖州长城，天性喜欢山水，一听到有奇山丽水，即使是千里之外，也会到达那里，他豪放不羁，因此没有安稳地住下过。贞元乙丑年三月，游历永嘉，得病去世。陆凭向来和吴兴地区的沈苌之间亲近和睦，沈苌梦见陆凭面容憔悴，说："我游历到永嘉，苦于疾病的纠缠将要离去，你是我的知己，我想将家事交代给你。"沈苌对此感到很悲伤，又谈论了他们之间的往事，说了很长时间。于是谈到了文章，说了一些虚无的事情，接着对沈苌说："赠给你一篇《浮云诗》，来寄托我的情怀。诗是：'虚虚复空空，瞬息天地中。假合成此像，吾亦非吾躬。'"悲伤地吟诵了好几遍。临走的时候说："载我的船已经向这里驶来，明天中午的时候就到这里了。"于是拉着手离别。等到沈苌醒了，他能将梦里的事情记得很清楚，于是就将它写了下来。陆凭的丧船如期到达。沈苌摸着遗孤的头哀痛，加倍用礼来资助丧事。写词的杨丹为他写墓志铭，具体表述期待神的感知，他的铭文是："笃生府君，美秀而文。没而不起，寄音浮云。"（出《通幽记》）

浔阳李生

李生者，贞元中，举进士，下第归浔阳，途次商洛。会汉南节使入觐，为道骑所迫。四顾唯苍山万重，不知所适。时日暮马劣，无仆徒。见荆棘之深，有殡宫在焉，生遂投匿其中。使既过，方将前去，又不知道途之几何，乃叹曰："吾之寄是，岂非命哉？"于是止于殡宫中，先拜而祝曰："某家庐山，下第南归，至此为府公前驱所迫，既不得进，又不得退，是以来。魂如有知，愿容一夕之安。"既而闲望。时风月澄霁，虽郊原数里，皆可洞见。又有殡宫，在百步外，仿佛见一人，渐近，乃一女子，妆饰严丽，短不尽尺。至殡宫南，入穴中。生且听之，闻其言曰："金华夫人奉白崔女郎，今夕风月好，可以肆目，时难再得，愿稍留念。"穴中应曰："属有贵客，寄吾之舍，吾不忍去，乖一夕之欢，不足甚矣。"其人乃去，归殡宫下。生明日至逆旅问之，有知者，是博陵崔氏女也。随父为尉江南，至此而殁，遂藁葬焉。生感之，乃以酒膳致奠而去。（出《宣室志》）

浔阳李生

李生，贞元年间要考进士，但没有考中，就回到浔阳，路经商洛的时候正赶上汉南使节入朝觐见，被道骑逼迫，四面一看只有重重的山岭，不知道要去哪里。当时天色已晚，马儿很差，没有仆人和随从，看见荆棘非常深，有坟墓在旁边，李生于是投到其中。使节已经过去，才要到前面去，又不知道路还有多少，于是叹息着说："我现在寄居在这里，难道这不是命吗？"于是在坟墓中止步，先是跪拜然后祝祷说："我的家在庐山，因为没有中举就回到南边，到这里来是被府公的前导所逼迫的，既不能前进，又不能后退，所以来这儿了。魂灵如果能够知晓，希望能够容许安心歇息一个晚上。"说完四下张望。当时风清月朗，即使是几里外的郊野，也都可以看见。又有棺材，在一百步之外，好像看见一个人，渐渐靠近了，发现是一个女子，打扮得非常华丽，身高还没有一尺。走到坟墓的南边，进入了墓穴。听到她说："金华夫人奉劝崔女郎，今晚风清月朗，可以恣意观赏，这样的时光难以再拥有，希望你可以稍稍留存，以作纪念。"洞穴中有人回应说："刚好有贵客，寄居在我的屋子，我不忍心去，断绝他一晚上的欢畅。"于是这个人就离去了，回到了坟墓下。李生第二天去旅馆问别人，有知道的人说这是博陵崔氏的女儿，跟随她做江南尉的父亲来到这里就去世了，于是就葬在这里。李生感念她的恩德，于是用酒肉祭奠她之后就离开了。（出《宣室志》）

卷第三百四十　鬼二十五

韩弇　卢顼　李章武

韩弇

河中节度使、侍中浑瑊与西蕃会盟，蕃戎背信，掌书记韩弇遇害。弇素与栎阳尉李绩友，因昼寝，忽梦弇被发披衣，面目尽血。绩初不识，乃称姓名，相劳勉如平生。谓弇曰："今从秃发大使填漳河，憔悴困辱不可言，间来奉诣耳。别后有一诗奉呈。"悲吟曰："我有敌国仇，无人可为雪。每至秦陇头，游魂自呜咽。"临别，谓绩曰："吾久饥渴，君至明日午时，于宅西南，为置酒馔钱物，亦平生之分尽矣。"绩许之，及觉，悲怆待旦。至午时，如言祭之。忽有黑风自西来，旋转筵上，飘卷纸钱及酒食皆飞去。举邑人观之，时贞元四年。（出《河东记》）

卢顼

贞元六年十月，范阳卢顼家于钱塘，妻弘农杨氏。其姑王氏，早岁出家，隶邑之安养寺。顼宅于寺之北里，有家婢曰小金，年可十五六。顼家贫，假食于郡内郭西堰。堰去其宅数十步，每令小金于堰主事。常有一妇人不知何来，年可四十余，著瑟瑟裙，蓬发曳漆履，直诣小金坐。自言姓朱，第十二，久之而去。如是数日。时天寒，小金爇火以燎。须臾，妇人至，顾见床下炭，怒谓小金曰："有炭而焚烟薰我，何也？"举足踏火，火即灭。以手批小金，小金绝倒于地。小金有弟年可四五岁，在傍大骇，驰报于家。家人至，已失妇人，而小金瞑然如睡，其身僵强如束。命巫人祀之，释然。

韩弇

河中节度使侍中浑瑊同西蕃相会结盟。西蕃背弃信用，掌书记韩弇被杀害。韩弇平素同栎阳尉李绩结交，由于在白天睡觉，忽然梦见韩弇头发散乱披着衣服，脸上都是血。李绩开始没认出来，于是自报姓名，辛勤帮忙像往常一样。告诉李绩说："现在跟随秃发的大使让漳河安定，憔悴困窘不可说，偶尔拜访。分别后有一诗相赠。"他哀叹道："我有敌国之仇，没有人可以替我除去。每次到秦陇山头，游走的鬼魂开始鸣叫呜咽。"临别时，对李绩说："我已长时间又饿又渴，你到明天午时，在房子的西南方，给我置办酒、饭菜和钱财货物，也尽了我们平生的情分。"李绩答应他了，等到睡醒，悲伤凄怆等候早晨。到了午时，像说的那样祭奠他。忽然有黑风从西边吹来，旋转到宴席上，使纸钱和酒食都随风飞去了。全城的人都看到了，时间是贞元四年。（出《河东记》）

卢项

贞元六年十月，范阳卢项居住在钱塘，妻子是弘农的杨氏。她的婆婆王氏，早年在安养寺出家，项的住宅在寺庙北边的村里。有个家中的婢女叫小金，年龄十五六岁。项家境贫寒，在郡内部城墙外的西堰筹借食物。堰距离他的住宅几十步远。每次让小金在堰主持事务。常常有一个妇人不知道从何处而来，年龄四十多岁，穿着碧绿色的衣裙，散乱的头发，拖着黑鞋，径直到小金面前坐下。自称姓朱，排行十二，多时之后才离开。像这样过了几天。当时天气寒冷，小金燃烧火用来取暖。片刻后，妇人到，看见床下像炭的东西，气愤地对小金说："有炭烧的烟熏我，为什么？"抬脚踩火，火就灭了。用手掌打小金，小金气绝倒在地上。小金有个弟弟年龄四五岁，在旁边很惧如是具陈其事。居数日，妇人至，抱一物如狸状，而尖觜卷尾，尾类犬，身斑似虎。谓小金曰："何不食我猫儿？"小金曰："素无为之，奈何？"复批之，小金又倒，火亦扑灭。童子奔归以报，家人至，小金复瞑然。又祝之，随而愈。自此不令之堰。

后数日，令小金引船于寺迎外姑。船至寺门外，寺殿后有一塔，小金忽见塔下有车马，朱紫甚盛。伫立而观之，即觉身不自制。须臾，车马出，左右辟易，小金遂倒。见一紫衣人策马，问小金是何人，旁有一人对答。二人举扶阶上，不令损。紫衣者驻马，促后骑曰："可速行，冷落他筵馔。"小金问傍人曰："行何适？"人曰："过大云寺寺主家耳。"须臾，车马过尽。其院中人来，方见小金倒于阶上，复惊异载归，祀酹之而醒。

是夕冬至除夜，卢家方备粢盛之具，其妇人鬼倏闪于牖户之间。以其闹，不得人。卢生以二虎目击小金左右臂。夜久，家人怠寝，妇人忽曳，小金惊叫，妇人怒曰："作饼子，何不啖我？"家人惊起，小金乃醒，而左臂失一虎目。忽窗外即言"还你"，遂掷窗有声，烛之果得。后数日视之，帛裹干茄子，不复虎目矣。冬至方旦，有女巫来坐，话其事未毕，而妇人来，小金即瞑然。其女巫甚惧，方食，遂策一枚馎饨，置户限上，祝之。于时小金笑曰："笑朱十二吃馎饨，以两手拒地，合面于馎饨上吸之。"卢生以古镜照之，小金遂泣。言："朱十二母在盐官县，若得一顿馎饨，及顾船钱，则不复来。"卢生如言，遂诀别而去。方欲焚钱财之时，已见妇人背上负钱。焚毕而去，小金遂释然。

怕，快跑到家报信。家人到了，妇人已经找不着了，小金昏暗的样子像睡觉，她的身体僵硬像被捆缚的样子。让巫人祭祀祷告，疑虑消除了才放心。如此这般陈述那些事情。过了几天，妇人来，抱着一个像狸的东西，尖嘴卷曲的尾巴，尾巴像狗，身上的斑纹像虎。对小金说："为什么不喂我的猫？"小金说："一向没有做过，如何？"又用手掌打她，小金又倒地，火也扑灭了。童子跑回家报信，家人来到，小金昏暗的样子又像睡着，又祈祷，随即又病好了。从此不让她到堰上去。

之后过了几天，让小金带领船到寺庙迎接外婆。船到了寺庙门外边，寺庙殿后有座塔，小金忽然看见塔下有车马，朱紫颜色非常华美。长时间站立观看它，突然觉得自己不能克制自己。一会儿，车马出来，左右设法躲开，小金于是倒在地上。看见一穿紫衣人鞭打马前进，问小金是什么人，旁边有一人回答。二人抬扶到台阶上，不让她受到伤害。紫衣人停下马，督促后边骑马的人说："快走，不管他宴席酒食。"小金问旁边的说："往哪里去？"那人说："去大云寺寺主家罢了。"一会儿，车马过完了。那院中人过来，才看见小金倒在阶梯上，又很震惊地用车拉回家，将酒杯倒在地上祭祀，她才苏醒。

这天晚上是冬至前一天，卢家正准备盛大祭祀谷物的用具，那妇人像鬼似的突然闪到门窗之间。凭着吵闹，也不可以进去。卢生大胆地用眼睛看小金左右胳臂。夜深，家人疲惫睡觉，妇人忽又飘摇而来，小金吃惊地喊叫，妇人怒道："做饼子，为什么不给我吃？"家人惊起，小金才醒，而左臂失去一虎目。忽然窗外就说："还你。"接着有掷到窗上的声音，用烛照它果然得到，过后几天看它，用帛裹个干茄子，不再是虎目。冬至才天亮，有个女巫来坐，说那事未完。到妇人又来，小金又昏睡过去。那女巫很害怕，才吃，于是夹起一个馄饨，放在门槛上祈祷。在这时小金笑说："笑朱十二吃馄饨，用两手抵着地，脸对着馄饨用嘴吸它。卢生用古镜照她，小金于是就哭泣。说："朱十二母在盐官县，如果要得到一顿馄饨，又想到船钱，就不能再来。"卢生遵从她的话，于是告别离去。正想要烧钱财的时候，看见妇人背上已背着钱。焚化完就离去。小金于是放心了。

居间者，小金母先患风疾，不能言，忽于厨中应诺，便人房，切切然语。出大门，良久，抠衣阔步而入，若人骑马状，直至堂而拜曰："花容起居。"其家大惊，花容即杨氏家旧婢，死来十余年，语声行动酷似之，乃问花容："何得来？"答曰："杨郎遣来，传语娘子，别久好在。杨郎，卢生舅也，要小金母子，故遣取来。"卢生具传，恳辞以留，受语而出门。久之，复命曰："杨郎见传语，切令不用也，急作纸人代之。"依言剪人，题其名字，焚之。又言："杨郎在安养寺塔上，与杨二郎双陆。"又问："杨二郎是何人？"答曰："神人耳。又有木下三郎，亦在其中。"又问："小金前见车马何人？"曰："此是精魅耳。本是东邻吴家阿嫂朱氏，平生苦毒，罚作蛇身。今在天竺寺楮树中有穴，久而能变化通灵，故化作妇人。"又问："既是蛇身，如何得衣裳著？"答曰："向某家冢中偷来。"又问："前抱来者何物？"言"野狸"。遂辞去。即酌一杯令饮，饮讫，更请一杯与门前镬八。问："镬八是何人？"云："是杨二郎下行官。"又问："杨二郎出入如此，人遇之皆祸否？"答曰："如他杨二郎等神物，出入如风如雨。在虚中，下视人如蝼蚁然，命衰者则自祸耳，他亦无意焉。"言讫而去。至门方醒，醒后问之，皆不知也。

后小金夜梦一老人，骑大狮子。狮子如文殊所乘，毛彩奋迅，不可视。旁有二昆仑奴操辔。老人谓小金曰："吾闻尔被鬼物缠绕，故万里来救。汝是衰厄之年，故鬼点尔作客。"云："以取钱应点而已，渠亦自得钱。汝若不值我来，至四月，当被作土户，汝则不免死矣。汝于某日拾得绣佛子否？"小金曰："然。""汝看此样，绣取七躯佛子，七口幡子。"言讫，又曰："作八口，吾误言耳。八口，一伴四口，又截头发少许，赎香以供养之，其厄则除矣。"小金曰："受教矣。今苦腰背痛，不可忍，慈悲为除之。"老人曰：

住在这里，小金母亲先前患麻风病，不能说话，忽然在厨房中应答，就入屋，情意真诚恳切地说话。出了大门，过了很久，提起衣襟大步进入，像人骑马的样子，直到堂前拜见说："花容请安。"全家大惊，花容是杨家的旧婢女，死了十多年，话语行动非常像她，于是问花容："从哪儿来？"花容答道："杨郎派来，传话给娘子，久别后安在。杨郎是卢生的舅舅，要小金母子，所以派我来取人。"卢生都转达，恳切要求留下，接受转达而出门。过了许久，回复命令说："杨郎接到转达，急切下令不用了，赶紧做纸人代替她们。"按着说的剪纸人，写上她们的名字，焚烧掉。又说："杨郎在养安寺塔上，与杨二郎平起平坐。"又问："杨二郎是什么人？"回答说："是神人。还有木下三郎，也在那里。"又问："小金先前看见的车马里是什么人？"回答说："是妖精鬼怪罢了。原来是东邻吴家阿嫂朱氏，平生狠毒，被罚成蛇身。现在在天竺寺楮树中有洞穴，时间长了能变化通灵气，所以能变成妇人。"又问："既然是蛇身，怎能有衣裳穿？"回答说："从某家坟里偷来的。"又问："先前抱来的是什么东西？"说："野狸。"于是就告辞离去，斟了一杯酒让她喝，喝完，再要一杯给门前的镬八。问："镬八是什么人？"说："是杨二郎的下行官。"又问："杨二郎出外与入内如此，人遇上他都是祸患吧？"答道："像他杨二郎等稀奇罕见的物品，出入像风像雨一样。在虚幻中，向下看人像蝼蚁的样子，生命力衰弱的就自有祸而已，他也无意这样。"说完离开，到门口才醒来。醒来后问她，都不知道。

后来小金夜里梦见一位老人，骑着大狮子。狮子像文殊天尊乘坐的坐骑，毛色光彩夺目，精神振奋，行动迅速，不能够直视。旁边有两个奴仆拿着缰绳。老人对小金说："我听说你被鬼缠绕，所以不远万里来救你。你现在是衰弱苦难之年，所以鬼指定你作为客。"又说："用来取钱应付罢了，他也自得钱。你如果不遇到我来，到四月，应该被当作世居本地的人，你就避免不了死去。你在某天拾到绣佛子了吗？"小金说："是的。""你照着这个样子，绣七个佛子，七口幡子。"说完，又说："做八口，我说错了。八口，一半四口，再剪下一点点头发，烧香来供奉它，那苦难就解除了。"小金说："接受教

"易耳。"即令昆仑奴向前，令展手，便于手掌摩指，则如黑漆，染指上。便背上点二灸处。小金方醒，具说其事，即造佛及幡。视背上，信有二点处，遂灸之，背痛立愈。

卢顼秉志刚直，不信其事，又骂之曰："焉有圣贤，来救一婢？此必是鬼耳。"其夜又梦老人曰："吾哀尔疾危，是以来救。汝愚郎主，却唤我作鬼魅也，吾亦不计此事。汝至四月，必作土户。然至三月末，当须出杭州界以避之矣。夫鬼神所部，州县各异，亦犹人有逃户。"小金曰："于余杭可乎？"老人曰："余杭亦杭州耳，何益也？"又曰："嘉兴可乎？"曰："可。"老人曰："汝于嘉兴投谁家？"答曰："某家有亲，欲投之。"老人曰："某家是孝，汝今避鬼，还投鬼家，何益也？凡孝有灵筵，神道交通，他则知汝所在。汝投吉人家，则可矣。又临发时，脱汝所爱惜衣一事，剪去身，留领缝襟带，余处尽去之。缚一草人衣之，著宅之阴暗处，汝则易衣而潜去也。"小金曰："诺。圣贤前度灸背，当时获愈，今尚苦腰痛。"老人曰："吾前不除尔腰者，令尔知有我耳。汝今欲除之耶？"复于昆仑手掌中研黑，点腰间一处而去。悟而验之，信有点迹，便灸之，又差。其后妇人亦不来矣，至三月尽。如言潜之嘉兴，自后无事。（出《通幽录》）

李章武

李章武，字飞卿，其先中山人。生而敏博，遇事便了。工文学，皆得极至。虽弘道自高，恶为洁饰，而容貌闲美，即之温然。与清河崔信友善，信亦雅士，多聚古物，以章武精敏，每访辨论，诲了。现在苦于腰背疼痛，不可以忍受，你发发慈悲给除掉。”老人说：“容易呀。”就让家奴上前，让他展开手，就在手掌上磨手指，就像黑漆一样，沾在指上。就在背上点了两穴位。小金才醒，全部述说那些事情，就制作佛与幡。看背上，果真有两个点处，于是针灸，背痛立刻好转。

卢项秉性刚直，不相信那些事。又骂她说：“哪有圣贤，来救一个婢女？这一定是鬼了。”那天晚上又梦见老人说：“我因可怜你病危，才使我来救你。你愚蠢的主人，却说我是鬼魅，我也不计较这件事，你到四月，必定死。然而到了三月末，应当离开杭州地界用来逃避它了。那鬼神所管辖的，州县各不相同，就好像人有逃避赋役的。”小金说：“到余杭可以吗？”老人说：“余杭也隶属杭州，有什么益处？”又说：“嘉兴可以吗？”说：“可以。”老人问：“你到嘉兴奔靠谁家？”小金回答说：“我有亲属，想奔靠他。”老人说：“某家有居丧的礼仪，你现在避开鬼，还奔靠有鬼人家，有什么好处？凡是守孝的有供亡灵的几筵，神道结交，他就知道你所处的地方。你奔靠吉祥人家，就可以了。另加上临近开始的时候，关于脱掉你所爱惜的衣服一事，用剪刀裁剪去衣身，留着领缝襟带，其余部分都去掉。用绳子捆绑一个草人让它穿上衣服，放到屋子的阴暗处。你换上衣服偷偷地离开。”小金说：“是。圣贤前次针灸背部，当时得到好转，现在还苦于腰痛。”老人说：“我先前不根除你的腰痛病，让你知道有我罢了，你现在想要根除它吗？”又在家奴手掌中细磨出黑色，点在腰一处后离开。觉醒后验证它，就艾灸它，又病愈。那以后妇人也不来了。到了三月末，依照说的偷偷地到了嘉兴，从那以后没有变故。（出《通幽录》）

李章武

李章武，字飞卿。他的祖先是中山人。生来敏捷博学，遇事就明白。擅长文章学问，都达到很高程度。虽然弘扬真理自傲清高，讨厌装扮使他整洁，而容貌娴雅美好，就是温和的相貌。和清河的崔信友爱和睦，崔信也是个品格高雅的读书人，聚集了很多古物，因为章皆洞达玄微，研究原本。时人比之张华。

贞元三年，崔信任华州别驾，章武自长安诣之。数日，出行，于市北街见一妇人甚美，因绐信云："须州外与亲故知闻。"遂赁舍于美人之家。主人姓王，此则其子妇也，乃悦而私焉。居月余日，所计用直三万余，子妇所供费倍之。既而两心克谐，情好弥切。无何，章武系事，告归长安，殷勤叙别。章武留交颈鸳鸯绮一端，仍赠诗曰："鸳鸯绮，知结几千丝。别后寻交颈，应伤未别时。"子妇答白玉指环一，又赠诗曰："捻指环相思，见环重相忆。愿君永持玩，循环无终极。"章有仆杨果者，子妇赍钱一千以奖其敬事之勤。

既别，积八九年。章武家长安，亦无从与之相闻。至贞元十一年，因友人张元宗寓居下邦县，章武又自京师与元会。忽思曩好，乃回车涉渭而访之。日暝达华州，将舍于王氏之室，至其门，则阒无行迹，但外有宾榻而已。章武以为下里或废业即农，暂居郊野，或亲宾邀聚，未始归复。但休止其门，将别适他舍。见东邻之妇，就而访之，乃云："王氏之长老，皆舍业而出游，其子妇殁已再周矣。"又详与之谈，即云："某姓杨，第六，为东邻妻，复访郎何姓？"章武具语之。又云："曩曾有慊姓杨名果乎？"曰："有之。"因泣告曰："某为里中妇五年，与王氏相善。尝云：'我夫室犹如传舍，阅人多矣。其于往来见调者，皆殚财穷产，甘辞厚誓，未尝动心。顷岁有李十八郎，曾舍于我家。我初见之，不觉自失，后遂私侍枕席。实蒙欢爱，今与之别累年矣。思慕之心，或竟日不食，终夜无寝。我家人故不可托，复被彼夫东西，不时会遇。脱有至者，愿以物色名氏求之。如不参差，相托祗奉，并语深意。但有仆夫杨果即是。'不二三年，子妇寝疾。临死，复见托曰：'我本寒武精细敏捷，每当拜访辨别谈论，都能清楚地说明其玄妙，探索事物的起源和根本。当时人把他比作张华。

贞元三年，崔信担任华州别驾，章武从长安到这里。住了几天，外出旅行，在市北街上看见一个妇人非常美，于是就哄骗崔信说："需要在城外与亲戚故旧交往。"于是在美人的家里租了房子。主人姓王，这个就是他儿媳妇，然后喜爱并和她私通。住了一个多月，所核算的花费有三万多钱，比他的儿媳妇供给所花费的还要加倍。不久两人心意和谐，感情更加密切。不多时，章武关联一件事情，先告别回长安，情意深厚地话别。章武留给她一匹交颈鸳鸯绮，还赠诗道："鸳鸯绮，知结几千丝，别后寻交颈，应伤未别时。"妇人答谢一个白玉环，还赠诗道："捻指环相思，见环重相忆。愿君永持玩，循环无终极。"章武有个仆人叫杨果，妇人给他一千钱用来奖励他勤奋做事。

分别后，积累八九年，章武居住在长安，也没有与她通信息。到了贞元十一年，因为友人张元宗居住在下邽县，章武又从京城去和元宗会面。忽然怀念从前的相好，于是就回转车渡过渭水去拜访她。天黑时到华州，要住在王氏家，到她家门，却寂静没有踪迹，只是在外面有摒弃的床罢了。章武以为下到乡里或者停业去耕种，暂时住在郊外旷野的地方，或者亲戚与宾客邀请聚会，没有归来。只停止在她门前，准备到别处投宿。看见东边住处相近的妇人，于是走近询问她。然后说："王氏的长者，都抛弃全部家业而外出游览，他的儿媳妇死去已两年了。"又详细和她说话，她说："我姓杨，排行第六，是东边住处相邻人家的妻子。你姓什么？"章武完全告诉她。又说："从前曾有侍从姓杨名果的吗？"答道："有。"于是哭诉道："我做里中的媳妇五年，与王氏彼此交好，她曾经说：'我夫家犹如驿站房舍，观察到的人很多，其中来往戏弄的人，都用尽了钱财，甜言蜜语海誓，不曾动心。没有多久，有个李十八郎，曾经住在我家。我初次见他，不觉心意若失于他，之后就与他私通，确实蒙受他的欢悦喜爱，现在与他分别数年了。思念他的心，有时整天不吃饭，整夜不睡觉。我家人本不可托付，又苦于李郎非东奔西走，无相见的希望了。或许有来微，曾辱君子厚顾。心常感念，久以成疾，自料不治。曩所奉托，万一至此，愿申九泉衔恨，千古暌离之叹。仍乞留止此，冀神会于仿佛之中。’”

章武乃求邻妇为开门，命从者市薪刍食物。方将具絪席，忽有一妇人持帚出房扫地，邻妇亦不之识。章武因访所从者，云是舍中人。又逼而诘之，即徐曰：“王家亡妇，感郎恩情深，将见会。恐生怪怖，故使相闻。”章武许诺，云：“章武所由来者，正为此也。虽显晦殊途，人皆忌惮，而思念情至，实所不疑。”言毕，执帚人欣然而去。逡巡映门，即不复见。乃具饮馔，呼祭。自食饮毕，安寝。至二更许，灯在床之东南，忽尔稍暗，如此再三。章武心知有变，因命移烛背墙，置室东南隅。旋闻室北角悉窣有声，如有人形，冉冉而至。五六步，即可辨其状。视衣服，乃主人子妇也。与昔见不异，但举止浮急，音调轻清耳。章武下床，迎拥携手，款若平生之欢。自云：“在冥录以来，都忘亲戚，但思君子之心，如平昔耳。”章武倍与狎昵，亦无他异，但数请令人视明星，若出，当须还，不可久住。每交欢之暇，即恳托在邻妇杨氏，云：“非此人，谁达幽恨。”

至五更，有人告可还，子妇泣下床，与章武连臂出门。仰望天汉，遂呜咽悲怨。却入室，自于裙带上解锦囊，囊中取一物以赠之。其色绀碧，质又坚密，似玉而冷，状如小叶，章武不之识也。

到的，希望依靠形貌姓名设法得到他。假如无差错，相托敬奉，并告诉深意。只要有仆夫杨果的就是。’不过二三年，妇人患病。临死时，又拜托说：‘我本出身寒微，曾承蒙君子厚爱，心里常存感激想念，时间长了变成疾病，自己料想不能治好。往日所托付的，万一到这，希望申明九泉含恨，千古分离的嗟叹。仍然要求停留在这里，希望在差不多之中神会。’”

章武于是请求邻妇给他开门。让跟从的人买柴、草料、食物。正要装备铺垫，忽然有一个妇人拿着笤帚扫地，邻居妇人也不认识她。章武于是询问跟从的人，说是家中人。又走近问她，就慢慢地说：“王家死亡的媳妇，感谢你的恩情浓厚，才来和你相见。害怕你见了觉得奇怪害怕，所以让你知道。”章武应允道：“章武来这里，正是因为这件事。虽然是阴阳殊途，人们都有所顾忌和害怕，可是思念情深至如此，确实是不能被怀疑的。”说完之后，拿笤帚的人就高兴地离开了，顷刻之间映在门上，立即不见了。章武于是准备了酒食，呼唤祭祀。自己吃喝完毕，就安稳地睡着了。到了大概二更的时候，灯在床的东南处，忽然稍稍暗了，像这样反复了多次。章武心里知道有异常，于是吩咐人移开灯烛背墙，置放到屋子的东南角。很快就听见屋子的北角有窸窸窣窣的声响。好像人影一样，慢慢地来到。距五六步远，就能够分辨清她的外貌。看她衣服，是主人的儿媳，和之前见面时没有两样。只是举止轻浮急切，说话的音调轻清罢了。章武走下床，迎接拥抱拉着她的手，举止间就像平生的欢乐。妇人自说道：“在冥府以来，亲戚全都忘记了，只有想念你的心情，和从前平日里一样。”章武更加和她亲热，也没有其他不同的，只是多次请人查看启明星，如果出来的话，就需要回去，不能长时间住在这儿。每次交欢的空闲时间，就恳切请求邻妇杨氏，说道：“不是这个人的话，谁能明白幽深的遗憾呢。”

到五更的时候，有人告诉可以回去了，妇人哭泣着下床，和章武挽着手臂出门，抬头仰望着天空，便呜咽着悲怨起来。退回屋中，妇人自己在裙带上解下锦囊，从囊中取出一个物品赠给章武。那物品颜色绀碧，质地又坚固紧密，像玉一样而且很凉，形状如同小叶，章子妇曰："此所谓靺鞨宝，出昆仑玄圃中，彼亦不可得。妾近于西岳与玉京夫人戏，见此物在众宝挡上，爱而访之，夫人遂假以相授，云：'洞天群仙每得此一宝，皆为光荣。'以郎奉玄道，有精识，故以投献，常愿宝之，此非人间之有。"遂赠诗曰："河汉已倾斜，神魂欲超越。愿郎更回抱，终天从此诀。"章武取白玉宝簪一以酬之，并答诗曰："分从幽显隔，岂谓有佳期。宁辞重重别，所叹去何之。"因相持泣。良久，子妇又赠诗曰："昔辞怀后会，今别便终天。新悲与旧恨，千古闭穷泉。"章武答曰："后期杳无约，前恨已相寻。别路无行信，何因得寄心？"款曲叙别讫，遂却赴西北隅。行数步，犹回顾拭泪，云："李郎无舍，念此泉下人。"复哽咽伫立，视天欲明，急趋至角，即不复见。但空室官然，寒灯半灭而已。

章武乃促装，却自下邦归长安武定堡。下邦郡官与张元宗携酒宴饮。既酣，章武怀念，因即事赋诗曰："水不西归月暂圆，令人惆怅古城边。萧条明早分歧路，知更相逢何岁年？"吟毕，与郡官别。独行数里，又自讽诵。忽闻空中有叹赏，音调凄恻，更审听之，乃王氏子妇也。自云："冥中各有地分，今于此别，无日交会。知郎思眷，故冒阴司之责，远来奉送。千万自爱。"章武愈惑之。及至长安，与道友陇西李助话，亦感其诚而赋曰："石沉辽海阔，剑别楚天长。会合知无日，离心满夕阳。"

章武既事东平丞相府，因闲召玉工视所得靺鞨宝。工不知，不敢雕刻。后奉使大梁，又召玉工，粗能辨。乃因其形，雕作槲叶象。奉使上京，每以此物贮怀中。至市东街，偶见一胡僧，忽近马叩头云："君有宝玉在怀，乞一见尔。"乃引于静处开视。僧捧玩武不认识它。妇人说道："这就是所说的靺鞨宝，出自昆仑的玄圃之中，那也不可轻易得到。我近来在西岳和玉京夫人玩，看见这个物件在众宝珰上，很喜欢就询问她，夫人于是就把它送给我，说道：'洞天群仙每次得到这个宝贝，都认为是光荣的。'因为你信奉玄道，有精深的知识，所以把它送给你，经常希望你把它当成宝贝，这是人间没有的物件。"然后赠诗道："河汉已倾斜，神魂欲超越。愿郎更回报，终无从此诀。"章武拿出一支白玉宝簪用来酬谢她，并且答诗道："分从幽显隔，岂谓有佳期。宁辞重重别，所叹去何之。"于是双方对立着哭泣。过了很久，妇人又赠诗道："昔辞怀后会，今别便终天。新悲与旧恨，千古闲穷泉。"章武答诗道："后期杳无约，前恨已相寻。别路无行信，何因得寄心。"殷勤诚挚地告别完，她就向屋子的西北角走去。走了几步之后，还回头看看擦着眼泪说道："李郎不要舍弃我，想着我这个泉下人。"又哽咽久久地站着，看天就要亮了，急忙跑到角落里，就不能再看见了。只有幽深的空屋，寒灯半灭着罢了。

章武于是整理好行装，将要从下邽回到长安武定堡。下邽的郡官和张元宗携酒设宴。酒喝得很畅快的时候，章武怀念妇人，于是面对眼前的事物赋诗道："水不西归月暂圆，令人惆怅古城边。萧条明早分歧路，知更相逢何岁年。"吟诗结束后，和郡官告别，独自走了几里路，又自己吟诵。突然听到空中有人赞叹称赏，音调很是悲伤，再仔细听，是王氏儿媳啊。王氏自己说道："冥府中各有地界，现在在这里分别，没有再相见的日子了。知道你想念我，因此冒着被阴司责罚的危险，远道而来送行。你一定要珍爱自己。"章武更加困惑。等他抵达了长安，和道友陇西的李助谈话，也被她的诚意感动而赋诗道："石沉辽海阔，剑别楚天长。会合知无日，离心满夕阳。"

章武后来在东平丞相府任职，空闲的时候召令玉工查看他所得到的靺鞨宝。玉工不懂，不敢雕刻。后来奉命到大梁去任职，又召来玉工，略微能辨识一些。于是根据它的形状，雕刻成了槲叶像。奉命到京城去的时候，每次都把这件宝物放在怀中。到了市东街上，偶然遇见一个胡僧，忽然靠近马叩头说道："你有宝玉在怀里，请求让移时，云："此天上至物，非人间有也。"章武后往来华州，访遗杨六娘，至今不绝。（出李景亮为作传。）

我看一看。”于是领着他到安静的地方拿出来让给他看。僧捧着欣赏时，说道：“这是天上的宝物，不是人间所有的。”章武后来到了华州，探望赠送给杨六娘，至今没有绝断。（出李景亮为自己作的传。）

卷第三百四十一　鬼二十六

李俊　李赤　韦浦　郑驯　魏朋　道政坊宅　郑琼罗

李俊

岳州刺史李俊举进士，连不中第。贞元二年，有故人国子祭酒包佶者，通于主司，援成之。榜前一日，当以名闻执政。初五更，俊将候佶，里门未开，立马门侧。傍有卖糕者，其气爞爞。有一吏若外郡之邮檄者，小囊毡帽，坐于其侧，颇有欲糕之色。俊为买而食之，客甚喜，啖数片。

俄而里门开，众竞出，客独附俊马曰："愿请问。"俊下听之，曰："某乃冥之吏送进士名者。君非其徒耶？"俊曰："然。"曰："送堂之榜在此，可自寻之。"因出视。俊无名，垂泣曰："苦心笔砚，二十余年，偕计者亦十年。今复无名，岂终无成乎？"曰："君之成名，在十年之外，禄位甚盛。今欲求之，亦非难。但于本录耗半，且多屯剥，才获一郡，如何？"俊曰："所求者名，名得足矣。"客曰："能行少赂于冥吏，即于此，取其同姓者易其名，可乎？"俊问："几何可？"曰："阴钱三万贯。某感恩而以诚告，其钱非某敢取，将遗牍吏。来日午时送可也。"复授笔，使俊自注。从上有故太子少师李夷简名，俊欲揩之，客遽曰："不可，此人禄重，未易动也。"又其下有李温名，客曰："可矣。"乃揩去"温"字，注"俊"字。客遽卷而行曰："无违约。"

李俊

岳州刺史李俊当年在考进士的时候，考了好几次也没能考中。贞元二年，当时的国子祭酒包佶是李俊的老朋友，包佶向主考禀明情况，想帮助李俊考取进士。他们约定好在发榜前一天，将李俊的名字通告给主考官。那天刚刚五更时，李俊就前往包佶府外等候，但是其府上的里门还没有打开，于是李俊便在大门旁驻马等候。大门旁边有一个卖蒸糕的人，蒸糕热气腾腾的。这时有一位从外地来传递文书的小吏，拿着小袋戴着毡帽坐在卖蒸糕人的旁边，眼神中流露出想要吃蒸糕的神色。李俊便买了蒸糕给小吏吃，小吏十分高兴，接连吃了好几片。

不久李俊府上的里门打开了，有一干人等从里面走了出来。那位小吏来到李俊马前对李俊说："能否借一步说话？"李俊下马与小吏交谈。小吏说："我是阴间来送进士名单的小吏。您是不是也是来考进士的？"李俊回答说："正是。"小吏说："送到主考的进士名单就在这里，您可以查看一下这上面是否有您的名字。"接着小吏把榜单拿出来给李俊查看，但是名单上面并没有李俊的名字。于是李俊痛哭流涕地说："我苦心求学了二十多年，考进士又考了十年，到如今还没有考上，难道我真的要一事无成吗？"小吏说："您在十年以后才能功成名就，所得到的俸禄职位都会相当高。如果您现在实在想得到爵位俸禄也并不难，只不过原本应得到的俸禄会减半，而且会陷入窘境，只能做到一郡的太守，您意下如何？"李俊说："我所追求的就是功名，我能当官就足够了。"小吏说："您可以给阴间的主管略微烧一点纸钱，然后就在我这个名单上找一个同姓的名字换掉，可以吗？"李俊说："什么时候可以办这件事？"小吏说："您只要烧去纸钱三万贯就可以了，我是感激您给我买了蒸糕才告诉您的，这既而俊诣佶，佶未冠，闻俊来怒，出曰：“吾与主司分深，一言状头可致，公何躁甚？频见问，吾其轻语者耶？”俊再拜对曰：“俊恳于名者，若恩决此一朝。今当呈榜之晨，冒责奉谒。”佶唯唯，色犹不平。俊愈忧之。乃变服伺佶出随之，经皇城东北隅，逢春官怀其榜，将赴中书。佶揖问曰：“前言遂否？”春官曰：“诚知获罪，负荆不足以谢。然迫于大权，难副高命。”佶自以交分之深，意谓无阻，闻之怒曰：“季布所以名重天下者，能立然诺。今君移妄于某，盖以某官闲也。平生交契，今日绝矣！”不揖而行，春官遽追之曰：“迫于豪权，留之不得。窃恃深顾，外于形骸，见责如此。宁得罪于权右耳。”请同寻榜，揩名填之。祭酒开榜，见李公夷简，欲揩，春官急曰：“此人宰相处分，不可去。”指其下李温曰：“可矣。”遂揩去“温”字，注“俊”字。

及榜出，俊名果在已前所指处。其日午时，随众参谢，不及赴个钱不是我要收的，这个钱是掌管文书的官员收的。这样第二天午时名单就可以送到了。”小吏又递给李俊笔，让李俊在上面更改名字，名单上面有故太子少师李夷简的名字，李俊想把李夷简的名字换成自己的名字，小吏看到后立即对李俊说：“不可以啊，这人以后地位极高，不能轻易更改。”李俊看到李夷简的名字后面又有一位叫李温的，小吏说：“可以改这个人的名字。”于是李俊抹去李温的名字，把自己的名字写了上去。改完后，小吏即刻回还，对李俊说：“不要忘记约定。”

随后李俊就去拜见包佶，包佶甚至还没戴好帽子。包佶生气这时候李俊来拜访，出来对李俊说：“我和主考交情甚厚，我跟他提一嘴你就能考上状元，你为什么这么着急？还总来找我询问进展，我是那种说话不算数的人吗？”李俊拜了两拜，然后对包佶说：“我非常想讨个功名，这次能否取得功名全仰仗您了。现在是发榜之日的早晨，我就冒着被您责备的风险来拜见您了。”包佶只是应和了几句，然而神色之间还是略带不满。李俊也十分担心，于是换了身衣服等包佶出门后跟随着他。二人由皇城的东北边过来，正好碰见一位拿着进士榜单赶往中书省的礼部官员。包佶对那位官员施了一礼然后问道：“之前说好的事情办成了吗？”那位礼部官员说：“我很清楚这是不法的行为，如果我这样做了就算负荆请罪也难以弥补我的过错。这超出了我的能力范围，恕我难能从命。”包佶自以为与他交情不浅，托他办事一定能办成。听了之后愤怒地说：“季布之所以能闻名天下，是因为说话算数，现在你对我说话不算数，大概是认为我没什么用了。你我平生的交情，今天算是断绝了！”于是，他没作礼便走了。礼部官员赶忙追着他说：“迫于豪门权贵，留不得。我凭着您对我的深厚感情，对您随便了一些，被如此责怪，只好宁可得罪于权右了。”于是，便请包佶共同寻找榜文，擦名填上李俊。祭酒打开榜，看见李夷简，要擦去，礼部官员急忙说：“这人是宰相安排的，不可擦去呀。”指着后面的李温说：“可以擦去。”于是擦掉“温”字，改成“俊”字。

等到榜文发出，李俊之名果然出现在以前所指的地方。那天午糕客之约。迫暮将归，道逢糕客，泣示之背曰：“为君所误，得杖矣。牍吏将举勘，某更他祈。”共止之，某背实有重杖者。俊惊谢之，且曰：“当如何？”客曰：“来日午时，送五万缗，亦可无追勘之厄。”俊曰：“诺。”及到时焚之，遂不复见。然后筮仕之后，追勘贬降，不绝于道。才得岳州刺史，未几而终。（出《续玄怪录》）

李赤

贞元中，吴郡进士李赤者，与赵敏之相同游闽。行及衢之信安，去县三十里，宿于馆厅。宵分，忽有一妇人入庭中。赤于睡中蹶起下阶，与之揖让。良久即上厅，开箧取纸笔，作一书与其亲，云：“某为郭氏所选为婿。”词旨重叠，讫，乃封于箧中。复下庭，妇人抽其巾缢之，敏之走出大叫，妇人乃收巾而走。及视其书，赤如梦中所为。明日，又偕行，南次建中驿，白昼又失赤。敏之即遽往厕，见赤坐于床，大怒敏之曰：“方当礼谢，为尔所惊。”浃日至闽，属寮有与赤游旧者，设燕饮次，又失赤。敏之疾索于厕，见赤僵仆于地，气已绝矣。（出《独异志》）

韦浦

韦浦者，自寿州士曹赴选，至阌乡逆旅，方就食，忽有一人前时，李俊随着众人参拜谢恩，没能按照糕客的要求去办。天将黑了才回去，在路上遇到了糕客，糕客哭着让看他的背，并且说："被你耽误，我挨杖打了。牍吏将要对我进行调查，我又找了别人，才共同制止了他。"糕客的背上确实有被重打的痕迹。李俊惊恐地谢罪，并且说道："那现在要怎么办呢？"糕客说："明天午时，送五万缗钱，就可以免去追查的灾祸。"李俊说："好的。"等到烧完之后，就再也没看见糕客了。但是，自从李俊做官之后，追查贬谪降职的情况接连发生。才做了岳州刺史后，不久便死了。（出《续玄怪录》）

李赤

贞元年间，吴郡有位叫李赤的进士。这一天李赤与赵敏之一同到闽地游玩。等他们一起走到衢州的信安，距离当地县城三十里的时候，二人住在了当地的馆驿。当天晚上忽然有个妇人走道庭内。李赤在睡梦中醒来，急忙降阶相迎，并且向这位女子行礼。二人过了很长一段时间才进屋，李赤打开书箱拿出纸笔，给他父母写了一封信，书信上说："我被郭家选作了女婿。"李赤的信里面全在重复这句话。等李赤写完信后，就把信藏在书箱里面。等到二人走出厅堂后，那位妇人拿出她的手巾勒住李赤的脖子。赵敏之见状边跑边叫并寻求帮助，那位妇人才收回巾帕离去。赵敏之看到了李赤写的这封信，以为是李赤在梦里写的。第二天，李赤与赵敏之一起同行，向南走住在了建中驿。第二天早上，赵敏之又没找到李赤。赵敏之着急去厕所，看见李赤坐在板凳上。李赤生气地对赵敏之说："我正要以礼相谢，却被你惊醒了。"十天后二人到达闽地，当地与李赤有旧交情的官员为李赤摆宴接风洗尘，酒席上又不见了李赤的踪影。这时赵敏之着急上厕所，看李赤僵硬地倒在地上，已经停止呼吸了。（出《独异志》）

韦浦

有一个叫韦浦的人，跟随寿州的官员去听候调选。到达阌乡的拜曰："客归元昶，常力鞭辔之任，愿备门下厮养卒。"浦视之，衣甚垢而神彩爽迈，因谓曰："尔何从而至？"对曰："某早蒙冯六郎职在河中，岁月颇多，给事亦勤，甚见亲任。昨六郎、绛州轩辕四郎同至此，求下判官买腰带。某于其下丐茶酒直，遂有言语相及。六郎谓某有所欺，斥留于此。某佣贱，复尠资用，非有符牒，不能越关禁。伏知二十二郎将西去，傥因而获归，为愿足矣。或不弃顽下，终赐鞭驱，小人之分，又何幸焉？"浦许之。

食毕，乃行十数里，承顺指顾，无不先意，浦极谓得人。俄而憩于茶肆，有扁乘数十适至，方解辕纵牛，龁草路左。归趋过牛群，以手批一牛足，牛即鸣痛不能前。主初不之见，遽将求医，归谓曰："吾常为兽医，为尔疗此牛。"即于墙下捻碎土少许，傅牛脚上，因疾驱数十步，牛遂如故。众皆兴叹。其主乃赏茶二斤，即进于浦曰："庸奴幸蒙见诺，思以薄伎所获，效献芹者。"浦益怜之。次于潼关，主人有稚儿戏于门下，乃见归以手挃其背，稚儿即惊闷绝，食顷不寤。主人曰："是状为中恶。"疾呼二娘，久方至。二娘巫者也，至则以琵琶迎神，欠嚏良久，曰："三郎至矣。传语主人，此客鬼为祟，吾且录之矣。"言其状与服色，真归也。又曰："若以兰汤浴之，此患除矣。"如言而稚儿立愈。浦见归所为，已恶之。及巫者有说，呼则不至矣。

旅店时，正准备吃饭，这时候忽然有个人上前参拜说道："我叫归元昶，平常靠赶马为生，我希望能在您门下讨个差事。"韦浦见此人虽然穿着朴素，但是人看起来十分精神。于是韦浦对这个人说："你是从哪里来的？"那个人回答说："我最早在河中承蒙冯六郎收留任职，我在那里干了挺长时间，因为我办事勤快，所以主人也信任我。昨天冯六郎与绛州的轩辕四郎一起来到这里，向卞判官买腰带。我在下面管冯六郎要喝酒吃茶的钱，谈话间言语可能有所冲突，所以冯六郎认为我骗了他，斥责我让我留在这里。我身份卑贱，身上又没有钱财以及相应的文牒证明，恐怕很难过关。我私下里知道二十二郎您将要向西边赶路，我要是能被您收留下，我的愿望就得以实现了。如蒙您不嫌弃我，我愿意一辈子为您牵马执鞭，这是我应当应分的事，这该是我多么大的幸事啊！"韦浦答应了归元昶的请求。

吃完饭后，走了十几里地，归元昶办事，没有不合韦浦心意的，韦浦十分中意归元昶。不久，二人在茶铺中休息。这时来了几十辆小车，赶车的人正把牛解下来放它们去路边吃草，归元昶越过牛群，拿手去打一头牛的脚，这头牛当时就驻足并且痛苦地叫。牛的主人最开始没有看到，见状后想马上带牛去看兽医，归元昶对他说："我有做兽医的经验，让我来帮你治疗这头牛。"归元昶当即从墙上捻下些许土，随后敷在牛的脚上，接着牛快走了几十步，然后牛的病就好了。众人都大为惊叹。牛的主人给了归元昶二斤茶叶以表感谢。归元昶拿到茶叶后当即敬献给韦浦，归元昶说道："我承蒙您收留，靠一些雕虫小技弄来这些茶叶，请让我敬献给您。"韦浦越发喜爱归元昶。等落脚在潼关的时候，店主人的孩子在店门前玩耍，只见归元昶用手在敲打孩子的后背，那个孩子像是受到惊吓顿时觉得胸闷气短，回家后吃不进去东西也睡不着觉。店主人见状说："看样子这是鬼上身了。"于是店主人急忙去找二娘，过了很久才回来。二娘是当地的巫婆，到这里后就弹琵琶来迎接神灵。巫婆又打了很久的呵欠，接着说道："三郎来到了这里，快去告诉店主人，店里的来客之中有鬼作祟，我已经捕捉到他的形象了。"二娘说了鬼的穿着颜色，正好是归元昶的衣着。二娘接着又说："如果用兰汤沐浴，这病就会明日又行，次赤水西。路傍忽见元昶，破弊紫衫，有若负而顾步甚重，曰："某不敢以为羞耻，便不见二十二郎。某客鬼也，昨日之事，不敢复言，已见责于华岳神君。巫者所云三郎，即金天也。某为此界，不果闲行，受笞至重。方见二十二郎，到京当得本处县令，无足忧也。他日亦此伫还车耳。"浦云："尔前所说冯六郎等，岂皆人也？"归曰："冯六郎名夷，即河伯，轩辕天子之爱子也。卞判官名和，即昔刖足者也。善别宝，地府以为荆山玉使判官，轩辕家奴客，小事不相容忍。遽令某失冯六郎意。今日迍踬，实此之由。"浦曰："冯何得第六？"曰："冯水官也，水成数六耳。故黄帝四子，轩辕四郎，即其最小者也。"浦其年选授霍丘令，如其言。及赴官至此，虽无所睹，肸蚃如有物焉。（出《河东记》）

郑驯

郑驯，贞元中进士擢第，调补门下典仪，第三十五。庄居在华阴县南五六里，为一县之胜。驯兄弟四人，曰駧，曰骥，曰騊。騊与驯，有科名时誉，县大夫洎邑客无不倾向之。驯与渭桥给纳判官高叔让中外相厚，时往求丐。高为设鲙食，其夜，暴病霍乱而卒。时方暑，不及候其家人，即为具棺椁衾遂敛之，冥器奴马，无不精备。题冥器童背，一曰鹰儿，一曰鹘子。马有青色者，题云撒豆骢。十数日，柩归华阴别墅。

时邑客李道古游虢川半月矣，未知驯之死也。回至潼关西永丰仓路，忽逢驯自北来，车仆甚盛，李曰："别来旬日，行李何盛痊愈了。”正如二娘所说，店家的孩子用兰汤沐完浴后立马痊愈了。韦浦得知这件事是归元昶做的后，已经对归元昶有所厌恶了。韦浦听到巫婆这番话后，想要把归元昶叫过来，但是归元昶已经不见踪影了。

次日韦浦住宿在赤水西岸。韦浦忽然在路边看见了穿着破烂紫衫的归元昶，韦浦看归元昶像是背着什么东西似的，归元昶的一举一动十分沉重。归元昶说：“我做了令您羞耻的事所以不敢来见您。我其实是鬼，昨天的事情不敢再向您提及。我已经被华岳神君责罚了。巫婆所说的三郎就是指的金天。我被限制在这里，不让随处游荡，我所受的鞭笞也很严酷。你到京后能接到担任本处县令的任状，您没有什么好顾虑的，他日我还在这伫立等你回还的车骑。”韦浦说：“冯郎为何排在第六？”归元昶说：“冯郎是水官，水在第六位所以称他冯六郎。黄帝的四儿子就是轩辕四郎，就是黄帝的小儿子。”韦浦此年正被选拔为霍丘令，正如归元昶所说。等韦浦上任途中来到这里后，虽然韦浦什么也没看到，等到韦浦赴宴的时候好像看到有鬼在那里。（出《河东记》）

郑驯

郑驯，在贞元年间考中了进士，调补门下典仪，排行第三十五。郑驯的庄园在华阴县南五六里处，庄园所处的地方是一县的胜地。郑驯有兄弟四人，分别叫郑駉、郑骥、郑驹。郑驹和郑驯有功名在当地也有名望，县里的士大夫和游居此地的文人没有不羡慕郑家的。郑驯与渭桥的给纳判官高叔让交情十分深厚，郑驯时常去高家寻求资助。高叔让为郑驯设下生鱼宴。当天晚上，郑驯突然身染霍乱暴病身亡。当时正好是大热天，来不及等他家人，高叔让就给郑驯备齐了棺椁衣被然后将郑驯入殓，冥器纸人纸马高叔让都精心准备。高叔让在纸人后面题字，一个叫“鹰儿”，一个叫“鹘子”，纸马是青色的，题名叫“撒豆骢”。十多天后，郑驯的灵柩被运回华阴别墅。

当时游居在本地的文人李道古在虢川已经游览半月了，李道古还不知道郑驯离世的消息。李道古回到潼关西永丰仓的时候，路上耶？”色气忻然，谓李曰：“多荷渭桥老高所致。”即呼二童鹰儿、鹘子参李大郎。戏谓曰：“明时文士，乃蓄鹰鹘耶？”驯又指所乘马曰：“兼请看仆撒豆骢。”李曰：“仆颇有羡色如何？”驯曰：“但勤修令德，致之何难。”乃相与并辔，至野狐泉，李欲留食，驯以马策过，曰：“去家咫尺，何必食为。”有顷，到华阴岳庙东。驯揖李曰：“自此径路归矣。”李曰：“且相随至县，幸不回路。”驯曰：“仆离家半月，还要早归。”固不肯过岳庙。

须臾，李至县，问吏曰：“令与诸官何在？”曰：“适往县南慰郑三十四郎矣。”李曰：“慰何事？”吏曰：“郑三十五郎，今月初向渭桥亡，神柩昨夜归庄耳。”李輾然曰：“我适与郑偕自潼关来。”一县人吏皆曰不虚，李愕然，犹未之信，即策马疾驰，往郑庄。中路逢县吏崔频、县丞裴悬、主簿卢士琼、县尉庄儒，及其弟庄古、邑客韦纳、郭存中，并自郑庄回。立马叙言，李乃大惊，良久方能言，且忧身之及祸。后往来者，往往于京城中闹处即逢，行李仆马，不异李之所见，而不复有言。（出《河东记》）

魏朋

建州刺史魏朋，辞满后，客居南昌。素无诗思，后遇病，迷忽然遇到郑驯的队伍从北边过来，郑驯的车马仆从的队伍很盛大。李道古说："我和您分别了十多天，您出行的队伍为什么变得这么盛大呢？"郑驯看起来很高兴，对李道古说："承蒙渭桥的高叔让所赐。"接着郑驯就叫二童子鹰儿、鹘子参拜李道古。李道古开玩笑地说："开明气象下的文人学士也养鹰和鹘吗？"郑驯又指着所乘的马匹说："请您看看我的撒豆骢。"李道古说："我非常羡慕您，我该怎么样才能像您一样呢？"郑驯说："您只要注重自己的德行，得到这些东西还能有什么困难呢？"于是二人就并排骑马，来到了野狐泉。李道古想留郑驯吃饭，郑驯用马鞭指着某处地方对李道古说："我距离家已经很近了，就不必去您家吃饭了。"不一会儿，二人来到了华阴岳庙的东边，郑驯向李道古作揖然后说道："我就要从这条小路回去了。"李道古说："我走这条路直达县里，正好不绕道。"郑驯说："我离家已经有半月了，我要早点赶回去。"郑驯坚持不肯过岳庙。

不一会儿，李道古回到了县里，问县里的官吏说："县令和各位官吏在哪里？"官吏回答说："到县的南边去看望郑三十四郎去了。"李道古问道："因为什么事去看望郑三十四郎？"吏说："郑三十五郎，今月初在渭桥去世了，灵柩昨天晚上才运到庄上。"李道古笑着说："我刚才还和郑驯一同从潼关回来呢。"县里的官吏们都说郑驯去世的事是真的。李道古非常惊愕，还是没有信他们。于是李道古快马加鞭前往郑庄。途中遇见了县吏崔频、县丞裴悬、主簿卢土琼、县尉庄儒、庄儒的弟弟庄古及邑客韦纳、郭存中，他们一起从郑庄回来。李道古停马与他们谈及郑驯去世的事情是否属实，李道古得知郑驯已经去世了的消息大为吃惊，过了很长时间李道古才能说出话，李道古担心自己惹祸上身。与郑驯来往的人，常常在京城里的热闹地方遇见郑驯，行李仆从马匹，与李道古所描述的没有差异，只是郑驯没有再说话。（出《河东记》）

魏朋

建州刺史魏朋，辞官期满后，在南昌客居。魏朋向来没有写诗惑失心，如有人相引接，勿索笔抄诗言：“孤坟临清江，每睹白日晚。松影摇长风，蟾光落岩甸。故乡千里余，亲戚罕相见。望望空云山，哀哀泪如霰。恨为泉台客，复此异乡县。愿言敦畴昔，勿以弃疵贱。”诗意如其亡妻以赠朋也。后十余日，朋卒。（出《玄怪录》）

道政坊宅

道政里十字街东，贞元中，有小宅，怪异日见，人居者必大遭凶祸。时进士房次卿假西院住，累月无患，乃众夸之云：“仆前程事，可以自得矣。咸谓此宅凶，于次卿无何有。”李直方闻而答曰：“是先辈凶于宅。”人皆大笑。后为东平节度李师古买为进奏院。是时东平军每贺冬正常五六十人，鹰犬随之，武将军吏，烹炰屠宰，悉以为常。进士李章武初及第，亦负壮气，诘朝，访太史丞徐泽。遇早出，遂憩马于其院。此日东平军士悉归，忽见堂上有伛背衣黖绯老人，目且赤而有泪，临阶曝阳。西轩有一衣暗黄裙白褡裆老母，荷担二笼，皆盛亡人碎骸及驴马等骨，又插六七枚人肋骨于其髻为钗，似欲移徙。老人呼曰：“四娘子何为至此？”老母应曰：“高八丈万福。”遽云：“且辞八丈移去，近来此宅大蹀聒，求住不得也。”章武知音亲说，此宅本凶。或云，章武因此玥粉黛耳。（出《乾𦠆子》）

的心思，后来魏朋得病，精神失常，总感觉好像有人牵引魏朋。一天，魏朋忽然要笔抄写诗句："孤坟临清江，每睹向日晚。松影摇长风，蟾光落岩甸。故乡千里余，亲戚罕相见。望望空云山，哀哀泪如霰。恨为泉台路，复此异乡县。愿言敦畴昔，勿以弃疵贱。"诗的意思好像是赠亡妻却用来送给朋友。十多天后，魏朋就去世了。（出《玄怪录》）

道政坊宅

道政里的十字街东边，贞元年间，有一个小宅院，时常可以见到奇异的事情：有人住在这里必然会遭到大的灾祸。当时有一位进士房次卿租借西院住下，一个多月也没遭遇灾祸。于是大家夸奖说："房次卿的前程没有什么可以顾虑的了，之后都会称心如意的。都说这个宅院凶恶，但是房次卿住在这里就没有发生什么事。"李直方闻听后说道："这是因为房次卿比这座宅院还凶。"众人闻听后大笑。后来这座宅子被东平节度李师古买作进奏院。那时东平军每当庆贺冬时顺畅的时候，来往常有五六十人，都是李师古的心腹，其中大多是将军和军中的官吏。其间烹煮屠宰，是很平常的事。当时有一位进士李章武刚刚考中进士，李章武凭着自己年轻想做一番事业。一天早晨，李章武去拜访太史丞徐泽，不巧徐泽这一天清早外出。于是李章武在李师古的宅院旁停马休息。这一天东平军的人都回家了，李章武忽然看见堂上有一个穿着褐红色衣驼背的老人，老人眼睛发红而且有泪。老人正在靠着台阶晒太阳。西院有一个穿着暗黄色裙系白色褡裆的老太婆，老太婆肩上担着两个笼子，笼子里面盛着的都是死人的碎骨和驴马等骨，老太婆的发髻上插着六七个人的肋骨当发钗，老太婆好像要搬家的样子。老人叫道："四娘子你怎么来这里了？"老太婆回答道："我给高八丈请安了。"老太婆急忙说："我要辞别您而去了，近来这个宅院住的人杂乱吵闹，我在这里住不下去了。"李章武的好朋友跟他说这个宅院原来是凶宅。后来还有人传言说李章武在这里见到了神珠美人。（出《乾𦠆子》）

郑琼罗

段文昌从弟某者，贞元末，自信安还洛，暮达瓜洲，宿于舟中。夜久弹琴，忽外有嗟叹声，止息即无。如此数四，乃缓轸还寝。梦一女年二十余，形悴衣败，前拜曰："妾姓郑名琼罗，本居丹徒。父母早亡，依于孀嫂。嫂不幸又没，遂来杨子寻姨。夜至逆旅，市吏子王惟举乘醉将逼辱，妾知不免，因以领巾绞颈自杀。市吏子乃潜埋妾于鱼行西渠中。其夕，再见梦于杨子令石义，竟不为理。复见冤气于江，石尚谓非烟之祥，图而表奏。抱恨四十年，无人为雪。妾父母俱善琴，适听君琴声，奇弄翕响，不觉来此。"寻至洛北河清县温谷，访内弟樊元则，少有异术。居数日，忽曰："兄安得一女鬼相随？请言遣之。"乃张灯焚香作法，顷之，灯后窣窣有声，元则曰："是请纸笔也，即投纸笔于灯影中。"少顷，满纸疾落，灯前视之，书盈于幅。书若杂言七字，辞甚凄恨。元则遽令录之，言鬼书不久辄漫灭。及晓，纸上若煤污，无复字也。元则复令具酒脯纸钱，乘昏焚于道。有风旋灰，直上数尺。及闻悲泣声，诗凡二百六十二字，率叙幽冤之意，语不甚晓，词故不载。其中二十八字曰："痛填心兮不能语，寸断肠兮诉何处？春生万物妾不生，更恨香魂不相遇。"（出《酉阳杂俎》）

郑琼罗

段文昌的堂弟某某，贞元末年从信安回洛阳的途中，晚上时到达了瓜洲。段文昌的堂弟就住在船里，深夜时他在船里弹琴，这时恰好听到了外面有叹息声。当他堂弟停止弹琴时，那叹息声就听不见了。像这样的事情反复了好几次，然后他便整理好琴睡觉了。这晚上他梦见了一个二十多岁的女子，面容憔悴，衣裳破旧，女子走上前拜见他说："我叫郑琼罗，原先住在丹徒，我的父母早亡，我就依靠孤寡的嫂子为生。后来嫂子又不幸去世了，于是我便到杨子家寻找姨母。晚上我到了客舍，市吏子王惟举乘着酒醉要强行侮辱我。我知道我走投无路了，于是我便用领巾缠住脖子自杀。市吏便偷偷地将我埋在鱼行的西渠中。那天晚上，我托梦给杨子令石义，他竟然不加理睬。我又让冤气出现在江上，石义还说那不是烟的吉凶预兆，画下来上奏。此怨恨存在心里四十多年了，无人替我昭雪。我父母都很喜欢弹琴，刚才听到您的琴声，非常和谐，不知不觉我便来到了这儿。"段某的堂弟于是找到了洛北河清县的温谷，拜访他的内弟樊元则。樊元则会一些特异的法术。在这住了几天，樊元则忽然对他说："你身边怎么有一个女鬼尾随？请让我遣走她。"于是他张灯烧香作起法来。一会儿，灯后便发出了窣窣的声响。樊元则说："这是请求纸笔。"于是立即将纸笔投进了灯影中。一会儿，整张纸急速落下，拿来在灯前观看，字迹写满了整张纸。上面写的像一首七言杂诗，措辞非常凄楚怨恨。樊元则便令人赶紧记下来，说鬼写的字不久就会消失。到了破晓，纸上果然像被煤弄污了似的，不再有字迹。樊元则又令人准备了酒菜纸钱，黄昏时在道上焚烧，被一阵风旋转刮灭了，一直被吹到几尺高，还听到悲切的哭泣声。诗一共二百六十二个字，说的都是冤屈的意思，但话语不太明白，所以此处不载录了。其中二十八个字说的是："痛填心兮不能语，寸断肠兮诉何处？春生万物妾不生，更恨香魂不相遇。"（出《酉阳杂俎》）

卷第三百四十二　鬼二十七

独孤穆　华州参军　赵叔牙　周济川

独孤穆

唐贞元中，河南独孤穆者，客淮南。夜投大仪县宿，未至十里余，见一青衣乘马，颜色颇丽。穆微以词调之，青衣对答甚有风格。俄有车路北下道者，引之而去。穆遽谓曰："向者粗承颜色，谓可以终接周旋，何乃顿相舍乎？"青衣笑曰："愧耻之意，诚亦不足。但娘子少年独居，性甚严整，难以相许耳。"穆因问娘子姓氏及中外亲族，青衣曰："姓杨第六。"不答其他。

既而不觉行数里。俄至一处，门馆甚肃。青衣下马人，久之乃出，延客就馆曰："自绝宾客，已数年矣。娘子以上客至，无所为辞。勿嫌疏漏也。"于是秉烛陈榻，衾褥备具。有顷，青衣出谓穆曰："君非隋将独孤盛之后乎？"穆乃自陈，是盛八代孙。青衣曰："果如是，娘子与郎君乃有旧。"穆询其故，青衣曰："某贱人也，不知其由，娘子即当自出申达。"须臾设食，水陆毕备。食讫，青衣数十人前导曰："县主至。"见一女，年可十三四，姿色绝代。拜跪讫，就坐，谓穆曰："庄居寂寞，久绝宾客，不意君子惠顾。然而与君有旧，不敢使婢仆言之，幸勿为笑。"穆曰："羁旅之人，馆谷是惠，岂意特赐相见，兼许叙故。且穆平生未离京洛，是以江淮亲故，多不识之，幸尽言也。"县主曰："欲自陈叙，窃恐惊动长者。妾离人间，已二百年矣。君亦何从而识？"初穆闻其姓杨，自称县主，意已疑之，及闻此言，乃知是鬼，亦无所惧。县主曰："以君独

独孤穆

唐朝贞元年间，河南有个叫独孤穆的人。这一年客居淮南，独孤穆夜晚要到大义县住宿。还没走出去十里地，独孤穆看见一位侍女乘马而来，侍女很有姿色。独孤穆稍稍用话语调戏她。侍女回答的很有意思。不一会儿，有一辆车从北过来，带领侍女离开了。于是独孤穆对侍女说："刚才我一看到你美丽的脸庞就心生了爱慕之心，我认为接下来我们可以继续交谈，您为什么这时候就要离开呢？"侍女笑着说："您因为看见我的容颜而产生非分的想法，这的确也没什么。只是我随主人从小独居，性情刚肃正直，难以答应您。"独孤穆于是问侍女主人家的姓氏和家族亲友都有谁。侍女只是回答说："我家娘子姓杨，排行第六。"但是那位侍女没有回答其他事情。

二人不一会就不知不觉走了好几里地。不久就来到了一处宅院，宅院整体看起来很庄严。侍女下马走进宅院，过了很久才出来。之后那位侍女请独孤穆进来说："自从这里闭馆谢客已经有好多年了。我家主人认为您是贵客，所以对您没有什么可推辞的，请您不要嫌弃这里。"于是这位侍女拿着蜡烛布置住处，把被褥都备办齐全。不久，侍女出来对独孤穆说："您是隋将独孤盛的后代吗？"独孤穆就自陈家族，自称独孤盛的第八世孙子。那位侍女说："果然是这样，我家娘子曾经与你有交情。"独孤穆问其缘由。侍女说："我只是个奴婢，我并不知道其中的缘由，等你见到我家主人后自然会跟你说了。"不久侍女摆上了食物，各种山珍海味都很齐备。吃完饭后，侍女带着几十人在前引路说："县主驾到。"这时独孤穆看见一位女子，年龄能有十三四岁，姿色可谓倾国倾城。主人拜跪完就坐后，对独孤穆说："我居住在这个山庄里很孤独，很长一段时间都是闭门谢客的状态，我万没想到您会光临此地，我虽然与您的祖上孤将军之贵裔，世禀忠烈，故欲奉托，勿以幽冥见疑。”穆曰：“穆之先祖，为隋室将军。县主必以穆忝有祖风，欲相顾托，乃平生之乐闻也。有何疑焉？”县主曰：“欲自宣泄，实增悲感。妾父齐王，隋帝第二子。隋室倾覆，妾之君父，同时遇害。大臣宿将，无不从逆。唯君先将军，力拒逆党。妾时年幼，常在左右，具见始末。及乱兵人宫，贼党有欲相逼者，妾因辱骂之，遂为所害。”因悲不自胜。穆因问其当时人物及大业末事，大约多同隋史。

久之，命酒对饮。言多悲咽，为诗以赠穆曰：“江都昔丧乱，阙下多构兵。豺虎恣吞噬，戈干日纵横。逆徒自外至，半夜开重城。膏血浸宫殿，刀枪倚檐楹。今知从逆者，乃是公与卿。白刃污黄屋，邦家遂因倾。疾风知劲草，世乱识忠臣。哀哀独孤公，临死乃结缨。天地既板荡，云雷时未亨。今者二百载，幽怀犹未平。山河风月古，陵寝露烟青。君子乘祖德，方垂忠烈名。华轩一会顾，土室以为荣。丈夫立志操，存没感其情。求义若可托，谁能抱幽贞。”穆深嗟叹，以为班婕妤所不及也。因问其平生制作，对曰：“妾本无才，但好读古集。常见谢家姊妹及鲍氏诸女皆善属文，私怀景慕。帝亦雅好文学，时时被命。当时薛道衡名高海内，妾每见有旧交，但是我不敢让奴婢说明，希望不会被您笑话。”独孤穆说：“我客居他乡，您能供给食宿我已经很感激了，哪里还想到您特意接见与我叙旧。再说我平生没离过京城洛阳，所以江淮的亲戚朋友大多不相识，我希望您能把事情原委给我说清楚。”主人说：“如果我把事情讲清楚，我怕会吓到你。我离开人间已经二百年了。你哪里能认识我呢？”独孤穆先前在侍女那里听说她姓杨，还自称县主，独孤穆心里已经怀疑她是鬼了，等到独孤穆听到了这些话，才确信她是鬼，但这时独孤穆也没什么好怕的了。县主说：“因为您是独孤将军的后代，所以我想托付于您，您不要因为我是鬼所以心生怀疑。”独孤穆说：“我的祖上在隋朝做过将军。您一定是与我的祖上有交情，所以才托付于我，这本应该是高兴的事，我怎么能心生怀疑呢？”县主回答说：“我想说出心中的积郁，但这么做实在是徒增悲伤。我的父亲是当时的齐王，是隋朝皇帝的二儿子。隋朝灭亡的时候，我的父亲也同时遇害。当时的大臣将军，没有不投靠逆党的，只有你的父亲独孤将军，奋力抵抗逆党。我当时年幼，常常在他身边，我亲眼看见了事情的始末。直到叛军闯入宫中，贼党中有人威胁我。我便辱骂他们，于是我就被杀害了。”县主说完后便不禁悲从中来。独孤穆接着问她当时的人和隋朝灭亡的事，县主描述的大致和《隋史》中记载的相同。

过了很久，县主命令摆酒对饮，谈话中带着悲伤，县主哭了出来，于是县主作诗赠给独孤穆道：“江都昔丧乱，阙下多构兵。豺虎恣吞噬，戈干日纵横。逆徒自外至，半夜开重城。膏血浸宫殿，刀枪倚檐楹。今知从逆者，乃是公与卿。白刃污黄屋，邦家遂因倾。疾风知劲草，世乱识忠臣。哀哀独孤公，临死乃结缨。天地既板荡，云雷时未亨。今者二百载，幽怀犹未平。山河风月古，陵寝露烟青。君子乘祖德，方垂忠烈名。华轩一会顾，土室以为荣。丈夫立志操，存没感其情。求义若可托，谁能抱幽贞。”独孤穆听完后深深叹息，认为即使是班婕妤的才华也赶不上县主，于是独孤穆就问县主平生的著作。县主回答说：“我本来没有才能，只是喜欢读些古集罢了。当我了解到谢氏姐妹和鲍氏诸女都善于写文章的时候，我的心里就十分景仰其文，心颇鄙之。向者情发于中，但直叙事耳，何足称赞？”穆曰：“县主才白天授，乃邺中七子之流。道衡安足比拟？”穆遂赋诗以答之曰：“皇天昔降祸，隋室若缀旒。患难在双阙，干戈连九州。出门皆凶竖，所向多逆谋。白日忽然暮，颓波不可收。望夷既结衅，宗社亦贻羞。温室兵始合，宫闱血已流。悯哉吹萧子，悲啼下凤楼。霜刃徒见逼，玉笄不可求。罗襦遗侍者，粉黛成仇雠。邦国已沦覆，余生誓不留。英英将军祖，独以社稷忧。丹血溅黼扆，丰肌染戈矛。今来见禾黍，尽日悲宗周。玉树已寂寞，泉台千万秋。感兹一顾重，愿以死节酬。幽显傥不昧，中焉契绸缪。”县主吟讽数四，悲不自堪者久之。

逡巡，青衣数人皆持乐器，而有一人前白县主曰：“言及旧事，但恐使人悲感，且独郎新至，岂可终夜啼泪相对乎？某请充使，召来家娘子相伴。”县主许之。既而谓穆曰：“此大将军来护儿歌人，亦当时遇害，近在于此。”俄顷即至，甚有姿色，善言笑。因作乐，纵饮甚欢。来氏歌数曲，穆唯记其一曰：“平阳县中树，久作广陵尘。不意阿郎至，黄泉重见春。”良久曰：“妾与县主居此二百余年，岂期今日忽有佳礼？”县主曰：“本以独孤公忠烈之家，愿一相见，欲豁幽愤耳。岂可以尘土之质，厚诬君子？”穆因吟县主诗落句云：“求义若可托，谁能抱幽贞。”县主微笑曰：“亦大强记。”穆因以歌讽之曰：“金闺久无主，罗袂坐生尘。愿作吹萧伴，同为骑凤人。”县主亦以歌答曰：“朱轩下长路，青草启孤坟。犹胜阳台上，空看朝暮云。”来氏曰：“曩日萧皇后欲以县主配后兄子，正见江都之乱，其事遂寝。独孤冠冕盛族，忠烈之家。今日相对，正为嘉耦。”穆问县主所封何邑，县主云：“儿以仁寿四年生于京师，时驾幸仁寿宫，因名寿儿。明年，太子即位，封清河县主。上幸江都宫，徙封临淄县主。特为皇后所爱，常在宫内。”来羡慕了。那时候皇帝也喜好文学，我也常常受命写文章。当时的薛道衡名扬天下，我每每看见薛道衡的文章，心里很不喜欢。前者情发于中，可是只是平铺直叙事物罢了，哪里值得称赞？”独孤穆说：“县主的才能是天授予的，您是邺中七子那样人物的水平，薛道衡怎么能和您比呢？”独孤穆于是赋诗唱和县主：“皇天昔降祸，隋室若缀旒。患难在双阙，干戈连九州。出门皆凶竖，所向多逆谋。白日忽然暮，颓波不可收。望夷既结衅，宗社亦贻羞。温室兵始合，宫闱血已流。悯哉吹箫子，悲啼下凤楼。霜刃徒见逼，玉笄不可求。罗襦遗侍者，粉黛成仇仇。邦国已沦覆，余生誓不留。英英将军祖，独以社稷忧。丹血溅黼扆，丰肌染戈矛。今来见禾黍，尽日悲宗周。玉树已寂寞，泉台千万秋。感兹一顾重，愿以死节酬。幽显傥不昧，中焉契绸缪。”县主吟诵不下四次，悲痛不已。县主忍受悲痛良久。

过了一会儿，几位侍女手里都拿着乐器，其中有一个侍女上前告诉县主说：“提起旧事，只怕会使人感到悲伤。但是如今独孤公子初到，怎么能整夜啼哭以泪相对呢？我愿充当使者，找来家的娘子相伴。”县主答应了侍女。不久之后又对独孤穆说：“这人是大将军来护儿的歌女，也是当时遇害的人，她就住在附近。”一会人就到了，来家娘子很有姿色，善于言谈说笑。于是府上奏乐唱曲纵情饮酒，非常欢乐。来家娘子唱了几支曲子，独孤穆只记住其中一曲，其中唱道：“平阳县中树，久作广陵尘。不意阿郎至，黄泉重见春。”过了很久来家娘子说：“我和县主在这住了二百多年，哪里想到今天忽然有佳期大礼。”县主说：“本来因为独孤公是忠烈之家，所以我愿意与他相见，我只想舒缓一下心中幽怨愤恨之事，怎能以卑贱之躯，有损于君子呢？”独孤穆于是吟咏县主末尾的两句诗道：“求义若可托，谁能抱幽贞。”县主微笑着说：“您真是有个好记性。”独孤穆于是用诗歌暗示道：“金闺久无主，罗袂坐生尘。愿作吹箫伴，同为骑凤人。”县主也用诗歌回答道：“朱轩下长路，青草启孤坟。犹胜阳台上，空看朝暮云。”来家娘子说：“之前萧皇后想把县主许配给皇后哥哥的儿子，但正遇上江都的叛乱，那件事也就不了了之了。独孤家是仕宦盛族，满门忠烈，今天相遇，可算是佳偶天成。”独孤穆问县主所曰："夜已深矣，独孤郎宜且成礼。某当奉候于东阁，伺晓拜贺。"于是群婢戏谑，皆若人间之仪。

既入卧内，但觉其气奄然，其身颇冷。顷之，泣谓穆曰："殂谢之人，久为尘灰。幸将奉事巾栉，死且不朽。"于是复召来氏，饮宴如初。因问穆曰："承君今适江都，何日当回？有以奉托可乎？"穆曰："死且不顾，其他有何不可乎？"县主曰："帝既改葬，妾独居此。今为恶王墓所扰，欲聘妾为姬。妾以帝王之家，义不为凶鬼所辱。本愿相见，正为此耳。君将适江南，路出其墓下，以妾之故，必为其所困。道士王善交书符于淮南市，能制鬼神。君若求之，即免矣。"又曰："妾居此亦终不安。君江南回日，能挈我俱去，葬我洛阳北坂上，得与君相近。永有依托，生成之惠也。"穆皆许诺，曰："迁葬之礼，乃穆家事矣。"酒酣，倚穆而歌曰："露草芊芊，颓茔未迁。自我居此，于今几年。与君先祖，畴昔恩波。死生契阔，忽此相过。谁谓佳期，寻当别离。俟君之北，携手同归。"因下泪沾巾，来氏亦泣语穆曰："独孤郎勿负县主厚意。"穆因以歌答曰："伊彼维阳，在天一方。驱马悠悠，忽来异乡。情通幽显，获此相见。义感畴昔，言存缱绻。清江桂州，可以遨游。惟子之故，不遑淹留。"县主泣谢穆曰："一辱佳贶，永以为好。"

须臾，天将明，县主涕泣，穆亦相对而泣。凡在坐者，穆皆与封何地。县主说：“我于仁寿四年生于京城，当时皇帝正好到仁寿宫，因此我叫寿儿。第二年，太子即位，我被封为清河县主。皇上到江都宫，改封临淄县主。我因被皇后喜爱，所以常在宫内。”来家娘子说：“夜已经深了，独孤郎应该趁现在完成婚礼，我在东阁等候，到天亮再朝拜祝贺。”于是众奴婢也拿这件事逗趣开玩笑。府里都行着人间的礼仪。

等到二人进入卧室后，只觉得她的气息微弱，她的身体很凉。不一会儿，县主哭着对独孤穆说：“死亡的人，时间久了就变成尘灰，幸亏整理遗体的人将我擦洗梳理，我才死后没有腐朽。”于是县主便又召来家娘子，饮宴如最开始一般。于是县主问独孤穆说：“承蒙您到江都去，您什么时候还回来？我有件事想拜托您可以吗？”独孤穆说：“我连死都不惧怕，还有其他什么事不可以做的呢！”县主说：“皇帝已经改葬，留下我单独住在这里。我如今被恶王墓所骚扰，有凶鬼想娶我做姬妾。我本出身帝王之家，誓不被凶鬼所侮辱。我想与你相见，也是为了这件事。你要到江都去，就路过他的墓下，出于我的原因，您一定被他所困。道士王善交在淮南的市集上写符，能镇住鬼神。你如果求助于他，就可以免于祸患。”县主又说：“我住在这里也是终究不安心，你从江南回来的时候，能够带我一起离去。把我葬在洛阳的北坡上，就能和你接近了，这样就永远会有个依靠了，这是您给我最大的恩赐了。”独孤穆都一一答应了下来。独孤穆说：“迁葬的礼事，就是我独孤家的事了。”酒正喝得高兴，县主依偎着独孤穆而歌道：“露草芊芊，颓茔未迁。自我居此，于今几年。与君先祖，畴昔恩波。死生契阔，忽此相过。谁谓佳期，寻当别离。俟君之北，携手同归。”县主流下的泪水沾湿了独孤穆的衣襟。来家娘子也哭着告诉穆说：“独孤公子千万不要辜负了县主的深厚情意。”独孤穆于是用诗歌回答说：“伊彼谁阳，在天一方。驱马悠悠，忽来异乡。情通幽显，获此相见。义感畴昔，言存缱绻。清江桂州，可以遨游。惟子之故，不遑淹流。”县主哭着谢别独孤穆说：“一朝相会，永结同好。”

不一会儿，天色将亮。县主流下泪水，独孤穆也相对哭泣。所有辞诀。既出门，回顾无所见。地平坦，亦无坟墓之象。穆意恍惚，良久乃定，因徙柳树一株以志之。家人索穆颇甚，忽复数日，穆乃入淮南市，果遇王善交于市，遂获一符。既至恶王墓下，为旋风所扑三四，穆因出符示之，乃止。

先是穆颇不信鬼神之事，及县主言，无不明晓，穆乃深叹讶，亦私为所亲者言之。时年正月，自江南回，发其地数尺，得骸骨一具，以衣衾敛之。穆以其死时草草，葬必有阙，既至洛阳，大具威仪，亲为祝文以祭之，葬于安善门外。其夜，独宿于村墅，县主复至，谓穆曰："迁神之德，万古不忘。幽滞之人，分不及此者久矣。幸君惠存旧好，使我永得安宅。道途之间，所不奉见者，以君见我腐秽，恐致嫌恶耳。"穆睹其车舆导从，悉光赫于当时。县主亦指之曰："皆君之赐也。岁至己卯，当遂相见。"其夕因宿穆所，至明乃去。穆既为数千里迁葬，复倡言其事，凡穆之故旧亲戚无不毕知。

贞元十五年，岁在己卯，穆晨起将出，忽见数车至其家，谓穆曰："县主有命。"穆曰："相见之期至乎？"其夕暴亡，遂合葬于杨氏。（出《异闻录》）

华州参军

华州柳参军，名族之子。寡欲早孤，无兄弟。罢官，于长安闲游。上巳日，曲江见一车子，饰以金碧，半立浅水之中。后帘徐褰，在座的人，独孤穆都和他们一一道别。独孤穆出门后，回头观望然而什么也没看到，那里地势平坦，也没有坟墓的迹象。独孤穆精神恍惚，过了很久才定了神，于是走到一棵柳树下做下标记。家里人寻找独孤穆很着急。过了几天，独孤穆来到淮南，果然在市集上遇见王善交。于是独孤从王善交那里得到了一张符。独孤穆来到了恶王墓旁，被旋风阻挡了三四次。独孤穆就拿出了符咒，这时风才停止。

原先独孤穆很不信鬼神之事，听到县主说的话后才知晓。这年正月，独孤穆从江南回来，独孤穆挖地数尺，挖到了一具骸骨，独孤穆用衣被将县主盛殓了起来。独孤穆认为县主去世的时候草率下葬，安葬时一定准备不足。到了洛阳后，为县主补办了盛大的葬仪，然后独孤穆亲自写祭文祭祀县主。独孤穆把县主安葬在安善门外。那天夜里，独孤穆独自住在乡下的别墅。这时县主又来了，对独孤穆说："你为我搬家的恩德，我会永记在心的。我是阴间滞留的鬼魂，我甚至有很长一段时间觉得这件事不可能了。幸亏您没有忘记当年的情谊，让我永远得到了安逸的宅院。道途之间，我之所以不能与您相见，是因为怕你看我腐烂秽气就会心生嫌弃厌恶。"独孤穆看她的车和引导随从，都光彩显赫像当初那个样子。县主就指着那些说："这都是您赐给我的，等到了己卯年，就是我们相见的时候。"那天晚上县主就住在独孤穆的别墅里，直到天亮才离开。独孤穆已经为她到几千里外迁葬，又将这件事情说了出来，凡是独孤穆的亲友没有不知道这件事的。

贞元十五年，正是己卯年，独孤穆早晨起来将要外出，忽然看见有几辆车到了他家。车上的人对独孤穆说："县主有令让我来接您。"独孤穆说："我们相见的日期到了。"那天早晨独孤穆暴病身亡，于是家里人将孤独穆同杨氏合葬在一起。（出《异闻录》）

华州参军

华州的柳参军，是名门望族的后代，清心寡欲而早年丧父，没有哥哥弟弟。罢官后，在长安闲游。三月三日，在曲江看见一辆车子，用金碧装饰，半停在浅水里，后帘慢慢地揭开，露出一只纤美的手像见掺手如玉，指画令摘芙蕖。女之容色绝代，斜睨柳生良久。柳生鞭马从之，即见车子人永崇里。柳生访其姓崔氏，女亦有母。有青衣，字轻红。柳生不甚贫，多方赂轻红，竟不之受。

他日，崔氏女有疾，其舅执金吾王，因候其妹，且告之，请为子纳焉。崔氏不乐，其母不敢违兄之命。女曰："愿嫁得前时柳生足矣。必不允，某与外兄终恐不生全。"其母念女之深，乃命轻红于荐福寺僧道省院达意。柳生为轻红所诱，又悦轻红，轻红大怒曰："君性正粗，奈何小娘子如此待于君？某一微贱，便忘前好，欲保岁寒，其可得乎？某且以足下事白小娘子。"柳生再拜，谢不敏然。始曰："夫人惜小娘子情切，今小娘子不乐适王家，夫人是以偷成婚约。君可三两日内就礼事。"柳生极喜，自备数百千财礼，期内结婚。后五日，柳挈妻与轻红于金城里居。

及旬月外，金吾到永崇，其母王氏泣云："某夫亡，子女孤独，被侄不待礼会，强窃女去矣。兄岂无教训之道？"金吾大怒，归笞其子数十。密令捕访，弥年无获。无何，王氏殂，柳生挈妻与轻红自金城里赴丧。金吾之子既见，遂告父，父擒柳生。生云："某于外姑王氏处纳采娶妻，非越礼私诱也。家人大小皆熟知之。"王氏既殁，无所明，遂讼于官。公断王家先下财礼，合归王家。金吾子常悦慕表妹，亦不怨前横也。

经数年，轻红竟洁己处焉。金吾又亡，移其宅于崇义里。崔氏不乐事外兄，乃使轻红访柳生所在，时柳生尚居金城里。崔氏又使轻红与柳生为期，兼赍看圃竖，令积粪堆与宅垣齐，崔氏女遂与轻红蹑之，同诣柳生。柳生惊喜，又不出城，只迁群贤里。后本白玉，指点筹划让摘芙蕖。女人的容貌是绝代佳人，斜眼看柳生很久。柳生策马跟随她，就看见车子进入永崇里。柳生打听她姓崔，她还有母亲，有婢女，名字叫轻红。柳生不是很穷，多方贿赂轻红，竟然不接受他。

另一天，崔氏有病，她的舅舅做执金吾官，于是问候她的妹妹，并且告诉她，要求为自己的儿子娶崔氏。崔氏不高兴，她的母亲不敢违背哥哥的命令。女儿说："能够嫁给前时见到的柳生就满足了，坚决不答应，我与表兄终究恐怕不能保全生命。"她的母亲深深地惦念着女儿，就让轻红到荐福寺僧道省院传达意思。柳生被轻红诱惑，又取悦轻红。轻红大怒道："你的性情确实粗俗，小娘子如此对待你怎么办？我是一个微贱的人，就忘了前好，要保住长情，那是可能的吗？我将把你的事告诉小娘子。"柳生拜了又拜，谢罪认识到自己糊涂。才说："夫人怜异小娘子情真意切，现在小娘子不愿意嫁王家，夫人因此要偷偷地完成婚约，你可在三两日内完成婚礼。"柳生非常高兴，自己准备了几百千的彩礼，在约定的时间里结婚。结婚后第五天，柳生携带妻子和轻红到金城里居住。

到了一个月后，金吾到永崇里。她的母亲王氏哭着说："我夫死去，子女孤单，遭受侄儿的无礼相待，强行窃取女儿离去，哥哥难道没有教训他的方法？"金吾大怒，回去鞭打他的儿子几十下。密令追捕查访，一年也没有捕获。不久，王氏死。柳生携带妻子和轻红到金城里奔丧，金吾的儿子看见了，于是告诉他的父亲。他父擒住柳生，柳生说："我在岳母王氏处纳采娶妻，不是越礼私自诱骗，家里人老少都熟知此事。"王氏已死，无人证明。于是诉讼到官府，公家断定王家先下财礼，应归王家。金吾的儿子曾经喜欢仰慕表妹，也不怨恨先前发生的事。

经过几年，轻红竟保持自己的纯洁生活在那里。金吾又死了，搬家到崇义里。崔氏不乐意侍奉表兄，就让轻红巡访柳生的住所，这时柳生还住在金城里。崔氏又让轻红和柳生约定时间。同时赏赐看园子的童仆，让他积粪堆与院墙一齐高。崔氏女就和轻红踏着粪堆离去，一同到柳生处。柳生又惊又喜，又不用出城，只是搬迁到群贤夫终寻崔氏女，知群贤里住，复兴讼夺之。王生情深，崔氏万途求免，托以体孕，又不责而纳焉。柳生长流江陵。二年，崔氏女与轻红相继而殁，王生送丧，哀恸之礼至矣。轻红亦葬于崔氏坟侧。

柳生江陵闲居，春二月，繁花满庭，追念崔氏女，凝想形影，且不知存亡。忽闻扣门甚急，俄见轻红抱妆奁而进，乃曰："小娘子且至。"闻似车马之声，比崔氏女入门，更无他见。柳生与崔氏女叙契阔，悲欢之甚。问其由，则曰："某已与王生诀，自此可以同穴矣。人生意专，必果夙愿。"因言曰："某少习乐，箜篌中颇有功。"柳生即时买箜篌，调弄绝妙。二年间，可谓尽平生矣。

无何，王生旧使苍头过柳生之门，见轻红惊，不知其然。又疑人有相似者，未敢遽言。问闾里，又云流人柳参军。弥怪，更伺之，轻红亦知是王生家人，因具言于柳生，匿之。王生苍头却还城，具以其事言于王生。王生闻之，命驾千里而来。既至柳生之门，于隙窥之，正见柳生坦腹于临轩榻上，崔氏女新妆，轻红捧镜于其侧，崔氏匀铅黄未竟。王生门外极叫，轻红镜坠地，有声如磬，崔氏与王生无憾，遂入。柳生惊，亦待如宾礼。俄又失崔氏所在。柳生与王生从容言事，二人相看不喻，大异之。相与造长安，发崔氏所葬验之，即江陵所施铅黄如新，衣服肌肉，且无损败，轻红亦然。柳与王相誓，却葬之。二人入终南山访道，遂不返焉。（出《乾𦠆子》）

赵叔牙

贞元十四年戊寅夏五月旱，徐州散将赵叔牙移入新宅。夜里。后来本夫终于寻到崔氏女，知道在群贤里住，又告状夺回来。王生一往情深，崔氏多方要求免除，以身体怀孕进行推托。王生又不责备而宽容了她。柳生顺江到江陵。过了两年，崔氏女和轻红相继死去，王生送葬，哀伤恸哭达到极点。轻红也葬在崔氏坟边上。

柳生在江陵闲住，春天二月的时候，繁花满院。追想思念崔氏女，凝思苦想她的形态身影，又不知道她生死存亡。忽然听到很急的扣门声，一会儿看见轻红抱着妆奁进来，还说："小娘子将要到了。"听到像有车马的声音，等到崔氏女进门，再没有见到别人。柳生和崔氏女叙谈阔别之情，悲伤欢乐达到极点。问她缘由，就说："我已与王生诀别，从此可以同葬一穴了，人生心专一，夙愿一定能实现。"于是又说道："我年少就学习乐器，对箜篌很有功夫。"柳生立刻买了箜篌。抚弄乐器绝妙。二年间，可以称得上尽了平生的欢乐。

不久，王生过去使唤的家奴路过柳生家门，看见轻红很吃惊，不知那原因，又怀疑人有相似的，未敢立刻说。打听闾里，又说有个外来人柳参军，很怪。再去探察。轻红也知道是王生家人，于是全都告诉了柳生，藏起来。王生的家奴回到城里，把这事全都告诉了王生。王生听了，命令驾车千里而来。到了柳生门前，从缝隙往里窥视，正看见柳生坦腹在临轩榻上，崔氏女正着新妆，轻红捧镜在她身边，崔氏匀抹铅黄未完。王生在门外极力喊叫，轻红手中镜子掉到地上，声音像击磬。崔氏与王生没有恨怨，于是进入，柳生吃惊，以宾礼相待，一会儿崔氏不见了。柳生与王生舒缓地谈这件事，二人相看不能明白，非常奇怪。一起到长安，挖掘崔氏墓葬验证它，那在江陵所施用的铅黄如新。衣服肌肉，尚无损坏腐败，轻红也是这样。柳与王互相发誓，再埋葬了她。二人进入终南山访道求仙，就再也没有返回来。（出《乾𦠆子》）

赵叔牙

贞元十四年戊寅年夏五月发生了旱灾。徐州散将赵叔牙搬到了中，有物窗外动摇窗纸声，问之，其物自称是鬼：“吴时刘得言，窟宅在公床下，往来稍难。公为我移出，城南台雨山下有双大树，是我妻墓，墓东埋之，后必相报。”叔牙明旦出城，视之信。即日掘床下，深三尺，得骸骨，如其言葬之。其夜，鬼来言谢，曰：“今时旱，不出三日有雨。公且告长史。”叔牙至明通状，请祈雨，期三日雨足。节度使司空张建封许之，给其所须，叔牙于石佛山设坛。至三日，且无雨，当截耳。城中观者数千人，时与寇邻，建封以为诈妄有谋，晚衙杖杀之。昏时大雨，即令致祭，补男为散骑。时人以为事君当诚实，今赵叔牙隐鬼所报雨至之期，故自当死耳。（出《祥异记》）

周济川

周济川，汝南人，有别墅在扬州之西。兄弟数人俱好学，尝一夜讲授罢，可三更，各就榻将寐。忽闻窗外有格格之声，久而不已。济川于窗间窥之，乃一白骨小儿也，于庭中东西南北趋走。始则叉手，俄而摆臂。格格者，骨节相磨之声也。济川呼兄弟共觇之。良久，其弟巨川厉声呵之，一声小儿跳上阶，再声入门，三声即欲上床。巨川元呵骂转急。小儿曰：“阿母与儿乳。”巨川以掌击之，随掌堕地，举即在床矣，腾趠之捷若猿玃。家人闻之意有非，遂持刀棒而至。小儿又曰：“阿母与儿乳。”家人以棒击之，其新家。当天晚上，赵叔牙听见屋子外面有摇晃窗户纸的声音。赵叔牙问外面是谁。外面的人说："我是鬼，我是吴国时的刘得言，我的墓穴在您的房子下面，我平日进出有些困难。我希望您能将我的墓迁出，城南的台雨山下有两棵大树，那里是我妻子的墓地，希望您能把我葬在我妻子的墓的东面，日后我必定会报答您的。"赵叔牙第二天出城前往鬼魂所说的地点。赵叔牙所见正如鬼魂所说的一样。当天在自家房子地基下面掘地三尺，发现了一副骸骨。赵叔牙将骸骨安葬到鬼魂所说的地方。这天晚上鬼魂前来表达谢意说道："如今赶上旱灾，但不出三天就会下雨了，您能把这件事禀报给当地官员。"赵叔牙第二天早晨将这件事禀报给官府，赵叔牙请求官府派人祈雨，祈求三日就会下雨了。当地的节度使司空叫张建封，张建封答应了赵叔牙的请求，为赵叔牙准备了求雨的工具。赵叔牙在石佛山设下祈雨坛。但是到了第三天还是没有下雨，眼看截止的日期就要到了。当时城内围观祈雨的人不下几千人，而且当地与贼军所占的地方相邻。张建封怀疑这是贼军的计策，于是到了晚上张建封将赵叔牙带到官府内杖毙了他。到了黄昏时分突然下起了大雨，张建封当即派人前去祭奠赵叔牙，追封赵叔牙为散骑。当时人们认为侍奉上司应该诚实，如今赵叔牙因为上报了鬼魂所告诉下雨的日期，所以惨遭身死。（出《集异记》）

周济川

周济川是汝南人，周济川有一处别墅在扬州城西。周家四兄弟都十分好学。有一天晚上，四兄弟刚上完课，大概已经三更天了，兄弟四人正准备去休息。忽然听见窗外有"咯咯"的声音，周济川在窗户前一窥究竟，竟然看见一个周身全是白骨的小孩。小孩在庭院里四处游走。最开始小孩叉手行走，不久就改成了摆臂。"咯咯"的声音就是骨头之间摩擦的声音。周济川叫兄弟过来一起看。过了挺长一段时间，周济川的弟弟周巨川大声呵斥小孩，喊了一声，小孩跳上了台阶；喊了第二声，小孩靠近了门窗；喊了第三声，小孩就爬进了窗户里面。周巨川呵斥的声音越来越急促。小孩这时候说："妈妈喂我奶中也，小儿节节解散如星，而复聚者数四。又曰："阿母与儿乳。"家人以布囊盛之，提出，远犹求乳。出郭四五里，掷一枯井。明夜又至，手擎布囊，抛掷跳跃自得。家人辈拥得，又以布囊，如前法盛之，以索括囊，悬巨石而沉诸河，欲负趋出，于囊中仍云："还同昨夜客耳。"余日又来，左手携囊，右手执断索，趋驰戏弄如前。家人先备大木，凿空其中，如鼓扑，拥小儿于内，以大铁叶，冒其两端而钉之，然后镤一铁，悬巨石，流之大江。负欲趋出，云："谢以棺椁相送。"自是更不复来，时贞元十七年。（出《祥异记》）

水。”周巨川用手打小孩。小孩被打倒在地，但是很快又爬到了窗户上面，小孩攀爬的迅速像猿猴一般。家丁们觉得这件事很不吉利，于是拿着刀和棍棒赶了过来。小孩又说：“妈妈喂我奶水。”家丁用棍棒打小孩，众人把小孩的骨架打得七零八落，但是小孩的骨架又重新拼成原来的模样。家丁打散小孩的骨架，小孩又自动拼上，这样反复了四次。小孩又说：“妈妈喂我奶水。”家丁把小孩包在一个布里提了出去，提出去很远了，小孩仍在重复说奶水的事。家丁把小孩提出城四五里后，把小孩扔到城外一口枯井里面。第二天晚上小孩又来了，很自在地在庭院里攀爬跳跃。周家的家丁把小孩抓住，像之前那样用布裹上，并且在布上系上绳子，在绳子上面悬挂石头把小孩扔进了河里。小孩挣扎着想出来，在布袋里说：“我还会像昨天那样过来的。”过了一天小孩又来了，小孩左手拿着布袋，右手拿着断绳，像前两天那样在庭院里奔跑玩闹。家丁已经提前准备好一整根已经掏空的树桩，家丁一起上前将小孩装进木桩里面。家丁用两块铁板钉住树桩两端，接着又用铁索将树桩捆绑起来，然后在铁索上悬挂一块巨大的石头，最后把这根木桩扔进了大江之中。小孩没有想要出来，小孩说道：“谢谢你们用棺椁把我送走了。”从此之后小孩就再也没有出现过。当时是贞元十七年。（出《广异记》）

卷第三百四十三　鬼二十八

陆 乔　庐江冯媪　窦 玉　李和子　李僖伯

陆 乔

元和初，有进士陆乔者，好为歌诗，人颇称之。家于丹阳，所居有台沼，号为胜境。乔家富而好客。一夕，风月晴莹，有扣门者。出视之，见一丈夫，衣冠甚伟，仪状秀逸。乔延入，与生谈议朗畅，出于意表。乔重之，以为人无及者，因请其名氏，曰："我沈约也。闻君善诗，故来候耳。"乔惊起曰："某一贱士，不意君之见临也，愿得少留，以侍谈笑。"既而命酒。约曰："吾平生不饮酒，非阻君也。"又谓乔曰："吾友人范仆射云，子知之乎？"乔对曰："某常读梁史，熟范公之名久矣。"约曰："吾将邀之。"乔曰："幸甚。"约乃命侍者邀范仆射。

顷之，云至，乔即拜延坐。云谓约曰："休文安得而至是耶？"约曰："吾慕主人能诗，且好宾客，步月至此。"遂相谈谑。久之，约呼左右曰："往召青箱来。"俄有一儿至，年可十岁余，风貌明秀。约指谓乔曰："此吾爱子也，少聪敏，好读书。吾甚怜之，因以青箱名焉。欲使传吾学也，不幸先吾逝。今令谒君。"即命其子拜乔。又曰："此子亦好为诗，近从吾与仆射同过台城。"因命为《感旧》，援笔立成，甚有可观。即讽之曰："六代旧江川，兴亡几百年。繁华今寂寞，朝市昔喧阗。夜月琉璃水，春风卵色天。伤时与怀古，垂泪国门前。"

陆乔

元和初年，有一位进士叫作陆乔。陆乔很喜欢诗歌，当时的人们都十分称赞他。陆乔的家在丹阳，陆乔家的宅院在当地很有名声，号称胜境。陆乔家里很富有而且十分好客。一天晚上，天朗气清，有人敲陆乔家的门。陆乔走出来看是谁，只见一位男子，衣着看起来十分雄伟，男子的面容看起来也很清秀。陆乔把男子请了进来，和他谈天清议十分舒畅，犹如神交一般。陆乔很看重这位男子，认为当下没有谁能超过他，于是陆乔问这位男子的名讳。男子说："我叫沈约。我闻听您擅长诗文，所以特来拜会。"陆乔很惊讶地起身说道："我只是一位微末的读书人，我没想到您会驾临此地。我希望您能在这里多待一阵时间，让我好好服侍您。"接着陆乔命人摆下酒宴。沈约说："我平生不太会喝酒，并不是要驳您面子。"接着沈约又说："我的朋友仆射范云您认识吗？"陆乔回答说："我熟读南梁历史，久仰范公大名。"沈约说："我一会就请他过来。"陆乔说："这是我的荣幸。"沈约于是让身边的仆人去邀请范云。

没过多久范云就到了。陆乔参拜范云然后请范云坐了下来。范云对沈约说："您怎么来到这里了呢？"沈约回答道："我闻听这里的主人擅长诗文，而且热情好客，我走了将近一个月到了这里。"接着二人互相开了几句玩笑。过了很长一段时间，沈约叫身边的仆人说："去把青箱叫来。"不久有一个小孩来到了这里，小孩看起来大概十几岁，长得眉清目秀。沈约指着小孩对陆乔说："这是我的爱子，小的时候十分聪慧，喜欢读书。我非常喜欢他，于是就给他起名叫青箱。我想把我的毕生所学传授给他，可惜孩子先我离世。今天我让他拜会一下您。"沈约立刻让青箱去参拜陆乔。沈约接着说："这个孩子也喜欢作诗，最近孩子同我和范云一起游览台城，于是让孩子就地乔叹赏久之，因问约曰："某常览昭明所集之选，见其编录诗句，皆不拘音律，谓之齐梁体。自唐朝沈佺期、宋之问方好为律诗。青箱之诗，乃效今体，何哉？"约曰："今日为之，而为今体，亦何讶乎？"云又谓约曰："昔我与君及玄晖、彦昇俱游于竟陵之门，日夕笑语卢博。此时之欢，不可追矣。及萧公禅代，吾与君俱为佐命之臣。虽位甚崇，恩愈厚，而心常忧惕，无曩日之欢矣。诸葛长民有言：'贫贱常思富贵。富贵又践危机。'此言不虚哉！"约亦吁嗟久之。又叹曰："自梁及今，四百年矣。江山风月，不异当时，但人物潜换耳，能不悲乎？"既而谓云曰："吾辈为蔡公郢州记室，常梦一人告我曰：'吾君后当至端揆，然终不及台司。'及吾为仆射尚书令，论者颇以此见许，而终不得。乃知人事无非命也。"时夜已分，云谓约曰："可归矣。"因相与去，谓乔曰："此地当有兵起，不过二岁。"乔送至门，行未数步，俱亡所见。

乔话于亲友。后岁余，李锜叛，又一年而乔卒。(出《宣室志》)

庐江冯媪

冯媪者，庐江里中啬夫之妇，穷寡无子，为乡民贱弃。元和四年，淮楚大歉，媪逐食于舒。途经牧犊墅，瞑值风雨，止于桑下。忽见路隅一室，灯烛荧荧。媪因诣求宿，见一女子，年二十余，容写一篇《感旧》，孩子很快就写完了。孩子写的诗十分可观。”沈约在场吟诵了这首诗：“六代旧江州，兴亡几百年。繁华今寂寞，朝市昔喧阗。夜月琉璃水，春风卵色天。伤时与怀古，垂泪国门前。”

陆乔赞叹良久，于是陆乔问沈约道：“我经常看昭明太子编订的《文选》，我看其中收录的诗句，都不拘泥于音节韵律，人们管这种文体叫齐梁体。自打唐朝的沈佺期、宋之问开始文风才逐渐转变为喜好律诗。我看青箱的诗是仿照今人的诗体，这是为什么呢？”沈约说：“在今天写的诗，用着如今的体裁，这有什么可惊讶的呢？”范云又对沈约说：“曾经我和您同谢眺、任昉等人一同在竟陵游玩，到了晚上摆宴谈笑。那个时候的欢乐，如今已经遥不可及了。萧衍建国后，我和您都成了顾命大臣。虽然地位越来越高，但是也不断心生警惕，就失去了昔日的乐趣了。我常想到晋朝的诸葛长民说的一句话：‘贫贱常思富贵，富贵又践危机。’这句话果真不假。”沈约也感慨良久，沈约接着感叹说道：“从南梁至今已经四百多年了。江山风月和当时一样，只是如今已经物是人非了，这怎么能不悲伤呢？”不久沈约又对范云说：“我在郢州做参军的时候，时常梦见一个人告诉我说：‘您日后会做到丞相的位置，但不会当上三公。’等我做到仆射尚书令的时候，当时的人们都议论我会当上三公，但是最后我还是没有当上。可见人这一生早已在命中注定了。”当晚已经半夜了。范云对沈约说：“我们可以回去了。”于是二人一起离开陆乔府上，二人临离开前说道：“这里不会超过两年就会有战事。”陆乔把二人送到门口，还没有送出门外几步就看不见他们的踪影了。

陆乔把快要打仗的事情告诉了周围亲友。两年后多一点，李锜发动了叛乱，又过了一年陆乔就去世了。（出《宣室志》）

庐江冯媪

冯媪，是庐江某农民的妻子。冯媪过得很穷酸，守寡多年又没有孩子，冯媪就被当地的乡民所抛弃。元和四年，淮楚发生了大旱。冯媪于是就乞讨去舒州，冯媪途经一处放牛屋，晚上的时候忽然下起了雨，冯媪就在桑树下避雨。忽然看见路角有一间房子，房子里有服美丽，携三岁儿，倚门悲泣。前又见老叟与媪，据床而坐，神气惨戚，言语呫嗫，有若征索财物追逐之状。见冯媪至，叟媪默然舍去。女久乃止泣，入户备饩食，理床榻，邀媪食息焉。媪问其故，女复泣曰："此儿父，我之夫也，明日别娶。"媪曰："向者二老人，何人也？于汝何求而发怒？"女曰："我舅姑也，今嗣子别娶，征我筐筥刀尺祭祀旧物，以授新人。我不忍与，是有斯责。"媪曰："汝前夫何在？"女曰："我淮阴令梁倩女，适董氏七年，有二男一女，男皆随父，女即此也。今前邑中董江，即其人也。江官为鄮丞，家累巨产。"发言不胜呜咽，媪不之异，又久困寒饿，得美食甘寝，不复言。女泣至晓。

媪辞去，行二十里，至桐城县。县东有甲第，张帘帷，具羔雁，人物纷然。云："今日有官家礼事。"媪问其郎，即董江也。媪曰："董有妻，何更娶焉？"邑人曰："董妻及女亡矣。"媪曰："昨宵我遇雨，寄宿董妻梁氏舍，何得言亡？"邑人询其处，即董妻墓也。询其二老容貌，即董江之先父母也。董江本舒州人，里中之人，皆得详之。有告董江者，董以妖妄罪之，令部者迫逐媪去。媪言于邑人，邑人皆为感叹。是夕，董竟就婚焉。

亮光。冯媪于是前去拜访想要借宿。冯媪在屋子里看见一位二十多岁的女子。女子的服饰和妆容都很好看。女子还带着一个三岁的孩子，女子倚靠着门前悲痛地哭泣。冯媪再往里面看，看见了一位老人和一位老妇人在窗边坐着，他们的神色很不好，但是又好像在私下小声商量什么事情，看起来像逼着索要钱财的样子。看到冯媪来了，老人和老妇人就默默离开了这里。过了很长时间那位女子才停止了哭泣，进门为冯媪准备吃的，并且为冯媪打扫了床榻，然后请冯媪在这里住下休息。冯媪问刚才发生了什么事。女子回答说："孩子的父亲，也就是我的丈夫，明天要娶别的女人了。"冯媪又问："刚才的两位老人是你的什么人？向你生气地索要什么东西？"女子回答说："这是我的公公婆婆，如今他们的儿子想娶别的女人，他们来管我要之前平日里的生活用品还有用来祭祀的东西，让我给我的丈夫和他的新媳妇。我没有给他们，所以遭受了责备。"冯媪又问："你的前夫在哪里？"女子回答道："我是淮阴令梁倩的女儿，嫁到董家有七年了，我生下了两个男孩一个女孩。男孩都跟着他的父亲，女儿就跟了我。这里前面的城内有个叫董江的人，董江就是我的丈夫。当地的官员派他做了酂地的县丞，家里积累了不少财富。"女子说着说着就哭了，冯媪没觉得有什么异常，冯媪因为很长时间没有吃饭睡觉了，吃了好吃的后好好睡了一觉，就没多说什么了。女子一直哭到早晨。

冯媪辞别而去，走了二十里地，冯媪来到了桐城县。县的东面有一座豪华的宅院。宅院上挂着红幔，宅院里面摆放着彩礼，有人不断地进进出出。旁边的人说："管家府上今天举办婚礼。"冯媪问新郎是谁。新郎正是董江。冯媪问道："董江已经有妻子了，为什么还要再娶别人呢？"城里有人告诉冯媪说："董江的妻子和女儿都已经去世了。"冯媪说："昨天晚上我在路上正好赶上下雨，我就寄宿在董江的妻子梁氏家里，你怎么说她去世了呢？"那个人问冯媪梁氏的住处在哪里。冯媪说的地方正是梁氏的坟墓。那个人又问冯媪遇见的那两位老人长什么模样。结果正是董江已故的父母。董江原本就是舒州人，街坊邻里都很熟悉董家，其中有人就把这件事告诉了董江。董江将冯媪判下妖言惑众的罪名，命令他的部下赶冯媪出城。

元和六年，夏五月，江淮从事李公佐，使至京。回次汉南，与渤海高钺、天水赵儹、河南宇文鼎会于传舍，宵话征异，各尽见闻。钺具道其事，公佐因为之传。（出《异闻录》）

窦玉

进士王胜、盖夷，元和中，求荐于同州。时宾馆填溢，假郡功曹王翥第，以俟试。既而他室皆有客，唯正堂，以小绳系门。自牖而窥其内，独床上有褐衾，床北有破笼，此外更无有。问其邻，曰："处士窦三郎玉居也。"二客以西厢为窄，思与同居，甚嘉其无姬仆也。

及暮，窦处士者，一驴一仆，乘醉而来。夷、胜前谒，且曰："胜求解于郡，以宾馆喧，故寓于此。所得西廊，亦甚窄。君子既无姬仆，又是方外之人，愿略同此室，以俟郡试。"玉固辞，接对之色甚傲。夜深将寝，忽闻异香。惊起寻之，则见堂中垂帘帷，喧然语笑。于是夷、胜突入其堂中。屏帷四合，奇香扑人，雕盘珍膳，不可名状。有一女，年可十八九，妖丽无比，与窦对食，侍婢十余人，亦皆端妙。银炉煮茗方熟，坐者起入西厢帷中，侍婢悉入，曰："是何儿郎？突冲人家。"窦面色如土，端坐不语。夷、胜无以致辞，啜茗而出。既下阶，闻闭户之声，曰："风狂儿郎，因何共止？古人所以卜邻者，岂虚言哉！"窦辞以非己所居，难拒异客。必虑轻侮，岂无他宅，因复欢笑。

冯媪将事情全部告诉了城里的百姓，城里的百姓都很感叹这件事。当天晚上，董江就完婚了。

元和六年夏季五月，江淮从事李佐前往京城办事，回来的时候中途住在汉南。李佐和渤海的高钺、天水的赵攒、河南的宇文鼎在驿站相逢，晚上大家一起谈论所知道的灵异的事情，大家都把自己的所见所闻讲了出来。高钺把这件事说了出来，李佐就把这件事传开了。（出《异闻录》）

窦玉

进士王胜、盖夷，在元和年间一同在同州求官。当时供来求职的馆驿已经人满为患了。二人就寄住在暂代郡功曹王翥的宅院中，等候面试。没过多久，除了正堂，其他的屋子也都住满了人。正堂的门前用小绳拴上了。王胜和盖夷从窗户往里面看，只看见床上有一条粗布的被子，床的北面有个破的帘笼，除此之外就没有什么了。王胜二人问他们的邻居正堂住的是谁，邻居回答说："这里住的是隐士窦三郎窦玉。"王胜二人认为西厢房的屋子太窄，想要去正堂和窦玉一起住，二人也喜欢窦玉手下没有仆人和侍女。

等到了晚上，窦玉骑着驴带着一个仆人乘醉而来。盖夷和王胜上前拜会说道："我想在郡内讨个差事，我觉得馆驿内太吵闹了，所以寄住在您这里。我们被分到西厢房，屋子里面太窄了。像您这样的君子手下没有仆人又没有侍女，您又是远离红尘之人，所以我们想和您同处一室，在您这里等着郡内的考试。"窦玉很坚决地拒绝了，谈话中窦玉一直展现出很傲慢的脸色。晚上快要睡觉的时候，王胜二人忽然闻到了异香。王胜二人觉得很惊奇，于是起床寻找香气的来源。二人看见正堂里垂下帘幔，听见里面的欢声笑语。于是盖夷和王胜闯入正堂中。二人看见正堂里四周围着屏风，屋里香气逼人，桌子上的珍馐美味以及所用的精美器具的精致程度都无法形容。屋里还有一位女子，看起来只有十八九岁，长得妖丽无比。女子正和窦玉坐在一起吃饭，身边还有十几位侍女，长得都很好看。正好此时银炉上的茶刚刚煮熟。在座的那位女子起身端着茶走向西厢房，侍女及明，往觇之，尽复其故。窦独偃于褐衾中，拭目方起。夷、胜诘之，不对。夷、胜曰：“君昼为布衣，夜会公族，苟非妖幻，何以致丽人？不言其实，即当告郡。”窦曰：“此固秘事，言亦无妨。比者玉薄游太原，晚发冷泉，将宿于孝义县，阴晦失道，夜投人庄。问其主，其仆曰：‘汾州崔司马庄也。’令人告焉。出曰：‘延入。’崔司马年可五十余，衣绯，仪貌可爱。问窦之先及伯叔昆弟，诘其中外。自言其族，乃玉亲，重其为表丈也。玉自幼亦尝闻此丈人，但不知其官。慰问殷勤，情礼优重。因令报其妻曰：‘窦秀才乃是右卫将军七兄之子，是吾之重表侄，夫人亦是丈母，可见之。从宦异方，亲戚离阻，不因行李，岂得相逢？请即见。，有顷，一青衣曰：‘屈三郎入。’其中堂陈设之盛，若王侯之居。盘馔珍华，味穷海陆。既食，丈人曰：‘君今此游，将何所求？’曰：‘求举资耳。’曰：‘家在何郡？’曰：‘海内无家。’丈人曰：‘君生涯如此身落然，蓬游无抵，徒劳往复。丈人有侍女，年近长成，今便合奉事。衣食之给，不求于人。可乎？’玉起拜谢，夫人喜曰：‘今夕甚佳，又有牢馔。亲戚中配属，何必广召宾客？吉礼既具，便取今夕。’谢讫复坐，又进食。食毕，憩玉于西厅，具浴。浴讫，授衣巾。引相者三人来，皆聪朗之士，一姓王，称郡法曹；一姓裴，称户曹；一姓韦，称郡督邮，相揖而坐。俄而礼舆香车皆具，华烛前引，自西厅至中门，展亲御之礼。因又绕庄一周，自南门入及中堂，堂中帷帐已全都走了过来，问道："是谁闯进了正堂？"窦玉的脸色如土一样，端坐在那里一言不发。盖夷和王胜羞得不敢说话，喝了口茶就回去了。盖夷和王胜刚走下台阶就听见了关门的声音，屋子里面说道："这大胆的男子，怎么能做出如此僭越的事情？古人所说的'卜邻'果然不假。"窦玉以这不是自己的居住所在为理由，解释说难以拒绝别人进入这座宅子。他们一定觉得被轻视怠慢了，又没有其他地方可以住。于是正堂又充满了欢乐的气氛。

过了一个时辰后，王胜二人前去偷窥，正堂里还是原来的样子。只有窦玉一个人蜷缩在粗布的被子里，窦玉揉眼睛刚想起身，盖夷、王胜就质问他。然而窦玉没有回答他们。盖夷和王胜说道："您白天还是位布衣，到晚上怎么就和王公贵族坐在一个宴席上？如果您不会妖术，哪里会凭空出现人呢？您如果不说实话，我们就把这件事告诉郡里的人。"窦玉说："这是我的私事，您拿出去说也没有什么。之前我孤身前往太原游玩，晚上走到了冷泉这个地方，我想走到孝义县再住宿。因为天太暗了，我迷路了，夜晚走到了一个庄园附近。我前去询问庄园主人是谁，庄园的仆人告诉我说庄主是汾州的崔司马。我让仆人进去通禀一声。仆人出来告诉我说：'庄主有请。'崔司马年纪大概在五十多岁，穿着红色衣服，看样子很和蔼可亲。庄主问我的家里都有什么人。我就将我家族的人告诉了庄主，发现崔庄主竟然是我的表亲，而且按照辈分排，崔庄主是我的表叔。我从小就听说过这位表叔，但是不知道他身居何职。所以我和他交谈得十分亲切，崔庄主对我也十分厚重。接着崔庄主派人去告诉他的妻子说：'窦秀才是我右卫将军七哥的儿子，是我的同族的侄子，您就是他的叔母。您可以来见见。我在外地做官，很难见到亲戚，如果不特意探望哪里会遇上族人，希望你赶紧来见见侄子。'过了一会儿，一位侍女走了出来说道：'夫人有请窦三郎屈身进来。'屋子里豪华的装修如同王侯般奢侈，准备的餐食中山珍海味一应俱全。吃完饭后，表叔问：'你这次出行有什么目的吗？'我回答说：'只是想求个功名罢了。'表叔又问：'你现在家住哪里？'我回答说：'我居无定所。'表叔说：'你既然如此落魄，你这样没有落脚的地方周游满。成礼讫，初三更，其妻告玉曰：‘此非人间，乃神道也。所言汾州，阴道汾州，非人间也。相者数子，无非冥官。妾与君宿缘，合为夫妇，故得相遇。人神路殊，不可久住，君宜即去。’玉曰：‘人神既殊，安得配属？以为夫妇，便合相从。何为一夕而别也？’妻曰：‘妾身奉君，固无远近。但君生人，不合久居于此，君速命驾。常令君箧中有绢百匹，用尽复满。所到，必求静室独居。少以存想，随念即至。十年之外，可以同行未间，昼别宵会尔。’玉乃入辞。崔曰：‘明晦虽殊，人神无二。小女得奉巾栉，盖是宿缘。勿谓异类，遂猜薄之，亦不可言于人。公法讯问，言亦无妨。’言讫，得绢百匹而别。自是每夜独宿，思之则来。供帐馔具，悉其携也。若此者五年矣。”

下去，只是白白浪费时间。我身边有位侍女，也快成人了。如果你觉得合适就娶了她，这样以后就不愁吃穿了，也不用诉求于别人了，你看这样可以吗？’我起身拜谢表叔。叔母高兴地说：‘今天晚上真是太好了，又有珍馐美味，还在族中撮合了一对佳偶，必要招来亲戚朋友，好事都在今天发生了，择日不如撞日就在今晚把喜事办了吧。’我又谢了一遍然后坐了下来，又吃了点东西。吃完饭后，我在西厅休息。有人为我沐浴更衣，我沐浴完毕后穿上了礼服。之后庄主请来了三位见证人，三位都是聪慧之士。一个人姓王，是本郡的法曹；一个人姓裴，是当地的户曹；一个人姓韦，是当地的都邮，三个人互相施礼然后坐了下来。不久礼舆香车都准备下了，华丽的蜡烛摆在前面。我展示了亲自驾车的礼节。从西厅驾驶到了中门。于是又驾着车在庄子外面绕了一周，回来时看到从南门到中堂已经布满了幔帐。婚礼完毕后，刚过三更天，这时候我的妻子告诉我说：‘这里并不是人世间，这里是神境。这里的汾州是阴间的汾州，并不是人间的汾州。刚才来的几位见证人都是阴间的官员。我和您是前世的姻缘，所以结为了夫妻，才能在这里相遇。人鬼殊途，是不可以长时间相处在一起的，您应该速速离去。’我说道：‘既然人鬼殊途，那怎么能走到一起呢？既然我们结为了夫妻，那么就应该在一起，为什么只相处一个晚上就分开呢？’我的妻子说：‘我本来就是您的妻子，这并不是因为什么关系是否亲疏。只是因为您是活在阳间的人，不适合久居在此，请您快快离开这里。我会让您的书箱里常常备有百匹绢布，您一用光就会自动填满。您无论到哪里都要找一个清净的地方一个人住，这样您只要想到我，我就会出现在您的身边。十年之后就可以和您在一起就不用分开了，只是仅可以晚上相会白天分别罢了。’于是我就辞别了我的叔父。我的叔父说：‘阳间和阴间虽然会不一样，但人和鬼是相似的。我的侍女能嫁给你，大概这是前世的缘分。不要因为她是鬼就心生猜忌。也不要把这件事告诉别人。如果有人用法条质问你，也无关紧要，你就跟他明说就好了。’我的叔父交代完后给了我一百匹布，我就告辞离开了。从此以后我每天晚上都是一个人住，一想到我在阴间的夫人，我的夫人就会过来。用品和吃的都

夷、胜开其箧，果有绢百匹，因各赠三十匹，求其秘之。言讫遁去，不知所在焉。（出《玄怪录》）

李和子

元和初，上都东市恶少李和子，父名努眼。和子性忍，常偷狗及猫食之，为坊市之患。常臂鹞立于衢，见二人紫衣，呼曰："尔非李努眼子名和子乎？"和子即揖之。又曰："有故，可隙处言也。"因行数步，止于人外，言"冥司追公，可即去"。和子初不受，曰："人也，何绐言？"又曰："我即鬼。"因探怀中，出一牒，印文犹湿，见其姓名分明，为猫犬四百六十头论诉事。和子惊惧，乃弃鹞拜祈之，曰："我分死耳，必为我暂留，当具少酒。"鬼固辞，不获已。初将入毕罗四，鬼掩鼻，不肯前。乃延于旗亭杜氏，揖让独言，人以为狂也。遂索酒九碗，自饮三碗，六碗虚设于西座，且求其为方便以免。二鬼相顾："我等受一醉之恩，须为作计。"因起曰："姑迟我数刻，当返。"未移时至，曰："君办钱四十万，为君假三年命也。"和子许诺，以翌日及午为期，因酬酒直，酒且返其酒。尝之，味如水矣，冷复冰齿。和子遽归，如期备酬焚之，见二鬼挈其钱而去。及三日，和子卒。鬼言三年，人间三日也。（出《酉阳杂俎》）

是我夫人带过来的。像这样已经有五年了。”

盖夷、王胜打开窦玉的箱子，看见里面果然有一百匹布。于是窦玉分别给盖夷、王胜每个人三十匹布。窦玉希望他们能对这件事保密。说罢窦玉就离开了，接着就不知道去往了哪里。（出《玄怪录》）

李和子

元和初年，长安东市的恶少名叫李和子，他的父亲叫李努眼。李和子生性残忍，经常偷别人家的狗和猫吃。李和子被当时的街坊邻里视为祸患。经常带着自己养的鹞站在街上。这一天李和子看见两个紫衣人朝自己走了过来。两个紫衣人叫道：“你是不是李努眼的儿子李和子啊？”李和子立马向二位紫衣人施礼。紫衣人又说：“我认识你，可以去个私密的地方聊一聊。”于是几人走了一段，走到了一个没人的地方。两个紫衣人对李和子说：“阴曹派我们来找你，你可以跟我们走了。”李和子最开始没有答应，说道：“你明明是人，为什么骗我？”紫衣人回答道：“我们就是鬼。”于是紫衣人从怀中拿出一份文书。文书上的字迹和印章还没有干。李和子看见自己的姓名在上面写得清清楚楚，文书上还有四百六十只猫和狗告状的事。李和子十分惊恐，丢下自己养的一对鹞急忙向紫衣人施礼求助，说道：“我该死啊，但是务必再留我一段时间，我喝点酒就跟你们走。”两个鬼没有答应，只是还没有擒拿李和子。刚走进毕罗四开的酒家的时候，两个紫衣人捂着鼻子不肯进去。于是李和子又请他们去旗亭的杜氏酒家，李和子向二位鬼差施礼把他们请了进来，但是人们只看到李和子在自言自语。在场的人以为李和子疯了。李和子要了九碗酒，李和子自己喝了三碗，另外六碗放在了西边的座位前，但没有喝。李和子希望二位鬼差能行个方便。二位鬼差互相看了看说道：“我们受了您一顿酒的恩惠，我们是应该表示点什么。”于是李和子起身说道：“再宽限我些时间，我一定去阴曹报到。”当时已经快三更了。鬼差说道：“您给我们四十万钱，我给您延长三年的寿命。”李和子答应了下来，约定在第二天中午之前。于是李和子付了酒钱，又把剩下的酒倒了回去。李和子尝了尝，味道像水一样，凉得却像冰一

李僖伯

陇西李僖伯，元和九年任温县。常为予说，元和初，调选时，上都兴道里假居。早往崇仁里访同选人，忽于兴道东门北下曲，马前见一短女人，服孝衣，约长三尺已来，言语声音，若大妇人，咄咄似有所尤。即云："千忍万忍，终须决一场。我终不放伊！"弹指数下云："大奇大奇。"僖伯鼓动后出，心思异之，亦不敢问。日旰，及广衢，车马已闹，此妇女为行路所怪，不知其由。如此两日，稍稍人多，只在崇仁北街。居无何，僖伯自省门东出，及景风门，见广衢中，人闹已万万，如东西隅之戏场。大围之，其间无数小儿环坐，短女人往前，布幂其首，言词转无次第，群小儿大共嗤笑。有人欲近之，则来拏攫，小儿又退。如是日中，看者转众。短女人方坐，有一小儿突前，牵其幂首布，遂落。见三尺小青竹，挂一触髅髋然。金吾以其事上闻。（出《乾𦠆子》）

样。李和子立马赶回家中，按照约定的日期把钱烧了过去。过了三天，李和子就去世了。阴间的三年，是阳间的三天。（出《酉阳杂俎》）

李僖伯

陇西的李僖伯在元和九年被调往温县任职。李僖伯经常对我说一件事。元和初年官员调任选拔的时候，李僖伯在长安的兴道里暂住。这天早上李僖伯乘马去崇仁里拜访一起参加官员选拔调任的同僚，在崇仁里东门靠北边巷子里，忽然在马前出现了一位身材矮小的女子。这位女子穿着丧服，看起来只有三尺多高。听女子说话的声音像个妇人。言语间似乎透露着对什么事的不满。那女子说道："我千忍万忍，终究要做个了断，我绝不会放过你。"女子又弹了几下手指头说："好奇怪啊，好奇怪啊！"李僖伯在她的后面，心里面觉得十分奇怪，但又不敢上前询问。晚上的时候，那个女子走到了广衢。当时街上车水马龙，人们觉得这位女子行走的路径十分奇怪，但还是不知道其中的原因。像这样过了两天，知道这件事的人逐渐多了起来。女子只在崇仁北街游荡。没过多长时间，李僖伯从省门的东边过来，走过景丰门，看见广衢上的人已经数以万计了，像城东城西的戏台那样热闹，有很多人都在这里围观那位奇怪的女子。这几天有几个小孩环绕着坐在一起，小孩们看见那位女子走了过来。女子的头上裹了一块布，说话语无伦次。那帮小孩一起笑话那位女子。有小孩想靠近那位女子，那女子就要抓住靠近她的人，小孩见状就撤了回来。那位女子刚刚坐下，其中有个小孩突然上前把女子头上裹的那块布扯落了下来。只看见有一根三尺的小青竹挂着一个骷髅头。执金吾因此把这件事报告给了皇帝。（出《乾𦠆子》）

卷第三百四十四　鬼二十九

王裔老

华州下邽县东南三十余里，曰延年里，里西南有故兰若，而无僧居。唐元和八年，翰林学士白居易丁母忧，退居下邽县。七月，其从祖兄曰皞，自华州来访居易，途出于兰若前。及门，见妇女十许人，衣黄绫衣，少长杂坐，会语于佛屋下，声闻于门。皞热行方渴，将就憩，且求饮。望其从者萧士清未至，因下马，系缰于门柱。举首，忽不见，自意其退藏于窗闼之间。从之不见，又意其退藏于屋壁之后。从之，又不见。周视其四旁，则堵墙环然无隙缺。覆视其聚谈之所，尘埃幂然，无足迹。由是知其非人，悸然大异之。上马急驱，来告居易。且闻其所言，云云甚多，不能殚记。大抵多云王裔老如此，观其词意，若相与数其过者。厥所去居易舍八九里，因同往访焉。其地果有王裔者，即其里人也。方徙居于兰若之东北百余步，葺墙屋，筑场艺树仅毕，明日而入。既入，不浃旬而裔死，不越月而妻死，不逾时而裔之二子二妇及一孙亦死。止余一子，曰明进，大恐惧，不知所为。意新居不祥，乃撤屋拔树。夜徙去，遂免。（出《白居易集》）

王裔老

华州下邽县东南三十多里处有一个延年里的地方，里的西南方有座庙，但是里面没有僧人居住。唐代元和八年，翰林学士白居易为母亲回家奔丧，回到了下邽县居住。七月份，他的堂兄叫白皞从华州来探望白居易。白皞途经那座寺的门前，看到了十几位穿着黄绫衣的妇女，她们不分长幼地坐在一起。她们在佛堂前谈论着事情，谈话的声音在门外都能听到。当时的天气很热外加白皞还连着赶路，走到这的时候就觉得很渴了，白皞就想进里面休息，并且想讨碗水喝。白皞又见他的侍从萧士清没有跟上，于是下马把缰绳系在了寺的门柱上。白皞刚拴完马匹，一抬头忽然那些人都不见了。白皞以为她们都回到各自的屋子去了，白皞便去寺内找她们，但是没找到。白皞又以为她们藏在屋子里的墙后面，于是又去找她们，但是还是没有找到。白皞环顾四周，发现寺里的墙面都完好无损，又上前查看她们谈话的地方，发现她们刚才在的地方还落着灰，上面也没有足迹。于是白皞觉得她们不是人，想到这里白皞感到惊奇并心生忌惮，于是上马疾驰来告诉弟弟白居易。白居易听到兄长所说的一大段话一下子没能全记住。大概和王裔所说的差不多。王裔老的住处距离白居易的住处有个八九里。于是白皞和白居易一同去拜访王裔。到了那里果然打听到有一个叫王裔的人，王裔就是延年里的人。王裔才搬到距离寺庙百余步的地方，白家兄弟看见王裔还在修理着房屋，院子里才刚刚种上树，明天就要搬进来。王家搬进来后没过十天王裔就去世了，不到一个月王裔的妻子就去世了，还没过一季王裔的两个孩子和他们的妻子还有一个孙子都去世了，家里只剩下了王裔一个叫王明进的儿子了。王明进大为震惊，手足无措不知道该干什么。王明进觉得新家不吉利，于是把树拔了出来又把房子拆了，然后晚上就逃走

张弘让

元和十二年，寿州小将张弘让，娶兵马使王暹女。淮西用兵方急，令狐通为刺史。弘让妻重疾累月，每思食，弘让与具。后不食，如此自夏及秋，乍进乍退，弘让心终不怠。冬十月，其妻忽思汤饼，弘让与具之。工未竟，遇军中给冬衣，弘让遂请同志王士徵妻为馔，弘让乃去。士徵妻馔熟，就床欲进，忽见弘让妻，自额鼻中分半，一手一股在床，流血殷席。士徵妻惊呼，告营中。军人妻诸邻来，共观之，竟问莫知其由。俄而吏报通，使人检视。其日又非昏暝，二妇素无嫌怨，遂为吏所录。

弘让奔归。及丧所，忽闻空中妇悲泣云："某被大家唤将看儿去。烦君多时，某不得已，君终不见弃。大家索君恳求耳。"先是弘让营居后小圃中，有一李树，妇云："君今速为某造四分食，置李树下。君则向树下哀祈，某必得再履人世也。"弘让依其言，陈馔，恳祈拜之。忽闻空中云："还汝新妇。"便闻王氏云："接我以力。"弘让如其言接之，俄觉赫然半尸薄下，弘让抱之。遽闻王氏云："速合床上半尸。"比弘让拳曲持半尸到床，王氏声声云："勘其剖处，无所参差。"弘让尽力与合之，令等其旧。王氏云："覆之以衾，无我问三日。"弘让如其教。三日后，闻呻吟，乃云："思少饘粥。"弘让以饮灌其喉，尽一杯。又云："具无相问。"七

了，王明进得以幸免。（出《白居易集》）

张弘让

元和十二年，寿州有位小将军叫张弘让。张弘让娶了兵马使王暹的女儿。当时淮西起了战事急需兵马，时任刺史是令狐通。张弘让的妻子当时病重快一个月了，妻子每回想吃东西，张弘让刚把饭食准备好，他的妻子就不想吃了。像这样从夏天到秋天，时好时坏，始终让张弘让放心不下。冬天十月，张弘让的妻子忽然想吃汤饼，张弘让正在为妻子准备的时候赶上军中要发冬衣。于是张弘让就让自己的同事王士征的妻子为自己的妻子准备汤饼，自己就回部队办事去了。王士征的妻子做好饭后，就把汤饼送到张弘让妻子的床边。这时张弘让妻子的身子忽然分成两半，一只手和一只脚搭在床上，另一半掉在了地上，流出来的血已经浸透了床席。王士征的妻子惊吓地喊了出来，去军营把这件事告诉了张弘让。士兵的妻子和街坊邻里全都过来查看情况，都不知道这是因为什么。不久当地的官吏赶了过来，派人检查一番，这时候太阳还没有落下山，天色也不是很昏暗，王士征的妻子和张弘让的妻子素来没有恩怨，于是官吏就把这件事记了下来。

张弘让急忙赶了回来，回来后忽然听到空中有妇人哭泣的声音，那妇人说道："我被婆婆叫过去看儿子去了。我承蒙您照看多时，我身不由己，如果承蒙您不抛弃我，您就去求一求您的母亲吧。"最开始张弘让建这座宅院的时候在后花园栽了一棵李子树。只听空中妇人的声音又说道："您现在快去准备四份食物，放到李树下面。您在李树下祈求祷告我回到阳间，这样我就能活过来了。"张弘让按照她的说法准备了四份食物放在李树下，自己虔诚地跪拜祈祷。张弘让听见空中有人说道："还你的媳妇。"张弘让妻子的尸体说道："把我地上的身体挪到床上。"张弘让按照妻子的说法把她的尸身抬了起来，觉得妻子身体轻飘飘的。妻子马上又说："快把这一半身体和床上另一半身体贴合在一起。"张弘让弯着腰把妻子的一班身体抬到床上的时候，妻子又说："要把两半身体贴合得很完整才可以。"张日则泯如旧，但自项及脊彻尻，有痕如刀伤。前额及鼻，贯胸腹亦然。一年，平复如故。生数子。此故友庞子肃亲见其事。（出《乾𦠆子》）

寇鄘

元和十二年，上都永平里西南隅，有一小宅，悬榜云：“但有人敢居，即传元契奉赠，及奉其初价。”大历年，安太清始用二百千买得，后卖与王姁。传受凡十七主，皆丧长。布施与罗汉寺，寺家赁之，悉无人敢入。

有日者寇鄘，出入于公卿门，诣寺求买，因送四十千与寺家。寺家极喜，乃传契付之。有堂屋三间，甚庳，东西厢共五间，地约三亩，榆楮数百株。门有崇屏，高八尺，基厚一尺，皆炭灰泥焉。鄘又与崇贤里法明寺僧普照为门徒。其夜，扫堂独止，一宿无事。月明，至四更，微雨，鄘忽身体拘急，毛发如磔，心恐不安。闻一人哭声，如出九泉。乃卑听之，又若在中天。其乍东乍西，无所定。欲至曙，声遂绝。鄘乃告照曰：“宅既如此，应可居焉。”命照公与作道场。至三更，又闻哭声。满七日，鄘乃作斋设僧，方欲众僧行食次，照忽起，于庭如有所见，遽厉声逐之，喝云：“这贼杀如许人。”绕庭一转，复坐曰：“见矣见矣。”遂命鄘求七家粉水解秽。俄至门崇屏，洒水一杯，以柳枝扑焉。屏之下四尺开，土忽弘让尽力把两半身体贴合得很完整。妻子又说："用被子把我全身上下全部盖上，三天内不要来找我。"张弘让便按照妻子的嘱咐去做。三天后，张弘让听见了妻子的呻吟声，妻子说道："我想喝点稀粥。"张弘让抱着妻子将粥喂了下去，妻子喝了一整碗。妻子又嘱咐道："什么都不要问。"七天后妻子就痊愈了。只是身子后面从脖子顺着脊骨到屁股有刀疤一样贯穿的伤痕，身子前面从额头顺着到鼻子再到胸口和肚子也有刀疤一样贯穿的伤痕。一年后，张弘让的妻子就彻底康复了。后来张弘让和他的妻子还生了几个孩子。这是老朋友庞子肃亲眼得见的事情。（出《乾䐶子》）

寇鄘

元和十二年，长安永平里的西南角有一处小宅子。宅子上挂着一个榜文，上面写着："只要有人敢住在这里，我就把这座宅子原先的房契给你，只要给最低价就可以。"大历年间，最开始是安太清花费二十万钱买下这座宅子，后来卖给了王姁。这座宅子前后经手了十七位主人，但是每个主人都活不长。后来有人把这座宅子捐给了罗汉寺，罗汉寺往外出售，也没有人敢买。

有一位术士叫寇鄘，平日里出入王公大臣府上。这一天寇鄘去寺内说要买下这座宅子，于是给了寺院四万钱把宅子买了下来。寺里的住持十分高兴，于是把房契给了寇鄘。那座宅子有三间正屋，但是十分矮小，还有五间东厢房西厢房，占地大概三亩，院子里种了几百棵榆树和构树。门内有大屏风，大概有八尺高，房子的地基有一尺厚，都是用炭泥灰打底。这位寇鄘还是崇贤里法明寺高僧普照的徒弟。当天晚上，寇鄘只是在宅子里打扫，并没有发生什么事。月亮很明亮，已经是四更天了，忽然下起了小雨。寇鄘忽然觉得很紧张，身上的汗毛都炸立了起来，寇鄘的心里十分不安。这时寇鄘忽然听见了一个人的哭声，声音像是来自阴间。寇鄘仔细去听声音来自哪里，觉得声音来自天上，从东边西边都能听到，声音的方向很不确定。快到早晨的时候，声音就没有了。寇鄘告诉普照说："宅子即使这样也是可以居住的。"于是寇鄘请普照来做道场。到了晚上的时候又听见了哭颓圮，中有一女人，衣青罗裙红裤锦履绯衫子。其衣皆是纸灰，风拂，尽飞于庭，即枯骨籍焉。乃命织一竹笼子，又命鄜作三两事女衣盛之。送葬渭水之沙洲，仍命勿回头，亦与设酒馔。自后小大更无恐惧。

初，郭汾阳有堂妹，出家永平里宣化寺，汾阳王夫人之顶谒其姑，从人颇多。后买此宅，往来安置。或闻有青衣不谨，遂失青衣。夫人令高筑崇屏，此宅因有是焉。亦云，青衣不谨，泄漏游处，由是生葬此地焉。（出《乾膙子》）

呼延冀

咸和中，呼延冀者，授忠州司户，携其妻之官。至泗水，遇盗。尽夺其财物，乃至裸形。冀遂与其妻于路傍访人烟。俄逢一翁，问其故，冀告之。老翁曰："南行之数里，即我家，可与家属暂宿也。"冀乃与老翁同至其家。入林中，得一大宅，老翁安存于一室内，设食遗衣。至深夜，亲就冀谈话。复具酒殽，曰："我家唯有老母。君若未能携妻去，欲且留之，伺到官再来迎，亦可。我见君贫，必不易相携也。"冀思之良久，遂谢而言曰："丈人既悯我如是，我即以心素托丈人。我妻本出官人也，能歌，仍薄有文艺。然好酒，多放荡。留之后，幸丈人拘束之。"老翁曰："无忧，但自赴官。"明日，冀乃留妻而去。临别，妻执冀手而言曰："我本与尔声。道场开设了七天后，寇鄘给前来做道场的僧人准备了斋饭，寇鄘刚想请僧人们过来吃饭，普照忽然起身像是在庭院里看见了什么，普照立刻严厉地呵斥，然后说道："这个贼竟然杀了这么多人。"普照绕着庭院转了一圈又坐了下来，然后说："我看见了，看见了。"于是普照让寇鄘找来七家的粪水。一会儿普照又走到大门的屏风前泼了一杯水，然后用柳枝点了几下。屏风下面四尺多的地方忽然塌陷了下去，塌陷的地方有一具女子的尸骨，女子穿着青色的罗裙、红色的衣服、织锦的鞋子、绯红的衬衫，但是都是用纸做的，不久变成了灰就被风吹散在庭院里，女子也变成了骷髅。随后普照让人织一个竹笼子，又让寇鄘买两三件女子穿的衣服装在竹笼子里。普照让寇鄘到渭河的沙州送葬，回来的时候不许回头，寇鄘为这位女子准备了祭奠的饭食。从此以后宅子里再也没发生过什么令人害怕的事情。

最开始郭汾阳有一位堂妹，在永平里的宣化寺出家。郭汾阳的妻子王氏前来拜见姑姑，随行带的仆人很多，买了这座宅院以便往来安置。有的人听说是王氏手下的一位侍女失踪了，王氏命人搭建了一座很高的屏风，于是这座宅子就成这样了。还有人说是因为侍女不小心泄露了这个地方才被活埋在这里。（出《乾𦠆子》）

呼延冀

咸和年间，有一个叫呼延冀的人被授予了忠州司户的职位，呼延冀带着他的妻子前去赴任。途经泗水的时候遇见了强盗，除了身上的衣物，他们随身带着的财物全部被抢走了。呼延冀便和他的妻子顺着路寻找人家。不久遇见了一位老人，老人问他们经历了什么事，呼延冀把遭遇抢劫的事告诉了老人。老人说："你往南走个几里地，那边有处房子就是我家，你可以和你的妻子借住在那里。"呼延冀于是和老人一起往老人家的方向走。几人走到一个林子里面，看到一座大宅院。老人收拾出一间屋子，给他们提供了食物还有穿的衣服。到了晚上，老人来找呼延冀谈话，老人重新准备了酒食。老人说道："我家里只有我老母亲一个人。您可不可以让您的妻子住在这里帮忙照看一段时间？等到您上任后再来把您的妻子接回去就可以远涉川陆，赴一簿官，今不期又留我于此。君若不来迎我，我必奔出，必有纳我之人也。”泣泪而别。

冀到官，方谋远迎其妻。忽一日，有达一书者，受之，是其妻书也。其书曰：“妾今自裁此书，以达心绪，唯君少览焉。妾本歌妓之女也，幼入宫禁，以清歌妙舞为称，固无妇德妇容。及宫中有命，掖庭选人，妾得放归焉。是时也，君方年少，酒狂诗逸，在妾之邻。妾既不拘，君亦放荡。君不以妾不可奉蘋蘩，遽以礼娶妾。妾既与君匹偶，诸邻皆谓之才子佳人。每念花间同步，月下相对，红楼戏谑，锦闱言誓。即不期今日之事也。悲夫！一何义绝？君以妾身，弃之如屣，留于荒郊，不念孤独。自君之官，泪流莫遏。思量薄情，妾又奚守贞洁哉！老父家有一少年子，深慕妾，妾已归之矣。君其知之。”

冀览书掷书，不胜愤怒，遂抛官至泗水。本欲见老翁及其妻，皆杀之。访寻不得，但见一大冢，林木森然。冀毁其冢，见其妻已死在冢中，乃取尸祭，别葬之而去。（出《潇湘录》）

了。我看您现在也很困难，路上带着妻子肯定不容易。”呼延冀思考了很长时间，向老人道谢说道：“承蒙您老可怜收留我，那么我就把心事托付给您。我的妻子出身于歌伎，她喜欢唱歌，也略微懂一点文艺。但是喜欢喝酒，生性放荡。您把她留下后希望您能管管她。”老人说：“您尽管放心去赴任就好。”第二天呼延冀就留下妻子赴任去了。临走前，呼延冀的妻子牵着呼延冀的手说道：“我本来应该和您翻山越岭一同赴任的。如今没想到您把我留在了这里。如果您不来接我，我就出去找个别的人家。”于是二人洒泪而别。

呼延冀到任后就考虑把妻子接过来的事情。忽然有一天呼延冀收到了一封信，拆开后发现是自己妻子的信。信里写道：“我今日给您写这封信是想表达此刻我心里的想法，希望您能够过目。我本是歌伎的女儿，小时候就被选进宫中。我当时在宫里就以能歌善舞闻名。我本就没有个媳妇的样子，也不遵守妇德。恰好赶上宫中选拔宫女，我就得以被放了回来。那个时候您还很年轻，诗酒轻狂，您还是我的邻居住在我的旁边。我生性不拘，您也生性放荡。您也不嫌弃我不恪守妇道，于是和我办了婚礼把我娶回了家。我和您结为夫妻后，邻居都称我们是郎才女貌。我每每想到我们在花下散步、月下对坐、红楼相戏、阁中誓言这些情景，但谁能料到如今发生了这种事情呢？悲哀啊！为什么一下子就恩断义绝？您把我就像丢弃鞋子般扔下，您把我留在了荒郊野岭，也不管我是否会感到孤独。您上任去了，我成天以泪洗面就再也没有和您相遇。我想起您的薄情寡义，又想到我一人又何必独守贞操。老人有一个儿子，很喜欢我。我已经嫁给他了，我在这儿通知您一声。”

呼延冀看完书信后，就把书信扔在了地上。呼延冀难以遏制自己的愤怒，于是抛下公家的事立马赶到泗水。呼延冀本想着看见老人还有自己的妻子后全部杀掉。但是呼延冀没有找到他们，只看见了一座很大的墓，墓上种的树很繁茂。呼延冀把墓毁掉，看见自己的妻子已经死在了墓里面，于是呼延冀把妻子的尸体搬了出来祭奠一番。呼延冀把妻子埋葬到别的地方后就离开了。（出《潇湘录》）

安凤

安凤，寿春人，少与乡里徐侃友善，俱有才学，本约同游宦长安。侃性纯孝，别其母时，见母泣涕不止，乃不忍离。凤至长安，十年不达，耻不归。后忽逢侃，携手叙阔别，话乡里之事，悲喜俱不自胜。同寓旅舍数日，忽侃谓凤曰："我离乡一载，我母必念我，我当归。君离乡亦久，能同归乎？"风曰："我本不勤耕凿，而志切于名宦。今日远离乡国，索米于长安，无一公卿知。十年之漂荡，大丈夫之气概，焉能以面目回见故乡之人也？"因泣谓侃曰："君自当宁亲，我誓不达不归矣！"侃留诗曰："君寄长安久，耻不还故乡。我别长安去，切在慰高堂。不意与离恨，泉下亦难忘。"凤亦以诗赠别曰："一自离乡国，十年在咸秦。泣尽卞和血，不逢一故人。今日旧友别，羞此漂泊身。离情吟诗处，麻衣掩泪频。泪别各分袂，且及来年春。"凤犹客长安。因夜梦侃，遂寄一书达寿春。首叙长安再相见，话幽抱之事。侃母得凤书，泣谓附书之人曰："侃死已三年矣。"却至长安，告凤，凤垂泣叹曰："我今日始悟侃别诗中'泉下亦难忘'之句。"（出《潇湘录》）

成叔弁

元和十三年，江陵编户成叔弁有女曰兴娘，年十七。忽有媒氏诣门云："有田家郎君，愿结姻媛，见在门。"叔弁召其妻共窥之，人质颇不惬，即辞曰："兴娘年小，未办资装。"门外闻之，即趋入曰："拟田郎参丈人丈母。"叔弁不顾，遽与妻避之。田奴曰："田四郎上界香郎，索尔女不得耶？"即笑一声，便有二人自空而

安凤

安凤是寿春人，小时候和乡里的徐侃交情很好，两个人都很有才。原本约定好一同去长安游学，徐侃很孝顺，和他母亲告别时痛哭流涕难以平复，不忍心离开。安凤到了长安，十年后还没能发达，安凤感到羞耻所以没有回来。后来有一天安凤忽然遇见了徐侃，二人手拉着手叙旧，聊着家乡的事情。二人的感情都难以抑制，一起在旅社住了几天，有一天徐侃忽然问安凤说："我离开家里一年了，我的母亲一定很想我，我应该回家了，您能和我一起回去吗？"安凤说："我天生就不会从事农活儿，我还想在京城当上大官成就一番事业。如今我远离家乡寄人篱下，朝中没有一个大员认识我。我在长安飘荡了十年，我是个大丈夫，沦落至此我有何颜面回家面对父老乡亲？"于是安凤哭着对徐侃说："您就回家探亲吧，我不发达誓不还乡。"徐侃留下一首诗说道："君寄长安久，耻不还故乡。我别长安去，切在慰高堂。不意与离恨，泉下亦难忘。"安凤也留下一首诗赠别："一自离乡国，十年在咸秦。泣尽下和血，不逢一故人。今日旧友别，羞此漂泊身。离情吟诗处，麻衣掩泪频。泪别各分袂，且及来年春。"安凤最后还是客居在长安。当天晚上安凤梦到了徐侃，于是寄了一封书信送到寿春。信里起笔写的就是二人在长安相见相谈交心的事情，徐侃的母亲接到安凤的书信后，哭着对送信的人说："徐侃已经去世三年了。"送信的人回到长安后把徐侃去世的事情告诉了安凤。安凤哭着感叹说："我今天才理解徐侃诗中所说的'泉下亦难忘'是什么意思了。"（出《潇湘录》）

成叔弁

元和十三年，江陵的编户成叔弁的女儿叫成兴娘。成兴娘才十七岁，这一天媒婆忽然登门拜访说："田家有个儿子，希望能和您家喜结良缘，人就在门口。"成叔弁叫来他的妻子一起在门缝中偷偷观瞧田家的儿子，成叔弁对田家儿子的长相很不满意，于是跟媒婆推辞说道："成兴娘年纪还小呢，我们也没来得及准备嫁妆。"在门外的田家人听到后，急忙走了进来说道："田公子快进来参拜下，曰：“相呼何事？”田曰：“成家见有一女，某今商量，确然不可。二郎以为何如？”二人曰：“彼固不知，安有不可？幸容言议。况小郎娘子魂识已随足下，慕足下深矣。黎庶何知？不用苦怪。”言讫，而兴娘大叫于房中曰：“嫁与田四郎去。”叔弁既觉非人，即下阶辞曰：“贫家养女，不喜观瞩。四郎意旨，敢不从命。但且坐，与媒氏商量，无太匆匆也。”四人相顾大笑曰：“定矣。”

叔弁即令市果实，备茶饼，就堂垂帘而坐。媒氏曰：“田家意不美满，四郎亦太匆匆。今三郎君总是词人，请联句一篇然后定。”众皆大笑乐曰：“老妪但作媒，何必议他联句事。”媒氏固请，田郎良久乃吟曰：“一点红裳出翠微，秋天云静月离离。”田请叔弁继之，叔弁素不知书，固辞，往复再四。食顷，忽闻堂上有人语曰：“何不云‘天曹使者徒回首，何不从他九族卑’？”言讫，媒与三人绝倒大笑曰：“向道魔语，今欲何如？”四人一时趋出，不复更来。其女若醉人狂言，四人去后，亦遂醒矣。（出《河东记》）

襄阳选人

于頔镇襄阳时，选人刘某入京，逢一举人，年二十许，言语明岳父岳母。”成叔弁什么也不顾，立刻跟妻子躲了起来。田家的仆人说道：“田四郎是天上的香郎，索要你的女儿怎么能得不到呢？”于是仆人笑了一下，就有两个人从天上飞了下来说道：“您把我们叫来有何吩咐？”田郎说道：“成家有个女儿，我今天来找他们商量娶亲的事情，但是他们不答应。依您二位的意思该怎么办呢？”两个人说道：“他们一定不知道这件事，这件亲事有什么不能答应的呢？容我说句公道话，现在成家女儿的魂魄已经暗自跟随您了，成家女儿对您的感情已经很深了。像他们这种凡人怎么能知道呢？用不着怪他们。”二人刚说完，接着成兴娘就在闺房里叫嚷道：“我要嫁给田四郎去。”成叔弁觉得对方并不是凡人，立刻走下台阶推辞道：“穷人家的女儿长得不好看。田四郎的命令谁敢不听从？您在这儿坐一会儿，我和媒婆商量商量，一会儿商量完就回来找您。”四个人互相瞅了瞅笑道：“事情解决了。”

成叔弁马上去市场买来了茶饼。回到家中的正厅垂下帘子然后坐了下来。媒婆说道：“田家也没有尽到心意，田四郎的想法太突兀了。三位公子都是喜欢诗歌的人，不如两家一起写一首诗然后再谈论事情。”田家的人大笑说道：“老太太你只要做好媒人的事情就好了，何必提及作诗的事情。”媒婆坚持要作诗，田家兄弟过了很长时间才吟诵一句诗道：“一点红裳出翠微，秋天云静月离离。”田家兄弟请成叔弁接下句。成叔弁向来不认字，于是推辞。几人又推脱了几次。不一会儿的工夫，忽然听到正堂上有人说道：“为什么不对：‘天曹使者徒回首，何不从他九族卑？’”说罢，媒婆和田家三个人哈哈大笑，说道：“刚才说的是鬼话，现在该如何是好？”随后四个人一起快步离开了这里，四个人离开后就再也没有回来。成叔弁的女儿像喝醉了似的口出狂言，那四个人走后，成叔弁的女儿也苏醒了过来。（出《河东记》）

襄阳选人

于頔镇守襄阳的时候，后补官员刘某进京听候调选，路上遇见一位举人，年龄大概二十多岁，说话的声音很明朗。二人一起走了几朗。同行数里，意甚相得，因藉草。刘有酒，倾数杯。日暮，举人指歧径曰："某弊止从此数里，能左顾乎？"刘辞以程期，举人因赋诗曰："流水涓涓长芹芽，织乌双飞客还家。荒村无人作寒食，殡宫空对棠梨花。"至明，刘归襄阳州，因往寻访举人，惟有殡宫存焉。（出《酉阳杂俎》）

祖 价

进士祖价，咏之孙也。落第后，尝游商山中，行李危困。夕至一孤驿，去驿半里已来，有一空佛寺，无僧居，价与仆夫投之而宿。秋月甚明，价独玩月，来去而行。忽有一人，自寺殿后出，揖价共坐，语笑说经史，时时自吟。价烹茶待之，此人独吟不已。又云："夫人为诗，述怀讽物。若不精不切，即不能动人。今夕偶相遇，后会难期，辄赋三两篇，以述怀也。"遂朗吟云："家住驿北路，百里无四邻。往来不相问，寂寂山家春。"又吟："南冈夜萧萧，青松与白杨。家人应有梦，远客已无肠。"又吟："白草寒路里，乱山明月中。是夕苦吟罢，寒烛与君同。"诗讫，再三吟之。夜久，遂揖而退。至明日，问邻人，云："此前后数里，并无人居，但有书生客死者，葬在佛殿后南冈上。"价度其诗，乃知是鬼。为文吊之而去。（出《会昌解颐录》）

里地，路上聊得十分投机，于是二人坐在了草地上。刘某身上带着酒，二人共同喝了几杯。到了晚上，那位举人指着一条小路说："从这走几里地就是寒舍，您能屈身前往吗？"刘某因为怕耽误进京的时间所以推辞了。举人接着作了一首诗道："流水涓涓长芹牙，织乌双飞客还家。荒村无人作寒食，殡宫空对棠梨花。"二人一直聊到天亮。等到刘某由京城回到襄阳的时候，趁便去寻访那位举人，只剩下一座死宅在那里。（出《酉阳杂俎》）

祖价

进士祖价，是祖咏的孙子。祖价落第后，曾经在商山交游。祖价那时候的盘缠不够用了，晚上到了一座人烟稀少的驿站。距离驿站半里地有一座荒废的寺庙，庙里面没有僧人居住。祖价和仆人就在那座寺庙里住了下来。秋天晚上的月亮格外明亮，祖价就独自一人赏月，在庭中徘徊。这时候忽然有一个人从佛殿的后面走了出来，那个人和祖价施了一礼，然后和祖价一起坐了下来，二人谈论经史期间交谈得很愉快，偶尔各自还吟几句诗。祖价泡茶招待那个人，那个人只是不停地自说自话。那个人说道："作诗讲究抒发情怀吟咏风物。如果诗句雕琢得不专精不切确就不能打动人心。今天晚上我和您偶然相逢，恐怕今后再相会就难了，我就作几首诗来抒发自己的心境吧。"那个人就朗读他作的诗道："家住驿北路，百里无四邻。往来不相问，寂寂山家春。"接着又吟诵了一首诗："南冈夜萧萧，青松与白杨。家人应有梦，远客已断肠。"然后那人又吟诵了一首诗："白草寒路里，乱山明月中。是夕苦吟罢，寒烛与君同。"念完诗后又再三吟咏。夜已经很深了，那个人就施礼告辞了。等到了第二天，祖价出门去寻访邻居，发现寺庙周围并没有什么人居住，只知道有一位书生客死他乡被埋葬在寺庙后面的南冈上。祖价揣摩他写的诗背后所指的含意，猜测那天晚上见到的那个人是鬼。于是祖价作了一篇文章悼念了那个人后就离开了。（出《会昌解颐录》）

卷第三百四十五　鬼三十

郭承嘏

郭承嘏，尝宝惜法书一卷，每携随身。初应举，就杂文试。写毕，夜犹早。缄置箧中，及纳试而误纳所宝书帖。却归铺，于烛笼下取书帖观览，则程试宛在箧中。计无所出，来往于棘闱门外。见一老吏，询其试事，具以实告。吏曰："某能换之。然某家贫，居兴道里，倘换得，愿以钱三万见酬。"承嘏许之。逡巡，赍程试入，而书帖出，授承嘏。明日归亲仁里，自以钱送诣兴道里。款问久之，吏家人出。以姓氏质之，对曰："主父死三日，力贫，未办周身之具。"承嘏惊叹久之，方知棘闱所见，乃鬼也。遂以钱赠其家。（出《尚书谈录》）

张　庾

张庾举进士，元和十三年，居长安升道里南街。十一月八日夜，仆夫他宿，独庾在月下。忽闻异香满院，方惊之，俄闻履声渐近。庾屣履听之，数青衣年十八九，艳美无敌，推门而入，曰："步月逐胜，不必乐游原，只此院小台藤架可矣。"遂引少女七八人，容色皆艳绝，服饰华丽，宛若豪贵家人。庾走避堂中，垂帘望之。

郭承嘏

郭承嘏曾经特别喜欢一卷法书，经常把此书随身携带。郭承嘏起初参加科举的时候，是去参加杂文的考试。文章写完后，天色尚早。但是郭承嘏不小心误把卷纸放在了书箱里，等到交卷的时候郭承嘏把书法字帖当成了试卷交了上去。等到郭承嘏回到住处后，晚上想要在烛前取来字帖观看的时候，发现了在书箱里的那份完整的试卷。郭承嘏没有办法，就徘徊在考试地方的外围。这时郭承嘏看见了一位年老的小吏，那位老吏问郭承嘏考得怎么样，郭承嘏把事情告诉了老吏。老吏说："我能把字帖给你换出来。但是我的家里很穷，我住在兴道里。如果我能把您的字帖换出来，您就给我三万钱做报酬就好了。"郭承嘏答应了他。不久老吏就带着郭承嘏的试卷走了进去，随后拿着字帖走了出来，老吏最后把字帖交给了郭承嘏。郭承嘏第二天回到亲仁里后，亲自把钱送到兴道里。郭承嘏寻访了很久，老吏的家人这时候走了出来。郭承嘏报了老吏的姓名，老吏的家人回答道："家父去世有三个月了，因为家里没钱所以还没有办葬礼。"郭承嘏才反应过来那天在考试的地方见到的老吏原来是鬼。于是郭承嘏把钱交给了老吏的家人。(出《尚书谈寻》)

张庚

元和十三年，张庚考中进士后住在长安的升道里的南街。十一月八日晚上，张庚手下的仆人因事外出住在外面，只留在张庚独自一人在家。张庚忽然闻到院子里四处飘来奇香，正惊讶这件事的时候，顷刻间听到有脚步声越来越近。张庚顺着脚步声去寻找，看见了几位十八九岁的侍女。侍女们各个都国色天香，她们推门而入说诸女徐行，直诣藤下。须臾，陈设床榻，雕盘玉樽杯杓，皆奇物。八人环坐，青衣执乐者十人，执拍板立者二人，左右侍立者十人。

丝管方动，坐上一人曰："不告主人，遂欲张乐，得无慢乎？既是衣冠，邀来同欢可也。"因命一青衣传语曰："娣妹步月，偶入贵院。酒食丝竹，辄以自乐，秀才能暂出为主否？夜深，计已脱冠，纱巾而来，可称疏野。"庾闻青衣受命，畏其来也，乃闭门拒之。青衣扣门，庾不应，推不可开，遽走复命。一女曰："吾辈同欢，人不敢预。既入其门，不召亦合来谒。闭门塞户，羞见吾徒，呼既不来，何须更召？"于是一人执樽，一人纠司。酒既巡行，丝竹合奏。殽馔芳珍，音曲清亮。庾度此坊南街，尽是墟墓，绝无人住；谓从坊中出，则坊门已闭。若非妖狐，乃是鬼物。今吾尚未惑，可以逐之。少顷见迷，何能自悟？于是潜取搘床石，徐开门突出，望席而击，正中台盘，纷然而散。庾逐之，夺得一盏，以衣系之。及明视之，乃一白角盏，奇不可名。院中香气，数日不歇。盏鏁于柜中，亲朋来者，莫不传视，竟不能辨其所自。后十余日，转观数次，忽堕地，遂不复见。庾明年，进士上第。（出《续玄怪录》）

道："揽月乘胜不必特意去到乐游原，只需要在这个院子的藤架下就可以了。"于是带着七八位姿色绝代、衣着华丽、看着像贵族人家的少女走了进来。张庚去正堂回避了一下，垂下帘子偷偷观望她们。几位女子在庭内漫步，等到了藤下后，过了一会儿，几位女子铺设床榻，她们拿出来的杯子盘器皿都很华丽。八个人环坐在一起，演奏乐器的侍女有十几位，跟着打拍子的人有两位，在左右服侍的人有十位。

刚刚演奏的时候，座中有一位女子说道："不告诉主人就在这里设宴奏乐，这不是怠慢了主人吗？既然主人在这里，把他邀请过来就好了。"于是要派一位侍女告诉张庚说道："我们姐妹赏月，恰巧来到您的庭院。准备下了酒食雅乐，聊以自乐。能耽误一下您的时间为我们主持一下吗？时候也不早了，料想您已经脱下了常服换上了睡衣，您正好如此前来与我们同乐。"张庚听见派侍女来请自己，害怕她过来，于是把门关了起来。侍女前来扣门，张庚没有应答，侍女推门也推不开，于是就回去复命了。座中一位女子说道："我们在这里寻欢，人家不好意思来打扰。我们走进了人家的庭院，也没有拜见主人。主人家闭门不见，羞于见我们，主人既然不见的话就不要去打扰人家了。"于是有一个人拿着酒樽，有一人行酒令。酒过三巡后，侍女们弹奏起了音乐。宴席上的珍馐美味伴随美妙的音乐。张庚揣测她们是坊里南街的鬼魂，那边都是坟墓，平时也没有人去那里。张庚想要从坊里出去，然而此时坊里的大门已经关上了。她们如果不是狐狸精的话就是鬼魂。张庚庆幸自己没有被迷惑，因此还能把她们赶走。如果那时候就被她们迷住的话，怎么能及时醒悟呢？于是张庚拿出来撑床的石头，悄悄打开门突然冲了出去，他拿着石头瞄准桌子砸了过去，正好砸在桌子中间，女鬼们见状四下而逃。张庚追着她们不放，追逐期间得到一个盏，张庚把盏拴到了衣服上面，等到天亮后张庚把盏拿出来查看。张庚看到这是一个用白角做的盏，说不出来盏的名字。张庚院子里的香气几天都没有消散。张庚把盏锁在了柜子里，有亲友来拜访张庚的，张庚就把盏向亲友展示，大家都不能说出这个盏的由来。过了十多天后，张庚拿着盏在向别人展

刘方玄

山人刘方玄自汉南抵巴陵，夜宿江岸古馆。厅西有巴篱隔之，又有一厅，常扃鐍。云，多怪物，使客不安，已十年不开矣。中间为厅，廊崩摧。郡守完葺，至新净，而无人敢入。方玄都不知之。

二更后，月色满庭，江山清寂。唯闻篱西有妇人言语笑咏之声，不甚辨。惟一老青衣语稍重而秦音者，言曰："往年阿郎贬官时，常令老身骑偏面騧，抱阿荆郎。阿荆郎娇，不肯稳坐，或偏于左，或偏于右，坠损老身左髆。至今天欲阴，则酸疼焉。今又发矣，明日必天雨。如今阿荆郎官高也，不知有老身无？"复闻相应答者。俄而有歌者，歌音清细，若曳缕之不绝。复吟诗，吟声切切，如含酸和泪之词，不可辨其文。久而老青衣又云："昔日阿荆郎，爱念'青青河畔草'，今日亦可谓'绵绵思远道'也。"仅四更，方不闻。

明旦，果大雨。呼馆吏讯之，吏云："此西厅空无人。"方叙宾客不敢入之由，方玄因令开院视之，则秋草苍苔没阶，西则连山林，无人迹也。启其厅，厅则新净，了无所有。唯前间东柱上有诗一首，墨色甚新。其词曰："爷娘送我青枫根，不记青枫几回落。当时手刺衣上花，今日为灰不堪著。"视其言，则鬼之诗也。馆吏云："此厅成来，不曾有人居，亦先无此题诗处。"乃知夜来人也，复以此访于人，终不能知之。（出《博异记》）

示的时候忽然掉到了地上，盏就消失不见了。第二年张庚就高中了进士。（出《续玄怪录》）

刘方玄

术士刘方玄从汉南到了巴陵，夜晚住宿在江岸的古馆。原先刘方玄住的地方西边用篱笆隔了起来，篱笆隔着的那边还有一间屋子，那间屋子经常上锁。人们都说那里面有怪物，如果屋子打开客人就会遭到惊吓，屋子已经锁了十年了。中间有个厅堂，但是走廊已经毁了。当地郡守把这座宅子翻修一遍，像新的一样，但是还是没有人敢住进来。刘方玄都不知道这些事。

二更天后，月色洒满庭院，环境变得很清净。刘方玄听到篱笆的西边有女子谈笑说话的声音，但是声音很难辨认清晰。只有一位老侍女的声音稍微大一点，有秦地的口音。老侍女说道："当年公子被贬官，骑马的时候经常让我抱着阿荆郎跟随在侧，阿荆郎很调皮，不喜欢一直坐着。时而向左歪，时而向右歪，我今天胳膊上的伤就是那时候留下来的。只要天阴就会疼，像今天又复发了，明天一定会下雨。如今阿荆郎做了高官，不知道他还记得我。"刘方玄又听见应答的声音，歌声很细腻委婉像织丝那般绵延。唱罢后又吟唱了诗歌。吟唱的声音饱含情感，诗中流露着辛酸之意，但是刘方玄听不清具体在吟唱什么。很长一段时间后老侍女又说："当年的阿荆郎很喜欢'青青河畔草'那句诗，现如今也的确称得上是'绵绵思远道'了。"刚刚四更天的时候，就没有声音了。

第二天早晨果然下雨了。于是刘方玄把馆吏叫来问西厅住的是谁，馆吏回答说："西厅没住进去任何人。"然后馆吏把人们不敢进这座古馆来住的原因跟刘方玄讲了一遍。刘方玄让馆吏把西厅打开，自己想看看西厅。刘方玄看见西厅里面野草已经淹没了台阶，厅的西面连着山色不像有人住过的样子。走进堂内发现堂内崭新如故，就是里面什么都没有，只在堂东边的一根柱子上写着一首诗，诗的墨迹还没有干。那首诗写道："爷娘送我青枫根，不见青枫几回落。当时手刺衣上花，今日为灰不堪著。"刘方玄读了一遍发现是昨天的鬼

光宅坊民

元和中，光宅坊民失姓名，其家有病者。将困，迎僧持念，妻儿环守之。一夕，众仿佛见一人入户，众遂惊逐，乃投于瓮间。其家以汤沃之，得一袋，盖鬼间取气袋也。忽听空中有声，求其袋，甚哀切，且言"我将别取人以代病者"。其家因掷还之，病者即愈。（出《酉阳杂俎》）

淮西军将

元和末，有淮西军将，使于汴州，止驿中。夜久，眠将熟，忽觉一物压已，军将素健，惊起，与之角力，其物遂退，因夺得手中革囊。鬼暗中哀祈甚苦，军将谓曰："汝语我物名，我当相还。"鬼良久曰："此蓄气袋耳。"军将乃举甓击之，语遂绝。其囊可盛数升，绛色，如藕丝，携于日中无影。（出《酉阳杂俎》）

郭翥

元和间，有郭翥者，常为鄂州武昌尉。与沛国刘执谦友善，二人每相语，常恨幽显不得通。约先没者，当来告。后执谦卒数月，翥居华阴。一夕独处，户外嗟吁，久而言曰："闻郭君无恙。"

作的诗。馆吏说道："这个厅子修建完还没有人住进来过，更不可能有人在这里题诗。"馆吏觉得是晚上有人偷偷住在这里，于是馆吏常寻访这个人，但到最后还是不知道是谁。（出《博异记》）

光宅坊民

元和年间，有一位不知道叫什么名字的光宅坊的居民，他的家里有一位病人，病人病得很重，因此这个人去请僧侣做法事。他的妻子儿子都守护在病人旁边。一天晚上这家人好像看见了一个人走进了家门，家里人大为惊讶想把这个人赶走，于是就把这个人扔进了瓮里，然后用开水灌了进去，这家人最后在瓮里发现一个袋子，大概是阴间提供阳气的袋子，家人忽然听到空中有声音苦苦哀求道："我让别人代替他去染病。"于是这家人把袋子扔在地上归还给他，家里的病人就痊愈了。（出《酉阳杂俎》）

淮西军将

元和末年，有一位淮西的军将出使到汴州，途中住在驿站。夜深时分，军将快要睡着的时候觉得有什么东西压到了自己。军将身手向来矫健，一下子受惊坐起和身上的鬼角力。军将身上的鬼就退开了，接着军将顺手把它身上的皮袋子夺了下来。那个鬼在暗中苦苦祈求希望把皮袋子还给它。军将对鬼魂说："你说出这个东西的名字我就把东西还给你。"鬼过了挺长时间才说道："这是蓄气的袋子。"军将于是拿起瓦片击打这个袋子，鬼就不说话了。军将发现这个皮袋子装了几升东西，里面是红色的，像藕丝一样，军将把这个东西拿到太阳下面却没有影子。（出《酉阳杂俎》）

郭翥

元和年间有个叫郭翥的人，郭翥曾经做过鄂州武昌尉。郭翥和沛国的刘执谦交情很好，二人每每交谈经常为阴阳不能相同感到遗憾，约定好如果哪一方先去世就要化成鬼魂来告诉对方。后来刘执翥聆其音，知执谦也，曰："可一面也。"曰："请去烛，当与子谈耳。"翥即彻烛，引其袂而入，与同榻，话旧历历然。又言冥途罪福甚明，不可欺。夜既分，翥忽觉有秽气发于左右，须臾不可受。即以手而扪之，其躯甚大，不类执谦。翥有膂力，知为他怪，因揽其袂，以身加之，牢不可动，掩鼻而卧。既而告去，翥佯与语，留之将晓，求去愈急，曰："将曙矣，不遣我，祸且及子。"翥不答，顷之，遂不闻语。俄天晓，见一胡人，长七尺余，如卒数日者。时当暑，秽不可近，即命弃去郊外。忽有里人数辈望见，疾来视之，惊曰："果吾兄也，亡数日矣，昨夜忽失所在。"乃取尸而去。（出《宣室志》）

裴通远

唐宪宗葬景陵，都城人士毕至。前集州司马裴通远家在崇贤里，妻女辈亦以车舆纵观于通化门。及归，日晚，驰马骤。至平康北街，有白头妪步走，随车而来，气力殆尽。至天门街，夜鼓时动，车马转速，妪亦忙遽。车中有老青衣从四小女，其中有哀其奔迫者，问其所居，对曰："崇贤。"即谓曰："与妪同里，可同载至里门耶？"妪荷愧，及至，则申重辞谢。将下车，遗一小锦囊。诸女共开之，中有白罗，制为逝者面衣四焉。诸女惊骇，弃于路。不旬日，谦去世几个月后，郭翥当时住在华阴。一天晚上郭翥独自在住处的时候，听到门外有叹息的声音，很久才说道：“郭君还好吗？”郭翥一听到声音就知道是刘执谦。郭翥说道：“可以相见吗？”刘执谦说道：“请您吹灭蜡烛，我就可以进来与您交谈了。”郭翥立刻吹灭了蜡烛，拉着刘执谦的袖子走了进来。郭翥和刘执谦坐在一起，二人聊着过去的事情。接着又聊到了阴间的事情。刘执谦说阴间里的罪过和福分都很清楚，是不可以欺骗判官的。夜已经深了，郭翥忽然觉得有臭气在身边发出，没多久他就受不了了，于是郭翥抓住刘执谦。郭翥发现刘执谦的身体忽然变得巨大，并不像刘执谦。郭翥的两膀非常有力，知道现在拉着的人是其他的鬼怪，于是郭翥拉过他的袖子，用身体压住了他。郭翥把他控制得牢不可动，郭翥捂着鼻子顺势倒了下来。接着刘执谦就要告辞，郭翥假装对刘执谦说要留他到天亮，刘执谦告辞的想法十分迫切。刘执谦解释说：“天快要亮了，再不放我走祸患就会降临到你的头上。”郭翥还是没有答应，但是没过多长时间就听不见声音了。不久，天就亮了，郭翥看见了一具身长七尺多的胡人的尸体，像是死了几天的样子。当时正赶上大热天，尸体散发的气味十分难闻令人却步。郭翥让人把尸体扔到郊外，忽然被几个邻居看见了，邻居急忙跑过来查看，惊讶地说：“果然是我的兄长，我的兄长已经去世好几天了，昨天晚上尸体忽然不见了。”于是几个人取回尸体就离开了。（出《宣室志》）

裴通远

唐宪宗被葬在景陵，京城内的士子全都前来吊唁。曾经担任过集州司马的裴通远家住在崇贤里，妻子和女儿于车中在通化门旁观看。等到回来的时候，天已经很晚了，因此他加快速度回家。车到平康北街的时候，看见一位白发老妇人在街上走，老妇人一直跟着车走，但是看起来老妇人像是没力气了。等到了天门街，夜鼓已经敲响了，裴家的车马就驾驶得更快了起来，那位老妇人也紧追不舍。裴家车里有一位老侍女和四位年轻的侍女，其中有一人可怜那位老妇人苦苦奔跑的就问老妇人要去哪里，老妇人回答道：“我要去崇贤

四女相次而卒。（出《集异记》）

郑绍

商人郑绍者，丧妻后，方欲再娶。行经华阴，止于逆旅。因悦华山之秀峭，乃自店南行。可数里，忽见青衣谓绍曰："有人令传意，欲暂邀君。"绍曰："何人也？"青衣曰："南宅皇尚书女也。适于宅内登台，望见君，遂令致意。"绍曰："女未适人耶？何以止于此？"青衣曰："女郎方自求佳婿，故止此。"

绍诣之，俄及一大宅，又有侍婢数人出，命绍入，延之于馆舍。逡巡，有一女子出，容质殊丽，年可初笄，从婢十余，并衣锦绣。既相见，谓绍曰："既遂披觌，当去形迹，冀稍从容。"绍唯唯随之，复入一门，见珠箔银屏，焕烂相照，闺阃之内，块然无侣。绍乃问女："是何皇尚书家？何得孤居如是耶？尊亲焉在？嘉耦为谁？虽荷宠招，幸祛疑抱。"女曰："妾故皇公之幼女也。少丧二亲，厌居城郭，故止此宅。方求自适，不意良人，惠然辱顾。既惬所愿，何乐如之？"女乃命绍升榻。坐定，具酒殽，出妓乐。不觉向夕。女引一金罍献绍曰："妾求佳婿，已三年矣。今既遇君子，宁无自得。妾虽惭不称，敢以金罍合卺，愿求奉箕帚，可乎？"绍曰："余一商耳，多游南北，惟利是求，岂敢与簪缨家为眷属也。然遭里。”侍女对老妇人说：“我们和你住在一个地方，我们把你送到崇贤里的大门口可以吗？”老妇人很羞愧地上了车，等到了地方老妇人留给几位侍女一个锦囊。几位侍女一起打开了锦囊，发现锦囊里面有一块白布，白布里面包着四件寿衣。那四位年轻的侍女大为震惊，于是把这锦囊扔到了路边。没过十天，那四位侍女相继去世了。（出《集异记》）

郑绍

商人郑绍的妻子去世了，郑绍想要再娶。郑绍途经华阴的时候，住在一个旅馆里。因为喜欢华山的奇秀的风景，所以郑绍独自一人从旅店出来向南行走。走了大概有几里地，忽然看见一个侍女走过来对郑绍说：“我替我主人传个话，我家主人想耽误您一段时间请您过来一下。”郑绍问道：“是谁派你来邀请我？”侍女说道：“是南边宅子里当朝尚书的女儿。刚才主人登上宅子里的台子，看见了您，于是派我来传达主人的心意。”郑绍又问：“你家主人没有嫁人吗？为什么把我拦了下来？”侍女说道：“我家主人正好想找个好的夫君嫁了，所以把您拦了下来。”

于是郑绍跟着侍女去拜见主人。二人不久来到一座大的宅院前，宅院里的几位侍女就迎出来把郑绍请进一间屋子里面。没过多长时间，有一位女子走了出来，只见那位女子长得十分美丽，大概刚刚成年。那位女子后面跟随了十几位侍女，她们的衣着都十分华丽。二人相见后，主人对郑绍说：“你我既然已经相见，就应该把那些繁缛的礼节去掉，应该稍微放松一些。”郑绍小心地跟在主人的后头，二人又走进一道门，只看见屋子里装修十分奢华、金碧辉煌，闺房一个人住很空旷，只是缺少一个伴侣。于是郑绍问那位女子道：“您是当朝哪位尚书的女儿？为什么只身一人住在这里？您的父母住在哪里？您的丈夫在哪里？我虽然蒙受您宠爱，但是我还是怕被人怀疑。”女子回答说：“我是已故皇公的小女儿。从小我的父母就去世了。我不爱住在城里所以就住在了这里。我只求自己住得舒服就好，但没想到在这里遇见了良人。得幸您光临这里，这遂了我的愿逢顾遇，谨以为荣，但恐异日为门下之辱。”女乃再献金罍，自弹筝以送之。绍闻曲音凄楚，感动于心。乃饮之交献，誓为伉俪，女笑而起。时夜已久，左右侍婢，以红烛笼前导成礼。至曙，女复于前阁，备芳醪美馔，与绍欢醉。

经月余，绍曰：“我当暂出，以缉理南北货财。”女郎曰：“鸳鸯配对，未闻经月而便相离也。”绍不忍。后又经月余，绍复言之曰：“我本商人也，泛江湖，涉道途，盖是常也。虽深承恋恋，然若久不出行，亦吾心之所不乐者。愿勿以此为嫌，当如期而至。”女以绍言切，乃许之。遂于家园张祖席，以送绍，乃橐囊就路。至明年春，绍复至此，但见红花翠竹，流水青山，杳无人迹。绍乃号恸，经日而返。（出《潇湘录》）

孟氏

维扬万贞者，大商也，多在于外，运易财宝以为商。其妻孟氏者，先寿春之妓人也，美容质，能歌舞，薄知书，稍有词藻。孟氏独游于家园，四望而乃吟曰：“可惜春时节，依然独自游。无端两行泪，长秪对花流。”吟诗罢，泣下数行。

望，还有什么事情比这样的事还高兴呢？”因此女子请周绍在座塌坐了下来。二人坐了下来后，侍女端上来酒肴然后奏乐。不知不觉中已经快到了晚上了。那位女子拿来一个金缶献给郑绍说道：“我寻找一位如意郎君已经有三年了。如今得遇君子，让我感到十分幸运。我虽然不称你心意，恕我献上金缶与您喜结良缘，我愿在您身边侍奉。可以吗？”郑绍说：“我是个商人，常常游历南北，唯利是图，我岂敢跟贵族的女儿结婚呢？即使是这次相逢就足以让我感到荣幸。我只怕日后为您的家门增添耻辱。”女子再次献上金缶，又为郑绍弹古筝。郑绍听琴音凄苦，内心被感动了。于是接受了金缶，答应和那位女子结为夫妻，那位女子笑着起身。当时夜已经深了，左右的侍女拿来红烛、灯笼来成婚礼。等到了天亮，女子又来到前阁准备酒宴，与郑绍欢醉一场。

过了一个月，郑绍说道：“我要暂时出去一趟，打理一下南北的产业。”那位女子说道：“夫妻间还没听说相处一个月就分别的。”郑绍不忍心离开，又过了一个月，郑绍又对女子说道：“我本是商人，平日游走江湖，风尘仆仆，这是常事。虽承蒙您对我的爱意，但如果长时间不外出的话，我的心就会闷闷不乐。希望您不要嫌弃，我一定会如期回来的。”那位女子觉得郑绍说的言辞恳切，于是答应了郑绍，女子就在园子里摆下宴席为郑绍饯行。于是郑绍就准备行李上路了。到了第二年春天，郑绍回到了这里，只看见了红花翠竹、流水青山，丝毫没有人的踪迹。郑绍于是嚎啕大哭，过了一天后就回家了。（出《潇湘录》）

孟氏

维扬有个叫万贞的人是个大商人。万贞平生常在外面做财宝生意。万贞的妻子孟氏，起初是寿春的妓女，孟氏长得很好看，能歌善舞，略微认识一点字，稍有文采。这一天孟氏在家园子里独自游玩，环顾四周后吟诵道：“可惜春时节，依然独自游。无端两行泪，长秖对花流。”吟诵完后，孟氏流了几行眼泪。

忽有一少年，容貌甚秀美，逾垣而入，笑谓孟氏曰：“何吟之大苦耶？”孟氏大惊曰：“君谁家子？何得遽至于此，而复轻言之也？”少年曰：“我性落魄，不自拘检，唯爱高歌大醉。适闻吟咏之声，不觉喜动于心，所以逾垣而至。苟能容我于花下一接良谈，而我亦或可以强攀清调也。”孟氏曰：“欲吟诗耶？”少年曰：“浮生如寄，年少几何？繁花正妍，黄叶又坠。人间之恨，何啻千端。岂如且偷顷刻之欢也？”孟氏曰：“妾有良人万贞者，去家已数载矣。所恨当兹丽景，远在他方。岂惟惋叹芳菲，固是伤嗟契阔。所以自吟拙句，盖道幽怀。不虞君之涉吾地也，何故？”少年曰：“我向闻雅咏，今睹丽容，固死命犹拼，且责言何害？”孟氏即命笺，续赋诗曰：“谁家少年儿，心中暗自欺。不道终不可，可即恐郎知。”少年得诗，乃报之曰：“神女得张硕，文君遇长卿。逢时两相得，聊足慰多情。”自是孟氏遂私之，挈归己舍。

凡逾年，而夫自外至。孟氏忧且泣，少年曰：“勿尔，吾固知其不久也。”言讫，腾身而去，顷之方没，竟不知其何怪也。（出《潇湘录》）

这时忽然有一个长得很俊秀的少年从墙边翻了进来。少年笑着对孟氏说："你为什么吟诵这么苦大仇深的诗呢？"孟氏大为惊讶，问这位少年："你是谁家的孩子？为什么唐突地进了我家？然后为什么又说出如此轻薄的话？"少年回答道："我生性落魄放诞不拘，只喜欢喝酒唱歌。刚才我听到有人吟诵诗句，不由心生欢喜，所以我翻墙进来。不知道您能否让我在花下和您谈论一番？或者您如果不嫌弃，我也可以与您互相酬唱。"孟氏说："你想作诗吗？"少年于是说："人这一辈子本来就很短，青春岁月才有几年？花开得茂盛的时候离黄叶坠地也就不远了。人世间的怨恨何止千种？不如享受一下片刻之欢。"孟氏回答道："我已经嫁给了万贞，但是他已经离家几年了。我只遗憾这眼前的美景远在他乡的夫君不能看见，岂是在这里只感叹落花呢？这本就是埋在心里的悲伤所以我就写了几句诗抒发一下心情。我没想您会来到这里，您为什么要进来呢？"少年说："我之前听到了您的佳作，如今一睹您美丽的容颜，我就算拼上性命也在所不惜了，您的责备又何足畏惧呢？"于是孟氏拿来诗笺继续作诗道："谁家少年儿，心中暗自欺。不道终不可，可即恐郎知。"少年读完诗后于是写诗应和道："神女得张硕，文君遇长卿。逢时两相得，聊足慰多情。"从这以后孟氏就和少年私通在一起。孟氏就把少年带到自己的屋子里。

一年后，万贞从外面回来了。孟氏担忧地哭泣，少年对孟氏说道："不要哭了，我就知道我们两个不能长久。"说完少年就腾身离开了，不一会儿就失去了踪影。孟氏竟然不知道这是何方的妖怪。（出《潇湘录》）

卷第三百四十六 鬼三十一

利俗坊民

长庆初，洛阳利俗坊，有民行车数两，将出长夏门。有一人负布囊，求寄囊于车中，且戒勿妄开，因返入利俗坊。才入，有哭声。受寄者因发囊视之，其口结以生绠，内有一物，其状如牛胞，及黑绳长数尺。民惊，遽敛结之。有顷，其人亦复，曰："我足痛，欲憩君车中，行数里，可乎？"民知其异，乃许之。其人登车，览囊不悦，顾谓民曰："君何无信？"民谢之，又曰："我非人，冥司俾予录五百人，明历陕、虢、晋、绛，及至此。人多虫，唯得二十五人耳。今须往徐泗。"又曰："君晓予言虫乎？患赤疮即虫耳。"车行二里，遂辞有程，不可久留，"君有寿，不复忧矣。"忽负囊下车，失所在。其年夏，诸州人多患赤疮，亦有死者。（出《宣室志》）

太原部将

长庆中，裴度为北部留守，有部将赵姓者，病热且甚。其子煮药于室，既置药于鼎中，构火。赵见一黄衣人，自门来，止于药鼎傍。挈一囊，囊中有药屑，其色洁白，如麦粉状，已而致屑于鼎中而去。赵告其子，子曰："岂非鬼乎？是欲重吾父之疾也。"遂去

利俗坊民

长庆初年，洛阳的利俗坊里有几辆车准备出长夏门。忽然有一个人背着布袋，这个人希望把布袋寄放在车里，并且告诫不要胡乱打开。因此这个人又回到了利俗坊。这个人刚走进利俗坊的时候，车上的人听见布袋里有哭声。车上的人于是打开布袋查看，布袋的口用绳子打了一个结，袋子里有一个东西，形状很像牛的胞胎，上面系着几尺的黑绳子。车上的人大吃一惊，当即就把布袋子扎上了。过了一会儿，寄放布袋的人走了回来，说："我脚疼，想在您车上歇息一会儿可以吗？"车上的人知道这个人并非常人，于是就答应了他。他上车查看包裹后很不高兴，而后对车上的人说："您为什么不讲信用？"车上的人急忙认错，他接着又说："我不是阳间的人，阴曹让我收录五百个人的亡魂。我已经去了明州、历州、真州、虢州、晋州、绛州和这里。但是人身上多虫，我才收录了二十五个人的亡魂。如今我需要再去往徐泗一带收集亡魂。"他接着又说："您知道我所说的'虫'是什么吗？得上痔疮就是虫啊。"车走出去二里地，这个人就下车告辞了，没有多留片刻。他临走时对车主说道："您的阳寿还很长，不用担心。"接着就突然跳下车，失去了踪迹。那年夏天诸多州县的很多人都得了痔疮，也有很多人因此而去世。（出《宣室志》）

太原部将

长庆年间，裴度担任北部留守的时候，手下有一位赵部将发了高烧。赵部将的儿子在屋里为父亲煎药。药放进锅内刚生火的时候，赵部将看见了一个黄衣人从门外走了过来。黄衣人站在煮药的锅的旁边。他拿着一个包袱，包袱里面装着像面粉似的白色药屑。一会药。赵见向者黄衣人再至，又致药屑于鼎中。赵恶之，亦命弃去。复一日昼寝，其子又煮药，药熟而赵寤，遂进以饮之。后数日，果卒。（出《宣室志》）

成公逵

李公颜居守北都时，有部将成少仪者，其子曰公逵，常梦一白衣人曰："地府命我召汝。"逵拒之，使者曰："冥官遣召一属龙人，汝既属龙，何以逃之？"公逵绐曰："某非属龙者，君何为见诬？"使者稍解，顾曰："今舍汝归，当更召属龙者。"公逵惊寤，且以其梦白于少仪。少仪有卒十余人，常在其门下，至明日，一卒无疾而卒。少仪因讯其年，其父曰："属龙。"果公逵之所梦也。（出《宣室志》）

送书使者

昔有送书使者，出兰陵坊西门，见一道士，身长二丈余，长髯危冠。领二青裙，羊髻，亦长丈余。各担二大瓮，瓮中数十小儿，啼者笑者，两两三三，自相戏乐。既见使者，道士回顾羊髻曰："庵庵。"羊髻应曰："纳纳。"瓮中小儿齐声曰："嘶嘶。"一时北走，不知所之。（出《河东记》）

儿黄衣人把药放进药锅里就离开了。赵部将把这件事告诉了他的儿子，赵部将的儿子说道："这莫非是鬼吗？这是想让我父亲的病再加重。"于是赵部将的儿子就把药倒掉。赵部将看见之前的黄衣人又走了进来把药扔进了锅里。赵部将很厌恶，便又让儿子把药倒掉。一天后赵部将的儿子又在煮药，药煮好后赵部将就醒了，赵部将把这碗药喝了下去，又过了几天赵部将果然去世了。（出《宣室志》）

成公逵

李公颜驻守太原的时候有一位部将叫成少仪，成少仪的儿子叫成公逵。成公逵经常梦见一个白衣人走进来跟他说："地府有人命令我招你的魂。"成公逵拒绝了那个人的请求。那个使者说道："地府的官员让我招一个属龙的人的魂魄，你既然属龙为什么要逃脱呢？"成公逵骗那个人说："我本来就不属龙，你为什么要污蔑我呢？"白衣人稍微放松了警惕，回过头对成公逵说道："我今天放你走，我去找一个别的属龙的人。"这时成公逵从梦中惊醒，然后把这个梦告诉了成少仪。成少仪手下有十几位士兵，等到了第二天，一个士兵平白无故就去世了。成公逵便问他父亲那个死去的士兵属相是什么？他的父亲说："属龙。"果然和成公逵梦到的事情一样。（出《宣室志》）

送书使者

从前有个送信的使者，有一天走出兰陵坊的西门后看见了一位道士。道士身高能有两丈多，留着长胡戴着高帽子，身后还跟随着两个道童，道童都挽着羊髻。两个道童身高也一丈多。每个道童都担着两个大瓮，瓮里面有十几个小孩，孩子们有哭的有笑的，三五成群相互嬉戏。道士回头对道童说："庵庵。"道童回答说："纳纳。"瓮中孩子们齐声说："嘶嘶。"然后一起向北跑去，不知道跑向了哪里。（出《河东记》）

臧夏

上都安邑坊十字街东，有陆氏宅，制度古丑，人常谓凶宅。后有进士臧夏僦居其中，与其兄咸尝昼寝。忽梦魇，良久方寤，曰：“始见一女人，绿裙红袖，自东街而下。弱质纤腰，如雾濛花，收泣而云：‘听妾一篇幽恨之句。’其辞曰：‘卜得上峡日，秋天风浪多。江陵一夜雨，肠断木兰歌。’”（出《河东记》）

踏歌鬼

长庆中，有人于河中舜城北鹳鹊楼下见二鬼，各长三丈许，青衫白裤，连臂踏歌曰：“河水流溷溷，山头种荞麦。两个胡孙门底来，东家阿嫂决一百。”言毕而没。（出《河东记》）

卢燕

长庆四年冬，进士卢燕，新昌里居。晨出坊北街，槐影扶疏，残月犹在。见一妇人，长三丈许，衣服尽黑。驱一物，状若羝羊，亦高丈许。自东之西，燕惶骇却走，妇人呼曰：“卢五，见人莫多言。”竟不知是何物也。（出《河东记》）

李湘

卢从史以左仆射为泽潞节度使，坐与镇州王承宗通谋，贬欢州，赐死于康州。

宝历元年，蒙州刺史李湘，去郡归阙。自以海隅郡守，无台

臧夏

长安城安邑坊的十字街东面，有一座陆宅。这座宅子的样式很老了，人们都说这座宅子是凶宅。后来有一位进士臧夏搬了进来住在里面。有一天，臧夏和他的兄长已经就寝了。臧夏忽然中了梦魇，过了好久才醒过来。臧夏说："最开始我看见了一位女子，穿着绿色裙子，衣服的袖子是红色的。她从东街走了过来，那位女子的样子很虚弱，女子的腰也很细。女子突然停止哭泣对我说：'希望你能听我读完一首悲伤的诗。'"女子读的那首诗的内容是："卜得上峡日，秋天风浪多。江陵一夜雨，肠断木兰歌。"（出《河东记》）

踏歌鬼

长庆年间有人在河中的舜城北边的鹳鹊楼下面看见了两个鬼。每个鬼都有三丈多高。它们穿着青色的衣服，白色的裤子。它们挽着胳膊唱着歌说道："河流水涸涸，山头种荞麦。两个胡孙门底来，东家阿嫂决一百。"说完后两个鬼就不见了。（出《河东记》）

卢燕

长庆四年冬天，有一位叫卢燕的进士住在新昌里。卢燕早上到坊的北街。当时槐树的影子还在随风摇动，月亮还没有落山。卢燕看见了一位妇人身高大概在三丈，那妇人身上的衣服全是黑色的。妇人好像在驱赶什么东西，看样子像是公羊，那个东西也差不多一丈高。妇人从东向西走，卢燕见状惊慌地跑走了。那个妇人高呼道："卢燕，见到人少说话。"卢燕到最后都不知道那妇人和所驱赶的东西是什么。（出《河东记》）

李湘

卢从史从左仆射的身份做到泽潞的节度使，因他与镇州的王承宗合谋造反而被贬到欢州。途中被赐死在康州。

宝历元年，蒙州刺史李湘任期满后离开治下回到京城。自从李阁之亲，一旦造上国，若沧海泛扁舟者。闻端溪县女巫者，知未来之事，维舟召焉。巫曰："某乃见鬼者也，见之皆可召。然鬼有二等，有福德者，精神俊爽。往往自与人言：贫贱者，气劣神悴，假某以言事，尽在所遇。非某能知也？"湘曰："安得鬼而问之？"曰："厅前楸树下，有一人衣紫佩金者，自称泽潞卢仆射，可拜而请之。"湘乃公服执简，向树而拜。女巫曰："仆射已答拜。"湘遂揖上阶，空中曰："从史死于此厅，为弓弦所迫，今尚恶之。使君床上弓，幸除去之。"湘命去焉。时驿厅副阶上，唯有一榻，湘偶忘其贵，将坐问之。女巫曰："仆射官高，何不延坐，乃将吏视之？仆射大怒，去矣。急随拜谢，或肯却来。"湘匍匐下阶，问其所向，一步一拜，凡数十步。空中曰："公之官，未敌吾军一裨将，奈何对我而自坐？"湘再三辞谢。巫曰："仆射回矣。"于是拱揖而行。及阶，巫曰："仆射上矣。"别置榻，设裀褥以延之。巫曰："坐矣。"湘乃坐。空中曰："使君何所问？"对曰："湘远官归朝，伏知仆射神通造化，识达未然。乞赐一言，示其荣悴。"空中曰："大有人接引，到城一月，当刺梧州。"湘又问，不复言。湘因问曰："仆射去人寰久矣，何不还生人中，而久处冥寞？"曰："吁！是何言哉？人世劳苦，万愁缠心，尽如灯蛾，争扑名利，愁胜而发白，神败而体羸。方寸之间，波澜万丈，相妒相贼，猛如豪兽。吾已免离，下视汤火，岂复低身而卧其间乎？且夫据其生死，明晦未殊。学仙成败，则无所异。吾已得炼形之术也。其术自无形而炼成三尺之形，则上天入地，乘云驾鹤，千变万化，无不可也。吾之形所未圆者，三寸耳。飞行自在，出幽入明，亦可也。万乘之主不及吾，况平民乎？"湘曰："炼形之道，可得闻乎？"曰："非使君所宜闻也。"复问梧州之后，终不言，乃去。

湘出外做官后，在朝内没有亲戚，一旦回到京城自己的仕途恐怕就会如石沉大海。李湘听说端溪县有一位女巫能知晓未来发生的事情，于是派人把女巫请了过来。女巫说道：“我能看见鬼，只要我看见了鬼就可以把它召示出来。但是鬼也分两种，一种是带着福德的鬼，这种鬼神清气爽往往自己就能和附身的人对话。还有一种鬼是贫贱的鬼，这种鬼垂头丧气。按照我的方法就能看见鬼魂，只是鬼魂是好是坏是我决定不了的。”李湘问道：“怎么样才能看见鬼魂然后询问它呢？”女巫说道：“厅前的楸树下面有一个人穿着紫衣服、佩带着金鱼袋。他自称泽潞的卢仆射，你可以去拜见他然后把他请出来。”李湘于是穿着正装拿着朝笏向着那棵树参拜。女巫说：“仆射已经让你平身了。”李湘于是施礼起身，这时忽然听见天上有人说：“我就死在这个厅堂里面，我是被弓弦勒死的。如今我还是很厌恶弓箭。您的床上有一副弓箭希望您能拿走。”李湘命人把弓箭拿走。当时馆驿的厅堂的副阶上有一个坐榻，李湘忘记了卢从史的高贵身份想要坐下来跟卢从史说话。女巫说：“仆射的职位很高，你为什么不请他坐下呢？还像看手下的官吏一样看着他。仆射很生气已经走了。您赶紧过去赔罪或许他还能回来。”李湘跪着膝行下了台阶，李湘问卢从史在哪个方向。李湘一步一拜一共走了几十步。这时听到天上传来的声音说：“你的官职还没有我手下一员副将的职位高，你怎么敢跟我平起平坐？”李湘再三道歉。巫女说道：“仆射回来了。”李湘赶紧施礼请仆射过来。等到台阶后，女巫说：“仆射已经走上来了。”李湘又叫人搬来一个坐榻，在上面放好靠垫坐垫请仆射坐下。女巫说：“仆射坐下来了。”这时空中又传来声音说：“你有什么想问的？”李湘回答道：“我在远方出任官职如今任满还朝。我知道您神通广大，能通晓未来。我想请您告诉我以后的仕途是好是坏，到底怎么样。”仆射说道：“会有人替你引路的，你回到京城一个月后会被派往梧州担任刺史。”李湘接着又问，但是没有得到回答。李湘接着又问道：“您已经离开人世很长时间了，您为什么不回到人间反而在阴间这么长时间呢？”仆射回答道：“哎！你这是什么话？人世间操劳的事情太多，有千万般的愁绪缠绕在心里。每个人都像飞蛾扑火般争夺名利。每

湘至京，以奇货求助，助者数人。未一月，拜梧州刺史。竟终于梧州，卢所以不复言其后事也欤？（出《续玄怪录》）

马 震

扶风马震，居长安平康坊。正昼，闻扣门。往看，见一赁驴小儿云："适有一夫人，自东市赁某驴，至此入宅，未还赁价。"其家实无人来，且付钱遣之。经数日，又闻扣门，亦又如此。前后数四，疑其有异。乃置人于门左右，日日候之。是日，果有一妇人，从东乘驴来，渐近识之，乃是震母，亡十一年矣。葬于南山，其衣服尚是葬时者。震惊号奔出，已见下驴，被人觉，不暇隐灭。震逐之，环屏而走。既而穷迫，人马厩中，匿身后墙而立。马生连呼，竟不动。遂牵其裾，卒然而倒，乃白骨耳。衣服俨然，而体骨具足。细视之，有赤脉如红线，贯穿骨间。马生号哭，举扶易之，往南山，验其坟域如故。发视，棺中已空矣。马生遂别卜，迁窆之。而个人因此增添了愁绪、白了头发、败坏精神、熬坏身体。为了一丁点的利益不惜兴起万丈波澜。互相算计陷害犹如猛兽一般。我如今已经脱离苦海来到阴间看到了这犹如炼狱般的人世，难道还要我委屈自己回到那里吗？再者说人世与阴间并没有什么两样。能否修炼成仙其实和人间没什么差别。我已经掌握了幻化成形的本领。这本领可以从无形之中幻化出三尺的形状。这样上天入地、乘云驾鹤、千变万化就无所不能了。我之所以还没能修炼圆满是因为我现在只能幻化出三寸的形状。但是我现在也可以自在地飞行，自由地出入人世阴间。哪怕是王侯将相都比不上我，更何况普通百姓呢？”李湘问道：“我能听听您幻化成形的方法吗？”仆射说：“这不是您应该知道的事情。”李湘又问上任梧州后会发生什么，最终仆射都没有告诉李湘，之后仆射就离开了。

李湘回到京城后，带着奇珍异宝四处走动，帮助他的有很多人。还没到一个月，李湘就被封为梧州刺史。李湘最后竟然死在到梧州的任上。这大概就是卢从史不再说李湘上任梧州之后的事的原因吧。（出《续玄怪录》）

马震

扶风人马震住在长安的平康坊里。一天上午，马震听到有人敲门。马震开门一看，发现是一个租驴的小孩，小孩对马震说道：“刚才有一位夫人在东市说要租我的驴，她进了这个宅子但是还没给租驴的钱呢。”但是的确没有人进马震的家门，马震还是付给了小孩租驴的钱。过了几天马震又听到了敲门的声音，还是像前几天那个样子。前前后后大概发生了四次，马震于是就怀疑起了这件事。因此派人天天在家门口蹲守等候。一天果然看见一位妇人从东边骑着驴过来。那妇人行近后，发现竟然是马震的母亲。马震的母亲已经去世十一年了，被葬在南山，她身上的衣服正是下葬时穿的那身衣服。马震很是吃惊哭着跑了出来，他看见母亲下驴后被人发现了，不一会儿马震母亲的身影就时隐时现。马震跟随在母亲身影的背后，绕着屏风走，接着就穿过了屏风来到了马厩，马震的母亲藏到墙后面就站

竟不究其理。(出《续玄怪录》)

刘惟清

平阴北把关，南御并山滨济，空阔百里，无人居。地势险厄，用兵者先据此为胜。迄今天阴日暮，鬼怪往往而出。

长庆三年春，平卢节度使薛苹遣衙门将刘惟清使于东平，途出于此。时日已落，忽于野次，遥见幕幄营伍，旌旗人马甚众，烟火极远。惟清少在戎旅，计其部分，可五六万人也。惟清不知，甚骇之。俄有辎重鼓角，部队纷纭，或歌或语，喧然竞进。惟清乃缓辔出于其中。忽有衣缞者徒行叩惟清，将夺马。惟清与之力争，因跃马绝道，而缞者执之愈急。惟清有膂力，以所执铁鞭连棰其背。缞者不甚拒，良久舍去。惟清复路，则向之军旅已过矣。夜阑，方及前驿，会同列将浑钊，自滑使还，亦馆于此。闻惟清至，迎之，则惟清冥然无所知。众扶持环视，久之乃寤，遂话此事。

在了那里。马震连连叫喊着母亲，但是母亲还是站在那里。于是马震上前来拉扯母亲的袖子，母亲突然就倒在了地上，马震一看竟然是一具白骨。白骨身上的衣服还是母亲穿着的那套衣服，尸骨也完整无缺。马震仔细查看发现有一条像红线般的血管贯穿在白骨中间。马震带着母亲的尸骨来到南山，发现母亲的坟墓还是像原来那样，但打开坟墓后，发现棺材里已经空了。马震于是请人算了一卦，卦象说要迁坟。但是马震还是不明白到底因为什么发生了这件事。（出《续玄怪录》）

刘惟清

阴山的北边靠近关隘，它的南面山连着山直到水滨，周围百里空阔无人。这里地势险要，自古用兵都会先抢占这里，谁先抢占这里就占到了先机。但是如今天气阴沉已经到了晚上，鬼怪往往会倾巢而出。

长庆三年春天，平卢节度使薛苹派遣衙门将刘惟清出使东平，途中路过此地。当时太阳已经落山了，刘惟清准备在野外露宿，遥遥看见前面有安扎的营寨。营寨里的旌旗人马看起来很多，营寨中升起的炊烟在很远都能看到。刘惟清很早就从军了，他计算里面的部队大概能有五六万人。刘惟清不知道这么多部队是从哪里来的，他大为吃惊。一会儿有辎重鼓角的声音响起，部队纷纷集结，有的唱着歌，有的在谈论着什么，喧闹着往前开进。刘惟清慢慢地骑着马跟随着部队。忽然有个人过来拜见刘惟清，然后要夺刘惟清的马。刘惟清就与之争夺马匹。马受了惊在小路上来回跳跃。那个人抢马也就越用力，刘惟清的两膀很有力，挥动携带的铁鞭用力击打了那个人的后背。那个人承受不住，过了一段时间后就跑走了。刘惟清顺着原道走，但是之前的部队已经过去了。夜深时分，刘惟清才走到前面的驿站。刘惟清此时同与自己官阶相等的将军浑钊相会，浑钊也是出使回来住在这里。浑钊听说刘惟清到了这里于是出门相迎。刘惟清像梦游一般对身边茫然不知，众人扶着刘惟清走了走，刘惟清这才醒来。于是刘惟清跟身边人说了这件事。

不二三日，至东平，既就馆，亦不为他人道。先是东平有术士皇甫嗜者，落魄不仕，衣孱蓝缕，众甚鄙之。一日，惟清出游，嗜于途中遥指曰："刘押衙。"惟清素衣未识，因与相款。嗜曰："本恐他人取马，故牵公避道，奈何却以铁鞭相苦？赖我金铠在身，不迩，巨力坚策，岂易当哉！"笑而竟去。惟清从人辞谢，将问其故，嗜跃入稠人中，不可复见。后四年，李同捷反于沧景，时天下兵皆由平阴以入贼境，岂阴兵先致讨欤？（出《异闻录》）

董观

董观，太原人，善阴阳占候之术。唐元和中，与僧灵习善，偕适吴楚间。习道卒，观亦归并州。宝历中，观游汾泾，至泥阳郡。会于龙兴寺，堂宇宏丽，有经数千百编，观遂留止，期尽阅乃还。先是院之东庑北室，空而扃鐍，观因请居，寺僧不可，曰："居是室者，多病或死，且多妖异。"观少年恃气力，曰："某愿得之。"遂居焉。

旬余，夜寐，辄有胡人十数，挈乐持酒来，歌笑其中，若无人。如是数夕，观虽惧，尚不言于寺僧。一日经罢，时已曛黑，观怠甚，闭室而寝。未熟，忽见灵习在榻前，谓观曰："师行矣。"观惊且恚曰："师鬼也，何为而至？"习笑曰："子运穷数尽，故我得以候子。"即牵观袂去榻，观回视，见其身尚偃，如寝熟。乃叹曰："嗟乎！我家远，父母尚在，今死此，谁蔽吾尸耶？"习曰："何子之言失而忧之深乎？夫所以为人者，以其能运手足，善视听而已。

过了几天后，刘惟清来到了东平，住进了馆驿，身边的人还是不知道那件事。最开始东平有一位术士叫皇甫嵦，落魄不堪也不走仕途，平时他也穿得很破旧，当时的人都很瞧不起他。一天刘惟清出游的时候，皇甫嵦在路上指着刘惟清说道："刘押衙。"刘惟清当时穿着常服并不显眼。于是上前跟皇甫嵦打招呼。皇甫嵦说："我怕别人把您的马给抢走，所以我想把您的马牵走回避军队。奈何您却回报我以铁鞭。幸亏我身上穿着金甲，不然的话您奋力用铁鞭击打的那一下我怎么能挡下来？"皇甫嵦说完，笑着就离开了。刘惟清在人群中施礼告谢，他正想上前询问缘由，皇甫嵦就跳在人群中失去了踪迹。过了四年，李同捷在沧景造反，当时有奇兵从平阴杀入贼境，难道说是那阵的阴兵已经去讨伐了吗？（出《异闻录》）

董观

董观是太原人，擅长阴阳占卜之术。唐代元和年间，与僧人灵习交好，二人一起去吴楚游玩。灵习在路上去世了，董观也就回到了并州。宝历年间，董观游览汾泾，到了泥阳。正好路过龙兴寺，龙兴寺的佛堂很宏伟壮丽，寺内藏有千卷经书，董观因此就借住在这里。在借住的这段日子董观把寺内藏的经书都看了一遍。最开始寺院东廊下的北屋很大很空旷，董观想要搬进这间屋子里面去。寺里的僧人没有答应，僧人解释说道："住在这间屋子里面的人不是得病就是去世了，这间屋里面有鬼，发生的怪事很多。"董观依仗着自己年轻说道："我想住在这里。"于是董观就搬进了这间屋子。

十多天后，董观晚上醒来看到了十几位胡人带着乐器拿着酒食走了进来，他们言谈欢笑旁若无人。像这样已经有了几个晚上，董观虽然很害怕，但是还是没有把这件事告诉寺里的僧人。一天董观读完经书后，天已经黑了。董观当时已经很累了，把门关上就休息了。还没熟睡，董观忽然看见灵习在床前对自己说："施主走吧。"董观惊讶且害怕地说："您是鬼啊。为什么来到了这里？"灵习笑着说道："你的气运已经穷尽了，所以我在这里等着你。"接着灵习牵着董观的袖子离开了床榻，董观回头看发现自己的身体还躺在床上，像是睡此精魂扶之使然，非自然也。精魂离身故曰死，是以手足不能为，视听不能施，虽六尺之躯，尚安用乎？子宁足念。”观谢之，因问习：“常闻我教中有阴去身者，谁为耶？”习曰：“吾与子谓死而未更生也。”遂相与行。其所向，虽关键甚严，辄不碍，于是出泥阳城西去。其地多草，茸密红碧，如毳毯状。

行十余里，一水广不数尺，流而西南。观问习，习曰：“此俗所谓奈河，其源出于地府耶？”观即视其水，皆血，而腥秽不可近。又见岸上有冠带裤襦凡数百。习曰：“此逝者之衣，由此趋冥道耳。”又望水西有二城，南北可一里余。草树蒙蔽，庐舍骈接。习与观曰：“与子俱往彼，君生南城徐氏，为次子。我生北城侯氏，为长子。生十年，当重与君舍家归佛氏。”观曰：“吾闻人死当为冥官追捕，案籍罪福。苟平生事行无大过，然后更生人间。今我死未尽夕，遂能如是耶？”曰：“不然，冥途与世人无异。脱不为不道，宁桎梏可及身哉！”言已，习即牵衣跃而过。

观方攀岸将下，水豁然而开，广丈余，观惊眙惶惑。忽有牵观者，观回视一人，尽体皆毛，状若狮子，其貌即人也。良久谓观曰：“师何往？”曰：“往此南城耳。”其人曰：“吾命汝阅《大藏经》，宜疾还，不可久留。”遂持观臂，急东西指郡城而归。未至数里，着了的样子。董观感叹道："哎，我家离这里很远，我却死在了这里，谁能替我收尸呢？"灵习说道："你为什么说出这种担忧呢？人之所以是人，是因为他可以运用他的四肢，能观察能倾听，这是人体内的灵魂帮助肉体才能这样，并不是自然而然就能这样。灵魂离开了身体就叫死，是因为四肢不能运动了、听不见也看不着了。虽然有着六尺的身躯，但是还能用吗？您还值得想念吗？"董观连忙向灵习道歉，接着问灵习说："我常听说佛教中有灵魂悄悄离开身体的说法，谁才能这样呢？"灵习说："像我和你这样死了还没有转生的人。"于是灵习和董观一起走。虽然一路上看守甚严，但是也没有大碍。于是两个人就向泥阳城西边走。路上有很多草，花花绿绿很茂密，长得如同地毯一般。

走了十多里后，看见一条向西南几尺宽的河流。董观问灵习说："这就是人们说的源头在地府的奈河吗？"董观看河里的水都是血，其中的味道腥臭令人难以接近。董观又看见岸上有几百件帽子、衣带、裤子和衣服。灵习说道："这是死人的衣服，人们从这里走向冥府。"董观又看见水的西边有两座城池，南北大概间距有一里多。路边的草木很茂盛，屋子接连着屋子。灵习对董观说："我们一起去那里，你出生在南城的徐氏家里，投胎成次子，我出生在北城的侯氏家里，投胎为长子。出生十年后，我和您还是会出家皈依佛门。"董观说："我听闻人死后地府都会派人去捉拿，捉拿后按照平生分配罪名或者福分。如果我平生没有太大的过错随后投胎到人间。如今距离我去世还没有超过一天，我还能投胎到我自己身上吗？"灵习说道："不可以，阴间和阳世没有什么区别。脱离自己不是正路。怎么可以被自己束缚住呢？"说完灵习就拉着董观的衣服跳了下去。

董观攀爬着河岸下去的时候，河流的水一下子就变宽了，能有一丈多宽，董观惊讶地看着很迷惑。忽然有一个人牵着董观，董观回头看那个人全身上下都是狮子般的毛，但是他长得还是人的模样。过了很久那个人对董观说："您要去哪里？"董观说："这里的南城。"那个人说："我令你去看《大藏经》，速去速回不可久留。"于是那个又见一人，状如前召观者，大呼曰："可持去，将无籍。"顷之，遂至寺。时天以曙，见所居室有僧数十，拥其门，视己身在榻。二人排观入门，忽有水自上沃其体，遂寤。寺僧曰："观卒一夕矣。"于是具以事语僧。后数日，于佛宇中见二土偶人像，为左右侍，乃观前所见者。观因誓心精思，留阅《藏经》，虽寒暑无少堕。凡数年而归，时宝历二年五月十五也。

会昌中，诏除天下佛寺，观亦斥去。后至长安，以占候游公卿门，言事往往而中。常为沂州临沂县尉。余在京师，闻其事于观也。（出《宣室志》）

钱方义

殿中侍御史钱方义，故华州刺史礼部尚书徽之子。宝历初，独居长乐第。夜如厕，僮仆从者，忽见蓬头青衣数尺来逼。方义初惧，欲走，又以鬼神之来，走亦何益，乃强谓曰："君非郭登耶？"曰："然。"曰："与君殊路，何必相见？常闻人若见君，莫不致死，岂方义命当死而见耶？方义家居华州，女兄衣佛者亦在此。一旦溘死君手，命不敢惜，顾人弟之情不足。能相容面辞乎？"蓬头者复曰："登非害人，出亦有限。人之见者，正气不胜，自致夭横，非登杀之。然有心曲，欲以托人，以此久不敢出。惟贵人福禄无疆，正气充溢，见亦无患。故敢出相求耳。"方义曰："何求？"对曰："登久任此职，积效当迁，但以福薄，须人助。贵人能为写金字《金刚经》一卷，一心表白。回付与登，即登之职，遂乃小转。必人握着董观的胳膊，急忙向郡城跑去。没跑过去几里地又看见一个人，长得很像之前握着董观胳膊那个人。那个人说道：“如果回去的话地府就收录不上了。”一会儿董观就回到了寺里。当时天已经亮了，看见有几十位僧人拥在自己屋子的门里门外，董观看到自己还躺在床上。那两个人推着董观进了屋子，董观觉得像有水覆盖到了自己身体上面，接着他就醒来了。寺里的僧人说：“您停止呼吸已经有一天了。”董观把自己所遇见的事情告诉了寺里的僧人。过了几天，董观在佛殿的左右两侧看见了两个雕像，像是之前带自己回来的那两个人。董观于是暗自发誓，留在寺里潜心钻研佛经，无论冬冷夏热也绝不惰怠。过了几年，董观回到了家里，当时已经是宝历二年五月十五日。

唐武宗会昌年间，皇帝下令铲除天下寺院，董观因此也遭到了驱逐。后来董观来到了长安，常常到公卿门下为人算卦排忧解难，董观所说的事往往会得到验证。其间董观被任命为沂州当地临沂的县尉。我是在京城里面听说了关于董观的事情的。（出《宣室志》）

钱方义

殿中侍御史钱方义，是已故的礼部尚书华州刺史钱徽的儿子。宝历初年，钱方义一个人住在长乐第里。钱方义晚上上厕所的时候，他手下的仆人在距离几尺的地方忽然看见一位蓬散着头发的青衣人走了过来。钱方义最开始很害怕，想要逃跑，但是他认为那人是鬼神，逃走又有什么用呢？于是钱方义强挺着对那位青衣人说：“您难道是郭登吗？”那人回答道：“正是。”钱方义说道：“我和您两不相干，你为什么要与我相见呢？我常听说如果有人看见了你，就没有谁能逃脱死神的魔爪。难道说我今天是因为快死了所以才见到您吗？我的家居住在华州，我的姐姐在这里出家。我要是突然死在您手里，我的命固然不可惜，我只怕我没尽到做弟弟的情谊。您能容我去跟我的姐姐当面告别吗？”蓬散着头发的那个人说道：“我不是想害人，但是我的出现确被限制。我见到的人，他们身上都缺少正气，这是他们命中注定的一劫，不是我使然的。我现在心中有件事，我有后报，不敢虚言。”方义曰：“诺。”蓬头者又曰：“登以阴气侵阳，贵人虽福力正强，不成疾病，亦当有少不安。宜急服生犀角、生玳瑁，麝香塞鼻则无苦。”方义至中堂，闷绝欲倒，遽服麝香等并塞鼻，则无苦。父门人王直方者，居同里，久于江岭从事，飞书求得生犀角，又服之，良久方定。明旦，选经工，令写金字《金刚经》三卷，令早毕功。功毕饭僧，回付郭登。

后月余，归同州别墅。下马方憩，丈人有姓裴者，家寄鄂渚，别已十年，忽自门入，径至方义阶下，方义遂遽拜之。丈人曰：“有客，且出门。”遂前行，方义从之，及门失之矣。见一紫袍象笏，导从绯紫吏数十人，俟于门外。俯视其貌，乃郭登也，敛笏前拜曰：“弊职当迁，只消《金刚经》一卷。贵人仁念，特致三卷。今功德极多，超转数等，职位崇重，爵位贵豪，无非贵人之力。虽职已骤迁，其厨仍旧。顷者当任，实如鲍肆之人。今既别司，复求就食，方知前苦，殆不可堪。贵人量察，更为转《金刚经》七遍，即改厨矣。终身铭德，何时敢忘。”方义曰：“诺。”因问丈人安在，曰：“贤丈江夏寝疾，今夕方困。神道求人，非其亲导，不可自已，适诣先归耳。”又曰：“厕神每月六日例当出巡。此日人逢，必致灾想把我的心事托付给别人，所以不敢贸然现身。我看您有享不尽的福禄又正气凛然，见到您也没有什么担心的。所以我才敢现身来求您。”钱方义问道：“你有什么事情求我？”郭登回答说：“我担任这个职位已经好多年了，积累的功勋也应该足够升迁了，但是我的福分太浅，需要有贵人相助。您如果能虔诚地用金字抄一遍《金刚经》交给我的话，那么我的职务就会略微变动一下，我日后一定会报答您的。我不敢跟您说假话。”钱方义回答说：“可以。”蓬散着头发的那个人又说道：“我正用阴气侵犯阳气，您虽然福气正盛不至于生大病，但是也会遭受一点折磨。您只要服用生犀牛角、生玳瑁然后用麝香堵住鼻子就不会遭受痛苦了。”钱方义刚走到中堂，忽然就喘不上来气，马上就要晕倒。钱方义当即拿出来麝香服用，然后再用麝香塞住鼻子，果然就没有了痛苦。钱方义父亲那时的门人叫王直方，王直方和钱方义住得很近，王直方经常在江岭从事职务。钱方义立马写信派人飞速去找王直方购买生犀牛角。钱方义服用生犀牛角很长时间后才定下心。第二天早晨，钱方义挑选抄经的僧人，让他抄了三卷《金刚经》。隔天后的早晨那位僧人就抄写完毕了。钱方义准备了斋饭犒劳了抄写经文的僧人，随后就把《金刚经》交给了郭登。

一个多月后，钱方义回到了同州的别墅，刚下马休息，他的父辈中有一位姓裴的老人忽然从门外走了进来，径直走到钱方义面前。这位老人住在鄂水岸边，二人已经分别十年了。钱方义当即拜见这位老人。老人说：“有客人来了，你跟我出来一下。”于是老人在前面走，钱方义在后面跟随着。走到门前老人忽然消失不见了。钱方义此时看到一个身着紫衣拿着象牙朝笏的人，他后面跟随几十位身穿绯紫色朝服的官吏，他们一同等候在门外。钱方义打量为首的那个人的样貌，发现那人正是郭登。郭登收紧朝笏上前拜见钱方义说道：“我的职位升迁，只需要一卷《金刚经》。您心存仁念特意给了我三卷《金刚经》。我如今身上的功德积攒得十分多，我被破格提拔了好几级。现在的职位十分显赫，爵位也很高贵。如果没有您的相助，即使我的职位得以升迁但所受祭祀的等级还是从前那样。我如今虽然显赫，但是所受祭祀的等级规格还是像普通百姓一样。我如今离开难。人见即死，见人即病。前者八座抱病六旬，盖言登巡毕将归，瞥见半面耳。亲戚之中，递宜相戒避之也。”又曰：“幽冥吏人，薄福者众，无所得食，率常受饿。必能食推食，泛祭一切鬼神，此心不忘。咸见斯众暗中陈力，必救灾厄。”方义曰：“晦明路殊，偶得相遇。每一奉见，数日不平。意欲所言，幸于梦寐。转经之请，天曙为期。”唯唯而去。

及明，因召行敬僧念《金刚经》四十九遍，及明祝付与郭登。功毕，梦曰：“本请一七，数又六之。累计其功，食天厨矣。贵人有难，当先奉白。不尔，不来黩也。泛祭之请，记无忘焉。”（出《续玄怪录》）

治下又来向您索要祭祀的规格，因为我知道之前所吃的苦，我实在无法再忍受了。您大肚能容，能否再为我抄七遍《金刚经》？这样的话我祭祀的规格就可以提升了。您对我的大恩大德我这辈子也忘不了。”钱方义回答道：“可以。”于是钱方义问那位长辈现在怎么样。郭登回答说：“您的那位长辈在江夏身染重病，如今正陷入困窘之地。在冥界求人，如果不是他亲自引导的话是不能来的，刚才见您一面后就先行回去了。”郭登接着又说：“厕神每月六日按例出巡。他在这一天如果看见人，那个人就会惹来灾祸。人如果看见了厕神就会死，厕神如果看见了人，那个人就会得病。大概说是我巡查完事后将要回去，我看见了他半张脸。在亲戚间最好要相互回避啊。”郭登又说：“阴间的官吏，福分少的人太多了，甚至其中有的人吃不上饭，他们常常挨饿。您一定要施舍他们吃的，广泛地祭祀各路鬼神，您只要一直这么做，您长辈的疾病就会好转了。”钱方义说道：“阴间与阳间的路不一样，我与您偶然相遇。但是每一次得见后，我就会好几天不舒服。我想说我能否与您在梦中相见？至于抄写《金刚经》的事情，我保证明天早上就交给您。”郭登答应着离开了。

天亮后，钱方义就召集僧人抄写诵读四十九遍《金刚经》。等到隔天早晨交付给郭登。抄经完毕后，郭登托梦给钱方义说道：“我本来请您抄七遍就够了，您抄写的数量又超出了我的需求。我如今已经享受到了最高规格的祭祀。您如果以后遭遇困难，就提前告诉我一下。不然的话，我就要草率现身了。我请您广泛祭祀的事请您不要忘记。”（出《续玄怪录》）

卷第三百四十七　鬼三十二

吴任生　邬涛　曾季衡　赵合　韦安之　李佐文　胡谌

吴任生

吴郡任生者，善视鬼，庐于洞庭山。貌常若童儿，吴楚之俗，莫能究其甲子。宝历中，有前昆山尉杨氏子，侨居吴郡。常一日，里中三数辈，相与泛舟，俱游虎丘寺。时任生在舟中，且语及鬼神事。杨生曰："人鬼殊迹，故鬼卒不可见矣。"任生笑曰："鬼甚多，人不能识耳，我独识之。"然顾一妇人，衣青衣，拥竖儿，步于岸。生指语曰："此鬼也。其拥者乃婴儿之生魂耳。"杨曰："然则何以辨其鬼耶？"生曰："君第观我与语。"即厉声呼曰："尔鬼也，窃生人之子乎？"其妇人闻而惊慑，遂疾回去。步未十数，遽亡见矣。杨生且叹且异。及晚还，去郭数里，岸傍一家，陈筵席，有女巫，鼓舞于其左，乃醮神也。杨生与任生俱问之，巫曰："今日里中人有婴儿暴卒，今则寤矣，故设筵以谢。"遂命出婴儿以视，则真妇人所拥者。诸客惊叹之，谢任生曰："先生真道术者，吾不得而知也。（出《宣室志》）

邬涛

邬涛者，汝南人，精习坟典，好道术。旅泊婺州义乌县馆，月余，忽有一女子，侍二婢夜至，一婢进曰："此王氏小娘子也，今夕顾降于君。"涛视之，乃绝色也。谓是豪贵之女，不敢答。王氏笑

吴任生

吴郡有个任生擅长辨别鬼怪，任生家住洞庭山，他长得很像个小孩，当地的人都不知道任生多大。宝历年间，曾担任过昆山尉的杨氏的儿子暂居吴郡。曾经有一天，杨生和郡里面几个人一起划船去虎丘寺。当时任生也在船上，他们在一起聊与鬼神相关的事情。杨生说：“人和鬼道不相同，所以人们是看不见鬼的。”任生笑着说：“鬼有很多，人们不能认出来，只有我可以。”接着任生回头看着一位妇女，那位妇女穿着青色的衣服，怀里抱着一个小孩走在岸边。任生指着那位妇人说：“她是鬼，她怀里报的小孩是一个幽魂。”杨生说：“你怎么辨别她是人是鬼呢？”任生说道：“您们看我怎么和她说话。”任生当即大声对那个妇人说：“你是鬼，为什么偷别人家的孩子？”那个妇人听到后大惊失色，急忙跑了回去，还没跑出去十几步，就失去了踪迹。杨生一边感叹一边感到惊奇，等到晚上回家的时候，岸上附近有一处人家在设摆宴席。席上有一位女巫，在宴席的左边击鼓跳舞祭祀神灵。杨生与任生一起上前询问，女巫回答说：“今天坊里有一家的孩子突然暴毙身亡了，现在刚刚又复活，所以设宴来酬谢我。”于是杨生请这家主人把孩子抱出来看一看，果然是岸上那位妇人怀中抱的孩子。跟随杨生出游的人无不感到震惊，于是纷纷向任生道歉说道：“先生您果然是会道术的人，我们原先不知道啊。”（出《宣室志》）

郇涛

郇涛是汝南人，精通白事，喜欢道术。郇涛旅居在婺州义乌的时候，住了一个多月，忽然有一位女子带着两个侍女在晚上走了进来。其中一位侍女说：“这是我们家小娘子王氏。今天降临在您的身曰："秀才不以酒色于怀，妾何以奉托？"涛乃起拜曰："凡陋之士，非敢是望。"王氏令侍婢施服玩于涛寝室，炳以银烛，又备酒食。饮数巡，王氏起谓涛曰："妾少孤无托，今愿事君子枕席，将为可乎？"涛逊辞而许，恩意款洽。而王氏晓去夕至，如此数月。涛所知道士杨景霄至馆访之，见涛色有异，曰："公为鬼魅所惑，宜断之。不然死矣。"涛闻之惊，以其事具告，景霄曰："此乃鬼也。"乃与符二道，一施衣带，一置门上，曰："此鬼来，当有怨恨，慎勿与语。"涛依法受之。女子是夕至，见符门上，大骂而去，曰："来日速除之，不然生祸。"涛明日访景霄，具言之，景霄曰："今夜再来，可以吾咒水洒之，此必绝矣。"涛持水归。至夜，女子复至，悲恚之甚。涛乃以景霄咒水洒之，于是遂绝。（出《集异记》）

曾季衡

大和四年春，监州防御使曾孝安有孙曰季衡，居使宅西偏院。室屋壮丽，而季衡独处之。有仆夫告曰："昔王使君女暴终于此，乃国色也。昼日其魂或见于此，郎君慎之。"季衡少年好色，愿睹其灵异，终不以人鬼为间。频注名香，颇疏凡俗，步游闲处，恍然凝思。

边。”邬涛看见那位女子生得国色天香，以为王氏是贵族人家的女儿于是没有应答。王氏笑着说道：“您若是这么矜持、不近酒色的话，那么我该怎么侍奉您呢？”邬涛起身向那位女子施礼说道：“我是一介微末之士，不敢有这种奢望？”王氏让身边的侍女在邬涛的住处布置一番，让侍女拿来银烛照亮厅堂又让准备下酒食。酒过三巡后王氏起身对邬涛说道：“我早年失去双亲，只身一人没有依靠。如今我想侍奉在您的身边。您看这样可以吗？”邬涛推托一番后就答应了下来。二人交谈得很融洽。王氏每天都是晚上来到邬涛身边，白天离开邬涛住处，像这样持续了几个月。这一天，邬涛的朋友道士杨景霄来到邬涛的住处拜访他。杨景霄看见邬涛的脸色不太对，于是说道：“您被鬼魂所迷惑了，您应该立刻与她断绝关系，否则的话您就快要死了。”邬涛听到杨景霄说的这番话后很惊讶，他便把事情详细的经过告诉了杨景霄。杨景霄说：“那位女子是鬼。”于是杨景霄给了邬涛两道符咒，一道符咒系在衣服上，一道符咒系在门上。杨景霄说：“那个女鬼再来一定是带着怨恨，您要谨慎和她说话。”邬涛按照杨景霄说的方法去做。那位女鬼晚上来看见门上的符咒后，大骂而去。女鬼说道：“明天要摘掉符咒，否则你会惹祸上身。”第二天邬涛去拜访杨景霄，杨景霄告诉邬涛可以用符咒水洒在住处，这样的话那个女鬼就不会缠着他了。邬涛带着符咒水回到了家中，到了晚上，那个女鬼又来了，女鬼看起来十分悲伤愤怒。邬涛就将杨景霄给他的符咒水撒到周围，之后那个女鬼就再没出现过。（出《集异记》）

曾季衡

大和四年春天，监州防御使曾孝安有一位孙子叫曾季衡。曾季衡住在曾孝安宅子的西边偏院里面。曾季衡屋里装修得很华丽，但是只有他一个人住在里面。一天有一位奴仆告诉曾季衡道：“当年王使君的女儿在这里暴毙身亡。王使君的女儿长得国色天香。白天她的灵魂可能会现身在这里，希望您能提高警惕。”曾季衡年轻的时候十分好色，所以想一睹王使君女儿的容颜。曾季衡始终认为这世上一日晡时，有双鬟前揖曰："王家小娘子遣某传达厚意，欲面拜郎君。"言讫，瞥然而没。俄顷，有异香袭衣。季衡乃束带伺之，见向双鬟，引一女而至，乃神仙中人也。季衡揖之，问其姓氏，曰："某姓王氏，字丽真。父今为重镇，昔侍从大人牧此城，据此室，无何物故。感君思深杳冥，情激幽壤，所以不问存没，颇思神会。其来久矣，但非吉日良时。今方契愿，幸垂留意。"季衡留之款会，移时乃去。握季衡手曰："翌日此时再会，慎勿泄于人。"遂与侍婢俱不见。

自此每及晡一至，近六十余日。季衡不疑，因与大父麾下将校，说及艳丽，误言之。将校惊惧，欲实其事，曰："郎君将及此时，愿一扣壁，某当与二三辈潜窥焉。"季衡亦终不能扣壁。是日，女郎一见季衡，容色惨怛，语声嘶咽，握季衡手曰："何为负约而泄于人？自此不可更接欢笑矣。"季衡惭悔，无词以应，女曰："殆非君之过，亦冥数尽耳。"乃留诗曰："五原分袂真吴越，燕拆莺离芳草竭。年少烟花处处春，北邙空恨清秋月。"季衡不能诗，耻无以酬，乃强为一篇曰："莎草青青雁欲归，玉腮珠泪洒临歧。云鬟飘去香风尽，愁见莺啼红树枝。"女遂于襦带，解蹙金结花合子，又抽翠玉双凤翘一只，赠季衡曰："望异日睹物思人，无以幽冥为隔。"季衡搜书箧中，得小金缕花如意，酬之。季衡曰："此物虽非珍异，但贵其名如意，愿长在玉手操持耳。"又曰："此别何时更会？"女曰："非一甲子，无相见期。"言讫，呜咽而没。

没有鬼。他经常熏用名香，打扮得超尘脱俗，平时走路的时候偶尔会忽然停下想些事情。

一天傍晚时分，有一位丫鬟上前向曾季衡施礼说道：“王家小娘子派我过来传达她的心意，我家娘子想当面拜见您。”那位丫鬟说完后转眼间就失去了踪影。不久曾季衡忽然感到异香扑鼻，于是他整理好衣服在这里等候。这时曾季衡看见了刚才的那位丫鬟，丫鬟在给一位女子引路。女子是像天仙一般的人物。曾季衡上前拜见这位女子，接着问这位女子的姓氏。那位女子回答道：“我姓王，名字叫丽真。我的父亲如今镇守在重镇，曾经跟随着一位大人镇守过此城，住在这座宅子里。如今这座宅子已经变了样貌。我感受到您的情真意切，心中有我。我领悟道您的心思已经很久了，只是那时候没赶上良辰吉日。如今才遂了我的心愿，我感谢您能留意我。”曾季衡留下这位女子，想要款待她。过了一个时辰那位女子就离开了。那位女子握着曾季衡的手说道：“明天这个时间我再与您相会，千万不要告诉别人。”接着那位女子和侍女就失去踪影了。

从此以后每天傍晚时分，二人都会见一次面，像这样大概过了六十多天。曾季衡的心里面还是没有产生怀疑。有一天曾季衡和他爷爷曾孝安手下一位将校谈及风月的时候，他不小心把这件事说了出去。那位将校大吃一惊，想要亲眼得见证实曾季衡说的话。那位将校说道：“希望您在墙上能抠出一个缝，到时候我和几个人在外面偷偷看着。”但是曾季衡始终没有答应在墙上抠缝的事情。当天那位女子会见曾季衡的时候，女子的声音和容貌都很惨淡，说话的声音也很嘶哑。那位女子握着曾季衡的手说道：“你为什么违背了约定把这件事情告诉了别人？从此我再也不能与您言谈欢笑了。”曾季衡十分惭愧，无言以对。那位女子说道：“大概也不是您的罪过，是我在阴间的命数到了尽头。”于是那位女子留下一首诗道：“五原分袂真吴越，燕折莺离芳草竭。年少烟花处处春，北邙空恨清秋月。”曾季衡不会作诗，羞耻无以作答，于是就勉强做了一首诗道：“莎草青青雁欲归，玉腮珠泪洒临歧。云鬟飘去香风尽，愁见莺啼红树枝。”于是那位女子在襦带上解下蹙金结花合子，又在头发上季衡自此寝寐求思，形体羸瘵。故旧丈人王回，推其方术，疗以药石，数月方愈。乃询五原纫针妇人，曰："王使君之爱女，不疾而终于此院。今已归葬北邙山，或阴晦而魂游于此，人多见之。" 则女诗云"北邙空恨清秋月"也。（出《传奇》）

赵合

进士赵合，貌温气直，行义甚高。大和初，游五原。路经沙碛，睹物悲叹。遂饮酒，与仆使并醉，因寝于沙碛。中宵半醒，月色皎然，闻沙中有女子悲吟曰："云鬟消尽转蓬稀，埋骨穷荒无所依。牧马不嘶沙月白，孤魂空逐雁南飞。"合遂起而访焉。果有一女子，年犹未笄，色绝代，语合曰："某姓李氏，居于奉天。有姊嫁洛源镇帅，因往省焉。道遭党羌所虏，至此挝杀，劫其首饰而去。后为路人所悲，掩于沙内，经今三载。知君颇有义心，傥能为归骨于奉天城南小李村，即某家扮榆耳，当有奉报。"合许之。请示其掩骼处，女子感泣告之。合遂收其骨，包于橐中。

摘下一支翠玉双凤翅赠给曾季衡说道："希望您看到这些东西就会想起我，不要因为我们阴阳两隔就忘记我。"曾季衡在书箱中找到一枚小的金雕花如意回赠给那位女子。曾季衡说道："这件东西虽然不是很珍贵，但是如意的名字吉祥。希望您能常把玩它。"曾季衡又说道："我们什么时候才能再次相会呢？"那位女子说道："六十年内我们没有相见的机会。"说罢，那位女子哭着就消失了。

曾季衡自那以后日思夜想辗转反侧，身体也得了病日渐消瘦。家里的长辈曾玉回运用方术，用药物治疗他，几天后他就痊愈了。曾季衡询问五原的一位做裁缝的妇人，妇人说道："王使君的爱女，在这座宅子里无疾而终，尸体被葬在北邙山。有时候到晚上她的魂魄会游荡在这里，所以经常有人能看见她。"因此那位女子才会写下"北邙空恨清秋月"这样的诗句。（出《传奇》）

赵合

进士赵合，长得很温润，性格很正直，平时做事情很讲究义气。太和初年，赵合去五原游玩。途经一片戈壁滩的时候，赵合看见眼前的场景不禁心生悲叹，于是就喝起了酒。赵合和手下仆人都喝醉了，二人便睡在了石头上。半夜的时候赵合像半梦半醒似的，当天晚上的月色十分皎洁，赵合忽然听见沙漠中有女子悲痛地吟诗道："云鬟消尽转蓬稀，埋骨穷荒无所依。牧马不嘶沙月白，孤魂空逐雁南飞。"赵合起身顺着声音寻找吟诗的人，果然看见了一位女子。那位女子看样子还没有成年，长得风华绝代。那位女子对赵合说道："我姓李，家住在奉天。我有个姐姐嫁给了洛源统帅。我想去省亲。路上遇见党羌人把我劫走了。他们在这里将我打死了，抢走我的首饰后就跑走了。我的尸首后来被路过的人看见，他们觉得我可怜于是把我的尸体掩埋在了沙子里，如今已经有三年了。我知道您向来讲义气，如果您能把我的尸体带到奉天城南小李村我的故乡的话，我一定会报答您的。"赵合答应了那位女子，于是问那位女子尸首埋在了何处。那位女子十分感动于是含泪告诉了赵合具体位置。赵合便盛殓那位女子的尸骨，把尸骨包裹在袋子里面。

伺旦，俄有紫衣丈夫，跃骑而至，揖合曰："知子仁而义，信而廉。女子启祈，尚有感激。我李文悦尚书也，元和十三年，曾守五原。为犬戎三十万围逼城池之四隅，兵各厚十数里，连弩洒雨，飞梯排云。穿壁决濠，昼夜攻击。城中负户而汲者，矢如猬毛。当其时，御捍之兵，才三千。激厉其居人，妇女老幼负土而立者，不知寒馁。犬戎于城北造独脚楼，高数十丈，城中巨细，咸得窥之。某遂设奇计，定中其楼立碎。羌酋愕然，以为神功。又语城中人曰：'慎勿拆屋烧，吾且为汝取薪，积于城下，许人钓上。'又太阴稍晦，即闻城之四隅，多有人物行动，声言云：'夜攻城耳。'城中慑栗，不敢暂安。某曰：'不然。'潜以铁索下烛而照之，乃空驱牛羊行胁其城，兵士稍安。又西北隅被攻，摧十余丈。将遇昏晦，群胡大喜，纵酒狂歌，云：'候明晨而入。'某以马弩五百张而拟之，遂下皮墙障之。一夕，并工暗筑，不使有声，涤之以水。时寒，来日冰坚，城之莹如银，不可攻击。又羌酋建大将之旗，乃赞普所赐，立之于五花营内。某夜穿壁而夺之如飞，众羌号泣，誓请还前掳掠之人，而赎其旗。纵其长幼妇女百余人，得其尽归。然后掷旗而还之。时邠泾救兵二万人临其境，股栗不进。如此相持三十七日。羌酋乃遥拜曰：'此城内有神将，吾今不敢欺。'遂卷甲而去。不信宿，达宥州，一昼而攻破其城。老少三万人，尽遭掳去。以此利害，则余之功及斯城不细。但当时时相，使余不得仗节出此城，空加一貂蝉耳。余闻钟陵韦夫人，旧筑一堤，将防水潦，后三十年，尚有百姓及廉问周公，感其功而奏立德政碑峨然。若余当时守壁不坚，城中之人，尽为羌胡之贱隶，岂存今日子孙乎？知子有心，请白其百姓，讽其州尊，与立德政碑足矣。"言讫，长揖而退。

等到了早上，赵合忽然看见一位紫衣老人骑马而来。老人向赵合施礼说道："我知道您很仁义，不仅讲信用而且为人廉洁。那位女子拜托您办事的这件事感动了我。我是当年的尚书李文悦，元和十三年我曾经驻守在五原。当时犬戎的三十万大军从四面包围了这座城池，城外四周包围的部队每一面都能延伸到十多里。每天向城内射的箭如雨一般。城中的百姓用门板遮身去打水，回家后门板上的弓箭如同刺猬毛那样多。我当时手下守城的部队一共才三千人。我动员城中百姓与这座城池共存亡。那时候城中的人，甚至妇女老幼都背着土，不顾饥饿寒冷参与守城。犬戎在城北架了一座独脚楼，脚楼有几十丈高，城中的大小事物在那上面都能看得清清楚楚。我因此设下奇计把独脚楼击碎了。犬戎的首领大吃一惊，以为是有神灵在帮助我们。于是派人对城里的人说道："千万不要拆屋子做燃料取暖，我去给你们砍柴禾。"他们把柴禾放在了城下，允许人们将柴禾顺着城墙吊上去。当天晚上夜色较黑暗，忽然听见了城周围有人行动发出的声响，嘴里说着："晚上攻城。"城里的人都十分害怕，不敢休息片刻。我说："不会的。"于是我用铁索拴上蜡烛顺到城下探照。只是看见对方驱赶牛羊逼近城池，士兵才放松了警惕。第二天城内的西北角被攻破了，城墙被摧毁了十多丈。当时快傍晚了，那些胡人十分高兴，纵酒狂歌叫嚣说："明天就可以进城了。"我用五百张马弩对准城外，在城上落下皮革来遮住缺口。用一晚上的时间悄悄修筑工事，不敢发出一丝声响，我令士兵在城上浇水。当时的天气很寒冷，第二天就结冰了。城上散发出银子般的闪亮。城下的犬戎难以进行攻击。犬戎的部队首领有一杆大旗，这杆旗帜是赞普赏赐的。这杆旗被竖立在五花营。我趁着夜色闯入营中飞一般地抢走旗帜。犬戎的部队见此情景放声痛哭，想要用掠夺的人质交换这杆旗帜。犬戎便放了之前掠夺走的几百老幼妇女。我因此把抢来的旗帜扔到城下还给他们。当时从邠泾来的两万救兵已经来到附近了，只是因为畏惧犬戎的大军不敢前进。我和犬戎的部队像这样相持了三十七天。犬戎部队的头领见状遥遥参拜城池说道："这座城池里面有一位神将，我现在不敢侵犯这座城池了。"于是犬戎大军就撤走了。犬合既受教，就五原，以语百姓及刺史，俱以为妖，不听，惆怅而返。至沙中，又逢昔日神人，谢合曰："君为言，五原无知之俗，刺史不明，此城当有火灾。方与祈求幽府，吾言于五原之事，不谐，此意亦息。其祸不三旬而及矣。"言讫而没，果如期灾生。五原城僅死万人，老幼相食。

合挈女骸骨至奉天，访得小李村而葬之。明日道侧，合遇昔日之女子来谢而言曰："感君之义，吾大父乃贞元中得道之士，有《演参同契》《续混元经》，子能穷之，龙虎之丹，不日而成矣。"合受之，女子已没。合遂舍举，究其玄微，居于少室。烧之一年，皆使瓦砾为金宝；二年，能起毙者；三年，饵之能度世。今时有人遇之于嵩岭耳。（出《传奇》）

戎部队连夜行军，到达宥州后，只用了半天时间就攻进了城里，城里的男女老少三万人全部被掠走了。看到这等情形，我守城的功劳和这座城池的安危相比简直不值一提。但是当时的宰相没有让我拿着符节出这座城池，只是加了一个武将的官职。我听说钟陵的韦夫人（指韦丹，他的事迹记录在杜牧撰写的《故江西观察使武阳公韦公遗爱碑》中。“韦夫人”怀疑是“韦大人”的讹误）曾经修筑过一个堤坝用来防患水灾。之后三十年还有当地百姓以及廉访使周大人感念韦夫人的功劳，于是周大人上表朝廷为韦夫人立下一块高大的德政碑。如果我当时不卖力守城的话，城中的百姓就全都会被犬戎抓住充当地位低贱的奴隶，哪里还会有今日城中的子孙呢？我希望您能告诉州中的长官，为我立下一块德政碑就足够了。”说完后，那位紫衣老人就深施一礼离开了。

赵合听完话后当即起身前往五原，接着把这件事告诉了当地刺史和百姓。当地的人都以为赵合是妖怪，没有听赵合的话，赵合就惆怅地离开了五原回到了沙漠。到了沙漠后，赵合又遇见了那位紫衣老人，那位老人感谢赵合说道：“您为我说了话，五原当地无知的百姓和不明事理的刺史会遭到报应的。五原城里一定会有一场大火。我刚才还祈求地府不要这样，如果那件事能遂了心愿，火灾的事情也就免了。如今这场灾祸在三十天内一定会降临。”说完老人就不见了身影。果如老人所说，那场火灾如期而至。五原城内饿死了一万多人，人们互相争夺食物。

赵合又带着那位女子的尸骨到了奉天，打听到小李村在哪里后便前往把女子的尸骨安葬了。第二天赵合在路边遇见了那天晚上见到的那位女子，她前来拜谢赵合说道：“感谢您对我的恩情，我的爷爷是贞元年间得道的术士，他写下了《演参同契》《续混元经》，您如果能读明白这两本书，炼就龙虎之丹就会不日而成了。”赵合接过了这两本书后女子就消失不见了。赵合便放弃了功名，回家钻研这两部经书，隐居在少室山。炼一年丹，赵合就能点石成金；第二年，赵合就能让人起死回生；第三年，赵合就飞升成仙了。直到现在还有人能在嵩山遇见赵合。（出《传奇》）

韦安之

韦安之者，河阳人，时至阳翟，拟往少室寻师。至登封，逢一人，问欲何往，曰："吾姓张名道，家金乡，欲往少室山读书。"安之亦通姓字。所往一志，乃约为兄弟，安之年长，为兄。同入少室，师李潜。经一年，张道博学精通，为学流之首。一日，语安之曰："兄事业全未，从今去五载，方成名，官亦不过县佐。"安之惊异曰："弟何以知之？"道曰："余非人，乃冥司主典也。泰岳主者欲重用，为以才识尚寡，给一年假于人间学。今年限已满，功业稍成，将辞君去。慎勿泄于人。"言讫，辞其师。安之送道下山，涕泣而别。道曰："君成名之后，有急，当呼道，必可救矣。"安之五年乃赴举，其年擢第，授杭州於潜县尉，被州遣部物，将抵河阴。至淇泽浦，为淮盗来劫。安之遂虔启于道，俄而雷雨暴至，群盗皆溺。安之为龙兴县丞卒。（出《灵异录》）

李佐文

南阳临湍县北界，秘书郎袁测、襄阳掾王汧皆立别业。大和六年，客有李佐文者，旅食二庄。佐文琴棋之流，颇为袁、王之所爱。佐文一日向暮，将止袁庄。仆夫抱衾前去，不一二里，阴风骤起，寒埃昏晦。俄而夜黑，劣乘独行，迷误甚远。约三更，晦稍息，数里之外，遥见火烛。佐文向明而至，至则野中迥室，卑狭颇甚。中有田叟，织芒屦。佐文逊辞请托，久之，方延入户，叟云："此多豺狼，客马不宜远絷。"佐文因移檐下，迫火而憩。叟曰："客本

韦安之

韦安之是河阳人。一天韦安之来到了阳翟想要前往少室山寻访名师。韦安之来到登封后，遇见一个人，韦安之问那个人要去哪里，那个人回答说："我姓张名道，我的家住在金乡，我如今想前往少室山求学。"韦安之于是也报上姓名。二人志向相投，所以就结拜为兄弟，韦安之年龄大，做了兄长。二人一起前往少室山，一同拜到李潜门下。过了一年，张道就很博学精通了，成了当时门生的榜样。一天，张道对韦安之说道："您如今的学业还没有完成，从今日算起五年后，您才能有功名，但是所担任的官职也不超过县佐级别。"韦安之惊讶地对张道说道："你是怎么知道的呢？"张道说："我不是凡人，我是阴间的主典。阴间的主管想要重用我，但是因为我的学识浅薄，所以给了我一年的期限让我在阳间求学。如今回到阴间的日子要到了，我的学业也稍有成就，我就要跟您告辞了，您千万不要把这件事告诉别人。"张道说完这番话后，就跟师父李潜告辞了。韦安之送张道下山，路上哭着跟张道告别。张道说："您获取功名后，如果有急事的话就喊我的名字，我一定会来救你。"韦安之五年后去参加科举，当年就考上了，被派往杭州担任潜县县尉，之后又被州内派往其他地方。快要抵达河阴，到达淇泽浦的时候，被淮地的强盗打劫了。韦安之便虔诚地在路上祈祷，不久忽然打雷下起了暴雨。那群强盗全部被溺死了。韦安之在龙兴县丞的任上去世。（出《灵异录》）

李佐文

南阳临湍县的北边，秘书郎袁测、襄阳掾王汧都住在那里的别墅里。大和六年，有一位客人叫李佐文，曾寄住在两个庄子上。李佐文喜好弹琴和下棋，很是被袁测、王汧二人所喜爱。一天傍晚，李佐文将要去袁测庄上。李佐文的仆人抱着被褥先行前往庄上，李佐文还没走出去一二里地，忽然刮起了阴风，飘起的尘埃遮蔽了天空。不久天就黑了，李佐文只能艰难地前行，因为迷路，他走出去很远。大约三更天的时候，夜空稍微清晰了一点。李佐文看见几里地外有灯何诣而来此？”佐文告之，叟哂曰：“此去袁庄，乖于极矣。然必俟晓，方可南归。”而叟之坐后，纬萧障下，时闻稚儿啼号甚痛，每发声，叟即曰：“儿可止，事已如此，悲哭奈何？”俄则复啼，叟辄以前语解之。佐文不谕，从而诘之，叟则低回他说。佐文因曰：“孩幼苦寒，何不携之近火？”如此数四，叟则携致就炉，乃八九岁村女子耳。见客初无羞骇，但以物画灰，若抱沉恨。忽而怨咽惊号，叟则又以前语解之。佐文问之，终不得其情。

须臾平晓，叟即遥指东南乔木曰：“彼袁庄也，去此十里而近。”佐文上马四顾，乃穷荒大野，曾无人迹，独田叟一室耳。行三数里，逢村妇，携酒一壶，纸钱副焉。见佐文曰：“此是巨泽，道无人。客凌晨何自来也？”佐文具白其事，妇乃附膺长号曰：“孰为人鬼之遇途耶？”佐文细询之，其妇曰：“若客云去夜所寄宿之室，则我亡夫之殡闾耳。我佣居袁庄七年矣。前春，夫暴疾而卒。翌日，始龀之女又亡。贫穷无力，父子同瘗焉。守制嫠居，官不免税，孤穷无托，遂意再行。今夕将适他门，故来夫女之瘗告诀耳。”佐文则与同往。比至昨暮之室，乃殡宫也，历历踪由，分明可复。妇乃号恸，泪如绠縻。因弃生业，剪发于临湍佛寺，役力誓死焉。其妇姓王，开成四年，客有见者。（出《集异记》）

光。于是他顺着灯光走，看见了一户农家，屋子里面十分破旧狭窄。屋里有一位老农，老农正在织芒鞋。李佐文谦卑地对那位老农说话，过了很久，那位老农才让李佐文进门。老农说："这里有很多豺狼，在这里，你的马不要拴得太远。"李佐文于是搬到屋檐下，挨着炉火旁边休息。老农说道："您怎么走到这里了呢？"李佐文把路上的事情告诉了老人。老人哂笑着对李佐文说："从这里到袁测的庄子已经很远了，需要走到尽头。必须要等到天亮，您才可以往南走。"老农坐下后，经常能在草帘下面听见孩童悲惨的啼哭声音，每回有哭声，老农就说："你可以不要哭了，事情到了这般地步，哭有什么用呢？"不久又有哭声，老农还是用刚才的话来规劝。李佐文不理解老农为什么要这么做，于是就询问老农，但是老农每回都回避这个话题。于是李佐文说道："孩子还小，畏惧寒冷，为什么不把孩子带到炉火旁边呢？"李佐文像这样劝了四次，老农才把孩子带到炉火旁边。那个孩子原来是一位八九岁的农村小姑娘。最开始小姑娘见到李佐文的时候并没有很害羞。小姑娘只是用炉灰画着什么东西，像有什么怨恨的样子。忽然小姑娘就悲伤，惊讶地哭了起来，老农还是用之前的话来劝她。李佐文向老农询问缘由，但始终没有了解到其中的原因。

等到天快要亮了，老农指着东南方的一座桥，对李佐文说："那里就是袁测的庄子，距离这里大概能有十里地。"李佐文上马后环顾四周，发现四周全都是荒凉的野地，毫无人烟，周围只有老农一户人家。走了三里多地，李佐文看见了一位村妇，拿着一壶酒和几幅纸钱。那位妇人对李佐文说道："这边是个巨大的湖泽，一般不会有人经过，您临近早晨走到这里，您是从哪里来的呢？"李佐文把昨夜的事情详细地告诉给了那位妇人。那位妇人闻听后拊膺大哭道："为什么人和鬼会相遇呢？"李佐文仔细地询问那位妇人，那位妇人回答道："如果按照您所说昨天居住的地方的话，那就是我已故丈夫的墓地啊！我已经被雇佣在袁家七年了。前年春天，我的丈夫暴病身亡。第二天年仅七八岁的女儿也去世了。因为家里很穷，所以父女二人被葬在了一起。我一个人守在家中，但是官府又不免除赋税，我因为孤苦无依，所以决定另寻门路。今天晚上我要嫁给别人了，所以

胡滢

安定胡滢，家于河东郡，以文学知名。大和七年春登进士第，时贾悚为礼部侍郎。后二年，文宗皇帝擢悚相国事。是岁冬十月，京兆乱，悚与宰臣涯已下，俱遁去，有诏捕甚急。时中贵人仇士良，护左禁军，命部将执兵以穷其迹。部将谓士良曰："胡滢受贾悚恩，今当匿在滢所。愿骁健士五百，环其居以取之。"士良可其请，于是部将拥兵至滢门，召滢出，厉声道："贾悚在君家，君宜立出，不然，与悚同罪。"滢度其势不可以理屈，抗辞拒之。部将怒，执滢诣士良，戮于辕门之外。时滢弟湘在河东郡。是日，湘及家人，见一人无首，衣绿衣，衣有血濡之迹，自门而入，步至庭。湘大怒，命家人逐之，遽不见。后三日，而滢之凶闻至。（出《宣室志》）

来到埋葬父女的坟墓前告别。”李佐文与那位妇人一同前往，等到了李佐文昨夜借住的地方后才发现原来是一座坟墓。李佐文经过的足迹还十分清晰地可以辨别。那位妇人于是嚎啕痛哭，泪如雨下。随后那位妇人就决定出家，前往临湍寺剃度，发誓一生为寺内出力。那位妇人姓王，开成四年的时候，还有人见到了她。（出《集异记》）

胡 湜

安定人胡湜，家住在河东郡，胡湜凭借他的才学而闻名。大和七年春天考中了进士。当时是贾竦担任礼部侍郎，两年后，唐文宗皇帝破格提拔贾竦担任相国。这一年冬季十月，京兆地区出现了叛乱。贾竦与王涯率兵被打败后就跑走了，皇帝下令追捕得很紧。当时中贵人仇士良率领着左禁军，仇士良命令手下士兵极力搜索他们的踪迹。当时有部下对仇士良说道：“胡湜平时受到贾竦的恩情很多，如今贾竦应该被藏到了胡湜的家里。我愿意率领精兵五百人包围胡湜的家去捉拿贾竦。”仇士良答应了部下的请求。于是部将带领着士兵包围了胡湜家的门口，下令让胡湜走出来，士兵厉声喊道：“贾竦藏在了你的家里，你应该赶快出来，否则你与贾竦同罪。”胡湜审视当前的形势觉得不能让自己理亏，便义正词严地拒绝了士兵的请求。仇士良手下的部将大怒，把胡湜抓走押送到仇士良面前。胡湜被斩首在辕门之外。当时胡湜的弟弟胡湘住在河东郡。这一天胡湘和家人看见一个没有脑袋的人。那人穿着绿色的衣服，衣服上有血迹，从门外走了进来。那人走到庭院内后，胡湘大怒让手下家丁把那人赶出去，那人即刻就消失不见了。过了三天，胡湜被杀的消息就传到了胡湘家里。（出《宣室志》）

卷第三百四十八　鬼三十三

辛神邕

平卢从事御史辛神邕，太和五年冬，以前白水尉调集于京师。时有佣者刘万金，与家僮自勤，同室而居。自勤病数月，将死。一日，万金他出，自勤偃于榻。忽有一人，紫衣危冠广袂，貌枯形瘠，巨准修髯，自门而入。至榻前，谓自勤曰："汝强起，疾当间矣。"于是扶自勤负壁而坐。先是室之东垣下，有食案，列数器。紫衣人探袖中，出一掬物，状若稻实而色青，即以十余粒置食器中，谓自勤曰："吾非人间人，今奉命召万金，万金当食而死。食尔勿泄吾语，不然，则祸及矣。"言讫遂去。是日，万金归，脸赤而喘，且曰："我以腹虚热上，殆不可治。"即就其器而食，食且尽，自勤疾愈，万金果卒。（出《宣室志》）

唐燕士

晋昌唐燕士，好读书，隐于九华山。常日晚，天雨霁，燕士步月上山。夜既深，有群狼拥其道，不得归。惧既甚，遂匿于深林中。俄有白衣丈夫，戴纱巾，貌孤俊，年近五十，循涧而来，吟步自若。伫立且久，乃吟曰："涧水潺潺声不绝，溪垅茫茫野花发。自去自来人不归，长时唯对空山月。"燕士常好为七言诗，颇称于时人。闻此惊叹，将与之言，未及而没。明日，燕士归，以貌问里

辛神邕

平卢从事御史的辛神邕，在太和五年的冬天，从白水尉调任到京城任职。当时京城有个靠做工谋生的人叫刘万金。刘万金和辛神邕的书童自勤住在同一间屋子里。自勤病了几个月后，快要病死了。一天刘万金有事外出，自勤卧在病榻上。忽然有一个人穿着紫衣服、着高冠，袖子很宽松，身体很瘦弱，有着高高的鼻子和修长的胡子，从门外走进来，走到了床前，对自勤说道："你勉强起来一下，你的病就会好转了。"于是那个人扶着自勤靠着墙坐下了。最开始，屋子的东墙下有一张餐桌，桌子上面摆着几个餐具。那个紫衣人从袖子中拿出一个东西，看样子很像稻米但是颜色是青色的。那个紫衣人把这个东西放进餐具里十几粒，然后对自勤说道："我不是阳间的人，我是奉阴间的命令来招刘万金的魂，刘万金吃下这个就会去世。他吃这个东西的时候你不要把我的话泄露出去，否则会殃及你。"说完那个紫衣人就离开了。这天刘万金回来的时候，喘着气脸很红，刘万金说："我肚子里空但是有热气往上涌，我恐怕没救了。"接着他就拿起那个餐具吃里面的东西，刘万金快吃完的时候，自勤的病就好了，而刘万金果然去世了。（出《宣室志》）

唐燕士

晋昌的唐燕士喜欢读书，隐居在九华山上。有一天晚上，天刚刚放晴的时候，唐燕士借着月光登山。当时夜已经深了，唐燕士看见一群狼挡住了去路。唐燕士没有办法回去，他十分害怕，便藏在树林的深处。不久看见一位身穿白色衣服的男子，头戴纱巾，长得很高冷俊俏，年纪大概在五十岁。那位男子顺着山涧过来，很自然地吟诗散步。那位男子站了很久后于是吟诵道："涧水潺潺声不绝，溪垅茫茫

人，有识者曰："是吴氏子，举进士，善为诗，卒数年矣。"（出《宣室志》）

郭鄩

郭鄩罢栎阳县尉，久不得调，穷居京华，困甚。肸飨间，常有二物，如猿玃，衣青碧，出入寝兴，无不相逐。凡欲举意求索，必与鄩俱往。所造诣，如碍枳棘。亲友见之，俱若仇隙，或厌之以符术，或避之于山林，数年竟莫能绝。一夕，忽来告别，云："某等承君厄运，不相别者久，今则候晓而行，无复至矣。"鄩既喜其去，遂问所诣，云："世路如某者甚多，但人不见耳，今之所诣，乃胜业坊富人王氏，将往散之。"鄩曰："彼之聚敛丰盈，何以遽散？"云："先得计于安品子矣。"晓鼓忽鸣，遂失所在。鄩既兴盥栉，便觉愁愦开豁。试诣亲友，无不改观相接。未旬，见宰相面白，遂除通事舍人。鄩有表弟张生者，为金吾卫佐，交游皆豪侠，少年好奇，闻之，未信之也。知胜业王氏隶左军，自是常往伺之。王氏性俭约，所费未常过分。家有妓乐，端丽者至多，外之袪服冶容，造次莫回其意。一日，与宾朋过鸣珂曲，有妇人靓妆立于门首，王生驻马迟留，喜动颜色，因召同列者，置酒为欢，张生预焉。访之，即安品子之弟也。品子善歌，是日歌数曲，王生悉以金彩赠之，众皆讶其广费。自此舆辇资货，日输其门。未经数年，遂至贫匮耳。（出《剧谈录》）

野花发。自去自来人不归，长时唯对空山月。”唐燕士平时就喜欢作七言诗，在当时很有名气。唐燕士听到这首诗后颇为惊叹，想要跟那位男子交谈一番。唐燕士还没走到那位男子身边，那位男子就消失了。第二天，唐燕士回到了家中，向乡里人描述那人的长相。有认识那位男子的人说：“这个人姓吴，考中了进士。他擅长作诗，但是已经在几年前去世了。”（出《宣室志》）

郭鄩

郭鄩被罢免栎阳县尉后，很久都没得到升迁。郭鄩很潦倒地居住在京城中，过得十分贫困。郭鄩的住处旁边，经常会出现两个身穿青色衣服如同猿猴一般的东西。无论郭鄩出入起卧，那两个东西都会跟随在他身边。郭鄩凡外出做什么事，这两个东西也会跟随他。郭鄩每每拜访一个地方，那两个东西都会像荆棘一样妨碍着他。郭鄩的亲友看见他后，都像有仇一样，甚至其中有的人用符咒驱赶他，有的人跑进了山里面。这种情况持续了几年。一天晚上，那两个东西向郭鄩告别说：“我们趁着您身遭厄运已经跟随您很久了。等到明天早上我们就会走了，我们走后便不会回来了。”郭鄩既欢喜他们离开了自己，又问他们要前往哪里。那两个东西说道：“这世上像我们的东西很多，只是人看不到罢了。我们如今要前往胜业坊的那处富户王氏家里面去败坏他的家财。”郭鄩说道：“他家中非常有钱，怎么能说没就没呢？”那两个东西说道：“我们得从安品子那边打听方法。”外面晓鼓响起的时候，那两个东西就失去了踪影。郭鄩起来洗漱，觉得自己最近压抑的心情顿时开阔了。郭鄩便尝试去会见他的亲友，没有人不对郭鄩改观接待的。没超过十天，郭鄩直接会见宰相当面自述。于是郭鄩就被任命为通事舍人。郭鄩有个表弟姓张，是当时执金吾的侍卫，张生喜欢结交豪侠，他小时候很好奇这件事，但是听说后没有相信。张生得知王氏隶属左军，从此以后他经常前往侍奉王氏。王氏的生活十分节俭，平日没有什么太多的花费。王氏的家里有歌伎，歌伎中长得好看的人有很多。歌伎们都穿着华丽的衣服，化着精致的妆容，但是王氏并没有因此改变节俭的习惯。有一天王

李全质

陇西李全质，少在沂州。尝一日欲大蹴踘，昧爽之交，假寐于沂州城横门东庭前。忽有一衣紫衣，首戴圆笠，直造其前，曰："奉追。"全质曰："何人相追？"紫衣人曰："非某之追，别有人来奉追也。"须臾，一绿衣人来，曰："奉追。"其言忽遽，势不可遏。全质曰："公莫有所须否？"绿衣人曰："奉命令追，敢言其所须？"紫衣人谓绿衣人曰："不用追。"以手麾出横门，紫衣人承间谓全质曰："适蒙问所须，岂不能终诺乎？"全质曰："所须何物？"答曰："犀佩带一条耳。"全质曰："唯。"言毕失所在，主者报蹴踘，遂令画犀带。日晚，具酒脯，并纸钱佩带，于横门外焚之。是夜，全质才寐，即见戴圆笠紫衣人来拜谢曰："蒙赐佩带，惭愧之至，无以奉答。然公平生水厄，但危困处，某则必至焉。"

洎太和岁初大水，全质已为天平军裨将，兼监察。有切务，自中都抵梁郡城，西走百歇桥二十里，水深而冰薄。素不谙委，程命峻速，片时不可驻。行从等面如死灰，信辔委命而行。才三数氏与宾朋路过鸣珂曲的时候，王氏看见一位女子化着美丽的妆容站在门前。王氏于是停下马打量那位女子，他很喜欢那位女子的容貌，于是找来那位女子身旁的人喝酒作乐，张生也参与其中，张生打听到王氏请来喝酒的人正是安品子的弟弟。安品子能歌善舞，当天安品子唱了几首歌。王氏把随身带着的所有钱物都赠给了安品子。在场的人都惊叹王氏拿出这么多钱财。从此以后王氏每天都拉着整车的钱财赠给安品子。没过几年，王氏就变得十分贫穷了。（出《剧谈录》）

李全质

陇西人李全质，从小生长在沂州。有一天，李全质想去踢蹴鞠。天快亮的时候，他在沂州城横门东庭前面休息。忽然有一个紫衣人，头戴圆斗笠，走到李全质面前说道："奉命追赶。"李全质问："什么人来追赶我？"紫衣人回答道："不是我追赶您，另有其他人来追赶你。"一会儿，一个绿衣人赶上来说道："奉命追赶。"那个人说话很急，看来有事情无法阻止了。李全质说道："难道您是想索要什么？"绿衣人说道："我奉命追赶，怎么敢自己索要什么呢？"紫衣人对绿衣人说道："不用追赶了。"紫衣人挥手让绿衣人离开横门。紫衣人趁机对李全质说："刚才您说索要什么，不知道最后您能兑现吗？"李全质问道："你需要什么？"紫衣人回答说："一条犀角佩带就足够了。"李全质说："好的。"说完后，那位紫衣人就消失不见了。李全质到达踢蹴鞠的场地后，就让人去画一条犀角佩带。傍晚的时候，李全质准备了酒食，又带着纸钱和犀角佩带，到横门外给那位紫衣人烧了过去。当天晚上，李全质刚入睡，就看见那位戴着圆斗笠的紫衣人前来，他拜谢李全质说道："承蒙您赐下佩带，只是我很惭愧我没有什么可以报答您的。但是日后如果您身逢水逆，遭遇困难的时候，我一定会前来帮助您。"

等到太和初年天下发了大水，李全质已经当上了太平军副将兼任监察。一次有紧急事务，从长安去梁郡城，向西走到距离百歇桥二十里的地方，那里涨的水很深，上面结的冰很薄。李全质向来不熟悉水系，但是任务太紧急，一刻也不能停。跟随的随从走在上面担惊受十步，有一人后来，大呼之曰："勿过彼而来此！吾知其径，安而且捷。"全质荷之，反辔而从焉。才不三里，止泥泞，而曾无寸尺之阻，得达本土。以财物酬其人，人固让不取，固与之，答曰："若仗我而来，则或不让；今因我而行，亦何所苦？"终不肯受，全质意其鲜焉，乃益之。须臾复来，已失所在。却思其人，衣紫衣，戴圆笠，岂非横门之人欤？

开成初，衔命入关，回宿寿安县。夜未央而情迫，时复昏晦，不得已而出逆旅，三数里而大雨，回亦不可。须臾，马旁见一人，全质诘之："谁欤？"对曰："邮牒者。"更于马前行，寸步不可睹。其人每以其前路物导之，或曰树，或曰桩，或曰险，或曰培缕，或曰穷，全质皆得免咎。久而至三泉驿，憩焉。才下马，访邮牒者欲酬之，已不见矣。问从者，形状衣服，固紫衣而首戴笠，复非横门之人欤？

会昌壬戌岁，济阴大水，谷神子与全质同舟，讶全质何惧水之甚，询其由，全质乃语此。又云，本性无惧水，紫衣屡有应，故兢栗之转切也。（出《传异记》）

沈恭礼

阌乡县主簿沈恭礼，太和中，摄湖城尉。离阌乡日，小疾。暮怕，面如死灰，只能跟随李全质在冰面上走。走出去才三十多步，有一个人从后面赶来大呼道："不要因为要到对岸就走这里。我知道怎么走，那里安全还便捷。"李全质拨马往回走跟着那个人。走了还没到三里地，路就不泥泞了。途中没有任何阻碍就到达了目的地。李全质想要拿东西酬谢那个人，那个人分毫不取。李全质坚持要给他，那个人回答说："如果您依靠我来这里，我也许不应该推辞。但是您因为我来到这里，您这是何必呢？"那个人最后还是没有接受。李全质认为这种人如今已经很少了，心里暗自赞许。不久，李全质回来的时候，那个人已经失去了踪影。李全质还在想那个人，想到他戴着圆斗笠，穿着紫衣服，难道是之前在横门遇到的那位紫衣人吗？

开成初年，李全质接到命令入关，路上住宿在寿安县。由于事情急迫，李全质还没睡到半夜，当时天很灰暗，不得已从旅馆出来继续赶路。走出去三里多地，天上下起了大雨，想回到旅馆也已经不可能了。一会儿李全质在马旁边看见了一个人，他问那个人说："您是谁？"那个人回答说："我是个送信的。"那个人就在马前带路，但是李全质路上除了眼前的地方什么都看不见。那个人就用眼前的东西为李全质引路，说前面有树，前面有树桩，前面有危险，前面有小土丘，前面是绝路，李全质都得以幸免。走了很长时间到了三泉驿，李全质就在那里休息。李全质刚下马就想酬谢那位送信人。李全质问随从那人长什么样，随从描述那人穿着紫衣、戴着斗笠。李全质想，难道又是之前在横门遇见的那位紫衣人吗？

有一天谷神子和李全质在一只船上。谷神子很惊讶李全质为什么这么怕水，于是向李全质询问缘由。李全质把事情的经过跟谷神子说了一遍。李全质又说："我本来不怕水，但是因为那位紫衣人总显灵，所以一看到水我就会战战兢兢地反复揣度观看。"（出《博异记》）

沈恭礼

阌乡县主簿沈恭礼，太和年间，被任命为代理湖城尉。离开阌至湖城，堂前卧。忽有人绕床数匝，意谓从行厅吏雷忠顺，恭礼问之，对曰：“非雷忠顺，李忠义也。”问曰：“何得来此？”对曰：“某本江淮人，因饥寒佣于人，前月至此县，卒于逆旅。然饥寒甚，今投君，祈一食，兼丐一小帽，可乎？”恭礼许之，曰：“遣我何处送与汝？”对曰：“来暮，遣驿中厅子张朝来取。”语毕，立于堂之西楹。恭礼起坐，忠义进曰：“君初止此，更有事，辄敢裨补。”恭礼曰：“可。”遂言：“此厅人居多不安。少间，有一女子，年可十七八，强来参谒，名曰‘蜜陀僧’，君慎不可与之言。或托是县尹家人，或假四邻为附，辄不可交言，言则中此物矣。”

忠义语毕，却立西楹未定，堂东果有一女子，峨鬟垂鬓，肌肤悦泽，微笑转盼，谓恭礼曰：“秋室寂寥，蛩啼夜月。更深风动，梧叶堕阶。如何罪责，羁囚如此耶？”恭礼不动。又曰：“珍簟床空，明月满室，不饮美酒，虚称少年。”恭礼又不顾。又吟曰：“黄帝上天时，鼎湖元在兹。七十二玉女，化作黄金芝。”恭礼又不顾，逡巡而去。

忠义又进曰：“此物已去，少间，东廊下有敬寡妇、王家阿嫂。虽不敢同蜜陀僧，然亦不得与语。”少顷，果有一女郎，自东庑下，衣白衣，簪白簪，手整披袍，回命曰：“王家阿嫂，何不出乡的时候，沈恭礼染上了小病。沈恭礼晚上到达湖城住处的时候，在堂前躺了一会儿。忽然有人绕着床走了几圈，沈恭礼以为是随从的厅吏雷忠顺。沈恭礼问他，那个人回答说："我不是雷忠顺，我是李忠义。"沈恭礼问他说："你是怎么到这里呢？"那个人回答说："我本来是江淮人，因为饥寒交困所以受雇于人。上个月来到这个县，我死在了旅馆里。但是我如今很饥饿寒冷，我如今投奔您，希望您能赏给我一顿饭，再跟您讨要一顶帽子御寒，可以吗？"沈恭礼答应了那个人说："让我在哪里把东西交给你呢？"那个人回答说："您晚上来，我让驿中的张朝来取。"说完后，李忠义站在堂前西边的柱子上。沈恭礼坐了起来，李忠义走上前说道："您刚来到这里，如果有什么事我会来帮助您的。"沈恭礼说："可以。"李忠义接着说："住在这个厅子里的人觉得都很不安。一会儿会有一位十七八岁的女子强行来参拜您。那个人会称自己为'蜜陀僧'。您千万要谨慎，不要与那个人说任何话。或者她会声称自己是县尹的家人，或者她会假称自己是邻居，即使这样你也不要跟那个人说话，否则您就会被附上身。"

李忠义说完就又站在堂西边的柱子旁边，还没等他站稳，在堂的东面果然出现了一位女子。那位女子扎着高高的云鬟，有一部分头发自然地垂下来，肤若凝脂，她顾盼神飞地走上前对沈恭礼说："秋天的室内让人觉得寂寞，在秋虫鸣叫的夜晚，有徐徐的风吹过，梧桐叶被吹落在台阶上多么令人惋惜。漂泊的人就被限制于此吗？"沈恭礼不动声色，那女子接着又说道："珠帘空床，明月照进房间，如果不喝点酒的话，岂不是辜负了这大好时光？"沈恭礼还是没有搭理那位女子。于是那位女子吟诗道："黄帝上天时，鼎湖元在兹。七十二玉女，化作黄金芝。"沈恭礼仍没有搭理那位女子，不久那位女子就离开了。

李忠义此时又上前对沈恭礼说："这回她虽然走了，一会儿会来一位敬寡妇是王家阿嫂。虽然不同于蜜陀僧，但是还是不要跟她说话。"一会儿果然有一位妇人从东廊走了过来，穿着白衣服，簪着白簪，手里拿着一件袍子。沈恭礼对那个妇人说："王家阿嫂，为什么来？”俄然有曳红裙，紫袖银帔而来，步庭月数匝，却立于东庑下。忠义又进曰：“此两物已去，可高枕矣。少间，纵有他媚来，亦不足畏也。”忠义辞去，恭礼止之：“为我更驻，候怪物尽即去。”忠义应唯。

而四更已，有一物，长二丈余，手持三数髑髅，若跃丸者。渐近厅檐，忠义谓恭礼曰：“可以枕击之。”应声而击，捽然而中手，堕下髑髅。俯身掇之，忠义跳下，以棒乱殴，出门而去。恭礼连呼忠义，不复见，而东方已明。与从者具语之，遂令具食及市帽子。召厅子张朝诘之，曰：“某本巫人也，近者假食为厅吏，具知有新客死客鬼李忠义。”恭礼便付帽子及盘餐等去。

其夜，梦李忠义辞谢曰：“蜜陀僧大须防备，犹二三年奉扰耳。”言毕而去。恭礼两月在湖城，夜夜蜜陀僧来，终不敢对；后即归阌乡，即隔夜而至，然终亦不能为患；半年后，或三夜五夜一来；一年余，方渐稀。有僧令断肉及荤辛，此后更不复来矣。（出《博异志》）

牛 生

牛生自河东赴举，行至华州，去三十里，宿一村店。其日，雪甚，令主人造汤饼。昏时，有一人穷寒，衣服蓝缕，亦来投店。牛生见而念之，要与同食。此人曰：“某穷寒，不办得钱，今朝已空还不现身？”不久，王家阿嫂拖着紫色袖子的红裙子、披着银披走了过来。绕着庭院里走了几圈，站立在东廊下。李忠义又上前对沈恭礼说：“这两个鬼已经离开了，您可以高枕无忧了。纵使有别的女鬼过来，也不足畏惧了。”说完李忠义就要离开，沈恭礼拦住李忠义说道：“您稍等一会儿，等所有鬼都显身离开您再走可以吗？”李忠义答应了下来。

这时候已经过了四更天了，忽然出现了一个鬼，身高在两丈多，手上拿着几个骷髅。骷髅像球一样被他在手中玩弄。那个鬼逐渐靠近厅堂屋檐下面。李忠义对沈恭礼说道：“您可以用枕头打他。”沈恭礼应声而击，迅速地打中了那个鬼的手。那个鬼手上的骷髅被打掉了。那个鬼弯腰去捡骷髅，李忠义跳下去，用棒子乱打那个鬼，接着李忠义就走出了门。沈恭礼连忙喊李忠义，但是李忠义最终还是消失在视野里。这时候天已经亮了。沈恭礼把这件事告诉了他的随从，他令人准备食物和帽子。接着沈恭礼找来驿里的张朝问这是怎么回事。张朝说：“我原本是一个巫人。最近在驿站里谋生充当小吏。因此才知道这众鬼里面有一个鬼叫李忠义。”沈恭礼把食物和帽子给了张朝就走了。

当天晚上，沈恭礼梦见李忠义告辞感谢说：“蜜陀僧需要留心防备，在两三年内还会来打扰您。”说完后李忠义就离开了。沈恭礼在湖城两个月，每天晚上蜜陀僧都会过来，沈恭礼始终不敢回应她。后来沈恭礼回到了阌乡，隔一天蜜陀僧就会过来一次，但始终没有弄出祸患。半年后，或三天或五天来一次。一年多后，蜜陀僧来的次数就逐渐少了。有僧人让沈恭礼戒荤腥辛辣后，那个女鬼就再也没有来过了。（出《博异志》）

牛生

牛生从河东奔赴京城参加科举，走到距离华州三十里的地方住在一个村的旅店里面。当天雪下得特别大。牛生想让店主做汤饼。傍晚时分，有一个衣着破旧看起来寒酸的人前来投宿。牛生看见那个人很同情他，所以想要邀请那个人一起进食。那个人说：“我很贫腹行百余里矣。”遂食四五碗，便卧于床前地上，其声如牛。至五更，此人至牛生床前日：“请公略至门外，有事要言之。”连催出门，曰：“某非人，冥使耳。深愧昨夜一餐，今有少相报。公为置三幅纸及笔砚来。”牛生与之，此人令牛生远立，自坐树下，袖中出一卷书，牒之。看数张，即书两行，如此三度讫。求纸封之，书云第一封，第二封，第三封。谓牛生曰：“公若遇灾难危笃不可免者，即焚香以次开之视。若或可免，即不须开。”言讫，行数步不见矣。牛生缄置书囊中，不甚信也。

及至京，止客户坊，饥贫甚，绝食。忽忆此书，故开第一封，题云：“可于菩提寺门前坐。”自客户坊至菩提寺，可三十余里。饥困，且雨雪，乘驴而往，自辰至鼓声欲绝方至寺门。坐未定，有一僧自寺内出，叱牛生曰：“雨雪如此，君为何人而至此？若冻死，岂不见累耶？”牛生曰：“某是举人，至此值夜，略借寺门前一宿，明日自去耳。”僧曰：“不知是秀才，可止贫道院也。”既入，僧乃为设火具食。会语久之，曰：“贤宗晋阳长官，与秀才远近？”牛生曰：“是叔父也。”僧乃取晋阳手书，令识之，皆不谬。僧喜曰：“晋阳常寄钱三千贯文在此，绝不复来取。某年老，一朝溘至，便无所付，今尽以相与。”

穷寒酸，没有什么置办财产的方法，我已经空腹走了一百多里路了。”于是那个人吃了四五碗，接着就躺在了窗户前的地上，那人的鼾声像牛一样。到了五更天后，那个人走到牛生面前说道：“耽误您一段时间，请您跟我到门外，我有一件要紧的事情跟您说。”那个人急催着牛生出门，然后说道：“我不是人，是阴间的小吏。昨天您分给我食物，我很惭愧没有什么能够报答您。请您拿来三张纸，准备好笔砚。”牛生准备好了给那个人。那个人让牛生远远地站着。那个人自己坐在树下，从袖子里抽出一封信装进信封里。看了看纸，写了几行字，像这样做了三次，接着向牛生索要信封。那个人在信封上写“第一封”“第二封”“第三封”，并对牛生说：“如果您遇到避免不了的灾难，您就可以焚香后按照顺序依次拆开。如果这件事可以幸免，就不用打开了。”那个人说完后，走了几步就消失了。牛生把这三封信放在书囊中，没有太当一回事儿。

等到了长安后，牛生住在客户坊，此时的他十分饥饿贫困，甚至吃不上饭了。牛生这时候想起了那封信，所以打开了第一封，信里面写道：“可于菩提寺门前坐。”牛生从客户坊走到菩提寺，大约走了三十多里地，十分饥饿贫困。当时还下着雪，牛生骑着驴前往。直到暮鼓声要停止时牛生才到菩提寺的门口。牛生还没坐多久，有一位僧人就从寺里面走了出来，呵斥牛生说道：“雪下成这个样子，你是什么人就来到了这里？你要是冻死在这里，岂不是寺里也会因为你受到牵连？”牛生解释说：“我是参加科举考试的举人。走到这里已经到了晚上，想稍微在您寺门前借住一晚，明天早上我自然就会离开了。”那位僧人说：“我不知道您是秀才，您可以住在我们寺里。”牛生走进寺里后，那位僧人为牛生准备取暖的物品和吃的东西。二人交谈了很久，僧人对牛生说道：“同宗晋阳长官，和您关系怎么样？”牛生回答说：“那位是我的叔父。”于是僧人拿出牛生叔父的亲笔信让牛生识别，牛生确认了字迹。僧人很高兴地说：“你的叔父曾经在这里寄放了三千贯钱，但是始终没有过来取。我的年纪已经大了，如果有一天我离世了，这钱就不知道该托付给谁了，今天我把钱就全部交给您。”

牛生先取将钱千贯，买宅，置车马，纳仆妾，遂为富人。又以求名失路，复开第二封书，题云：“西市食店张家楼上坐。”牛生如言，诣张氏，独止于一室，下帘而坐。有数人少年上楼来，中有一人白衫，坐定，忽曰：“某本只有五百千，令请添至七百千，此外即力不及也。”一人又曰：“进士及第，何惜千缗？”牛生知其货及第矣。及出揖之，白衫少年即主司之子。生曰：“某以千贯奉郎君，别有二百千，奉诸公酒食之费，不烦他议也。”少年许之，果登上第。历任台省，后为河中节度副使。经一年，疾困，遂开第三封，题云：“可处置家事。”乃沐浴，修遗书，才讫而遂终焉。（出《会昌解颐录》）

韦齐休

韦齐休，擢进士第，累官至员外郎，为王璠浙西团练副使。太和八年，卒于润州之官舍。三更后，将小敛，忽于西壁下大声曰：“传语娘子，且止哭，当有处分。”其妻大惊，仆地不苏。齐休于衾下厉声曰：“娘子今为鬼妻，闻鬼语，忽惊悸耶？”妻即起曰：“非为畏悸，但不合与君遽隔幽明。孤惶无所依怙，不意神识有知，忽通言语，不觉惛绝。诚俟明教，岂敢有违？”齐休曰：“死生之期，涉于真宰；夫妇之道，重在人伦。某与娘子，情义至深，他生亦未相舍。今某尸骸且在，足宽襟抱。家事大小，且须商量。不可空为儿女悲泣，使某幽冥间更忧妻孥也。夜来诸事，并自劳心。总无失脱，可助仆喜。”妻曰：“何也？”齐休曰：“昨日湖州庾七寄买口钱，苍遑之际，不免专心部署。今则一文不欠，亦足为慰。”良久语牛生先取出来将近一千贯钱用来买房子、置办车马、招仆纳妾，因此牛生就成了富人。当时牛生考取功名失利，又打开了第二封信。信里面写道："到西市张家楼饭店上面坐着。"牛生按照信上的话，去拜访了张氏，独在饭店里的一间屋子里，把帘子放下后，牛生就坐在了下来。这时候有几位少年走上楼，其中有一位少年穿着白色上衣，几位少年坐下来后，那位少年说道："我本来只有五百千钱，当时上面把金额增加到了七百千钱，超出的部分我负担不起了。"其中一个人说："能够进士及第何惜千贯钱呢？"牛生知道这是在买取功名，于是走出来向那几位少年施礼。那位穿着白色上衣的少年就是主考官的儿子。牛生说："我有一千贯钱能献给您，另有二百千钱为诸位提供吃喝酒食，如果有其他的事情再议。"那位少年答应了牛生，牛生果然考取了很高的功名。牛生后来历任御史台、三省，直到后来担任河东节度副使。过了一年后牛生病得很重，于是他打开第三封信，上面写着："您可以安排后事了。"于是牛生沐浴更衣，写下遗书，写完遗书后就去世了。（出《会昌解颐录》）

韦齐休

韦齐休是进士出身，官至员外郎，后来担任王璠手下的浙西团练副使。太和八年，死在了润州的官员住处内。三更天后，有人要给韦齐休收尸。韦齐休忽然在西墙下面大声说："要告诉我的妻子不要哭，我自会有安排。"韦齐休的妻子大吃一惊，昏倒在地上。韦齐休在被子下面大声说："娘子今天成了鬼魂的妻子，听到了鬼说话，是吓到你了吗？"韦齐休的妻子起身说道："我不是因为害怕，是因为不忍心突然间与您阴阳两隔。我一个人孤苦伶仃无所依靠，我没想到苍天有眼，能听见您说话。我就不自觉地晕倒了，我还想聆听您的教诲，怎么敢违背您呢？"韦齐休说："人的生死掌握在神明手里，夫妇之间的相处，主要在人伦。我和娘子您情真意切，纵使如此也未曾抛弃。如今我的尸骨还在，你不必担忧。家里的大小事情，都可以一起商量。千万不要因为儿女情长空空悲泣，这样的话只会让在阴间的我更加担心你和家里。从今以后晚上的大大小小的事情我都会绝，即各营丧事。才曙，复闻呼："适到张清家，近造得三间草堂。前屋舍自足，不烦劳他人，更借下处矣。"其夕，张清似梦中，忽见齐休曰："我昨日已死，先令买茔三亩地，可速支关布置。"一一分明，张清悉依其命。

及将归，自择发日。呼唤一如常时，婢仆将有私窃，无不发摘，随事捶挞。及至京，便之茔所，张清准拟皆毕。十数日，向二更，忽呼其下曰："速起，报堂前，萧三郎来相看。可随事具食，款待如法，妨他忙也。"二人语，历历可听。萧三郎者，即职方郎中萧彻。是日卒于兴化里，其夕遂来。俄闻萧呼叹曰："死生之理，仆不敢恨。但可异者，仆数日前，因至少陵别墅，偶题一首诗。今思之，乃是生作鬼诗。"因吟曰："新构茅斋野涧东，松楸交影足悲风。人间岁月如流水，何事频行此路中。"齐休亦悲咤曰："足下此诗，盖是自谶。仆生前忝有科名，粗亦为人所知。死未数日，便有一无名小鬼赠一篇，殊为著钝。然虽细思之，已是落他芜境。"乃咏曰："涧水溅溅流不绝，芳草绵绵野花发。自去自来人不知，黄昏惟有青山月。"萧亦叹羡之曰："韦四公死已多时，犹不甘此事。仆乃适来人也，遽为游岱之魂，何以堪处？"即闻相别而去。

又数日，亭午间，呼曰："裴二十一郎来慰，可具食，我自迎去。"其日，裴氏昆季果来。至启夏门外，瘁然神耸，又素闻其事，来帮助你。”妻子问：“我有什么能够帮助你的呢？”韦齐休说：“昨天湖州庚匕寄来的人头税，急忙之下没有布置好。幸好不差一分钱，这是值得庆幸的。”过了很久，韦齐休说话的声音就消失了，家里的人就各自营办丧事去了。天刚刚亮，又听见韦齐休说道：“我刚才去拜访了张清，最近他家造了三间草堂。前屋的土地足够宽敞，不用劳烦别人，把我葬在那里就好了。”这天晚上，张清好像在梦中遇见了韦齐休，对他说：“我昨天已经去世了，之前在您这里买了三亩地，希望您能抓紧布置一下。”韦齐休把事一件件安排得十分明白，张清按照韦齐休的话去办。

将要回去的时候，韦齐休选择了发丧的日期。韦齐休在家中还是像往常一样呼唤家丁，家里奴婢仆人有悄悄行窃的，韦齐休都会把他们揭发出来，按照情节轻重处罚。等回到京城后，张清已经把墓地按照韦齐休的吩咐收拾好了。十几天后，三更天时韦休齐忽然告诉仆人说：“快起来，跟前面说一声，萧三郎前来探看了。要按照礼节准备餐食招待人家，不要到时候手忙脚乱。”二人交谈的内容清晰可以听见。萧三郎就是职方郎中萧彻。这天在兴化里去世，当天晚上就前来了。忽然就听到萧三郎感叹说：“人生死有命，我不敢有任何怨恨。只是有一件事感到很奇怪，我前几天顺路造访少陵别墅，偶然间题了一首诗。如今想一想应该是在生前写了鬼诗。”于是萧三郎吟诵那首诗道：“新拘茅斋野涧东，松楸交影足悲风。人间岁月如流水，何事频行此路中。”韦齐休也很悲伤地感叹说：“您写的这首诗，是揭示了以后啊。我生前侥幸拥有功名，也稍稍有点名气。我去世还没有几天，就有一个无名小鬼赠我一首诗，虽然说诗很粗糙，但是仔细想想，我已经身处阴间了。”接着韦齐休吟诵那首诗道：“涧水溅溅流不绝，芳草绵绵野花发。自去自来人不知，黄昏唯有青山月。”萧三郎也感叹羡慕地说：“韦四公您已经去世很长时间了，也觉得这件事不甘心。我是刚刚造访马上会成为游荡泰山的游魂，这怎么能受得了？”说罢二人就告辞分别了。

又过了几天，中午的时候，韦齐休大呼道：“裴二十一郎来探望我来了，快准备食物，我去亲自迎接。”当天裴二十一郎兄弟果然来遂不敢行吊而回。裴即长安县令，名观，齐休之妻兄也。其部曲子弟，动即罪责，不堪其惧。及今未已，不知竟如之何。（出《河东记》）

了。到启夏门外的时候，觉得身体很疲惫、精神很紧张。裴家兄弟又向来听说过韦齐休家里的事情，因此不敢前去吊唁，就回家了。裴二十一郎就是长安县令，名字叫裴观，裴观是韦齐休妻子的兄长。裴观的部下动辄就遭到责罚，不堪忍受，心生畏惧。直到现在还是没有收手，也不知道裴观最后怎么样了。（出《河东记》）

卷第三百四十九　鬼三十四

房　陟　王　超　段　何　韦鲍生妓　梁　璟　崔御史　曹　唐

房　陟

房陟任清河县尉，妻荥阳郑氏，有容色。时村中有一老妪，将诣谒禅师。未至，而中路荒野间，见一白衣妇人，于蓁棘中行，哭极哀。绕一丘阜，数十步间，若见经营之状者。妪怪而往问，及渐逼，妇人即远，妪适回，而妇人复故处。如是数四。妪度非人，天昏黑，遂舍之。及至禅师处，说所见，兼述妇人形状、衣服。禅师异之，因书记屋壁。后月余日，房陟妻暴亡，果葬于前所哭绕丘阜间，而容貌衣服，一如老妪前见者。（出《通幽录》）

王　超

太和五年，复州医人王超，善用针，病无不差。死经宿而苏，言如梦：至一处，城壁台阁，如王者居。见一人卧，召前脉视，右膊有肿，大如杯，令超治之。即为针出脓升余。顾黄衣吏曰："可领视毕也。"超随入一门，门署曰毕院。庭中有人眼数千，聚成山，视内迭瞬明灭。黄衣曰："此即毕也。"俄有二人，形甚奇伟，分处左右。鼓巨箑，吹激聚眼，扇而起，或飞，或走，为人者，顷刻而尽。超访其故，黄衣曰："有生之类，先死为毕。"言次忽活。（出《酉阳杂俎》）

房陟

房陟出任清河县尉。他的妻子是荥阳的郑氏，颇有姿色。当时村子里有一位老妇人，这一天老妇人想去拜见当地的禅师。老妇人还没走到，途经一处荒野的时候，看见了一位穿着白色衣服的女子在灌丛中行走。那位女子的哭声十分哀痛。又看见那位女子绕着一个小山丘，在距离老妇人几十步的地方好像在干什么事。老妇人觉得很奇怪于是上前问那位女子，离那位白衣女子越近，那位女子就走出去越远，老妇人刚已走远，那位女子就回到了原来的地方。像这样差不多有四次，老妇人认为那位女子不是人。天黑下来的时候，老妇人就又重新赶路了。等到老妇人到了禅师的住处后，便把路上的事跟禅师讲了一遍，又把那位女子的样貌，衣着描述了出来。禅师感到很奇怪，便把这件事写到了墙上。过了一个月多几天，房陟的妻子暴病身亡，果然埋葬在之前那位女子围绕，哭泣的小山丘上。房陟妻子的容貌和衣着正如那位老妇人所见的样子。(出《通幽录》)

王超

太和五年，复州的医生王超擅长针灸，手到病除。王超曾经昏迷过一晚上后苏醒过来。王超复述自己的梦，说自己来到了一个地方。在城墙台阁中，好像是王侯的住处。王超看见一个人卧床不起，于是便上前号脉，王超看见那个人的右胳膊肿得很厉害，胳臂肿得像一个大杯子，那个人让王超治病。王超当即为那人用针灸治疗，那个人的胳膊就流出了一升多的脓水。卧床的那个人对穿黄衣服的小吏说："可以带他看看毕院。"王超跟随着那个小吏走进一道门，门上写着"毕院"两个字。庭院里有几千只人眼，都堆成了山，那些眼睛一眨一眨的。黄衣小吏说："这里就是毕院。"不久看见了两个人，那两个

段何

进士段何，赁居客户里。太和八年夏，卧疾逾月，小愈。昼日因力栉沐，凭几而坐。忽有一丈夫，自所居壁缝中出，裳而不衣，啸傲立于何前，熟顾何曰："疾病若此，胡不娶一妻，俾侍疾。忽尔病卒，则如之何？"何知其鬼物矣。曰："某举子贫寒，无意婚娶。"其人曰："请与君作媒氏。今有人家女子，容德可观，中外清显，姻属甚广。自有资从，不烦君财聘。"何曰："未成名，终无此意。"其人又曰："不以礼，亦可矣。今便与君迎来。"其人遂出门，须臾复来，曰："至矣。"俄有四人，负金璧舆，从二青衣，一云髻，一半髻，皆绝色。二苍头，持装奁衣箧，直置舆于阶前。媒者又引入阁中，垂帏掩户，复至何前曰："迎他良家子来，都不为礼，无乃不可乎？"何恶之，兼以困惫，就枕不顾。媒又曰："纵无意收采，第试一观。"如是说谕再三，何终不应。食顷，媒者复引出门，舆中者乃以红笺题诗一篇，置何案上而去。其诗云："乐广清羸经几年，姹娘相托不论钱。轻盈妙质归何处，惆怅碧楼红玉田。"其书迹柔媚，亦无姓名，纸末唯书一"我"字。何自此疾病日退。（出《河东记》）

人长得十分雄壮，二人分立左右，两个人扇着大扇子，院子里面的眼睛或被扇起来，或被扇飞，或像人一样跑，顷刻之间那些眼睛就消失了。王超想问这里的原因，黄衣小吏说："有生命的事物，提前去世称作'毕'。"那个小吏刚说完，王超就苏醒了。（出《酉阳杂俎》）

段何

进士段何租住在客户里。太和八年的夏天，他染病卧床已经过了一个月，病情稍稍有所好转。白天趁着自己身体有力气，就沐浴更衣，沐浴更衣后段何就靠近茶几坐着。这时候忽然有一位男子从段何居住的地方的墙缝里走了出来。那位男子穿着内衣没有穿外衣，高傲地站在段何面前，很熟悉地对段何说道："您都病成了这个样子，为什么不娶一位妻子伺候您的疾病呢？如果有一天您病逝了，那该怎么办呢？"段何知道这个人是鬼了。段何说："我还是个举子，地位很低下，又很贫穷，还没有婚娶的意愿。"那个人说："我想给您做媒人。如今有一位人家的女子，她的容貌德行都很不错。无论外表内心都很清纯高贵。人家的人脉亲戚都很广，他们家会出嫁资，不用麻烦您下聘礼。"段何说："我身上还没有功名，如今还没有这个心思。"那个人又说："不用完备婚礼也可以成婚。我今天让新娘嫁过来。"不久，有四个人担着金轿子过来，轿子后面跟着两位侍女，一位梳着云髻，一位梳着半髻，两位侍女可以称得上人间绝色。后面还跟着两位仆人拿着化妆盒和衣箱。等到轿子到了门前，那位媒人把新娘接了进来，放下帘子关上门。媒人走到段何面前说："迎娶这样的新娘，连婚礼都不需要举办，还有什么不满足的呢？"段何十分厌恶，加上身体很困顿疲惫了，躺在床上没有搭理那位媒人。那位媒人又上前说："就算您不娶这位新娘，也请您看看这位新娘的长相。"媒人像这样劝了好多次，但是段何始终没有答应。吃完饭后，媒人把新娘送出了门。新娘在轿子中递出了一张红笺纸，在上面题了一首诗，仆人把那张红笺纸放在段何的桌子上后，这一帮人就离开了。诗上的内容是："乐广清羸经几年，姹娘相托不论钱。轻盈妙质归何处？惆怅碧楼红玉田。"上面的字迹非常妩媚，但没有留下

韦鲍生妓

酒徒鲍生，家富畜妓。开成初，行历阳道中，止定山寺，遇外弟韦生下第东归，同憩水阁。鲍置酒，酒酣，韦谓鲍曰："乐妓数辈焉在？得不有携者乎？"鲍生曰："幸各无恙，然滞维扬日，连毙数驷，后乘既阙，不果悉从。唯与梦兰、小倩俱，今亦可以佐欢矣。"顷之，二双鬟抱胡琴方响而至，遂坐韦生、鲍生之右，纵丝击金，响亮溪谷。酒阑，鲍谓韦曰："出城得良马乎？"对曰："予春初塞游，自鄜坊历乌延，抵平夏，止灵武而回。部落驵骏获数匹，龙形凤颈，鹿胫凫膺，眼大足轻，脊平肋密者，皆有之。"鲍抚掌大悦，乃停杯命烛，阅马于轻槛前数匹，与向来夸诞，十未尽其八九。韦戏鲍曰："能以人换，任选殊尤。"鲍欲马之意颇切，密遣四弦，更衣盛妆，顷之乃至。命捧酒劝韦生，歌一曲以送之云："白露湿庭砌，皓月临前轩。此时颇留恨，含思独无言。"又歌《送鲍生酒》云："风飐荷珠难暂圆，多生信有短因缘。西楼今夜三更月，还照离人泣断弦。"韦乃召御者，牵紫叱拨以酬之。鲍意未满，往复之说，紊然无章。

有紫衣冠者二人，导从甚众，自水阁之西，升阶而来。鲍韦以寺当星使交驰之路，疑大寮夜至，乃恐悚入室，阖户以窥之。而

姓名。红笺纸下面只写了一个“我”字。从此以后，段何就康复了。（出《河东记》）

韦鲍生妓

有一位爱喝酒的鲍生，家里很富有，养了几位歌伎。开成初年，鲍生有一次出门路过阳道，晚上在定山寺投宿。遇见了表弟韦生落榜回家，二人一同在靠近水的阁楼上。鲍生准备下了酒席，酒喝到尽兴的时候，韦生对鲍生说：“您那几位歌伎在哪里？怎么没有带出来呢？”鲍生说：“她们都过得很好，身体也都不错。只是前几天滞留在维阳，连续死了几匹驾车的马。后来因为车不够了，就没有让她们跟来。只有梦兰和小倩跟来了。但也足够为今天提供欢乐了。”不一会儿，两个歌伎抱着胡琴就走过来了。那两位歌伎就分别坐在韦生和鲍生左右。那两名歌伎拨弄胡琴，声音十分透亮，响彻溪谷。酒喝到尽兴的时候，鲍生对韦生说道：“出城后您得到良马了吗？”韦生回答说：“我从初春在边塞交游，我从鄜坊走到了乌延，之后又抵达平夏，从灵武走回来。我在各地的部落获得了几匹良马，有的马龙形凤颈，有的马鹿颈凫膺，有的马眼大足轻，有的马脊平肋密，各种好马都有。”鲍生闻听后，开心地鼓起了掌。两人便先暂停酒席，让人拿来蜡烛在马厩前借着烛光看马，鲍生看到的马与刚才韦生夸张的赞美，十匹马有八九匹马不符合。韦生戏谑地对鲍生说道：“您可以用人与我交换，这里的马匹任您挑选。”鲍生因为急需用马，便私下让侍女四弦换上衣服并且化上浓妆，不久就来到韦生面前。鲍生让四弦为韦生奉酒，并且为韦生唱了一首歌道：“白露湿庭砌，皓月临前轩。此时颇留恨，含思独无言。”又唱了一首《送鲍生酒》道：“风飐荷露难暂圆，多生信有短姻缘。西楼今夜三更月，还照离人泣断弦。”韦生找来御马的人牵了一匹紫叱作为回报。鲍生觉得并不满意，反复游说韦生，但是还是没有结果。

这时候有两位紫衣人，头戴着紫色发冠，后面跟着很多人，从水阁的西边台阶走了过来。鲍生、韦生二人认为定山寺是官员来往交会的路口，怀疑是权臣到此，于是就慌慌张张走进了屋子，关上门偷杯盘狼籍，不暇收拾。时紫衣即席，相顾笑曰：“此即向来闻妾换马之筵。”因命酒对饮，一人须髯甚长，质貌甚伟，持杯望月，沉吟久之，曰：“足下《盛赋》云：‘斜汉左界，北陆南躔。白露暖空，素月流天。’可得光前绝后矣。对月殊不见赏‘风霁地表，云敛天末。洞庭始波，木叶微脱’。”长须云：“数年来在长安，蒙乐游王引至南宫，入都堂，与刘公幹、鲍明远看试秀才，予窃入司文之室，于烛下窥能者制作。见属对颇切，而赋有蜂腰鹤膝之病，诗有重头重尾之犯。若如足下‘洞庭’‘木叶’之对，为纰缪矣。小子拙赋云：‘紫台稍远，燕山无极。凉风忽起，白日西匿。’则‘稍远’‘忽起’之声，俱遭黜退矣，不亦异哉！”谓长须曰：“吾闻古之诸侯，贡士于天子，尊贤劝善者也。故一适谓之好德，再适谓之尊贤，三适谓之有功。乃加九锡；不贡士，一黜爵，再黜地，三黜爵地。夫古之求士也如此，犹恐搜山之不高，索林之不深。尚有遗漏者，乃每岁季春开府库，出币帛，周天下而礼聘之。当是时，儒墨之徒，岂尽出矣；智谋之士，岂尽举矣；山林川泽，岂无遗矣；日月照临，岂得尽其所矣。天子求之既如此，诸侯贡之又如此，聘礼复如此，当有栖栖于岩谷，郁郁不得志者。吾闻今之求聘之礼缺，是贡举之道隳矣。贤不肖同途焉，才不才汩汩焉；隐岩冗者，自童髦穷经，至于白首焉；怀方策者，自壮岁力学，讫于没齿。虽每岁乡里荐之于州府，州府贡之于有司，有司考之诗赋。蜂腰鹤膝，谓不中度；弹声韵之清浊，谓不中律。虽有周孔之贤圣，班马之文章，不由此制作，靡得而达矣。然皇王帝霸之道，兴亡理乱之体，其可闻乎？今足下何乃赞扬今之小巧，而隳张古之大体？况予乃诉皓月长歌之手，岂能拘于雕文刻句者哉！今珠露既清，桂月如昼，吟咏时发，杯觞间行，能援笔联句，赋今之体调一章，以乐长夜否？”曰：“何以为题？”长须云：“便以妾换马为题，仍以舍彼倾城，求其骏足为韵。”命左右折庭前芭蕉一片，启书囊，抽毫以操之，各占着向外看。走的时候很慌忙，杯盘狼藉的桌子没来得及收拾。当时二位紫衣人已经入席了，二人相视一笑说：“这就是刚才用侍女去换马匹的那两个人的宴席。”二人便举杯对饮。其中一位紫衣人的胡子很长，长得样子很雄伟。那人举杯望月，沉吟良久说道：“您刚才的《盛赋》中说‘斜汉左界，北路南躔。白露暖空，素月流天’可得空前绝后矣。对月殊不见赏‘风霁地表，云敛天末。洞庭始波，木叶微脱’。”那位长须的紫衣人接着说：“几年前我去长安的时候，承蒙游乐王把我带进南宫。走进都堂后，我和刘公干、鲍明远去观看学子。我悄悄走进考场，借着烛光看哪位学子有文采。我看见他们连缀文章，吟诗和赋非常流畅。但是赋有蜂腰鹤膝的毛病，诗有重头重尾的问题。像您的“洞庭”“木叶”的对偶，我认为有一点瑕疵。我之前的拙作：‘紫台稍远，燕山无极。凉风忽起，白日西匿。’这样‘稍远’‘忽起’的词句，就都应该废弃。难道这和他们所作的文章没有什么区别吗？”另一位紫衣人对长须的紫衣人说：“我闻听古时候的诸侯和士子对天子说都是尊贤向善的。一等人应该是好德之人，二等人应该是尊贤之人，三等人应该是有功之人，这种人才可以加九锡。德不配位的人，首先废除他的爵位，再废除他的封土，最后废除他世袭的封土。古人求贤就像这样啊，唯恐没搜尽高山，没有搜尽深林，只怕还有遗漏的贤能之人。所以古人都会在春天开放府库，拿出钱币，用至高无上的礼节去聘请贤能之人。就在此时，儒家、墨家的子弟全都被发掘出来；智谋之士全部被授予官职。天下的能人没有一人被遗漏。日月的运行也符合其本身的规律。天子像这样求贤，诸侯像这样进贡。对待贤能之士用如此礼遇，怎么会有隐居在山中，郁郁不得志的人呢？但是我听说如今对待贤才缺少礼遇，这是因为选拔人才的方式没落了啊。贤能之士与不贤能的人混为一谈，有才学之人和没有才学之人平起平坐。隐居在山林里的人，从小到老在钻研经典。心怀大志的人，从壮年到老年一直在不断学习。虽然现在每年都有学子被推荐到州府，再由州府推荐到礼部，礼部用诗词歌赋考验他们，他们的文章蜂腰鹤膝，不成法度，运用的音韵的轻重，不符合韵律。即使有周公孔子那样的圣贤，班固司马迁那样一韵。长须者唱云："彼佳人兮，如琼之瑛；此良马兮，负骏之名。将有求于逐日，故何惜于倾城？香暖深闺，永厌桃花之色；风清广陌，曾怜喷玉之声。"希逸曰："原夫人以矜其容，马乃称其德。既各从其所好，谅何求而不克。长跪而别，姿容休耀其金钿；右牵而来，光彩顿生于玉勒。"文通曰："步及庭砌，效当轩墀。望新恩，惧非吾偶也；恋旧主，疑借人乘之。香散绿骏，意已忘于鬓发；汗流红颔，爱无异于凝脂。"希逸曰："是知事有兴废，用有取舍。彼以绝代之容为鲜矣，此以轶群之足为贵者。买笑之恩既尽，有类卜之；据鞍之力尚存，犹希进也。"文通赋四韵讫，芭蕉尽。

韦生发箧取红笺，跪献于庑下。二公大惊曰："幽显路殊，何见逼之若是？然吾子非后有爵禄，不可与鄙夫相遇。"谓生曰："异日主文柄，较量俊秀轻重，无以小巧为意也。"言讫，二公行十余步间，忽不知其所在矣。（出《纂异记》）

梁璟

有梁璟者，开成中，自长沙将举孝廉，途次商山，舍于馆亭中。时八月十五夕，天雨新霁，风月高朗，璟偃而不寐。至夜半，忽见三丈夫，衣冠甚古，皆被珠绿，徐步而来。至庭中，且吟且赏，的文章，不按照规矩写文章，是没有人能在其中通达的。然而帝王称霸的方法，天下兴亡的原因不正是如此吗？何况您如今去赞扬今人文章的技巧，却忘记了古人文章的方法。我对月当歌怎么能拘泥于词句的雕刻呢？今夜露珠清朗，明亮的月亮犹如白昼。我的诗性时发，在举杯的同时，能否与我联句作诗？写一首今人词句，用来为这个夜晚增添一些欢乐怎么样？”长须的紫衣人说道：“就用刚才那两个人用侍女去换马为题怎么样？就用舍彼倾城，求其骏足为韵脚。”二人让手下折下庭前两叶芭蕉。二人打开书囊，提笔写诗，每个人选了一韵。长须的紫衣人唱道：“彼佳人兮，如琼之瑛；此良马兮，负骏之名。将有求于逐日，故何惜于倾城？香暖深闺，永厌桃花之色；风清广陌，曾怜喷玉之声。”谢希逸说道：“原夫人之矜其容，马乃称其德。既各从其所好，谅何求而不克。长跪而别，姿容休耀其金钿；右牵而来，光彩顿生于玉勒。”江文通说：“步及庭砌，效当轩墀。望新恩，惧非吾偶也；恋旧主，疑借人乘之。香散绿骏，意已忘于鬓发；汗流红颌，爱无异于凝脂。”谢希逸：“是知事有兴废，用有取舍。彼以绝代之容为鲜矣，此以轶群之足为贵者。买笑之恩既尽，有类卜之；据鞍之力尚存，犹希进也。”江文通写了四韵后，芭蕉上已经写满了。

韦生打开书箱取出红笺，跪着在走廊进献。那两位紫衣人大为吃惊，说：“阴间阳间道路不同，我们怎么能在此如此真实地相见呢？然而我们并不是以后有爵禄的人，不能再和世间的凡人相遇。”接着又说：“他日您要是掌管文学，比较才华大小的话，不要太注重小技巧。”说完后，那两位紫衣人走了十几步，忽然间就消失了踪迹。（出《纂异记》）

梁璟

有一位叫梁璟的人，开成年间，从长沙要举孝廉，途经商山，住在馆驿之中。当时是八月十五晚上，天刚刚下过雨，天朗气清，明月和畅。梁璟躺在床上但是没有睡着。到了半夜，梁璟忽然看见一位身高三丈的男子，身上的衣着都很古朴，上面装饰着绿珠。那个人缓缓地从者数人。璟心知其鬼也，然素有胆气，因降阶揖之。三人亦无惧色，自称萧中郎、王步兵、诸葛长史。即命席坐于庭中，曰："不意良夜遇君于此！"因呼其童曰："玉山取酒。"酒至，环席递酌。

已而王步兵曰："值此好风月，况佳宾在席，不可无诗也。"因举题联句，以咏秋月。步兵即首为之曰："秋月圆如镜。"萧中郎曰："秋风利似刀。"璟曰："秋云轻比絮。"次至诸葛长史，嘿然久之，二人促曰："幸以拙速为事。"长史沉吟，又食顷，乃曰："秋草细同毛。"二人皆大笑曰："拙则拙矣，何乃迟乎？"长史曰："此中郎过耳，为僻韵而滞捷才。"

既而中郎又曰："良会不可无酒佐，命玉山召蕙娘来。"玉山去。顷之，有一美人，鲜衣，自门步来，笑而拜坐客。诸葛长史戏谓女郎曰："自赴中郎召耳，与吾何事？"美人曰："安知不为众人来？"步兵曰："欲自明，无如歌以送长史酒。"蕙娘起曰："愿歌凤楼之曲。"即歌之，清吟怨慕，璟听之忘倦。久而歌阕，中郎又歌。曲既终曰："山光渐明，愿更缀一篇，以尽欢也。"即曰："山树高高影。"步兵曰："山花寂寂香。"因指长史曰："向者僻韵，信中郎过，今愿续此，以观捷才耳。"长史应曰："山天遥历历。"一坐大笑："迟不如速，而且拙，捷才如是耶？"长史色不能平。次至璟曰："山水急汤汤。"中郎泛言赏之，乃问璟曰："君非举进士者乎？"璟曰："将举孝廉科。"中郎笑曰："孝廉安知为诗哉？"璟因怒叱之，长史亦奋袂而起，坐客惊散，遂失所在，而杯盘亦亡见矣。

走了过来，走到了庭院内一边观赏一边吟诗，身后还跟随着几个人。梁璟知道那个人是鬼，但是梁璟向来胆子就大，便走下台阶向那几个人施礼。那几个人也毫无惧色，有三个人分别自称萧中郎、王步兵、诸葛长史。于是萧中郎让大家在庭中坐下来说："没想到在这个美好的夜晚遇到诸位。"于是叫来书童说："玉山快去取酒。"书童拿来酒后，把酒递给席上每一个人。

不久，王步兵说道："如此大好风景，又逢嘉宾在席，这个时候不可以不作诗啊。"于是想好主题准备联句，就以秋月作为主题。王步兵起头作诗道："秋月圆如镜。"萧中郎接："秋风利似刀。"梁璟接："秋云轻比絮。"轮到诸葛长史的时候，诸葛长史思考良久，另外两个人催促他说："不要以自己不擅长作诗，写得慢为借口。"诸葛长史沉吟良久，吃完饭后，才接："秋草细同毛。"另两个人哄堂大笑道："笨拙是笨拙了些，可是为什么这么慢呢？"诸葛长史解释道："因为听到萧中郎的那个句子后想要回避同韵所以才写慢了。"

不久萧中郎说道："美好的宴席不可以没有伴侣。"于是萧中郎派玉山去把惠娘请来。片刻，有一位美人穿着华丽的衣服从门外走了进来。那位美人笑着参拜在座的客人。诸葛长史戏谑地对那位美人说："是萧中郎找你来的，与我们有什么关系？"那位美人说："你怎么知道我不是因为别人而来？"王步兵说："您的想法已经很清楚了，不如唱一首歌为萧中郎劝酒。"惠娘起身说道："我愿意为大家演《唱凤楼》曲。"惠娘当即演唱了一曲，惠娘的歌声轻盈婉转富含感情，梁璟深深陶醉在其中。过了很长时间，惠娘演唱完毕了，萧中郎也唱了一首歌。曲子唱完后萧中郎说："山的那边已经见亮了。我想再和大家作一首诗，以便尽兴。"萧中郎当即作诗道："山高树树影。"王步兵接："山花寂寂香。"于是指着诸葛长史说道："之前您为了躲避同韵，确实是萧中郎错怪了您，希望您能接上这句，让大家见识一下你敏捷的才华。"诸葛长史应声说道："山天遥历历。"在场的所有人哄堂大笑说道："迟钝得没有速度，而且您的诗句还显得笨拙，您敏捷的才华难道就是这样吗？"诸葛长史的脸色不太好看。到了梁璟接："山水急汤汤。"萧中郎对梁璟大为赞赏，于是问梁璟道："您难

璟自是被疾恍惚，往往梦中郎步兵来，心甚恶之。后至长安，遇术士李生辟鬼符佩之. 遂绝也。（出《宣室志》）

崔御史

广陵有官舍，地步数百，制置宏丽。里中传其中为鬼所宅，故居之者，一夕则暴死。镍闭累年矣。有御史崔某，职于广陵。至，开门曰："妖不自作，我新居之，岂能为灾耶？"即白廉使而居焉。

是夕微雨，崔君命仆者尽居他室，而独寝于堂中，惕然而寤。衣尽沾湿，即起。见己之卧榻在庭中，却寝。未食顷，其榻又迁于庭。如是者三。崔曰："我谓天下无鬼，今则果有矣。"即具簪笏，命酒沃而祝曰："吾闻居此者多暴死，且人神殊道，当自安其居，岂害生人耶？虽苟以形见，以声闻者，是其负冤郁而将有诉者，或将求一饭以祭者，则见于人。而人自惊悸而死，固非神灵害之也。吾甚愚，且无畏惮。若真有所诉，直为我言，可以副汝托，虽汤火不避。"沃而祝者三，俄闻空中有言曰："君人也，我鬼也。诚不当以鬼干人，直将以深诚奉告。"崔曰："但言之。"鬼曰："我女子也，女弟兄三人，俱未笄而殁，父母葬我于郡城之北久矣。其后府公于此峻城池，构城屋。工人伐我封内树且尽，又徙我于此堂之东北隅。羁魂不宁，无所栖托。不期今夕，幸遇明君子，故我得以道是想考取进士的举人吗?”梁璟说道:“我将要被选上孝廉科。”萧中郎笑着说道:“举孝廉的人怎么会通晓诗文呢?”梁璟便怒斥萧中郎,诸葛长史也挥袖而起,席上的客人纷纷都被吓走了,不知道去往了哪里。座席之间的杯盘也看不见了。

梁璟从此以后时常得病,经常梦到萧中郎、王步兵。梁璟非常厌恶。后来梁璟到长安后遇见了一位术士李生,从李生手里得到了一道辟鬼符。梁璟将辟鬼符佩带起来后,就不再梦到萧中郎和王步兵了。(出《宣室志》)

崔御史

广陵地带有一处官家宅子,这座宅子方圆几百步。宅子里的装修十分华丽。街坊邻里们都说这是鬼宅,之前有住在里面的人,住了一晚上就暴毙身亡了。这座宅子已经锁了几年了。有一位御史姓崔,在广陵任职。崔御史来到这里后开门说:“只要我不理会,我新搬进来,怎么会有灾难呢?”于是崔御史向廉察使禀报了一声就住进了这座宅子。

当天晚上下起了小雨,崔御史让仆人都住在别的屋子里,他自己一个人居住在正堂内。崔御史小心地就寝,却发现衣服都已经湿了,他即刻起身,发现自己的床已经被搬到庭院内了,于是崔御史把床榻搬回屋子里面。没过一会儿,崔御史的床又被搬到庭院里面。像这样反复了几次后,崔御史说:“我原以为天底下没有鬼。如今看来果真有鬼啊。”于是崔御史拿来簪子和朝笏,让人以酒酹地,祈祷着说:“我听说住在这座宅子里的人大多都会暴毙身亡,只是人和鬼的世界不同。应该各自安分,怎么能轻易地害人呢?倘若不是这样,您倘若能现身或者让我听见声音。您是背负冤屈不得昭雪需要控诉,还是需要准备食物祭祀,请现出来让我见到。但是人们一见到您就受惊吓而死,那就不是您本心加害。我十分愚笨,但是无所畏惧。倘若您真有什么需要控诉的事情请直接跟我说。如果您托付给我,我赴汤蹈火在所不辞。”崔御史祭奠再三,忽然听见天边有人说:“您是人,我是鬼。鬼的确不应该来打扰人,但是我要把我心里的话跟语其冤。傥君以仁心，为我棺而葬于野，真恩之大者矣。”已而涕泣呜咽，又曰：“我在此十年矣。前后所居者，皆欲诉其事，自是居人惊悸而死。某儿女子，非有害于人也。”崔曰：“吾前言固如是矣。虽然，如何不见我耶？”鬼曰：“某鬼也，岂敢以幽晦之质而见君乎？既诺我之请，虽处冥昧中，亦当感君子恩。岂可徒然而已？”言讫，遂告去。

明日，召工人，于堂东北隅发之，果得枯骸，葬于禅智寺隙地。里人皆祭之，谓之三女坟。自是其宅遂安。（出《宣室志》）

曹唐

进士曹唐，以能诗，名闻当世，久举不第，常寓居江陵佛寺中亭沼。境甚幽胜，每自临玩赋诗，得两句曰：“水底有天春漠漠，人间无路月茫茫。”吟之未久，自以为常制皆不及此作。一日还坐亭沼上，方用怡咏，忽见二妇人，衣素衣，貌甚闲冶，徐步而吟，则唐前所作之二句也。唐自以制未翌日，人固未有知者，何遽而得之。因迫而讯之，不应而去。未十余步间，不见矣。唐方甚疑怪，唐素与寺僧法舟善，因言于舟。舟惊曰：“两日前，有一少年见访，怀一碧笺，示我此诗。适方欲言之。”乃出示唐，颇惘然。数日后，唐卒于佛舍中。（出《灵怪集》）

您说出来。”崔御史说：“您尽管说。”鬼说：“我是一位女子，姐妹一共三人，都没有成年就去世了。我的父母把我们埋葬在城北已经有很长时间了。后来有人在这里建造了城池，又构筑房屋。施工的工人把我们墓前的树都砍伐干净了，又把我们的墓迁到这正堂的东北角。羁旅的魂魄不得安宁，我又无所依托。我没想到在今天遇见了一位圣明的君子，所以我才能说出我的冤屈。如果您怀有一颗仁心的话，就请把我们的棺椁埋葬在野外，那您就是对我有大恩大德了。”说完后，那位女子泣涕连连，接着又说：“我在这里已经有十年了，前后搬进这座宅子的人，我想对他们倾诉这件事，但是先后都被我吓死了。我也是为子女的人，并不是要加害于人。”崔御史说：“果然像我刚才说的那样，事情都到这般地步了，为什么不能出来见我呢？”鬼说：“我是鬼啊，岂敢以阴间的身份来会见君子呢？既然您已经答应了我的请求，虽然我在阴间，但是我也会感念您的恩情的。我怎么可以冒然现身呢？”说完后，那个鬼就告辞了。

第二天，崔御史找来工人，在正堂的东北角挖开地面，果然发现了尸骸。崔御史把她们葬在禅智寺外的空地处。街坊邻里都前来祭拜，人们把这座坟叫作三女坟。从此以后，这座宅子就安定了下来。（出《宣室志》）

曹唐

进士曹唐，擅长作诗，在当时很有名气，但是考科举很多年都没有考中。曹唐有一次居住在江陵当地的佛寺的亭沼里，那里的环境十分幽美。曹唐每次去那里游玩的时候一定会作诗。其中有一次写了两句诗道：“水底有云天漠漠，人间无路月茫茫。”曹唐吟诵这句诗不久，就认为当时人作的诗都不如这首诗。一天，曹唐又坐在亭沼里，正有兴趣吟诗的时候，忽然看见两位妇人。那两位妇人穿着白色衣服，看起来很是自在。那两位妇人在那里漫步吟诗，所吟诵的诗句正是之前曹唐所作的那两句诗。曹唐认为自己作这句诗还没超过一天，不应该有人知道。曹唐好奇她们是怎么知道的，便想要上前询问。那两位妇人没有回应就离开了。那两位妇人走出去还没有十步

就消失了。曹唐感到十分奇怪，他向来与寺内的僧人法舟交好，于是把这件事告诉了法舟，法舟惊讶地说道："两天前，有一位少年来拜访我，那位少年拿出来一个诗笺，向我展示这首诗。我刚才就想跟您说这件事。"接着法舟把那个诗笺拿了出来，曹唐看完后十分迷茫。几天后，曹唐在佛寺的住处去世了。（出《灵怪集》）

卷第三百五十　鬼三十五

许 生　颜 濬　郝惟谅　浮梁张令　欧阳敏　奉天县民

许 生

会昌元年春，孝廉许生，下第东归。次寿安，将宿于甘泉店。甘棠馆西一里已来，逢白衣叟，跃青骢，自西而来。徒从极盛，醺颜怡怡，朗吟云："春草萋萋春水绿，野棠开尽飘香玉。绣岭宫前鹤发人，犹唱开元太平曲。"生策马前进，问其姓名，叟微笑不答。又吟一篇云："厌世逃名者，谁能答姓名。曾闻三乐否，看取路傍情。"生知其鬼物矣，遂不复问。但继后而行，凡二三里，日已暮矣。至喷玉泉牌堠之西，叟笑谓生曰："吾闻三四君子，今日追旧游于此泉。吾昨已被召，自此南去。吾子不可连骑也。"生固请从，叟不对而去，生纵辔以随之。

去甘棠一里余，见车马导从，填隘路歧，生麾盖而进。既至泉亭，乃下马。伏于丛棘之下，屏气以窥之。见四丈夫，有少年神貌扬扬者，有短小器宇落落者，有长大少髭髯者，有清瘦言语及瞻视疾速者。皆金紫，坐于泉之北矶。叟既至，曰："玉川来何迟？"叟曰："适傍石墨涧寻赏，憩马甘棠馆亭，于西楹偶见诗人题一章，驻而吟讽，不觉良久。"座首者曰："是何篇什？得先生赏叹之若是？"叟曰："此诗有似为席中一二公有其题，而晦其姓名，怜其终章皆有意思。"乃曰："浮云凄惨日微明，沉痛将军负罪名。白昼叫阍无近戚，缟衣饮气只门生。佳人暗泣填宫泪，厩马连嘶换主声。六合茫茫悲汉土，此身无处哭田横。"座中闻之，皆以襟

许 生

会昌元年春天，有一位孝廉许生落第回家。许生途中住在寿安，想要住在当地的甘泉店。许生在甘棠馆西面距离一里地多的地方遇见了一位白衣老人，那位老人骑着青骢马从西边赶来。跟随在老人后面的队伍极其壮大，那位老人像是喝醉了一样开心，高声地吟诵道："春草萋萋春水绿，野棠开尽飘香玉。绣岭宫前鹤发人，犹唱开元太平曲。"许生拍马上前，问那位老人的姓名。老人笑而不语，接着又吟诵了一首诗道："厌世逃名者，谁能答姓名。曾闻三乐否，看取路傍情。"许生知道那位老人是鬼了，于是就没有再继续追问。走了二三里路后，当时天色已经晚了，许生走到了喷玉泉牌楼的西边，老人笑着问许生说："昨天我和三四个朋友约好了在这个泉水旁回忆旧游。我昨天已经和他们说好了，我从这里往南边走，你不用跟过来了。"许生坚持要跟老人前去，老人没有回答就拍马离去了。许生也催马跟了上去。

在距离甘棠一里地的地方，看见有车马随从。车马随从都布满道路。许生藏在伞盖下偷偷跟随。到泉边的亭子后就下马了。许生趴在灌丛下面，屏住呼吸偷偷观看。许生看见有四个人，其中有一个十分精神的少年，有一个身高很矮但是样貌很大方的人，有一个年纪很大但是胡子很少的人，有一个很清瘦但是眼神和说话都很犀利的人。这些人都是穿着紫色衣服，佩带金鱼袋。他们坐在泉水北边的石头上。老人来了后，那帮人问老人说道："玉川为什么来晚了？"老人说："刚才到石墨涧游览赏景，又在甘棠馆的亭子下休息。我在西边的柱子上面看见有一位诗人在上面题了一首诗，我在此驻马吟诵上面的诗句，不知不觉已经过了很久了。"坐在首席的人问："是什么样的诗词能让先生您如此赞叹？"老人说："这首诗好像是在座袖拥面，如欲恸哭。神貌扬扬者云："我知作诗人矣，得非伊水之上，受我推食脱衣之士乎？"

久之，白衣叟命飞杯，凡数巡巡，而座中欷歔未已。白衣叟曰："再经旧游，无以自适。宜赋篇咏，以代管弦。"命左右取笔砚，乃出题云："《喷玉泉感旧游书怀》，各七言长句。"白衣叟倡云："树色川光向晚晴，旧曾游处事分明。鼠穿月榭荆榛合，草掩花园畦垅平。迹陷黄沙仍未寤，罪标青简竟何名。伤心谷口东流水，犹喷当时寒玉声。"少年神貌扬扬者诗云："鸟啼莺语思何穷，一世荣华一梦中。李固有冤藏蠹简，邓攸无子续清风。文章高韵传流水，丝管遗音托草虫。春月不知人事改，闲垂光影照洿宫。"短小器宇落落者诗云："桃蹊李径尽荒凉，访旧寻新益自伤。虽有衣衾藏李固，终无表疏雪王章。羁魂尚觉霜风冷，朽骨徒惊月桂香。天爵竟为人爵误，谁能高叫问苍苍。"清瘦及瞻视疾速者诗云："落花寂寂草绵绵，云影山光尽宛然。坏室基摧新石鼠，潴宫水引故山泉。青云自致惭天爵，白首同归感昔贤。惆怅林间中夜月，孤光曾照读书筵。"长大少须髯者诗云："新荆棘路旧衡门，又驻高车会一樽。寒骨未沾新雨露，春风不长败兰荪。丹诚岂分埋幽壤，白日终希照覆盆。珍重昔年金谷友，共来泉际话孤魂。"

诗成，各自吟讽，长号数四，响动岩谷。逡巡，怪鸟鸱枭，相率啾唧；大狐老狸，次第鸣叫。顷之，骡脚自东而来，金铎之声，振于坐中。各命仆马，颇甚草草。惨无言语，掩泣攀鞍，若烟雾的一两位写过的篇名，但是那个人没留下名字，可惜他这篇很好的文章了。”于是老人背诵了那首诗道：“浮云凄惨日微明，沈痛将军负罪名。白昼叫阍无近戚，缟衣饮气只门生。佳人暗泣填宫泪，厩马连嘶换主声。六合茫茫悲汉土，此身无处哭田横。”在座听到这首诗的人都用衣袖掩面，好像要哭出来一样。座中那位十分精神的少年说：“我知道这首诗是谁作的，莫非是伊水上接受我的食物和我身上衣服的那个人吗？”

过了很长时间，白衣老人让举起酒杯喝酒，酒过几巡后，在座的人唏嘘不已。白衣老人说道：“我们再次相会，没有什么可以舒缓心情的事情。不如来作诗词歌赋取代丝竹音乐。”于是老人让拿来笔墨纸砚，老人出了一个《喷玉泉感旧游书怀》的题目，让每个人都写一首七言律诗。白衣老人作诗道：“树色川光向晚晴，旧曾游处事分明。鼠穿月榭荆榛合，草掩花园畦垅平。迹陷黄沙仍未寤，罪标青简竟何名。伤心谷口东流水，犹喷当时寒玉声。”那位十分精神的少年作诗道：“鸟啼莺语思何穷，一世荣华一梦中。孝固有冤藏蠹简，邓攸无子续清风。文章高韵传流水，丝管遗音托草虫。春月不知人事改，闲垂光彩照(洿)宫。”那个身高很矮但是样貌很大方的人作诗道：“桃蹊李径尽荒凉，访旧寻新益自伤。虽有衣衾藏李固，终无表疏雪王章。羁魂尚觉霜风冷，朽骨徒惊月桂香。天爵竟为人爵误，谁能高叫问苍苍。”那个很清瘦但是眼神和说话都很犀利的人作诗道：“落花寂寂草绵绵，云影山光尽宛然。坏室基摧新石鼠，潴宫水引故山泉。青云自致惭天爵，白首同归感昔贤。惆怅林间中夜月，孤光曾照读书筵。”那个年纪很大但是胡子很少的人作诗道：“新荆棘路旧衡门，又驻高车会一樽。寒骨未沾新雨露，春风不长败兰荪。丹诚岂分埋幽壤，白日终希照覆盆。珍重昔年金谷友，共来泉际话孤魂。”

每个人作完诗都会吟咏一番。接着他们又哭了几场，哭声响彻山谷。一会儿有怪鸟猫头鹰相互哀鸣，又有很大的老狐狸依次发出叫声。一会儿他们的坐骑队伍从东边而来，队伍中铃铛的声音能让席上震动。座席上的人各自仓促地回到自己的队伍。那几个人非常状，自庭而散。生于是出丛棘，寻旧路，匹马龁草于涧侧，蹇童美寝于路隅。未明，达甘泉店。店媪诘冒夜，生具以对媪。媪曰："昨夜三更，走马挈壶，就我买酒，得非此耶？"开柜视，皆纸钱也。（出《纂异录》）

颜濬

会昌中，进士颜濬，下第游广陵。遂之建业，赁小舟，抵白沙。同载有青衣，年二十许，服饰古朴，言词清丽。濬揖之，问其姓氏，对曰："幼芳姓赵。"问其所适，其所适曰："亦之建业。"濬甚喜，每维舟，即买酒果，与之宴饮。多说陈隋间事，濬颇异之，即正色敛衽不对。抵白沙，各迁舟航，青衣乃谢濬曰："数日承君深顾，某陋拙，不足奉欢笑。然亦有一事，可以奉酬。中元必游瓦官阁，此时当为君会一神仙中人。况君风仪才调，亦甚相称。望不逾此约。至时，某候于彼。"言讫，各登舟而去。

濬志其言，中元日，来游瓦官阁。士女阗咽，及登阁，果有美人，从二女仆，皆双环而有媚态。美人倚栏独语，悲叹久之。濬注视不易，美人亦讶之。又曰："幼芳之言不缪矣。"使双鬟传语曰："西廊有惠鉴阇黎院，则某旧门徒。君可至是，幼芳亦在彼。"濬甚喜，蹑其踪而去，果见同舟青衣，出而微笑。濬遂与美人叙寒暄，言语竟日。僧进茶果。至暮，谓濬曰："今日偶此登览，为惜高阁。病兹用功，不久毁除。故来一别，幸接欢笑。某家在清溪，颇悲伤，相顾无言，每个人在座骑上掩面哭泣，化成了烟雾消失在宴席间。许生便从灌丛中爬了出来，他找到原来的路，看见自己的马在山涧旁边吃草，书童也酣睡在路上。天还没有亮，许生就抵达了甘泉店。店内的老妇人问许生在哪里过的夜，许生把一路所见全部告诉了老妇人。老妇人说道："昨夜三更天的时候，有人骑马拿着壶到我这里来打酒，莫非就是那一帮人吗？"老妇人打开收钱的柜子验看，发现那人给的钱全是纸钱。（出《纂异录》）

颜濬

会昌年间，颜濬去参加进士考试，落榜后去游广陵，之后又来到建业。颜濬租了一条小船到白沙游玩。同船的人中有一位侍女，那位侍女二十岁出头，服饰古朴，说话的声音很清秀好听。颜濬上前拱手施礼，问那位侍女的姓名。那侍女回答说："我的名字叫幼芳，我姓赵。"颜濬问她要到什么地方去。侍女回答说："也是去建业。"颜濬很高兴，每当停船，就买酒肉果品跟她分享。她说的都是前代陈朝和隋朝的事情。颜濬感到很奇怪，他就神色认真，整理了衣襟，不回答那位侍女。到白沙后，就各自搭船上路了。分别前侍女上前道歉说："几天来蒙您照顾，是我浅陋拙笨，不能陪伴您玩乐。然而有件事我可以略表酬谢，七月十五中元节那一天，您一定要去瓦官阁游玩。那时我会介绍您去认识一个神仙中的人物，而且您的风度、仪表和才气，与她也很相称，希望您不要错过这次约会，到那时，我会在那里恭候您的大驾。"说完，就各自登船而去了。

颜濬记着那位侍女的话，到了七月十五中元节那天去游玩瓦官阁。颜濬看见少男少女挤满楼台。颜濬登阁之后，果然看见了一位美人，美人后面跟随着两个侍女，侍女头上都梳有双髻，两个侍女都很娇媚多情。那位美人靠着栏杆自言自语，悲伤地叹息了很长时间。颜濬停下来注视着她，那美人看见颜濬也很惊讶。颜濬说："赵幼芳的话果然不假。"美人派侍女传话给颜濬说："西廊有惠鉴高僧院，我是那里的旧门徒，你可以到那里等候。赵幼芳也在那里。"颜濬很高兴，跟着她们到了那里。颜濬果然看见之前同船的那个女子出来多松月，室无他人，今夕必相过。某前往，可与幼芳后来。”濬然之，遂乘轩而去。

及夜，幼芳引濬前行，可数里而至。有青衣数辈，秉独迎之。遂延入内室，与幼芳环坐，曰：“孔家娘子相邻，使邀之曰：‘今夕偶有佳宾相访，愿同倾觞，以解烦愦。’“少顷而至，遂延入，亦多说陈朝故事。濬因起白曰：“不审夫人复何姓第，颇贮疑讶。”答曰：“某即陈朝张贵妃，彼即孔贵嫔。居世之时，谬当后主采顾，宠幸之礼，有过嫔嫱。不幸国亡，为杨广所杀。然此贼不仁可甚，于刘禅、孔皓，岂无嫔御？独有斯人，行此冤暴。且一种亡国，我后主实即风流，诗酒追欢，琴樽取乐而已。不似杨广，西筑长城，东征辽海，使天下男冤女旷，父寡子孤。途穷广陵，死于匹夫之手，亦上天降鉴，为我报仇耳！”孔贵嫔曰：“莫出此言，在坐有人不欲。”美人大笑曰：“浑忘却。”濬曰：“何人不欲斯言耶？”幼芳曰：“某本江令公家嬖者，后为贵妃侍儿。国亡之后，为隋宫御女。炀帝江都，为侍汤膳者。及化及乱兵入，某以身蔽帝，遂为所害。萧后怜某尽忠于主，因使殉葬。后改葬于雷塘侧，不得从焉。时至此谒贵妃耳。”

孔贵嫔曰：“前说尽是闲事，不如命酒，略延曩日之欢耳。”

对他微笑。颜濬于是就跟那位美人寒暄，二人谈了整整一天。其间有僧人送来茶果。到了晚上，那位美人对颜濬说："今天偶然来登楼观览，可惜这高大的楼阁，费了那么多的功力，我担心这座楼不久就要被拆除，所以特来向这座楼告别。幸好蒙您才这样开心，我的家在清溪，那里松多月朗，室无他人，今晚您一定要过去探访。我先回去了，你和赵幼芳可随后到来。"颜濬答应了下来。于是美人乘车而去。

到了晚上，赵幼芳带领颜濬前去那位美人的住处。大约走了几里地就到达了地点。有几位侍女拿着蜡烛出来迎接。侍女把颜濬请到里间屋子，与赵幼芳等人环坐在一起。那位美人说："孔家娘子住在隔壁，快去邀请她，跟她说：'今晚偶有佳宾来访，希望能同斟共饮，以解烦忧。'"不一会儿，孔家娘子来了，就把她请了进来。坐中也常说一些在陈朝的旧事。颜濬便起身说："我还不知道夫人姓什么，出身什么门第。"那位美人流露出疑虑和惊讶的样子，然后回答说："我是陈朝的张贵妃，她是孔贵嫔。活在世上的时候，承蒙后主的错爱和光顾。后主对我们宠幸的待遇，超过一般的嫔妃。但不幸陈朝灭亡了，我们被杨广杀害。然而这贼子不仁到了极点。刘禅、孙皓难道没有嫔妃侍候？唯独这个贼子这样结冤暴虐。同样都是亡国，我们的后主确实风流。他吟诗、饮宴，抚琴、捧杯，都只是取乐罢了。不像杨广那样西筑长城，东征辽海，使天下男子屈死，女子悲亡，老老少少家破人亡。我们走到广陵陷入绝境，死在普通人的手上。也是上天明鉴，为我们报了冤仇。"孔贵嫔说："不要说这种话，在座的有人不愿意听。"那位美人大笑说："都怪我全忘了这回事。"颜濬问："什么人不愿意听这话？"赵幼芳说："我本是江令公家的侍女，后来被选作了贵妃的侍女。亡国之后，我又做了隋朝的宫女。隋炀帝在江都时，我是为他端汤送饭的人。等国家衰败，乱兵侵入的时候，我用身体去遮挡掩护隋炀帝，因此被乱兵杀害。萧皇后怜惜我对皇帝的一片忠心，于是让我陪葬。后来隋炀帝改葬于雷塘侧，我不能跟从隋炀帝，现在我又来投奔贵妃罢了。"

孔贵嫔说："方才说的都是些闲事，不如摆上酒，姑且再享受一遂命双鬟持乐器，洽饮久之。贵妃题诗一章曰："秋草荒台响夜萤，白杨声尽减悲风。彩笺曾擘欺江总，绮阁尘清玉树空。"孔贵嫔曰："宝阁排云称望仙，五云高艳拥朝天。清溪犹有当时月，夜照琼花绽绮筵。"幼芳曰："皓魄初圆恨翠娥，繁华浓艳竟如何？两朝唯有长江水，依旧行人逝作波。"濬亦和曰："萧管清吟怨丽华，秋江寒月倚窗斜。惭非后主题笺客，得见临春阁上花。"俄闻叩门曰："江修容、何婕妤、袁昭仪来谒贵妃。"曰："窃闻今夕佳宾幽会，不免辄窥盛筵。"俱艳其衣裾，明其珰佩而入坐。及见四篇，捧而泣曰："今夕不意再逢三阁之会，又与新狎客题诗也。"

顷之，闻鸡鸣，孔贵嫔等俱起，各辞而去。濬与贵妃就寝，欲曙而起。贵妃赠辟尘犀簪一枚，曰："异日睹物思人。昨宵值客多，未尽欢情。别日更当一小会，然须谘祈幽府。"呜咽而别。濬翌日懵然，若有所失。信宿，更寻曩日地，则近清溪，松桧丘墟。询之于人，乃陈朝宫人墓。濬惨恻而返，数月，阁因寺废而毁。后至广陵，访得吴公台炀帝旧陵，果有宫人赵幼芳墓，因以酒奠之。（出《传奇》）

郝惟谅

荆州民郝惟谅，性粗率，勇于私斗。会昌二年寒食日，与其徒游于郊外，蹴踘角力，醉卧冢间。宵分始寤，将归，道左见一人家，室绝卑陋，虽张灯而颇昏暗，遂诣乞浆。有一妇人，容色惨悴，服装雅素，方向灯纫缝。延郝，良久谓郝曰："知君有胆气，故敢情点往日的欢乐啊。”于是命侍女取来乐器伴奏，座上的人高高兴兴地痛饮了许多酒。张贵妃写了一首诗吟诵道：“秋草荒台响夜萤，白杨声尽减悲风。彩笺曾擘欺江总，绮阁尘清玉树空。”孔贵嫔也写了一首诗吟诵道：“宝阁排云称望仙，五云高艳拥朝天。清溪犹有当时月，月照琼花绽绮筵。”赵幼芳也写了一首诗吟诵道：“皓魂初圆恨翠娥，繁花浓艳竟如何。两朝唯有长江水，依旧行人逝作波。”颜濬也唱和一首诗道：“箫管清吟怨丽华，秋江寒月依窗斜。惭非后主题笺客，得见临春阁上花。”一会儿，听见有人在外面叩门说：“江修容、何婕妤、袁照仪来拜见贵妃！”这三人进门后说：“我们私下听说今晚有佳宾幽会，不免心生向往想见识一下盛筵。”于是江修容、何婕妤、袁照仪都换上鲜艳的衣裙、佩戴着珠光宝饰入座。等看见之前四人写的诗后，捧在手中禁不住流下泪来说：“今晚不料能再遇见您们三家聚会，又与新来的客人吟诗作赋。”

不久，听到了鸡叫声，孔贵嫔等人都站起身来，各自告辞离去。颜濬与张贵妃一同就寝。快天亮时颜濬才起身。张贵妃送给颜濬一枚辟尘犀簪，张贵妃说：“他日你看见这物件，就可以想起我。昨天不巧，正逢人多，未能尽享欢乐。他日还当相见，然而必须打听去寻阴间宅府。”说完后二人洒泪而别。第二天，颜濬迷迷糊糊的，醒来后怅然若失。后来，颜濬再找从前相聚的地方，就找到清溪。颜濬发现那里长满了松树、桧树，到处是土丘。颜濬向人打听，发现这里竟是陈朝的宫人墓。颜濬怀着哀怜之情返回。几个月后，瓦官阁因为寺庙坍塌而被毁。后来颜濬到了广陵，寻访吴公台炀帝的旧陵，发现果然有宫人赵幼芳的墓，于是酹酒祭奠她。（出《传奇》）

郝惟谅

荆州有一个叫郝惟谅的人，性格鲁莽、率直且争强好胜。会昌二年寒食节那天，郝惟谅与朋友到郊外游玩，做踢球游戏，彼此较量力气，郝惟谅醉酒后躺在坟冢间睡着了。天黑以后郝惟谅才醒过来，将要回家的时候，看见道左边有一处人家。那处人家房子破烂且简陋，即使屋子里面点着灯，屋里也很昏暗。于是郝惟谅就前去那托。妾本秦人，姓张氏，嫁与府衙健儿李自欢。自欢太和中，戍边不返，妾遘疫而殁。别无亲戚，为邻里殡于此处，已逾一纪，迁葬无因。凡死者肌骨未复于土，魂神不为阴司所籍。虽散恍惚，如梦如醉。君能使妾遗骸得归泉壤，精爽有托，斯愿毕矣。”郝曰：“某生业素薄，力且不办，如何？”妇人云：“某虽为鬼，不废女工。自安此，常造雨衣，与胡氏佣作，凡数年矣。所聚十三万，葬备有余也。”郝许诺而归。迟明，访之胡氏，物色皆符，乃具以告。即与偕往殡所，毁瘗视之，散钱培榇，数如其言。胡氏与郝，哀而异之。复率钱于同辈，合二十万，盛其凶仪，瘗于鹿顶原。其夕，见梦于胡郝。（出《酉阳杂俎》）

浮梁张令

浮梁张令，家业蔓延江淮间，累金积粟，不可胜计。秩满，如京师，常先一程致顿，海陆珍美毕具。至华阴，仆夫施幄幕，陈樽垒，庖人炙羊方熟，有黄衫者，据盘而坐。仆夫连叱，神色不挠。店妪曰：“今五坊弋罗之辈，横行关内，此其流也，不可与竞。”仆夫方欲求其帅以责之，而张令至，具以黄衫者告，张令曰：“勿处人家，想要点东西喝。那处人家里有一个妇人，脸色苍白憔悴，衣服朴素，正面对着灯做针线活儿。那妇人请郝惟谅进屋。过了很长时间那位妇人才对郝惟谅说："我知道你有胆量、有气魄，所以我有事情才敢托付给你。我本是秦人，姓张，嫁给府衙里一个身体强健男儿叫李自欢，李自欢在太和年间，被派守边关一去不返，我也得病身亡了。我无亲无故，后来被邻居发丧埋葬在这里。现在已经过了十几年，没有机会迁葬了。凡是死人尸骨没盖上土的，都不会被阴司列入户籍，所以灵魂会到处飘散，迷迷糊糊像做梦和醉酒一样。您如果能把我的尸骨埋葬到地下，让我的灵魂有所寄托，我的心愿也算了结了。"郝惟谅说："我的财力和物力有限，即使尽全力去办，恐怕也做不到。您看这该如何是好？"那妇人说："我虽然是鬼，但一直也没有丢开针线活儿。自从住在这里后，我常常缝制雨衣，给一家姓胡的人做了许多年的雇工。这几年积攒下来的钱有十三万，您安葬完我后，还会有剩余。"郝惟谅答应了她就回去了。天亮时，郝惟谅找到了那家姓胡的人的所在。郝惟谅察看一番后发现与那妇人说的完全相符。郝惟谅就把事情的经过详细地告诉了姓胡的那位雇主，并且一同和那位雇主到坟地去。二人打开棺木一看，发现钱都零散地堆在里面数了数，果然像妇人所说的那么多。姓胡的那位雇主与郝惟谅都很怜惜她，同时也感到惊异。之后就拿着这些钱及从朋友那里筹集的钱，总共二十万，胡、郝二人很隆重地给那位妇人举行了葬礼，重新把那位妇人安葬在鹿顶原。当天晚上，那妇人就托梦给胡、郝二人。（出《酉阳杂俎》）

浮梁张令

浮梁有一位姓张的县令，张县令的家业遍布江淮一带，所积累的财宝和粮食多得无法计算。张县令任职期满后，动身前往京城，常常提前一程用餐，把海陆珍奇各种美味佳肴全都准备齐全。到了华阴，仆人搭好帐篷，摆上酒器、食具，厨师烤制的羊正好也熟了。有个穿黄衣服的人占了个位置而坐。仆人连声喝叱，那人面不改色，毫不屈从。店主老妇人说："现在五坊衙门搜寻追捕的不法之徒，那些吡。”召黄衫者问曰：“来自何方？”黄衫但唯唯耳。促暖酒，酒至，令以大金钟饮之。虽不谢，似有愧色。饮讫，顾炙羊，著目不移，令自割以劝之。一足尽，未有饱色，令又以奁中馂十四五啖之，凡饮二斗余。

酒酣，谓令曰：“四十年前，曾于东店得一醉饱，以至今日。”令甚讶，乃勤恳问姓氏，对曰：“某非人也，盖直送关中死籍之吏耳。”令惊问其由，曰：“太山召人魂，将死之籍付诸岳，俾某部送耳。”令曰：“可得一观乎？”曰：“便窥亦无患。”于是解革囊，出一轴，其首云：“太山主者牒金天府。”其第二行云：“贪财好杀，见利忘义人，前浮梁县令张某。”即张君也，令见名，乞告使者曰：“修短有限，谁敢惜死？但某方强仕，不为死备，家业浩大，未有所付。何术得延其期？某囊橐中，计所直不下数十万，尽可以献于执事。”使者曰：“一饭之恩，诚宜报答。百万之贶，某何用焉？今有仙官刘纲，谪在莲花峰，足下宜匍匐径往，哀诉奏章，舍此则无计矣。某昨闻金天王与南岳博戏不胜，输二十万，甚被逼逐。足下可诣岳庙，厚数以许之，必能施力于仙官。纵力不及，亦得路于莲花峰下。不尔，荆榛蒙密，川谷阻绝，无能往者。”

人在关内横行，这人大概就属于这类人。不能跟他争执。”仆人想找自己的长官斥责他，张县令驾临后，仆人就把黄衣人的事全部告诉了他。张县令说：“不要喝叱他。”于是张县令就把黄衣人召来问他说：“你从什么地方来？”黄衣人只是唯唯应诺。张县令让人端上温酒，酒拿来后，让黄衣人用大金钟饮酒。黄衣人虽然不表感谢，但表情好像有惭愧之色。黄衣人喝完酒，回头目不转眼地盯着那只烤羊。张县令亲自动手割羊肉请黄衣人吃。一条羊腿吃完后，那位黄衣人还没有吃饱，张县令又把箱子里将近一半的食物拿出来请黄衣人吃。

酒喝到很尽兴的时候，黄衣人对张县令说：“我四十年前曾经在东店吃饱喝足过一次，直到现在才吃顿饱饭。”张县令听后很惊讶，就恳切地打听黄衣人的姓氏。黄衣人回答说：“我不是人，只是送关中死人簿籍的小吏罢了。”张县令惊讶地向他打听事情的原委。黄衣人说：“太行山召人间的魂魄，需要死去的人的名簿都放在那里，让我派部下人送去。”张县令说：“能拿来给我看看吗？”那个黄衣人回答说：“您看一看也没有什么妨害。”于是黄衣人解开布袋，拿出一轴书卷，张县令打开看，看到那上面第一行写着：“太行主者牒金天府。”第二行写着：“贪财好杀和见利忘义人，前浮梁县令张某。”上面写的张某就是指代着张县令。张县令看到自己的名字在上面，于是乞求黄衣使者说：“人生在世，修行和命运都是有限度的，谁敢贪生怕死呢？只是我现在正身强力壮，还没有准备后事。况且我的家业如此浩大，我还没有来得及嘱托，您有什么办法能延缓我的死期呢？我袋子里的财物总计不少于几十万，我都可以奉献给您。”黄衣人说：“一顿酒饭的恩惠，我确实应该报答。可就算是百万巨款的馈赠，对我来说有什么用呢？现在有一位仙官叫刘纲，他被贬在莲花峰，你应该赶快前往拜访，您要悲伤地向他诉说缘由打动他。除此之外，再没有其他的办法了。我昨天听说金天王和南岳王作赌没有取胜，输了二十万，被逼债逼得很厉害。你可以到岳庙。用巨额的钱财许诺给他，他一定能在仙官那里给你出力。即使他出不了力，也可以从莲花峰下找到便捷的登山之路，否则山上荆榛遍布，一令于是赍牲牢，驰诣岳庙，以千万许之。然后直诣莲花峰，得幽径。凡数十里，至峰下，转东南，有一茅堂。见道士隐几而坐，问令曰：“腐骨秽肉，魂亡神耗者，安得来此？”令曰：“钟鸣漏尽，露晞顷刻。窃闻仙官，能复精魂于朽骨，致肌肉于枯骸。既有好生之心，岂惜奏章之力？”道士曰：“吾顷为隋朝权臣一奏，遂谪居此峰。尔何德于予，欲陷吾为寒山之叟乎？”令哀祈愈切，仙官神色甚怒。俄有使者，赍一函而至，则金天王之书扎也。仙官览书，笑曰：“关节既到，难为不应。”召使者反报，曰：“莫又为上帝谴责否？”乃启玉函，书一通，焚香再拜以遣之。凡食顷，天符乃降，其上署“彻”字，仙官复焚香再拜以启之，云：“张某弃背祖宗，窃假名位。不顾礼法，苟窃官荣，而又鄙僻多藏，诡诈无实。百里之任，已是叨居；千乘之富，今因苟得。令按罪已实，待戮余魂。何为奏章，求延厥命？但以扶危拯溺者，大道所尚；纾刑宥过者，玄门是宗。狥尔一眦，我全弘化，希其悛恶，庶乃自新。贪生者量延五年，奏章者不能无罪。”仙官览毕，谓令曰：“大凡世人之寿，皆可致百岁。而以喜怒哀乐，汩没心源；爱恶嗜欲，伐生之根。而又扬已之能，掩彼之长，颠倒方寸，顷刻万变。神倦思怠，难全天和。如彼淡泉，汩于五味，欲致不坏，其可得乎？勉导归途，无堕吾教。”令拜辞，举首已失所在。

层又一层，又有山谷阻断，你无法到达目的地。”

张县令于是带着宰杀了的用于祭祀的牲畜，骑马直奔岳庙。张县令用千万钱财向庙里的神仙许诺。然后直奔莲花峰，找到了登山的小路。张县令总共走了几十里路，到达莲花峰下，之后折向东南，看见了一处茅草房，茅草房里有一个道士在几案后面坐着。那位道士责问张令说：“你这块腐骨秽肉，灵魂即将耗尽的人，怎么找到这里来的？”张县令说：“钟已击响，漏壶已报晓，露水顷刻间就晒干了。我私下听说仙官您能使朽骨复活，会让白骨上面长出肉。我只要还有求生之心，就会不惜一切财力向仙官奏请的。”那位道士说：“我曾经为隋朝的权臣上奏过一次，因此被贬在这莲花峰下，你对我有什么恩德，想让我做终生孤守寒山的老翁呢？”张县令苦苦哀求、情真意切。仙官神色很愤怒。不久，来了一个使者送来一封信，信就是金天王的书信。仙官看完信笑着说：“时机已到，很难不答应。”那位道士找来使者让他转告金天王说：“不会又因此受天帝谴责吧。”于是打开书信，然后又写一阵子，烧香拜了两拜就让使者带着信回去了。不一会儿，上天的符命就下来了。符命上面写着“彻”字，仙官又烧香拜了两拜打开看，道士看到上面写着：“张某背弃祖宗，剽窃名位。张县令不顾礼法，姑且沾了当官的荣誉，但是又在任内横行敛财中饱私囊。他诡诈无实，治理方圆百里的地方已经是名不副实了。他身下极其富有，核查后全都是来路不正当的财产。如今他的罪状已经坐实，只待把他的灵魂处死。为什么要上奏表章，为他祈求延续生命？用来帮助困厄之人是所崇尚的大道。对有过之人宽恕刑罚是玄门的宗旨。徇私这一回，能弘扬狡猾，希他能悔过罪恶，改过自新。这个贪生的人就延长五年寿命，上书奏章的人不能无罪。”仙官看完后对张县令说：“大致世人的寿命，都可活到百岁，然而人因为有喜怒哀乐之情，弄乱了人的心性，爱和恨的嗜好和欲望，斩断了生命的根源。宣扬夸大自己的本领而掩盖他人的长处，扰乱心性，瞬息万变，就会使人的精神疲乏、倦怠。天时虽和，也不能完全发挥作用。就像甘美的泉水，把泉水投进五味之中，要让甘美的泉水仍不改变味道，这可能吗？所以我劝你回归正道，不要忘记我的教诲。”张县复寻旧路，稍觉平易，行十余里，黄衫吏迎前而贺。令曰：“将欲奉报，愿知姓字。”吏曰：“吾姓锺，生为宣城县脚力。亡于华阴，遂为幽冥所录。递符之役，劳苦如旧。”令曰：“何以勉执事之困？”曰：“但酬金天王愿，曰请置子为阍人，则吾饱神盘子矣。天符已违半日，难更淹留。”便与执事别，入庙南柘林三五步而没。是夕，张令驻车华阴，决东归。计酬金天王愿，所费数逾二万，乃语其仆曰：“二万可以赡吾十舍之资粮矣，安可受祉于上帝，而私谒于土偶人乎？”明旦，遂东至偃师，止于县馆。见黄衫旧吏，赍牒排闼而进，叱张令曰：“何虚妄之若是？今祸至矣。由尔偿三峰之愿不果，俾吾答一饭之恩无始终。悒悒之怀，如痛毒螫。”言讫，失所在。顷刻，张令有疾，留书遗妻子，未讫而终。（出《纂异记》）

欧阳敏

陕州东三十里，本无旅舍。行客或薄暮至此，即有人远迎安泊，及晓前进，往往有死者。扬州客欧阳敏，侵夜至，其鬼即为一老叟，迎归舍。夜半后，叟诣客问乡地，便以酒炙延待。客从容谈及阴骘之事，叟甚有惊怍之色。客问怪之，乃问曰：“鬼神能侵害人乎？人能害鬼乎？”叟曰：“鬼神之事，人不知，何能害之？鬼神必不肯无故侵害人也。或侵害人者，恐是妖鬼也，犹人间之贼盗耳。

令拜别告辞，举手之间，那道士已经不知去向了。

张县令又寻找原路而回。心里稍觉得平稳和轻松。张县令走了十多里路，黄衣人迎上前向张县令道贺。张县令说："我想要答谢你，希望您能告诉我姓名。"黄衣小吏说："我姓钟，活在世上时就做传递文书的差事，死在华阴，于是又被阴司录用，做传递文书的差事。跟从前一样辛苦。"张县令说："用什么办法可以免去你这差事的辛苦？"黄衣人回答说："只要你能实现对金天王许下的诺言并且对他说：'请您安排那个送信的人做守门人。'这样我也就心满意足了。我送天符的事情已经耽搁了半天，我不便再停留了。"张县令便与黄衣小吏告别了，黄衣人走向了庙南枯树中三五步远的地方后就不见了。这天晚上，张县令停车住在华阴，决定东归去实现对金天王的许诺，但是要用超过二万钱的花费。张县令就对他的仆人说："二万钱可以赡养十个像我这样的家庭，足够供应他们物资和粮食。怎么可以把逾万的祭品送给天帝，而又私自去拜谒泥像呢？"第二天早晨张县令就向东走，到了偃师，住在县馆的张县令看见原来那个黄衣小吏。黄衣小吏拿着天符推门进来，怒叱张县令说："你怎么这样说话不算数呢？你现在就要大祸临头了，因为你在庙里的承诺未能兑现，使我对你一饭之恩的报答也有始无终，我的心里很不安，像被毒虫咬了一样疼。"说完，黄衣小吏就不见踪影了。顷刻间，张县令就得了病，他就开始给自己的妻子写遗书，可是还没有写完就去世了。（出《纂异记》）

欧阳敏

陕州东边三十里的地方本来没有旅馆，往来旅客有时傍晚到达这里，就有人从远处去迎接、安置。到天亮的时候，常常会发现有死人。有一位从扬州来的旅客叫欧阳敏，在天渐渐黑下来的时候来到了这里。那鬼是一个老人，老人把欧阳敏迎回了旅馆。半夜后，老人就到欧阳敏的住处，打听他的家乡在哪里。老人又用酒肉招待欧阳敏。欧阳敏从容地说到人间阴间的定数。老人显露出吃惊和惭愧的神色。欧阳敏认为老人很奇怪，于是问老人说："鬼能害人吗？人若妖鬼之害人，偶闻于明神，必不容，亦不异贼盗之抵宪法也。”叟复深有忧色，客怪之甚，遂谓叟曰：“我若知妖鬼之所处，必诉于尊神，令尽剪除。”叟不觉起拜，叩头而言曰：“我强鬼也，虑至晓，君子不容，今幸望哀恕。”仍献一卷书与客曰：“此书预知帝王历数，保惜保惜。”客受之，至曙，不辞而出，回顾乃一坏坟耳。其书是篆字，后客托人译之，传于世。（出《潇湘录》）

奉天县民

会昌五年，奉天县国盛村民姓刘者，病狂，发时乱走，不避井堑。其家为迎禁咒人侯公敏治之。公敏才至，刘忽起曰：“我暂出，不假尔治。”因杖薪担至田中，袒而运担，状若击物，良久而返。笑曰：“我病已矣，适打一鬼头落，埋于田中。”兄弟及咒者，犹以为狂，遂同往验焉。刘掘出一髑髅，戴赤发十余茎，其病竟愈。（出《酉阳杂俎》）

能害鬼吗？”老人回答说：“鬼的事情，人不了解，人怎么能害鬼？鬼也一定不能无缘无故地害人，如果有侵害人的鬼，恐怕也是妖鬼。妖鬼就像人间的盗贼罢了。如果妖鬼害了人，恰巧被神明得知，那一定不会被饶恕，就如同盗贼触犯法规没什么不同。”老人又流露出忧虑的神色。欧阳敏更加感到诧异，于是对老人说：“如果我知道妖鬼在什么地方，那么我一定会到神明面前去控告那个妖鬼，让神明把妖鬼全部铲除。”老人听后，不自觉地起身下拜说：“我是强鬼，我猜您已经知道全部实情了。我所做的事情我知道您是不会宽容我的。我只希望您能可怜我饶恕我。”于是老人献出一卷书给欧阳敏说：“这书能预先知道帝王的历数。要好好保存，好好爱惜。”欧阳敏接受了那本书。天亮的时候，老人不辞而去。欧阳敏回顾晚上的住处，发现那里原来是一座坏了的坟墓。老人献出的那本书上面全是篆字。欧阳敏托人翻译过来，把这本书流传于世。（出《湘潇录》）

奉天县民

会昌五年，奉天县国盛村村民有一个姓刘的人得了狂病。刘生发病时到处乱走，就连水井和沟塘也不知躲避。他家给刘生请了一位驱鬼人叫侯公敏来给刘生治病。侯公敏刚刚来到的时候，刘生忽然起身说：“我先出去，不让你治。”随后刘生用手撑着柴棍到了田里。刘生赤裸着上半身，拿着柴棍，好像是在打什么东西。过了很长时间刘生才回来，刘生笑着说：“我的病已经好了，刚才我打落了一个鬼头，埋在田地里面了。”刘生的兄弟及侯公敏还以为刘生在说疯话。于是一同去田中察看，刘生挖掘出来一个骷髅，骷髅上面长着十多根红头发。从此以后，刘生的病就痊愈了。（出《酉阳杂俎》）

卷第三百五十一　鬼三十六

邢群

刑部员外邢群，大中二年，以前歙州刺史居洛中，疾甚。群素与御史朱琯善。时琯自淮海从事罢居伊洛，病卒，而群未知。尝昼卧，忽闻扣门者。令视之，见琯骑而来，群即延入坐。先是群闻琯病，及见来，甚喜，曰："向闻君疾，亦无足忧。"琯曰："某尝病，今则愈矣。然君之疾，亦无足忧，不一二日，当间耳。"言笑久之，方去。琯访群之时，乃琯卒也。（出《宣室志》）

李重

大中五年，检校郎中知盐铁河阴院事李重罢职，居河东郡。被疾，旬日益甚，沉然在榻。一夕，告其仆曰："我病不能起矣。"即令扃键其门。忽闻庭中率然有声，重视之，见一人衣绯，乃河西令蔡行己也。又有一人，衣白叠衣，在其后。重与行己善，即惊曰："蔡侍御来。"因命延上，与白衣者俱坐。顷之，见行己身渐长，手足口鼻，亦随而大焉。细视之，乃非行己也。重心异之，然因以侍御呼焉，重遂觉身稍可举，即负壁而坐，问曰："某病旬月矣，今愈甚，得不中于此乎？"其人曰："君之疾当间矣。"即指白衣者："吾之季弟，善卜。"乃命卜重。白衣者于袖中出一小木猿，置榻上。既而其猿左右跳踯，数四而定。白衣者曰："卦成矣，郎中之病，固无足忧。当至六十二，然亦有灾。"重曰："侍御饮酒乎？"

刑群

大中二年，刑部员外郎刑群凭借前歙州刺史的身份居住在洛中，得了重病。刑群向来与御史朱瑄交好，当时朱瑄从淮海从事被罢官居住在伊洛，后来朱瑄病故，但是刑群不知道这件事。刑群曾经白天卧床时忽然听见有敲门声，派人开门查看，只见朱瑄骑马过来。刑群立即邀请朱瑄进屋坐下。之前刑群听说朱瑄生病，等见到朱瑄前来，刑群十分欣喜，说："之前听说你生病了，现在看来并不需要担心。"朱瑄说："我之前生病，现在已经痊愈了。你的病也不需要担心，不出一两天就会痊愈。"两人谈笑很久，朱瑄才离开。朱瑄拜访刑群的时候，也正是朱瑄去世的时候。(出《宣室志》)

李重

唐宣宗大中五年，李重被免去了检校郎中、知盐铁和河阴院事的职务，居住在河东郡，患病十日病情逐渐加重，常卧床不语。一天李重告诉仆人说："我病得起不来。"于是让仆人关门。李重忽然听到庭院中有声音，前去查看，看见一个穿红衣的人，这人是河西县令蔡行己。又有一个穿白衣服的人跟在蔡行己后面。李重与蔡行己交好，于是惊喜地说："蔡侍御来了！"说完便请蔡行己和白衣人上座。一会儿，李重看见蔡行己的身体逐渐变长，蔡行己的手、脚、口、鼻也随着身体的变长而变大。李重仔细一看，原来这个人并不是蔡行己。李重心中感到奇怪，但仍旧用"侍御"来称呼红衣人。这时李重感觉自己稍微可以支撑起自己的身体，于是便靠着墙壁坐了起来，问道："我生病已经很多天了，如今病情愈加严重，我是不是要死了？"红衣人说："你的病就要好了。"又指着白衣人说："我的小曰："安敢不饮。"重遂命酒，以杯置于前。朱衣者曰："吾自有饮器。"乃于衣中出一杯，初似银，及既酌，而其杯翻翻不定。细视，乃纸为者。二个各尽二杯，已而收其杯于衣中。将去，又诫重曰："君愈之后，慎无饮酒，祸且及矣。"重谢而诺之，良久遂去。至庭中，乃无所见，视其外门，扃键如旧。又见其榻前，酒在地，盖二鬼所饮也。重自是病愈，既而饮酒如初，其年，谪为杭州司马。（出《宣室志》）

王坤

太原王坤，大中四年春为国子博士。有婢轻云，卒数年矣。一夕，忽梦轻云至榻前。坤甚惧，起而讯之，轻云曰："某自不为人数年矣，尝念平生时，若絷而不忘解也。今夕得奉左右，亦幸会耳。"坤懵然若醉，不寤为鬼也。轻云即引坤出门，门已扃鐍，隙中导坤而过，曾无碍。行至衢中，步月徘徊，久之，坤忽饥，语于轻云，轻云曰："里中人有与郎善者乎？可以诣而求食也。"坤素与太学博士石贯善，又同里居，坤因与偕行。至贯门，而门已键闭，轻云叩之。有顷，阍者启扉曰："向闻扣门，今寂无睹，何也？"因阖扉，轻云又扣之，如是者三，阍者怒曰："厉鬼安得辄扣吾门！"且唾且骂之。轻白坤云："石生已寝，固不可诣矣，愿郎更诣他所。"

弟擅长占卜。”于是让白衣人占卜。白衣人从衣袖中拿出一个小木猿放在床上，那小木猿就在床上左右蹦跳，跳了四次才停下来。白衣人说：“卦算出来了，你的病不需要担心。你可以活到六十二岁，但还会有灾祸。”李重说：“蔡侍御你要喝点酒吗？”红衣人说：“哪里敢不喝呢。”李重便让仆人上酒，把杯子放在了红衣人面前。红衣人说：“我有自带饮器。”红衣人于是从身上拿出一个杯子，刚一看仿佛是银制的，等到倒上酒，这个杯子不断晃动。仔细一看，原来是一个纸杯。二人分别喝完两杯酒，将杯子放回衣服里，两人将要离去时又告诫李重说：“你痊愈之后千万不要再喝酒，不然祸事就要临头了。”李重向两人表达感谢并且答应了下来。过了很久，二人离开。李重走到庭院中，没看见一个人，又去查看外门，门闩仍是插好的。李重又去察看他的床前，酒倒在了地上，原来喝酒的是两个鬼。然后李重的病就好了，还是像以前一样喝酒。这年，李重被贬谪为杭州司马。（出《宣室志》）

王坤

太原人王坤在唐宣宗大中四年担任国子博士。他有一个名叫轻云的婢女，已经死了很多年。一天晚上，王坤忽然梦到轻云走到他的床前。王坤非常害怕，就起床去讯问轻云，轻云说：“我离开人世已经几年了，曾经我回想活着的时候，和你就像被绳子捆着一样无法分开。今天我能来到你身边侍奉你，也非常幸运了。”王坤被她感动得如痴如醉，竟忘了她是鬼。轻云就带领王坤往外走，门已经锁住了，但轻云居然带着王坤从门缝中钻了出去，没有受到一点阻碍。他们走到街上，在月光下来回走了很久。王坤忽然饿了，把这事告诉了轻云，轻云说：“邻里中有人与你关系好吗？可以去拜访他们要些食物吃。”王坤向来和太学博士石贯交好，又是邻里，王坤因此和轻云一起去拜访石贯。走到石贯家门口，石贯家已经关门了，轻云于是就上前敲门。过了一会，守门人前来开门，说：“刚才明明听见有人敲门，现在开门为什么没有人呢？”于是关上了门。轻云再次敲门，就这样敲了三次门，守门人生气地说：“哪里来的厉鬼老是来敲我家时有国子监小吏，亦同里，每出，常经其门。吏与主月俸及条报除授，坤甚委信之，因与俱至其家。方见启扉，有一人持水缶，注于罋中。轻云曰：“可偕入。”既入，见小吏与数人会食。初，坤立于庭，以为小吏必降阶迎拜。既而小吏不礼，俄见一婢捧汤饼登阶，轻云即殴婢背，遽仆于阶，汤饼尽覆。小吏与妻奴俱起，惊曰：“中恶。”即急召巫者，巫曰：“有一人，朱绂银印，立于庭前。”因祭之，坤与轻云俱就坐，食已而偕去。女巫送至门，焚纸钱于门侧。轻云谓坤曰：“郎可偕某而行。”坤即随出里中，望启夏而去。至郊野数十里，见一墓，轻云曰：“此妾所居，郎可随而入焉。”坤即俯首曲躬而入，墓口曛黑不可辨。

忽悸然惊寤，背汗股栗。时天已晓，心恶其梦，不敢语于人。是日，因召石贯。既坐，贯曰：“昨夕有鬼扣吾门者三，遣视之，寂无所睹。”至晓，过小吏，则有焚纸钱迹，即立召小吏，讯其事。小吏曰：“某昨夕方会食，忽有婢中恶。巫云，鬼为祟。由是设祭于庭，焚纸于此。”尽与坤梦同。坤益惧，因告妻孥。是岁冬，果卒。（出《宣室志》）

门！”一边骂一边往地上吐唾沫。轻云告诉王坤说：“石贯已经睡着了，现在不能拜访他，我们去找其他人家吧。”

当时有一个国子监的小官员也和王坤住在同一里，王坤出门常经过他家门口，小官员也经常为王坤捎来每月的薪俸和文件，因此王坤非常信任小官员。于是王坤与轻云一起来到小吏家，正好看见一个人拿着水罐开门到街上倒水。轻云说：“我们就一起进去吧。”二人进去以后，看见小官员正和几个人在一起吃饭。起初，王坤站在庭院里，他认为小官员一定会来到院子里迎接他。但是小官员完全没理会二人。一会儿又看见一个婢女捧着汤饼登上台阶，轻云便拍打婢女背部，婢女倒在了台阶上，汤饼全都撒在了地上。小官员和他的妻子、奴仆一起起身惊呼：“中邪了啊！”然后马上找来一名巫师，巫师说：“有一个佩带用红色丝绳系银色官印的人站在庭院前。”于是巫师进行了祭祀，王坤与轻云一起进屋坐下吃东西，吃完便一起离开。巫师将他们送到门口，又在门旁烧了一些纸钱。轻云对王坤说：“你和我一起走吧。”王坤跟随轻云走出街道，向着启夏门走去。走到郊外距城几十里的地方，二人看见一座坟墓，轻云说：“这是我的住处，你跟着我一起进去吧。”王坤于是低头弯腰进入坟墓，墓口里面昏暗漆黑什么也看不见。

王坤心中一紧就惊醒了，发现自己背上满是汗水，大腿也不住地颤抖。这时天已经亮了，王坤心中厌恶这个梦，不愿意把这场梦告诉其他人。这天，王坤邀请石贯来到他家，石贯一坐下就说：“昨天晚上有鬼到我家来敲了三次门，我派人去察看，却什么也没有发现。”到了早上，王坤路过小官员家，看见他家门口有烧纸钱的痕迹，于是马上找来小官员询问他这件事。小官员说：“我昨天晚上正在吃饭，忽然有一个婢女中了邪。巫师说是有鬼怪作祟。于是我们在庭院中进行了祭祀，又在这里烧了纸钱。”这些全都和王坤的梦境相同，王坤更加害怕了，就把这件事告诉了家里的亲人。这年冬天，王坤果然去世了。（出《宣室志》）

苏太玄

阳朔人苏太玄，农夫也，其妻徐氏，生三子而卒。既葬，忽一日还家，但闻语而不见形，云："命未合终，冥司未录。"每至，必怜抚其子，为之纫补。经旬月，邻仵乃知，或占卜吉凶，述善恶，一一符验。有乡人在府充职，被疾，其家请卜之。俄顷云："至凉风馆南，地名柘木林，遇虎当道，不敢过，遂却回。"卜者请逼，因请再往。俄顷曰："至府，见所疾已愈。"疑其不实，遂问其所居坊曲，病人形貌。徐氏先不曾至府，又未识病者，一一言之，无差异。又有人来卜，谢无物奉酬，深为不足。徐氏曰："公家三斗粟在西房，何得称无？"卜者请取之。逡巡，负致其前，众皆愕然。如此不一。忽一旦，言帝舜发兵讨蛮，有人求至驿，助擎熟食，更一两日当还。如期而归，将一分细食，致夫前曰："此饭曷若人间过军者？"夫尝之，倍珍于他食。又一旦，泣告曰："无端泄阴事，获罪被追。此去难再还，好看儿女。"泣别遂绝。（出《桂林风土记》）

房千里

春州南门外有仙署馆，馆中有卢公亭。房千里贬官，寻医于斯州，太守馆之于是。东厢有内室，仆夫假寐，忽有朱衣人，甚魁伟，直来其前。仆辈惊走，告千里。既一二夕，又然。千里不信，然

苏太玄

阳朔人苏太玄是一个农民，他的妻子徐氏生了三个儿子后就去世了。苏太玄安葬妻子之后，忽然有一天回家后听到了妻子的声音但看不见妻子，妻子说：“我的寿命还不应该结束，阴曹地府不肯收留我。”徐氏每一次回来都十分疼爱她的孩子，还给孩子们缝补衣物。过了一段时间，邻居们都知道了这件事，便都前来向徐氏求卦询问吉凶，徐氏也告诉他们，也都一一应验了。乡里有人在府里任职生了病，他的家人请徐氏为他占卜。过了一会儿，徐氏说：“我去到了凉风馆南方的柘木林，遇到了老虎拦路，我不敢过去，便回来了。”病人的家人便再次请求徐氏前往。过了一会儿，徐氏说：“我到府里看见他的病已经好了。”病人的家人还担心徐氏说的不准确，于是询问徐氏他们家的住址和病人的外貌。徐氏之前从未去过府里，又不认识病人，但她描述的情况却一点差异也没有。又有人前来找徐氏占卜，并且表示家中没有财物用来答谢，请求徐氏谅解。徐氏说：“你家西房里明明有三斗粟，怎么说得上是什么也没有呢？”问卜的人便让她自己来拿。过了一会儿，徐氏便背着那三斗粮食来到了那人面前，大家都非常惊讶，这样看来是那个问卜人说了假话。有一天，徐氏说帝舜起兵讨伐蛮族，有人前来求她去随军做饭，过一两天就能回来。徐氏果然如期回来了，还给了丈夫一份细食说：“你尝尝这饭和人间军队的伙食相比怎么样？”丈夫一尝，竟然比他吃过的其他食物好吃几倍。又有一天，徐氏哭着告诉苏太玄说：“我因为泄露阴间事务将要被问罪捉拿，这次离开之后就很难再回来了，你要照看好儿子们啊！”哭完就离别了，以后就再也没见过徐氏了。（出《桂林风土记》）

房千里

春州南门外有一座仙署馆，馆中有一座卢公亭。房千里被贬官，来到春州治病，春州太守请房千里住进了仙署馆。仙署馆东厢房有一间内室，一天仆人们正在这里午睡，忽然出现了一个体格魁梧的不复置于室内。后累月，徙居溪亭，复有假掾吏寄与东室。昼日，见一男子披纱裳，屣履而来，曰："若无久驻此。"掾惊出户，俱以状白于僚吏。有老牙门将陆建宗曰："元和中，诛李师道，其从事陆行俭流于是州，赐死于是。"掾所白之状，果省不谬。（出《投荒杂录》）

韦氏子

京兆韦氏子，举进士，门阅甚盛。尝纳妓于洛，颜色明秀，尤善音律。韦曾令写杜工部诗，得本甚舛，妓随笔改正，文理晓然。是以韦颇惑之。年二十一而卒，韦悼痛之，甚为羸瘠。弃事而寐，意其梦见。一日，家僮有言嵩山任处士者，得返魂之术。韦召而求其术，任命择日斋戒，除一室，舒帏于室，焚香。仍须一经身衣以导其魂，韦搜衣笥，尽施僧矣。惟余一金缕裙，任曰："事济矣。"是夕，绝人屏事，且以瞻近悲泣为诫。燃蜡炬于香前，曰："睹烛燃寸，即复去矣。"韦洁服敛息，一禀其诲。是夜，万籁俱止，河汉澄明。任忽长叹，持裙面帏而招。如是者三，忽闻吁叹之声。俄顷，映帏微出，斜睇而立，幽芳怨态，若不自胜。韦惊起泣，任曰："无庸恐迫，以致倏回。"生忍泪揖之，无异平生。或与之言，颔首而已。逾刻，烛尽及期。欻欲逼之，纷然而灭。生乃捧帏长恸，既绝而苏。任生曰："某非猎食者，哀君情切，故来奉救。沤沫槿艳，不必置怀。"韦欲酬之，不顾而别。韦尝赋诗曰："惆怅金泥簇蝶裙，春来犹见伴行云。不教布施刚留得，浑似初逢李少君。"悼亡甚多，不备录。韦自此郁郁不怿，逾年而殁。（出《唐阙史》）

红衣人径直走到了他们面前。仆人们都害怕逃跑前去告知房千里。过了一两天，又发生了这样的事。房千里虽然不相信鬼神，但也不再居住在馆内了。之后几个月里，房千里搬到了溪亭居住。后来一个寄住在仙署馆东厢房的掾吏在白天的时候看见一个身披纱衣的男子穿着拖鞋走过来，并对他说："你不要在这里久住。"掾吏被吓得跑出门，他把事情原原本本地告诉了同僚。有一个名叫陆建宗的老牙门将说："唐宪宗元和年间，李师道被诛杀以后，他的从事陆行俭流亡到了春州，并在这里被皇帝赐死。"那个掾吏描述的人的相貌和陆行俭一模一样。（出《投荒杂录》）

韦氏子

京城有一个姓韦的人中了进士，他的门庭十分显赫。他曾经在洛阳蓄养了一名妓女，这个妓女容貌秀美并且擅长音律。韦氏曾经让这妓女抄写杜甫的诗，原本上有很多错误，妓女就在抄录时随笔进行了改正，而且改正后的内容文理十分通顺，这让韦氏感到十分奇怪。这个妓女在二十一岁的时候去世了，韦氏对她的离世十分心痛，身体也因为这件事消瘦了。韦氏经常放下手头的事去睡觉，希望能在梦中和妓女相会。一天，家童告诉韦氏嵩山有位任处士，能够为死者招魂。韦氏便请来任处士让他给妓女招魂。任处士让韦氏选个日子进行斋戒，安排一间房子，并在房间里面挂上帷幔、烧香。然后还需要一件妓女穿过的衣服用来引导她的魂魄，妓女的衣物都已经施舍给僧人了，韦氏翻找衣箱，只找到了一条剩下的金缕裙。任处士说："这就可以了。"这天晚上，任处士让韦氏断绝一切的人事，并且千万不能亲近妓女的灵魂，也不能哭泣。任处士在香前点燃了一根蜡烛说："看到蜡烛燃烧了一寸，妓女就要再次离开了。"韦氏打理了衣服连大气也不敢出，牢记任处士的告诫。这天晚上，十分寂静，星空明亮。任处士忽然长长地叹气，拿着金缕裙面对着帷帐招魂。反复几次后，忽然听到了吁声叹气的声音。一会儿，就看见妓女从帷帐中露出了一点身形的样子，她斜视地站着，好像心中充满了悲怨不能控制住自己。韦氏一惊，接着就哭泣起来，任处士说："你不要惊动

李浔

咸通中，中牟尉李浔，寓居圃田别墅。性刚戾，不以鬼神为意。每见人酹酒，必怒而止之。一旦，暴得风眩，方卧于庑下。忽有田父立于榻前，云："邻伍间欲来省疾。"见数人，形貌尫劣，服饰或紫或青。有矮仆，提酒两壶，历阶而上。左右妻子，悉无所睹。谓浔曰："尔常日负气，忽于我曹。醪醴之间，必为他人爱惜。今有醇酎数斗，众欲为君一醉。"俄以巨杯，满酌饮浔，两壶俱尽，余沥满席。谓浔曰："何以常时惜酒也耶？"自尔百骸昏悴，如宿酲慑然，数月方愈。（出《剧谈录》）

段成式

太常卿段成式，相国文昌子也，与举子温庭筠亲善，咸通四她，不然她马上就会回去了。”韦氏只能强忍住眼泪向女子作揖。那女子的模样和活着的时候没有什么差别，韦氏和她说话，她也只是点点头。过了一会儿，蜡烛快要燃尽，时间就要到了。韦氏连忙扑上去想要靠近女子，女子突然消失了。韦氏就捧着帷帐痛哭起来，哭昏过去又苏醒过来。任处士说：“我不是靠招魂来挣钱的，完全是因为同情你的情深意切，所以才前来帮助你。男女感情就像浪花上的泡沫和树上的鲜花，你不要太放在心上。”韦氏想要酬谢他，任处士却头也不回地就离开了。韦氏曾经写诗说：“惆怅金泥簇蝶裙，春来犹见伴行云。不教布施刚留得，浑似初逢李少君。”韦氏写的悼亡诗很多，就不一一记录了。韦氏后来一直郁郁寡欢，第二年就死了。（出《唐阙史》）

李浔

唐懿宗咸通年间，中牟尉李浔居住在园地的别墅里，他性格刚毅、脾气暴躁，不相信鬼神。李浔每次看到有人向鬼神祭酒都会很生气地制止对方。有一天，李浔突然得了中风，他正在屋檐下躺着，忽然看见有个农民站在他的床前，说：“邻居们听说你生病了，都想要来看望你。”李浔看见几个相貌丑陋的人，其中有穿青色衣服的，也有穿紫色衣服的，又看见一个矮小的仆人提着两壶酒走上台阶。但李浔身边的家人和侍从们都看不见这几个人。农民告诉李浔说：“你平日里固执己见，总是忽视我们。在饮酒的时候，一定会有别人来照顾你。今天我们带了几壶酒，就让我们大喝一场吧。”说完就拿来一个巨大的杯子，往里面倒满酒递给了李浔，两壶酒都喝完了，地上还洒了许多酒。农民又对李浔说：“你平时为什么那么珍惜酒啊？”李浔被鬼怪们灌得醉得很厉害，总是醉醺醺的样子，过了好几个月才好。（出《剧谈录》）

段成式

担任太常的段成式是相国段文昌的儿子，他和举人温庭筠是好年六月卒。庭筠居闲辇下，是岁十一月十三日冬至，大雪，凌晨有扣门者。仆夫视之，乃隔扉授一竹筒，云："段少常送书来。"庭筠初谓误，发筒获书，其上无字。开之，乃成式手札也。庭筠大惊，驰出户，其人已灭矣。乃焚香再拜而读，但不谕其理，辞曰："恸发幽门，哀归短数。平生已矣，后世何云。况复男紫悲黄，女青惧绿。杜陵分绝，武子成䍵。自是井障流鹦，庭钟舞鹄。交昆之故，永断私情。慨慷所深，力占难尽。不具。荆州牧段成式顿首。"自后寂无所闻。书云䍵字，字书所无，以意读之，当作"群"字耳。温段二家，皆传其本。子安节，前沂王傅，乃庭筠婿也，自说之。（出《南楚新闻》）

鬼葬

辰州溆浦县西四十里，有鬼葬山。黄闵《沅川记》云：其中岩有棺木，遥望可长十余丈，谓鬼葬之墟。故老云，鬼造此棺，七日昼昏，唯闻斧凿声。人家不觉失器物刀斧，七日霁，所失之物，悉还其主，铛斧皆有肥腻腥臊。见此棺俨然，横据岸畔。（出《洽闻记》）

董汉勋

汝坟部将董汉勋，善骑射，力兼数人，趫捷能斗。累戍于西北边，羌人惮之。乾符丙申岁，为汝之龙兴镇将。忽一日，谓其妻朋友。唐懿宗咸通四年六月，段成式去世了，当时温庭筠正闲居在京城。这年十一月十三日冬至那天，下了大雪，凌晨的时候听到有敲门的声音，仆人去开门时，外面的人隔着门递了一只竹筒进来说："是段成式送信来了。"温庭筠开始以为听错了，打开竹筒拿出信，信封上没有字。打开信封，果然是段成式的字迹。温庭筠大吃一惊，连忙跑出门去，但送信的人已经不见了。于是温庭筠烧上香，又拜了两次才开始读信，但看不懂信件内容想要表达的意思，信中写道："我悲痛地来到了阴间，悲伤的是我的生命太短暂了。我这辈子是结束了，但还不知道下辈子会怎么样。况且男子看到黄叶感到悲伤，女子为春深感到心惊。自从在杜陵分别以后，前来的人络绎不绝。水井旁的栏杆上流鹦飞过，庭院中的鹄鸟在钟声中起舞。像我们这样的老朋友，却要永远地断绝情谊了。我的心中感慨万千，写也写不完啊。就写到这里吧，荆州牧段成式叩头。"从此以后就再也没听说过段成式的消息。那封信里的"䰐"字，就连字典里也没有记载，只能根据大意去理解它。温家和段家都流传着这封信。曾任沂王太傅的安节是温庭筠的女婿，这些事是他亲口说的。（出《南楚新闻》）

鬼葬

辰州溆浦县城西边四十里有一座鬼葬山，黄闵写的《沅川记》中写道：鬼葬山中的岩石上有一口巨大的棺木，远远望去这口棺木有十多丈长，这就是埋葬鬼魂的地方。有老人说，鬼制造这个棺木时，连着七天大白天都天昏地暗，只能听见斧凿的声音，很多人家都发现家里的刀子斧子不见了。七天后，丢失的东西又都回到了主人家，而且斧子凿子上都有肥腻腥臊的气味。随后就看见这口棺木横在了岩畔。（出《洽闻记》）

董汉勋

镇守汝水的部将董汉勋擅长骑马射箭，而且他的力气是常人的几倍，矫捷擅长打斗。他曾多次镇守西北边疆，羌族人都很害怕他。

曰："来日有十余故人相访，可丰备酒食。"其家以为常客也。翌日，盛设厅事。至辰巳间，汉勋束带，出镇门，向空连拜，或呼行第，或呼字，言笑揖让而登厅。其家大愕，具酒食，若陈祭焉。既罢，其妻诘之，汉勋曰："皆曩日边上阵没同侪也，久别一来耳，何异之有？"后汉勋终亦无恙。至明年秋八月晦，青土贼王仙芝数万人奄至。时承平之代，郡国悉无武备。是日，郡选锐卒五百人，令勇将夔洪主之。出郡东二十里苦慕店，尽为贼所擒，唯一骑走至郡。郡人大惊，遂闭门登陴，部分固守。汉勋以五百人据北门。九月朔旦，贼至合围，一鼓而陷南门，执太守王镣。汉勋于北门，乘城苦战。中矢者皆应弦饮羽，所杀数十人，矢尽，贼已入。汉勋运剑，复杀数十人。剑既折，乃抽屋椽击之，又杀数十人。日上饥疲，为兵所殪，贼帅亦嗟异焉。（出《三水小牍》）

乾符丙申年，董汉勋镇守汝州的龙兴。有一天，他对妻子说："明天有十多个老朋友要来看望我，你准备一些好酒好菜吧。"他的家人以为就是很平常的客人。第二天，董汉勋在大厅中准备好了宴席。等到午前，董汉勋穿好衣服，出了营门，向着空地上接连作揖，还不断地叫着一些人的排行和名字，说说笑笑地让客人走进大厅。家人们都十分惊讶，准备好了酒食，就好像是在祭祀一样。结束后，董汉勋的妻子问他，他说："他们都是我之前死在战场上的战友，分别很久了他们来看望我一次，有什么奇怪的呢？"董汉勋后来也一直没出什么事。等到第二年秋天八月的最后一天，青土的贼人王仙芝带领数万人杀来。当时天下太平，地方上都没有多少武装力量。这天，郡里选出五百个精锐的士兵，命令猛将爨洪率领他们出郡到郡东二十里的苦慕店迎敌，却都被王仙芝的军队擒获了，只有一个骑兵逃回了郡里。郡中人大惊，赶快关上城门登上城墙，准备守城。董汉勋率领五百人镇守城门。九月第一天早晨，王仙芝的军队围攻郡城，一举攻陷了南门，捉拿了太守王镣。董汉勋在北门据城苦战，拉弓猛射，射中的箭连尾羽都没入了中箭者的身体。射死几十人之后，弓箭用完了，敌人进入了城内。董汉勋拔剑迎敌，又斩杀了几十个人。后来剑也砍断了，董汉勋又抽出一根屋上的椽木迎敌，又杀了几十个人。董汉勋一直战斗到筋疲力尽才被敌人杀死，后来敌人的将帅也十分惊异赞叹他。（出《三水小牍》）

卷第三百五十二　鬼三十七

牟颖

洛阳人牟颖，少年时，因醉，误出郊野，夜半方醒，息于路傍。见一发露骸骨，颖甚伤念之。达曙，躬身掩埋。其夕，梦一少年，可二十已来，衣白练衣，仗一剑，拜颖曰："我强寇耳，平生恣意杀害，作不平事。近与同辈争，遂为所害。埋于路傍，久经风雨，所以发露。蒙君复藏，我故来谢君。我生为凶勇人，死亦为凶勇鬼。若能容我栖托，但君每夜微奠祭我，我常应君指使。我既得托于君，不至饥渴，足得令君所求狗意也。"颖梦中许之。及觉，乃试设祭飨，暗以祀祷祈。夜叉梦鬼曰："我已托君矣，君每欲使我，即呼赤丁子一声，轻言其事，我必应声而至也。"颖遂每潜告，令窃盗，盗人之财物，无不应声遂意，后致富有金宝。

一日，颖见邻家妇有美色，爱之，乃呼赤丁子令窃焉。邻妇至夜半，忽自外逾垣而至。颖惊起款曲，问其所由来，妇曰："我本无心，忽夜被一人擒我至君室。忽如梦觉，我亦不知何怪也。不知何计，却得还家。"悲泣不已，颖甚闵之，潜留数日。而其妇家人求访极切，至于告官。颖知之，乃与妇人诈谋，令妇人出别墅，却自归，言不知被何妖精取去，今却得回。妇人至家后，再每三夜或

牟颖

洛阳人牟颖少年时有一次喝醉后不小心跑到了野外，在路边睡着了，等到半夜才醒过来。牟颖看见一具露出坟地的尸骨，心里十分可怜他。等到天亮，牟颖亲自将这具尸骨重新埋葬。这天晚上，牟颖梦到一个二十多岁的少年，他身穿一袭白衣，手持一把剑，向牟颖行礼说："我是一个强盗，活着的时候杀了不少的人，作了很多恶。后来又和同辈人争斗，被他们杀害埋在了路边。后来久经风吹雨打，尸骨才露出了地面。承蒙您将我重新安葬，我特地来感谢你。我活着的时候是一个凶狠勇猛的人，死了之后也是一个凶恶勇猛的鬼。如果你能容纳庇佑我，只要你每天晚上稍微祭奠我一下，我就可以听受你的指使。我如果能受你庇佑，不受饥饿口渴的痛苦，我就可以尽力满足你的意愿。"牟颖在梦中答应了鬼魂。牟颖醒来之后就尝试准备食物进行祭祀，暗自进行了祈祷。晚上牟颖又梦到了鬼魂，鬼魂对牟颖说："我已经收到了你的庇佑，你每次想要使唤我，就叫赤丁子一声，小声讲述你要我办的事，我一定会应着声音前来。"后来牟颖就经常暗中呼唤赤丁子，让他进行盗窃，赤丁子盗窃别人的财物没有发生过一次失误，后来牟颖就这样渐渐成了一个拥有金银财宝的富人。

一天，牟颖看见了邻居家有一个美艳的妇人，对她动了心，牟颖就呼唤赤丁子去把这个妇人偷来。这天半夜，邻居家的妇人就忽然翻墙来到了牟颖家。牟颖惊讶地前来迎接她，询问她怎么过来的。妇人说："我本来并不打算过来，晚上忽然被一个人抓到了你家，就像一场梦醒来一样，我也不知道这是怎么回事。我不知道有什么办法能回到我家。"妇人哭泣不停，牟颖十分可怜她，偷偷留她居住了几天。这时妇人的家人十分焦急地到处寻找她，甚至向官府报告了。牟五夜，依前被一人取至颖家，不至晓，即却送归。经一年，家人皆不觉。妇人深怪颖有此妖术，后因至切，问于颖曰："若不自我，我必自发此事。"颖遂具述其实，邻妇遂告于家人，共图此患。家人乃密请一道流，洁净作禁法以伺之。赤丁子方夜至其门，见符箓甚多，却反。白于颖曰："彼以正法拒我，但力微耳。与君力争，当恶取此妇人。此来必须不放回也。"言讫复去。须臾，邻家飘风骤起，一宅俱黑色，但是符箓禁法之物，一时如扫，复失妇人。至曙，其夫遂告官，同来颖宅擒捉。颖乃携此妇人逃，不知所之。（出《潇湘录》）

游氏子

许都城西之北陬，有赵将军宅，主父既没，子孙流移，其处遂凶，莫敢居者。亲近乃榜于里门曰："有居得者，便相奉。"乾符初，许有游氏子者，性刚悍，拳捷过人，见榜曰："仆猛士也，纵奇妖异鬼，必有以制之。"时盛夏，既夕，携剑而入。室宇深邃，前庭广袤，游氏子设簟庭中，绨绤而坐。一鼓尽，阒寂无惊，游氏子倦，乃枕剑面堂而卧。再鼓将半，忽听轧然开后门声，蜡炬齐列，有役夫数十，于堂中洒扫。辟前轩，张朱帘绣幕，陈筵席宝器，异香馥于檐楹。游子心谓此小魅耳，未欲迫之，将观其终。少顷，执乐器，纡朱紫者数十辈，自东厢升阶，歌舞妓数十辈自后堂出，入于前堂。紫衣者居前，朱绿衣白衣者次之，亦二十许人。言颖听说后，于是和妇人商量谋划了一番，让妇人离开牟颖的别墅，自己回到家中，就说自己不知道被什么妖精掳走了，今天才被放回来。妇人回到家后，又常常每隔三五天，就像之前一样被一个人带去牟颖家，天还没亮，又被送了回来。过了一年，妇人的家人都没有发觉这件事。妇人十分奇怪牟颖会如此厉害的妖术，就追问牟颖说："你如果不如实告诉我，我一定自己揭发这件事。"于是牟颖就详细地告诉了妇人事情真相，妇人于是告诉了她的家人，打算一起想办法除掉这个祸害。妇人的家人就悄悄地请了一个道士，道士施展道法来等候赤丁子。赤丁子晚上来到妇人家门口，见到了特别多的符箓，就返回了。赤丁子告诉牟颖说："她家施了法术阻挡我，不过法力很弱。我想替你力争，用强硬的手段得到这个妇人。这次妇人来了之后你可一定不能放她回去。"说完赤丁子就再一次去了邻居家。不一会，邻居家里就起了风，整座房子都变成了黑色，符箓禁法的东西也都被风吹走了，妇人再次消失不见。等到白天，妇人的丈夫去官府报官，官府的人和他一起来牟颖家捉拿他，但牟颖已经带着这个妇人逃跑了，不知道他们去了哪里。（出《潇湘录》）

游氏子

许都城西北的山坡下，有一座赵将军宅，宅子的主人已经去世了，他的子孙后人也都流离在外，这个地方就成了凶宅，没有人敢居住在这里。宅子主人的亲朋就在门口贴上告示说："有想要居住在这里的人，可以免费奉送。"唐僖宗乾符初年，许都有一个姓游的人，这人性情刚毅强悍，拳脚功夫很厉害，他看见告示说："我是一个勇猛的人，无论什么妖魔鬼怪，我都一定能制服。"当时正是盛夏，到了晚上，游生带着把剑进入赵宅。赵宅房室幽深，前庭很宽广，游生在庭院中用竹席摆了一张床，又铺了一块粗布坐在上面。一更天过后，院子里非常寂静，没有一点声音，游生困倦了，就头枕着剑面朝堂屋睡下了。二更过了一半时，游生忽然听到后门传来开门声，只见庭院中亮起了一排排蜡烛，又有几十个仆役在打扫庭院。打开前门，掀开朱帘帷帐，摆放着筵席用的珍贵器具，屋子里满是一种特笑自若，揖让而坐。于是丝竹合奏，飞觞举白，歌舞间作。游氏子欲前突，擒其渠魁。将起，乃觉髀间为物所压，冷且重，不能兴。欲大叫，口哆而不能声。但观堂上欢洽，直至严鼓。席方散，灯火既灭，寂尔如初。游氏子骇汗心悸，匍伏而出。至里门，良久方能语。其宅后卒无敢居者。（出《三水小牍》）

李云

前南郑县尉李云，于长安求纳一姬，其母未许。云曰："予誓不婚。"乃许之。号姬曰楚宾。数年后，姬卒。卒后经岁，遂婚前南郑令沈氏女。及婚日，云及浴于净室，见楚宾执一药来，径前，谓云曰："誓余不婚，今又与沈家作女婿。无物奉，赠君香一贴，以资浴汤。"泻药末入浴斛中，钗子搅水讫而去。云甚觉不安，困羸不能出浴，遂卒，肢体如绵，筋骨并散。（出《闻奇录》）

郑总

进士郑总，以妾病，欲不赴举。妾曰："不可为一妇人而废举。"固请之，总遂入京。其春下第东归，及家妾卒。既葬旬月后，夜深，偶未寝，闻室外有人行声，开户观之，乃亡妾也。召入室而殊的香味。游某心想这不过是一个小的鬼魅，就不打算去理会他，看看接下来会有什么。过了一会儿，几十个穿着大红大紫衣服拿乐器的人从东厢房走上来。又有几十个唱歌跳舞的女伎从后堂走到前堂来。穿紫衣的站在前面，后面是穿绿衣和白衣的，看起来都是二十多岁的人。她们随意谈笑着礼让地坐下。然后乐器声响起，宴会上推杯换盏，不时又有人奏乐跳舞。游生想要上前去捉拿鬼怪首领，正要起身，就觉得腿上被一个又冷又重的东西压着，游生动弹不得。游生想大喊，张开嘴巴却发不出声音，只能看见堂上鬼怪们欢快地进行宴会，一直持续到更鼓声传来，宴会才结束。这时灯火突然就熄灭了，屋子里安静得就像最开始一模一样。游生吓得浑身冷汗，心跳加速，爬着逃出了赵宅。等游生到了巷口大门，过了好久他才能说话。从此以后，就再也没有敢居住在赵宅里的人了。（出《三水小牍》）

李云

曾任南郑县尉的李云在长安时曾经向一位姑娘求婚，但姑娘的母亲没有答应。李云便说："这辈子除了这个女子我谁也不娶。"姑娘的母亲才答应了。这个姑娘名叫楚宾。过了几年，楚宾死了。又过了几年，李云娶了曾任南郑县令的沈氏的女儿。等到结婚那天，李云正在浴室里洗澡，忽然看见楚宾拿着一包药走到他面前，对他说："你曾发誓除了我谁也不娶，但现在又娶了沈家的女子。我也没有什么好东西送给你，就送你一包香料放在水里吧。"说完就把药倒进了浴盆中，又用钗子把水搅匀了才离开，李云心里十分不安，觉得身体又累又困出不了浴盆，很快就死了。他的尸体软得就像棉花一样，身上的筋络骨头都被泡散了。（出《闻奇录》）

郑总

有个叫郑总的进士，因为他的妾生病了，因此他就不想进京赶考。妾对他说："你不能为了我一个女人放弃了科举。"妾坚决让他进京考试。这年春天郑总落榜后回到家，妾已经病死了。安葬小妾一个坐，问其所要，但求好茶，总自烹与之。啜讫，总以小儿女也睡，欲呼与相见。妾曰："不可，渠年小，恐惊之。"言讫辞去，才出户，不见。(出《闻奇录》)

王绍

明经王绍，夜深读书。有人隔窗借笔，绍借之，于窗上题诗曰："何人窗下读书声，南斗阑干北斗横。千里思家归不得，春风肠断石头城。"诗讫，寂然无声，乃知非人也。(出《闻奇录》)

王鲔

凤翔少尹王鲔，礼部侍郎凝之叔父也。年十四五，与童儿辈戏于果园竹林下，见二枯首为粪壤所没，乃令小仆择净地瘗之，祭以酒馔。其后数夕阴晦，忽闻窗外窸窣有声，良久问之，云："某等受君深恩，免在芜秽，未知所酬，聊愿驱策。尔后凡有吉凶，肸蚃间必来报。"如此数年，遂与灵物通彻。

崔珙为度支使，雅知于鲔。一夕，留饮家酿，酒酣稍欢，云："有妓善歌者。"令召之，良久不至，珙自入视之，云："理妆才罢，忽病心痛，请饮汤而出。"珙复坐。鲔具言歌者仪貌，珙怪问之。云："适见一人，著短绫绯衣，控马而去。"语未毕，家仆报中恶，救不返矣。珙甚悲之，鲔密言："有一事或可活之，须得白牛月后，有天深夜，郑总偶然醒来，他听见屋子外面有人走路的声音，打开房门一看，居然是死去的小妾。郑总就把小妾叫进房子里坐下，询问她想要什么。她说她只想喝一杯好茶，郑总就亲自去煮茶给她喝。小妾喝完后，郑总想把她已经睡着的小女儿叫醒来与她见面。小妾说："不行，她年龄还小，我会吓到她的。"说完就告辞离开了，刚一出门，她就消失不见了。（出《闻奇录》）

王绍

有一个考取了明经科的书生王绍，一天深夜，他正在家读书，忽然听见窗外有人向他借笔，王绍就把笔借给了他，那个人在窗子上题了一首诗，诗的内容是："何人窗下读书声，南斗阑干北斗横。千里思家归不得，春风肠断石头城。"题完诗，外面那人的声音就消失了，这才知道借笔的不是人。（出《闻奇录》）

王鲔

凤翔府的少尹王鲔是礼部侍郎王凝之的叔父。王鲔十四五岁时，他和孩童们在果园的竹林下游玩时曾看见两具被粪堆掩埋的尸骨，于是王鲔就让小仆人找了处干净的地方将两具尸骨重新埋葬，还拿酒食祭祀了他们。后来的几天都是阴天，王鲔忽然听见窗外有动静，等了一会就出声询问外面是谁。过了很久，有人回答道："我们多亏了您才能离开污秽的地方，非常感谢您，不知道该怎么报答您，只是希望以后能听从您的指使。您今后如果有什么吉凶祸福的事需要我们帮忙，我们听到声音马上就会赶过来报答您。"就这样过了几年，王鲔就和灵物很熟络了。

当时担任度支使的崔珙是王鲔的好朋友。一天晚上，崔珙留王鲔喝自家酿的酒，并说："我家有个唱歌很好听的歌伎。"就让人去叫歌伎过来，但过了很久歌伎都没有过来。崔珙就亲自去察看，回来后对王鲔说："歌伎刚梳妆完就觉得心口痛，她说喝口水就出来。"说完崔珙就再次坐下了。王鲔对崔珙详细描述歌伎的外貌，崔珙觉头及酒一斛。”因召左右，试令求觅。有度支所由甚干事，以善价取之，不逾时而至。鲔令扶歌者，置于净室榻上。前以大盆盛酒，横取板，安牛头于其上。设席焚香，密封其户，且诫曰：“专伺之，晓鼓一动，闻牛吼，当急开户，可以活矣。”鲔遂去。禁鼓忽鸣，果闻牛吼。开户视之，歌者微喘，盆酒悉干，牛怒目出于外。数日方能言，云：“其夕治妆既毕，有人促召，出门，乘马而行。约数里，见室宇华丽，开筵张乐。四座皆朱紫少年，见歌者至，大喜，致于妓席。欢笑方洽，忽闻有人大呼，声振庭庑，座者皆失色相视，妓乐俱罢。俄见牛头人，长丈余，执戟径趋前，无不狼狈而走，唯歌者在焉。牛头引于阶前，背负而出，行十数步，忽觉卧于室内。”珙后密询其事，鲔终不言。（出《剧谈录》）

李戴仁

江河多伥鬼，往往呼人姓名，应之者必溺，乃死魂者诱之也。李戴仁尝维舟于枝江县曲浦中，月色皎然，忽见一妪一男子，出水面四顾，失声云：“此有生人。”遽驰水面，若履平地，登岸而去。当阳令苏汭居江陵，尝夜归，月明中，见一美人被发，所著裾裾，殆似水湿。汭戏云：“非江伥耶？”妇人怒曰：“唤我作鬼。”奔而得很奇怪，就问他为什么会知道。王鲔说："我刚才看见一个人，她穿着红绫短衣，骑着马离开了。"王鲔话还没说完，崔珙家里的仆人就前来报告说那位歌伎去世了。崔珙心中非常悲痛。王鲔悄悄对他说："我有一个办法也许可以救活她，你给我拿一个白牛头和一斛酒过来。"崔珙于是就叫仆人们赶快去找。恰好度支所内有一头白头牛，崔珙就高价把它买来，把它杀了得到白牛头，很快白牛头就被送到了崔珙家。王鲔让人把歌伎放到净室的床上，前面放了一大盆酒，盆子上横了一块木板，又把白牛头放在了木板上面。王鲔在供桌上烧上香，又关紧了门窗，告诉崔珙说："你在门口专心等候，等到晨鼓一响，听到牛叫，就马上把门打开，歌伎就复活了。"说完，王鲔就离开了。天亮时晨鼓一响，果然听见了牛叫声，打开门一开，歌伎微微地喘着气，盆里的酒都干了，牛头瞪着眼睛看着门外。过了几天歌伎才能说话，她说那天晚上她刚梳妆完，就有人催促她说有人召见她，她走出门骑上马，走了几里路，看见一座非常华丽的宅子，里面正在举办宴会。宴会里坐着的都是穿着红衣紫衣的少年，他们看见歌伎来了都非常高兴，把她请到歌伎的席位上坐下。正当他们在谈笑的时候，忽然听见有人在大喊，那声音传遍了整个庭院，在座的人慌了脸色互相对视，歌舞也全都停下了。过了一会儿，又看见一个一丈多高的牛头人拿着戟径直地走到前面来，其他人全都被吓得逃走了，只有歌伎还留在了那里。牛头人把她领到台阶前，背着她走了出去，走了十几步，歌伎就在卧室里醒过来了。后来崔珙悄悄问王鲔这是怎么一回事，王鲔一直都没有回答。（出《剧谈录》）

李戴仁

江河里面常常有被老虎咬死的人变成了鬼，他们往往喊别人的名字，那些答应了的人就会被他们拖进河里淹死，这是那些伥鬼在引诱他们。李戴仁曾经在枝江县的曲浦里乘船游玩，晚上他把船绳系在了河岸边，在明亮的月光下，忽然从水里出现了一个老妇人和一个男子，他们四处张望说："这里有一个新来的人。"接着就在水面上跑了起来仿佛就是在平地上一样，他们上了岸就离开了。当阳县县

逐之，汭走，遇更巡方止，见妇却返所来之路。（出《北梦琐言》）

刘璪

汉江北邓州界，地名穴口，本无镇戍。有小河，南流入于汉，久为沙拥，水道甚隘。前江陵令刘璪，丙子岁，往彼州访亲知。至穴口，宿旧知韩氏家。家人曰："邻村张家新妇，卒来三日，适来却活。"主人暂往省之。至夜，韩家归云："张妇为侧近庙神召去，见其中外亲眷亡者咸在焉。为庙神造军顿，无人作饼，故令召来。见厅上门外，将士列坐。言开穴口江水，士卒瘔沙，手皆血流。供顿毕，乃放回。"乡里未之信，不久，沙壖相次摧垫，江路乃通。（出《北梦琐言》）

李矩

成汭镇荆州，有垫江县令崔令，与主簿李矩不协，邻于水火。一旦，群盗劫县，杀崔令。贼过后，矩入宅检校。有一厅子方避贼，见矩，以为与贼通，明日，言镇将。众咸知矩与崔失欢，颇疑之。执送中州，推问不伏。遂解送江陵，禁右厢狱。厢吏速于具狱，推吏常某言于判官范某曰："李矩诋谰，须栲究之。"范固不许，常竟锻炼以成之。矩临刑，戒家人多烧纸笔，讼于地下。才一月，常某暴亡。后李矩主簿见身，范见矩至，曰："某受判官深恩，非感造次。但冥府只要为证耳。"及妻子以诚祈之，乞容旬月，区分家令苏汭居住在江陵，他一天晚上回家的时候，在月光下看见一个美女披散着头发，她穿着的衣裙都是湿的。苏汭开玩笑说：“你难道是江里的伥鬼？”那个女子生气地说：“你凭什么说我是鬼！”就开始追逐苏汭，苏汭连忙逃跑，直到遇见一个巡夜的更夫才停下来，只见那个女子沿着来时的路又走回去了。（出《北梦琐言》）

刘璪

汉江北面的邓州地界，有一个地方叫穴口，这里原本没有镇守的军队。有一条小河，向南流入汉江，时间一长，小河被沙石堵塞了，河道很窄。丙子那年，曾任江陵县县令的刘璪前往邓州去拜访亲友。走到穴口时，刘璪在老朋友韩氏家里住了一晚上。韩氏家里人说：“邻村张家新娶的媳妇死了三天又复活了。”韩氏前去看望。到了晚上，韩氏回来说，张家媳妇被附近庙里的神仙叫过去了，她看见她死去的亲戚们都在那里给庙神制作军粮，但是没有人做饼，所以就叫她去做饼。她看见院里门外都坐着将士，听他们说，他们要挖开穴口小河的河道，士兵用手挖沙子，手都挖出了血。这些士兵吃完饭以后，就把张家媳妇放回来了。村里的人开始都不相信，但不久之后穴口河道里的沙堆就塌了，河水流动畅通无阻。（出《北梦琐言》）

李矩

成汭镇守荆州时，垫江县县令崔令和县里的主簿李矩关系不好，闹到水火不容的地步。一天一群盗贼打劫了县城，杀掉了崔令。盗贼离开后，李矩到崔令家查看情况，正好有一个差役在崔令家躲避盗贼，他看见了李矩，就认为李矩和盗贼勾结。第二天，差役就把这件事告诉了镇将。大家都知道李矩和崔令关系不好，就都很怀疑是李矩勾结盗贼。他们把李矩抓起来送到了中州，经过审问之后李矩仍然不肯认罪。于是官府又把李矩押解到江陵，把他关押在监狱右边的房间里。监狱里的官吏们都想快点结案。有个姓常的推官就对姓范的判官说：“李矩不肯说实话，我们应该对他用刑。”范判官坚

事。虽无痛苦，饮食如常，但困惫，逾月而卒。（出《北梦琐言》）

陶 福

蜀将陶福，少年无赖，偷狗屠牛。后立功，至郡守。屯戍兴元府之西县，暴得疾。急命从人朱军将，诣府迎医李令蔼。令蔼与朱军将连骑驰往。至夜，抵西县近郭诸葛亮庙前，见秉炬三对前导，拥一人步行，荷校縶缚，众人相从。后有陶亲叟，抱衣衾而随之。令蔼先未识陶福，朱军将指谓令蔼曰："此是我家太尉，胡为如此？"逡巡恐悚，亦疑是鬼。晓至其营，已闻家人哭声，向来执录，乃福之魂也。（出《北梦琐言》）

巴川崔令

合州巴川县，乱后官舍残毁，移居塞中，稍可自固。崔某为令，尝有健卒盗寨木，令擒送镇将斩之。卒家先事壁山神，卒死，神乃与令家为祟，或见形往来，或空中诟骂，掷火毁器。钱帛衣服，无故遗失，箱箧镤闭如初，其中衣服，率皆剪碎。求方术禳解，都不能制。令罢官还千里，鬼亦随之。又日夕饮食，与人无异。一家承事，不敢有怠。费用甚多，吏力将困。

决不同意，常推官竟然对李矩用刑让他招供认了罪。李矩就要被处刑了，他告诉家人他死后要多给他烧纸和笔，他要在阴间起诉常推官证明自己清白。李矩死后过了一个月，常推官突然就暴亡了。后来李矩现身来见范判官，他对范判官说："您对我有大恩，我这次不是来报复你的，只是地府需要你为我做证。"范判官的家人们苦苦哀求，希望能让地府宽容一个月，处理好家里的事务再去地府。这一个月里，范判官虽然没感觉到痛苦，饮食也和平时一样，但总觉得身体很疲倦。一个月后，范判官就去世了。（出《北梦琐言》）

陶福

蜀地的将领陶福，少年时是个无赖，偷狗杀牛之类的坏事他全都做过。后来他立了功，当上了郡守，他的军队驻扎在兴元府的西县。一天，陶福突然得了急病，连忙派手下的朱军将去兴元府请医生李令蔼来给他治病。李令蔼和朱军将骑马返回西县。到了晚上，两人抵达了西县城边的诸葛亮庙前，只见有几个人提着三对灯笼，押送一个犯人走过来。那犯人被绳子和枷锁束缚着，后面跟着很多人。后面的人里就有陶福的父母抱着衣物跟着。李令蔼之前并不认识陶福，朱军将指着这个犯人对李令蔼说："这是我家太尉，他怎么沦落到这个地步了？"两人跟在后面徘徊了一会儿，心里十分害怕，怀疑是遇上了鬼。天亮时两人刚到达军营就听见了陶福家人的哭声，原来他们在路上遇到的就是陶福的魂魄。（出《北梦琐记》）

巴川崔令

合州巴川县在经过战乱后官府的房舍都被摧毁了，只有将办公地点转移到要塞中，才比较安全。当时崔某担任巴川县县令，他曾经抓住了偷寨木的士兵并把他送交镇将斩首。这个士兵家里一直供奉山神，士兵死后，山神就跑到崔县令家里作祟，有时能看到山神在崔县令家里走来走去，有时能看见山神在空中辱骂崔县令，还扔火球破坏崔县令家里的东西。崔县令家里的钱帛衣服总是不知道为什忽一旦，举家闻大鸟鼓翼之声，止于屋。久之，空中大呼，自称大王，曰："汝比有灾，值我雍溪兄弟非理，破除汝家活计，损失财物，作诸怪异，计汝必甚畏之，今已遣去矣。汝灾尽福生，吾自来暂驻，亦将不久。且借天蓬龛子中居，此天蓬样极好。借上天上，传写一本，三五日即送来。"数日后，置天蓬于舍檐上。自此日夕常在，恒与主人语。今小大诵诗赋，作音乐，一一随声唱之。所诵文字，或有谬误，必为改正。其言多劝人为善，亦令学气术修道。或云寻常乘鹤，往来天上。初，邑中有群鹤现，神云："数内只有两只真鹤，我所骑来，其余皆常鸟矣。"又自云姓张，每日饮食，与人无异。有女名锦绣娘，及妻妾，食物所费亦不少。凡见善人君子，即肯与言。稍强暴之人，即不与语，亦云上天去。忽有醉僧健卒三人来谒之，言词无度，有所凌毁，因不语。僧去后，徐谓人曰："此僧食狗肉，凶暴无良，不欲共语。"人之所行，善恶灾福，言无不中。至于小名第行，一一皆知。细问之，即以他语为对。未知是何神也。（出《录异记》）

么就找不到了，放在上锁的箱子里的衣服也都被剪碎了。崔县令曾经求术士施展法术来驱鬼，也都没效果。后来崔某罢官离开巴川县一千里，鬼魂也一直跟随他。这鬼平时饮食起居和普通人没有什么差别，崔家一家人供养鬼魂也不敢有一点怠慢，就在这上面花了很多钱，凭借崔某当官挣的钱实在是负担不起。

忽然有一天，崔家人听见有大鸟扇翅膀的声音，听声音这鸟是停在的崔家屋顶上。过了很久，听见空中传来声音自称大王，又说："你们过去注定要有灾祸，那是因为我在雍溪的兄弟不讲理，毁坏了你们家的器物，又让你们损失了不少的钱财。发生了这么多怪异的事情，想必你们也一定很害怕他，现在我把他打发走了，你们经历了灾祸接下来就要有福了。我到你们家暂住一段时间，也不会太久，就借用一下你家天棚上的笼子居住吧。这个天棚的样式很好，我要把它接到天上去画一个图样，过三五天就送还你们。"几天后，那神把天棚放在了屋檐上，从此他就天天都在那里，也经常和崔某交谈。崔家人念诗诵赋、唱歌奏乐时，那神也发出声音应和。有时读书读错了字，那神就指出来让人改正。那神说话多是劝人要做好事，还让崔家人炼气修道。有时他说自己平时骑鹤在天上飞来飞去。当初，邑里出现了一群鹤，神说："那里面只有两只真鹤是我骑过来的，其他的都只是普通的鸟。"神又说自己姓张。这神每天吃的东西也和普通人没什么区别。又说他有一个女儿名字叫锦绣娘，家里也有不少的妻妾，平时家里在饮食上花的钱也不少。这神只要遇见好人君子就愿意和他交谈，要是遇见强暴的人，他就不搭理对方。他又说自己有一次上天去，忽然有喝醉的僧人和士兵三个人来拜访他，这三个人说话没有分寸，十分粗鲁无礼，他就不和对方说话。僧人离开后，他才慢慢对别人说："这个僧人吃了狗肉，又凶暴恶毒，所以我不想和他说话。"这神对人的行为和吉凶祸福都很清楚，他说的话没有不对的。甚至一个人的小名叫什么，在家中排名第几，他也全都知道。如果仔细问他，他就转移话题不正面回答，所以人们始终不知道他是什么神仙。（出《录异记》）

冯 生

遂宁有冯生见鬼，知人吉凶。颍川陈绚，为武信军留后，而刘知俊代之。捃其旧事，冯谓绚曰："刘公虽号元戎，前无幢节，殆不久乎？幸勿忧也。"未逾岁而知俊被杀。有林泳者，闽人，常谓其僚友曰："安有生人而终日见鬼乎？无听其祆。"冯闻之，对众谓之曰："君为宜多不克终，盖曾杀一女人为祟。以公禄寿未尽，莫致其便。我能言其姓名，公信之乎？"于是惭惧，言诚于冯，许为解其冤也。（出《北梦琐言》）

冯生

遂宁有一冯生能看见鬼，所以能预知别人的吉凶。颍川人陈绚曾经是武信军中的留后官，后来刘知俊取代了他的职位。冯生和陈绚谈论旧事的时候，冯生对陈绚说："刘知俊虽然做了主将，但并没有安排侍卫保护他，我看他很快就会有危险了，你不用忧愁。"不到一年，刘知俊就被杀了。有一个叫林泳的福建人经常对同僚说："怎么会有人能整天见到鬼啊？你不要听信别人的谣言。"冯生听说后，就当众对林泳说："你做的事让你不会有好的结果，因为你曾经杀了一个女人，这个女人会变成鬼会针对你，但是由于你的寿命还没尽，所以她现在还不能得手。我可以说出她的名字，你信不信？"林泳听后心里又惭愧又害怕，就把实情告诉了冯生，并且答应要解决女鬼的冤情。（出《北梦琐言》）

卷第三百五十三　鬼三十八

皇甫枚

光启中，僖宗在梁州。秋九月，皇甫枚将赴调行在，与所亲裴宜城者偕行。十月，自相州西抵高平县。县西南四十里，登山越玉溪。其日行旅稍稀，烟云昼晦，日昃风劲。惑于多歧，上一长坂，下视有茅屋数间，槿篱疏散，其中有喧语声，乃延望之。少顷，有村妇出自西厢之北，著黄故衣，蓬头败屦。连呼之不顾，但俯首而复入。乃循坂东南下，得及其居，至则荆扉横葛，萦带其上，茨棘罗生于其庭，略无人踪，如涉一二年者矣。枚与裴生，愕立久之。复登坂长望，见官道有人行，乃策蹇驴赴之。至则邮吏将往端氏县者也，乃与俱焉。是夜宿端氏。（出《三水小牍》）

陈　璠

陈璠者，沛中之走卒也，与故徐帅时浦，少结军中兄弟之好。及浦为支辟所任，璠亦累迁右职。黄巢之乱，支辟简劲卒五千人，命浦总之而西，璠为次将。浦自许昌趋洛下，璠以千人反平阴。浦乃矫称支命，追兵回。于是引师与璠合，屠平阴，掠圃田而下。及

皇甫枚

光启年间，唐僖宗巡幸到了梁州。秋天九月时，皇甫枚奉调前往僖宗的行宫。十月，皇甫枚从相州向西走到达了高平县。皇甫枚从高平县向西南方向走了四十里，先是爬山，后来又渡过了玉溪。这天路上的行人很少，大白天云雾遮住了太阳，太阳的光芒很弱，风吹得很大。皇甫枚在路上迷了路，走上了一道高坡之后，他看见下面有几间茅草屋，屋外的栅栏篱笆很稀疏，能听见屋子里有人说话的声音，他就站在坡上继续观望。过了一会儿，有一个村妇从西厢房的北面走出来，她穿着黄色的旧衣服，头发乱糟糟的，鞋子也破破烂烂的。皇甫枚接连喊了她几声，这个村妇也没有回头，她只是低着头又回到了屋子。皇甫枚就顺着山坡从东南面走下来到达了茅草屋前。到达后就看见茅草屋的柴门上长满了藤萝葛麻，院子里也长满荆棘野草，完全没有人影，就好像这里已经有一两年没有人居住了。皇甫枚和同行的裴生惊讶地在门外站了半天，他们又再次登上了高坡远望，看见官道上有人在行走，于是就用鞭子催促驴赶上去。到达之后发现原来是前往端氏县送信的邮吏，便和他一起走。这天晚上他们就居住在了端氏县。（出《三水小牍》）

陈　璠

陈璠是沛县的一个士兵，他和曾任徐州将领的时浦是在军队中结交的好友。后来支辟启用时浦，陈璠也就托时浦的福不断升职。黄巢造反的时候，支辟挑选了五千个精锐的士兵，让时浦率领他们去西边作战，陈璠担任时浦的副将。时浦从许昌前往洛下，陈璠却带领一千人在平阴造了反。时浦就假传支辟的命令，带领军队返回追赶沛，支虑其变，郊劳及解甲，盛设厚赂之。乃令所亲讽支曰：“军前不安，民望见追，且请公解印，以厌众心。”支力不能制，乃率其孥，出居大彭馆。浦自称留后。璠谓浦曰：“支尚书惠及沛人，若不杀之，将贻后悔。”浦不可，璠固请，与浦往复十余翻，浦怒曰：“自看自看。”璠乃诈为浦命，谓之曰：“请支行李归阙下。”支以为诚也，翌日遂发。璠伏甲于七里亭，至则无少长皆杀之。沛人莫不流涕。

其后浦受朝命，乃表璠为宿州太守。璠性惨酷喜杀，复厚敛淫刑，百姓嗟怨。五年中，赀贿山积。浦恶之，乃命都将张友代璠。璠怒，不受命。友至，处别第，以俟璠出。璠夜率麾下五百人围友，迟明，友自领骁果百余人突之。璠溃，与十余人骑走出数十里，从骑皆亡。璠弃马微服乞食于野，野人有识之者，执以送。友絷之，驰白浦，浦命斩之于郡。璠本粗悍木朴，不知书，临刑，忽索笔赋诗曰：“积玉堆金官又崇，祸来倏忽变成空。五年荣贵今何在？不异南柯一梦中。”时以为鬼代作也。（出《三水小牍》）

豫章中官

天复甲子岁，豫率居人近市者，夜恒闻街中若数十人语声，向陈璠，与陈璠的军队会合在一起。他们率军先后攻破劫掠了平阴和圃田，又继续前进。他们到达沛县时，支辟怕时浦和陈璠搞兵变，就在城郊设宴犒劳他们的军队，趁机解除了军队的武装，又用重金收买了他们。于是时浦和陈璠派他们的亲信去劝告支辟说："现在军心不稳，城里的百姓也希望你能交出军印，只有这样才能满足大众的心愿。"支辟没有办法，就带着他的家人们离开，前往大彭馆居住。时浦自称留后官。陈璠对时浦说："沛城很多人都受了支辟的恩惠，如果不杀了支辟，将来出事了你会后悔的。"时浦不同意，陈璠一再请求，两人就此事争论了十几次。时浦生气地说："你自己看着办吧！"陈璠于是假传时浦军令对支辟说："请你作为使者前去京城。"支辟信以为真，第二天就出发了。陈璠在七里亭埋伏了士兵，等到支辟到了，队伍里不论老少全都被陈璠带人杀掉了。沛县人听说这件事后都十分伤心。

后来时浦接受朝廷的任命，于是上表请求让陈璠担任宿州太守。陈璠生性残酷，喜欢杀戮，又征收重税，滥用刑罚，百姓们对陈璠怨声载道。陈璠任职五年，积累的财物多得就像一座山一样。时浦对陈璠的所作所为十分痛恨，就命令都将张友取代陈璠的职位。陈璠大怒，不接受时浦的命令。张友到了之后，先居住在另外的地方，等待陈璠先出动。陈璠晚上率领麾下的五百个士兵围困张友，等到天亮，张友亲自率领骁勇果敢的一百多个士兵突围。陈璠的军队溃败了，他和十几个人骑马逃出几十里路，跟随的骑士全都死了。陈璠只好扔掉战马换了便服在乡野要饭，乡野中有人认出了陈璠，就把他抓起来送到了官府。张友又押解陈璠去见时浦，时浦下令在郡里将陈璠斩首。陈璠原本是一个凶悍粗鲁的武夫，没读过书，行刑前，他突然要来笔写下一首诗："积玉堆金官又崇，祸来倏忽变成空。五年荣贵今何在？不异南柯一梦中。"当时的人们都认为这首诗是鬼替他写的。（出《三水小牍》）

豫章中官

唐昭宗天复甲子那年，豫章城中靠近市居住的人常常在夜里听市而去，就视则无人。如是累夜，人家惴恐，夜不能寐。顷之，诏尽诛阉官，豫章所杀，凡五十余。驱之向市，骤语喧噪，如先所闻。（出《稽神录》）

邵元休

汉左司员外郎邵元休，当天复年中，尚未冠，居兖州廨宅。宅内惟乳母婢仆，堂之西序，最南是书斋。时夜向分，举家灭烛熟寐，书斋内灯亦灭。邵枕书假寐，闻堂之西，窸窣若妇人履声，经于堂阶。先至东序，皆女仆之寝室也。每至一房门，即住少时。遂闻至南廊，有阁子门，不扃键，乃推门而入。即闻轰然，若扑破磁器声。遂西入书斋，窗外微月，见一物，形状极伟，不辨其面目，长六七尺，如以青黑帛蒙首而入，立于门扉之下。邵不惧，厉声叱之，仍问数声，都不酬答，遂却出。其势如风，邵欲扪枕击之，则已去矣。又闻行往堂西，其声遂绝。迟明，验其南房内，则茶床之上，一白磁器，已坠地破矣。后问人云，常有兵马留后居是宅，女卒，权于堂西作殡宫。仍访左右，有近邻识其女者，云，体貌颇长，盖其魄也。（出《玉堂闲话》）

到街上有几十个人说话的声音，一边说一边向市走过去，如果有人前去查看却看不见一个人。就这样过了很多天，这些人家都非常害怕，在晚上不敢睡觉。过了不久，唐昭宗下令杀掉所有的太监，豫章城里杀掉的太监就有五十多个。当这些太监被抓起来驱赶着去刑场时，突然就听见他们大声喧哗吵闹，就和之前晚上的声音一模一样。（出《稽神录》）

邵元休

五代十国时的南汉朝中左司员外郎邵元休，在唐昭宗天复年间还没有成年，他住在兖州自己的府宅里，宅里只有奶妈和仆人婢女。堂屋的西面，最南边是书房。一天夜里，全家人都熄灯熟睡了，书房里的灯也灭了，邵元休枕在书上小睡。忽然听见堂屋的西面传来女人的脚步声，这脚步走过了堂屋的台阶，先走到东边，那里是女仆们的住处。那脚步每走到一间房门口都会停下来站一会儿。后来就听到脚步走到南廊，那里有扇阁子门没有上锁，就听到那人推开门走了进去，接着就传来一声巨响，好像是瓷器被打破的声音。脚步接着又往西走过来进了书房。这时窗外透进来微弱的月光。邵元休只见一个十分高大的东西，但看不清这东西的面目，这东西有六七尺高，好像是用青黑布蒙着头走了进来，站在门边。邵元休并不害怕，大声呵斥了它，接着又连着问了好几声，那东西都不回答，只是退了出去，快得就好像是一阵风。邵元休想要抄起枕头砸它，但是那东西已经离开了。随后又听见脚步声往堂屋西面去了，然后脚步声就消失了。天亮后，邵元休前去南房内查看情况，看见茶桌上的一件瓷器已经摔碎在地上了。后来向别人打听，有人说曾经有个在军队担任留后官的人住过这个宅子，他的女儿死在了这里，当时曾经把堂屋西面用来摆放尸体和棺材。又去拜访周围的邻居，有位近邻认识那位死去的女子，说她身材很高。看来那天晚上游荡的东西，就是那个女子的魂魄了。（出《玉堂闲话》）

何四郎

梁时，西京中州市有何四郎者，以鬻妆粉自业。尝于一日五更初，街鼓未鸣时，闻百步之外，有人极叫何四郎者，凡数声而罢。自是率以为常。约半月后，忽晨兴开肆毕，有一人若官僚之仆者，直前揖之云："官令召汝。"何意府尹之宅有取，未就路，仆又促之。何方束带，仆又不容。俄以衣牵之北行，达于东西之衢。何乃欲回归，仆执之尤急。何乃愈疑，将非人耶？尝闻所著鞋履，以之规地自围，亦可御其邪魅。某虽亟为之，即被掷之于屋。知其无能为也，且讶且行，情甚恍惚。遂正北抵徽安门，又西北约五七里，则昏冥矣。忽有朱门峻宇，若王者之府署。至更深，延入。烈炬荧煌，供帐华丽。唯妇人辈款接殷勤，云是故将相之第，幼女方择良匹，实慕英贤，可就吉席。何既睹妖冶，情亦惑之，婉淑之姿，亦绝代矣。比晓，则卧于丘冢之间，寂无人迹。遂望徽安门而返，草莽翳密，堕于荒井之中。又经一夕，饥渴难状，以衣襟承露而饮之。有樵者见而问之，遂报其家，缒而出之，数日方愈。（出《玉堂闲话》）

何四郎

梁代时，西京的中州街市上有个卖胭脂粉为生的人叫何四郎。有一天刚过五更街鼓没响时，他听到百步以外有人大声喊他的名字，喊了几声就不喊了。从此以后就经常发生这样的事。半个月后，有天早上何四郎刚刚打开店门，有一个像大官仆役模样的人径直走到他面前作了个揖说："官家让我召你去一趟。"何四郎以为是府尹的家宅里找他勒索化妆品，就没有动身。那仆役又催促他。何四郎打算穿好衣服系好腰带再出发，仆役都等不得，拉着他的衣服就往北而去。走到东西大街上，何四郎想要回去，那仆役却抓得很紧使他无法挣脱。何四郎心里就更加疑惑了，心想："这家伙不会是鬼吧？"他曾听人说，如果用自己穿的鞋在地上画圆把自己给圈在里面就可以抵御鬼魂妖魅。这时虽然何四郎非常想这样做，但是那仆役却把他的鞋给脱下扔到屋子里去了，他知道自己是没有办法了。何四郎又惊又怕地走着，精神状态非常恍惚，就到达了正北的徽安门。走出城门又向西北方向走了五七里路，这时天色已经暗下来了。前面忽然出现了一座红门大院，看着像是王侯的府署。等到夜色更深的时候，那仆役才带领何四郎进去。走进去后看见宅邸里面灯火辉煌，帷帐等东西也非常华丽。有很多女人走来走去迎接款待客人，仆役说："这是以前将军丞相的府宅，今天是府上为小女儿选择一个好夫婿的日子。府上非常仰慕你的英才贤能，现在就请你到吉席入座吧！"何四郎见府上择婿的那位小姐容貌非常妖艳美丽，可以说是天下最美的人了，他的心里也就对这位小姐动了心。这时天亮了，何四郎忽然发现自己躺在野外的一片乱坟堆里，附近没有一点活人的痕迹，就望着徽安门往回走。但是坟地里野草茂密看不清路，何四郎失足掉进了荒井里，他又在荒井里面困了一天，又饿又渴快承受不住了，他就用衣襟接了露水喝。后来有一个打柴的樵夫发现了他就询问他这是怎么一回事，何四郎就告诉了樵夫自己家在哪里，让他把自己的情况去告诉他的家人。家人赶来，用绳子把他从荒井里拉了上来，过了好几天何四郎的身体才得以恢复。（出《玉堂闲话》）

青州客

朱梁时，青州有贾客泛海遇风，飘至一处，远望有山川城郭，海师曰："自顷遭风者，未尝至此。吾闻鬼国在是，得非此耶？"顷之，舟至岸。因登岸，向城而去。其庐舍田亩，不殊中国。见人皆揖之，而人皆不见己。至城，有守门者，揖之，亦不应。入城，屋室人物甚殷。遂至王宫，正值大宴，君臣侍宴者数十，其衣冠器用丝竹陈设之类，多类中国。客因升殿，俯逼王坐以窥之。俄而王有疾，左右扶还，亟召巫者视之。巫至，"有阳地人至此，阳气逼人，故王病。其人偶来尔，无心为祟，以饮食车马谢遣之，可矣"。即具酒食，设座于别室，巫及其群臣皆来祀祝，客据按而食。俄有仆夫驭马而至，客亦乘马而归。至岸登舟，国人竟不见己。复遇便风得归。时贺德俭为青州节度，与魏博节度杨师厚有亲，因遣此客使魏，其为师厚言之。魏人范宣古，亲闻其事，为余言。（出《稽神录》）

周元枢

周元枢者，睢阳人，为平卢掌书记。寄居临淄官舍，一夕将寝，忽有车马辎重甚众，扣门使报曰："李司空候谒。"元枢念亲知辈皆无此人，因自思，必乡曲之旧，吾不及知矣。即出见之，

青州客

五代朱梁时，青州有个商人坐船在海上遇到了风暴，船漂到一个不知道是哪里的地方。只能远远望见岸上有山河和城市，船上的海师说："我们以前也遇到过风暴，但从来没有到达过这里。我听说鬼国就在这里，难道这是真的？"不一会，船靠了岸，他们就上岸向着城镇的方向走过去。看这里的田园房舍的建筑布局，和中国没有什么区别。这里的人相互遇见了也互相作揖，但他们都看不见这伙刚上岸的青州客。到了城门前，这里有守门的人，青州客们向守门人作揖，守城门的人也不理。他们进城以后，看见城里的房子都很繁华，居民都很富有。然后他们就走到了王宫，王宫里正在举行宴会，参加宴会的有国王、大臣、侍从总共几十个人。看他们穿的衣服和戴的帽子和乐器摆件之类的也都和中国很像。这群人于是登上大殿，坐在国王的旁边仔细观察。不一会儿，国王生了病，左右把他扶下去休息，马上找来巫师给国王看病。巫师到了以后说："有阳间人来到了这里，他们身上的阳气太强大了，这才使大王生了病。他们是偶然来到这里，并不是成心来作怪，只要给他们一些食物车马之类的东西送他们走就行了。"于是国王命令人准备了酒食，在另外一个厅堂里设置了座位，国王、巫师、大臣和侍从所有人都来祭祀祝祷，青州客们就大吃起来。不一会儿一名仆役牵来一些马，青州客们就骑上马来到海岸边，上船离开了，鬼国里的人竟然全都看不见他们。青州客们又乘着顺风回到青州，当时贺德俭担任青州节度使，他和魏博节度使杨师厚是亲戚，就派这些商客去了魏国，向杨师厚报告他们在海上去过鬼国的事。魏博人范宣古曾亲自听说了这件事，然后他又把这件事告诉了我。（出《稽神录》）

周元枢

河南睢阳人周元枢在担任平卢掌书记时，寄住在临淄县的官舍里。一天晚上他正要睡觉，忽然来了一队载着很多东西的车马，使者敲门说："李司空来拜见。"周元枢想到自己亲戚朋友中都没有李司延坐，请问其所从来，曰："吾亦新家至此，未有所止，求居此宅矣。"元枢惊曰："何至是？"对曰："此吾之旧宅也。"元枢曰："吾从官至此，相传云，书寄之公署也。君何时居此？"曰："隋开皇中尝居之。"元枢曰："若尔，君定是鬼耶？"曰："然。地府许我立庙于此，故请君移去尔。"元枢不可，曰："人不当与鬼相接，岂吾将死，故君得凌我耶？虽然，理不当以此宅授君。吾虽死，必与君讼。"因召妻子曰："我死，必多置纸笔于棺中，将与李君对讼。"即具酒与之饮，相酬数百杯，词色愈厉。客将去，复留之。良久，一苍头来云："夫人传语司空，周书记木石人也，安可与之论难？自取困哉！"客于是辞谢而去。送之出门，倏忽不见，元枢竟无恙。（出《稽神录》）

朱延寿

寿州刺史朱延寿，末年，浴于室中，窥见窗外有二人，皆青面朱发青衣，手执文书，一人曰："我受命来取。"一人曰："我亦受命来取。"一人又曰："我受命在前。"延寿因呼侍者，二人即灭。侍者至，问外有何人，皆云无人，俄而被杀。（出《稽神录》）

空这个人，所以就认为这个李司空大概是地方上的故旧友人，就出门迎见李司空，又把他请到堂上就座，询问李司空从哪里过来，李司空说："我也是刚刚搬家到这个地方，但还没有找到住的地方，希望你能允许我住到你这里。"周元枢很惊讶地说："你为什么要到我这里居住呢？"李司空说："因为这是我的旧宅呀！"周元枢说："我到这里做官以后就听说这宅子一直是书记官的公署，你什么时候在这里住过？"李司空回答说："隋朝开皇年间我曾经在这里住过。"周元枢说："如果真像你说的这样，那你一定就是鬼了？"李司空回答说："是的。冥府答应在这里给我建庙，所以请你搬出去吧。"周元枢不答应，说："人不应该和鬼交接办事，难道说我马上就要死了，所以你才这样欺侮我？就算真是这样，我按理也不会把这住宅交给你的。就是我真的死了，到了阴间我也一定要和你打官司！"接着他叫来妻子说："我死了之后，你一定要在我的棺材里多放些纸和笔，让我和这位李司空打官司。"然后就摆了酒和李司空对饮，两人互相敬酒喝了有好几百杯，周元枢的言辞越来越刻薄。李司空将要告辞离开的时候，周元枢还挽留他。过了很久，一位老人过来对李司空说："夫人让我来告诉你，周元枢心肠硬得就和木头石头一样，你怎么能和他来辩论自找难堪呢？你这是自己找麻烦啊！"李司空便告辞离开，周元枢把他送出大门，忽然李司空就消失了，周元枢最终也没有什么灾祸。（出《稽神录》）

朱延寿

寿州刺史朱延寿晚年时有一天在家里洗澡，忽然发现窗外有两个人，这两人都面色发青、有着红色的头发、穿着青色的衣服，手里拿着文书。其中一个说："我接受命令来抓朱延寿。"另一个人也说："我也是接受命令来抓朱延寿的。"第一个人说："我比你先接受的命令！"朱延寿就大声呼唤仆人，外面的两个人顿时就消失不见了。仆人来了以后，朱延寿问外面有何人，仆人们都说没有人，不一会儿，朱延寿就被杀了。（出《稽神录》）

秦进忠

天祐丙子岁，浙西军士周交作乱，杀大将秦进忠、张胤凡十余人。进忠少时，尝怒一小奴，刃贯心，杀而并埋之。末年，恒见此奴捧心而立，始于百步之外，稍稍而近。其日将出，乃在马前，左右皆见之。而入府，又遇乱兵，伤胃而卒。张胤前月余，每闻呼其姓名，声甚清越，亦稍稍而近。其日若在对面，入府皆毙矣。（出《稽神录》）

望江李令

望江李令者，罢秩居舒州。有二子，甚聪慧。令尝饮酒暮归，去家数百步，见二子来迎，即共禽而驱之。令惊大怒，大呼，而远方人绝，竟无知者。且行且驱，将至家，二子皆却走而去。及入门，二子复迎于堂下，问之，皆云未尝出门。后月余，令复饮酒于所亲家，因具白其事，请留宿，不敢归。而其子恐其及暮归，复为所驱，即俱往迎之。及中途，见其父，怒曰："何故暮出？"即使从者击之，困而获免。明日令归，益骇其事。不数月，父子皆卒。郡人云，舒有山鬼，善为此厉，盖黎丘之徒也。（出《稽神录》）

秦进忠

天祐丙子年间，浙西军士周交造反，他杀了大将秦进忠、张胤等共计十多个人。秦进忠少年时曾经发怒杀了一个小仆人，用刀刺穿了他的心脏，他把这个仆人杀死之后就把他埋了。秦进忠晚年的时候，常常看见那个小仆人捧着自己的心脏站在他面前，最开始是站在百步之外的地方，后来站的地方渐渐变近。一天秦进忠正要外出，就看见小仆人又捧着心脏站在他的马前面。他周围的人都看见了。等他进入了府衙，就遇见了叛军，被刺伤了胃死去。张胤死前一个多月，也常常听见有人喊他的名字，喊他名字的声音非常清楚，这声音也是越来越近。等到这声音好像就出现在他面前的时候，他一进入府衙就被杀害了。（出《稽神录》）

望江李令

望江县令李生，任职期满后就住在舒州。他有两个儿子，都十分聪明。有一天晚上，李县令在外面喝了酒回家，在距离家几百步时，看见两个儿子来迎接他，他们走到跟前，突然一起抓住他然后又一起殴打他，李某又惊又怒地大喊起来，但周围都没有人，也就没有人听到。两个儿子一边走一边打，马上就要到家门口了，他们却都逃跑了。李县令进门以后，看见两个儿子却在堂屋下面迎接他，李县令便问两个儿子刚才打他那件事，但他们两个人都说没有出过门。一个多月后，李县令又到亲友家喝酒，并向亲友说了上次喝酒回家后被打的事，说自己害怕不敢回家，请求亲友让自己留宿一晚上。这时李县令的两个儿子害怕父亲晚上回来的时候再被人打，就一起出门去迎接父亲。半路上他们遇见了父亲，父亲大怒说："你们为什么要在晚上出来？"说完就让随从的人打两个儿子，两个儿子费了很大劲才逃脱出来。第二天李县令回家后听儿子们说了这事，心里更加害怕。过了没几个月，李县令和他的两个儿子都死了。郡里的人说，舒州有一种山鬼，非常擅长做这样的恶事。这种山鬼和曾传说中的黎丘鬼是同一类鬼。（出《稽神录》）

张飞庙祝

梓州去城十余里，有张飞庙，庙中有土偶，为卫士。一夕感庙祝之妻，经年，遂生一女。其发如朱，眉目手足，皆如土偶之状。至于长大，人皆畏之。凡莅职梓州者，谒庙，则呼出验之，或遗之钱帛，至今犹存。（出《野人闲话》）

僧彦翛

草书僧文英大师彦翛，始在洛都。明宗世子秦王从荣，复厚遇之。后有故，南居江陵西湖曾口寺。一日恍惚，忽见秦王拥二十骑诣寺，访彦翛。彦翛问大王何以此来，恰未对，翛而不见。彦翛方访于人，不旬日，秦王遇害。（出《北梦琐言》）

建康乐人

建康有乐人，日晚如市，见二仆夫云："陆判官召。"随之而去。至大宅，陈设甚严。宾客十余人，皆善酒，惟饮酒而不设食，酒亦不及乐人。向曙而散，乐人困甚，因卧门外床上。既寤，乃在草间，旁有大冢。问其里人，云，相传陆判官之冢，不知何时人也。（出《稽神录》）

张飞庙祝

距离梓州城十几里的地方有一座张飞庙，张飞庙里有一个土塑的人偶，这个土偶是张飞庙里的卫士。一天晚上，这个土偶卫士变成了活人，和庙祝的妻子同了床。一年后，庙祝妻子生了个女儿，这个女孩长了一头红色的头发，她的四肢手脚看起来都和那个土偶一样。这女孩长大以后，人们都很害怕她。凡是到梓州城上任做官的官员，参拜张飞庙时，都要把那红发女孩叫来看看是不是和传说中的一样，有的人还会给她些钱财布料。现在这个女孩还活着。（出《野人闲话》）

僧彦脩

擅长草书的僧人文英大师名叫彦脩，他起初住在洛阳。后唐明宗的世子秦王从荣，也十分厚待彦脩。后来彦脩出于某些原因搬到南方的江陵西湖的曾口寺居住。一天，彦脩在精神恍惚中忽然看见二十多个骑士拥护着秦王来到寺庙拜访他。彦脩就问秦王为什么到这里来，秦王还没回答，突然就不见了。彦脩正打算向别人打听的时候，没几天，就传来了秦王遇害的消息。（出《北梦琐言》）

建康乐人

建康有位乐师晚间上街时，遇见两个仆役对他说："陆判官召见你。"乐师跟着两个仆役来到一处很大的宅邸，宅邸里的摆件陈设非常庄严。宅邸里有十几个看起来很能喝酒的宾客，他们都只是喝酒没有准备下酒菜，这些人也不让乐师喝酒。天亮时，宾客们也都离开了，乐师感到非常困倦，就睡在了门外一张床上。等他醒来时，发现自己躺在草丛中，旁边有一座很大的坟墓。乐师向当地人打听，他们说，祖辈相传说那里是陆判官的坟墓，至于陆判官是什么时候的人那就不知道了。（出《稽神录》）

黄延让

建康吏黄延让尝饮酒于亲家，迨夜而散。不甚醉，恍然而身浮。飘飘而行，不能自制。行可十数里，至一大宅，寂然无人。堂前有一小房，房中有床，延让困甚，因寝床上。及寤，乃在蒋山前草间，逾重城复堑矣。因恍惚得疾，岁余乃愈。（出《稽神录》）

张 瑗

江南内臣张瑗日暮过建康新桥，忽见一美人，袒衣猖獗而走。瑗甚讶，谛视之，妇人忽尔回头，化为旋风扑瑗。瑗马倒伤面，月余乃复。初马既起，乃提一足，跛行而归。自是每过此桥，马辄提一足而行，竟无他怪。（出《稽神录》）

婺源军人妻

丁酉岁，婺源建威军人妻死更娶。其后妻虐遇前妻之子过甚，夫不能制。一日，忽见亡妻自门而入，大怒后妻曰："人谁无死，孰无母子之情，乃虐我儿女如是耶？吾比诉与地下所司，今与我假十日，使我诲汝。汝遂不改，必能杀君。"夫妻皆恐惧再拜，即为具酒食。遍召亲党邻里，问讯叙话如常。他人但闻其声，唯夫见之。及夜，为设榻别室，夫欲从之宿，不可。满十日，将去，复责励其后妻，言甚切至。举家亲族共送至墓，去墓百余步，曰："诸人可止矣。"复殷勤辞诀而去。将及柏林中，诸人皆见之，衣服容色

黄延让

建康的官员黄延让有一次到亲友家喝酒，等到晚上才离开。他并没有醉得很厉害，但是却觉得精神恍惚，身体好像飞起来了一样。他的身体轻飘飘地在空中飞行，他自己也控制不住。飞行了十几里后，他来到了一处很大的宅邸，宅里一个人都没有。堂屋有一间小房子，房子里有一张床，黄延让非常困倦，就躺在床上睡着了。等到黄延让睡醒之后，他发现自己躺在蒋山的草丛中，他越过了重重的城墙又掉进了深沟里面。因为这件事，他后来就精神恍惚得了病，过了一年多才痊愈。（出《稽神录》）

张　瑗

江南有个名叫张瑗的宦官，有一天黄昏，张瑗路过建康新桥时，忽然看见一个美人敞着衣服癫狂地向前跑着。张瑗非常惊讶，他仔细察看时，那个女人突然回头，然后变成了一阵旋风扑向张瑗。张瑗的马被旋风刮倒了，张瑗的脸也受了伤，过了一个多月张瑗的伤才恢复。之前那匹马受伤后爬起来就抬起一只蹄子跛着走了回来。从此每次路过这座桥，那匹马就会抬起一只蹄子跛着走，竟然再也没有发生过其他的怪事。（出《稽神录》）

婺源军人妻

丁酉年时，婺源建威军中有个军人在妻子去世后又新娶了一个女人。他的后妻对前妻的孩子十分虐待，军人也制止不了她。有一天，忽然看见亡妻从门外走了进来，她对后妻大怒地说："哪个人能够不死？谁没有母子之情？你为什么要这样虐待我的儿女？我已经向地府相关官府控告了你，现在他们准许我返回阳间十天，让我来劝导你。你如果再不改正错误，我就只能杀掉你了！"军人和后妻都被吓得跪在地上一再叩头，又为前妻准备了酒水食物。前妻让军人把乡亲邻居都请来，她和大家问好聊天，和她活着的时候一样。其他人看不见她只能听见她的声音，只有军人能见到她的身形。到了晚

如平生，及墓乃没。建威军使汪延昌言如是。（出《稽神录》）

陈德遇

辛亥岁，江南伪右藏库官陈居让字德遇，直宿库中，其妻在家，五更初，忽梦二吏，手把文书，自门而入。问："此陈德遇家耶？"曰："然。""德遇何在？"曰："在库中。"吏将去，妻追呼之曰："家夫字德遇耳，有主衣库官陈德遇者，家近在东曲。"二吏相视而嘻曰："几误矣。"遂去。迩日，德遇晨起如厕，自云有疾，还卧，良久遂卒。二人并居治城之西。（出《稽神录》）

广陵吏人

广陵吏姓赵，当暑，独寝一室。中夜，忽见大黄衣人自门而入，从小黄衣七人。谓己曰："处处寻不得，乃在此耶！"叱起之，曰："可以行矣。"一黄衣前日："天年未尽，未可遽行，宜有以记之可也。"大人即探怀，出一印，印其左臂而去。及明视之，印文著肉，字若古篆，识其下，右若"仙"字，左若"记"字，其上不可识。赵后不知所终。（出《稽神录》）

上，军人为前妻在另外一间房前铺了一张床，而且想要和她一起睡觉，前妻没有答应。过了十天，前妻就要离开返回阴间了，临走时她又一次告诫后妻，言辞十分恳切。军人全家的亲戚族人都来送她到墓地，距离墓地几百步时，前妻说："你们送我到这里就可以停下了。"然后又和大家真诚地道别，最后就离开了。在她刚要走到柏树林中时，大家都看见了她的身形，衣服、容貌和她活着的时候一样。前妻走到坟墓时就消失了。建威军的军使汪延昌讲述了上面这个故事。（出《稽神录》）

陈德遇

辛亥年时，陈居让字德遇，是江南叛军的右藏库官。一天，他在仓库里值宿，他的妻子在家里。刚刚到五更时，陈德遇的妻子忽然梦见两个手里拿着文书的官吏走进大门问："这里是陈德遇的家吗？"陈德遇的妻子说："是。"那两个官吏又问："陈德遇在哪里？"陈德遇的妻子说："他现在在库房里面。"两名官吏转身就要离开，陈德遇的妻子连忙追赶他们喊道："我丈夫名叫陈居让，德遇是他的字。有个主管衣库的官员名叫陈德遇。他家住在东边的巷子里。"两个官吏互相看了一眼笑着说："差点弄错了。"说完就离开了。第二天，那个名叫陈德遇的人早上起来上厕所，他觉得自己不舒服生了病，就又回到屋里躺下，过了一段时间，他就死了。这两个陈德遇都居住在治城的西面。（出《稽神录》）

广陵吏人

江苏广陵有个姓赵的官吏，夏天的时候，他一个人在屋子里睡觉。半夜，他忽然看见一位身材高大的黄衣人带着七个身材矮小的黄衣人从门外走了进来，说："我们到处都找不到你，原来你在这里。"又叫赵吏站起来，并且说："我们可以走了。"这时一个黄衣人走上前说："他的寿命还没有完，先别急着带他走，给他留下个记号就可以了。"那个身材高大的黄衣人就从怀里掏出一个印章，在赵吏

的左手臂上印了一下就离开了。天亮后赵吏一看左手臂，看见印文深深地刻进了肉里，字体像是古代的篆字，看印的下面，右边像是“仙”字，左边像是“记”字，印上面的字认不出来。后来就不知道赵吏死在了哪里。（出《稽神录》）

卷第三百五十四　鬼三十九

杨　瑊

兖州龙兴寺西南廊第一院，有经藏。有法宝大师者，常于灵神佛堂之前见一白衣叟，如此者数日，怪而诘之，叟曰："余非人，乃杨书记宅之土地。"僧曰："何为至此？"叟曰："彼公愎戾，兴造不辍，致其无容身之地也。"僧曰："何不祸之？"答曰："彼福寿未衰，无奈之何。"言毕不见。后数年，朱瑾弃城而遁，军乱，一家皆遇害。杨名瑊，累举不第，为朱瑾书记。（出《玉堂闲话》）

袁继谦

殿中少监袁继谦尝居兖州，侍亲疾，家在子城东南隅。有仆人自外通刺者，署云"前某州长史许延年"，后云"陈慰"。继谦不乐，命延入。及束带出，则已去矣。仆云，徒步，衣故皂衣，张帽而至，裁投刺入车门，则去矣。其年亲卒，遂以其刺兼冥钱焚之。（出《玉堂闲话》）

杨瑊

兖州龙兴寺西南廊的第一个院子里，收藏有很多经书。有一位法宝大师，曾经在灵神佛堂前面看到一位穿白衣服的老人，他连续好几天都在这里看到了那位白衣老人，就感到很奇怪，于是法宝大师上前询问。老人说："我不是凡人，我是杨书记官府宅里的土地神。"法宝大师问："那你为什么要到这里来？"老人说："杨书记为官刚愎暴戾，到处修建建筑也不停下来，这使得我都没有住的地方了。"法宝大师问他："那你为什么不给他降下灾祸呢？"老人说："他的福寿气数没有衰落，我也没有办法对付他。"说完，老人就不见了。过了几年，朱瑾扔下兖州城逃跑了，军中大乱。杨书记官全家都被杀害了。杨书记官名叫杨瑊，参加科举考试几次都没考取功名，于是他给朱瑾当了书记官。（出《玉堂闲话》）

袁继谦

在宫中担任少监的袁继谦曾经住在兖州照顾生病的亲戚，当时他家住在子城东南角。一天，有仆人从门外拿来一个求见者的名帖，上面署名"曾任某州刺史的许延年"，后面写的是告诉袁继谦一些事情并且进行慰问。袁继谦不愿意见这个人，勉强让仆人请他进来。袁继谦穿衣服准备出去接见这个人时，这人却已经离开了。仆人说，那人是徒步走来的，穿着一身很旧的黑衣服，戴着一顶张开口的帽子，刚把名帖送进大门就离开了。这一年袁继谦的亲人去世了，袁继谦就把那张名帖和一些纸钱一起给烧了。（出《玉堂闲话》）

邠州士人

朱梁时，有士人自雍之邻，数舍，遇天晴月皎，中夜而进。行至旷野，忽闻自后有车骑声，少顷渐近。士人避于路旁草莽间，见三骑，冠带如王者，亦有徒步，徐行谈话。士人蹑之数十步，闻言曰："今奉命往邯州，取三数千人，未知以何道而取，二君试为筹之。"其一曰："当以兵取。"又一曰："兵取虽优，其如君子小人俱罹其祸何？宜以疫取。"同行者深以为然，既而车骑渐远，不复闻其言。士人至邠州，则部民大疫，死者甚众。（出《玉堂闲话》）

王 商

梁贞明甲戌岁，徐州帅王殷将叛。八月二十日夜，月明如昼，居人咸闻通衢队伍之声。自门隙觇之，则皆青衣兵士而无甲胄。初谓州兵潜以捕盗耳，俄闻清啸相呼，或歌或叹，刀盾矛槊，嚣隘闾巷，怪状奇形，甚可畏惧，乃知非人也。比自府廨，出于州南之东门，扃键无阻。比至仲冬，殷乃拒诏，朝命刘鄩以兵五万致讨，凡八月而败，合境悉罹其祸。（出《玉堂闲话》）

邠州人士

五代朱梁时，有个士人从雍州来到邠州，他距离邠州还有几十里路时，已经是晚上了，不过夜晚天气晴朗，月色皎洁，他便接着赶路。他走到一处旷野上时，忽然听见身后传来马车的声音，又过了一会，马车的声音越来越近。士人躲到路边的草丛里，看见三个骑马的人，看他们的衣服和帽子像是君王，他们后面跟着步行的人，他们一边慢慢赶路一边交谈着什么。士人便悄悄地躲在距离他们几十步的后方，听见他们说："现在我们奉命前往邠州获取三千人的性命，不知用什么方法取，你们两个人也想想办法吧。"一个人回答说："应该用打仗来获取。"另一个人说："打仗来获取虽然好，但是如果让君子和小人都因战争受到灾祸怎么办？我觉得还是用瘟疫来获取吧。"同行的人都非常认可这个办法。等到他们走远了，士人就听不见他们在说什么了。士人到达邠州后，邠州果然发生了重大的瘟疫，死了很多的人。（出《玉堂闲话》）

王　商

梁朝贞明甲戌那年，徐州统帅王殷要造反。八月二十日这天晚上，月光明亮，就好像白天一样，城中的居民全都听见大街上有军队经过的声音。从门缝里往外看，只见全都是穿黑色布衣的士兵，没有穿盔甲的士兵。起初人们都以为这是州府里的兵在偷偷地去捕杀盗贼。一会传来了有人大声呼喊的声音，又传来了歌声和唉叹声，又有刀盾矛槊各种武器碰撞的声音，这些声音传遍了整个街道，再看这些士兵身形奇怪诡异，看起来十分害怕，才知道这些都是鬼兵。他们从府衙里出来，又从州城南面的东门出了州城，虽然城门已经关上了，但没有对他们造成一点阻碍。等到这年冬天，王殷拒绝接受皇帝的命令发起了叛乱，朝廷派刘鄩率领五万士兵来平定叛乱。打了八个月王殷战败了，徐州全境都受到战乱的祸害。（出《玉堂闲话》）

谢彦璋

梁许州节度使谢彦璋遇害，朝廷命宣和库副使郝昌遇往许昌籍其家财。别开一室，见彦璋真像之左目下，鲜血在焉，竟不知自何而有，众共异之。彦璋性嗜鳖，镇河阳，命渔者采以供膳，无虚日焉，不获则必加重罚。有渔人居于城东，其日未曙，将往取之。未至一二里，遇一人，问其所适，以实对。此人曰："子今日能且辍否？"渔人曰："否则获罪矣。"又曰："子若不临网罟，则赠子以五千钱，可乎？"渔人许之，遂获五千，肩荷而回。比及晓，唯讶其轻，顾之，其钱皆纸矣。（出《玉堂闲话》）

崇圣寺

汉州崇圣寺，寒食日，忽有朱衣一人，紫衣一人，气貌甚伟，驱殿仆马极盛。寺僧谓其州官至，奔出迎接，皆非也。与僧展揖甚恭，唯少言语。命笔，各题一绝句于壁，朱衣诗曰："禁烟佳节同游此，正值酴醿夹岸香。缅想十年前往事，强吟风景乱愁肠。"紫衣诗曰："策马暂寻原上路，落花芳草尚依然。家亡国破一场梦，惆怅又逢寒食天。"题罢，上马疾去。出松径，失其所在，但觉异香经月不散。其诗于今见存。（出《玉堂闲话》）

任彦思

蜀昌州牧任彦思家，忽闻空中有乐声，极雅丽悲切，竟日不

谢彦璋

梁朝的许州节度使谢彦璋遇害后，朝廷派宣和库的副使郝昌遇前往许昌，去清理登记谢彦璋的财产。打开一间偏房后，见谢彦璋的画像的左眼下边有鲜血，大家都不知道这鲜血是从哪里来的，都感觉非常奇怪。谢彦璋非常喜欢吃鳖，他镇守河阳时，让打鱼的人每天都给他供应活鳖来做菜，如果渔夫捕不到鳖，就会受到很重的处罚。城东有个渔夫，有一天天还没亮就要下河捕鳖，他还没走出一二里地就遇见一个人，那个人问他要去哪里，渔夫就如实告诉他要去给谢彦璋捕鳖。那人说："你今天能不能不去捕鳖？"渔夫说："我捉不到鳖的话是要受罚的。"那人又说："你如果不去下网捕鱼，我就送给你五千钱，行不行？"渔夫答应了，就收了那人五千钱，背上那五千钱就往回走。等到天亮了，渔夫觉得铜钱很轻就感觉很奇怪，回头一看，原来这些钱都是冥府纸钱。（出《玉堂闲话》）

崇圣寺

汉州有一座崇圣寺，有一年寒食节这天寺庙里来了两个气宇轩昂的人，一人穿红衣、一人穿紫衣，他们还有很多随行的车马和仆从。寺里的僧人以为是州里的官员到了，连忙跑出来迎接，结果这两人都不是州府官员。这二人对僧人十分恭敬地作揖，只是很少说话。他们让侍从拿来两支笔，每人在墙上题了一首绝句。红衣人题的诗是："禁烟佳节同游此，正值酴醿夹岸香。缅想十年前往事，强吟风景乱愁肠。"紫衣人题的诗是："策马暂寻原上路，落花芳草尚依然。家亡国破一场梦，惆怅又逢寒食天。"题完诗后，他们骑上马快速离开了。他们一走出松林中的小路就消失了，只留下来一股特殊的香气持续一个月都没有消散。这两个人题的诗现在都还能在寺庙的墙上看见。（出《玉堂闲话》）

任彦思

任彦思是蜀地昌州牧，有一天他在家中忽然听见空中传来非常休。空中言曰："与吾设食。"任问是何人，竟不肯言本末，乃与静室设之，如人食无遗。或不与食，即致破什器，虫入人耳，烈火四起。彦思恶之，移去回避，亦常先至，凡七八年。忽一日不闻乐声，置食无所飨，厅舍栿上血书诗曰："物类易迁变，我行人不见。珍重任彦思，相别日已远。"彦思尤恶其所题，以刀刬之，而字已入木，终不知何鬼也。

张仁宝

校书郎张仁宝素有才学，年少而逝，自成都归葬阆中，权殡东津寺中。其家寒食日，闻扣门甚急，出视无人，唯见门上有芭蕉叶，上有题曰："寒食家家尽禁烟，野棠风坠小花钿。为今空有孤魂梦，半在嘉陵半锦川。"举族惊异。端午日，又闻扣门声，其父于门罅伺之，乃见其子，身长三丈许，足不践地，门上题"五月午日天中节"，题未毕，其父开门，即失所在。顷之克葬，不复至矣。

杨蕴中

进士杨蕴中得罪下成都府狱，夜梦一妇人，虽形不扬，而言词甚秀，曰："吾即薛涛也，顷幽死此室。"乃赠蕴中诗曰："玉典雅悲怆的音乐声，这音乐声一整天都没有停止。后来他又听见空中有人说："快给我准备食物。"任彦思问他是什么人，空中那个人没有回答，任彦思就在一个安静的房间里准备好了食物。不一会儿食物就被吃光了，就像是有一个人把食物吃完了一样。后来又发生这样的事，如果不给那个人准备食物，家里的器物就会被破坏，虫子会钻进人的耳朵，屋子四周会着火。任彦思憎恶这个鬼，就搬家来躲开他，但那鬼还是常常到他家来，就这样过了七八年。后来有一天，任彦思忽然发现空中的音乐声消失了，摆放的食物也没被吃掉，只见大厅的梁上用血题着一首诗："物类易迁变，我行人不见。珍重任彦思，相别日已远。"任彦思非常厌恶鬼题的这首诗，用刀子尝试去刮掉它，然而那些字已经渗入木头里去了，刮都刮不掉。直到最后也不知道那是个什么鬼怪。

张仁宝

校书郎张仁宝一直很有才华学识，但是他年纪轻轻就死了。他死后，他家把他的灵柩从成都运回家乡阆中下葬。没下葬前，暂时停放在东津寺里。寒食节这天，张仁宝的家人忽然听到非常急促的敲门声，打开门去察看却没有看见人，只是发现门上有一片芭蕉叶，上面题有一首诗："寒食家家尽禁烟，野棠风坠小花钿。为今空有孤魂梦，半在嘉陵半锦川。"全家人都感到惊异。端午节这天，又听见敲门声，张仁宝的父亲从门缝里向外看，看见了他的儿子张仁宝，但这个张仁宝身高足有三丈，双脚也不站在地上。当时张仁宝正在大门上题诗，刚题了一句"五月午日天中节"，他父亲就把门打开了。门一开，张仁宝就消失不见了。后来家人很快就把张仁宝的灵柩埋葬了，张仁宝就再也没回来过。

杨蕴中

进士杨蕴中犯了罪，被关押在成都府衙的监狱里面。一天晚上，他梦见一个女人，这个女人虽然姿色不是很美丽，但她的谈吐非常漏深长灯耿耿，东墙西墙时见影。月明窗外子规啼，忍使孤魂愁夜永。”

王延镐

梓州有阳关神，即蜀车骑将军西乡侯张飞也，灵应严暴，州人敬惮之。龙州军判官王延镐纳成都美妓人霞卿，甚宠之。携之赴官，经阳关神祠前过，霞卿暴卒。唯所生一女，非延镐之息，倍哀悯之。一日传灵语，具云：“为阳关神所录，辞而得解。”从此又同寝处，写其貌而凭之，至于盥漱饮食皆如生。乃曰：“俟我嫁女，方与君别。”延镐将更娶，告之，鬼亦许焉，乃娶沈彦循女。自是或女客列坐，即有一黑蝴蝶，翩翻掠筵席而过，卒以为常。其后延镐为新津令，方嫁其女，资送甚备，自是无闻。

僧惠进

西蜀有僧惠进者，姓王氏，居福感寺。早出，至资福院门，见一人长，身如靛色，迫之渐急，奔走避之。至竹篑桥，驰入民家。此人亦随至，擮拽牵顿，势不可解。僧哀鸣祈之，此人问：“汝姓何？”答曰：“姓王。”此人曰：“名同姓异。”乃舍之而去。僧战摄，投民家，移时稍定，方归寺中。是夕，有与之同名异姓者死焉。（出《录异记》）

文雅。她说："我就是薛涛，我以前就是死在这间房子里的。"说完就送了杨蕴中一首诗："玉漏深长灯耿耿，东墙西墙时见影。月明窗外子规啼，忍使孤魂愁夜永。"

王延镐

蜀国的车骑将军、西乡侯张飞是梓州的阳关神，这个神虽灵应却严暴，梓州人都对他既敬仰又害怕。龙州军中担任判官的王延镐，娶了成都一个很漂亮的妓女霞卿。王延镐对霞卿十分宠爱，带着她去梓州上任。他们在阳关神祠堂前经过的时候，霞卿突然去世了，只留下一个女儿，这个女孩还不是王延镐亲生的。王延镐对霞卿的去世非常悲痛哀怜。有一天，霞卿传灵语对王延镐说："我是被阳关神捉去抓走了，我求了他很久才让我暂时得以解脱。"从此以后，霞卿又和王延镐住在一起，王延镐还为她画了像作为凭借。霞卿平时的洗漱饮食和活着的时候一模一样。她对王延镐说："等到我把女儿嫁出去，我就要和你告别了。"王延镐打算再娶个女人，他把这件事告诉了霞卿，霞卿同意了。后来王延镐就娶了沈彦循的女儿。从此家里如果来了女客人，就会有一只黑蝴蝶在筵席上飞来飞去，大家也都习以为常。后来王延镐当了新津令，他把霞卿的女儿嫁了出去，还给了很丰厚的嫁妆，从此就再也没听到霞卿的消息。

僧惠进

西蜀有个法号叫惠进的僧人，他的俗姓是王氏，他住在福感寺里。有一天早上他出门，走到资福院门口时，看见有一个身材高大、浑身发蓝的人向他追了过来，而且越追越急。惠进连忙奔走躲避这人。到了竹篑桥，惠进跑进了一个老百姓家里，那个人也追着跑了进来，牢牢地拽住了惠进。惠进摆脱不了这个人，就哀叫祈求他放过自己。那个人问他："你姓什么？"惠进回答说："我姓王。"那个人说："名字是对上了，但是姓不对。"说完就放了惠进。惠进非常害怕，在老百姓家里歇了很久，心神安定后，这才回到寺里。这天晚上，果然

田达诚

庐陵有贾人田达诚，富于财，颇以周给为务。治第新城，有夜扣门者，就视无人，如是再三。因呼问之："为人耶？鬼耶？"良久答曰："实非人也，比居龙泉，舍为暴水所毁，求寄君家，治舍毕乃去耳。"达诚不许，曰："人岂可与鬼同居耶？"对曰："暂寄居耳，无害于君。且以君义气闻于乡里，故告耳。"达诚许之，因曰："当止我何所？"达诚曰："唯有厅事耳。"即拜辞谢而去。数日复来，曰："家已至厅中，亦无妨君宾客。然可严整家人慎火，万一不意，或当云吾等所为也。"达诚亦虚其厅以奉之。

达诚尝为诗，鬼忽空中言曰："君乃能诗耶？吾亦尝好之，可唱和乎？"达诚即具酒，置纸笔于前，谈论无所不至。众目视之，酒与纸笔，俨然不动。试暂回顾，则酒已尽，字已著纸矣。前后数篇，皆有意义。笔迹劲健，作柳体。或问其姓字，曰："吾傥言之，将不益于主人，可诗以寄言之。"乃赋诗云："天然与我一灵通，还与人间事不同。要识吾家真姓字，天地南头一段红。"众亦不谕也。

一日复告曰："吾有少子，婚樟树神女，将以某日成礼，复欲借君后堂三日，以终君大惠，可乎？"达诚亦虚其堂，以幕围之。

有一个和惠进同名不同姓的人死了。（出《录异记》）

田达诚

庐陵有个叫田达诚的商人，非常富有，但他却不吝啬，总是把接济穷人看成自己应该做的事。他在新城建了一座宅院，一天夜里听见有人敲门，开门察看外面却没有人，这样反复了几次后，田达诚就问道："敲门的是人还是鬼呀？"过了好久才听到有人说："我确实不是人而是一只鬼，我之前居住在龙泉，但那里发了洪水，我的家被洪水摧毁了，希望你能收留我让我寄住几天，等我家房子盖好我马上就离开。"田达诚不答应，说："人怎么能和鬼居住在一起呢？"鬼说："我只是暂时寄住几天罢了，绝对不会祸害你，况且你因为讲义气在乡里非常出名，我才来投奔你的。"田达诚就答应了。鬼又问："我应该住在哪里啊？"田达诚说："你就只有住在堂屋里了。"鬼拜谢了田达诚就离开了。过了几天鬼又来了，说："我已经搬到你家堂屋住下了，我不会妨碍你宴请宾客之类的日常活动，只是请你告诉家里人注意管好火，不然万一出了意外发生火灾，你们也许会以为是我干的。"田达诚就把堂屋收拾干净让鬼居住。

有一次，达诚作诗，鬼忽然在空中说："你还会写诗？我也喜欢写诗，我们一起写几首诗相互唱和怎么样？"田达诚就摆上酒，把纸和笔摆在了前面。那鬼谈论起写诗来头头是道，看起来十分精通写诗。大家都看见酒和纸笔没有被移动过，可是稍稍一回头，再看却发现酒已经被喝完了，纸上也已经写好了诗句，而且写了好几首，都很有哲理深意。纸上的字是柳体，字迹铁画银钩，遒健有力。有人问鬼叫什么名字，鬼说："如果我说出我的名字，将会对主人不利，我就把我的名字写进诗里面吧。"于是鬼就写了一首诗："天然与我一灵通，还与人间事不同。要识吾家真姓字，天地南头一段红。"大家看了这首诗，还是不知道鬼叫什么名字。

有一天，鬼又告诉田达诚说："我有个小儿子，他娶樟树神的女儿为妻，这几天就要举行婚礼，我想再借你家后堂用三天，同时也报达你对我这么大的恩惠，你看行不行？"田达诚就把后厅腾出来，三日复谢曰："吾事讫矣，还君此堂。主人之恩，可谓至矣。然君家老婢某，可笞一百也。"达诚辞谢。召婢，笞数下，鬼曰："使之知过，可止矣。"达诚徐问其婢，言曾穴幕窃视，见宾客男女，厨膳花烛，与人间不殊。后岁余，乃辞谢而去。

达诚以事至广陵，久之不归，其家忧之。鬼复至曰："君家忧主人耶？吾将省之。"明日还曰："主人在扬子，甚无恙，行当归矣。新纳一妾，与之同寝，吾烧其帐后幅，以戏之尔。"大笑而去。达诚归，问其事皆同。后至龙泉，访其居，亦竟不获。（出《稽神录》）

徐彦成

军吏徐彦成恒业市木，丁亥岁，往信州汭口场，无木可市，泊舟久之。一日晚，有少年从二仆往来岸侧，状若访人而不遇者。彦成因延入舟中，为设酒食，宾敬之。少年甚愧焉，将去，谢曰："吾家近此数里别业中，君旦日能辱顾乎？"徐彦成许诺，明日乃往。行里余，有仆马来迎，奄至一大宅，门馆甚盛。少年出延客，酒膳丰备。从容久之，彦成因言住此久，无木可市，少年曰："吾有木在山中，明当令出也。"居一二日，果有材木大至，良而价廉。市易既毕，往辞少年。少年复出大杉板四枚，曰："向之木，吾所卖，今以此赠君。至吴，当获善价。"彦成回，始至秦淮，会吴帅殂，纳杉板用布幔围上给鬼用。三天后，鬼再次感谢他说："我家的喜事已办完了，这就把你家后堂还给你。你对我的恩情可以说是达到极致了，但你家的那个老婢女，你真该打她一百板子。"田达诚忙向鬼赔礼道歉，并把那名老女仆叫来用板子打了几下。鬼说："打她几下，让她知道过错，就可以停下来放过她了。"后来田达诚问那老女仆做了什么错事，她说她曾在后厅的幔幕缝中向厅里偷看，看见里面办喜事的男男女女的宾客吃的酒食，用的花烛等都和寻常人一模一样。又过了一年多，那鬼告辞离开了。

后来，田达诚到广陵去办事，去了很久没回来，家里人十分担心田达诚是不是出事了。这时那个鬼又来到了田达诚家，对他的家人们说："你们是不是在担心你们家主人？我可以去看看他。"第二天鬼就回来了，对家人们说："你家主人在扬子，他一切都好，很快就回来了。他还新纳了个小妾，他们俩平时一起居住，我把他们帐子的后幅烧了，给他们开了一个玩笑。"说完就大笑着离开了。等到田达诚回家后，家里人问他在外面发生的事，他说的和鬼说的完全一样。后来田达诚到龙泉去寻找鬼的住所，但始终没有找到。（出《稽神录》）

徐彦成

军吏徐彦成经常做木材生意。丁亥年，他前往信州的汭口场，那里没有木头可以买卖，船在岸边停了很久。一天晚上，有一个少年带着两名仆人在岸边走来走去，看他的样子好像是找什么人但又没有找到。徐彦成就把少年请到船上，给少年准备了酒和食物，十分恭敬地对待少年。少年对徐彦成的招待感到受之有愧，在离开时对徐彦成说："我家住在距离这里几里路的别墅里，您明天能不能屈尊光临寒舍？"徐彦成答应了少年的邀请，第二天就前往少年家。刚走了一里多路，就有少年派来的仆人车马前来迎接徐彦成，不一会儿就来到一处大府宅前，府宅的门庭十分壮观，少年亲自走出来迎接徐彦成。少年已经让人准备好非常丰盛的宴席。少年和徐彦成边吃边聊，在这期间徐彦成提到在这里住了很久也买不到木材，少年说："我为棺。以为材之尤异者，获钱数十万。彦成大市珍玩，复往汭口，以酬少年，少年复与交市。如是三往，颇获其利。间一岁，复诣之，村落如故，了无所见。访其里中，竟无能知者。（出《稽神录》）

郑郊

郑郊，河北人，举进士下第，游陈蔡间。过一冢，上有竹二竿，青翠可爱，因驻马吟曰："冢上两竿竹，风吹常袅袅。"久不能续，闻冢中言曰："何不云'下有百年人，长眠不知晓'？"郊惊问之，不复言矣。

李茵

进士李茵，襄阳人。尝游苑中，见红叶自御沟流出，上题诗云："流水何太急，深宫尽日闲。殷勤谢红叶，好去到人间。"茵收贮书囊。后僖宗幸蜀，茵奔窜南山民家。见一宫娥，自云宫中侍书，名云芳子，有才思，茵与之款接。因见红叶，叹曰："此妾所题也。"同行诣蜀，具述宫中之事。及绵州，逢内官田大人识之，曰："书家何得在此？"逼令上马，与之前去，李甚怏怅。其夕，宿逆有很多木材在山里，我让他们明天给你运出来就是。”徐彦成又住了两天后，果然从山里运来了大批的木材，这些木材品质很好价格也很便宜。交易完木材，徐彦成就去向少年辞别。少年又叫人抬出四块大杉木板说：“之前那些木材算是我卖给你的，这四块板子是我送给你的。你把这些拿到吴地去卖，一定能卖得一个好价钱。”徐彦成运着木材返回，刚走到秦淮时，就遇上吴国的国师去世了，吴国人把那四块大杉板买去给吴国国师做棺材。因为这四块大杉板品质特别好，徐彦成得到了几十万钱。后来徐彦成又买了大量的珍宝古玩再次前往汭口，想把这些东西送给少年来酬谢他。徐彦成和少年就这样做了三次生意，都获得了很高的利润。隔了一年，徐彦成又到汭口去拜访那位少年，这里的村子还是原样，但少年的华丽府宅却不见了。徐彦成向村里人打听，人们竟然根本不知道有这个少年。（出《稽神录》）

郑郊

河北人郑郊考进士落了榜，后来他在河南陈州蔡州一带游玩。有一次他路过一座坟墓，看见坟上有两竿竹子青青翠翠的，非常让人喜爱，他就停下马吟了一首诗：“坟上两竿竹，风吹常袅袅。”下面两句他想了很久也写不出来。这时忽然听见坟墓里有声音说：“下面两句为什么不作‘下有百年人，长眠不知晓’呢？”郑郊大惊，连忙询问，但坟墓里再也没有发出声音。

李茵

进士李茵是襄阳人，他有一次游览御苑，看见有片红叶从宫里的御沟流出来，红叶上面题有一首诗：“流水何太急，深宫尽日闲。殷勤谢红叶，好去到人间。”李茵便把这片红叶存放在了书箱里。后来唐僖宗巡幸蜀地，李茵跑到南山一个老百姓家里，他在这遇见一个宫女，这个宫女自称是宫中的侍书，名叫云芳子。云芳子很有才学。李茵和云芳子交往后，云芳子发现了那片红叶，长叹一声说：“这旅，云芳复至，曰：“妾已重赂中官，求得从君矣。”乃与俱归襄阳。数年，李茵疾瘠，有道士言其面有邪气，云芳子自陈：“往年绵竹相遇，实已自经而死。感君之意，故相从耳。人鬼殊途，何敢贻患于君。”置酒赋诗，告辞而去矣。（出《北梦琐言》）

柳鹏举

唐龙纪中，有士人柳鹏举，游杭州，避雨于伍相庙。见一女子，抱五弦，云是钱大夫家女仆。鹏举悦之，遂诱而奔。藏于舟中，为厢吏所捕，女仆自经而死。一日，却到柳处，柳亦知其物故。其仆具道其情，故留之，经时而去。（出《北梦琐言》）

周洁

霍丘令周洁，甲辰岁罢任，客游淮上。时民大饥，逆旅殆绝，投宿无所。升高而望，远见村落烟火，趋而诣之。得一村舍，扣门久之，一女子出应门，告以求宿，女子曰：“家中饥饿，老幼皆病，无以延客，至中堂一榻可矣。”遂入之。女子侍立于前，少顷，其妹复出，映姊而立，不见其面。洁自具食，取饼二枚，以与二女。持之入室，闭关而寝，悄无人声。洁亦耸然而惧，向晓将去，便呼二红叶上的诗就是我写的啊！”云芳子和李茵一起去往蜀地，一路上云芳子给李茵讲了很多皇宫里的事。到了绵州后，有一个宫中的太监田大人认出了云芳子，田大人说：“云芳子你为什么会在这里啊？”随后田大人就强迫云芳子上马把她带走了，李茵非常难过。这天晚上，李茵住在旅店里，云芳子突然又回来了，她说：“我用重金贿赂了田大人，他才放了我让我能够来跟随你。”于是李茵就和云芳子一起回到了襄阳。几年后，李茵得了病，身体消瘦，有个道士说他脸上带有邪气。云芳子这才向李茵说：“那年在绵竹和你相遇时，我其实早已经上吊死了，为了报答你的情意所以我才来跟随你。但是人和鬼终究是两条不同的路，我哪里敢给你带来灾祸呢？”说完，云芳子摆下酒菜和李茵对饮，又写下了一首诗，然后就向李茵告辞离开了。（出《红梦琐言》）

柳鹏举

唐朝龙纪年间，有个叫柳鹏举的读书人到杭州游玩。他在伍相庙避雨时，遇见了一个抱着五弦琴的女子，这个女子自称是钱大夫家的女仆。柳鹏举很喜欢她，就引诱她和自己私奔。柳鹏举把她藏在船里，但女仆还是被官吏抓住了，后来女仆上吊自杀了。后来有一天，这女仆居然又来到柳鹏举居住的地方。柳鹏举知道她已经死了，化成了鬼魂，但女仆诚恳地说了很多的话来表达她对柳鹏举的情意，柳鹏举就把她留了下来，过了很久女鬼才离去。（出《北梦琐言》）

周洁

霍丘县令周洁甲辰年罢官后就一直在淮河上游历。当时民间正大闹饥荒，旅馆也全都开不下去了，周洁找不到地方投宿。有一天，周洁登高远望，远远地看见有个村子里有炊烟，就到这个村庄去了。到了村里一间屋子前，周洁敲了很久门，才有一个女子来开了门。周洁告诉那个女子希望能让自己投宿她家，那个女子说：“我家里没有粮食，家里的老人和孩子也都生了病，没有办法招待客人。只能在中女告之，了无声应者。因坏户而入，乃见积尸满屋，皆将枯朽。唯女子死可旬日，其妹面目已枯矣，二饼犹置胸上，洁后皆为瘗之云。（出《稽神录》）

间的堂屋里给你铺一张床，你可以接受吗？”于是周洁就在女子家住了下来。那个女子在周洁前面站着，过了一会儿，那女子的妹妹也走了出来，只是妹妹躲在了姐姐身后，周洁看不见妹妹的脸。周洁自己带着食物，又拿出两张饼给了两个女子，她们拿着饼进了里屋。周洁关上门睡下，夜里静悄悄的，听不见一点声音，周洁心里有点发毛，感到害怕。天亮后周洁要离开的时候便告诉两个女子她们自己要离开了，但喊了几次屋子里都没有人回。周洁只好撞开门进去，只看见屋子里堆满了死人尸体，而且这些尸体都已经腐烂了。只有那个女子看起来像才死了十多天，她的妹妹脸都已经干枯了，那两张饼还放在她们的胸口上。后来，周洁把这些尸体都埋葬了。（出《稽神录》）

卷第三百五十五　鬼四十

杨副使

壬午岁，广陵瓜州市中，有人市果实甚急。或问所用，云："吾长官明日上事。"有问长官为谁，云："杨副使也。"又问官署何在，云："金山之东。"遂去，不可复问。时浙西有副使被召之扬都，明日，船至金山，无故而没。（出《稽神录》）

僧珉楚

广陵法云寺僧珉楚，常与中山贾人章某者亲熟。章死，珉楚为设斋诵经。数月，忽遇章于市中。楚未食，章即延入食店，为置胡饼。既食，楚问："君已死，那得在此？"章曰："然，吾以小罪而未得解免，今配为扬州掠剩鬼。"复问："何为掠剩？"曰："凡吏人贾贩，利息皆有数常，过数得之，即为余剩，吾得掠而有之。今人间如吾辈甚多。"因指路人男女曰："某人某人，皆是也。"顷之，有一僧过于前，又曰："此僧亦是也。"因召至，与语良久，僧亦不见楚也。顷之，相与南行，遇一妇人卖花，章曰："此妇人亦鬼，所卖花，亦鬼用之，人间无所见也。"章则出数钱买之，以赠楚曰："凡见此花而笑者，皆鬼也。"即告辞而去。其花红芳可爱而甚重，楚亦昏然而归，路人见花，颇有笑者。至寺北门，自念吾与鬼同游，复持鬼花，亦不可，即掷花沟中，溅水有声。既归，同

杨副使

壬午年，在广陵瓜州的市场上，有个人非常着急地购买果实。有人问他买来做什么，那个人回答说："我家长官明天要上任。"又有人问他家长官是谁，那个人回答："我家长官是杨副使。"又有人问杨副使的官府在哪里，那个人回答说："在金山的东面。"说完，这个人就离开了，不知道他去了哪里。当时，浙西有一名副使被召到了扬都，第二天，他坐的船行到金山时无缘无故地沉没了。（出《稽神录》）

僧珉楚

广陵法云寺有个叫珉楚的僧人，珉楚和中山的商人章某是好朋友。后来章某死了，珉楚为他布置法坛念经超度他的灵魂。几个月后，珉楚突然在街上遇见了章某。当时珉楚还没吃饭，章某就请他进了饭馆，还给他几个烧饼。两个人吃饭时，珉楚就问章某："你已经死了，为什么又出现在了这里？"章某说："我确实是死了。但是我因为活着的时候犯了一些小罪被地府判了罪，现在我被发配到扬州当掠剩鬼。"珉楚又问他什么是"掠剩鬼"，章某说："只要是官员商贩，他们赚得的利润都有一定的数目，超过了这个数目的就是他们不该得的，这些就叫'余剩'，我就可以把这些多出来的财务掠夺过来自己占有，这就是掠剩鬼。现在人间和我一样的掠剩鬼有很多。"说着他就指着路上的一些男男女女说谁谁都是掠剩鬼。过了一会儿，有一个僧人走过他们面前，章某又指着这个僧人说："这个僧人也是掠剩鬼。"说着章某就把僧人叫过来和他聊了很久的天，那个僧人也看不见珉楚。又过了一会儿，他们一起往南边走，遇见了一

院人觉其色甚异，以为中恶，竞持汤药以救之。良久乃复，具言其故。因相与覆视其花，乃一死人手也，楚亦无恙。（出《稽神录》）

陈守规

军将陈守规者，常坐法流信州，寓止公馆。馆素凶，守规始至，即鬼物昼见，奇形怪状，变化倏忽。守规素刚猛，亲持弓矢刀杖，与之斗。久之，乃空中语曰："吾鬼神，不欲与人杂居。君既坚正，愿以兄事，可乎？"守规许之。自是常与交言，有吉凶，辄先报。或求饮食，与之，辄得钱物。既久，颇为厌倦，因求方士，手书章疏，奏之上帝。翌日，鬼乃大骂曰："吾与君为兄弟，奈何上章诉我？大丈夫结交，当如是耶？"守规曰："安得有此事？"即于空中掷下章疏，纸笔宛然。又曰："君图我居处，谓我无所止也。吾今往蜀川，亦不下于此矣。"由是遂绝。（出《稽神录》）

个卖花的女人，章某说："这个卖花女也是鬼，她卖的花也是给鬼用的，在人间是看不到这些花的。"说着章某就掏出一些钱买了点花送给珉楚说："只要是看见这花就笑的，就都是鬼。"说完，章某就告辞离开了。这些花红艳芳香非常让人喜欢，但是拿着却感觉很重，珉楚拿着花昏昏沉沉地往回走，一路上还真有些看见这花就笑的人。珉楚走到寺庙北门，在心中想："我和鬼在一起游玩，手里又拿着鬼花，这样不行。"想着珉楚就把鬼花扔进了水沟里，鬼花落进水里溅起了声音。珉楚回来后，寺庙里的人都觉得他的脸色很奇怪，都觉得他是中邪了，就抢着送汤药来救他。过了很久，珉楚才恢复正常，详细地说了他遇见鬼和鬼游玩的经历。大家就一起到水沟里去找着看那束花，捞上来一看，居然是一只死人的手。后来珉楚也没出什么祸事。（出《稽神录》）

陈守规

陈守规将军曾经因为犯了罪被流放到信州，住在公馆里。这公馆向来被传说是一处凶宅，陈守规刚住进去，大白天就有鬼怪出现。这些鬼怪一个个身形都十分奇怪，又经常突然变化。陈守规的性格一向刚强凶猛，他就亲自拿起刀棍弓箭等兵器和鬼打了起来。双方打了很久，陈守规听见空中传来声音说："我们鬼神不愿意和人住在一起，但是你为人正直坚毅，我们愿意让你做我们的大哥，可以吗？"陈守规同意了。从此陈守规就经常和鬼怪们交谈，有什么吉凶事，鬼怪们也先告诉陈守规。有时有鬼怪找他要东西吃，陈守规也给他们，鬼怪们也会给他钱物。时间一长，陈守规就厌倦和鬼打交道了，就找来一个方士写了一道奏章上奏玉皇大帝。第二天，鬼怪们大骂说："我们和你是兄弟，你为什么上奏告我们？大丈夫结交友人，难道做这种事好吗？"陈守规说："哪有过这样的事？"只见空中掉下来了一份奏章，写奏章用的纸笔也接连被鬼怪们扔了下来。鬼怪们又说："你想要占有我们的住处，别以为我们离开这里就没地方去了！我们现在就前往蜀川，那里一点也不比这里差。"从此这里就再不闹鬼了。（出《稽神录》）

广陵贾人

广陵有贾人，以柏木造床，凡什器百余事，制作甚精。其费已二十万，载之建康，卖以求利。晚至瓜步，微有风起，因泊山下。顷之，有巨舟，其中空，惟篙工三人乘之，亦泊于其侧。贾人疑之，相与议："此必群盗也，将伺夜而劫我。"前浦既远，风又益急，逃避无所。夜即相与登岸，深林中以避之。俄而风雨雷电，蒙覆舟所，岸上则星月了然。食顷，雨止云散，见巨舟稍稍前去，乃敢归。舟中所载柏木什器，都不复见，余物皆在。巨舟犹在东岸，有人呼曰："尔无恨，当还尔价。"贾人所载既失，复归广陵。至家，已有人送钱三十万，置之而去。问其人，即泊瓜步之明日也。（出《稽神录》）

浦城人

浦城人少死于路，家有金一斤，其妻匿之，不闻于其姑。逾年，忽夜扣门，号哭而归。其母惊骇，相与哀恸，曰："汝真死耶？"曰："儿实已死，有不平事，是以暂归。"因坐母膝，言语如平生，但手足冷如冰耳。因起握刀，责其妻曰："我此有金，尔何供老母而自藏耶？"即欲杀之，其母曰："汝已死矣，傥杀是人，必谓吾所杀也。"于是哭，辞母而去。复自提刀，送其妻还父家。迨晓，及门数十步，忽然不见。（出《稽神录》）

广陵贾人

广陵有一个商人，他用柏木制作床，还做了一百多件十分精美的器具，制造这些东西就花了他二十万钱。他把这些东西运到建康，打算卖掉这些东西赚钱。晚上船到瓜步山时渐渐起了风，船因此就只有停泊在山下。过了一会儿，驶来一艘大船，这艘大船内部是空的，只有三个船工在上面，这艘大船停在商人船的旁边。商人觉得这艘大船很奇怪，就和同船的人商量说："我觉得大船上的这些人是强盗，等到晚上他们就会来抢劫我们。"船停靠的地方距离前面码头还很远，风也越来越大，人们没有地方逃避。晚上商人和同船人一起上了岸，他们跑到树林深处躲避大船上的人。不一会儿，雷电交加风雨大作，船上雾蒙蒙的什么也看不清，但岸上却星星月亮都可以看得非常清楚。一顿饭工夫，雨停了云也消散了，只见那艘大船慢慢离开，商人这才敢回到自己船上。回到船上一看，船里载的家具之类的东西全都不见了，其余的东西都还在。那只大船还在东岸，船上有人大声喊道："你不要难过，我们会给你钱的。"商人载着的货物都丢失了，他只好又回到广陵。到家后，才知道已经有人往他家送了三十万钱，那人放下钱就离开了。商人又问那人送钱的时间，正是船停泊在瓜步山的第二天。（出《稽神录》）

浦城人

浦城有个年轻人死在了外乡，他家里有一斤金子，他妻子偷偷把这些金子藏了起来，没告诉她的婆婆。一年之后，已经去世的年轻人忽然来敲门，然后哭着回到了家。他母亲非常惊讶，母子二人一起悲伤地哭了起来。母亲说："你真的死了吗？"儿子说："我真的死了，但因为有一件不平的事，所以我暂时回来一趟。"说着他就坐在了母亲膝上，他说的话就和活着的时候一模一样，但是手脚却冷得像冰一样。说完年轻人就拿起一把刀责备妻子说："我明明有一斤金子，你为什么不把它用来供养我的老母亲而要私自藏起来？"说着就要杀了妻子。他的母亲说："你已经死了，如果你把她杀了，人们一定会

刘道士

庐山道士刘某，将游南岳，路出宜春，宿一村家。其家至贫，复丧其子，未有以敛。既夕，忽有一男子，行哭而来，但抚膺而呼曰："可惜可惜。"刘出视之，见面白如雪，作两髽结，径入其家，负其尸去，莫知所之。（出《稽神录》）

清源都将

清源都将杨某，为本郡防过营副将，有大第在西郭。某晨趋府未归，有人方食，忽有一鹅，负纸钱，自门而入，径诣西廊房中。家人云："此鹅自神祠中来耶？"乃令奴逐之，奴入房，但见一双髻白髯老翁，家人莫不惊走。某归，闻之怒，持杖击之，鬼出没四隅，变化倏忽，杖莫能中。某益怒曰："食讫，当复来击杖之。"鬼乃折腰而前曰："诺。"杨有二女，长女入厨切肉，且食，肉落砧辄失去。女执刀向空四斫，乃露一大黑毛手，曰："请斫。"女走气殆绝，因而成病。次女于大瓮中取盐，有一猴，自瓮突出，上女子背。女走至堂前，复失之，亦成疾。乃召巫女，坛召之。鬼亦立坛作法，愈甚于巫。巫不能制，亦惧而去。顷之，二女及妻皆卒。后有善作魔法者，名曰明教，请为持经一宿，鬼乃唾骂某而去，尔因遂绝。某其年亦卒。（出《稽神录》）

认为是我杀了她。”年轻人便又哭了起来，然后辞别了母亲。之后年轻人又提着刀把妻子送回他岳父家。到了早晨，他离大门还有几十步，忽然就消失了。（出《稽神录》）

刘道士

庐山有个姓刘的道士打算去南岳游玩，他走出宜春城时寄住在了村子一户人的家中。这家人很穷，又死了儿子，这家的儿子还没有入殓。这天晚上，忽然有个男子哭着走来，他手抚着胸口喊着：“太可怜了，太可怜了。”刘道士走出门去察看，只见那人脸色像雪一样白，头发扎成两个结，径直走到了这户村民家里，扛起这家儿子的尸体就离开了，没有人知道他去了哪里。（出《稽神录》）

清源都将

清源有个姓杨的都将，他是本郡防过营的副将，在城西有一座大宅子。有天早晨他到公府去没有回来，家里人正在吃饭，忽然有一只鹅背着纸钱从门外走了进来，那只鹅径直走进了西廊房。家里人说：“这鹅难道是从神明的祠堂里跑过来的？”就让仆人把它赶出去。仆人进了屋，只看见屋子里有一个双髻白胡子的老人，家里人都被吓跑了。杨都将回家听说这件事后非常生气，就拿棍子去打那个鬼，那鬼四处逃避，有时突然变化身形。杨都将挥舞的棍子打不着他，他就更加生气地说：“等我吃完饭，我再来用棍子揍你！”那鬼上前向杨都将鞠躬说：“好吧。”杨都将有两个女儿，大女儿进厨房切肉来吃，可是肉一落到菜板上就不见了，她拿刀向空中乱砍，只见空中出现了一只很大的长黑毛的手，有声音说：“请你砍吧！”大女儿被吓得都快断气了，就因为这件事病倒了。二女儿从大瓮里取盐，突然从瓮中钻出来一只猴子爬上了她的背。二女儿走到堂屋前面，那猴子又不见了，二女儿也生了病。杨都将于是叫来了巫师，女巫布置了法坛来抓鬼。但鬼也摆了坛作法，他的法力比巫师还厉害。巫师压制不住鬼，也害怕着离开了。不久，杨都将的妻子和两个女儿都死了。后

王诇妻

王诇者，南安县大盈村人也。妻林氏，忽病，有鬼凭之言："我陈九娘也，以香花祠我，当有益于主人。"诇许之。乃呼林为阿姐，为人言祸福多中。半余岁乃见形，自腰已下可见。人未常来者，亦不见也，但以言语相接。乡人有召者，不择远近，与林偕往。人有祭祀，但具酒食，陈氏自召神名，祝词明惠，听者忘倦。林拱坐而已，二年间，获利甚博。一旦，忽悲泣谓林曰："我累生为人女，年未及笄而夭。闻于地府，乃前生隐没阿姐钱二十万，故主者令我为神，以偿此钱讫，即生为男子而获寿。今酬已足，请置酒为别。"乃尽见其形，容质端媚，言辞婉转，殷勤致谢，呜咽云："珍重珍重。"遂不见。（出《稽神录》）

林昌业

林昌业，漳浦人也，博览典籍，精究术数，性高雅，人不可干。尝为泉州军事衙推，年七十余，退居本郡龙溪县羊额山之阳，乡里宗敬之。有良田数顷，尝欲舂谷为米，载诣州货之。功力未集，忽有双髻男子，年可三十，须髯甚长，来诣林。林问何人，但来杨都将请来一个擅长施魔法的人，他叫明教，他在杨家诵一晚上的经书，那鬼才边骂边吐口水地逃掉，后来那些奇怪的事再没发生过，杨都将也在这年去世了。（出《稽神录》）

王诇妻

王诇是南安县大盈村人，有一天，他的妻子林氏忽然生病了，有个鬼附身在他妻子身上说："我是陈九娘，你们用香花祭祀我的话，就会对这具身体的主人有好处。"王诇答应了这个鬼的要求。从此这个鬼就称呼林氏为阿姐，她给别人预测吉凶祸福之类的事也非常灵验。半年后，鬼才渐渐显露出人形，她腰以下的部位已经能看得见了，但不常来的人还是看不见，只能听到鬼说话的声音。村里有人请鬼去办事，不管路途远近，鬼都和林氏一起前往。如果谁家里要进行祭祀，只要准备了酒食，陈九娘就会去召唤神灵，而且她念的祝词非常动听悦耳，听她念祝词的人都忘记了困倦，林氏也只是拱身坐在那里罢了。就这样过了两年，赚了很多钱。这天，陈九娘忽然哭着对林氏说："我活着时也是个好女儿，但我还没成年就死了，我在阴间查问，才知道是因为前世偷藏了姐姐的二十万钱，所以阴间的判官让我通过为别人祭祀来赚取钱财还债。还完了债，我就可以转世轮回获得阳寿成为一个男子。现在，我已经挣够了钱，请你准备一些酒让我们对饮离别吧。"说完陈九娘就完全显现了她的身形，只见她外貌十分美丽，她说话时的言辞也婉转动听。陈九娘诚恳地表达了感谢，哭着对林氏说："你要好好保重自己。"随后陈九娘就消失不见了。（出《稽神录》）

林昌业

漳浦人林昌业博览群书富有才学，尤其精通术数。林昌业性格非常高雅，其他人都不敢小看他，他曾经担任过泉州军事衙门的推官。七十多岁时林昌业退职搬家到了本郡龙溪的关额山的南面，乡里的人都非常尊敬他。他家有几顷肥沃的好土地，他曾打算把收割的微笑，唯唯不对。林知其鬼物，令家人食之，致饱而去。翌日，忽闻仓下砻谷声，视之，乃昨日男子，取谷砻之。而林问："无故辛苦耶？"鬼亦笑不言。复置丰馔，饭蔬而已。凡月余，砻谷不辍。鬼复自斗量，得米五十余石，拜辞而去，卒无一言。不复来矣。（出《稽神录》）

潘袭

潘袭为建安令，遣一手力赍牒下乡，有所追摄。手力新受事，未尝行此路。至夕，道左有草舍，扣门求宿。其家唯一妇人應门，云："主人不在，又将移居，无暇延客也。"手力以道远多虎，苦苦求之，妇人即召入门侧，席地而寝。妇人结束箱箧什器之类，达旦不寐。手力向晓辞去，行数里，乃觉失所赍牒。复返求之，宿处乃是一坟，方见其家人改葬。及开棺，席下得一书，即所失之牒也。（出《稽神录》）

胡澄

池阳人胡澄，佣耕以自给。妻卒，官给棺以葬，其平生服饰，悉附棺中。后数年，澄偶至市，见列肆卖首饰者，熟视之，乃妻送谷物打成米再运到州里去卖掉，但是他家里没有足够的劳动力来完成这件事。这天忽然有个梳着双髻、留着长胡子三十来岁的男人来拜见林昌业，林昌业问他是谁，那人只是微笑但并没有说话。林昌业知道这个人是鬼，就让家里人准备食物给他吃，那个鬼吃饱了就离开了。第二天，林昌业忽然听见仓库里有磨谷物的声音，进入仓库一看，原来是昨天那个男鬼正在磨谷子。于是林昌业就问鬼说："你累不累啊？"那个男鬼还是只微笑不说话。于是林昌业又给他准备了丰盛的饭菜，那鬼只吃了蔬菜就没吃了。那鬼磨了一个多月的谷子，又自己拿来斗测量，磨出了五十石米，然后就向林昌业行礼告辞离开了。直到离开的时候那鬼也没有说过一句话，后来那个鬼再也没有来过。（出《稽神录》）

潘袭

潘袭是建安县县令，一次，他派手下的一个公差带着文书去乡下抓人。那差役是第一次接受这种差事，又没有走过这条路。等到晚上，他看见路边有一间草房，就上前敲门求宿。这间草房里只有一个女人来应门，她说："我家主人不在家，我们又马上就要搬家了，我们没有工夫接待客人。"差役就说路途遥远又有很多老虎，苦苦哀求女人让他投宿，妇人就让他进门，让他在门边的地上睡觉。那妇人就一直在整理家具杂物之类的东西，一晚上也没有睡觉。差役天亮后就告辞离开，走了几里路，才发现他把文书弄丢了，就返回妇人家寻找。到达草屋一看，昨晚他投宿的地方竟然是一座坟墓，他正好看见墓主人的家人们在为她迁坟。等家人打开棺材，在棺材里面的席子下面发现了一份文书，正是差役丢失的那一份文书。（出《稽神录》）

胡澄

池阳有个叫胡澄的人，他给别人种田来谋生。他的妻子死了，官家给了他一副棺材来埋葬妻子。胡澄把妻子生前穿过的衣服首饰都葬物也。问其人，云："一妇人寄于此，约某日来取。"澄如期复往，果见其妻取直而去。澄因蹑其后，至郊外，及之，妻曰："我昔葬时，官给秘器，虽免暴骨，然至今为所司督责其直。计无所出，卖此以偿之尔。"言讫不见，澄遂为僧。（出《稽神录》）

王 攀

高邮县医工王攀，乡里推其长者，恒往来广陵城东。每数月，辄一直县。自念明日当赴县，今夕即欲出东水门，夜泛小舟，及明可至。既而与亲友饮于酒家，不觉大醉，误出参佐门，投一村舍宿。向晓稍醒，东壁有灯而不甚明。仰视屋室，知非常宿处，因独叹曰："吾明日须至县，今在何处也？"久之，乃闻其内蹑履声，有妇人隔壁问曰："客将何之？"因起辞谢曰："欲之高邮，醉中误至于是。"妇曰："此非高邮道也，将使人奉送至城东，无忧也。"乃有一村竖至，随之而行。每历艰险，竖辄以手捧其足而过。既随至城东尝所宿店，告辞而去。攀解其襦以赠之，竖不受，固与之，乃持去。既而入店易衣，乃见其襦故在腰下，即复诣宿处寻之，但古冢耳，并无人家。（出《稽神录》）

一起放在了棺材里面。几年后，胡澄偶然在市场上看见一个摆摊卖首饰的人，仔细一看，那人卖的正是胡澄妻子的陪葬品。胡澄就问那个人这是怎么一回事，那个人说这些首饰都是一个女人寄售在他这里的，那个女人约定某天来取。胡澄按照那个女人约定的日子又来到了市场里，他果然看到妻子直接来找卖首饰的人取钱，拿到钱后妻子就离开了。胡澄偷偷地跟在妻子身后。到了郊外，胡澄追上了妻子，妻子说："当初我下葬的时候，官家虽然给了一副棺材来让我不至于暴尸荒野，但到现在都还有人来催促我还棺材钱，我也没有什么办法，只好把这些首饰卖了还债吧。"说完妻子就不见了。后来胡澄就出家做了僧人。（出《稽神录》）

王攀

高邮县有位医生名叫王攀，乡里人都推崇他为长者。他经常往来于广陵城东边。每隔几个月，他就要到县里去一次。这天，他估摸明天又应该去县城了，就决定今天晚上出东水门，坐一晚上船，等到天亮就能到县城了。可是这天他和亲友在酒家喝酒，不知不觉就喝醉了，走错了路出了参佐门，在一间村舍里投宿了一晚上。天亮时他才稍微清醒了一点，他看见东墙下有盏不太亮的灯，仰头看看屋里，才知道这里不是他平常住的地方，因此叹了口气说："我明天必须要到县里，可是我现在这是在什么地方啊？"过了很久，他听见里屋里有轻轻的脚步声，接着就听见一个女人隔墙问道："客人你将要去哪里啊？"王攀站起来道歉说："我想要去高邮，但是喝醉酒不小心来到了这里。"女人说："这里不是去高邮的路，我将会找个人把你送到广陵城东，你不用担心。"后来来了一个村童，王攀就跟着村童走。每次走到险要不好走的地方，村童就用手捧起王攀的脚走过去。直到王攀跟随村童来到了城东他经常投宿的旅店，村童才告辞离开。王攀脱下身上的襦衣送给村童，村童不接受，王攀坚持送给他，他才拿着襦衣离开了。王攀进了旅店之后换衣服，这才发现自己送给村童的襦衣还在自己腰带上。然后王攀就再次到之前他走错的地

郑守澄

广陵裨将郑守澄，新买婢。旬日，有夜扣门者曰："君家买婢，其名籍在此，不可留也。"开门视之，无所见，方怪之。数日，广陵大疫，此婢亦病，遂卒。既而守澄亦病卒。而吊客数人，转相染着，皆卒。甲寅岁春也。（出《稽神录》）

刘 鹭

洪州高安人刘鹭，少遇乱。有姊曰粪扫，为军将孙金所掳。有妹曰乌头，生十七年而卒。卒后三岁，孙金为常州团练副使。粪扫从其女君会宴于大将陈氏，乃见乌头在焉。问其所从来，云："顷为人所掳，至岳州，与刘翁媪为女。嫁得北来军士任某，即陈所将卒也。从陈至此尔。"通信至其家，鹭时为县手力。后数年，因事至都，遂往毗陵省之。晚止逆旅。翌日，先谒孙金，即诣任营中。先遣小仆觇之，方见洒扫庭内，曰："我兄弟将至矣。"仆良久扣门，问为谁，曰："高安刘之家使。"乃曰："非二兄名鹭多髯者乎？昨日晚当至，何为迟也。"即自出营门迎之，容貌如故，相见悲泣，了无少异。顷之，孙金遣其诸甥持酒食，至任之居，宴叙良久。乌头曰："今日乃得二兄来，证我为人。向者恒为诸甥辈呼我为鬼也。"任亦言其举止轻捷，女工敏速，恒夜作至旦，若有人为同作者，饮食必待冷而后食。鹭因密问："汝昔已死，那得至是？"对曰："兄无为如此问我，将不得相见矣。"鹭乃不敢言之。久任卒，再适军士罗氏，隶江州。陈承昭为高安制置使，召鹭问其事，令发墓视之。墓在米岭，无人省视，数十年矣。伐木开路而至，见

方寻找那家村舍，但那里只有一座古坟，根本就没有人家。（出《稽神录》）

郑守澄

广陵副将郑守澄最近新买了一个婢女，十多天后，一天夜里，他听见有人敲门说："你家买的那个丫环，她的名籍在我这里，你不可以留下她！"郑守澄开门察看，外面什么都没有，于是他觉得非常奇怪。又过了几天，广陵暴发了大瘟疫，那个婢女患了瘟疫就死了，接着守澄也染病去世。连前来哀悼的几个客人也都感染了瘟疫相继死去。这是甲寅年春天发生的事。（出《稽神录》）

刘　骘

刘骘是洪州高安县人，少年时那里发生了战乱，他有个姐姐名叫粪扫，被一名叫孙金的军官抢走了。他有个妹妹名叫乌头，十七岁的时候去世了。乌头去世三年后，孙金当上了常州团练副使，粪扫跟着她的女主人参加了陈大将军的宴会，忽然她看见妹妹乌头也在宴会上。粪扫问乌头从哪儿来，乌头说："我之前被人抢到了岳州，给刘家老夫妇做养女，后来又嫁给了从北方来的军士任某，任某是陈将军麾下的士兵，我就跟随陈将军来到了这里。"于是粪扫写信告诉了家里人这件事。刘骘当时在县里当一名差役，几年后，刘骘到城里办事，于是到昆陵去看望姐妹。当天晚上刘骘居住在旅店里，第二天，刘骘先前去拜见孙金。等到刘骘来到任某的军营中，刘骘先派了一个小仆人察看。他看见乌头正在庭院里进行洒扫，嘴里还说着："我兄长马上就要来了。"仆人敲了很久门，乌头才过来问门外是谁，仆人回答说："我是高安县刘家派来的使者。"乌头说："莫非是我那长着很多胡子的二哥刘骘吗？他昨天晚上就该到，为什么来迟了呢？"说完乌头就亲自走出军营大门来迎接刘骘。刘骘看见妹妹容貌和过去一模一样，兄妹相见都悲伤地哭了起来，没有什么区别。过了一会儿，孙金派他的几个外甥拿着酒食到任某居住的地方来，他们在宴墓上有穴，大如碗，其深不测。众惧不敢发，相与退坐大树下，笔疏其事，以白承昭。是岁，乌头病，鹭往省之，乃曰："顷为乡人十余辈，持刀杖劫我，几中我面。我大责骂，力拒之，乃退坐大树下，作文书而去。至今举身犹痛。"鹭乃知恒出入墓中也，因是亦惧而疏之。罗后移隶晋王城戍。显德五年，周有淮南之地，罗陷没，不知所在，时年六十二岁矣。（出《稽神录》）

会上交谈了很久。乌头说：“今天我的二哥来了这才证明我是人，过去我一直被很多人叫作鬼。”任某也说乌头行动举止十分轻快敏捷，针线活儿也极精巧快速，经常干活直接从晚上干到了天亮，就像有不少人和她一起做针线活儿一样。还说乌头每次吃饭都必须等饭菜凉后才吃。刘鹭因此私下问乌头说：“你当年已经死了，怎么现在到了这里呢？”乌头说：“哥哥你不要再问我这些问题，不然我们就再也不能见面了。”刘鹭就不敢再说这件事。不久之后任某去世了，乌头又嫁给一个姓罗的军士，罗某驻守在江州。后来陈承昭担任高安县制置使，叫来刘鹭询问乌头的事，并下令挖开乌头的墓察看。乌头的墓在米岭山上，很久都没人来看过了，已经荒芜了好几十年。人们只有砍树开辟道路才好不容易到达了墓地，只见墓上有个洞，这个洞就像碗口那么大，洞里面不知道有多深，大家都很怕，不敢挖墓，就一起坐到大树下面，用笔记录了这里的情况报告给了陈承昭。这一年，乌头生了病，刘鹭去探望乌头，乌头对刘鹭说：“前些日子有一伙乡下人拿着刀枪拦劫我，差点砍伤我的脸，我大声地责骂了他们，用力反抗他们，他们才后退坐到了树下，然后他们写了文书就离开了。到现在我浑身都还非常痛。”这时刘鹭才知道乌头经常出入坟墓，也就害怕乌头并且逐渐疏远了她。后来姓罗的军官又调任到晋王城的部队，显德五年，周军占领了淮南地区，罗军官所在的部队战败了，不知道他带着乌头去了哪里，当时乌头也已经有六十二岁了。（出《稽神录》）

卷第三百五十六　夜叉一

哥舒翰　章仇兼琼 杨慎矜　江南吴生　朱岘女　杜 万
韦自东　马 燧

哥舒翰

哥舒翰少时，有志气，长安交游豪侠，宅新昌坊。有爱妾，曰裴六娘者，容范旷代，宅于崇仁，舒翰常悦之。居无何，舒翰有故，游近畿，数月方回。及至，妾已病死，舒翰甚悼之。既而日暮，因宿其舍。尚未葬，殡于堂奥，既无他室，舒翰曰："平生之爱，存没何间？"独宿繐帐中。夜半后，庭月皓然，舒翰悲叹不寐。忽见门屏间有一物，倾首而窥，进退逡巡。入庭中，乃夜叉也。长丈许，著豹皮挥，锯牙披发。更有三鬼相继进，乃拽朱索，舞于月下，相与言曰："床上贵人奈何？"又曰："寝矣。"便升阶，入殡所，拆发，舁榇于月中，破而取其尸，糜割肢体，环坐共食之，血流于庭，衣物狼藉。舒翰恐怖，且痛之，自分曰："向叫我作贵人，我今击之，必无苦。"遂潜取帐外竿，忽于暗中掷出，大叫击鬼。鬼大骇走，舒翰乘势逐之西北隅，逾垣而去。有一鬼最后，不得上，舒翰击中流血，乃得去。家人闻变乱，起来救之，舒翰具道其事。将收余骸，及至堂，殡所俨然如故，而啖处亦无所见。舒翰恍忽，以为梦中，验其墙有血，其上有迹，竟不知其然。后数年，舒翰显达。（出《通幽录》）

哥舒翰

唐代名将哥舒翰年少时，很有志气，在长安和很多豪杰游侠结交同游，住在新昌坊。他有个爱妾叫裴六娘，容貌风范举世无双，家住在崇仁里，哥舒翰经常与她相处感到非常愉悦。没过多久，哥舒翰有事要去京城周边地区，几个月才返回。等到他回来，爱妾已经病死，哥舒翰非常哀惜她。过了一阵，天色晚了，就住在了她家。裴六娘还没有下葬，停尸在堂屋里。又没有其他的屋子，哥舒翰说："她是我一生所爱的人，是死是活又有什么关系？"就独自睡在了停尸堂屋的床帐中。午夜之后，院子里月色皎洁，哥舒翰悲伤哀叹不能入睡。忽然看见大门和屏风之间有个东西，探头窥视，前后徘徊，进到院子里，原来是个夜叉。这夜叉有一丈多高，穿着豹皮裤子，长着锯齿状的牙齿，披散着头发。又有三个鬼先后跟着进来，扯着红色的绳子，在月亮下跳舞。他们对彼此说："床上的贵人怎么办？"又说："已经睡了。"于是他们走上台阶，进入停尸处打开棺材盖，把棺材抬到月光下，拆开之后取出尸体，把肢体切碎，围坐着一起吃。血在院子里流淌，衣服被撕扯得乱七八糟。哥舒翰感到害怕，也为此痛心，自己思忖说："刚才他们称我为'贵人'，我现在打他们，一定不会遭难。"就偷偷拿起床帐外的竿子，突然从暗处扔出去，大喊："打鬼呀！"鬼怪们大惊逃跑，哥舒翰趁势追他们到院子西北角，鬼怪翻墙逃走了。有一个鬼落在最后，没能上墙去，哥舒翰把他打中流了血，他才得以离开。家人听见变故乱象，起床过来救援，哥舒翰详细地讲了这件事。他们要收起残余的尸骸，等到了堂屋，停尸的地方齐齐整整像之前一样，尸体被吃了的地方也没见到什么痕迹。哥舒翰恍恍惚惚，以为刚才是在梦中，验看那墙面上有血，墙头上也有痕迹，到底

章仇兼琼

章仇兼琼镇蜀日，佛寺设大会。百戏在庭，有十岁童儿舞于竿杪，忽有一物，状如雕鹗，掠之而去。群众大骇，因罢乐。后数日，其父母见在高塔之上，梯而取之，而神形如痴。久之方语云，见如壁画飞天夜叉者，将入塔中，日饲果实饮食之味，亦不知其所自。旬日，方精神如初。（出《尚书故实》）

杨慎矜

开元中，杨慎矜为御史中丞。一日，将入朝，家童开其外门，既启鐍，其门噤不可解。慎矜且惊且异。洎天将晓，其导从吏自外见慎矜门有夜叉，长丈余，状极异，立于宇下，以左右手噤其门，火吻电眸，盼顾左右。从吏见之，俱惊栗四去。久而衢中舆马人物稍多，其夜叉方南向而去，行者见之，咸辟易仆地。慎矜闻其事，惧甚。后月余，遂为李林甫所诬，弟兄皆诛死。（出《宣室志》）

江南吴生

有吴生者，江南人。尝游会稽，娶一刘氏为妾。后数年，吴生宰县于雁门郡，与刘氏偕之官。刘氏初以柔婉闻，凡数年。其后忽旷烈自恃不可禁，往往有逆意者，即发怒。殴其婢仆，或啮其肌血且甚，而怒不可解。吴生始知刘氏悍戾，心稍外之。尝一日，吴与

也不清楚是怎么回事。之后过了几年，哥舒翰就飞黄腾达了。（出《通幽录》）

章仇兼琼

章仇兼琼镇守蜀地时，有一次寺院举办大型法会。各种杂技戏耍都在院子里表演，有个十岁的小孩在竹竿头跳舞。突然有个东西，外形像鹰雕样的猛禽，把他掠去就飞走了。人们大惊，于是停止了表演。之后过了几天，那孩子的父母发现孩子在高塔顶上，搭了梯子爬上去把孩子取下来，而孩子就像痴呆一样，过了好久才说，他当时看见像壁画里的飞天夜叉那样的鬼怪，把他弄到塔里，每天用果子食物喂他，也不知它是从哪里来的。过了十多天，孩子的精神才恢复。（出《尚书故实》）

杨慎矜

开元年间，杨慎矜做御史中丞。有一天，他要去上朝，家童准备打开外面的大门时，已经开了锁，门却紧紧闭着打不开。杨慎矜又惊讶又奇怪。直到天要晚了，他的导从官从外面看见他家门口有个夜叉，身高一丈多，外貌极其怪异，站在廊宇下，用左右手关住门。夜叉红嘴如火，目光似电，左顾右盼。导从的官吏们看见了夜叉，都吓得四处逃散。过了很久，路上的车马行人渐渐多了，那个夜叉才向南离开了。行人见到夜叉，全都吓得扑倒在地。杨慎矜听说这件事，非常害怕。之后过了一个多月，他就被奸相李林甫诬陷，兄弟们都被处死了。（出《宣室志》）

江南吴生

有位吴生，是江南人。曾经在会稽游历，娶了一个姓刘的女子为妻。之后过了几年，吴生在雁门郡做县令，带着刘氏一起去上任。刘氏起初以柔顺温婉著称，这样过了几年以后，之后突然十分暴躁凶悍，无法制止。一旦有不如意的情况，就大发雷霆，殴打她的仆人婢雁门部将数辈猎于野，获狐兔甚多，致庖舍下。明日，吴生出，刘氏即潜入庖舍，取狐兔生啖之。且尽，吴生归，因诘狐兔所在，而刘氏俯然不语。吴生怒，讯其婢，婢曰："刘氏食之尽矣。"生始疑刘氏为他怪。旬余，有县吏以一鹿献，吴生命致于庭。已而吴生始言将远适，既出门，即匿身潜伺之。见刘氏散发袒肱，目眦尽裂，状貌顿异，立庭中，左手执鹿，右手拔其髀而食之。吴生大惧，仆地不能起。久之，乃召吏卒十数辈，持兵仗而入。刘氏见吴生来，尽去襦袖，挺然立庭，乃一夜叉耳。目若电光，齿如戟刃，筋骨盘蹙，身尽青色，吏卒俱战栗不敢近。而夜叉四顾，若有所惧。仅食顷，忽东向而走，其势甚疾，竟不如所在。（出《宣室志》）

朱岘女

武陵郡有浮屠祠，其高数百寻。下瞰大江，每江水泛扬，则浮屠势若摇动，故里人无敢登其上者。有贾人朱岘，家极赡，有一女，无何失所在。其家寻之，仅旬余，莫穷其适。一日，天雨霁，郡民望见浮屠之颠，若有人立者，隐然纹缬衣，郡民且以为他怪。岘闻之，即往观焉。望其衣装，甚类其女，即命人登其上取之，果见女也。岘惊讯其事，女曰："某向者独处，有夜叉长丈余，甚诡异，自屋上跃而下，入某之室，谓某曰：'无惧我也。'即揽衣驰去，至浮屠上。既而兀兀然，若甚醉者。凡数日，方稍寤，因惧且甚。其夜叉率以将晓则下浮屠，行里中，取食饮某。一日，夜叉方去，某下视之，见其行里中，会遇一白衣，夜叉见，辟易退远百步，不敢女，有时用牙齿咬他们的皮肉，鲜血直流，还不解气。吴生起初知道了刘氏凶悍暴戾，内心渐渐排斥她。曾经有一天，吴生和雁门的几位下属军官在野外打猎，打到很多狐狸、兔子等野兽，放到了厨房里。第二天，吴生出去了，刘氏就偷偷进入厨房，拿了狐兔生吃。快要吃光的时候，吴生回来了，便诘问狐兔野物在哪里，刘氏俯首帖耳不说话。吴生很生气，就审问她的婢女，婢女说："刘氏把它们都吃光了。"吴生这才怀疑刘氏是其他的妖怪。过了十多天，有县里的官吏献给吴生一头鹿，吴生让他放到院子里。之后吴生说要出远门，出门以后就躲起来暗中观察刘氏。只见刘氏披头散发，露着胳膊，眼角都瞪得裂开，样子一下子变得怪异，站在院子里，左手拿着鹿，右手拔出鹿的内脏就吃。吴生十分害怕，瘫倒在地上起不来。过了很久，他召来十几名吏员和士兵，拿着武器进入。刘氏见吴生来了，脱光了衣服，直挺挺地站在院子里，原来是个夜叉。她的眼睛像闪电的光芒，牙齿像戟的利刃，筋骨盘曲纠结，身躯全是青色的，官吏士兵都恐惧发抖，不敢靠近。但夜叉四处转头望着，好像也有什么害怕的东西。才过了一顿饭的工夫，夜叉突然往东跑去，动作很迅速。最终也不知她去了哪里。（出《宣室志》）

朱岘女

武陵郡有座佛塔祠，有上千尺那么高。佛塔向下俯瞰大江，每当江水涨起、扬波，佛塔的样子就像在晃动，所以当地人都不敢登上塔顶。有个商人叫朱岘，家中极其富有，他有一个女儿，无缘无故不知哪里去了。家人寻找她，找了十多天，还没能找遍她去的地方。有一天，雨过天晴，当地人看见塔顶上好像站着个人，影影绰绰看见穿的是花绸衣，人们还以为是别的什么怪物。朱岘听说这件事，就去塔下看。看着那人的衣装，很像他的女儿，就叫人登上塔顶去把人接下来。见到果然是女儿，朱岘惊异地询问女儿的经历，女儿说："我本来正一个人在那里，有个夜叉身高一丈多，长得非常怪异，从房上跳下来，进入我的房间，对我说：'不要怕我。'然后就提起衣服飞奔而去，到了塔顶。之后我觉得昏昏沉沉，像喝得大醉了一样。

窃视。及暮归，某因诘之：‘何为惧白衣者乎？’夜叉曰：‘向者白衣，自小不食太牢，故我不得近也。’某问何故，夜叉曰：‘牛者所以耕田畴，为生人之本。人不食其肉，则上帝祐之。故我不得而近也。’某默念曰：‘吾人也，去父母，与异类为伍，可不悲乎？’明日，夜叉去而祝曰：‘某愿不以太牢为食。’凡三祝。其夜叉忽自郡中来，至浮屠下，望某而语曰：‘何为有异志而弃我乎？使我终不得近子矣。从此别去。’词毕，即东向走，而竟不知其所往。某喜甚，由浮屠中得以归。”（出《宣室志》）

杜 万

杜万员外，其兄为岭南县尉，将至任，妻遇毒瘴，数日卒。时盛夏，无殡敛。权以苇席裹束，瘗于绝岩之侧。某到官，拘于吏事，不复重敛。及北归，方至岩所，欲收妻骸骨。及观坎穴，但苇尚存。某叹其至深而为所取，悲感久之。会上岩有一径，某试寻。行百余步，至石窟中，其妻裸露，容貌狰狞，不可复识。怀中抱一子，子旁亦有一子，状类罗刹。极呼方寤，妇人口不能言，以手画地，书云：“我顷重生，为夜叉所得。今此二子，即我所生。”书之悲涕。顷之，亦能言，谓云：“君急去，夜叉倘至，必当杀君。”某问：“汝能去否？”曰：“能去。”便起抱小儿，随某至船所，便发。夜叉寻抱大儿至岸，望船呼叫，以儿相示。船行既远，乃擘其儿作数十片，方去。妇人手中之子，状如罗刹，解人语。大历中，母子并存。（出《广异记》）

过了几天，我才渐渐清醒了，于是越来越害怕。那个夜叉只是天要亮了就下到塔底，在居民区里行走，弄来东西给我吃喝。有一天，夜叉刚走，我往下看他，看到夜叉在居民区里走，正巧遇见一个穿白衣的人，夜叉看见了，吓得退到百步以外，不敢偷看那白衣人。等到夜叉晚上回来，我就问他：'为什么怕白衣人呢？'夜叉说：'之前那个白衣人，从小就不吃牛肉，所以我没法接近。'我问这是什么原因，夜叉说：'牛是种地的，是人民生活的根本，人不吃牛肉，上天就保佑他。所以我没法接近他。'我暗暗想：'我是人，离开了父母，和鬼怪在一起，难道能不悲伤吗！'第二天，夜叉走了我就祝祷说：'我愿意不吃牛肉。'一共祝祷了三次。那夜叉忽然从郡里过来，到了塔下，望着我说：'你为什么有了二心而要抛弃我呢？让我最终也不能接近你了。从此以后我们就分开吧！'话说完，夜叉就往东走了，到底也不知去了哪里。我很高兴，终于能够从佛塔中回来。"（出《宣室志》）

杜万

杜万员外，他的哥哥是岭南的一个县尉，快要到任的时候，妻子遇上了有毒的瘴气，过了几天就死了。当时是盛夏时节，无法收殓，权且用苇席把她裹起来捆好，埋在悬崖边。杜万的哥哥上任后，工作繁忙，就没有再去重新埋葬。等到他回北方时，刚走到那处悬崖，想收殓妻子的尸骨。等到去看了那里的坑洞，只有苇席还在。他感叹妻子埋在这么深幽的地方却还是被人取走，悲哀伤感了很久。恰逢上面的山岩上有一条小路，他就试着找过去。走了一百多步，来到一个石洞里，他的妻子浑身一丝不挂，面貌狰狞，再也认不出来。她怀中抱着一个孩子，孩子旁边也有一个小孩子，样貌都像夜叉。杜某极力呼喊，妻子才醒来，嘴里不能说话，用手在地上画字，写道："我当初很快又活了过来，被夜叉抓去了。现在这两个孩子，就是我生的。"一面写一面悲伤哭泣。过了一阵子，也能说话了，说："你快点离开，夜叉如果来了，一定会杀了你。"这人问："你能离开吗？"妻子说："能离开。"就起来抱上小儿子，随他到了船那里。于是就开船，

韦自东

贞元中，有韦自东者，义烈之士也。尝游太白山，栖止段将军庄。段亦素知其壮勇者，一日，与自东眺望山谷，见一径甚微，若旧有行迹。自东问主人曰："此何诣也？"段将军曰："昔有二僧，居此山顶，殿宇宏壮，林泉甚佳。盖唐开元中，万回师弟子之所建也。似驱役鬼工，非人力所能及。或问樵者说，其僧为怪物所食，今绝踪二三年矣。又闻人说，有二夜叉于此山，亦无人敢窥焉。"自东怒曰："余操心在平侵暴，夜叉何麴，而敢噬人？今夕，必挈夜叉首，至于门下。"将军止曰："暴虎凭河，死而无悔？"自东不顾，仗剑奋衣而往，势不可遏。将军悄然曰："韦生当其咎耳。"

自东扪萝蹑石，至精舍，悄寂无人。睹二僧房，大敞其户，履锡俱全，衾枕俨然，而尘埃凝积其上。又见佛堂内，细草茸茸，似有巨物偃寝之处。四壁多挂野彘玄熊之类，或庖炙之余，亦有锅镬薪。自东乃知是樵者之言不谬耳。度其夜叉未至，遂拔柏树，径大如碗，去枝叶，为大杖。扃其户，以石佛拒之。是夜，月白如昼。夜未分，夜叉挈鹿而至，怒其扃镭，大叫，以首触户，折其石佛，而踣于地。自东以柏树挝其脑，再举而死之。拽之入室，又阖其扉。顷之，复有夜叉继至，似怒前归者不接己，亦哮吼，触其扉，复踣于户阈，又挝之，亦死。自东知雌雄已殒，应无侪类，遂掩关烹鹿夜叉很快抱着大儿子来到岸边，望着船呼喊号叫，拿孩子给她看。船已经走远了，夜叉就把孩子撕成了几十片，才走了。妇人手里抱的那个孩子，样子也像夜叉，但懂得人话。大历年间，她们母子都还在。（出《广异记》）

韦自东

贞元年间，有个人叫韦自东，是讲义气的且刚烈的壮士。他曾经在太白山游历，住在段将军的庄园里，段将军也是素来就知道韦自东的壮怀勇毅的。有一天，段将军和韦自东远望山谷，看到一条小路很窄，似乎从前有人走过。韦自东问段将军说："这条路是去哪里的？"段将军说："从前有两个和尚，住在这个山顶，上面的殿宇宏伟壮丽，山林泉水也很好。这原本是开元年间万回大师的弟子建造的，像是驱使了鬼斧神工，不是人力所能达到的。有人找砍柴的人打听，说那两个和尚被怪物吃掉了，现在有两三年不见踪影了。又听人说，有两个夜叉在这座山中，也没有人敢窥视他们。"韦自东愤怒地说："我用心之处就在于平息侵凌强暴，夜叉算什么东西，竟敢吃人。今天晚上，我一定提着夜叉的头，来到你的门前！"段将军阻止他说："去做空手斗虎徒步过河这样鲁莽冒险的事，死了你也不后悔吗？"韦自东也不顾惜，拿着宝剑备好衣服就去了，势不可当。段将军悄悄地说："韦生要自讨苦吃了。"

韦自东摸着藤萝踩着石头，来到寺庙，静悄悄的，一个人也没有。他看见两个和尚的房间，大开着门窗，僧人的鞋子和锡杖都齐全地在那里，被褥枕头也很整齐，但尘土在上面凝结堆积起来。又看见佛堂里面，小草细密，好像有大兽在那里睡卧过。四面墙壁上大多挂着野猪黑熊之类，有的是烤过吃剩的肉，也有锅灶和柴草。韦自东这才知道砍柴人说得没错。他想着夜叉还没有来，就拔了一棵柏树，像碗口那么粗，去掉枝叶，做成一根大棍。闩上门，又用一尊石佛把门堵住。这天晚上，月光明亮得如同白昼。还没到半夜，夜叉提着鹿过来，因为他锁了门而很愤怒，大吼大叫，用头撞门，把石佛撞断了，跌倒在地上。韦自东用柏树抡向夜叉的脑袋，打了两棍就打而食。及明，断二夜叉首，挈余鹿而示段，段大骇曰：“真周处之俦矣。”乃烹鹿饮酒尽欢，远近观者如堵。

有道士出于稠人中，揖自东曰：“某有衷恳，欲披告于长者，可乎？”自东曰：“某一生济人之急，何为不可？”道士曰：“某栖心道门，恳志灵药，非一朝一夕耳。三二年前，神仙为吾配合龙虎丹一炉，据其洞而修之，有日矣。今灵药将成，而数有妖魔入洞，就炉击触，药几废散。思得刚烈之士，仗剑卫之。灵药倘成，当有分惠。未知能一行否？”自东踊跃曰：“乃平生所愿也。”遂仗剑从道士而去。

济险蹑峻，当太白之高峰，将半，有一石洞，可百余步，即道士烧丹之室，唯弟子一人。道士约曰：“明晨五更初，请君仗剑，当洞门而立。见有怪物，但以剑击之。”自东曰：“谨奉教。”久立烛于洞门外，以伺之。俄顷，果有巨虺长数丈，金目雪牙，毒气氤郁，将欲入洞。自东以剑击之，似中其首，俄顷若轻雾而化去。食顷，有一女子，颜色绝丽，执芰荷之花，缓步而至。自东又以剑拂之，若云气而灭。食顷，将欲曙，有道士，乘云驾鹤，导从甚严，劳自东曰：“妖魔已尽，吾弟子丹将成矣，吾当来为证也。”盘旋候明而入，语自东曰：“喜汝道士丹成，今有诗一首，汝可继和。”诗曰：“三秋稽颡叩真灵，龙虎交时金液成。绛雪既凝身可度，蓬壶顶上彩云生。”自东详诗意曰：“此道士之师。”遂释剑而礼之。俄而突入，药鼎爆烈，更无遗在。道士恸哭，自东悔恨自咎而已。二人死了。他拖着死夜叉进到屋里，又关上了门。不久，又有夜叉跟着过来，好像为之前回来的夜叉不迎接自己而恼怒，也大吼大叫，撞门，又摔倒在门槛上，韦自东就又用棍子猛打，也打死了。自东知道雌雄两个夜叉都死了，应该没有在一起的同类，就关上门把鹿煮了吃。等到天亮了，他砍下两个夜叉的头，拿着吃剩的鹿给段将军看，段将军大为惊诧，说："你真是周处一类的人物了！"于是就煮了鹿肉喝酒尽欢，远近过来围观的人围得像一堵墙一样。

有位道士从拥挤的人群里走出来，对韦自东作揖说："我有一桩心事，想在您这里倾诉可以吗？"韦自东说："我一辈子救人急难，有什么不可以的？"道士说："我一心皈依道家，诚心专注于灵丹妙药，不是一天两天了。两三年前，神仙为我配了一炉龙虎丹，我就着那处山洞修炼这炉灵药，有很长时间了。现在灵药就要炼成，却屡次有妖魔进入山洞，到丹炉这里碰撞砸击，丹药差点报废散落。我希望能够有一位勇猛刚烈的人拿着宝剑保护丹炉，灵药如果炼成，我会分给他的。不知你能去一趟吗？"韦自东兴奋地说："这是我平生的愿望啊！"于是带着宝剑跟道士去了。

他们涉越险路，踏过高山，来到太白高峰快到半山腰的地方，有一个石洞，大概有一百多步深，就是道士炼丹的石室，里面只有一个弟子。道士与韦自东约定说："明天早晨五更刚到的时候，请你手持宝剑，站在洞门口。见到有妖怪之类，只管用剑砍它。"韦自东说："谨遵指示。"在洞门外秉烛而立，暗中等着妖怪。过了一阵，果然有条巨大的毒蛇，有几丈长，金色的眼睛和雪白的牙齿，毒气浓重，正要进洞。韦自东用剑砍它，似乎砍中了头，很快毒蛇就像轻雾一样变化而去。过了一顿饭的工夫，有一个女子，容貌极其美丽，手中拿着芰荷的花朵，慢慢走过来。韦自东又用剑迎击她，那女子像云气一样就消失了。又过了一顿饭的工夫，天要亮了，有一个道士，乘着云、驾着仙鹤，引导跟随的侍从十分严整，慰劳韦自东说："妖魔已经除尽，我弟子的仙丹就要炼成了，我应该过来做个见证。"在空中盘旋，等到天亮才进到洞中，对韦自东说："高兴的是你这个道士的仙丹炼成了，现在我作一首诗，你可以和一首。"诗是这么说的："三因以泉涤其鼎器而饮之。

自东后更有少容，而适南岳，莫知所止。今段将军庄尚有夜叉骷髅见在，道士亦莫知所之。（出《传奇》）

马 燧

马燧贫贱时，寓游北京，谒府主，不见而返。寄居于园吏，吏曰：“莫欲谒护戎否？若谒，即须先言，当为其歧路耳。护戎讳数字而甚切，君当在意，若犯之，无逃其死也。然若幸惬之，则所益与诸人不同。慎忽暗投也，某乃护戎先乳母子，得以详悉，而辄赞君子焉。”燧信与疑半。明晨，入谒护戎，果犯其讳，庭叱而去。畏惧之色见于面，园吏曰：“是必忤护戎耳。”燧问计求脱，园吏曰：“君子戾我，而牺惶如是，然败则死，不得渎我也。”遂匿燧于粪车中，载出郭而逃。于时护戎果索燧，一报不获，散铁骑者，每门十人。燧狼狈窜六十余里，日暮，度不出境，求蔽于逃民败室之中。尚未安，闻车马啼喷声，人相议言：“能更三二十里否？”果护戎之使也。俄闻车马势渐远，稍安焉。未复常息，又闻有窸窣人行声，燧危栗次。忽于户牖，见一女人，衣布衣，身形绝长，手携一襆曰：“马燧在此否？”燧默然，不敢对。又曰：“大惊怕否？胡二姊知君在此，故来安慰，无生忧疑也。”燧乃应诺而出。胡二姊曰：“大厄，然已过，尚有余恐矣。君固馁，我食汝。”乃解所携襆，有熟肉一瓯，胡饼一个，燧食甚饱。却令于旧处，更不可动。胡二姊以灰数斗，放于燧前地上，横布一道。仍授之言曰：“今夜半，有异物相恐劫，辄不可动。过此厄后，勋贵无双。”言毕而去。

伏稽颡叩真灵，龙虎交时金液成。绛雪既凝身可度，蓬壶顶上彩云生。”韦自东明白了诗的意思，说：“这是那位道士的师父。”就放下宝剑向他行礼。然后炼丹的道士突然冲进来，炼丹炉爆炸了，什么都没有剩下。道士悲伤大哭，韦自东也只能悔恨自责。两人用泉水洗了炼丹的药炉等器具，然后把泉水喝了。

从此以后，韦自东面容变得更年轻了，去了南岳衡山，没人知道他待在哪里。现在段将军的庄园上还有夜叉的头骨在那里，也没人知道道士去了哪里。（出《传奇》）

马燧

马燧贫贱的时候，曾在北京太原府客居游历，去拜见当地长官，没有得到接见就回来了。他寄居在一个管园林的吏员家，园吏问他：“你是不是想拜见护戎官？如果想见，你得先跟我说，因为很容易走错了路。护戎官对几个字非常忌讳，你要注意，如果犯了忌讳，就难逃一死了。但是如果有幸让他喜欢，得到的好处就也和其他人不一样。你可小心，不要两眼一抹黑地去干。我是护戎官原先奶娘的儿子，得以详细知道他的情况，就帮一帮有才能的人。”马燧半信半疑。第二天早晨，进去谒见护戎官，果然犯了他的忌讳，在院子里被大声叱责了一顿就回来了，他的脸上表现出害怕的神色，园吏说：“这肯定是冒犯了护戎官。”马燧询问办法以求脱罪，园吏说：“先生你不信任我，才落得这样狼狈的下场。我可以帮你，但你如果失败就要被处死，不准污蔑我。”因此把马燧藏在粪车里，载着他出了外城之后逃跑。这时护戎果然抓捕马燧，哪里都没有抓到，就分别往每个城门派了十名铁骑。马燧狼狈地逃窜了六十多里，天色晚了，估计逃不出境，就在逃荒的人扔下的破房子里寻求掩蔽。还没安顿下来，就听见车马声和马嘶鸣喷鼻的声音，还听见人们相互商议说：“能再走二三十里吗？”果然是护戎派出的人。过了一会儿，听着车马渐渐远去，马燧才稍稍安定下来。还没有安稳如常，又听见窸窸窣窣的有人走过的声音，马燧又开始紧张。忽然在窗子里看见一个女人，穿着布衣，身材极其高挑，手里带着一个包袱，说：“马燧在这里吗？”马夜半，有物闪闪照人，渐近户牖间。见一物，长丈余，乃夜叉也。赤发猬奋，金身锋铄，臂曲瘿木，甲驾兽爪，衣豹皮裤，携短兵，直入室来。狞目电Lit，吐火喷血，跳躅哮吼，铁石消铄。燧之惴栗，殆丧魂亡精矣。然此物终不敢越胡二姊所布之灰。久之，物乃撤一门扉，藉而熟寝。俄又闻车马来声，有人相谓曰：“此乃逃人室，不妨马生匿于此乎？”时数人持兵器，下马入来。冲啼夜叉，夜叉奋起，大吼数声，裂人马啖食，血肉殆尽。夜叉食既饱，徐步而出。四更，东方月上，燧觉寂静，乃出而去，见人马骨肉狼藉，乃获免。后立大勋，官爵穹崇。询访胡二姊之由，竟不能得。思报不获，乃每春秋祠飨，别置胡二姊一座，列于庙左。（出《传异记》）

燧沉默不语，不敢回答。那女人又说：“吓坏了吧？胡二姐知道你在这里，所以来安慰你，不要有担忧疑虑的想法。”马燧这才应着声出来。胡二姐说：“你遇到了大灾大难，但是已经过去了，后面还会有点余波。你肯定饿了，我给你吃的。”于是解开所带的包袱，有一碗熟肉、一个胡饼，马燧吃得很饱。胡二姐让他还待在原地，不要再动弹。胡二姐把几斗灰土放在马燧面前的地上，横着铺了一道，继续指示他说：“今晚半夜的时候，会有怪物来给你带来惊吓劫难，但是你不可以动。过了这场劫难以后，你会显贵无比。”说完就走了。

午夜时分，有个光闪照人的东西，渐渐来到窗前。马燧看见一个怪物，一丈多高，是个夜叉。它的红头发像刺猬一样直竖起来，全身闪着锃亮的光，胳膊弯曲像结了疙瘩的树木，指甲像野兽的利爪，穿着豹皮裤子，拿着短兵器，径直进到屋里来。狰狞的眼睛像电光一样闪烁，嘴里吐火喷血，跳跃吼叫，仿佛要熔化铁石。马燧恐惧得差不多到了魂飞魄散的地步。但这个怪物到底也不敢越过胡二姐撒的那道灰。过了很久，怪物摘下一扇门，躺在上面睡熟了。很快又听见车马过来的声音，有人说：“这是逃荒的人扔下的屋子，有没有可能姓马的会藏在这里呢？”当时几个人拿着兵器，下马进屋过来，惊醒了夜叉，夜叉一跃而起，大吼了几声，把人和马撕裂开来吃掉，血肉差不多都吃光了。夜叉吃饱了以后，慢慢走了出去。到了四更天，东方升起了月亮，马燧觉得寂静无声了，就出门离开，看到人和马的骨肉乱七八糟，自己幸免于难。后来马燧立了大功，官职爵位很高。他到处问询访求胡二姐的来历，最后也没找到。想要报恩却无从实现，于是每到春秋飨祭神灵的时候，就单独设置胡二姐的一个神位，放在庙的左边。（出《传异记》）

卷第三百五十七　夜叉二

东洛张生　薛　淙　丘　濡　陈越石　张　融　蕴都师

东洛张生

牛僧孺任伊阙县尉，有东洛客张生，应进士举，携文往谒。至中路，遇暴雨雷雹，日已昏黑，去店尚远，歇于树下。逡巡，雨定微月，遂解鞍放马。张生与僮仆宿于路侧，困倦甚昏睡，良久方觉。见一物如夜叉，长数丈，拏食张生之马。张生惧甚，伏于草中，不敢动。才讫，又取其驴，驴将尽，遽以手拽其从奴，提两足裂之。张生惶骇，遂狼狈走。野叉随后，叫呼诟骂。里余，渐不闻。路抵大冢，冢畔有一女立。张生连呼救命，女人问之，具言事，女人曰："此是古冢，内空无物，后有一孔，郎君且避之。不然，不免矣。"张生遂寻冢孔，投身而入，内至深，良久亦不闻声。须臾，觉月转明。忽闻冢上有人语，推一物，便闻血腥气。视之，乃死人也，身首皆异矣。少顷，又推一人，至于数四，皆死者也。既讫，闻其上分钱物衣服声，乃知是劫贼。其帅且唱曰："某色物与某乙，某衣某钱与某乙。"都唱十余人姓名。又有言不平，相怨怒者，乃各罢去。张生恐惧甚，将出，复不得。乃熟念其贼姓名，记得五六人。

至明，乡村有寻贼者，至墓旁，睹其血，乃围墓掘之。睹贼所杀人，皆在其内。见生惊曰："兼有一贼堕于墓中。"乃持出缚之。张生具言其事，皆不信，曰："此是劫贼，杀人送于此，偶堕下

东洛张生

牛僧孺任伊阙县尉的时候，有位来自东洛的张生，去参加进士科考试，带着自己的文章去拜见牛僧孺。张生走到半路，遇上了暴雨、雷电和冰雹，天色已经昏黑，离客店还很远，就在树下歇息。盘桓了一阵，雨停了，微微露出月亮，就卸下鞍具，放开了马。张生和童仆在路旁睡下，非常困倦，昏睡了很久才醒来。看见一个怪物像是夜叉，有几丈高，把张生的马抓起来吃。张生很害怕，趴在草丛里，不敢动弹。之后夜叉又把驴弄来，驴要吃完了，突然拽起了张生随从的仆人，抓着两条腿把他撕裂开来。张生非常惊慌，就狼狈地逃走了。夜叉紧随其后，又吼又骂。跑出一里多以后，夜叉的声音渐渐听不见了。顺路来到了一座大坟前，坟的旁边有一个女子站在那里。张生连连大喊救命，女人问他，他把事情详细地说了，女人说："这是古坟，里面空无一物，后面有一个洞口，你先躲一躲吧。要不然的话，就逃不过了。"张生就寻找坟的洞口，钻了进去，里面非常深，很久也没听见什么动静。过了一会儿，觉得月亮变得明朗了。忽然听见坟上有人说话，推过来一个东西，然后就闻到了血腥气。看了看，原来是个死人，已经身首异处了。不久，又推进来一个人，一直推进来好几个，都是死人。过了一会儿以后，就听见坟上传来分钱物衣服的声音，这才知道是劫匪。劫匪头目还大声地念，哪个东西给谁，哪件衣服哪些钱给谁，一直念了十几个人的姓名。又有说分得不公平，抱怨怒骂的，然后各自离开了。张生非常害怕，想出去，又不敢。于是反复地念这些强盗的姓名，记住了五六个人。

等到天亮了，村子里有人搜寻盗贼，来到坟墓旁边，看到血迹，就把坟墓围起来挖开。看到强盗杀死的人，都在坟墓里面。见到了张生，吃惊地说："还有一个盗匪掉到了坟里。"于是把张生抓出来耳。”笞击数十，乃送于县。行一二里，见其从奴驴马鞍驮悉至，张生惊问曰：“何也？”从者曰：“昨夜困甚，于路傍睡着。至明，不见郎君，故此寻求。”张生乃说所见，从者曰：“皆不觉也。”遂送至县。牛公先识之，知必无此，乃为保明。张生又记劫贼数人姓名，言之于令。令遣捕捉，尽获之，遂得免。究其意，乃神物冤魄，假手于张生，以擒贼耳。（出《逸史》）

薛淙

前进士薛淙，元和中，游河北卫州界村中古精舍。日暮欲宿，与数人同访主人僧，主人僧会不在。唯闻库西黑室中呻吟声，迫而视，见一老僧病，须发不剪，如雪，状貌可恐。淙乃呼其侣曰：“异哉病僧！”僧怒曰：“何异耶？少年子要闻异乎？病僧略为言之。”淙等曰：“唯唯。”乃曰：“病僧年二十时，好游绝国。服药休粮，北至居延，去海三五十里。是日平明，病僧已行十数里。日欲出，忽见一枯立木，长三百余丈，数十围，而其中空心。僧因根下窥之，直上，其明通天，可容人。病僧又北行数里，遥见一女人，衣绯裙，跣足袒膊，被发而走，其疾如风。渐近，女人谓僧曰：‘救命可乎？’对曰：‘何也？’云：‘后有人觅，但言不见，恩至极矣。’须臾，遂入枯木中。僧更行三五里，忽见一人，乘甲马，衣黄金衣，备弓剑之器，奔跳如电，每步可三十余丈，或在空，或在地，步骤如一。至僧前曰：‘见某色人否？’僧曰：‘不见。’又曰：‘勿藏，此非人，乃飞天夜叉也。其党数千，相继诸天伤人，已八十万矣。今已并擒戮，唯此乃尤者也，未获。昨夜三奉天帝命，自沙吒天逐来，至此已八万四千里矣。如某之使八千人散捉，此乃获罪于天，师绑上。张生详细地说明事情经过，村人都不信，说："这就是盗匪，杀了人送到这里，碰巧掉了下去。"把张生打了几十棍子，然后送到了县里。走了一两里地，看见张生的随从和驴马带着鞍具和行李全都过来了，张生惊讶地问："怎么回事？"随从说："昨晚太困了，在路边睡着了。天亮以后，你不见了，所以来这里找你。"张生就讲了自己见到的事情，随从说："我全都不知道。"就把张生送到县里。牛僧孺之前认识张生，知道张生肯定不会干抢劫的事，就给他担保证明清白。张生把记得几个劫匪的姓名，告诉了县令，县令派人抓捕，全都捉拿归案，张生就得以免罪。推究这个事情，是鬼神之物的冤魂，借助张生之手，来擒拿强盗啊。（出《逸史》）

薛淙

前科进士薛淙，元和年间到卫州一个村子里的古庙游玩。天色晚了想要留宿，就和几个人一起拜访庙里的住持和尚。刚巧住持不在，只听见仓库西面黑屋子里的呻吟声，走进去察看，见到一个生病的老和尚：胡子头发都没有剪，雪白雪白的，他的样貌很可怕。薛淙就招呼同伴们说："这个得病的和尚真怪异啊！"和尚生气地说："有什么怪异的？你们这些年轻人想听听真正的怪异之事吗？我这个生病的和尚大略给你们讲讲。"薛淙等一行人说："好的。"和尚就说："我二十岁的时候，喜欢游历荒远偏僻的国度。服食丹药就不用吃饭，往北到过居延，离青海湖只有三五十里。这天黎明时分，我已经走了十几里路。太阳快要出来了，忽然看见一株枯树立在那里，高三百多丈，粗几十围，里面是空心的。我就在树根底下窥视，一直往上，透光一直到天上都是通的，里面能容纳一个人。我又住北走了几里，远远望见一个女人，穿着红裙子，光着脚露着胳膊，披头散发地跑着，像风一样快。渐渐靠近了，女人对我说：'救我一命可以吗？'我说：'怎么回事？'她说：'后面要是有人找我，你就只说没看见，对我就有很大恩德了。'很快就钻进枯树里。我又走了三五里，忽然见到一个人，骑着披铁甲的马，穿着黄金衣，带着弓箭和剑。奔跑跳跃像闪电一样，每步能走三十几丈，有时在空中，有时在地上，无庇之尔。’僧乃具言。须臾，便至枯木所。僧返步以观之，天使下马，入木窥之。却上马，腾空绕木而上。人马可半木已来，见木上一绯点走出，人马逐之，去七八丈许，渐入霄汉，没于空碧中。久之，雨三数十点血，意已为中矢矣。此可以为异。少年以病僧为异，无乃陋乎？”（出《博异传》）

丘濡

博士丘濡说，汝州傍县五十年前，村人失其女，数岁，忽自归。言初被物寐中牵去，倏止一处。及明，乃在古塔中，见美丈夫，谓曰：“我天人，分合得汝为妻。自有年限，勿生疑惧。”且诫其不窥外也。日两返下取食，有时炙饵犹热。经年，女伺其去，窃窥之，见其腾空如飞，火发蓝肤，磔耳如驴，至地，乃复人焉。女惊怖汗洽。其物返，觉曰：“尔固窥我。我实夜叉，与尔有缘，终不害尔。”女素慧，谢曰：“我既为君妻，岂有恶乎？君既灵异，何不居人间，使我时见父母乎？”其物言：“我罪业，或与人杂处，则疫作。今形迹已露，任尔纵观，不久当归尔也。”其塔去人居止甚近，女常下视，其物在空中，不能化形，至地，方与人杂。或有白衣尘中者，其物敛手则避。或见枕其头唾其面者，行人悉若不见。及归，女问之：“向者君街中，有敬之者，有戏狎之者，何也？”物脚步都是一个样子。这人来到我面前说：'看到什么什么样的人了吗？'我说：'没看见。'那人又说：'不要掩藏，这不是人，是飞天夜叉。她们这伙有好几千个，陆陆续续在各处天界伤人，已经伤害了八十万人。现在已经全都抓住杀掉了，只有这个是最厉害的一个，还没抓住。昨天晚上我接到天帝的三道命令，从沙吒天追过来，到这里已经八万四千里了。像我这样的使者有八千人分散到各处去抓她。这是犯罪犯到了天界，法师不要包庇她呀！'我就说了实话。很快，他就到了枯树那里，我跑回去看，天界使者下了马，进到枯树里面窥视。又骑上马，腾身到空中绕着枯树上去。连人带马大约上到树的一半，只见一个红点从树上跑出来，他骑马追赶，追出去大约七八丈高，渐渐追上云霄，消失在蓝天之中。过了很久，天上像下雨一样落下三四十点血，猜想那夜叉已经中了他的箭。这才可以算得上是怪异之事呢。你们这些年轻人认为我这个病和尚怪异，不是太孤陋寡闻了吗？"（出《博异传》）

丘濡

据博士丘濡说，汝州附近的县里在五十年前，有一个村民丢失了女儿，过了几年，女儿忽然自己回来了。女儿说自己起初被一个怪物在睡梦中拽走，突然之间停留在了一个地方。到了天亮，才看出原来在一座古塔中，见到英俊的男子，对她说："我是天神，命中该得到你做妻子。自然会有年岁期限，不要觉得疑心恐惧。"并告诫她不要窥视外面。男子每天两次往返，下塔去取食物，有时候肉食和饭菜还是热的。过了一年，女子趁他离开，偷偷窥视他，看到他腾在空中像在飞行，红头发蓝皮肤，弯折的长耳像驴，落到地上，就又恢复了人形。女子吓得汗流浃背。怪物返回塔中后，有所察觉，说："你还是偷看我了。我其实是夜叉，和你有缘，一定不会伤害你。"女子向来就很聪慧，赔礼说："我既然已经做了你的妻子，怎么会嫌恶你呢？夫君你既然有神力，为什么不住在人间，让我时常见到父母呢？"那夜叉说："我罪孽深重，有时和人类住在一起，就暴发瘟疫。现在我的原形已经暴露，就任你随意观看，再过不久就该送你回去了。"这个笑曰："世有吃牛肉者，予得而欺矣。遇忠直孝养，释道守戒律法箓者，吾误犯之，当为天戮。"又经年，忽悲泣，语女缘已尽，候风雨送尔归。因授一青石，大如鸡卵，言至家，可磨此服之，能下毒气。后一夕风雷，其物遽持女曰："可去矣。"如释氏言，屈伸臂顷，已至其家，坠在庭中。其母因磨石饮之，下物如青泥斗余。（出《酉阳杂俎》）

陈越石

颍州陈越石，初名黄石，郊居于王屋山下。有妾张氏者，元和中，越石与张氏俱夜食，忽闻烛影后，有呼吸之声甚异。已而出一手至越石前，其手青黑色，指短，爪甲纤长，有黄毛连臂，似乞食之状。越石深知其怪，恶而且惧。久之，闻烛影下有语："我病饥，故来奉谒。愿以少肉致掌中，幸无见阻。"越石即以少肉投于地，其手即取之而去。又曰："此肉味甚美。"食讫，又出手越石前。越石怒骂曰："妖鬼何为辄来，宜疾去。不然，且击之，得无悔耶？"其手即引去，若有所惧。俄顷，又出其手至张氏前，谓张曰："女郎能以少肉见惠乎？"越石谓张氏曰："慎无与。"张氏竟不与。久之，忽于烛影旁出一面，乃一夜叉也，赤发蓬然，两目如电，四牙若锋刃之状，甚可惧。以手击张氏，遽仆于地，冥然不能动。越石有胆勇，即起而逐之，夜叉遂走，不敢回视。明日，穷其迹，于垣上古塔离人们居住的地方很近，女子经常往下看，那夜叉在空中不能变身，到了地上才和人类相混杂。有时在尘埃中有穿白衣的人，那夜叉缩手缩脚地就躲开了。有时看见夜叉枕在一个人的头上往他脸上吐唾沫，路人却都像没看到一样。等到夜叉回来，女子问他："刚才你在街上，有的人你敬而远之，有的人你捉弄轻侮，这是为什么？"夜叉笑着说："世上有吃牛肉的，我就能够欺负他们。遇到忠诚正直、孝敬父母的，佛家道家恪守清规戒律的人，我错误地冒犯了他们，就会被上天处死的。"又过了一年，夜叉忽然悲伤哭泣着对女子说："我们的缘分已经到头了，等到风雨天就送你回去。"于是送给她一块青石，像鸡蛋那么大，说到了家，可以把它磨碎了服用，能够排出毒气。之后有一天晚上风雨雷电交加，那夜叉突然抱起女子说："你可以走了。"就像佛家说的，屈伸手臂的工夫，女子已经到了自己家，降落在院子里。她母亲便把那块青石磨碎了给她喝，排出了一斗多像青泥一样的东西。（出《酉阳杂俎》）

陈越石

颍州的陈越石，最开始名叫黄石，住在郊野，在王屋山中，有个妾室张氏。元和年间，陈越石和张氏一起吃夜宵，忽然听见烛影后面有呼吸的声音，非常怪异。之后从那里伸出了一只手到陈越石面前。那只手呈青黑色，手指很短，指甲细长，有黄色的毛一直长到手臂上，像是讨东西吃的样子。陈越石深知这是妖怪，既厌恶又害怕。过了很久，听见烛影下有说话声："我饿得不行，所以才来您这里拜访。求您拿一点肉放到我手里，希望不要阻止我。"陈越石就把一点肉扔到地上，那只手就把它取走了。又说："这块肉的味道真香。"吃完了，又把手伸到陈越石面前。陈越石生气地骂道："你这妖魔鬼怪怎么总是过来，你最好快滚出去。不然，我就要打你，你可别后悔！"那只手就马上缩回去了，好像在害怕什么。过了一会儿，又伸出手到张氏面前，对张氏说："姑娘能拿一点肉赏给我吃吗？"陈越石对张氏说："你可得小心，不要给他。"张氏就到底也没有给。过了很久，忽然从烛影旁边露出了一张脸，是一只夜叉，红色的头发蓬乱披散，有过踪。越石曰：“此物今夕将再来矣。”于是至夜，持杖立东北垣下，以伺之。仅食顷，夜叉果来，既逾墙，足未及地，越石即以杖连击数十。及夜叉去，以烛视其垣下，血甚多，有皮尺余，亦在地，盖击而堕者。自是张氏病愈。至夕，闻数里外有呼者曰：“陈黄石何为不归我皮也？”连呼不止。仅月余，每夕，尝闻呼声。越石度不可禁，且恶其见呼，于是迁居以避之，因改名越石。元和十五年，登第进士，至会昌二年，卒于蓝田令。（出《宣室志》）

张融

渤海张融，字眉嵎。晋咸宁中，子妇产男，初不觉有异，至七岁，聪慧过人。融曾将看射，令人拾箭还，恒苦迟。融孙云：“自为公取也。”后射才发，便赴，遂与箭俱至棚，倏已捉矢而归，举坐怪愕。还经再宿，孙忽暴病卒。将殡，呼诸沙门烧香，有一胡道人谓云：“君速敛此孙，是罗刹鬼也，当啖害人家。”既见取箭之事，即狼狈阖棺。须臾，闻棺中有扑摆声，咸辍悲骇愕，遽送葬埋。后数形见，融作八关斋，于是便去。（出《宣验记》）

两只眼睛像闪电，四个大牙的样子像锋利的刀刃，非常可怕。用手打张氏，张氏一下子仆倒在地上，昏昏沉沉不能动弹。陈越石有胆量，立刻便跳起来追打它，夜叉就逃跑了，不敢回头看。第二天，陈越石追寻夜叉留下的痕迹，在墙上有夜叉经过的迹象。陈越石说："这个怪物今天晚上会再过来。"于是到了晚上，他拿着大棍子站在东北墙根下，来伏击夜叉。才过了一顿饭的工夫，夜叉果然来了，翻过了墙，脚还没落地，陈越石就用棍子连着打了它几十下。等到夜叉走了，他用蜡烛照着察看那处墙根下面，血很多，有块一尺多的皮也在地上，大概是他打掉的。从此以后张氏的病就好了。到了晚上，听见几里地以外有声音呼喊说："陈黄石怎么不把我的皮还我？"连续喊个不停。过了一个多月，每天晚上都听到了呼喊声。陈越石想着没法阻止，又非常厌恶它喊自己，于是搬了家来躲避它，由此把名字改成了越石。元和十五年，他考中了进士，到会昌二年死在当蓝田县令的任上。（出《宣室志》）

张融

渤海郡的张融，字眉㟁。晋代咸宁年间，他儿媳生了个男孩，起初没觉得有什么异样，孩子到了七岁的时候，聪明过人。张融曾经带着他去看射箭，让人把箭捡回来，总是苦于捡得太慢。张融的孙子说："我自己去给爷爷取回来。"之后张融刚把箭射出去，孙子就跑过去，于是和箭一起到达靶棚，很快就已经拿着箭回来了，全座人都非常惊异。回来以后过了两个晚上，孙子忽然得了急病死了。将要出殡的时候，喊了和尚们来烧香，有一个北方少数民族的道士对张融说："你快点把这个孙子收葬了吧，这是夜叉鬼，会到人家吃人害人。"张融已经见过取箭的事，就立刻急急忙忙地盖上棺材。不久，听见棺材里面有扑腾挣扎的声音，大家都不再悲伤，而是恐惧惊愕，迅速地送去埋葬了。后来他有好几次以夜叉的样子出现，张融作了八关斋的法事，夜叉便离开了。（出《宣验记》）

蕴都师

经行寺僧行蕴，为其寺都僧。尝及初秋，将备盂兰会，洒扫堂殿，齐整佛事。见一佛前化生，姿容妖冶，手持莲花，向人似有意。师因戏谓所使家人曰："世间女人，有似此者，我以为妇。"其夕归院，夜未分，有款扉者曰："莲花娘子来。"蕴都师不知悟也，即应曰："官家法禁极严，今寺门已闭，夫人何从至此？"既开门，莲花及一从婢，妖姿丽质，妙绝无伦，谓蕴都师曰："多种中无量胜因，常得亲奉大圆正智。不谓今日，闻师一言，忽生俗想。今已谪为人，当奉执巾钵。朝来之意，岂遽忘耶？"蕴都师曰："某信愚昧，常获僧戒。素非省相识，何尝见夫人，遂相绐也？""即日，师朝来佛前见我，谓家人曰，傥貌类我，将以为妇。言犹在耳，我感师此言，诚愿委质。"因自袖中出化生曰："岂相绐乎？"蕴师悟非人，回惶之际，莲花即顾侍婢曰："露仙可备帷幄。"露仙乃陈设寝处，皆极华美。蕴虽骇异，然心亦喜之，谓莲花曰："某便誓心矣。但以僧法不容，久居寺舍，如何？"莲花大笑曰："某天人，岂凡识所及。且终不以累师。"遂绸缪叙语，词气清婉。俄而灭烛，童子等犹潜听伺之。未食顷，忽闻蕴失声，冤楚颇极。遽引燎照之，至则拒户闼，禁不可发。但闻狺牙啮诟嚼骨之声，如胡人语音而大骂曰："贼秃奴，遣尔辞家剃发，因何起妄想之心。假如我真女人，岂嫁与尔作妇耶？"于是驰告寺众，坏垣以窥之，乃二夜叉也，锯牙植发，长比巨人，哮叫拏获，腾踔而出。后僧见佛座壁上，有二画夜叉，正类所睹，唇吻间犹有血痕焉。（原缺出处，黄本、许本、明抄本俱作出《河东记》）

蕴都师

经行寺里的和尚行蕴，是这座寺庙的领头和尚。曾经到了初秋时节，要准备盂兰节的法会，清扫堂屋殿宇，整理备齐礼佛的佛事。行蕴和尚看见一尊在佛前忽然出现的化生女神像，容貌妖艳，手中拿着莲花，对着人仿佛在传情示意。行蕴和尚就和命他布置法会的那家人开玩笑说：“俗世间的女人，有像这样的，我就娶她为妻。”那天晚上回到寺院，还不到半夜，有人敲门说：“莲花娘子来了。”行蕴和尚不明就里，就回答说：“官家的佛法禁令极严，现在庙门已关，夫人为什么要来这里？”开了门后，莲花娘子和一个跟从的侍女，美艳的容貌，绝妙无比，对行蕴都师说：“我种下了无数的美好因缘，能够亲自侍奉大圆正智佛。没想到今天，听到法师一句话，忽然产生了世俗的想法。现在我已经被贬为凡人，应当为您执掌生活起居。白天你的意思，难道这么快就忘了吗？”行蕴和尚说：“我确实愚昧，但常常领受佛家戒律。我和你并不认识，何曾见过你呢？你就这样骗我。”“就在今天，法师早上在佛前见到我，就对那家人说，如果有女人容貌像我，你就要娶为妻子。这话还在我耳边，我感念法师的这句话，真心愿意以身相许。”于是从袖子里取出化生塑像说：“难道是我骗你吗？”行蕴和尚明白了这个女子不是人类，正在犹豫惶惑的时候，莲花娘子就回头看着侍女说：“露仙，你可以准备床帐了。”露仙就布置了寝具，都极其华美。行蕴虽然惊异，但心中也为此喜悦，对莲花娘子说：“我就发誓横下这条心了。只是按照僧人的规矩，不允许你久住在寺庙里，怎么办？”莲花娘子大笑说：“我是天神，怎么会是凡人的见识所能管得到的。而且我一定不会因此拖累你。”于是与他缠绵相谈，措辞语气清雅温婉。过了不久就熄灭了蜡烛，小和尚们还在暗中偷听窥伺他们的动静。还没到一顿饭的工夫，忽然听见行蕴失声喊叫，俨然冤屈痛苦至极。赶快拿来火把照过去，来了以后门却被堵住了，打不开，只听见尖牙撕咬咀嚼骨肉的声音，像胡人说话那样大骂说：“你个贼秃驴，让你出家剃发，怎么起了妄想的念头。如果我真是女人，怎么会嫁给你做妻子？”外面的人赶快跑去告诉寺里的僧众，推倒墙垣来看里面的动静，原来是两个

夜叉，牙像锯齿，头发直立，身高和巨人差不多，对想要捉拿它们的人们大吼大叫，腾跃着出去了。后来和尚们看见佛座的墙上，有两个画像是夜叉，正和之前所看见的相似，嘴唇间还有血痕留在那里。（原缺出处，黄本、许本、明抄本俱作出《河东记》）

卷第三百五十八　神魂一

庞　阿

钜鹿有庞阿者，美容仪。同郡石氏有女，曾内睹阿，心悦之。未几，阿见此女来诣阿。阿妻极妒，闻之，使婢缚之，遂还石家。中路，遂化为烟气而灭。婢乃直诣石家，说此事，石氏之父大惊曰："我女都不出门，岂可毁谤如此？"阿妇自是常加意伺察之，居一夜，方值女在斋中，乃自拘执，以诣石氏。石氏父见之，愕眙曰："我适从内来，见女与母共作，何得在此？"即令婢仆，于内唤女出，向所缚者，奄然灭焉。父疑有异，故遣其母诘之，女曰："昔年庞阿来厅中，曾窃视之，自尔彷佛，即梦诣阿。及入户，即为妻所缚。"石曰："天下遂有如此奇事。"夫精情所感，灵神为之冥著，灭者盖其魂神也。既而女誓心不嫁。经年，阿妻忽得邪病，医药无征，阿乃授币石氏女为妻。（出《幽明录》）

马势妇

吴国富阳人马势妇，姓蒋，村人应病死者，蒋辄恍惚，熟眠经日。见人人死，然后省觉，则具说，家中不信之。语人云："某中病，我欲杀之，怒强魂难杀。未即死，我入其家内，架上有白米饭

庞阿

钜鹿郡有个叫庞阿的，容貌仪表很美。同郡的石家有个女儿，曾经在室内看见过庞阿，心中就喜欢上了他。不久，庞阿就见到这个女子来拜访他。庞阿的妻子非常善妒，听说这件事以后，让婢女把石氏女绑了起来，并送回了石家，半路上，石氏女就化成一股烟气消失了。婢女就直接拜访了石家，讲了这件事，石氏的父亲大吃一惊说："我的女儿从来都不出门，怎么可以这样诽谤她！"庞阿的妻子从此特别注意观察这件事，过了一晚上，正碰上石氏女在庞阿的屋中，就自行把石氏女抓了起来送到石家去。石氏女的父亲看见后，更加惊愕，说："我刚从内室过来，看见女儿和她母亲在一起做工，怎么能出现在这里呢？"就命令仆人，从内室叫女儿出来，之前被绑的那个女子，一下子就消失了。石氏女的父亲怀疑有妖异，所以让她母亲去问，石氏女说："从前庞阿来到我们家的客厅里，我曾偷偷看过他，从那之后恍恍惚惚，就梦见去找庞阿。然后进了门，就被他妻子绑了起来。"石家的主人说："天下居然有这样的奇异之事。"人的精气情感被激发的时候，灵魂精神会因此暗中显现，之前消失的其实是石氏女的灵魂。后来石氏女发誓不嫁人。过了一年，庞阿的妻子忽然得了邪病，医治无效而死，庞阿就给石氏女送了聘礼娶她为妻。（出《幽明录》）

马势妇

吴国富阳人马势的妻子，姓蒋，村里的人如果生病要死了，蒋氏总是神志恍惚，整天熟睡。等到那人死了以后，她才清醒过来，然后详细地讲述病死者的情形，家里都不相信这些。她对别人说："某几种鲑。我暂过灶下戏，婢无故犯我，我打眷甚，使婢当时闷绝，久之乃苏。”其兄病，有乌衣人令杀之，向其请乞，终不下手。醒语兄云，当活。（出《搜神记》）

无名夫妇

有匹夫匹妇，忘其姓名。居一旦，妇先起，其夫寻亦出外。某谓夫尚寝，既还内，见其夫犹在被中。既而家童自外来云：“即令我取镜。”妇以奴诈，指床上以示奴，奴云：“适从郎处来也。”乃驰告其夫，夫大愕。径入示之，遂与妇共观，被中人高枕安眠，真是其形，了无一异。虑是其魂神，不敢惊动，乃徐徐抚床，遂冉冉入席而灭，夫妇惋怖不已。经少时，夫忽得疾，性理乖误，终身不愈。（出《搜神记》）

王宙

天授三年，清河张镒因官家于衡州。性简静，寡知友。无子，有女二人，其长早亡，幼女倩娘，端妍绝伦。镒外甥太原王宙，幼聪悟，美容范，镒常器重，每曰：“他时当以倩娘妻之。”后各长成，宙与倩娘，常私感想于寤寐，家人莫知其状。后有宾寮之选者求之，镒许焉。女闻而郁抑，宙亦深恚恨。托以当调，请赴京，止之不可，遂厚遣之。宙阴恨悲恸，决别上船。日暮，至山郭数里。夜方半，宙不寐，忽闻岸上有一人行声甚速，须臾至船。问之，乃倩娘徒行跣足而至。宙惊喜若狂，执手问其从来，泣曰：“君厚意人得了病，我想杀死他，生气的是强硬的魂灵很难杀死，他就没有马上死。我进到他家里面，架子上有白米饭和几种鱼类菜肴。我一时经过炉灶下面去玩，他家的婢女无故冒犯我，我把她痛打了一顿，让她当时就昏过去了，过了很久才醒。”蒋氏的哥哥病了，有个黑衣人命令她杀了哥哥，蒋氏向黑衣人求情，最终没有下手。醒来以后对哥哥说：“你应该会活下来。”（出《搜神记》）

无名夫妇

有一对普通的夫妻，忘了姓甚名谁了。有一天早晨，妻子先起身，丈夫很快也出去到外面了。妻子以为丈夫还在睡觉，回了内室，见到丈夫还在被子里。然后家里的童仆从外面进来说：“刚让我来取镜子。”妻子认为童仆在骗人，指着床上给童仆看，童仆说：“我刚才是从郎君那里来的啊！”于是跑过去告诉丈夫，丈夫大为惊愕。童仆径直进屋向他指示，他就和妻子一起看，被子里的人垫高枕头睡得很安稳，真的就是丈夫的样貌，一点差别也没有。考虑到这可能是丈夫的神魂，不敢惊动，就慢慢抚摸着床，床上的人就慢慢地进入席子消失了，夫妻两人都感叹惊恐不止。过了不久，丈夫忽然得了病，情绪理智错乱反常，一生都没有好。（出《搜神记》）

王宙

唐天授三年，清河的张镒因为做官就在衡州安家。他性格简朴好静，少有认识的朋友。没有儿子，有两个女儿，其中大女儿死得早，小女儿倩娘，无比端庄美丽。张镒的外甥即太原的王宙，从小就很聪明，容貌举止很美，张镒一直很器重他，常常说：“以后应该把倩娘嫁给王宙。”后来孩子们各自长大成人，王宙与倩娘，醒时睡时都常私自互相惦念，家里人全都不知道这些情况。后来张镒有一个幕僚入选为官的来求娶倩娘，张镒答应了。女儿听说了就十分抑郁痛苦，王宙也非常愤懑怨恨。王宙以要调职为由，请求去京城，张镒拦不住，就给了王宙很多财物把他送走了。王宙暗中含恨，万分悲伤，如此，寝食相感，今将夺我此志，又知君深情不易，思将杀身奉报，是以亡命来奔。”宙非意所望，欣跃特甚，遂匿倩娘于船，连夜遁去。倍道兼行，数月至蜀。凡五年，生两子。与镒绝信，其妻常思父母，涕泣言曰：“吾曩日不能相负，弃大义而来奔君。向今五年，恩慈间阻。覆载之下，胡颜独存也？”宙哀之曰：“将归无苦。”遂俱归衡州。

既至，宙独身先至镒家，首谢其事，镒曰：“倩娘病在闺中数年，何其诡说也？”宙曰：“见在舟中。”镒大惊，促使人验之。果见倩娘在船中，颜色怡畅，讯使者曰：“大人安否？”家人异之，疾走报镒。室中女闻，喜而起，饰妆更衣，笑而不语，出与相迎，翕然而合为一体，其衣裳皆重。其家以事不正，秘之，惟亲戚间有潜知之者。后四十年间，夫妻皆丧，二男并孝廉擢第，至丞尉。事出陈玄祐《离魂记》云。玄祐少常闻此说，而多异同，或谓其虚。大历末，遇莱芜县令张仲规，因备述其本末。镒则仲规堂叔，而说极备悉，故记之。（出《离魂记》）

郑齐婴

郑齐婴，开元中，为吏部侍郎河南黜陟使。将归，途次华州，怀着诀别的心情上了船。天色晚了的时候，船走到几里外依山的外城。刚到半夜，王宙睡不着，忽然听见岸上有人快步行走的声音，不一会儿就到了船上。王宙一问，原来是倩娘，光着脚徒步过来的。王宙又惊又喜像疯了一样，拉着她的手问她怎么跑出来的，倩娘哭着说："你对我的情意这样深重，我吃饭睡觉的时候都为之感动，现在要强行改变我这样的意志，我又知道你情深义重不会改变，想着要用生命来报答你，所以不要命地私奔过来。"王宙非常意外，格外欢欣雀跃，就把倩娘藏在船上，连夜逃走。加快速度日夜兼程，几个月后到了四川。过了五年，生了两个儿子。和张镒断绝了联系，妻子经常思念父母，哭着说："我当时不能辜负你，抛弃了大义来找你私奔。到现在已经五年了，父母远隔天涯。在这天地之间，我有什么颜面独自苟活呢？"王宙哀惜她说："我们回去，你别难过。"于是一起回到衡州。

到了以后，王宙独自一人先来到张镒家，首先为私奔的事谢罪，张镒说："倩娘生病在闺房中好几年，你这是什么胡话？"王宙说："倩娘现在就在船上。"张镒大吃一惊，急忙派人验看。果然看见倩娘在船上，气色神情愉悦舒畅，问派来的人说："父母大人还好吗？"家中的人对此感到十分惊异，赶快跑去报告给张镒。房间里的女儿听到了，很高兴地就起来了，梳妆打扮穿戴衣饰，笑着不说话，出门迎接，两个倩娘很自然地就合成了一体，身上的衣服都重叠在一起。她家因为这件事不合正道，秘而不宣，只有亲戚之间有人暗中知道。之后四十年里，王宙夫妻两人都去世了，两个儿子都从孝廉科被录取，官做到丞、尉。这件事出自陈玄祐的《离魂记》。陈玄祐少年时就经常听到这个传说，但互相有很多出入，有人说它是虚构的。大历末年，遇见莱芜县令张仲规，详细地讲述了这个故事的始末。张镒是张仲规的堂叔，张仲规的讲述又极其详细，因此把它记录下来。（出《离魂记》）

郑齐婴

郑齐婴，在开元年间，任吏部侍郎、河南黜陟使。将要回到家忽见五人，衣五方色衣，诣厅再拜。齐婴问其由，答曰："是大使五藏神。"齐婴问曰："神当居身中，何故相见？"答曰："是以守气，气竭当散。"婴曰："审如是，吾其死乎？"曰："然。"婴仓卒求延晷刻，欲为表章及身后事，神言还至后衙则可。婴为设酒馔，皆拜而受。既修表，沐浴，服新衣，卧西壁下，至时而卒。（出《广异记》）

柳少游

柳少游善卜筮，著名于京师。天宝中，有客持一缣，诣少游。引入问故，答曰："愿知年命。"少游为作卦，成而悲叹曰："君卦不吉，合尽今日暮。"其人伤叹久之，因求浆，家人持水至，见两少游，不知谁者是客。少游指神为客，令持与客。客乃辞去，童送出门，数步遂灭。俄闻空中有哭声，甚哀，还问少游："郎君识此人否？"具言前事，少游方知客是精神。遽使看缣，乃一纸缣尔，叹曰："神舍我去，吾其死矣。"日暮果卒。（出《广异记》）

苏莱

天宝末，长安有马二娘者，善于考召。兖州刺史苏诜，与马氏相善。初诜欲为子莱求婚卢氏，谓马氏曰："我唯有一子，为其婚娶，实要婉淑。卢氏三女，未知谁佳，幸为致之，一令其母自阅视也。"马氏乃于佛堂中，结坛考召。须臾，三女魂悉至，莱母亲自看。马云："大者非不佳，不如次者，必当为刺史妇。"苏乃娶次乡，路过华州，忽然见到五个人，穿着五个方位颜色的衣服，到厅堂中来行了两次礼。郑齐婴问他们缘由，回答说："我们是你身体里五脏的神。"郑齐婴问："你们这些神应该待在身体里，为什么出来见我？"回答说："这是因为守着气，气枯竭了我们就该散了。"郑齐婴说："看来确实是这样的话，我大概要死了吧？"五脏神说："是这样的。"郑齐婴急忙求他们等一小会儿，要写遗表，安排后事，神说回到后衙就可以。郑齐婴给他们准备了酒菜，他们都行礼接受了。郑齐婴写好奏章，洗了澡，穿上新衣服，躺在西边墙下，到时辰就死去了。（出《广异记》）

柳少游

柳少游善于算卦，在京城很出名。天宝年间，有位客人拿着一匹绢绸来拜见柳少游。把他带进来问为何来访，回答说："想知道我的年寿命数。"柳少游给他起了一卦，卦成之后就悲伤叹息说："您的卦不吉利，寿数到今天晚上就该到头了。"那人也伤感叹息了很久，然后要水喝，家人拿着水过来，见到了两个柳少游，不知道哪个是客人。柳少游指着神魂说那是客人，让把水端给他，客人就告辞走了，童仆送客出门，客人走了几步就消失了。很快听到半空中有哭声，非常悲哀，还问柳少游："你认识那个人吗？"把刚才的事一五一十说了一遍，柳少游才知道那个客人是自己的灵魂。赶快让人去看客人送的绢，原来是一张纸做的，叹息说："神魂离我而去，我大概就要死了。"到了晚上果然就死了。（出《广异记》）

苏莱

天宝末年，长安有个马二娘，擅长招魂术。兖州刺史苏诜，和马二娘关系很好。起初苏诜想为儿子苏莱向卢氏求婚，对马二娘说："我只有一个儿子，为他娶妻，实在是想求一个温婉贤淑的女子。卢家的三个女儿，不知道哪一个好，请你为我把她们召来，都让我妻子亲自检视一下。"马二娘就在佛堂当中，设坛招魂。很快，卢家三

女。天宝末，莱至永宁令，死于禄山之难，其家惩马氏失言。洎二京收复，有诏赠莱怀州刺史焉。（出《广异记》）

郑生

郑生者，天宝末，应举之京。至郑西郊，日暮，投宿主人。主人问其姓，郑以实对。内忽使婢出云：“娘子合是从姑。”须臾，见一老母，自堂而下。郑拜见，坐语久之，问其婚姻，乃曰：“姑有一外孙女在此，姓柳氏，其父见任淮阴县令，与儿门地相埒。今欲将配君子，以为何如？”郑不敢辞，其夕成礼，极人世之乐。遂居之数月，姑谓郑生：“可将妇归柳家。”郑如其言，携其妻至淮阴。先报柳氏，柳举家惊愕。柳妻意疑令有外妇生女，怨望形言。俄顷，女家人往视之，乃与家女无异。既入门下车，冉冉行庭中。内女闻之笑，出视，相值于庭中，两女忽合，遂为一体。令即穷其事，乃是妻之母先亡，而嫁外孙女之魂焉。生复寻旧迹，都无所有。（出《灵怪录》）

韦隐

大历中，将作少匠韩晋卿女，适尚衣奉御韦隐。隐奉使新罗，行及一程，怆然有思，因就寝。乃觉其妻在帐外，惊问之，答曰：“愍君涉海，志愿奔而随之，人无知者。”隐即诈左右曰：“欲纳个女儿的神魂都招来了，苏莱的母亲亲自审视。马二娘说："大的那个不是不好，但不如次女，她一定能成为刺史夫人。"苏莱就娶了卢家的二女儿。天宝末年，苏莱做官做到永宁县令，在安禄山造反的战乱中死了，他家怪罪马二娘说错了话。结果等到东西二京收复，有诏令追赠苏莱为怀州刺史。（出《广异记》）

郑生

郑生，在天宝末年，为参加科举考试前往京城。走到郑州西边的郊外，天色晚了，到一户人家里投宿。这家主人问他的姓氏，郑生如实回答。内室忽然派一个婢女出来说："我家娘子应该是你的堂姑。"很快，见到一个老太太，从堂屋里出来。郑生行礼拜见，两人坐着谈了很久，堂姑问起郑生的婚配状况，说："你姑姑我有一个外孙女在这里，姓柳，她父亲被任命为淮阴县令，和你门当户对。现在我想把她许给你这个有才能品行的人为妻，你觉得怎么样？"郑生不敢推辞，那天晚上就举行了婚礼，极尽地享受了人世的欢乐。于是在那里住了几个月，堂姑对郑生说："你可以带着你媳妇回一趟柳家。"郑生就照着她的话做了，带着妻子去了淮阴。先报告给了柳家，整个柳家都十分惊愕。柳县令的妻子怀疑县令在外面有别的情妇生下了女儿，怨恨不满表现在言辞上。过了不久，柳氏家里的人去看了来的女子，和家中的女儿毫无差别。柳氏已经进门下车，缓慢从容地在院子里走。家里的女儿听见了以后，笑着走出来看，在院子里相遇，两个柳氏女忽然合成了一个。柳县令就追查这件事，原来是妻子的母亲早先亡故了，把她外孙女的魂嫁给了郑生。郑生再去寻找之前那家的遗迹，已经什么都没有了。（出《灵怪录》）

韦隐

大历年间，将作少匠韩晋卿的女儿，嫁给了尚衣局的侍御韦隐。韦隐奉命出使新罗，上路走了一程，感到很哀伤，心事重重，就去睡了。于是发觉自己的妻子在帐子外面，吃惊地询问她，回答说："我心一妓，将侍枕席。”人无怪者。及归，已二年，妻亦随至。隐乃启舅姑，首其罪，而室中宛存焉。及相近，翕然合体，其从隐者乃魂也。（出《独异记》）

齐推女

元和中，饶州刺史齐推女，适陇西李某。李举进士，妻方娠，留至州宅。至临月，迁至后东阁中。其夕，女梦丈夫，衣冠甚伟，瞋目按剑叱之曰：“此屋岂是汝腥秽之所乎？亟移去。不然，且及祸。”明日告推，推素刚烈，曰：“吾忝土地主，是何妖孽，能侵耶？”数日，女诞育，忽见所梦者，即其床帐乱殴之。有顷，耳目鼻皆流血而卒。父母伤痛女冤横，追悔不及。遣遽告其夫，俟至而归葬于李族。遂于郡之西北十数里官道，权瘗之。

李生在京师，下第将归，闻丧而往。比至饶州，妻卒已半年矣。李亦粗知其死不得其终，悼恨既深，思为冥雪。至近郭，日晚，忽于旷野见一女，形状服饰，似非村妇。李即心动，驻马谛视之，乃映草树而没。李下马就之，至则真其妻也。相见悲泣，妻曰：“且无涕泣，幸可复生。俟君之来，亦已久矣。大人刚正，不信鬼神，身是妇女，不能自诉。今日相见，事机校迟。”李曰：“为之奈何？”女曰：“从此直西五里鄱亭村，有一老人姓田，方教授村儿，此九华洞中仙官也，人莫之知。君能至心往来，或冀谐遂。”

疼你渡海远行，立志愿意跑出来跟随你，没有别人知道。”韦隐就骗身边的人说：“按照风俗收了一个妓女，侍奉起居。”没有人觉得奇怪。等到回国，已经过了两年，妻子也随他回来了。韦隐就把事情告诉了岳父岳母，坦白自己的罪过，结果屋里的妻子还真真切切地在那里。两个妻子等到彼此靠近的时候，很自然地合成了一体，那个跟随韦隐的原来是妻子的魂魄。(出《独异记》)

齐推女

元和年间，饶州刺史齐推的女儿，嫁给了陇西的李某。李某去考进士时，他的妻子正怀着孕，留在了饶州的宅邸里。到了快要临产时，搬到了后院的东阁里。这天夜里，她忽然梦见一个男子，穿戴非常威严，怒目圆睁按着宝剑叱责她说：“这间屋子难道是你在血腥污秽中分娩的地方吗？快搬走。不然的话，你很快就要遭到祸患了。”第二天她告诉了父亲齐推这件事，齐推向来刚猛暴烈，说：“我侥幸成为这个地方的主人，这是什么妖孽，难道能侵扰我们吗？”过了几天，齐推的女儿分娩，忽然看见之前梦见的男子，来到她的床帐里乱拳殴打她。打了一阵，她的耳朵、眼睛和鼻子都流血，就这样死了。她父母为女儿的意外冤死十分悲伤痛惜，后悔也来不及了。派人赶快去告诉她的丈夫，等到他回来再把女儿归葬到李氏家族。于是在郡城西北十几里的官道旁，暂且埋葬了女儿。

李生在京城，落榜了准备回家，听见噩耗就动身回去了。等他到了饶州，妻子死了已经有半年了。李某也大概知道她非自然死亡，悲痛叹恨十分深重，就想为妻子昭雪冤恨。等到快走到外城的时候，天色已晚，忽然在旷野中见到一个女子，容貌和服饰打扮，似乎不像是农村妇女。李某心里就想到了什么，停下马仔细看她，那女子掩映在草树之间就不见了。李某下了马朝她跑过去，到了以后发现真是自己的妻子。两人相见就悲伤地大哭，妻子说：“先不要哭了，幸而我还可以复活。我等你回来，也已经很久了。父亲大人性格刚正，不信鬼神，我自己是女子，也不能自己去申诉。今天见到你，事情不要再耽搁了。”李某说：“我该怎么办呢？”妻子说：“从这里往正西方向五李乃径访田先生，见之，乃膝行而前，再拜称曰："下界凡贱，敢谒大仙。"时老人方与村童授经，见李惊避曰："衰朽穷骨，旦暮溘然。郎君安有此说？"李再拜，扣头不已，老人益难之。自日宴至于夜分，终不敢就坐，拱立于前。老人俯首良久曰："足下诚恳如是，吾亦何所隐焉。"李生即顿首流涕，具云妻枉状。老人曰："吾知之久矣，但不蚤申诉。今屋宅已败，理之不及。吾向拒公，盖未有计耳。然试为足下作一处置。"

乃起从北出，可行百步余，止于桑林，长啸。倏忽见一大府署，殿宇环合，仪卫森然，拟于王者。田先生衣紫帔，据案而坐，左右解官等列侍，俄传教呼地界。须臾，十数部各拥百余骑，前后奔驰而至。其帅皆长丈余，眉目魁岸，罗列于门屏之外。整衣冠，意绪苍惶，相问今有何事。须臾，谒者通地界，庐山神、江渎神、彭蠡神等，皆趣入。田先生问曰："比者此州刺史女，因产为暴鬼所杀。事甚冤滥，尔等知否？"皆俯伏应曰："然。"又问："何故不为申理？"又皆对曰："狱讼须有其主，此不见人诉，无以发摘。"有问："知贼姓名否？"有一人对曰："是西汉鄱县王吴芮。今刺史宅，是芮昔时所居。至今犹恃雄豪，侵占土地，往往肆其暴虐，人无奈何。"田先生曰："即追来。"

俄顷，缚吴芮至。先生诘之，不伏，乃命追阿齐。良久，见里的鄱亭村，有一个老人姓田，现在在教村里的小孩，他是九华洞里的仙官，人们都不知道。如果你能和他真心互相往来，也许奇异的事就能够如愿实现。”

李某就径直去找田先生，见到他，跪着用膝盖走上前，反复叩拜说：“我这下界的凡人贱民，斗胆拜见大仙。”当时田先生正在给村里的小孩讲经书，见到李某就惊慌地躲开说：“我这把老骨头，不知什么时候就会死掉。郎君哪里来的这样的话？”李某反复行礼，不停地叩头，老人更加为难。从太阳偏西一直到半夜，李某始终不敢去坐下，一直拱手站在老人面前。老人低头很久，说：“你这样诚恳，我还有什么要隐瞒的呢？”李生立刻就跪下叩头哭泣，一一说出了妻子枉死的惨状。老人说：“我知道这件事已经很久了，只是你不早来申诉。现在就像屋子已经毁败，再打理也来不及了。我之前拒绝你，也是因为还没有办法。不过现在我试着为你处理一下。”

然后他起身从北边出去，走了大概一百多步，停在桑树林中，发出一声长啸。忽然就见到了一座很大的官署，殿宇环绕，仪仗侍卫十分严整，可以与王者相比。田先生穿着紫披肩，对着几案坐下，左右两边的属官站成排侍奉，然后传令让把地界神喊来。很快，十几队人马各自带着一百多名骑士，先后赶了过来。他们的头领全都身高一丈多，相貌魁伟，列队站在大门和屏风外面。整理着自己的衣冠，看样子都很惶急迷茫，互相问今天有什么事。不久，负责通报的人通传了地界神，庐山神、江渎神、彭蠡神等都快步进去了。田先生问：“最近有本州刺史的女儿，在她分娩时被暴鬼杀害了。这件事实在是冤枉、滥杀无辜，你们知道吗？”地界神都伏在地上说：“是的。”又问：“为什么不申报处理？”又都回答说：“诉讼必须要有原告，这个案子没见有人申诉，没有办法开这个头来处理。”又问知不知道杀人者的姓名，有一个地界神回答说：“是西汉的鄱县王吴芮。现在饶州刺史的宅子，就是吴芮从前住的。直到现在吴芮还仗着势力大，侵占土地，常常肆意做出暴虐的行径，人们都拿他没有办法。”田先生说：“马上把他追捕过来。”

很快，他们就绑着吴芮过来了。田先生审问他，他不服，田先生李妻与吴芮庭辩。食顷，吴芮理屈，乃曰："当是产后虚弱，见某惊怖自绝，非故杀。"田先生曰："杀人以挺与刃，有以异乎？"遂令执送天曹。回谓速检李氏寿命几何，顷之，吏云："本算更合寿三十二年，生四男三女。"先生谓群官曰："李氏寿算长，若不再生，议无厌伏。公等所见何如？"有一老吏前启曰："东晋邺下有一人横死，正与此事相当。前使葛真君，断以具魂作本身，却归生路。饮食言语，嗜欲追游，一切无异。但至寿终，不见形质耳。"田先生曰："何谓具魂？"吏曰："生人三魂七魄，死则散离，本无所依。今收合为一体，以续弦胶涂之。大王当衙发遣放回，则与本身同矣。"田先生善，即顾谓李妻曰："作此处置，可乎？"李妻曰："幸甚。"

俄见一吏，别领七八女人来，与李妻一类，即推而合之。有一人，持一器药，状似稀饧，即于李妻身涂之。李氏妻如空中坠地，初甚迷闷。天明，尽失夜来所见，唯田先生及李氏夫妻三人，共在桑林中。田先生顾谓李生曰："相为极力，且喜事成，便可领归。见其亲族，但言再生，慎无他说。吾亦从此逝矣。"李遂同归至州，一家惊疑，不为之信。久之，乃知实生人也。自尔生子数人，其亲表之中，颇有知者，云："他无所异，但举止轻便，异于常人耳。"（出《玄怪录》）

就让找来李某的妻子。过了很久，见到李某的妻子和吴芮当堂辩论。辩论了一顿饭的工夫，吴芮理屈词穷，就说："应该是产后身体虚弱，看见我就自己吓死了，不是我故意杀死的。"田先生说："用木棍与用刀杀人，有什么不一样吗？"就命令把吴芮绑去送到天界的衙门。回过头来说："快去查查李某妻子的寿命有多长。"很快，官吏说："算起来本来应该再活三十二年，生四个儿子、三个女儿。"田先生对众多官员说："李氏妻的寿数还很长，如果不复活，会有各种非议无法平息。你们觉得怎么样？"有一位年老的官员上前提出说："东晋的邺下有一个人死于非命，正好和这件事相当。当时的审案官员葛真君，判决那人把'具魂'作为人身的本体，再回到阳间。吃喝、说话、喜好、游玩，一切都和活人没有什么不同。只是到寿终的时候，形体就不见了而已。"田先生问："什么叫'具魂'？"官吏说："活人的三魂七魄，在死后就各自离散，原本没有依托。现在把魂魄收在一起合为一体，用续弦胶涂上。大王在街上给放回去，就和原本的人身一样了。"田先生说很好，然后就转身问李妻说："就这样处置，可以吗？"李妻说："我很荣幸。"

然后看见一名官吏，又领了七八个女人过来，哪个和李妻长得一样，就推过去合成一体。有一个人，拿着一个容器，里面盛着药，样子像是稀糖浆。于是在李妻身上涂了这个药。李氏妻觉得像从空中掉到了地上，起初非常迷糊昏沉。天亮以后，晚上所看见的全都没有了，只有田先生和自己夫妻一共三个人，一起在桑树林中。田先生转头对李生说："我为了你竭尽全力，好在事情办成了，你现在就可以把妻子领回去。见到了她的亲属族人，只说她复活了，千万不要说别的。我也要从此消失了。"李某就和妻子一同回到饶州城中，全家人都惊讶怀疑，不相信这件事。过了很久，才知道确实是活人。从这以后她又生了好几个孩子，她的中表亲戚当中有些知情的人，说："别的没有什么不同，只是行动举止十分轻快，异于常人而已。"（出《玄怪录》）

郑氏女

通州有王居士者，有道术。会昌中，刺史郑君有幼女，甚念之，而自幼多疾，若神魂不足者。郑君因请居士，居士曰："此女非疾，乃生魂未归其身。"郑君讯其事，居士曰："某县令某者，即此女前身也。当死数岁矣，以平生为善，以幽冥祐之，得过期，今年九十余矣。令殁之曰，此女当愈。"郑君急发人驰访之，其令果九十余矣。后月，其女忽若醉寤，疾愈。郑君又使往验，令果以女疾愈之日，无疾卒。（出《宣室志》）

裴珙

孝廉裴珙，家洛阳。仲夏，自郑西归，及端午以觐亲焉。日晚，方至石桥，忽有少年，骑从鹰犬甚众。顾珙笑曰："明旦节日，今当蚤归，何迟迟也？"乃以后乘借之。珙甚喜，谓二童曰："尔可缓驱，投宿于白马寺西表兄窦温之墅，明日徐归可也。"因上马疾驱，俄顷，至上东门，归其马，珍重而别。珙居水南，促步而进，及家瞑矣。入门，方见其亲与珙之姊妹张灯会食。珙乃前拜，曾莫瞻顾。因俯阶高语曰："珙自外至。"即又不闻。珙即大呼弟妹之辈，亦无应者。珙心神忿惑，思又极呼，皆亦不知。但见其亲叹曰："珙那今日不至也。"遂涕下，而坐者皆泣。珙私怪曰："吾岂为异物邪？"因出至通衢，徘徊久之。有贵人导从甚盛，遥见珙，即以鞭指之曰："彼乃生者之魂也。"俄有佩櫜鞬者，出于道左，曰："地界启事，裴珙孝廉，命未合终。遇昆明池神七郎子，案鹰回，借马送归，以为戏耳。今当领赴本身。"贵人微哂曰："小儿无理，将人命为戏。明日与尊父书，令笞之。"既至而櫜鞬者招珙，复出上东门，度门隙中，至窦庄。方见其形僵仆，二童环泣呦呦焉。

郑氏女

通州有位王居士，会道术。会昌年间，刺史郑先生有个小女儿，非常疼爱她，但她从小多病，就像是精气不足导致的。郑某因此请来王居士，王居士说：“这个女孩不是生病，是神魂没有回到她身上。”郑某问询事情原委，居士说：“某县县令某人，就是这个女孩的前身。他本来应该死了好几年了，但因为一生都在做好事，鬼神佑护他，才能够超出期限，现在已经九十多岁了。县令去世的那天，这个女孩就会痊愈。”郑某急忙派人跑去寻访，那个县令果然九十多岁了。过了一个月，郑某的女儿忽然像大醉之后醒来一样，病就好了。郑某又派人去察验，县令果然在女孩病好的那天，没有任何病就死了。（出《宣室志》）

裴珙

孝廉裴珙，家住在洛阳。在仲夏季节，从郑州往西回家，赶上端午节好拜见父母。天色晚了，他正走到一座石桥上，忽然有一个少年，人马随从和猎鹰猎犬很多。少年转头看裴珙，笑着说：“明天是节日，今天应该早点回家，怎么走得慢腾腾的？”就把后面备用的马借给了裴珙。裴珙很高兴，对两个童仆说：“你们可以慢慢走，到白马寺西面我表兄窦温的别墅投宿，明天再慢慢回家来也可以。”然后就上马飞奔，过了不久，就到了洛阳的上东门，归还了马，郑重地与少年道别。裴珙住在洛水南边，快步前进，到家已是黄昏时分了。进了门，正看见父母和姐妹张灯聚餐。裴珙就上前行礼，连一个看他一眼的人都没有。裴珙伏在台阶下高声说：“我从外地赶回来了！”又没有人听见。裴珙就大声喊弟弟妹妹等，也没有人答应。裴珙心里生气，再次大声呼喊，屋里的人还是不知道。只听见父母叹息说：“珙儿怎么今天没有回来啊？”说着就掉了眼泪，坐着的人都哭了起来。裴珙暗自觉得奇怪：“我难道成了鬼吗？”于是出门去了大道上，徘徊了很久，有一位贵人的随从仪仗非常盛大，远远望见裴珙，就用鞭子指着他说：“那是活人的魂灵。”之后有一个佩着箭囊的人，从大橐鞬者令其闭目，自后推之，省然而苏。其二童皆云："向者行至石桥，察郎君疾作，语言大异，惧其将甚，投于此。既至，则已绝矣。"珙惊叹久之，少顷无恙。（出《集异记》）

舒州军吏

王琪为舒州刺史，有军吏方某者，其家忽有鬼降。自言："姓杜，年二十，广陵富家子，居通泗桥之西。前生欠君钱十万，今地府使我为神神，偿君此债尔。"因为人占候祸福，其言多中。方以家贫告琪，求为一镇将。因问鬼："吾所求可得否？"鬼曰："诺，吾将问之。"良久乃至曰："必得之，其镇名一字正方，他不能识矣。"既而得双港镇将，以为其言无验。未及之任，忽谓方曰："适得军牒，军中令一人来为双港镇将，吾今以尔为皖口镇将。"竟如其言。凡岁余，鬼忽言曰："吾还君债足。"告别而去，遂寂然。方后至广陵，访得杜氏，问其弟子，云："吾弟二子，顷忽病，如痴人，岁余愈矣。"（出《稽神录》）

道左边过来，说："地界神通知，孝廉裴珙，按照命数还不该死。遇到了昆明池神的七公子放鹰回来，七公子把马借给他送他回家，开个玩笑而已。现在应当领他的魂魄回归本体。"那位贵人有些嘲笑地说："小孩子不讲道理，拿人的性命开玩笑。明天我给昆明池神写封信，让他把七公子打一顿管教管教。"贵人来了以后，那佩箭囊的人就喊上裴珙，又出了上东门，从门缝里过去，来到窦庄。裴珙看见自己的身体僵硬地倒着，两个童仆正在那里围着哭泣。带箭囊的让裴珙闭上眼睛，从身后推了他一下，裴珙的尸体清醒地活了过来。他的两个童仆都说："刚才走到石桥上时，发现你突然发作了急病，说话变得很异常，我们怕情况变得更严重，就投宿在这里。到这里的时候，你就已经断了气。"裴珙惊叹了很久，过了不久就没事了。（出《集异记》）

舒州军吏

王琪任舒州刺史时，有个军官方某，家里忽然有鬼降临。自己说："姓杜，二十岁，是广陵的富家子弟，住在通泗桥西面。前生欠了你十万钱，现在地府派我到你家来设神坛施法术，以偿还欠你的这笔债。"于是就为人占卜祸福，预言大多都说准了。方某告诉王琪说自己家穷，请求做一个镇将。于是就问鬼："我所求的能够得到吗？"鬼说："好吧，我这就去问王琪。"过了很久才回来说："一定能够得到，你镇守的地方名字里有一个字是正方形，其他的我认不出来了。"之后方某得到了双港镇将一职，觉得鬼说的话没有灵验。还没等他去双港上任，王琪忽然对方某说："刚才接到军事文书，军中派了一个人过来做双港镇将，我现在任命你做皖口镇将。"到底还是像鬼所预言的一样。这样过了一年多，鬼忽然说："我把你的债还清了。"告别他而去，以后就没有动静了。方某后来到了广陵，寻访到杜家，问他家子弟的情况。说："我弟弟的次子之前忽然得了病，像痴呆的人一样，过了一年多以后好了。"（出《稽神录》）

卷第三百五十九　妖怪一

武都女

武都有一丈夫，化为女子，美而艳，盖女精也。蜀王纳为妃，不习水土，欲去，王留之，乃为东平之歌以乐之。无几物故，王哀之，乃遣五丁之武都，担土为妃作冢。盖地数亩，高七丈，上有石镜。今成都北角武担是也。（出《华阳国志》）

东方朔

汉武帝东游，至函谷关，有物当道，其身长数丈，其状象牛，青眼而曜精，四足入土，动而不徙。百官惊惧，东方朔乃请酒灌之，灌之数十斛而消。帝问其故，答曰："此名忧，患之所生也。此必是秦之狱地，不然，罪人徒作地聚。夫酒忘忧，故能消之也。"帝曰："博物之士，至于此乎！"（出《搜神记》）

双头鸡

汉太初二年，大月氏贡双头鸡，四足一尾，鸣则俱鸣。武帝致于甘泉馆，更有余鸡媲之，得种类也。而不能鸣，非吉祥也，帝乃送还西域。至西关，鸡返顾，望汉宫而哀鸣，言曰："三七末，鸡不

武都女

武都有一个男人，变化成了女子，美丽而且妖艳，其实是个女妖精。蜀王把她纳为妃子，她不习惯蜀地的水土，想要离开，蜀王挽留她，于是演唱《东平之歌》来让她高兴。没过多久她就死了，蜀王哀悼她，就派了五个壮丁去武都，挑来土给她建坟。坟墓占了好几亩地，高七丈，上面有石镜。就是现在成都城北角的武担。（出《华阳国志》）

东方朔

汉武帝到东面去巡游，走到函谷关，有一个怪物挡住了道。这怪物身长几丈，形状像牛，有着青黑色的眼睛和闪闪发光的瞳仁，四只脚陷进土中，挪也挪不动。官员们惊讶恐惧，东方朔就要了酒来灌它，灌了几十斛之后，怪物就消失了。汉武帝问起其中的缘故，回答说："这怪物的名字叫'忧'，是'患'所生的。这里必然是秦朝用作监狱的地方。不然的话，就是罪犯被迁徙之后聚集在这里。酒能让人忘'忧'，因此能够消除这怪物。"皇帝说："博闻强识的士人，都到了这种地步吗？"（出《搜神记》）

双头鸡

汉朝太初二年，大月氏国进贡了一只双头鸡，四只脚一只尾巴，如果打鸣的话两个头一起叫。武帝把它放在甘泉馆里，还有其他的母鸡给它配种，意在得到整个双头鸡的种群。然而双头鸡从此不再鸣，犬不吠，宫中荆棘乱相移，当有九虎争为帝。”至王莽篡位，将军九虎之号。其后丧乱弘多，宫掖中并生蒿棘，家无鸡犬。此鸡未至月支，乃飞，而声似鹍鸡，翱翔云里。（出《拾遗录》）

张遗

桂阳太守江夏张遗，字叔高，居隔陵。田中有大树，十围余，盖六亩，枝叶扶疏，蟠地不生谷草。遣客斫之，斧数下，树大血出。客惊怖，归白叔高，叔高怒曰：“老树汗出，此等何怪？”因自斫之，血大流出，叔高更斫之。又有一空处，白头发翁长四五尺，突出趁叔高。叔高以刀迎斫，杀之。四五老翁并出，左右皆惊怖伏地，叔高神虑恬然如旧。诸人徐视之，似人非人，似兽非兽，此所谓木石之怪，夔魍魉者乎？其伐树年中，叔高辟司空御史兖州刺史。（出《法苑珠林》）

翟宣

王莽居摄，东郡太守翟义知其将篡也，谋举兵。兄宣，教授诸生满堂。群雁数十中庭，有狗从而啮之，皆惊，比救之，皆断头。狗走出门，求不知处。宣大恶之，数日，莽夷其三族。（出《搜神记》）

打鸣，这不是吉兆，皇帝就把它送回西域。到了嘉峪关，双头鸡突然回头看过去，望着汉朝的宫殿，哀戚地啼鸣，用人的语言说："三七末，鸡不鸣，犬不吠，宫中荆棘乱相移，当有九虎争为帝。"到了王莽篡位时，他就是以九虎将军为号。从那以后，战乱越来越多，宫殿掖庭里都长出了野草荆棘，百姓家中连鸡犬都没有了。这只双头鸡还没到月支，就飞走了，声音像是仙鸟鹍鸡，翻飞在云霄之中。（出《拾遗录》）

张遗

任桂阳太守，江夏的张遗，字叔高，家住在隅陵。家附近的田地里有一棵大树，粗十围还多，树荫覆盖了六亩地，枝叶茂密，树下的土地不能长庄稼和草。张遗派门客把树砍掉，砍了几斧头，树流出了很多鲜血。门客吓了一跳，跑回去告诉张遗，张遗生气地说："老树的汗出来了，这种事有什么可奇怪的？"于是自己去砍，血液大量流出，张遗还继续砍。树上有一个空洞，有个白头发的老头身高四五尺，突然冒出来扑向张遗，张遗用刀迎面砍去，把他砍死了，又有四五个老头一起钻出来。张遗身边的人全都吓得伏在地上，张遗的神情态度却还很淡定，和从前一样。大家慢慢地打量那些老头，像人又不是人，像兽又不是兽，这就是人们所说的木石妖怪，像夔龙魍魉之类的吧。就在砍树这年，张遗被征调为司空御史兼兖州刺史。（出《法苑珠林》）

翟宣

王莽摄政的时候，东郡太守翟义知道他将要篡位，谋划起兵。他哥哥翟宣，教了一屋子学生，一群大雁有几十只，落在学堂的院中，有一条狗跟着过来扑咬大雁。大家都很吃惊，等到去救大雁的时候，大雁全都被咬断了头。狗跑出了门，找也找不到去了哪里。翟宣觉得这寓意很不好，过了几天，王莽灭了他家三族。（出《搜神记》）

臧仲英

扶风臧仲英为侍御史，家人作食，有尘垢在焉。炊熟，不知釜处。兵弩自行，火从箧中起，衣尽烧而箧簏如故。儿妇女婢使，一旦尽亡其镜，数日后，从堂下投庭中，言："还汝镜。"女孙年四岁，亡之，求之不知处，二三日，乃于圊中粪下啼。若此非一。许季山上之曰："家当有青狗，内中御者名盖喜，与共为之，诚欲绝之。"杀此狗，遣盖喜归乡里，从之遂绝。仲英迁太尉长史鲁相。（出《搜神记》）

顿丘人

黄初中，顿丘界骑马夜行者，见道中有物，大如兔，两眼如镜，跳梁遮马，令不得前。人遂惊惧堕马，魅便就地犯之。人惧惊怖，良久得解，遂失魅，不知所往。乃更上马，前行数里，逢一人相问讯，因说向者之事变如此，今相得甚欢。人曰："我独行，得君为伴，快不可言。君马行疾前，我在后相随也。"遂共行，乃问："向者物何如，乃令君如此怖？"对曰："身如兔，眼如镜，形状可恶。"人曰："试顾我眼。"又观视之，犹复是也。魅就跳上马，人遂堕地，怖死。家人怪马独归，即行推索，于道边得之，宿昔乃苏，说事如此状。（出《搜神记》）

臧仲英

扶风的臧仲英做侍御史，家中的人做饭时，饭里会有灰土；饭做熟了，饭锅却不知到了什么地方；兵器弓箭会自己到处走。火从衣箱里烧起来，衣服全都烧毁了但箱子却和从前一样；儿媳和侍女，有天早上全都丢失了自己的镜子，几天之后，不知谁把镜子从堂屋下扔进院子里，说：“还你们镜子。”这家孙女四岁时，突然不见了，找也找不到她在哪里，过了两三天，发现她竟然在厕所里的粪便下面啼哭。像这样的怪事不止一件。许季山向他上奏说：“家里应该有条青狗，还有个车夫叫盖喜，和那青狗一起作怪。如果真的想除掉妖怪，就杀掉这条狗，把盖喜遣送回乡。”臧仲英听从了他的建议，接着怪事消失了，臧仲英升为太尉长史、鲁国相。（出《搜神记》）

顿丘人

黄初年间，顿丘地区有个人晚上骑马赶路，看见大道当中有个东西，像兔子那样大，两只眼睛像镜子一样。上蹿下跳地挡着马，让他无法前进。顿丘人被吓得从马上掉下来，怪物就在此地侵犯他。顿丘人吓坏了，过了很久才能够脱身，然后就找不到那个怪物了，不知道它去了哪里。于是又上了马，往前走了几里地，遇见一个人互相问候，于是就说之前遭遇了这样的事故，现在却与他互相投合，谈得很融洽。那人说：“我一个人赶路，能够有你做伴，说不出地高兴。你骑马在前面快些跑，我在后面跟着你。”于是两个人一起走，那人就问：“刚才那个怪物是什么样子，让你这么害怕？”回答说：“身子像兔子，眼睛像镜子，形貌非常让人厌恶。”那人说：“试着过来看看我的眼睛。”顿丘人就看了看他，发现是那个妖怪变的，怪物顺势跳上马，顿丘人就跌到了地上，吓死了。家人很奇怪那马怎么独自回来了，就走过去寻找，在道边找到了顿丘人，过了一夜他才复苏，讲了这件事的情形。（出《搜神记》）

王基

安平太守王基，家数有怪，使管辂筮之。卦成，辂曰："君之卦，当有一贱人生一男，堕地，便走入灶中死；又床上当有一大蛇衔笔，大小共视，须臾便去；又鸟来入室，与燕斗，燕死鸟去。有此三卦。"王基大惊曰："精义之致，乃至于此。幸为处其吉凶。"辂曰："非有他祸，直以官舍久远，魑魅魍魉，共为妖耳。儿生入灶，宋无忌之为也；大蛇者，老书佐也；鸟与燕斗者，老铃下也。夫神明之正者，非妖能乱也；万物之变，非道所止也；久远之浮精，必能之定数也。今卦中不见其凶，故知假托之类，非咎妖之征。昔高宗之鼎，非雉所雊；太戊之阶，非桑所生。然而妖并至，二年俱兴，安知三事不为吉祥？愿府君安神养道，勿恐于神奸也。"后卒无他，迁为安南将军。（出《搜神记》）

应璩

朱建平善相，相应璩曰："君年六十二，位为常伯。先此一年，当独见白狗也。"璩年六十一，为侍中，直内省，忽见白狗，众人悉不见。作急游观，饮宴自娱，六十二卒。（出《魏志》）

公孙渊

魏司马太傅懿平公孙渊，斩渊父子。先时，渊家有犬，著朱帻

王基

安平太守王基，家中屡次有怪异的现象出现，就让管辂占卜这件事。卦算完了，管辂说："您的卦象显示，应该有一个地位低下的人生了一个男孩，孩子一落地，就跑到炉灶里死了；而且床上应当有过一条大蛇衔着笔，大人小孩都来看，很快它就离开了；又有鸟进入屋子里，和燕子打架，燕子死了，鸟就飞走了。有这样三卦吧？"王基大吃一惊说："精通卦理达到极点，居然可以到这样的地步。很荣幸地请你为我算算这些现象的吉凶。"管辂说："不是有什么其他的祸患，只是因为你的房宅太古老了，各种妖魔鬼怪，一起出来作妖罢了。儿子生下来钻进炉灶，这是火神宋无忌干的；大蛇，是老书佐的鬼魂；鸟和燕子打架，是老门官的鬼魂在作怪。本来精神守持正道，不是妖怪所能扰乱的；万物变化，不是道术所能阻止的；年代久远的精怪，一定会达到一个固定的数量。现在卦中并没有看见它不祥，所以知道假托小的怪事的这类妖怪，不是灾祸妖异的征兆。从前商高宗武丁的鼎，不是野鸡停留的地方；商王太戊的宫殿台阶，不是桑树生长的地方。然而妖怪的事情分别都来了，过了两年他们都使国家兴盛，怎么知道这三件怪事就不是吉兆？希望大人安定心神修行正道，不要被怪力乱神吓住。"后来到底也没出什么别的事，王基升为安南将军。（出《搜神记》）

应璩

朱建平擅长看相，给应璩看相说："你的年寿是六十二岁，那时的官位是常伯。在这之前一年，会独自看见一只白狗。"应璩六十一岁时，做侍中，在宫内省值班，忽然看见一只白狗。大家全都没看见。他就赶快游玩观光，饮酒宴会自娱自乐，六十二岁时就去世了。（出《魏志》）

公孙渊

三国曹魏的太傅司马懿平定了公孙渊，斩杀了公孙渊父子。之前

绛衣，襄平城北市生肉，有头目，无手足而动摇。占者曰："有形不成，有体无声，其国灭亡。"（出《搜神记》）

诸葛恪

诸葛恪为丹阳太守，出猎两山之间。有物如小儿，伸手欲引人。恪令伸之，仍引去故地，去故地即死。既而参佐问其故，以为神明，恪曰："此事在《白泽图》内。曰：'两山之间，其精如小儿，见人则伸手欲引人，名曰'傒'，引去故地则死。'无谓神明而异之，诸君偶未之见耳。"（出《搜神记》）

零陵太守女

零陵太守史，阙其名。有女，悦书吏，乃密使侍婢，取吏盥残水饮之。遂有孕，十月而生一子。及晬，太守令抱出门，儿匍匐入吏怀，吏推之，仆地化为水。穷问之，省前事，太守遂以女妻其吏。（出《搜神记》）

荥阳廖氏

荥阳郡有一家，姓廖，累世为蛊，以此致富。后取新妇，不以此语之。曾遇家人咸出，唯此妇守舍。忽见屋中有大缸，妇试发之，见有大蛇，妇乃作汤，灌杀之。及家人归，妇具白其事，举家惊惋。未几，其家疾疫，死亡略尽。又有沙门昙游，戒行清苦。时剡县有一家事蛊，人啖其食饮，无不吐血而死。昙游曾诣之，主人下食，游便咒焉。见一双蜈蚣，长尺余，于盘中走出，游因饱食而归，竟无他。（出《灵鬼志》及《搜神记》）

公孙渊家有一条狗，戴红头巾、穿绛衣。襄平城北的市场上，有一块生肉，有头和眼睛，没有手脚而乱晃荡。占验的人说："虽然有形状但不成样子，虽然有体形但是没有声音，这个国家要亡了。"（出《搜神记》）

诸葛恪

诸葛恪做丹阳太守，出去到两座山之间打猎。有个怪物像个小孩，伸手要拉人。诸葛恪就让它伸手来拉，顺势拉它离开原地，离开原地后它马上就死了。后来随行的辅助官员问其中的缘故，以为那小孩是神灵，诸葛恪说："这事在《白泽图》里有。上面说：'两座山之间，有这种精怪像小孩，见到人就伸手要拉人，名字叫'傒'，拉它离开原来的地方它就死了。'不要认为是神灵而觉得它奇异，你们只是碰巧没有见过罢了。"（出《搜神记》）

零陵太守女

零陵太守史某，名字不见记载。有个女儿，喜欢上了一名书吏，就偷偷派侍女，取来书吏洗漱剩下的水，把它喝了。然后竟然怀孕了，十个月后生了个孩子。等到孩子满周岁，太守让把孩子抱出门，孩子爬到书吏的怀中，书吏一推他，他就倒在地上变成了水。太守不断追问女儿，知道了之前的事，于是就把女儿嫁给了书吏。（出《搜神记》）

荥阳廖氏

荥阳郡有一户人家，姓廖，世世代代养殖蛊虫，靠这个致富。后来娶了一个新媳妇，不把养蛊虫这件事告诉她。有一天，家里人都出去了，只有这个媳妇留守在家。忽然看见屋里有一口大缸，媳妇就试着把缸打开，看见里面有大蛇，她就烧了开水，灌进去把大蛇烫死了。等家里人回来，媳妇详细地说了这件事，全家都惊愕惋惜。没过多久，这家人得了瘟疫，几乎死绝了。还有一个和尚叫昙游，持戒严格、生活清苦。当时剡县有一户人家从事养蛊虫的行当，别人吃了他

陶璜

卢王将陶璜掘地，于土穴中得一物，白色，形似蚕，长数丈，大十围余，蠕蠕而动，莫能名。剖腹，内如猪肪，遂以为臛，甚香美。璜啖一杯，于是三军尽食之。《临海异物志》云："土肉正黑，如小儿臂大，长五寸，中有肠，无目，有三十足，如钗股。大者一头长尺余，中肉味。又有阳遂虫，其背青黑，肠下白，有五色，长短大小皆等，不知首尾所在。生时体软，死则干脆。"（出《感应经》）

赵王伦

永康初，赵王伦篡位。京师得一鸟，莫能名，伦使人持出，周旋城邑以问人。积日，有一小儿见之，自言曰鵂鹠。即还白伦，伦使更求，又见之，乃将入宫。密笼鸟，并闭小儿。明日视之，封闭如故，悉不见。时伦有目瘤之疾，故言鵂鹠。伦寻被诛。（出《广古今五行记》）

张骋

晋大安中，江夏功曹张骋，乘车周旋，牛言曰："天下方乱，吾甚极为，乘我何之？"骋及从者数人皆惊惧，因绐之曰："令汝家的东西，无一例外都吐血而死。昙游和尚曾经拜访过这家人，主人给他食物，他就对食物念咒。见到一对蜈蚣，有一尺多长，从盘子里跑出来，和尚就吃饱了饭回去，到底也没有出什么别的事。（出《灵鬼志》及《搜神记》）

陶璜

卢王的部将陶璜挖地，在地洞中挖出一个东西，是白色的，形状像蚕，长好几丈，粗十围多，还不断地蠕动，没有人能叫得出名字。切开肚子，内面像猪的脂肪，就用来做了肉羹。很香很美味，陶璜吃了一碗，剩下的让三军将士们都吃光了。《临海异物志》里说，“土肉”是纯黑色的，像小孩手臂那样大，长五寸，里面有肠子，没有眼睛，有三十只脚，像发钗的分叉。大的一只有一尺多长，里面吃起来就是肉的味道。还有一种阳遂虫，背是青黑色的，肠下是白色的。这种虫子有五种颜色，长短大小都一样，不知道头和尾在哪里。活着时躯体柔软，死后就变得又干又脆。（出《感应经》）

赵王伦

永康初年，赵王伦篡位。京城里得到一只鸟，没人能叫得出名字。赵王伦派人把它拿出去，在城里到处转悠来向人们询问。过了几天，有一个小孩见到它，说：“鸺鹠。”派出的人就回来告诉赵王伦，赵王伦派他再去找，又见到了那个小孩，就把他带入宫中。用密不透风的笼子关起了鸟，同时也拘押了小孩。第二天一看，关还照旧关着，小孩和鸟都不见了。当时赵王伦得了眼睛上长瘤子的病，给它起名字说是“鸺鹠”，赵王伦很快就被诛杀了。（出《广古今五行记》）

张骋

晋代大安年间，江夏功曹张骋，乘车出去逛，拉车的牛开口说话道：“天下正乱着，我也卖尽了力气，让我拉车要到哪里去？”张骋和还，勿复言。”乃中道还。至家，未释驾，牛又言曰：“归何也？”骋益忧惧，秘而不言。安陆县有善卜者，骋从之，卜之曰：“大凶，非一家之祸，天下将有起兵。一郡之内，皆破亡乎！”骋还家，牛又人立而行，百姓聚观。其秋，张昌贼起，先略江夏，诳曜百姓，以汉祚复兴，有凤凰之瑞，圣人当世。从军者皆绛抹额，以彰火德之祥。百姓波荡，从乱如归。骋兄弟并为将军都尉，未期而败。于是一郡残破，死伤者半，而骋家族矣。京房《易妖》曰：“牛能言，如其言，占吉凶。”（出《搜神记》）

怀瑶

晋元康中，吴郡娄县怀瑶家，闻地中有犬子声隐隐。其声上有小穿，大如螾。怀以杖刺之，入数尺，觉如有物。及掘视之，得犬，雌雄各一，目犹未开，形大于常犬也。哺之而食，左右咸往观焉。长老或云，此名犀犬，得之者家富昌，宜当养活。以为目未开，还置穿中，覆以磨砻。宿昔发视，左右无孔，而失所在。瑶家积年无他福祸也。（出《搜神记》）

裴楷

晋裴楷家中炊，黍在甑，或变为拳，或化为血，或作芜菁子。未几而卒。（出《五行记》）

跟随的几个人，都惊讶恐惧，于是骗它说：“让你回去，你不要再说话了。”因此半路上就回去了。到了家，没有把牛卸下来，牛又开口说话道：“回来是怎么个回来？”张骋更加担忧害怕，隐瞒下来不说出去。安陆县有个善于占卜的人，张骋去找他，占卜这件事说：“大凶，不是一家的灾祸，是整个天下将有人兴起战争。整个郡里，都要败亡了吧。”张骋回到家，那头牛又像人一样站起来用两条腿走路，百姓们都聚集围观。这年秋天，张昌叛军起兵造反，先占领了江夏，蒙骗百姓，说汉朝的国运要复兴，有凤凰的祥瑞，是圣人出现在世间。参加叛军的人都戴着红色抹额，来彰显火德的祥瑞。百姓们人心浮动，投入叛军就像回家那样轻易自然。张骋兄弟两人都做了将军、都尉，没过多久就被打败。于是全郡满目疮痍，死伤的人占到了一半，而张骋家被灭族了。京房的《易妖》中说：“如果牛能够说话，按照它的话，来占卜吉凶祸福。”（出《搜神记》）

怀瑶

晋代元康年间，吴郡娄县怀瑶家里，听见地下有小狗的叫声，隐隐约约的。声音是从一个小洞传上来的，像蚯蚓那么粗。怀瑶用棍子捅它，捅进去几尺，觉得好像有东西。等到挖开来看，挖出了狗，公母各一只，眼睛还没睁开，体形比平常的狗要大。喂它们吃食，周围的人都去看。有一位长者说，这东西名字叫犀犬，得到它以后家里会富裕兴旺，应该养活它。怀瑶觉得它们眼睛还没睁开，就放回了洞里，用磨石盖住。第二天揭开看，周围都没有洞，却找不到犀犬在什么地方，怀瑶家之后多年也没有别的福祸。（出《搜神记》）

裴楷

晋代的裴楷家里做饭，黄米在锅里，有的变成拳头，有的变成血，有的变成芜菁子。没过多久，裴楷就死了。（出《五行记》）

卫瓘

卫瓘家人炊，饭堕地，悉化为螺，出足而行。寻为贾后所诛。（出《五行记》）

贾谧

贾谧字长渊。元康九年六月，夜暴雷电，谧斋柱陷，压毁床帐。飘风吹其服，上天数百丈，久乃下。（出《异苑》）

刘峤

永嘉末，有刘峤居晋陵。其兄蚤亡，嫂寡居。夜，嫂与婢在堂中眠，二更中，婢忽大哭，走往其房，云："嫂屋中及壁上，奇怪不可看。"刘峤便持刀然火，将妇至。见四壁上如人面，张目吐舌，或虎或龙，千变万形。视其面长丈余。嫂即亡。（出《广古今五行记》）

王敦

元帝时，王敦在于武昌。铃下仪仗生花，如莲花，五六日而萎落。干宝曰："荣华之盛，如狂花之不可久也。"敦以逆命自死，加戮其尸焉。（出《广古今五行记》）

王献

王献失镜，镜在罂中，罂才数寸，而镜尺余。以问郭璞，曰："此乃邪魅所为。"使烧车辖以拟镜，镜即出焉。（出《搜神记》）

卫瓘

卫瓘家里的人做饭，饭掉在地上，全都变成了田螺，伸出脚来爬行。很快卫瓘就被贾皇后杀了。（出《五行记》）

贾谧

贾谧字长渊，元康九年六月，夜里突然雷电大作。贾谧房间的柱子倒了，压坏了床帐。狂风吹起他的衣服，直上天空有几百丈高，过了很久才落下来。（出《异苑》）

刘峤

永嘉末年，有个叫刘峤的人住在晋陵。他的哥哥死得早，嫂子寡居。晚上，嫂子和婢女在堂屋里睡觉，二更时分，婢女忽然大哭，跑到刘峤的房间说："嫂子的屋里和墙上，有怪物让人无法直视。"刘峤就拿着刀点着火，带着她过去。见到四面墙上像是人脸，睁着眼睛、吐着舌头，又有的是老虎，有的是龙，千变万化出无数形态。看那人脸有一丈多长。嫂子马上就死了。（出《广古今五行记》）

王敦

晋元帝时，王敦在武昌。大门前檐铃下的仪杖长出了花，像荷花，过了五六天凋谢了。干宝说："荣华富贵的繁盛，就像异常开放的花一样不能长久。"王敦因为违抗圣命而自寻死路，皇帝还砍了他的尸体。（出《广古今五行记》）

王献

王献丢失了一面镜子，后来发现镜子在酒瓮里，瓮才几寸大，而镜子一尺多大。拿来问郭璞，郭璞说："这是妖怪干的。"让他把车轴头的铜键烧化了，做成镜子的样子，掉在瓮里的镜子就出来了。（出《搜神记》）

刘宠

东阳刘宠字道弘，居姑熟。每夜，门庭自有血数斗，不知所从来，如此三四日。后宠为折冲将将军，见遣北征，将行而炊饭尽变为虫，其家人蒸炒亦为虫，火愈猛而虫愈壮。宠遂北征，军败于檀丘，为徐龛之所杀。（出《搜神记》）

桓温府参军

穆帝末年，桓温府参军夜坐，忽见屋梁上有伏兔，张目切齿向之。兔来转近，以刀斫之，见正中兔，而实及伤膝流血。复以刀重斫，又还自伤。幸刀不利，不至于死。（出《幽明录》）

郭氏

毕修之外祖母郭氏，尝夜独寝，唤婢，应而不至。郭屡唤犹尔。后闻蹋床声甚重，郭厉声呵婢，又应诺诺不至。俄见屏风上有一面，如方相，两目如升，光明一屋。手中如簸箕，指长数寸，又挺动其耳目。郭氏道精进，一心至念，凡物乃去。久之，婢辈悉来，云："向欲应，如有物镇压之者，体轻便来。"（出《幽明录》）

刘宠

东阳的刘宠，字道弘，住在姑熟。每天晚上，他家门前院子里都自己出现几斗鲜血，不知从哪里来的，像这样连续过了三四天。后来刘宠担任折冲将军，被派到北方打仗，将要出发的时候做好的饭全都变成了虫子，他家里蒸的和炒的菜也变成了虫子，火越旺虫子就越大。之后刘宠北上打仗，在檀丘打了败仗，被徐龛之杀了。（出《搜神记》）

桓温府参军

晋穆帝末年，桓温的幕府中有个参军夜里坐在那里，忽然看见房梁上有一只趴着的兔子，瞪着眼睛咬牙切齿地对着他。兔子渐渐靠近，参军用刀砍它，看见正好砍中了兔子，实际上却砍到自己的膝盖受伤流血。参军又用刀使劲砍，反而砍伤自己。幸亏刀不快，不至于把自己砍死。（出《幽明录》）

郭氏

毕修的外祖母郭氏，曾经夜里独自睡下，叫婢女，婢女答应了却没有来。郭氏叫了好几次，还是如此。之后听见脚踏床板的声音，很重，郭氏厉声呵斥婢女，婢女又“诺诺”地答应着而不来。突然看见屏风上有一张脸，像是民间送丧时举的方相神，两只眼睛像升一样大，目光照亮了整个屋子。手像簸箕，手指有几寸长，还不时地抽动一下耳朵和眼睛。郭氏修炼道术进步精通，一心一意地凝聚意念，那怪物才离开。过了很久，婢女们全都过来，说：“刚才想要答应召唤来侍奉你，但好像有个东西重重地压着，身子轻便了就过来了。”（出《幽明录》）

卷第三百六十　妖怪二

庾翼

庾翼为南蛮校尉南郡太守，夜登厕，忽见厕中一物，头如方相，两眼大而有光，从土中出。庾乃攘袂，以拳击之，应拳有声，忽失所在。（出《渚宫故事》）

庾谨

新野庾谨母病，兄弟三人，悉在侍疾。忽闻床前狗斗声非常，举家共视，了不见狗。只见一死人头在地，犹有血，两眼尚动。其家怖惧，夜持出于后园中埋之。明旦视之，出在土上，两眼犹尔。即又埋之，后旦已复出。乃以砖著头，令埋之，不复出。后数日，其母遂亡。（出《幽冥录》）

商仲堪

晋商仲堪曾从桓玄行，至鹤穴，逢一老公，驱一青牛，形色瑰异。堪即以所乘牛，易而取之。行至零陵溪，牛忽骏驶非常，因息驾顾之，牛乃径走入江，伺之终日不出。堪心以为怪。未几玄败，堪亦被诛戮矣。（出《幽冥录》）

庾翼

庾翼做南蛮校尉和南郡太守时，夜里上厕所，忽然看见厕所里有个怪物，头像出殡时纸扎的方相神，两眼很大而且闪闪发光，从土里钻出来。庾翼就撸起袖子，用拳头打它，拳头落时怪物应声喊叫，但忽然就不知哪里去了。（出《渚宫故事》）

庾谨

新野的庾谨，母亲生病了，兄弟三人都在身边照顾。忽然听见床前狗打架的声音很是不同寻常，全家一起看，根本看不见狗。只看见一个死人的头在地上，还有血，两只眼睛还在动。家人们十分害怕，在晚上把它拿到后花园里埋了。第二天早上去看，那人头钻到了土的上面，两只眼睛还是那样。马上又把它埋了，第二天早上又出来了。于是用砖头压着人头，再次把它埋掉，就再也不出来了。过了几天以后，庾谨的母亲就去世了。（出《幽冥录》）

商仲堪

晋代的商仲堪曾随从桓玄出行，走到鹤穴这个地方时，遇见了一个老人，赶着一头青牛，牛的样貌十分奇异美丽。商仲堪就用自己驾车的牛，做了交换得到了那头牛。走到零陵溪，那牛忽然跑得很快，不同寻常，因此商仲堪停止驾车把牛卸下来看，牛就径直跑进江水中，等了一整天也不出来。商仲堪心中认为这是妖怪之事。没过多

寿颁

晋孝武大元十二年，吴郡寿颁道志，边水为居。渚次忽生一双物，状若青藤，而无枝叶，数日盈拱。试共伐之，即有血出，声在空中，如雄鹅叫，两音相应，腹中得一卵，形如鸭子，其根头似蛇面眼。（出《异苑》）

李势

蜀王李势宫人张氏，有妖容，势宠之。一旦，化为大斑理蛇，长丈余。送于苑中，夜复求寝床下。势惧，遂杀之。复有郑美人，势亦宠之，化为雌虎，一夕食势宠姬。未几，势为桓温所杀。（出《独异志》）

郗恢

安帝隆安初，雍州刺史高平郗恢家内，忽有一物如蜥蜴，每来，辄先扣户，则便有数枚，便灭灯火。儿女大小，莫不惊惧，以白郗，不信，须臾即来。至龙安二年，郗恢与殷仲堪谋议不同，下奔京师，道路遇害，并及诸子。（出《幽冥录》）

庾寔

义熙中，新野庾寔妻荥阳毛氏，五月暴晒荐席，忽有三岁女在席下卧，惊怛乃灭，女真形在别床如故。不旬日而女夭。（出《五行记》）

久桓玄败亡，商仲堪也被处死了。（出《幽冥录》）

寿颁

晋孝武帝太元十二年，吴郡的寿颁立志学道，靠着水边安家。水中沙洲边上忽然长出一对东西，样子像青藤，但没有枝叶，几天就长到了一抱粗。他试图和大家一起砍它，就有血流出来，有声音在半空中，像公鹅的声音，两个声音相互应和。在怪物的肚子里得到一个蛋，样子像鸭蛋，它根部的一端像蛇的脸和眼睛。（出《异苑》）

李势

蜀王李势宫中的宫女张氏容貌妖艳，李势很宠爱她。有一天白天，张氏变成了一条大斑纹蛇，长一丈多。送到御苑里，晚上它又请求睡在李势的床下。李势感到恐惧，就把它杀了。又有一个郑美人，李势也很宠爱她，后来变成一只母老虎，那天晚上把李势宠爱的妃子吃了。没过多久，李势就被桓温杀了。（出《独异志》）

郗恢

晋安帝隆安初年，雍州刺史高平的郗恢家中，忽然有一个怪物像蜥蜴，每次过来，总是先敲门，然后就来了好几个，于是熄灭了灯火。家中不论男女老幼，都十分惊讶害怕，把事情告诉郗恢，郗恢不信，很快怪物就又来了。到龙安（译者按：应为“隆安”，原文如此）二年时，郗恢和殷仲堪政见不合，就往东南去了京城，走在路上就被杀害了，还把儿子们都牵连了。（出《幽冥录》）

庾寔

义熙年间，新野庾寔的妻子是荥阳的毛氏，在五月晾晒苇草编的席子，忽然发现三岁的女儿躺在席子下面，毛氏吃了一惊，然后女儿就消失了，女儿的身体在另一张床上好好的，和之前一样。不到十天，女儿就夭折了。（出《五行记》）

乞佛炽盘

西秦乞佛炽盘，都长安。端门外又有井，人常宿汲亭水之下，而夜闻磕磕有声，惊起照视，瓮中如血。中有丹鱼，长可三寸，而有寸光。时东羌西虏，互相攻伐，国寻灭亡。（出《异苑》）

姚绍

后秦姚泓义熙十三年，遣叔父大将军绍帅众攻函谷关。厨人为绍炊饭，气蒸汗溜辄成血，腥甚。如此积日，绍心恶之，令勿复炊，乞饭于诸军。后八十日，绍病死，泓为晋将刘裕所擒，斩于建康市。（出《五行记》）

桓振

桓振在淮南，夜闻人登床声，振听之，隐然有声。求火看之，见大聚血。俄为义师所灭。桓振，玄从父之弟。（出《异苑》）

贾弼之

河东贾弼之，晋义熙中，为瑯琊府参军。夜梦一人，面查丑甚，多须大鼻，诣之曰："爱君之貌，欲易头可乎？"弼曰："人各有头面，岂容此理？"明昼又梦，意甚恶之，乃于梦中许之。明朝起，不觉，而人见悉惊走。弼取镜自看，方知怪异。还家，家人悉惊。入内，妇女走藏，曰："那得异男子。"弼自陈说良久，并遣至府检阅，方信。后能半面笑，两手各执一笔俱书，辞意皆美。俄而安帝崩，恭帝立。（出《西明杂录》）

乞佛炽盘

西秦太祖乞佛炽盘，定都在长安。长安端门外还有一口井，人们常常在汲水亭下借宿，就在夜里听见井里有咯咯的有什么声音，惊起之后照亮了看看，缸里像血一样。里面有红色的鱼，长约三寸，而发出的光能照到一寸远。当时东边西边的少数民族，互相攻伐，国家很快就灭亡了。（出《异苑》）

姚绍

后秦的姚泓，在晋安帝义熙十三年，派他的叔父大将军姚绍率领大军攻打函谷关。厨师为姚绍做饭，热气蒸腾起来凝成水珠，流下来总是就变成了血，非常腥。像这样过了好几天，姚绍心里十分厌恶这件事，命令不准再做饭，到各部队去讨饭吃。过了八十天，姚绍得病死了，姚泓被东晋将领刘裕抓住，在建康的市场上斩首。（出《五行记》）

桓振

桓振在淮南时，夜里听见有人爬到床上的声音，把床晃一晃再听，隐隐约约的，是有声音。找来灯火再看，看见一大堆血。不久，桓振就被义军杀死，桓振是桓玄的叔伯弟弟。（出《异苑》）

贾弼之

河东的贾弼之，东晋义熙年间，任为琅琊府的参军。夜里梦见一个人，面貌非常丑恶，长着很多胡须和一个大鼻子，对贾弼之说："我真喜欢你的容貌，想和你交换脑袋可以吗？"贾弼之说："人各有自己的头脸，怎么能有这样的道理？"第二天白天又梦见了，心中对此十分厌恶，就在梦中答应了那个人。第二天早上起来，自己没有察觉，但别人见到他全都吓跑了。贾弼之拿镜子看了看自己，才知道发生了妖异的事。回到家里，家中的人也都很吃惊。进入内室，女眷们跑去躲起来，说："哪里出来的又怪又丑的男人？"贾弼之给自己解

江陵赵姥

江陵赵姥，以酤酒为业。义熙中，屋内土忽自隆起。察为异，朝夕以酒酹土。尝见一物出，头似驴，而地初无孔穴。及姥死，邻人闻土下朝夕有声，如哭。后人掘宅，见一异物，蠢而动，不测大小，须臾失之，谓土龙。（出《异苑》）

诸葛长民

安帝时，诸葛长民为豫州刺史。有捣衣杵相与语，如人声，不可解。令移各一处，俱遥相唤。又长民在豫州时，见屋中柱及椽相间，悉见有如蛇头。令人以刀斫之，应刃藏隐。或一月，或数十日，辄于夜眠中，惊起跳踉，如与人相打。毛脩之尝与之同宿，骇愕不达此意。长民曰："此物奇健，非我无以制之。"毛曰："是何物？"长民曰："我正见一物甚黑，而有手足，不分明，莫知其形状。而来辄共斗，深自惧焉。"长民俄而伏诛。（出《五行记》）

盐官张氏

晋末有张氏，在盐官，闲居端坐，忽闻煎食香。斯须，风吹一盘食至，酒肉肴馔毕备。有黄袍人乘舆来，上床，与张共食。问其姓，含笑不答。久之，登舆而去。后张为孙恩所害而已。（出《广古释了很久，又派人到官府去检验，家人才相信是他。后来他能够只有半面脸笑，两手各拿一支笔同时写字，文采立意都很美。不久晋安帝驾崩，恭帝继位。（出《西明杂录》）

江陵赵姥

江陵的赵老太太，以卖酒为生。义熙年间，屋里的土忽然自己凸了起来。她意识到这是妖异，早晚都用酒祭洒那土。曾经看见一个东西从土里钻出，头像驴，但地上本来并没有孔洞。等到老太太死了，邻居听见土地下面早晚总有声音，像在哭。老太太的后代子孙把宅基地挖开，见到一个怪物，蠢蠢而动，大小不定，很快就不见了，它被叫作土龙。（出《异苑》）

诸葛长民

晋安帝时，诸葛长民任豫州刺史。有几个捣衣棒槌对彼此说话，像人的声音一样，说的话听不懂。让人把它们挪开，各在一个地方，它们都远远地相互呼唤。另外，诸葛长民在豫州的时候，看见屋里的中柱和椽梁上，都有像蛇头一样的东西。让人用刀砍它，蛇头就随着刀刃的动作躲起来。每次这样闹腾，要么一个月，要么好几十天，诸葛长民总是在晚上的睡梦中，惊起蹦跳，好像在和人打架。毛修之曾经和他睡在一起，惊骇错愕不明白他要干什么。诸葛长民说："这个怪物特别有力气，如果不是我，就没办法制服它。"毛修之说："是什么怪物？"诸葛长民说："我正看见一个怪物很黑，有手有脚，但不清楚，不知道它的形状。每次它来我总是和它打斗，自己也很害怕。"诸葛长民不久后就被处死了。（出《五行记》）

盐官张氏

晋朝末年有个叫张氏的人，在盐官镇，闲在家中坐得好好的，忽然闻到煎食物的香气。不一会儿，风吹来了一盘食物，酒肉菜肴俱全。有个穿黄袍的人乘车过来，上了床，和张氏一起吃。问他姓

今五行记》)

王 愉

王愉字茂和。义熙初，愉在庭中行，帽忽自脱，仍乘空，如人所著。及愉母丧，月朝上祭，酒器在几上，酒器须臾下地，覆还登床。寻而第三儿绥怀贰伏诛。(出《异苑》)

朱宗之

会稽国司理令朱宗之，常见亡人殡，去头三尺许，有一青物，状如覆瓮。人或当其处则灭，人去随复见。凡尸头无不有此青物者。又云，人殡时，鬼无不暂还临之。(出《幽冥录》)

虞定国

余姚虞定国，有好仪容，同县苏氏女，亦有美色，定国尝见，悦之。后见定国来，主人留宿。中夜，告苏公曰："贤女令色，意甚钦之，此夕宁能令暂出否？"主人以其乡里贵人，便令女出从之。往来渐数，语苏公："无以相报，若有官事，其为君任之。"主人喜，自尔后有役召事，往造定国，定国大惊曰："都未尝面命，何由便尔？此必有异。"具说之，定公曰："仆宁当请人之父而淫人之女？君复见来，便斫之。"后果得怪。(出《搜神记》)

什么，他笑而不答，过了很久，上车离开了。后来张氏被孙恩杀害了。（出《广古今五行记》）

王愉

王愉字茂和，义熙初年，王愉在院子里走着走着，帽子忽然自己脱去，仍然悬在空中，好像人戴着它时一样。后来在王愉母亲去世的丧期，每月初一献上祭礼，酒器在供桌上，很快落到地上，然后回来又上到床上。很快王愉的第三个儿子王绥因为有反叛之心而被处死。（出《异苑》）

朱宗之

会稽国的司理令朱宗之，常常看见死人出殡，离死人的头三尺多的地方，有一个青色的东西，样子像扣着的罐子。有人在那个地方它就消失，人走了它就又出现了。凡是死人的头都有这个青色的东西，有人说，人死出殡的时候，他的鬼魂都会暂时回来见证这个场景。（出《幽冥录》）

虞定国

余姚的虞定国，有美好的仪表容貌，而同县的苏氏女子，也有美丽的姿色，虞定国曾经见过，心里很喜欢她。后来见到虞定国来苏家，主人留他住下。半夜，虞定国告诉苏家的主人说："您的女儿容貌美好，我心里很倾慕她，今晚能让她出来一趟吗？"主人因为虞定国是当地很受尊敬的人，就让女儿出来和他相见。两人的来往渐渐多了，虞定国对苏家的主人说："我没有什么可以用来报答您的，以后如果有什么公事要办，我大概可以为您承担。"苏家主人很高兴。那之后有官府征召人去服劳役的事情，去找虞定国说情，虞定国大吃一惊说："我从来都没有见过你，怎么就这样呢？这里面一定有问题。"苏家主人就一五一十地把之前的事说了出来，虞定国说："我怎么能向人家的父亲请求去和人家的女儿淫乱之事呢？你如果再看

丁 哗

东阳丁哗出郭，于方山亭宿。亭渚有刘散骑，遭母艰，于京葬还。夜中，忽有一妇，自通云刘女郎，“患疮，闻参军能治，故来耳”。哗使前，姿形端媚。从妇数人，命仆具肴馔。酒酣，叹曰：“今夕之会，令人无复贞白之操。”丁云：“女郎盛德，岂顾老夫？”便令妇取琵琶弹之。歌曰：“久闻忻重名，今遇方山亭。肌体虽朽老，亦足悦人情。”放琵琶，上膝抱头。又歌曰：“女形虽薄贱，愿得忻作婿。缱绻觏良宵，千载结同契。”声气婉媚，令人绝倒。便令灭火，共展好情。比晓，忽不见。吏云，此亭旧有妖魅。（出《幽冥记》）

富阳王氏

宋元嘉初，富阳人姓王，于穷渎中作蟹断。旦往视之，见一材，长二尺许，在断中，而断裂开，蟹都出尽。乃修治断，出材岸上。明往视之，材复在断中，断败如前。王又治断出材，晨视所见如初。王疑此材妖异，乃取内蟹笼中，束头担归，云：“至家，当斧斫然之。”未至家三里，闻笼中窣窣动，转头，见向材头变成一物，人面猴身，一手一足，语王曰：“我性嗜蟹，比日实入水，破君蟹断，入断食蟹，相负已尔。望君见恕，开笼出我。我是山神，当相祐助，并令断大得蟹。”王曰：“汝犯暴人，前后非一，罪自应死。”此物恳告苦请乞放，王回顾不应。物曰：“君何名？我欲知之。”频问不已，王遂不答。去家转近，物曰：“既不放我，又不告

见那个人来到你家，就砍他。”后来果然捉住了冒充虞定国的妖怪。（出《搜神记》）

丁 谇

东阳的丁谇出了外城，在方山亭住下。亭下水边有一位刘散骑，遭逢母亲的丧事，从京城奔丧回家。半夜，忽然有一个女子，自己通报说：“刘郎身上生了疮，听说你能治，所以过来了。”丁谇让她上前，见她姿容形貌端庄妩媚。身后跟着的几个侍女，命令仆人准备了酒菜。酒喝得畅快时，感叹说：“今天晚上这次相会，让人再也没有贞洁清白的操守了。”丁谇说：“女郎你德行盛大，怎么会把我这个老头子放在眼里呢？”说罢就让女子把琵琶取过来弹。女子唱道：“久闻忻重名，今遇方山亭。肌体虽朽老，亦足悦人情。”放下琵琶，坐到丁谇膝上抱着他的头。又唱道：“女形虽薄贱，愿得忻作婿。缱绻觏良宵，千载结同契。”声音气息婉转柔媚，让人拍案叫绝为之倾倒。于是让人熄灭了灯火，两人交欢。等到天亮，女子忽然不见了。有官吏说，这个亭子从前有妖怪。（出《幽冥记》）

富阳王氏

刘宋元嘉初年，富阳有个人姓王，在河汉里布置了捉蟹的竹栅栏。早上去看栅栏，见到一块木头，约二尺长，在栅栏里，栅栏则断裂开来，螃蟹全都跑出去了。他就修整栅栏，把那块木头拿出来放到岸上。第二天去看，那块木头又在栅栏里，栅栏又像之前一样坏了，王某又修好栅栏，把木头扔出去，早上去看又和之前一样。王某怀疑这块木头是妖怪，就把它拿过来放到蟹笼里，从上面扎起来用扁担挑回去，说：“等我到家，我要把它用斧头劈开烧了。”还剩三里地没到家的时候，听见笼子里窸窣响动。转过头去，看见之前那块木头变成了一个怪物，长着人的面孔、猴子的身子，有一只手和一只脚，对王某说：“我秉性嗜好吃螃蟹，这几天其实是我进到水里，弄坏你的栅栏，到栅栏里面去吃蟹，已经这么对不起你了。希望你原谅我何姓名，当复何计，但应就死耳。”王至家，炽火焚之，后寂然无复异。土俗谓之山獠，云知人姓名，则能中伤人，所以勤勤问王，欲害人自免。（出《搜神记》）

乐遐

元嘉九年，南阳乐遐尝在内坐，忽闻空中有人，呼其夫妇名甚急，半夜乃止，殊自惊惧。后数日，妇屋后还，忽举体衣服悉是血。未一月，夫妇相继病卒。（出《幽冥记》）

刘斌

刘斌在吴郡时，娄县有一女，忽夜乘风雨，恍恍至郡城内。自觉去家正一炊顷，衣不沾濡，晓在门上求通，言：“我天使也，府君宜起延我，当大富贵。不尔，必有凶祸。”刘问所来，不自知。后二十许日，刘被诛。（出《幽冥录》）

王徽

元嘉中，交州刺史太原王徽，始拜，乘车出行，闻其前铮锋有声，见一辆车当路，而余人不见，至州遂亡。（出《幽冥记》）

我，打开笼子放我出去。我是山神，会保佑帮助你的，还会让你的栅栏抓到很多螃蟹。”王某说：“你欺负人，前后表现不一致，论罪就应该死。”这个怪物苦苦哀求放掉他，王某回过头去不应答。怪物说：“你叫什么名字？我想知道。”频繁地问个不停，王某就是不回答。离家越来越近，怪物说：“你既不放我出去，也不告诉我姓名叫什么，我还有什么办法，只有赴死罢了。”王某到了家，用大火把那块木头烧了，以后安安静静再也没出什么怪事。当地人的俗语把它叫作山猱。说，它如果知道了人的姓名，就能加害中伤这个人。所以它才不厌其烦地问王某姓名，是为了加害别人来让自己幸免于难。（出《搜神记》）

乐遐

元嘉九年，南阳乐遐曾经坐在内室，忽然听见空中有人急迫地喊着他们夫妇的名字，直到半夜才停下来，乐遐十分惊恐。过了几天，妻子从屋后回来，忽然全身的衣服上都是血。没过一个月，夫妻两人先后病死了。（出《幽冥记》）

刘斌

刘斌在吴郡的时候，娄县有一个女子，忽然在夜里乘着风雨，恍恍惚惚地到了郡城里面。她自己觉得离家恰好只有做顿饭的工夫，衣服并没有被风雨沾湿。早上她在刘斌家门前请求通报，说：“我是上天派来的使者，官人最好起来把我请进去接待，会大富大贵。不这么做的话，一定有灾祸。”刘斌问她从哪里来的，她自己也不知道。之后过了大概二十天，刘斌被杀害。（出《幽冥录》）

王徽

元嘉年间，太原的王徽任交州刺史，刚刚拜官，乘车出行，听见前面有铮铮的声音，看见一辆车挡在了路中间，然而其余人都没看见，结果王徽到了交州就死了。（出《幽冥记》）

张仲舒

张仲舒，元嘉十七年，七月中，晨夕间，辄见门侧有赤气赫然，后空中忽雨绛罗于其庭，广七八寸，长五六寸，皆以笺系之。纸广长亦与罗等，纷纷甚驶。仲舒恶而焚之，信宿，暴疾而死。（出《异苑》）

萧思话

萧思话在青州，常所用铜升，覆在药厨下。忽于其下，得二死雀。思话叹曰："升覆雀殒，其不祥乎？"既而被系。（出《宋书》）

傅氏女

北地傅尚书小女，尝拆荻作鼠，以狡狯，放地，荻鼠忽能行，径入户限土中。又拆荻更作，咒之云："汝若为家怪者，当更行，不者不动。"放地，便复行如前，即掘限内觅，入地数尺，了无所见。后诸女相继丧亡。（出《列异传》）

郭仲产

郭仲产宅在江陵枇杷寺南。宋元嘉中，起斋屋，竹以为窗棂。竹遂渐生枝叶，长数丈，郁然成林，仲产以为吉祥。及孝建中，被诛。（出《述异记》）

刘 顺

宋大明中，顿丘令刘顺，酒酣，蚤入妾许眠。晨起，见榻上有一聚凝血，如覆盆形。刘是武人，了不惊怪，乃令作齑，亲自切

张仲舒

张仲舒，元嘉十七年七月期间，早晨和傍晚，总是看见门边有一团醒目的红色云气，之后天上忽然像下雨一样在他的院子里下了绛红色的罗，宽七八寸，长五六寸，都系着纸笺。纸的长宽也和罗一样，纷纷扬扬飘落得很快。张仲舒感到厌恶，就把这些都烧了，过了两个晚上，突发急病就死了。（出《异苑》）

萧思话

萧思话在清州的时候，常常使用的铜升，扣在药橱下面。忽然在它下面，发现两只死雀。萧思话叹息说："铜升翻倒，雀鸟死葬，恐怕是个不祥的预兆吧？"之后他就被逮捕入狱了。（出《宋书》）

傅氏女

北地郡傅尚书的小女儿，曾经撕开芦苇编成小老鼠，做得很狡黠的样子，放在地上，芦苇编的老鼠忽然能跑了，径直钻进门槛下的土中。她又撕开芦苇编了一只，对它念咒说："你如果是要为我家带来灾异，就还能跑，否则就不动。"放在地上，老鼠就又像之前一样能跑，于是立马在门槛下的土里挖掘寻找，挖进地里几尺深，什么也没看见。后来家中的各个女儿先后死去了。（出《列异传》）

郭仲产

郭仲产的宅第在江陵枇杷寺的南边。南朝宋元嘉年间，建造斋屋，用竹子做窗棂，竹子竟然渐渐生长了枝叶，高达几丈，郁郁葱葱地形成了竹林，郭仲产以为这是吉祥的事情。到了孝建年间，郭仲产被诛杀了。（出《述异记》）

刘　顺

刘宋大明年间，顿丘县令刘顺，喝酒喝高了，早早地进入小妾屋里睡了。早上起来，看见床上有一坨凝固的血，像是扣着的盆的形

血，染虀食之，弃其有余。后十许载，至元徽二年，为王道隆所害。（出《述异记》）

王谭

大明中，琅琊王谭，字思玄，为南阳太守。母丧去职，寄郡城南，设庐位于庭。有一光，大如鸭卵，黄色分明，从东来，入厅事上。俄顷，又二枚续至，其状如前，良久而去。自此夕夕来往，或单至双来，久停则灭，一夜或四五来，如此十许日不见。其年，谭二婢死，明年弟亡，谭患疾，至都而卒。（出《广古今五行记》）

周登之

周登之家在都，宋明帝时，统诸灵庙，甚被恩宠。母谢氏，奉佛法。泰始三年，夏月暴雨，有物形隐烟雾，垂头，属厅事前地，头如大赤马，饮庭中水。登之惊骇，谓是善神降之。汲水益之，饮百余斗，水竭乃去。二年而谢氏亡，后半岁而明帝崩，登之自此事业衰败。（出《述异记》）

黄寻

后魏宣武帝景明年中，海陵人黄寻，先居家单贫，忽风雨飞钱至其家，后巨富，钱至数万。其年被诛。（出《五行记》）

状。刘顺是武将出身，一点也没有惊慌，没有觉得奇怪，就让做了荠菜，亲自把血切碎，蘸荠菜吃了，多的就扔掉了。之后过了十几年，到元徽二年，刘顺被王道隆杀害。（出《述异记》）

王 谭

大明年间，琅琊的王谭，字思玄，担任南阳太守。为母亲服丧离开职任，暂居在郡城南边，在院子里盖了守丧的草房，立了母亲的灵位。有一个发光的东西，像鸭蛋那么大，呈现鲜艳的黄颜色，从东边过来，进到了厅堂上。不久，又有两个接着来了，样子和之前那个一样，很久才离开。从此这怪物夜夜都到这里来往，有时按照单双号来，停留久了就消失，有时一夜来四五次，后来十几天不再来了。这一年，王谭的两个婢女死了，第二年弟弟死了，王谭生了病，到了京城就死了。（出《广古今五行记》）

周登之

周登之的家在京城，宋明帝时，总管各个灵庙，很受皇帝宠信。他的母亲谢氏，奉行佛法。泰始三年，夏天下暴雨，有怪物隐形在烟雾中，低着头，靠近厅堂前面的地方，头像大红马的头一样，喝着院子里的积水。周登之很惊讶，认为是好的神明降下来的。他打了水给它添进去，它喝了一百多斗水，水喝光了才走。过了两年，谢氏就去世了，又过了半年，宋明帝驾崩，从此周登之的家业就衰败了。（出《述异记》）

黄 寻

北魏宣武帝景明年间，海陵人黄寻，起先待在家里孤单贫穷，忽然风雨吹着钱飞到他家，后来他非常富有，光是铜钱就有几万，就在这年他被诛杀了。（出《五行记》）

荆州人

梁元帝天监元年，荆州刑人杀了，其人不僵，首堕于地，动口张目，血如箭，直上丈余，然后如雨细下。是岁荆州大旱，与晋愍帝督运令史淳于伯同。（出《广古今五行记》）

田 骚

田骚，南阳人。梁末，晚暮执弓箭，从妇家还。去舍十里，无伴畏惧。遥望前路坂头，有绯衣小儿，急逐之，及到，问曰："汝何村小儿？"小儿曰："家在树头。"骚谓欺己，谓之曰："吾长者，与尔童稚共语，何为轻薄见报？"更行百许步，至坂头，道边有极大树，小儿径上树，状如猿猴。心以为异，乃张弓绕树觅，见一物如幡，长数丈高而灭。至家，困病几死。（出《五行记》）

邓 差

梁邓差，南郡临沮人，于麦城耕地，得古铜数斛，因此大富。行值雨，止于皂荚树下，遇一老公，谓差曰："君虽富，明年舍神若出，方衰耗之后，君必因火味获殃。"差以为此叟假称邪术，妄求施与，都不采录。明年，宅内见一物，青黑色，似鳖而非，可长二尺许。自出自入，或隐或见，伸缩举头。狗见，辄围绕共吠，吠则缩头，家人亦不敢触。如此者百余日。后有人种作，黄昏从外入，见之，谓是蚖，乃以镰斫之，伤其足血，曳脚入稻积下，因失所在。自后遭火，儿侄丧亡，官役连及。差又于道逢估人，先不相识，道边相对共食，罗布甘美，味皆珍味。二人呼差同饮，谓曰："观君二人，游行商估，势在不丰，何为顿尔珍羞美食？"估人曰："寸光可

荆州人

梁武帝天监元年，荆州给犯人执行死刑，杀完了以后，犯人身子不僵硬，头掉到地上，嘴动眼睁，血像箭一样，一直往上冲了一丈多高，然后像雨一样细细地落下来。这一年荆州大旱，和晋愍帝的督运令史淳于伯那次一样。(出《广古今五行记》)

田骚

田骚，是南阳人，梁朝末年，晚上拿着弓箭从妻子家回去。离家十里地时，由于没有同伴，他感到害怕。远远看见前面路上的坡上，有一个穿红衣的小孩，就急忙去追他，等追到了，就问："你是哪个村的孩子？"小孩说："我家在树顶上。"田骚以为小孩骗他，对小孩说："我是大人，跟你这个小孩说话，你怎么不认真回答我？"又走了一百多步，到了坡顶上，道边有一棵极大的树，小孩径直爬上了树，样子就像猿猴。田骚内心觉得这很奇异，就张起弓绕着树寻找，见到一个东西像旗幡那样，长到几丈高以后就消失了。田骚回家后得了一场大病，差点死了。(出《五行记》)

邓差

梁朝的邓差，是南郡临沮人，在麦城耕田，得到了好几斛古铜，因此发了大财。走路碰到下雨，停在一棵皂荚树下。遇见一个老头，对邓差说："你虽然有钱，明年舍神如果出来，就会衰减你的财运，你一定因为火味而遭灾。"邓差认为这个老头谎称有邪术，妄图让他给钱，完全没有采信。第二年，家中见到一个东西，呈青黑色，像鳖又不是鳖，大概有二尺多长，自己爬进爬出，有时隐形有时显形，伸头缩头抬头，狗看见了，就一起围着它狂叫，狗一叫它就缩头，家里的人也不敢碰它。像这样过了一百多天。后来有人种田，黄昏时分从外面进来，看见了那怪物，说是"蚖"(蜥蜴)，就用镰刀砍它，砍伤了它的脚，血流到脚底，怪物钻到了稻子堆下面，于是就找不到它在哪里了。从这以后邓差家里遭受了火灾。儿子和侄子都死去了，官府惜，人生在世，终止为身口耳。一朝病死，安能复进甘美乎？终不如临沮邓生，平生不用，为守钱奴耳。”差亦不告姓名，默然归。至家，宰鹅以自食，动箸咬骨，哽其喉，病而死。（出《广古今五行记》）

司马申

陈后主时，幸臣司马申任右卫将军，常谮毁朝臣。后于尚书省昼寝，有鸟啄其口，流血及席。时论以谮毁之效，而陈渐微之征，后主竟降。（出《广古今五行记》）

段晖

段晖，字长祚。有一童子辞归，从晖请马，晖戏作木马与之。童子谓晖曰：“吾泰山府君子，谢子厚赠。”言终，乘木马，腾空而去。（出魏收《后魏书》）

的劳役接连派过来。邓差又在路上遇见了商人，最开始不认识，那两人在路边面对面一起吃饭，摆出甘美的食物，都是珍奇美味。两人招呼邓差一起喝酒，邓差说："我看你们两个人，是在外面奔波的行商，按理不会很丰足，为什么一下子吃起这样的美味佳肴呢？"商人说："即使是一寸光阴也值得珍惜，人活在这世上，说到底只是为了口腹之欲罢了。一旦生病死了，还怎么能再吃美味呢？我们可不像临沮的邓生，一辈子不用自己的财富，成了个守财奴。"邓差也没告诉他们自己的姓名，默默地回去，到了家，宰了鹅给自己吃，咬动它的筋骨，却卡住了喉咙，一病就死了。（出《广古今五行记》）

司马申

陈后主在位时，宠臣司马申担任右卫将军，常常诬陷毁谤朝中的大臣。后来白天在尚书省睡觉，有一只鸟啄他的嘴，血流到了席子上。当时人们用诬陷毁谤他人的报应来评论这件事，同时也陈说国势衰败的征兆，陈后主最后还是投降了。（出《广古今五行记》）

段晖

段晖，字长祚，有一个童仆辞职回家，找段晖请求给他马。段晖开玩笑地做了匹木马送给他，童仆说："我是泰山府君的儿子，谢谢你的厚重赠礼。"话说完了，骑着木马，腾空离去。（出魏收《后魏书》）

卷第三百六十一　妖怪三

崔季舒

北齐崔季舒，位至侍中特进。忽尔其家池中莲，皆化为人面，著鲜卑帽。又其妻曾昼寝，见一神人，身长丈余，遍体黑毛，前来逼己。巫曰："此是五道将军，入宅者不祥也。"又庭中忽流血，有一白物，大如斛，白天而下，当其子首，未至尺余，乃灭。季舒又见其家内厅中，有一大手，长丈余，从地而出，满室光耀，问左右，皆云不见。寻以非罪见诛。（出《北史》）

安阳黄氏

北齐武成时，安阳县有黄家者，住古城南。其先累世巨富，有巫师占君家财物欲出，好自防守，若去，家即大贫。其家每夜使人分守。夜有一队人，尽着黄衣，乘马，从北门出。一队白衣人，乘马，从西门出。一队青衣人，乘马，从东园门出。悉借问赵虞家此去近远。当时并忘，去后醒觉，抚心懊悔，不可复追。所出黄白青者，皆金银钱货。良久，复见一人，跛脚负薪而来，亦问赵虞，家人忿极，命奴击之。就视，乃家折脚铛也。自此之后，渐贫，死亡都尽。（出《广古今五行记》）

崔季舒

北齐的时候，有个叫崔季舒的人，官位做到了侍中特进。忽然有一日，他家池塘里的莲花都变成了人的样子，头上还戴着鲜卑人的帽子。并且有一次，他的妻子在白天睡觉时，看见一个神人，神人身高达一丈多，全身长满黑毛，一直向前走近她。请来的巫师说，那神人是五道将军，他到过的房屋都是不吉利的。而且，忽然间庭院里流出血水，从天而降一个像斛那么大的白东西，这白东西掉到离他儿子的头不到一尺远的时候，就不见了。接着，崔季舒还看见在他家内厅里，从地里长出一只大手，这手有一丈多长，长出来时， 满屋充满光亮。他问身旁的人看见了什么，他们都说什么也没看见。不久之后，崔季舒无罪却被杀了。（出《北史》）

安阳黄氏

北齐武成帝时，有个叫黄家的安阳县人，居住在古城南。他的祖先几辈人都非常富有。后来有一个巫师给他占卜，说他家的财物将会散去，告诫他应该注意守护好。如果财物散去了，他家马上就会非常穷困。因此他每天晚上都派人分别看守着各处财产。一天夜里，有一队全都穿黄色衣服的人，骑着马从北门走了出去；一队身穿白衣的人，骑着马从西门走了出去；一队身着青衣的人，骑着马从东园门走了出去。他们都向黄家人打听从这到赵虞家有多远，当时的黄家人都忘了要守护财产的事，等到几队人马离开之后才醒悟过来，他们捶着胸后悔不已，但是已经没办法再去追赶了。那走出去的黄、白、青几队人，全都带着金银钱货。很久之后，又见到一个人瘸着腿

齐后主

北齐后主武平五年，如晋阳，在路，兵人于幕下忽唱叫，讯之，曰："见无数人，皆骑小马如狐，争挥刀梢，故叫之。"（出《广古今五行记》）

王惠照

武平末，广平都省主事王惠照。息休为郡学生，刻木作一小儿，盛衣带里，每食必食之，告云："奴啖。"方自食。自此后迷，为魍魉著之，时饷不饲，则病发垂死。渐不向菜蔬，要索酒肉。休兄窃取，以火焚之，休病转困。其家事急，顾工匠刻木，妙写形状，为置灵床之处。下语云："烧毁我如此，重刻何益？"岁余，休成狂病卒。（出《广古今五行记》）

独孤陀

隋独孤陀，字黎邪，文帝时，为延州刺史。性好左道，其外家高氏，先事猫鬼，已杀其舅郭沙罗，因转入其家，帝微闻之而未信。其姊为皇后，与杨素妻郑氏俱有疾。召医视之，皆曰："此猫鬼疾。"帝以陀后之异母弟，陀妻乃杨素之异母妹也，由是疑陀所背着柴薪的人走了出来，他也向黄家人打听赵虞在哪儿。黄家人听了非常愤怒，便让奴仆们打他。靠近一看，才发现原来是黄家的一口没一条腿的锅。从这之后，黄家渐渐变得贫穷了，当他死后家中便什么都没有了。（出《广古今五行记》）

齐后主

北齐后主武平帝在位第五年的时候，有一天，武平帝在去晋阳的路上，忽然听见兵卒们在帐下大声叫喊，他就问兵卒们为什么大叫，兵卒们说："我们看见有许多人，全都骑着像狐狸大小的马，手上争相挥动着刀枪棍棒，我们非常惊讶，所以就大叫。"（出《广古今五行记》）

王惠照

北齐后主武平帝末年的时候，王惠照担任广平都省的主事。郡里有一个秀才叫息休，他用木头雕了一个小人儿，装在衣服口袋里，每次吃饭都必会给它吃东西，息休对它说："你吃！"小人儿才自己吃。从这以后，息休就被鬼怪附身，变得痴呆，如果吃饭的时候忘记给木人儿吃东西，他就会病得很重。渐渐地，他再也不吃蔬菜了，要吃肉和喝酒。息休的哥哥把小木人儿偷偷拿了出来，放火烧了它，息休的病情变得更严重了。他的家人见事情恶化，就命工匠重新刻了个木人儿，放在息休的灵床下。息休下床说道："把我烧成这样了，重新刻又有何用？"过了一年多，息休就疯了，随后死了。（出《广古今五行记》）

独孤陀

隋朝有个独孤陀，字黎邪。隋文帝在位时期，独孤陀就任延州刺史。他很喜欢旁门邪术。他的外祖父家姓高，之前侍奉猫鬼，已经杀害了他的舅父高沙罗，于是搬来独孤陀家。隋文帝暗中调查到这件事也不相信。独孤陀的姐姐是皇后，她和杨素的妻子郑氏身体都不为。阴令其兄穆以情喻之，上又遣左右讽陀，言无有。上不悦，左迁陀，陀遂出怨言。上令左仆射高颖、纳言苏威、大理杨远、皇甫孝绪杂按之。而陀婢徐阿尼供言："本从陀母家来，常事猫鬼。每以子日夜祀之，言子者鼠也。猫鬼每杀人，被杀者家财遂潜移于畜猫鬼家。"帝乃以事问公卿，奇章公牛弘曰："妖由人兴，杀其人，可以绝矣。"上令犊车载陀夫妻，将死，弟诣阙哀求，于是免死除名，以其妻杨氏为尼。先是有人诉其母为猫鬼杀者，上以为妖妄，怒而遣之。及是，乃诏赦诉行猫鬼家焉。陀亦未几而卒。（出《北史》）

杨素

大业五年，尚书令杨素于东都造宅。潜于宫省，遣人就卫尉少卿萧吉，请择良日入新宅。吉知其不终，乃以书一卷付之。此书专是述死丧之事，素开而恶之，乃焚于前庭。素宅内造沉香堂，甚精丽。初成，闭之三日，然后择日，始开视之，四壁如新血所洒，流于地，腥气触人，素甚恶之，竟遇鸩而死。九年，素长子礼部尚书杨玄感，庭中无故有血洒地，玄感惧，遂举兵反，伏诛。（出《广古今五行记》）

好。叫来医生诊治，都说得了猫鬼病。因为独孤陀是皇后同父异母的弟弟，独孤陀的妻子是杨素同父异母的妹妹，隋文帝就怀疑这事是独孤陀干的。于是暗自命令独孤陀的哥哥独孤穆用亲情来开导他，接着，又派左右的人去劝诫他。他都说不是他干的。皇上很不愉快，就降了他的官位，独孤陀不服，便有了怨言。皇上就派左仆射高颖、纳言苏威、大理杨远和皇甫孝绪一同去审理他。他的一个婢女徐阿尼交代，她先前在独孤陀的母亲家时就经常侍奉猫鬼。每到子夜就祭祀猫鬼，说"子"即老鼠。猫鬼常常杀人，被杀者家里的财物就会偷偷转移到养猫鬼的人的家里。隋文帝就向公卿们询问这件事该怎么办。奇章公牛弘说："妖是因为人而兴起，杀了那个人，妖也会灭绝。"皇上便下令用牛车拉着独孤陀夫妻，要处死他们，独孤陀的弟弟到宫中苦苦哀求，就免了独孤陀一死，除了他的名，并让他妻子杨氏出家当尼姑。先前，有人说过自己的母亲是被猫鬼杀害的，皇上认为是胡言乱语，一气之下把他遣送到了外地。到这时，皇上才下诏书赦免了这一家。不久之后，独孤陀也死了。（出《北史》）

杨素

隋炀帝大业五年，尚书令杨素在东都修建了宅院。他暗自到宫中，派人到卫尉少卿肖吉那里去，求他挑选一个吉日，好搬入新居。肖吉知道杨素不会有好结果，就给了他一卷书。这卷书是专门讲述死丧之事的，杨素打开一看，感到十分厌恶，就拿到前庭烧了。杨素在宅院内建了一座沉香堂，十分精美华丽。刚刚建成的时候，闭门了三日，之后挑选日子，刚打开门看时，四面墙上洒有不少鲜血，流到了地上，腥气熬人，杨素非常讨厌这件事，他最终被毒酒毒死了。大业九年，杨素的长子，礼部尚书杨玄感的院子里无缘无故有血洒落在地上，杨玄感见此非常恐惧，因此起兵造反，但最终伏法被杀。（出《广古今五行记》）

滕景贞

滕景贞在广州七层寺，永徽中，罢职归家。婢炊，釜中忽有声如雷，米上芃芃隆起。滕就视，声转壮。甑上生花数十，长似莲花，色赤如金，俄顷萎灭。旬日，景贞卒。（出《酉阳杂俎》）

元 邃

永淳初，同州司功元邃，其母白日在堂坐，忽见屏外有小人骑小马入来，人长二三尺，马亦相称，衣甲具装，光彩辉日，于庭内巡墙驰走，良久方灭。此后每常欲自杀，合家守之，经年稍怠。母夜卧，以衣置被中自代，便即走出。侍者觉之，分觅，以投于井。比及出之，殆亦绝矣。（出《广古今五行记》）

刘志言

长安刘志言任华州下邽县尉，此廨素凶，遂于里内借宅，然宅内不免有怪。婢晨起理发，梳堕地，婢俯取梳，见床下有布袋，中似有数岁小儿。婢引手取之，袋内跳出。婢惊惧走出，举家就视，了无所见。志言秩满而卒。（出《五行记》）

素 娥

素娥者，武三思之妓人也。三思初得乔氏青衣窈娘，能歌舞。三思晓知音律，以窈娘歌舞，天下至艺也。未几，沉于洛水，

滕景贞

滕景贞住在广州的七层寺里。永徽年中，他卸任回到家中。有一次，他的婢女在做饭时，锅中忽然发出像雷一样的响声，眼看着米就鼓起来。滕景贞走过去看，声音越来越响。甑子上长出了几十朵小花，这小花长得像莲花，颜色像金一样黄，一会儿就枯萎不见了。十天后，滕景贞死了。（出《酉阳杂俎》）

元邃

唐高宗永淳初年，陕西同州司功元邃，大白天他的母亲在屋内坐着，忽然她看见屏外有一个小人儿身骑一匹小马走了进来，这个小人儿有二三尺高，马和他也非常相称，衣服铠甲全副武装，全部俱全，光彩映日，在庭院内沿着墙奔驰而走，过了很久才消失。从那以后她常常想自杀，全家人都看守着她，过了一年，大家对她的看守渐渐松懈了。他的母亲在晚上睡觉的时候，把她的衣服放在被子里面代替自己，随即便跑了出去。待照顾她的人察觉之后，分头去寻她，她已经投井了，等到把她救出来，她几乎已经没命了。（出《广古今五行记》）

刘志言

华州下邽县的县尉是长安人刘志言。他住的宅院一直很不吉利，他就在乡里借房子住，然而宅院里也不免会有鬼怪。有一日早晨，婢女起来梳头，梳子掉到地上，婢女俯下身子捡梳子，看到床底下有一个口袋，里面好像有一个几岁的小孩。婢女伸手去拿，小孩就从袋子里跳了出来，婢女也害怕地跑了出去，全家走进去看，也没看到什么。刘志言刚满任期就死了。（出《五行记》）

素娥

素娥，是武三思的歌伎。此前，武三思得到一个姓乔的丫鬟名叫窈娘，能歌善舞。武三思知晓音乐，他认为窈娘的歌舞，是天底下遂族乔氏之家。左右有举素娥曰："相州凤阳门宋媪女，善弹五弦，世之殊色。"三思乃以帛三百段往聘焉。素娥既至，三思大悦，遂盛宴以出素娥。公卿大夫毕集，唯纳言狄仁杰称疾不来。三思怒，于座中有言。宴罢，有告仁杰者。明日谒谢三思曰："某昨日宿疾暴作，不果应召。然不睹丽人，亦分也。他后或有良宴，敢不先期到门。"素娥闻之，谓三思曰："梁公强毅之士，非款狎之人，何必固抑其性？再宴不可无，请不召梁公也。"三思曰："傥阻我宴，必族其家。"

后数日，复宴，客未来，梁公果先至。三思特延梁公坐于内寝，徐徐饮酒，待诸宾客。请先出素娥，略观其艺。遂停杯，设榻召之。有倾，苍头出曰："素娥藏匿，不知所在。"三思自入召之，皆不见。忽于堂奥隙中闻兰麝芬馥，乃附耳而听，即素娥语音也，细如属丝，才能认辨，曰："请公不召梁公，今固召之，不复生也。"三思问其由，曰："某非他怪，乃花月之妖，上帝遣来，亦以多言荡公之心，将兴李氏。今梁公乃时之正人，某固不敢见。某尝为仆妾，敢无情？愿公勉事梁公，勿萌他志。不然，武氏无遗种矣。"言迄更问，亦不应也。三思出，见仁杰，称素娥暴疾，未可出。敬事之礼，仁杰莫知其由。明日，三思密奏其事，则天叹曰："天之所授，不可废也。"（出《甘泽谣》）

最好的艺术。不久之后，窈娘就淹死在洛水，而乔氏家族也全被杀了。身旁有人向武三思举荐素娥说："在相州凤阳有一个姓宋的老太太，她有一个女儿，擅长弹琴，是一个绝世美人。"武三思就用三百段帛做聘礼娶她。素娥到来之后，武三思非常高兴。他就举办宴会让素娥出来展示。公卿大夫都来了，只有纳言狄仁杰称病没来。武三思很生气，在席间说了些对他不满的话。宴会结束后，有人就将此事告诉了狄仁杰。狄仁杰第二天就去拜见武三思，抱歉地说："我昨日旧病复发，不能来参加宴会。没有见到美人，是自己没有这福气。他日如果再有宴请，我一定提前登门。"素娥听说了，对武三思说："狄仁杰是个刚强正直的人，不是轻率狎狭的人，何必要压抑他的性情呢？再次举办宴会的时候没有他，也请求不要让他来了。"武三思说："如果他拒绝我的宴请，我必定会杀他全家！"

几天后，武三思再一次举办宴会，客人们还没到，狄仁杰果真先到了。武三思特意把狄仁杰请入内室坐着，慢慢喝酒，等待众宾客的到来。狄仁杰请求让素娥提前出来，欣赏她的才艺。于是武三思就放下酒杯，设好坐榻叫素娥出来。过了好一会儿，奴仆出来说："素娥躲起来了，不知道她在哪。"武三思亲自进屋去叫她，也没看见。忽然他在堂屋深处的墙缝中闻到兰麝的香气，就附耳去听，正听到素娥的说话声。她的声音像丝一样细小，刚好可以听清。她说："我请求你不要叫狄仁杰来，今日还是把他请来了，我不能再活下去了。"武三思问她原因，她说："我并非其他的精怪，而是上帝派来的花月之妖。要我用言语迷惑你的心志，来振兴李氏的天下。狄仁杰是现今的正直之人，我根本不敢见他。我曾经做过你的仆妾，不敢无情！希望你能好好任用狄仁杰，不要对他产生其他的想法。否则，武氏家族就会没有后人。"素娥说完，武三思接着问，她已不再回应了。武三思出来，见到狄仁杰，对他说素娥忽然生病了，不能出来行恭敬客人的礼仪。狄仁杰不知道这其中的缘由。第二天，武三思暗中向武则天禀告了这件事。武则天叹道："这是老天的安排，不可以废除。"（出《甘泽谣》）

张易之

张易之将败也，母韦氏，号阿藏，在宅坐，家人报云，有车马骑从甚多，至门而下，疑其内官也。藏出迎之，无所见。又野狐数擎饭瓮墙头而过。未旬日而祸及。垂拱之后，诸州多进雌鸡化为雄鸡者，则天之应也。（出《朝野佥载》）

李承嘉

唐神龙中，户部尚书李承嘉，不识字，不解书，为御史大夫兼洛州长史。名判司为狗，骂御史为驴，威振朝廷。西京造一堂新成，坊人见野狐无数，直入宅。须臾堂舍四裂，瓦木一聚，判事笔管，手中直裂。别取笔，复裂如初。数日，出为藤州员外司马卒。（出《朝野佥载》）

泰州人

太定年中，泰州赤水店，有郑家庄。有一儿，年二十余，日晏，于驿路上，见一青衣女子独行，姿容殊丽，问之，云："欲到郑县，待二婢未来，踌蹰伺候。"此儿屈就庄宿，安置厅中，供给酒食，将衣被同寝。至晓，门久不开，呼之不应。于窗中窥之，惟有脑骨头颅在，余并食讫。家人破户入，于梁上暗处，见一大鸟，冲门飞出。或云是罗刹魅也。（出《朝野佥载》）

张易之

张易之即将败政的时候，他的母亲韦氏，名叫阿藏，有一日在家中坐，家人禀告说，有许多的车马以及骑马的随从，到了门前就下来了，他们怀疑是宫里的官吏。阿藏出门迎接，却什么也没看见，此外，还有野狐几次咬着饭盆越过墙头。不到十天灾祸就来了。在武则天垂拱年之后，各州进献了许多由母鸡变成的公鸡到宫里，这便是武则天当政的预兆。（出《朝野佥载》）

李承嘉

唐朝中宗皇帝神龙年间，当时的户部尚书是李承嘉，他既不认字，也不懂书，却当上了御史大夫，兼洛阳长史。他说判司是狗，辱骂御史是驴，他的威严震慑了朝廷。西京修建了一所堂屋，刚建成时，街坊有人见到无数的野狐径直跳入院中。过了片刻，堂舍就四分五裂了，瓦片木头都堆在一起。判事所用的笔管，一拿在手中就裂开了。他另取一管笔，也像之前那样裂开了。过了几日，李承嘉被贬为藤州员外司马，然后死了。（出《朝野佥载》）

泰州人

武后大足年间，在泰州的赤水店，有一个郑家庄。庄里有一位二十多岁的年轻男子，傍晚时分，他走在驿道上，见到一位青衣女子独自行走。这女子姿态容貌都非常美丽，他便上前询问，女子说她要到郑县，在等两个婢女，婢女还没来，她只好犹豫着等候。年轻人就请这女子到庄上过夜，将她安置在厅堂，给她酒饭吃，还拿来衣服被子与她同睡。到天亮了，房门许久没开，家人喊他也不应。从窗户偷偷往里一看，发现他就只有头骨了，其余部分都被吃掉了。家人们打破窗户冲了进去，在房梁的黑暗处，看见一只大鸟，朝着门飞了出去。有人说，这便是罗刹鬼。（出《朝野佥载》）

梁载言

唐怀州刺史梁载言，昼坐厅事，忽有物如蝙蝠，从南飞来，直入口中，翕然似吞一物，腹中遂绞痛，数日而卒。（出《朝野佥载》）

范季辅

郾城尉范季辅，未娶。有美人崔氏，宅在永平里，常依之。开元二十八年二月，崔氏晨起下堂，有物死在阶下。身如狗，项有九头，皆如人面，面状不一，有怒者，喜者，妍者，丑者，老者，少者，蛮者，夷者，皆大如拳，尾甚长，五色。崔氏恐，以告季辅。问诸巫，巫言焚之五道，灾则消矣。乃于四达路积薪焚之。后数日，崔氏母殂。又数日，崔氏死。又数日，季辅亡。（出《记闻》）

洛阳妇人

玄宗时，洛阳妇人患魔魅，前后术者治之不愈。妇人子诣叶法善道士，求为法遣。善云："此是天魔，彼自天上负罪，为帝所谴，暂在人间。然其谴已满，寻当自去，无烦遣之也。"其人意是相解之词，故求祐助，善云："诚不惜往。"乃携人深入阳翟山中。绝岭有池水，善于池边行禁，久之，水中见一头髻，如三间屋，冉冉而出，至两目，睒如电光。须臾，云雾四合，因失所在。（出《广异记》）

梁载言

唐朝怀州刺史叫梁载言，有一次，他白天坐在厅堂里，突然有一个像蝙蝠的东西，从南边飞来，径直飞入他的口中，嘴巴一张一合间好像吞下了一个东西，于是他的肚子就绞痛，过了几天他就死了。（出《朝野佥载》）

范季辅

陕西鄜城的县尉范季辅，没有娶妻。有个美人崔氏，家住在永平里，经常依靠范季辅。在开元二十八年二月，崔氏早晨起来走下厅堂，看见台阶下死了一个东西，这个东西身形像狗，脖子上长了九个脑袋，都像人的面相，每个面相都不一样，有生气的、高兴的、英俊的、丑陋的、年老的、年幼的、野蛮的、温和的，大小就像拳头。那东西尾巴很长，有五种颜色。崔氏见此非常害怕，就把这事告诉了范季辅。范季辅向巫师询问这件事，巫师告诉他把这东西在道口烧了，灾祸就能消除。范季辅就在路口堆起柴火烧了那东西。几天之后，崔氏的母亲死了。又过了几天，崔氏死了，再过了几天，范季辅也死了。（出《记闻》）

洛阳妇人

唐玄宗在位时期，洛阳有一位妇人得了魔魅之症，前前后后经过了许多位术士的治疗都没能痊愈。她的儿子就去拜见叶法善道士，请求他作法，为母亲驱除邪祟。叶法善道：“这是天魔，由于它在天上犯了错，被玉帝责罚，在人间短暂停留。但是它的责罚期已满，不久之后就会主动离去，无须刻意驱赶它。”妇人的儿子认为这是托词，所以请求道士的庇佑。叶法善说：“确实不是我不肯去，我现在就带着人到阳翟山深处去。”绝岭上有一个池塘，叶法善就在这池边施禁妖邪的法术，过了许久，水中出现一个头髻，有三间屋子的大小，缓缓地露了出来，直到露了两只眼睛，眼睛眨动间如电光。片刻后，云雾从四面升起，它随后就不见了踪迹。（出《广异记》）

裴休贞

金吾将军裴休贞，微时，居教业里。有客过之，休贞饮客，其弟皆预。日晚客去，休贞独卧厅事。昏后，休贞醒，绕床有声曰："哥哥去娘子。"如此不绝。休贞视呼者，状甚可畏，绕之不止。休贞惧，跳门呼奴，奴以灯来，其弟亦至。于是怪依灯影中，状若昆仑，齿大而白，长五尺。休贞弟休元，素多力，击之以拳，应手有声，如击铁石，怪形即灭。其岁，休贞母殂。（出《记闻》）

牛成

京城东南五十里，曰孝义坊，坊之西原，常有怪。开元二十九年，牛肃之弟成，因往孝义，晨至西原，遇村人任杲，与言。忽见其东五百步，有黑气如辒车，凡十余。其首者高二三丈，余各丈余，自北徂南，将至原穷。又自南还北，累累相从。日出后，行转急，或出或没。日渐高，皆失。杲曰："此处常然，盖不足怪。数月前，有飞骑者，番满南归，忽见空中有物，如角驮之像。飞骑刀刺之，角驮涌出为人，身长丈余，而逐飞骑。飞骑走，且射之，中。怪遂少留，又来踵，飞骑又射之，乃止。既明，寻所射处，地皆有血，不见怪。因遇疾，还家，数日而卒。"（出《纪闻》）

裴休贞

金吾将军裴休贞，曾地位低下，居住在教业里。有客人来拜访他，裴休贞就跟客人喝酒，他的弟弟们也都参加了。天色渐晚，客人离去了，裴休贞一个人躺在厅堂里。黄昏后，裴休贞醒了，听到床边有声音在说："哥哥让娘子离去。"这样的声音一直不消。裴休贞看着那说话的人，形状非常可怕，不停地围着床转。裴休贞非常恐惧，跳到门外喊来奴仆，奴仆提着灯来了，他的弟弟也到了。看见那怪物就依在灯影中，样子像昆仑奴，牙齿又大又白，有五尺长。裴休贞的弟弟叫裴休元，平时力气很大，他就用拳打那怪物。打出去的手都伴随回声，那回声就像在击打铁石，那怪物消失了。在那一年，裴休贞的母亲死了。（出《记闻》）

牛成

在京城东南五十里的地方，有一个孝义坊。在孝义坊西方的草原上，经常会出现怪物。开元二十九年，牛肃的弟弟名叫牛成，由于要到孝义坊去，早晨来到西原，遇见了村里人任杲，就与他交谈。忽然在他东边五百步的地方，看到有几十辆像丧车一样的黑气。第一辆车有两三丈高，其他的各一丈多高，从北向南走，快要走到草原的尽头时，又从南折返回来，一辆接着一辆跟随着。太阳出来后，车速就变得很快，时而出现，时而消失。太阳逐渐升高，车辆就全部消失了。任杲说："这里经常会这样，没什么好奇怪的。几个月以前，有个骑马很快的人，急速向南边归去。忽然看见空中出现了一个东西，像长角的驮马。骑马很快的那个人用刀刺它。长角的驮马涌出来，变成了人，身体有一丈多高，反过来追逐飞骑。飞骑跑了，并且回过头来射它，射中了。那怪物短暂停留了一下，又来跟随飞骑，飞骑又射它，它才停下来。天亮之后，找到射它的地方，地上都是血，却没看见那怪物。因此这个人就生病了，回家几天后就死了。"（出《纪闻》）

张翰

右监门卫录事参军张翰，有亲故妻，天宝初，生子，方收所生男，更有一无首孩子，在傍跳跃。揽之则不见，手去则复在左右。按《白泽图》曰，其名曰“常”。依图呼名，至三呼，奄然已灭。（出《纪闻》）

南郑县尉

南郑县尉孙旻，为山南采访支使，尝推覆在途，舍于山馆。忽有美妇人面出于柱中，顾旻而笑。旻拜而祈之，良久方灭，惧不敢言也。后数年，选授桑泉尉，在京遇疾，友人问疾，旻乃言之而卒。（出《记闻》）

李泮

咸阳县尉李泮，有甥勇而顽，常对客自言，不惧神鬼，言甚夸诞。忽所居南墙，有面出焉，赤色，大尺余，趺鼻畋目，锋牙利口，殊可憎恶。甥大怒，拳殴之，应手而灭。俄又见于西壁，其色白。又见东壁，其色青，状皆如前，拳击亦灭。后黑面见于北墙，貌益恐人，其大则倍。甥滋怒，击数拳不去，拔刀刺之，乃中。面乃去墙来掩，甥手推之。不能去，黑面遂合于甥面，色如漆，甥仆地死。及殡殓，其色终不改。（出《记闻》）

张翰

右监门卫录事参军叫张翰，他一个亲友的妻子，在天宝初年生了一个男孩，才把生下的男孩收好，就出现一个无头的孩子在身旁跳跃。用手去抓他就消失了，手收回就又出现在身旁。根据《白泽图》的说法，这无头的孩子叫“常”。依照其上的说法，叫它的名字，当叫到第三遍时，他就会突然消失。（出《纪闻》）

南郑县尉

南郑的县尉名叫孙旻，是山南采访的支使，曾经因为一次复勘狱讼长途跋涉，住在一个山区的驿馆里。忽然有一张美丽的妇女的脸从柱子里出现，望着孙旻笑。孙旻吓得下拜并祷告了许久，那女子的脸才消失。孙旻很害怕，不敢说这件事。过了几年，他被选授为桑泉县尉，在京城生了病，朋友问他病的由来，孙旻就跟朋友说了这件事，之后就死了。（出《记闻》）

李洋

咸阳县尉名叫李洋，他有个外甥非常勇敢顽皮，经常告诉客人自己不害怕鬼神，言语十分夸张荒诞。忽然有一天，他住所的南墙上，出现了一张红色的脸，大小有一尺多，塌鼻子，眍眼，牙齿很锋利，面目十分可恶。李洋的外甥非常生气，挥舞着拳头打过去，随着拳头落下，那脸马上就消失了。过了一会儿，它又出现在西墙上，是张白脸，接着又出现在东墙上，是张青脸。样子还像之前那样。用拳头打，也会消失。后来又有一张黑色的脸出现在北墙上，样子变得更吓人，比先前大了一倍。李洋的外甥被激怒了，连打了几拳也没使它离开，就拔刀刺它，刺中了。那脸面竟然脱离墙壁过来盖住他，李洋的外甥用手推它，却不能把它推开。黑脸就合到了他的脸上，颜色就像黑色的油漆。李洋便倒在地上，死了。一直到出殡，他的脸色一直都没有改变。（出《记闻》）

元自虚

开元中，元自虚为汀洲刺史。至郡部，众官皆见，有一人，年垂八十，自称萧老，“一家数口，在使君宅中累世，幸不占厅堂”，言讫而没。自后凡有吉凶，萧老为预报，无不应者。自虚刚正，常不信之。而家人每夜见怪异，或见有人坐于檐上，脚垂于地；或见人两两三三，空中而行；或抱婴儿，问人乞食；或有美人，浓妆美服，在月下言笑，多掷砖瓦。家人乃白自虚曰：“常闻厨后空舍是神堂，前人皆以香火事之。今不然，故妖怪如此。”自虚怒，殊不信。忽一日，萧老谒自虚云：“今当远访亲旧，以数口为托。”言讫而去。自虚以问老吏，吏云：“常闻使宅堂后枯树中，有山魈。”自虚令积柴与树齐，纵火焚之，闻树中冤枉之声，不可听。月余，萧老归，缟素哀哭曰：“无何远出，委妻子于贼手。今四海之内，孑然一身，当令公知之耳。”乃于衣带，解一小合，大如弹丸，掷之于地，云：“速去速去。”自虚俯拾开之，见有一小虎，大才如蝇，自虚欲捉之，遂跳于地，已长数寸，跳掷不已。俄成大虎，走入中门，其家大小百余人，尽为所毙，虎亦不见。自虚者，亦一身而已。（出《会昌解颐录》）

元自虚

开元年间，元自虚做了汀州刺史。他来到郡部，所有的官员都来拜见他。其中有一个人，年近八十，自称萧老，他说："我一家有好几口人，在这宅子里住了许多辈了，幸好没有霸占您的厅堂。"话一说完就消失了。从此以后，只要有吉凶之事，萧老一定会提早来报告，没有一件事不灵验的。元自虚为人正直，通常不信他的话。然而家人却时常在夜里看见一些怪异的现象。有时看见有人在屋檐上坐着，脚垂到了地上；有时看到三三两两行走在空中的人：有时看到有的人抱着孩子，向别人讨要食物；有时是脸上化着浓妆，身上穿着美丽的衣服的美人，在月光下说笑，总是投掷砖瓦。家人就向元自虚说明了这些现象："曾经听闻厨房后面的空房子是神堂，以前的人都会供奉香火，现在我们没有这样做，所以妖怪才会如此的。"元自虚非常生气，更加不信了。忽然有一天，萧老来拜见元自虚说道："如今我要远行去拜访一位亲友，把我这数口之家托付您照顾了。"萧老说完就离去了。元自虚向老吏询问了这件事。老吏说："曾经听闻，大人堂屋后的枯树中有山野精怪。"元自虚就让人堆起了和树一般高的柴棍，放火烧了它。听到树里有声音在喊"冤枉"，声音凄惨不忍心听下去。过了一个多月，萧老归来，穿着白色衣服哀声哭道："我出远门没几天，把妻子儿女托付在贼人的手里。如今四海之内，只剩我孤身一人。现在应该要让你知道我的厉害了！"于是萧老从衣带上解下一个小盒子，盒子大小像弹丸。他把盒子扔到地上，嘴里说着："赶快离开，赶快离开！"元自虚弯下身子把盒子捡起来打开它，看见盒子里面有一只小老虎，只有苍蝇那么大。元自虚想要抓住它，它就跳到了地上，这时已经长大了几寸。它不停地跳，不一会儿就变成了一只大老虎，跑到中门，元家上下一百多口人全部被它咬死。老虎也不见踪迹了。元自虚也变成剩他孤身一人了。（出《会昌解颐录》）

卷第三百六十二　妖怪四

长孙绎

长孙绎之亲曰郑使君，使君惟二子，甚爱之。子年十五，郑方典郡，常使苍头十余人给其役。夜中，苍头皆食，子独坐，忽闻户东有物行来，履地声甚重，每移步殷然。俄到户前，遂至床下。乃一铁小儿也，长三尺，至粗壮，朱目大口。谓使君子曰："嘻！阿母呼，令吮乳来。"子惊叫，跳入户。苍头既见，遽报使君。使君命十余人，持棒击之，如击石。徐而下阶，望门南出。至以刀斧锻，终不可伤。命举火爇之，火焚其身，则开口大叫，声如霹雳，闻者震倒。于是以火驱之，既出衙门，举足蓦一车辙，遂灭，其家亦无休咎。（出《纪闻》）

韦虚心

户部尚书韦虚心，有三子，皆不成而死。子每将亡，则有大面出手床下，嗔目开口，貌如神鬼。子惧而走，大面则化为大鸱，以翅遮拥，令自投于井。家人觉，遽出之，已愚，犹能言其所见，数日而死。如是三子皆然，竟不知何鬼怪。（出《纪闻》）

长孙绎

长孙绎有个亲戚叫郑使君，他只有两个儿子，郑使君很爱他们。长孙绎的儿子十五岁时，他正在担任郡守，他到郡中做了使君，平常让十几个奴仆为他自己提供服务。夜里，郑使君的奴仆们都在吃饭，他的儿子独坐在一边。忽然听见窗户的东边有什么东西走来，脚步声很沉重，每走一步声音都非常大。过了一会儿，那东西便来到窗前，走到床下。原来是一个铁小孩儿，长了三尺高，非常粗壮，红眼眼大嘴巴。它对郑使君的儿子说道："喂，你妈妈叫你，让你去吃奶！"郑使君的儿子吓得大叫，立即跳到门里去。郑使君的奴仆们知道以后，立即忙向郑使君报告。郑使君派十多个人拿大棒击打那小铁孩，像打石头一样。它慢慢地走下了台阶，朝门的南边走去。甚至用刀斧砍它，也没有砍伤它。又让人用火去烧它，它就张开口大叫，声音像打雷一样，听到的人都震倒地上。于是用火来驱赶它，走出衙门之后，它忽然抬脚踩进车辙里，就消失不见了。郑使君家里却也没发生什么过福事和祸事。（出《纪闻》）

韦虚心

户部尚书名叫韦虚心，他有三个儿子，都没长到成年就死了。并且每个儿子快要死的时候，就有一张大脸从床底下出一来，瞪着眼睛张着嘴，模样像极了鬼神。韦虚心的儿子很害怕就逃跑，大脸就变成了一只猫头鹰，用翅膀遮拦着他，让韦虚心的儿子自己投到井里去。韦虚心的家人发现了，立即救了出来，但是他已经变得非常愚傻了，只能说出他看到了什么。过了几天，韦虚心的儿子就死了。三个孩

裴镜微

河东裴镜微，曾友一武人，其居相近。武人夜还庄，操弓矢，方驰骑，后闻有物近焉。顾而见之，状大，有类方相，口但称渴。将及武人，武人引弓射，中之，怪乃止。顷又来近，又射之，怪复住，斯须又至。武人遽至家，门已闭，武人逾垣而入。入后，自户窥之，怪犹在。武人不敢取马，明早启门，马鞍弃在门，马则无矣。求之数里墓林中，见马被啖已尽，唯骨在焉。（出《纪闻》）

李虞

全节李虞，好大马，少而不逞。父尝为县令，虞随之官，为诸慢游。每夜，逃出自窦，从人饮酒。后至窦中，有人背其身，以尻窒穴，虞排之不动，以剑刺之，剑没至镡，犹如故。乃知非人也，惧而归。又岁暮，野外从禽，禽入墓林。访之林中，有死人面仰，其身洪胀，甚可憎恶，巨鼻大目，挺动其眼，眼仍光起，直视于虞。虞惊怖殆死，自是不敢畋猎焉。（出《纪闻》）

子都是一样，谁也不知道是什么鬼怪。（出《纪闻》）

裴镜微

河东有个人叫裴镜微，曾经和一个练武的人交朋友。他们居住得很近。练武的人夜里回庄里，拿着一把弓箭，正骑马前行，突然听到身后有什么东西走近了。练武的人回头一看，那东西很大，有点类似纸扎的神样，它嘴里称口很渴。要到练武人跟前时，练武人拉弓射那个怪物，射中了，那个怪物便停了下来。没多久它又走近来，练武人继续射箭，怪物又停了下来。但没一会儿又到眼前了。练武人匆忙来到了家门前，但是家门已经关了，他只能翻墙进去。进去之后，从门缝里面往外偷看，那头怪物还在。练武人不敢走出去取马。直到第二天早晨开门，只见马鞍子丢在地上，他的马却不见了。练武人找到几里外的墓地里，只见到马已经被吃光了，就剩下骨头在那里。（出《纪闻》）

李虞

全节有个人叫李虞，喜欢大马，他虽然年少但是不逞强。李虞的父亲曾经做过县令，李虞跟随他的父亲来到官署，为的是能四处游历。他经常夜里从一个地道里钻出来，和别人一起去喝酒。后来有一天他来到地道，看见有人背对着他，用屁股堵住洞口。李虞用手推怎么也推不开。他拿剑去刺，剑已经沉没到剑首里，那东西还不动，李虞才知道不是个人。他害怕了，就返回去了。另外，在一年年底，他正在野外追赶一只鸟，鸟逃到墓丛中。他便追到墓丛中去寻找，却看见有一个死人仰面倒在那里，身上浮肿，模样非常可怕。倒在那里的死人大鼻子大眼睛，推动一下那死人的眼睛，他的眼里仍然有光亮，直直地看着李虞。李虞差一点吓死过去，从此他便不敢再打猎了。（出《纪闻》）

武德县妇人

开元二十八年，武德有妇娠，将生男。其姑忧之，为具，储糗。其家窭，有面数豆，有米一区。及产夕，其夫不在，姑与邻母同膳之。男既生，姑与邻母具食。食未至，妇若饥渴，求食不绝声。姑馈之，尽数人之餐，犹言馁。姑又膳升面进之，妇食食无遗，而益称不足。姑怒，更为具之。姑出后，房内饼盎在焉，妇下床，亲执器，取饼食之，饼又尽。姑还见之，怒且恐，谓邻母曰："此妇何为？"母曰："吾自幼及长，未之见也。"姑方询怒，新妇曰："姑无怒，食儿乃已。"因提其子食之，姑夺之不得，惊而走。俄却入户，妇已食其子尽，口血犹丹，因谓姑曰："新妇当卧且死，亦无遗。若侧，犹可收矣。"言终，仰眠而死。（出《纪闻》）

怀州民

开元二十八年春二月，怀州武德、武陟、修武三县人，无故食土，云味美异于他土。先是，武德期城村妇人，相与采拾，聚而言曰："今米贵人饥，若为生活！"有老父，紫衣白马，从十人来过之，谓妇人曰："何忧无食？此渠水傍土甚佳，可食，汝试尝之。"妇人取食，味颇异，遂失老父。乃取其土至家，拌其面为饼，饼甚香。由是远近竟取之，渠东西五里，南北十余步，土并尽。牛肃时在怀，亲遇之。（出《纪闻》）

武德县妇人

开元二十八年，武德县有一个妇人怀了孕，即将生下一个男孩。她的婆婆很担忧，便为她准备了一些食物。这一户人家很贫穷，只有几升面和几斗米。临近生产的那天晚上，碰巧她的丈夫不在家，她的婆婆和邻居的老太太一起为她做饭。生下男孩之后，她的婆婆和邻居老太太就给她端来吃的东西。还没等吃完，她就像很渴很饿一样，停不下来地要吃要喝。她的婆婆就赶紧给她端来吃的东西。她一下吃了几个人的饭，却还说很饿。她的婆婆又做熟一升的面给她送来，她又吃完了，一点也没剩，还是说不够。她的婆婆生气了，但还是继续给她准备。她的婆婆出去之后，房间里装饼的器皿还在。只见妇人走下床，亲自拿了过来，打开拿饼就吃。饼一下又吃完了。婆婆回来看见，又生气又有点害怕，对邻居老太太说："我这媳妇是怎么了？"邻居老太太说道："我从小到大，也从来没见过这样的。"婆婆正生气地问着，妇人却说道："婆婆不要生气，我把孩子吃了就不饿了。"于是她提起孩子就准备吃。婆婆上去抢夺没夺下来，便吓跑了。不一会儿她又返回来，妇人却已经把孩子吃光了，嘴上的鲜血还是通红的。妇人对着她的婆婆说道："我应该倒下去死了。也不用拉屎了。如果拉屎，还可以收回去呢！"说完，便倒地而死。（出《纪闻》）

怀州民

开元二十八年春天的二月，怀州武德、武陟、修武三个县的人，不知道为什么就开始吃土，还说土的味道很美味，与别的土不一样。刚开始的时候，怀州市武德县期城村的妇人们一起出去采拾，并聚到一起说道："如今大米贵，人又饿，该怎么活呀！"有一个穿着紫色衣服，骑着白马的老头，带领着十几个随从拜访她们，对妇人们说道："何愁没有东西吃？这渠水边的土很好的，能吃，你尝尝看。"于是妇人们拿来土一吃，便觉得味道很美。但是老头却不见了。妇人们便把土带回家去，和上面做成饼，做出来的饼也非常香。

武德县民

武德县逆旅家，有人镤闭其室，寄物一车。如是数十日不还，主人怪之，开视囊，皆人面衣也，惧而闭之。其夕，门自开，所寄囊物，并失所在。（出《纪闻》）

张司马

定州张司马，开元二十八年夏，中夜与其妻露坐。闻空中有物飞来，其声泧泧然，过至堂屋，为瓦所碍。宛转屋际，遂落檐前。因走，司马命逐之，逐者以蹴之，乃为狗音。擒得火照，则老狗也，赤而鲜毛，身甚长，足甚短，可一二寸。司马命焚之，深忧其为怪。月余，改深州长史。（出《纪闻》）

李适之

李适之既贵且豪，常列鼎于前，以具膳羞。一旦，庭中鼎跃出相斗，家僮告适之，乃往其所，酹酒自誓，而斗亦不解，鼎耳及足皆落。明日，适之罢知政事，拜太子少保。时人知其祸未止也。俄为李林甫所陷，贬宜春太守。适之男霅，为卫尉少卿，亦贬巴陵郡别驾。适之至州，不旬月而终。时人以林甫迫杀之。霅乃迎丧至都，李林甫怒犹未已，令人诬告，于河南府杖杀之。適之好饮，退朝后，即速宾朋亲戚，谈话赋诗，曾不备于林甫。初，适之在相位日，曾赋诗曰："朱门长不备，亲友恣相过。今日过五十，不饮复如从此，无论远近的人都争着来挖取这里的土。在河的东边和西边五里之内，南边北边十几步路内，土都被挖取完。那时牛肃也在怀州，亲自遇到过这事。（出《纪闻》）

武德县民

武德县有一家旅店，有个人锁上了一间屋子，将一车的东西寄存了起来。就这样锁了十几天也没人回来取。旅店的主人感到非常奇怪，便打开屋子察看屋子里的口袋。一看，口袋里面都是用来远行的寒衣。旅店的主人感到害怕便裹了起来。当天晚上，那门却自己开了，里边存放的东西全都不见了。（出《纪闻》）

张司马

定州有个人叫张司马，在开元二十八年夏天的一个半夜，张司马和他的妻子在露天地上坐着，突然听到空中有什么东西飞来，那声音像翅膀飞动。那东西来到堂屋，被屋上的瓦片阻拦，便在屋外环绕，接着便落到了房檐前跑。张司马叫人去追，追的人用脚踢那东西，那东西却发出狗的声音。捉到后用火把一照，发现是一条红色的老狗，毛很少，身体却很长，腿很短，能有个一二寸。张司马怕它作怪，便让人用火烧它。一个月之后，张司马便上任深州长史。（出《纪闻》）

李适之

有个人叫李适之，他很富贵，为人又豪爽，经常把鼎摆在庭院前，用它来准备饭食。一天早晨，庭院中的鼎突然跳出来互相打架。家童把看到的报告给了李适之。李适之便来到庭院中，祭酒宣誓。但是鼎还是互相打斗不止，鼎的耳和脚都被打掉了。第二天，李适之就被罢免了丞相之位，改任太子少保。那时人们知道他的祸事还没结束。没多久，他就被李林甫设计陷害，被贬为宜春太守。李适之的儿子叫李雪，是当时的卫尉少卿，也一同被贬为巴陵郡别驾。李适之到了州上，上任没到十天就死了。当时的人们认为他是被李林甫陷害死

何。”及罢相，作诗曰：“避贤初罢相，乐圣且啣杯。借问门前客，今朝几个来。”及死非其罪，时人冤叹之。（出《明皇杂录》）

李林甫

李林甫宅，亦屡有怪妖。其南北隅沟中，有火光大起，或有小儿持火出入，林甫恶之，奏于其地立嘉猷观。林甫将疾，晨起将朝，命取书囊，即常时所要事目也。忽觉书囊颇重于常，侍者开视之，即有二鼠出焉，投于地，即变为狗，苍色壮大，雄目张牙，仰视林甫。命弓射之，殷然有声，狗形即灭。林甫恶之，称疾不朝，其日遂病，不逾月而卒。（出《明皇杂录》）

又

平康坊南街废蛮院，即李林甫旧第也。林甫于正寝之后，别创一堂，制度弯曲，有却月之形，名曰偃月堂。土木华丽，剞劂精巧，当时莫俦也。林甫每欲破灭人家，即入月堂，精思极虑，喜悦而出，其家不存矣。及将败，林甫于堂上，见一物如人，遍体被毛，毛如猪立，踞身钩爪，长三尺余，以手戟林甫，目如电光而怒视之。林甫连叱不动，遽命弧矢。毛人笑而跳入前堂，堂中青衣，遇而暴卒。经于厩，厩中善马亦卒。不累月而林甫败。（出《开天传信记》）

的。李适之的儿子李霅便把他父亲的灵柩运回京都。李林甫怒气还没消退，便让人诬告李霅，在河南府把他打死了。李适之喜欢喝酒，退朝了之后，就找来亲戚朋友，谈话赋诗，从来没有防备过李林甫。当初李适之担任丞相的时候，曾经赋诗说："朱门长不备，亲友恣相过。今日过五十，不饮复如何？"等到李适之被罢免了相位，作诗说："避贤初罢相，乐圣且啣杯。借问门前客，今朝几个来。"李适之不是因为真有罪而死，当时人们都感叹他太冤枉了。（出《纪闻》）

李林甫

李林甫的宅子里，也多次发生妖怪事件。在南北两边的沟壑中，有很大的火光发出，时不时还有小孩拿着火把出入，李林甫很厌恶这种现象，便把这件事上报给皇帝，在那里修建了嘉猷观。在李林甫快要病倒的时候，早晨起来准备上朝，让人把书囊拿来，这是平时必须要做的事情。忽然他觉得书囊很沉重。李林甫的侍从打开书囊一看，有两只老鼠跑了出来。李林甫的侍从把老鼠扔到地上，老鼠立刻变成狗，两只狗都是青色的，又壮又大，张牙舞爪的，仰视着李林甫。李林甫便让人用弓箭射它们，发出了很响的声来，狗的形状便立刻消失了。李林甫很厌恶这件事，就称病不上朝。当天李林甫就病了，一个月不到，他就死了。（出《明皇杂录》）

又

平康坊南街的废蛮院，就是李林甫之前的旧宅子。李林甫在正堂的后面另外造了一个厅堂，结构是弯曲的，有弯月的形状，名叫"偃月堂"，土木建筑用料非常华美，雕刻也很精巧，当时在世上是绝无仅有的。李林甫每次要准备杀人灭口的时候，就会进到偃月堂，深思熟虑后，高兴地走出来，那一户人家就不存在了。等到李林甫要败落的时候，他在偃月堂上看到一个像人的东西，浑身长满了毛，毛就像猪毛那样直立着，身子盘踞着，脚爪弯曲着，有三尺多高，还用手去抓李林甫，眼神如电光一样怒视着李林甫。李林甫连忙出声呵斥它，

杨慎矜

杨慎矜兄弟富贵，常不自安，每诘朝礼佛像，默祈冥卫。一日，像前土榻上，聚尘三堆，如冢状，慎矜恶之，且虑儿戏，命扫去。一夕如初，寻而祸作。（出《酉阳杂俎》）

姜皎

姜皎常游禅定寺，京兆办局甚盛。及饮酒，座上一妓绝色，献酒整鬟，未尝见手，众怪之。有客被酒，戏曰："非支指乎？"乃强牵视，妓随牵而倒，乃枯骸也。姜竟及祸焉。（出《酉阳杂俎》）

晁良贞

晁良贞能判知名，性刚鸷，不惧鬼。每年，恒掘太岁地竖屋，后忽得一肉，大于食魁，良贞鞭之数百，送通衢。其夜，使人阴影听之。三更后，车骑众来至肉所，问太岁："兄何故受此屈辱，不仇报之？"太岁云："彼正荣盛，如之奈何？"明失所在。（出《广异记》）

它动也不动。他急忙命人用箭射它。它却笑着跳到了前堂去，堂中的一位婢女，因为与它相遇而暴死。当它经过马厩时，厩中的好马也都死了。一个月不到，李林甫就败落了。（出《开天传信记》）

杨慎矜

杨慎矜兄弟二人非常富有，平时很不安心，经常去朝拜诘问佛像，默默地请求神仙的佑护。有一天，在神像前的土床上，堆积了三堆灰尘，样子很像坟堆，杨慎矜感到很讨厌，认为是小孩子的把戏，命人清扫了。一夜过后，三堆灰尘依然和之前一样。没多久，灾祸就发生了。（出《酉阳杂俎》）

姜皎

姜皎经常到禅定寺游玩，那时京兆一带很流行设宴聚餐。等到要喝酒的时候，座位上有一位绝色的妓女，整理好头发来献酒，但是大家却没有见到过她的手，大家感到奇怪。其中有一位客人借着酒兴，开玩笑地说道："你不会是六个手指吧？"就硬拉过来看，那妓女随着被拉而倒了下来，原来那妓女竟是一具枯骨架子。姜皎竟然也遇到了祸事。（出《酉阳杂俎》）

晁良贞

晁良贞以擅长断案而出名，他的性情非常刚烈勇猛，不惧怕鬼神。每一年，他总是会挖掘太岁的地建房子。后来有一天他忽然挖到了一块肉，比食魁还要大。晁良贞便将挖到的肉打了几百鞭子，送到大道上。当天夜里，他便派人在有阴影的地方听着。三更过后，很多的车马和骑士来到放肉的地方，对着太岁问道："太岁兄为什么要受这样的屈辱？不报仇吗？"太岁说："他现在正处在荣耀鼎盛时期，能把他怎样？"等到天一亮，那肉就消失了。（出《广异记》）

李氏

上元末，复有李氏家，不信太岁，掘之，得一块肉。相传云，得太岁者，鞭之数百，当免祸害。李氏鞭九十余，忽然腾上，因失所在。李氏家有七十二口，死亡略尽，惟小蒯公尚存。李氏兄弟恐其家灭尽，夜中，令奴悉作鬼装束，劫小蒯，便藏之。唯此子得存，其后袭封蒯公。（出《广异记》）

又

宁州有人，亦掘得太岁，大如方，状类赤菌，有数千眼。其家不识，移至大路，遍问识者。有胡僧惊曰："此太岁也，宜速埋之。"其人遽送旧处。经一年，人死略尽。（出《广异记》）

张周封

工部员外张周封，言旧庄在城东狗架觜西，尝筑墙于大岁上，一夕尽崩。且意其基虚，工不至。率庄客，指挥复筑之。高未数尺，炊者惊叫曰："怪作矣！"遽视之，饭数斗，悉跃出列地著墙，匀若蚕子，无一粒重者，矗墙之半，如界焉。因谒巫，酹地谢之，亦无他。（出《酉阳杂俎》）

王丰

莱州即墨县，有百娃王丰，兄弟三人。丰不信方位所忌，尝于太岁上掘坑，见一肉块，大如斗，蠕蠕而动。遂填其坑，肉随填而

李氏

在上元末年，又有一户姓李的人家，也不相信太岁。在挖地的时候，挖到了一块肉。民间有传说，得到太岁的人，抽打它几百鞭子，就能消除灾祸。李家人打了它九十多鞭子，太岁忽然腾空而起，也不知它去了哪里。李家有七十二口人，几乎都死光了，只有小蒯公还存活着。李氏兄弟怕他家全部死完了，夜里，便让奴仆们全部穿上鬼的服饰，把小蒯公藏了起来。李家只有这个儿子活了下来。后来他世袭封为蒯公。（出《广异记》）

又

在宁州有个人，他也挖到了太岁，太岁的大小像写字的方板，样子像赤菌，长着几千只眼睛。他家人都不认识，便把它挪到大道上，向认识的人四处打听。有一位胡僧惊讶地说道："这可是太岁，应当赶紧把它埋起来！"那人急忙把太岁送回原来的地方。过了一年，这一家人差不多都死光了。（出《广异记》）

张周封

工部员外名叫张周封，说他有一处旧庄在城东狗架的嘴是朝着西面的，曾经在太岁上砌了一面墙。一天晚上，墙全部倒塌了，张周封以为是砌得不结实，做工不精细，便让庄客重新砌。砌了还没几尺高，做饭的人突然惊叫道："妖怪作祟啦！"人们急忙过去看，几斗米做成的饭，全部都跳出来整齐排在地上，附着在墙上，均匀像蚕产的子，没有一粒是重复的。一直排列到墙的一半，就像画有分界线似的。于是便请来了巫师，祭祀祷告。随后也没有发生别的事。（出《酉阳杂俎》）

王丰

莱州即墨县，有一个名叫王丰的百姓，他家兄弟三人。王丰从来不相信方位会有什么禁忌，曾经就在太岁上挖坑，挖出了一块肉，有

出，丰惧弃之。经宿肉长，塞于庭。兄弟奴婢，数日内悉暴卒，惟一女子存焉。（出《酉阳杂俎》）

房 集

唐肃宗朝，尚书郎房集，颇持权势。暇日，私弟独坐厅中，忽有小儿，十四五，髡发齐眉，而持一布囊，不知所从来，立于其前。房初谓是亲故家遣小儿相省，问之不应。又问囊中何物，小儿笑曰："眼睛也。"遂倾囊，中可数升眼睛，在地四散，或缘墙上屋。一家惊怪，便失小儿所在，眼睛又不复见。后集坐事诛。（出《原化记》）

张寅

范阳张寅尝行洛阳故城南，日已昏暮，欲投宿故人家。经狭路中，马忽惊顾，踏局不肯行。寅疑前有异，因视路傍坟，大柱石端有一物，若似纱笼，形大如桥柱上慈台，渐渐长大，如数斛。及地，飞如流星，其声如雷，所历林中宿鸟惊散。可百余步，堕一人家。寅窃记之，乃去。后月余，重经其家，长幼无遗矣。乃询之邻人，云："其妇养姑无礼，姑死，遂有此祸。"（出《广异记》）

斗那么大，缓缓地蠕动。于是王丰就把那坑重新填上了，但是那块肉却随着填土，露了出来。王丰感到害怕，便把那块肉扔掉了。过了一晚，肉慢慢地长大了，堵在院子里。王家兄弟三人和奴婢们在几天内全部都暴死，只有一个女孩还活着。（出《酉阳杂俎》）

房集

唐朝肃宗皇帝在位时期，有一位尚书郎名叫房集非常有权有势。闲暇之日，单独一个人坐在厅堂里，突然有一个十四五岁的头发齐眉的小男孩，手上拿着一个布袋，不知道从哪里走来，站在房集的面前。起初房集以为是亲戚朋友家打发小孩来看望他。他问小孩话，小孩却不回应他。他又问小孩口袋里装的什么东西，小男孩笑着说道："是眼睛。"于是就把口袋翻过来，里边装有几升眼睛。倒出来之后，眼睛散在地上，有的眼睛顺着墙到了屋顶上。房集一家人又惊又怪的时候，小男孩却不知道去哪里了，眼睛也消失了。后来房集因为一些事情被杀了。（出《原化记》）

张寅

范阳的张寅曾经有一次在洛阳故城的南边走路，当时天已黄昏，张寅想到朋友家投宿，在经过一条狭窄的道路时，张寅的马忽然惊恐地望向四周，很拘束，不肯再向前行。张寅怀疑前方有异样，于是看到路边的坟地上有根大石柱，大石柱的一头有一个东西，好像纱笼，形状大小像桥柱上的慈台，慢慢地长大，像几斛那么大，一直长到地上，飞起来像流星一样，它发出的声音像雷声。它所经过的林子的宿鸟都被惊散了。在一百步远的地方，它摧毁了一户人家。张寅暗中把这件事记在了心里，就离开了。后来一个多月过去了，张寅又经过那户人家，一看，男女老少一个都没有剩。张寅便向住在附近的人打听。住在附近的人说，那户人家的媳妇对婆婆不好，婆婆死了之后，就发生了这种祸事。（出《广异记》）

燕凤祥

平阳燕凤祥，颇涉六艺，聚徒讲授。夜与其妻在家中，忽闻外间喑呜之声，以为盗。屣履视之，正见一物，白色，长丈许，在庭中，遽掩入户。渐闻登阶，呼凤祥曰：“夜未久，何为闭户？”默不敢应，明灯自守。须臾，门隙中有一面，如猴，即突入。呼其侣数百头，悉从隙中入，皆长二尺余，著豹皮犊鼻裈，鼓唇睚目，貌甚丑恶。或缘屋壁，或在梁栋间，跳踯在后，势欲相逼。凤祥左右，惟有一枕及妇琵琶，即以掷之，中者便去。至明方尽，遂得免。恍惚常见室中有衣冠大人，列在四壁，云：“我平阳尧平使者。”诸巫祝祠祷之，终不能去，乃避于精舍中。见佛榻下有大面，瞪目视之，又将逃于他所。出门，复见群鬼，悉戏巷中，直赴凤祥，不得去。既无所出，而病转笃。乃多请僧设斋，结坛持咒。亦迎六丁道士，为作符禁咒，鬼乃稍去。数日，凤祥梦有一人，朱衣墨帻，住空中，云：“还汝魂魄。”因而以物掷凤祥，有如妇人发者，有如绛衣者数十枚，凤祥悉受，明日遂愈焉。（出《广异记》）

王 生

永泰初，有王生者，住扬州孝感寺北。夏月被酒卧，手垂于床，其妻恐风射，举之。忽有巨手出于床前，牵王臂坠床，身渐入地。其妻与奴婢共曳之，不禁。地如裂状，初余衣带，顷亦不见。

燕凤祥

平阳有个人叫燕凤祥，擅长六艺，召集弟子们讲学。夜里燕凤祥和妻子在家中，忽然听到外间屋里有呜呜的声音，燕凤祥以为是盗贼，就轻手轻脚地偷看外面，碰巧看到一个东西。那东西是白色的，有一丈多高。它在院子里，很快地就闪进门来，渐渐听到那东西登上台阶的声音。那东西朝着燕凤祥喊道："还不到深夜，为什么关了门？"燕凤祥听了默默地不敢出声，点着灯守在那里。不一会儿，门缝中突然出现了一张脸，像猴。立刻就冲了进来，它喊来了几百个同伴，都从门缝中进来，都有二尺多高，穿着豹皮牛鼻子裤，鼓着嘴巴瞪着眼睛，样貌十分丑恶。有的爬到了屋墙上，有的跳到房屋的梁栋之间，在燕凤祥的身后徘徊，想要向他逼近。燕凤祥的身边，只有一个枕头和妻子的一把琵琶。燕凤祥立即把枕头和琵琶扔了过去，被打中的就离开了。一直到天亮才走光，他这才得以幸免。燕凤祥恍恍惚惚地经常看到屋子里有衣冠楚楚的大人物，出现在房屋四周的墙上，说："我是平阳尧平的使者。"燕凤祥就请来巫师祭祝祷告，但是依然没有去除掉，就躲到精舍里。他看到佛榻下有一张大脸，瞪着眼睛看着他。他又想要逃到别处去，刚出了门，又看见一群鬼，都在胡同里嬉戏打闹，径直向燕凤祥扑去，让他没有办法离开。燕凤祥已经出不去了，他的病就变重了。燕凤祥还请来了许多和尚设斋，筑坛念咒。又请了六个道士，给他画符念咒，鬼才慢慢地离去。几天之后，燕凤祥在睡梦中梦见一个穿着红衣服、头上绑着黑头巾的人，住在空中，说："把魂魄还给你。"那个人就把东西扔给了燕凤祥。有的东西像女人的头发，有的东西像红衣的几十枚，燕凤祥全部接受了，到了第二天病就痊愈了。（出《广异记》）

王生

在永泰初年，有一个叫王生的年轻男子，他居住在扬州孝感寺的北边。在夏天的时候他喝完酒躺在床上，手自然地垂到床下，他的妻子怕他感染风寒，便把他的手举起来。忽然出现一只大手从床前

其家并力掘之，深二丈许，得枯骨一具，已如数百年者。竟不知何怪。（出《酉阳杂俎》）

梁仲朋

叶县人梁仲朋，家在汝州西郭之街南。渠西有小庄，常朝往夕归。大历初，八月十五日，天地无氛埃。去十五六里，有豪族大墓林，皆植白杨。是时，秋景落木，仲朋跨马及此。二更，闻林间槭槭之声，忽有一物，自林飞出。仲朋初谓是惊栖鸟，俄便人仲朋怀，鞍桥上坐。月照若五斗栲栳大，毛黑色，头便似人，眼肤如珠。便呼仲朋为弟，谓仲朋曰："弟莫惧。"颇有膻羯之气，言语一如人。直至汝州郭门外，见人家未寐，有灯火光，其怪欻飞东南上去，不知所在。如此仲朋至家多日，不敢向家中说。忽一夜，更深月上，又好天色，仲朋遂召弟妹，于庭命酌，或啸或吟，因语前夕之事。其怪忽从屋脊上飞下来，谓仲朋曰："弟说老兄何事也？"于是小大走散，独留仲朋。云："为兄作主人。"索酒不已，仲朋细视之，颈下有瘿子，如生瓜大，飞翅是双耳，又是超，鼻乌毛斗锡，大如鹅卵。饮数斗酒，醉于杯筵上，如睡着。仲朋潜起，砺阔刃，当其项而刺之，血流迸洒，便起云："大哥大哥，弟莫悔。"却映屋脊，不复见，庭中血满。三年内，仲朋一家三十口荡尽。（出《乾䐀子》）

伸了过来，把王生拉到床下，王生的身体慢慢地沉入地里。王生的妻子和奴婢们一起去拉他，也不能阻止。地面像裂开了一样，一开始还露有衣带，过了一会儿就不见了。他家人用尽全力往外挖他。挖到两丈深时，却挖到了一具枯骨，好像被埋了几百年似的。竟也不知道到底是什么东西在作怪。（出《酉阳杂俎》）

梁仲朋

叶县有个叫梁仲朋的人，他居住在汝州西郭的街南。渠西有个小村庄，梁仲朋经常早晨出去晚上才回来。大历元年八月十五日，天地之间没有云雾和尘埃。在十五六里外的地方，有一片大家族的墓林，里面种植的树木全是白杨树。这时，秋景里到处是落了叶的树木。当梁仲朋骑着马来到这里时，已经是二更天了。他听到墓林里有风吹叶动的声音。突然有一个东西，从林子里飞了出来。梁仲朋一开始以为是林子里惊起来的栖鸟。不一会儿那东西就飞到了梁仲朋的怀里，坐在了鞍桥上。月光照射之下，那东西就像能装五斗米的箩筐那么大，黑色的毛，头像人一样，眼睛鼓起来像个圆球。它称梁仲朋为弟，对梁仲朋说："老弟不要怕。"它身上有很大的腥膻味，说话完全像个人。梁仲朋一直走到了汝州城门外，看到城里面还有灯火的光亮，还有人家没有睡觉，那怪物便忽然向东南方向飞去了，不知它飞到哪里去了。就这样梁仲朋回到家很多天，都不敢跟家里人说这件事。突然在一天夜里，夜深了，月亮升了起来，而且天气很好。于是梁仲朋就叫来弟弟妹妹们，在院子里喝酒，有的放声长啸，有的吟诵。他便讲了前几天晚上发生的那件事。就在这时，那怪物忽然从屋顶上飞下来，对梁仲朋说："老弟说我什么事啊？"于是老老少少便都散去了，只有梁仲朋留了下来。那怪物对梁仲朋说："今天我做东。"它不停地向梁仲朋要酒。梁仲朋细细地看了看它，看见它脖子的下面长了个瘤，像瓜那么大，用来飞的翅膀便是它的两只耳朵，它鼻子上的黑毛交杂着，鼻子大得像鹅蛋。它喝了几斗酒后，便醉在了酒桌上，似乎睡着了。梁仲朋悄悄地起来，磨了一把大刀，朝着它的

脖子刺去，血喷涌洒落。它起来对梁仲朋说：“大哥大哥，老弟别后悔。”它退出去躲在屋顶上，再也没有出现过。院子里到处都是血。在三年内，梁仲朋家三十口人全都死了。（出《乾𦠆子》）

卷第三百六十三　妖怪五

韦　滂

唐大历中，士人韦滂，膂力过人，夜行一无所惧。善骑射，每以弓矢随行。非止取鸟兽烹炙，至于蛇蝎、蚯蚓、蜣螂、蝼蛄之类，见则食之。尝于京师暮行，鼓声向绝，主人尚远，将求宿，不知何诣。忽见市中一衣冠家，移家出宅，子弟欲鏁门。滂求寄宿，主人曰："此宅邻家有丧，俗云，妨杀人宅，当损人物。今将家口于侧近亲故家避之，明日即归。不可不以奉白也。"韦曰："但许寄宿，复何害也。杀鬼吾自当之。"主人遂引韦入宅，开堂厨，示以床榻，饮食皆备。滂令仆使歇马槽上，置烛灯于堂中，又使入厨具食。食讫，令仆夫宿于别屋，滂列床于堂，开其双扉，息烛张弓，坐以伺之。至三更欲尽，忽见一光，如大盘，自空飞下厅北门扉下，照曜如火。滂见尤喜，于暗中，引满射之，一箭正中，爆然有声。火乃掣掣如动，连射三箭，光色渐微，已不能动。携弓直往拔箭，光物堕地。滂呼奴，取火照之，乃一团肉，四向有眼，眼数开动，即光。滂笑曰："杀鬼之言，果不虚也。"乃令奴烹之，而肉味馨香极甚。煮令过熟，乃切割，为齑啖之，尤觉芳美。乃沾奴仆，留半呈主人。至明，主人归，见韦生，喜其无恙。韦乃说得杀鬼，献所留之肉，主人惊叹而已。（出《原化记》）

韦滂

唐朝大历年间，有一位名叫韦滂的读书人，他的臂力超常人，在夜里行走什么都不害怕。他擅长骑马射箭，走路时经常把弓箭佩在身上。不只是猎取飞鸟走兽，将它们烹调而食，甚至连蛇、蝎子、蚯蚓、蜣螂和蝼蛄这些，看见了都吃掉。曾经有一天夜里，他在京城里行走，鼓声马上要停止了，但离家还很远，需要找个地方住，还不知道要到哪里去。忽然看见市中有一个士大夫的家，要搬出宅院。子弟正准备锁门。韦滂就上前去请求借宿一晚。主人说："这宅院的邻居家举办了丧事。俗话说，但凡害人的杀气进入了宅院，就会损害人和物品。现在我把家人安置在附近的亲友家避一避，明天就回来。我不能不如实奉告。"韦滂道："只需要你让我在这里住一晚，又不会有什么害处。杀鬼的事情我自己来做！"于是主人就领着韦滂进了宅子，打开了堂屋和厨房，还告诉了他床榻在哪儿，吃的喝的都有准备。韦滂命仆人把马拴到马槽上，把灯放在堂屋中间，又让他到厨房做饭。吃完饭后，韦滂让仆人睡在别的屋子里，他自己把床摆放在堂屋中，打开两扇门，熄灭了灯，拉开弓箭，坐在那里等。等到三更马上要结束的时候，忽然看见有一团光亮，像一个大盘子，从空中飞下，飞到厅堂的北门之下，像火一般照耀着。韦滂见了非常高兴，在暗处拉满弓射了过去。第一箭刚好射中，发出了爆炸的声音。火光一抽一抽地似乎在动，接着他又连着射了三箭，火光渐渐变弱，已经动弹不得了。韦滂拿着弓箭径直过去拔出箭，那发光的东西坠落在地上。韦滂叫来奴仆拿火一照，是一团肉。那肉上的四个方位有眼睛，眼睛几次开合，就有光。韦滂笑着说："我说杀鬼的话，果真不是假的。"他让仆人把肉煮了。肉的味道非常香。等煮到烂熟，才将肉切割，再剁成细末儿吃它，更感觉十分香美。他还分了一些给奴仆吃，留了一半献

柳氏

唐大历中，有士人，庄在渭南，遇疾卒于京。妻柳氏，因庄居。有一子，年十一二。夏夜，其子忽恐悸不眠。三更后，见一老人，白衣，两牙出吻外。熟视之，良久渐近前。有婢眠熟，因扼其喉，咬然有声，衣随手碎，攫食之。须臾骨露，乃举起，饮其五藏。见老人口大如箕，子方叫，一无所见，婢已骨矣。数月后，亦无他，士人祥斋。日暮，柳氏露坐纳凉，有胡蜂绕其首面，柳氏以扇击堕地，乃胡桃也。柳氏取置堂中，遂长。初如拳如碗，惊顾之际，已如盘矣。嚗然分为两扇，空中转轮，声如分蜂。忽合于柳氏首，柳氏碎首，齿著于树。其物飞去，竟不知何怪也。（出《酉阳杂俎》）

王愬

建中三年，前杨府功曹王愬，自冬调选，至四月，寂无音书。其妻扶风窦氏，忧甚。有二女，皆国色。忽闻门有卖卜女巫包九娘者，过其巷，人皆推占事中，遂召卜焉。九娘设香水讫，俄闻空间有一人下，九娘曰："三郎来，与夫人看功曾有何事？更无音书，早晚合归！"言讫而去。经数刻，忽空中宛转而下，至九娘喉中曰："娘子酬答何物？阿郎归甚平安。今日在西市绢行举钱，共四人长行。

给主人。天亮了，主人回来，见到韦滂安然无恙而感到高兴。因此韦滂把昨晚杀鬼之事讲给主人听，献上留给主人的肉，主人惊叹不已。（出《原化记》）

柳氏

唐朝大历年间，有一位读书人，他的村庄在渭南，遇上了疾病死在了京城。他的妻子柳氏，继续住在村庄里。她有一个十一二岁的儿子。夏天的一个夜晚，她的儿子忽然感到害怕惊悸而不敢睡觉，在三更之后，看见一位穿着白衣的老者，两个牙齿长出了嘴巴外面。他仔细地看了好久，才慢慢走上前去。有一位婢女睡得很熟，于是他就掐住她的喉咙，发出咀嚼的声音。婢女的衣服被他的手扯破了，他抓起来就吃。不一会儿就吃得露出了骨头，接着他又把她举了起来，喝她的五脏。看见老人的嘴巴像簸箕那么大，儿子刚大声喊叫，却什么也看不见了。婢女这时已经只剩下骨头了。几个月后，也没发生别的事情。后来一天傍晚，柳氏坐在露天地上乘凉，有一只胡蜂围着她的头飞来飞去，柳氏就用扇子把胡蜂打落到地上，发现是一颗胡桃。柳氏拿起胡桃放到堂屋里，于是胡桃就开始长了起来，一开始长得像拳头，像碗那么大，看得很吃惊的时候，已经像盘子那么大了。忽然分成两扇，在空中旋转，声音就像要分开的一窝蜂子。忽然这两扇合在柳氏头上，柳氏的头就碎了，她的牙齿崩在了树上。那怪物也飞走了。竟不知道到底是什么怪物。（出《酉阳杂俎》）

王愬

唐朝建中三年，前杨府功曹王愬，从冬天就调到京城来选官，一直到第二年四月也没有他的消息和书信。他的妻子窦氏，是扶风人，十分担心。他有两个女儿，都有着倾国的美色。有一个以占卜为生的女巫包九娘经过这条巷子。人们都举荐她占卜，因为她非常灵验，于是就请她来占卜。包九娘摆好了香和水等，片刻间就听到上空有一个人落了下来。包九娘说道："三郎过来给夫人看看，王功曹到底发缘选场用策子，被人告，所以不得见官。作行李次，密书之。”五月二十三日初明，愬奄至宅，窦氏甚喜。坐讫，便问：“君何故用策子，令选事不成？又于某月日西市举钱，共四人长行。”愬自以不附书，愕然惊异，妻遂话女巫之事。即令召巫来，曰：“忽忧，来年必得好官。今日西北上有人牵二水牛，患脚，可勿争价买取。旬月间，应得数倍利。”至时，果有人牵跛牛过，即以四千买买。经六七日，甚肥壮，足亦无损。同曲磨家，二牛暴死，卒不可市，遂以十五千求买。

初，愬宅在庆云寺西，巫忽曰：“可速卖此宅。”如言货之，得钱十五万。又令于河东，月僦一宅，贮一年已来储。然后买竹，作粗笼子，可盛五六斗者，积之不知其数。明年春，连帅陈少游议筑广陵城，取愬旧居，给以半价。又运土筑笼，每笼三十文，计资七八万，始于河东买宅。神巫不从包九娘而自至，曰：“某姓孙，名思儿，寄住巴陵。欠包九娘钱，今已偿足。与之别归，故来辞耳。”吁嗟久之，不见其形。窦氏感其所谋，谓曰：“汝何不且住，不然，吾养汝为儿，可乎？”思儿曰：“娘子既许，某更何愁？可为作一小纸屋，安于堂檐。每食时，与少食，即足矣。”窦氏依之。

生了什么事？又没有消息和书信，什么时候才能回来？”包九娘刚说完，三郎就离开了。过了几刻钟，三郎忽然从空中宛转地落下来，到包九娘的喉咙里，用她的声音说：“娘子用什么东西酬谢我？你的夫君会平安地回来。如今他在西市的绢行里做买卖赚钱，一共有四个人长期与他同行。是因为他在选场上考试的时候把书策带了进去，被人举报，因此才没有选到官位。他偷偷写下文字的书策就藏在行李中。”五月二十三日天刚亮，王愬忽然就回到了家中。窦氏十分高兴，待他坐下之后，妻子就问：“你为什么把书策带进选场，使得选官的事情失败？还在某月某日那天在西市做买卖赚钱，一共有四个人长期与你结伴而行。”果然，王愬因为自己没给妻子写信，妻子却知道得如此详细而感到愕然奇怪。妻子于是就说出了让女巫来占卜的事情。王愬马上让妻子找来女巫。女巫说：“你无须烦恼，明年你一定能得到一个好官职。今天的西北方向，有人牵着两头患有脚病的水牛，你无须讲价就能把它们买下来。过了十天半月就能获得高几倍的收益。”到那时候，果真有人牵着瘸脚的牛经过。王愬就用四千钱买下了。过了六七天，牛变得更加肥壮，脚也不瘸了。同乡有一户以推磨为业的人家，他家的两头牛突然死了，一直没能买到牛，于是就用十五千钱来买王愬的两头牛。

之前王愬的宅院在庆云寺的西边，女巫突然告诉他：“你要快点把这所宅子卖了！”王愬听了女巫的话，把宅子卖了，得到了十五万钱。女巫又让他在河东租了一处宅子，用一年的时间来攒钱。攒的钱用来买竹子，编织粗笼子。编的都是可以装五六斗的笼子，编完就累积起来，已经累积不知多少个。第二年春天，连帅陈少游提出要修建广陵城，占用了王愬的旧房子，只给了一半的价钱。还要用笼子来运土，每个笼子给三十文钱，王愬总计拿到七八万钱，这才在河东买了宅院。有一天，神巫没有跟着包九娘一起而是自己来了，他说：“我姓孙，名叫思儿，住在巴陵。之前欠包九娘的钱，如今都已经还清。已经与她辞行要回家，所以过来与你们告别。”神巫叹了许久的气，却一直不见他的身形。窦氏非常感谢他多次出谋帮助，就对他说：“你为何不暂时住下来？要不，我把你当作儿子养着，可以吗？”思儿月余，遇秋风飘雨，中夜长叹，窦氏乃曰：“今与汝为母子，何所中外？不然，向吾床头柜上安居，可乎？”思儿又喜，是夕移入。便问拜两娣，不见形，但闻其言。愬长女好戏，因谓曰：“娣与尔索一新妇。”于是纸画一女，及布彩缋，思儿曰：“请如小娣装索。”其女亦戏曰：“依尔意。”其夜言笑，如有所对。即云：“新妇参二姑姑。”愬堂妹事韩家，住南堰，新有分娩。二女作绣鞋，欲遗之。方命青衣装，思儿笑，二女问笑何事，答曰：“孙儿一足肿，难著绣鞋。”窦氏始恶之，思儿已知。更数日，乃告辞，云：“且归巴陵，蒙二娣与娶新妇，便欲将去。望与令造一船子，长二尺已来。令娣监将香火，送至扬子江，为幸足矣！”窦氏从其请。二女又与一幅绢，画其夫妻相对，思儿着绿秉板，具小船上拜别。自其去也，二女皆若神不足者。二年，长女嫁外兄，亲礼夜，卒于帐门。以烛照之，其形若黄叶尔。小女适张初，初嫁亦如其娣。愬终山阳郡司马。（出《乾𦠆子》）

李哲

唐贞元四年春，常州录事参军李哲家于丹阳县东郭。去五里说："娘子既然答应了，我还有什么可忧愁的！您可以给我做一个小纸屋，安放在堂屋的屋檐下。每到吃饭的时候，给我一点点吃的就足够了。"窦氏依着他的话做了。

过了一个多月，碰上了秋风飘雨，思儿在夜里长叹。窦氏就对他说："如今，我和你是母子，还有什么里外之分！要不，你住到我床头的柜子上，可以吗？"思儿很高兴，那天晚上就搬了进来。还拜问了两位姊妹，依然见不到他的身形，只能听到他的说话声。王愬的大女儿很喜欢开玩笑，就对他说："让我为你找一个新媳妇！"当时她就用纸画了一位女子，还有布帛彩绸等。思儿说："就请按照小姐的装扮来画。"女儿又开玩笑地说："就依照你的意思来做。"那天夜里就听到他与新媳妇相互有说有笑。画上女子立刻就说："新媳妇拜见两位姑姑！"王愬的一位堂妹嫁给了一户姓韩的人家，住在南堰，最近刚生了孩子。两个女儿给孩子做了双绣鞋，想要送过去。刚刚让婢女把鞋子装起来，思儿就在笑，两个女儿问他在笑什么事。思儿回答道："这刚生下来的孩子有一只脚肿了，很难穿上绣鞋。"这时候，窦氏就开始厌恶思儿，他已然知晓，又过了几天，思儿就来辞行，他说："我暂且要回到巴陵，承蒙两位姐姐给我娶了新媳妇，我想要带她一起回去，希望能命人给我做一条长二尺左右的小船。还请两位姐姐监督带着香火，将我送到扬子江，能有这样的荣幸，我也能知足了。"窦氏依从了他的要求。两个女儿又送给了他一幅绢，画上了他们夫妻二人相对的模样。思儿穿着绿衣服，拿着板具。到小船上跟她们告别。自从他离开之后，两个女儿都像没有精神似的。两年后，大女儿嫁给了表兄，在成亲大礼的那天晚上，死在了帐子门前。用烛光一照，发现她的脸色就如同黄叶一般。小女儿嫁给了张初，刚嫁过去，也像她的姐姐那样死了。而王愬死在了他当山阳郡司马的任期内。（出《乾𦠆子》）

李哲

唐朝贞元四年春天，常州录事参军叫李哲，他家住在丹阳县的有庄，多茅舍，昼日无何，有火自焚，救之而灭。视地，麻屦迹广尺余，意为盗，索之无状。旬时屦灾而易扑，方悟其妖异。后乃有投掷空间，家人怖悸，辄失衣物。有乳母阿万者，性通鬼神，常见一丈夫，出入随之。或为胡形，须髯伟然，羔裘貂帽，间以朱紫，倏闪出来。哲晚习《春秋》于阁，阿万见胡人窃书一卷而去，驰报哲。哲阅书，欠一卷，方祝祈之。须臾，书复帙中，亦无损污。李氏患之，意其庭竹耸茂，鬼魅可栖，潜议伐去之，以植桃。忽于庭中得一书："闻君议伐竹种桃，尽为竹筹。州下粟方贱，一船竹可贸一船粟，幸速图之。"其笔札不工，纸方数寸。哲兄子士温、士儒，并刚勇，常骂之，辄失冠履。后稍祈之，而归所失。复投书曰："惟圣罔念作狂，唯狂克念作圣，君始骂我而见祈，今并还之。"书后言墨获君状。居旬，邻人盗哲犬，杀而食之。事发，又得一书曰："里仁为美，择不处仁，焉得智？"数旬之后，其家失物至多，家人意其鬼为盗，又一书言："刘长卿诗曰：'直氏偷金枉。'君谓我为盗，今既得盗，如之何？"士温、士儒竟捍御之。

是夏夜，士温醉卧，背烛床头。见一丈夫，自门直入，不虞有人，因至烛前。士温忽跃身擒之，果获，烛亦灭。于暗中捍御尽东边。距县城五里的地方是他的庄园。庄园里的屋子大多是用茅草盖的，大白天会平白无故地自己烧起来，人们把火扑灭。看到地上有一尺多宽的麻鞋脚印，以为是盗贼干的，但是四处探寻也找不出线索。十天之内，庄园里屡次发生这样的事情，火都是很容易就扑灭了，大家才明白这是妖怪所为。之后就有扔到空中去的火，这时，家人们就非常害怕。家里还总是动不动就遗失衣物。有一位乳母叫阿万，她能通鬼神，她经常见到一位男子，跟着她进进出出。有时是胡人的装扮，胡须很浓密，羊皮的外套和貂皮的帽子，其中混杂着红色和紫色，很快地闪出来。有一天晚上，李哲在阁楼上读《春秋》，阿万看见胡人偷走了一卷书，就跑去报告给李哲。李哲一看，书的确缺了一卷，于是他就祭祝祈祷，顷刻间，书重新回到书箱里来，也没有破损脏污。李哲感到很害怕，他想到庭院子里的竹子高耸茂密，鬼怪们能在里边栖息，就偷偷提议，要将竹林砍掉，用来种植桃树。他忽然在院子里捡到一封书信，信上这样说的："听说你提议要砍掉竹子改种桃树，把竹子都做成筹签。现在州下的粮食很便宜，一船的竹子可以买一船的粮食，希望快点行动。"信中的字迹很不工整，纸也只有几寸见方。李哲的侄子李士温、李士儒都很刚正勇猛，经常骂这些鬼怪。他们总是动不动就丢了帽子和鞋子，不过后来只要略微祈祷一番，丢失的东西就会失而复得了。妖物又送来书信，信上说："圣人如果没有自己的思想就变成了狂人，如果狂人能克制自己的思想就是圣人，你之前骂我，如今又向我祷告，我现在就把东西都返还给你。"信结尾处署名是"墨荻君"。十天过后，邻居把李哲的狗偷走并杀了吃。事发之后，又得到一封书信，信中说："邻里之间的相处以仁为美，没有选择仁人做邻居，怎会有明智可言！"几十天之后，他家丢失的东西更多了，家人就认为是那妖物偷走的。那妖物又送来一书信，信上说："刘长卿的诗中说道，'直氏偷金枉，君谓我为盗'，现在既然知道了盗贼，你又能把盗贼怎么样呢？"李士温、李士儒两人居然开始提防起来。

夏天的一个夜晚，李士温醉倒在床上，背靠着床头。忽然看见一位男子从门外径直进入，毫不担心屋里有人，接着就来到烛灯力，久之，喀喀有声，烛至坚渐。是一瓦，瓦背画作眉目，以纸为头巾，衣一小儿衣，又以妇人披帛，缠头数匝，方结之。李氏遂钉于柱，碎之。数日外，有妇人丧服哭于圃，言杀我夫。明日哭于庭，乃投书曰："谚所谓'一鸡死，一鸡鸣'，吾属百户，当相报耳。"如是往来如初。尝取人衣著中庭树，扶疏莫知所由也，求而遂解之。又以大器物投小器中，出入不碍。旬时，士儒又张灯，见一妇人外来，戏烛下，复为士儒擒焉。捍力良久，杀而硬，烛之，亦瓦而衣也，遂末之。而明日复有其类哀哭。常畏三侄，呼为二郎，二郎至，即不多来。李氏潜欲徙其居，而得一书曰："闻君欲徙居，吾已先至其所矣。"李氏有二老犬，一名韩儿，一名猛子，自有此妖，不复食，常摇尾戏于空暗处，遂毙之。自后家有窃议事，魅莫能知之。一书："自无韩大猛二，吾属无依。"又家人自郭返，至其里，见二丈夫于道侧，迎问家人曰："闻尔家有怪异，若之何？"遂以事答。及行，顾已不见。

李氏于润州迎山人韦士昌，士昌以符置诸瓦棂间，以压之。鬼书至曰："符至圣也，而置之屋上，不亦轻为？"士昌无能为，乃去。闻淮楚有卫生者，久于咒术，乃邀之。卫生至，其鬼颇惮之，其来稍疏。卫生乃设道场，以考召。置箱于坛中，宿昔箱中得一前。李士温忽然跳起来抓他，结果抓到了，烛灯也熄灭了。黑暗里李士温用尽全力提防着他，过了许久，发出了"喀喀"的声音，有人送来了灯。一看，那妖物慢慢变成一块瓦片，瓦片的背面画有眉眼，头巾是用纸做的，穿了一件小孩衣服，又用妇人的披帛，在头上绕了几圈，打了个结。李氏就把这块瓦钉到柱子上，将它打碎了。过了几天，有一位妇人穿着丧服，在园子里哭泣，口中说着杀了她的丈夫。第二天，她又到院子里哭，还送了一封书信，信上说："有谚语说道'一鸡死，一鸡鸣'。我属下有百家，都会来报复。"就这样，她还像之前一样进进出出，曾经拿着人的衣服挂在院子的树上，随风飘动，谁都不知道是从哪里来的，如果有人来找，衣服就会自己解落下来。她又把大的器皿扔到小的器皿里面，这样出入也没有阻碍。十天之后，李士儒在点灯时分又见到一位妇人从外面进来，在烛光下玩，被李士儒抓住。扭动撕扯了许久，用手一打，感觉很硬，用烛光一照，还是一块穿了衣服的瓦片，于是就把它摔成了粉末。到了第二天又出现那样的哀哭，平时就挺怕这两个侄子。叫他二人"二郎"。二郎一到，妖鬼就不敢多来。李家人想要偷偷地搬家。又收到一封书信，信上说："听闻你要搬家，我就已经提前搬到那里了。"李家有两条上了年纪的狗，一条叫"韩儿"，一条叫"猛子"。自从出现了这妖怪，狗就再也不吃东西了，经常在空暗处摇着尾巴嬉戏，于是家人就打死了它们。从这以后，家里有时偷偷商议的事情，鬼怪就无从知晓了。鬼怪又送来一封书信，说："自从韩大和猛二没有了，我们就没了依靠。"另外，有一位家人从城中返回，来到庄外，看见有两位男子在路旁，他们上前迎住家人问他说："听说你们家有鬼怪，现在怎么样了？"于是家人就把事情告诉了他们，等到走的时候，回头一看，却看不见这两位男子。

李家人到润州请来了隐士韦士昌。韦士昌把符文摆放在瓦棂中间，用来镇压住鬼魅。有鬼送来书信说："符文是世上最神圣的东西，如今你把它放到屋顶上，不就是轻视它了吗？"韦士昌自知没有什么办法，也就离开了。听闻淮楚一带有一位姓卫的年轻人，研究了很久的咒术，就去邀请他来。姓卫的年轻人到了之后，那鬼就很害状，状件所失物，云："若干物已货讫，得钱若干；买果子及梳子等食讫，其余若干，并送还。"验其物，悉在箱中。又言："失铛子，其实不取，请问诸水滨。"状言狐胗等状，自此更不复来。异日，于河中果得铛子，乃验水滨之说也。（出《通幽记》）

卢 瑗

贞元九年，前亳州刺史卢瑗家于东都康裕坊。瑗父正病卒，后两日正昼，忽有大鸟色苍，飞于庭，巡翔空间。度其影，可阔丈四五，家人咸见。顷之，飞入西南隅井中，久而飞出。人往视之，其井水已竭，中获二卵，大如斗。将出破之，血流数斗。至明，忽闻堂西奥，有一女人哭。往看，见一女子，年可十八九，乌巾帽首，哭转哀厉。问其所从来，徐徐出就东间，乃言曰："吾诞子井中，何敢取杀？"言毕，却往西间，拽其尸，如糜散之，讫，奋臂而去，出门而灭。其家大震惧，取所留卵，却送于野，使人驰问桑道茂。道茂令禳谢之，后亦无征祥，而莫测其异也。（出《通幽记》）

庐江民

贞元中，有庐江都民，因采樵至山。会日暮，忽见一胡人，长丈余，自山崦中出，衣黑衣，执弓矢。民大恐，遽走匿古木中，窥怕，来的次数变少了。姓卫的年轻人设了一个用来考察招引妖鬼的道场。他把箱子放在坛子中，过了一晚，早上在箱子里得到了一张状纸，状纸上罗列了他们丢失的物品，说："有些物品已经卖了出去，拿到了一些钱，也已经用来买果子和梳子等吃的和用的。剩下的一些东西全部归还。"检查了那些东西，全都在箱子里。状纸上还说："家里丢失了锅，我确实没拿，请你到水边去询问。"从此再也不敢来了。有一天，在河里果真找到了之前丢失的锅，这也就应验了那句"到水边去询问"的话。（出《通幽记》）

卢瑗

唐朝贞元九年，前任亳州刺史是卢瑗，家住在东都康裕坊。卢瑗的父亲刚刚病死，在两天之后的白天，突然出现一只苍色的大鸟飞到庭院里来，在庭院上空来回飞翔。大概计算了一下它的影子，有一丈四五尺宽，家人们都看见了。过了一会儿，大鸟朝西南角的一口井里飞了进去，过了好久才飞出来。人们跑过去一看，井里的水已经干了，从井里得到两只有斗那么大的鸟蛋。把其中一只蛋拿出来打破，流了好几斗的血。到了第二天，忽然在堂屋西边深处，听到有女人的哭声。过去一看，是一位十八九岁，头戴黑色毛巾小帽的女子，她哭得越发哀伤。问她从哪里来，她缓缓地走出来，来到东屋，方才说道："我在井里生了儿子，你们怎么敢拿出来杀了他们呢？"说完，她回到西间，拖动那尸体，尸体像糜烂了一般散开来。她弄完之后，挥着手臂离去，刚出门就不见了。卢家人很震惊害怕，拿出了留下的那只蛋，把它送到野外，还派人去询问桑道茂。桑道茂就让他们祭祀来消除灾祸，之后，没发生什么征兆，也没有算出那到底是什么妖物。（出《通幽记》）

庐江民

在唐朝贞元年间，有一个家住在江都的百姓，因为打柴走到了山里。到了黄昏时分，忽然看见一个胡人，那胡人有一丈多高，从太之。胡人伫望良久，忽东向发一矢。民随望之，见百步外有一物，状类人，举体黄毛数寸，蒙乌巾而立。矢中其腹，辄不动。胡人笑曰："果非吾所及。"遂去。又一胡，亦长丈余，魁伟愈于前者。亦执弧矢，东望而射，中其物之胸，亦不动。胡人又曰："非将军不可。"又去。俄有胡人数十，衣黑，臂弓腰矢，若前驱者。又见一巨人，长数丈，被紫衣，状貌极异，缓步而来。民见之，不觉懔然。巨胡东望，谓其前驱者曰："射其喉。"群胡欲争射之。巨胡诫曰："非雄舒莫可。"他胡皆退，有一胡前，引满一发，遂中其喉。其物亦不惧，徐以手拔去三矢，持一巨砾，西向而来。胡人皆有惧色，前白巨胡："事迫矣，不如降之。"巨胡即命呼曰："将军愿降。"其物乃投砾于地，自去其巾，状如妇人，无发。至群胡前，尽收夺所执弓矢，皆折之。遂令巨胡跪于地，以手连掌其颊。胡人哀祈，称死罪者数四，方释之。诸胡高拱而立，不敢辄动。其物徐以巾蒙首，东望而去。胡人相贺曰："赖今日甲子耳，不然，吾辈其死乎！"既而俱拜于巨胡前，巨胡颔之。良久，遂导而入山崦。时欲昏黑，民雨汗而归，竟不知其何物也。（出《宣室志》）

阳落下的那座山中走出来，身上穿着黑色的衣服，手里拿着弓箭。这个百姓非常害怕，赶快跑到古树林中藏了起来，偷偷地看那胡人，胡人站立着看了很久，忽然往东边射了一箭。百姓随着箭的方向看了过去，看见距离百步之外有一个东西，像人的形状，全身长满了几寸长的黄毛，蒙着乌巾站在那里。那支箭射中了它的腹部，它动也不动。胡人笑着说："这果然是我办不到的事情！"说完，他就走了。接着又来一位胡人，同样也有一丈多高，但比之前那个胡人更加魁梧。他拿着弯弓，也向东边射了一箭。这次他射中的是那东西的胸部，那东西还是一动不动。胡人说："只有将军亲自来才行！"他也离开了。过了一会儿，来了几十个身穿黑衣，挽着弓带着箭的胡人，他们像是前面带路的。又看见一个巨人，有几丈高，身上披着紫色的衣服，身形和相貌都非常与众不同，慢慢地走来。那百姓看见他，心里不由得感到敬畏。巨人往东看了看，对那些前面带路的胡人说："拿箭射它的喉咙！"那些胡人抢着要射，巨人警告他们说："只有雄舒射它才行！"那些胡人都往后退，其中有一个胡人走上前，拉满弓射了一箭，就射中了那东西的喉咙。那东西也不害怕，用手慢慢地拔掉了三支箭，手里拿起一块巨大的石头，向西走来。胡人们的脸上出现害怕的神色。有胡人上前报告给巨人说："事态紧急，不如投降它吧！"巨人立刻让大家喊："将军愿意投降！"于是那东西就把巨石扔到了地上，自己摘掉了头巾，样子像一位妇人，没有头发。它走到胡人们的面前，夺走并折断了他们拿着的弓和箭。接着它让巨人跪在地上，用手一直扇他的面颊。胡人们在旁边哀求，连连说自己犯了死罪，这才放了他。胡人们都站在那里，一动也不敢动。那东西慢慢用头巾蒙住头，往东走去。胡人们相互祝贺说："还好今天是好日子，要不然，我们都得死。"接着，胡人们都跪拜在巨人面前。巨人点了点头。过了好久，就由人领着走进了太阳落下的山中。那时天都要黑了，那位江都的百姓汗如雨下地回到家中，它到底是什么东西他也不知道。（出《宣室志》）

扬州塔

谘议朱景玄，见鲍容说，陈少游在扬州时，东市塔影忽倒。老人言：“海影翻则如此。”（出《酉阳杂俎》）

高邮寺

高邮县有一寺，不记名。讲堂西壁枕道，每日晚，人马车轝影，悉透壁上。衣红紫者，影中卤莽可辨。壁厚数尺，难以理究。辰午之时则无，相传如此。二十余年，或一年半年不见。（出《酉阳杂俎》）

刘积中

刘积中，常于西京近县庄居。妻病亟，未眠，忽有妇人，白首，长才三尺，自灯影中出，谓刘曰：“夫人病，唯我能理，何不祈我？”刘素刚，咄之。姥徐戟手曰：“勿悔勿悔。”遂灭，妻因暴心痛，殆将卒，刘不得已，祝之。言已复出，刘揖之坐。乃索茶一瓯，向日如咒状，顾令灌夫人，茶才入口，痛愈。后时时辄出，家人亦不之惧。经年，复谓刘曰：“我有女子及笄，烦主人求一佳婿。”刘笑曰：“人鬼路殊，难遂所托。”姥曰：“非求人也，但为刻桐木稍工者，可矣。”刘许诺，因为具之。经宿，木人失矣。又谓刘曰：“兼烦主人作铺公铺母，若可，某夕，我白具车舆奉迎。”刘心计无奈之何，亦许之。

扬州塔

谘议的朱景玄，有一次，他见了鲍容，对他说："陈少游在扬州的时候，东市上的塔影突然就倒了。有年纪大的人说，海影翻转就是这幅情景。"（出《酉阳杂俎》）

高邮寺

高邮县有一座寺庙，不记得它的名字了。寺庙讲堂西边的墙壁靠着大路。每到晚上，人、马、车辆的影子全照映到了墙上。有穿红的，戴紫的，在影子中显得鲁莽的，都可以辨别出来。墙壁有几尺厚，难以弄明白这里面的道理。但到了辰午之时就没有了，传说是这样的。二十多年，只有一年半年的时间没有出现这种现象。（出《酉阳杂俎》）

刘积中

有一个人，名叫刘积中，他经常住在西京附近县的村庄里。他的妻子得了很重的病，有一天晚上，他还没睡，忽然出现一个白头发的妇人，有三尺来高，从灯影里走了出来，她对刘积中说："只有我才能治好夫人的病，为什么不祈求我？"刘积中素来刚正，就呵斥她。老妇人慢慢地叉手说："你不要后悔！"说完就消失了。接着他的妻子突然就心痛，痛得快要死了。刘积中不得不祭祝祷告。刘积中刚祈祷完，那妇人就又出来了。刘积中作揖恭请她入座。老妇人就索要了一盏茶，朝着太阳，做着念咒的样子，回过头让人把茶灌入夫人的口中。茶水刚入口，病痛就治好了。在此之后，这妇人时常会出现，家人也不害怕她了。过了一年，她又对刘积中说："我有个成年的女儿，烦请您为她找一位好女婿。"刘积中笑着说："人和鬼道路终究是不相同的，我难以达成你的心愿。"老妇人说："并非要找个人，你只需用桐木为她刻一个不必太精细的人就可以了。"刘积中答应了，于是就为她做好了。过了一晚，那木人消失了。妇人又对刘积中说："还要麻烦您夫妇二人做铺公铺母。若是可以，那一天傍晚，我会亲自至一日，过酉，有仆马车乘至门，姥亦至曰："主人可往。"刘与妻各登其车马，天黑至一处，朱门崇墉，笼烛列迎，宾客供帐之盛，如王公家。引刘至一厅，朱紫数十，有相识者，有已殁者，各相视无言。妻至一堂，蜡炬如臂，锦翠争焕，亦有妇人数十，存殁相识各半，但相视而已。及五更，刘与妻恍惚，却还至家。如醉醒，十不记其一二。数日，姥复来拜谢曰："我小女成长，今复托主人——"刘不耐，以枕抵之曰："老魅，敢如此扰之。"姥随枕而灭，妻遂疾发。刘与男女酹地祷之，不复出矣。妻竟以心痛卒。

刘妹复病心痛，刘欲徙居，一切物胶着其处，轻若履屣，亦不可举。迎道流上章，梵僧持咒，悉不禁。

刘常暇日读药方，其婢小碧自外来，垂手缓步，大言："刘四，颇忆平昔无？"既而嘶咽曰："省躬近从泰山回，路逢飞天野叉，携贤妹心肝，我已夺得。"因举袖，袖中蠕蠕有物。左顾似有所命，曰："可为安置。"又觉袖中风生，冲帘幌。婢人堂中，乃对刘坐，问存殁，叙平生事。刘与杜省躬同年及第，友善，其婢举止笑语，无不肖也。顷曰："我有事，不可久留。"执刘手呜咽，刘亦悲不自胜。婢忽倒，及觉，一无所记，其妹亦自此无恙。（出《酉阳杂俎》）

备好车辆来迎接你们。”刘积中心里觉得十分无奈，但是也应许了。

到了那一天，酉时已过，就有仆从和车马来到门前，老妇人也来了。她对刘积中夫妇说：“二位可以前往了。”刘积中和妻子就各自登上车马，天黑来到一个地方，有朱红色的大门和高高的院墙，仆人们提着灯笼排着队迎接。客人和排场就犹如王公贵族之家那样多，那样盛大。妇人领着刘积中来到一个大厅里，有好几十个穿红戴紫的人，有相互认识的人，也有已经死掉的人，大家都相互看着而没有说话。刘积中的妻子来到了堂屋，里面的蜡烛像手臂那么粗，其中的摆设十分金碧辉煌，也有几十位妇人，其中活着的死去的还有相识的各占一半，也都只是相互对视。五更到了，刘积中和妻子恍恍惚惚地返回家中。二人就像醉后醒来，十件事里记不起其中一两件。过了几天，那妇人又来拜谢，对刘积中说：“我的小女儿也长大了，如今又要来拜托您。”刘积中很不耐烦，就用枕头来挡她，他说：“你这老鬼，竟敢如此叨扰我！”随着那挡过来的枕头，老妇人不见了，同时妻子也犯病了。刘积中和家中男女老少一起跪在地上祈祷，老妇人也没有再出来。妻子最终因为心痛死了。

刘积中的妹妹也开始心痛，刘积中就想要搬家，可是所有物件都像用胶粘住了一样，即使轻得像鞋一样也拿不起来。刘积中就请道士来施法，还请和尚来念咒，都无法解除。

有一次闲暇时，刘积中在看药方，他的婢女小碧从外面回来，手垂着，慢慢地走，还大声地对刘积中说：“刘四，你还怀念以往的事情吗？”接着又呜咽着说：“省躬我近日从泰山回来，路上碰到了飞天夜叉，他带着你妹妹的心肝，但是我已经把它抢了回来！”她便举起袖子，袖子里有正在蠕动的东西。刘积中往左一看，感觉小碧好像还有什么要说的，就对她说：“我可以给你安排。”又感觉袖子里有风，风吹起了帘布。婢女进了堂屋，就坐在了刘积中的对面，问他谁还活着谁死了，讲述着平生的往事。刘积中和杜省躬是在同一年考中进士的，两人关系十分要好。他的婢女小碧此刻的言行举止，没有一处不像杜省躬的地方。过了好一会儿，小碧说：“我还有事情，不能停留太久。”她握着刘积中的手哭泣。刘积中也不禁感到悲伤。突

然婢女倒在地上，等到她醒来，发生的事情，她一点也不记得了。自此，刘积中妹妹的病也痊愈了。（出《酉阳杂俎》）

卷第三百六十四　妖怪六

江淮士人

江淮有士人庄居，其子年二十余，尝病厌。其父一日饮茗，瓯中忽靤起如瓯，高出瓯外，莹净若琉璃。有人长一寸，立于沤上，高出瓯中。细视之，衣服状貌，乃其子也。食顷爆破，一无所见，茶碗如旧，但有微璺耳。数日，其子遂著神，译神言，断人休咎不差。（出《酉阳杂俎》）

李　鹄

前秀才李鹄，觐于颍川，夜至一驿。才卧，见物如猪者，突上厅阶。鹄惊走，透后门，投驿厩，潜身草积中，屏息伺之。怪亦随至，声绕草积数匝，瞪目视鹄所潜处，忽变为巨星，腾起，数道烛天。鹄左右取炬，索鹄于草积中，鹄已卒矣。半日方苏，因说所见。未旬，无疾而卒。（出《酉阳杂俎》）

僧智圆

郑余庆在梁州，有龙兴寺僧智圆，善总持敕勤之术，制邪理病，多著效。日有数十人候门，智圆老，稍倦。郑颇敬之，因求住城东隙地，起草屋而居，有沙弥行者各一人。数年，暇日，智圆向

江淮士人

在江淮，有一位读书人住在村庄里，他的儿子二十多岁，曾经得过很严重的病。一天，做父亲的在喝茶，他的茶碗里突然鼓起一个像茶碗的气泡，气泡鼓起高出了茶碗，气泡的表面晶莹匀净像琉璃一般。其中有一个一寸高的小人儿站在气泡上，这小人儿高出茶碗来。仔细端详那小人儿，看他的衣服样貌，就是他的儿子。一顿饭的时间，气泡突然爆破，什么都看不见了，茶碗还是和之前一样，只是有了细微的裂痕。过了几天，就有神灵附在他儿子的身上，他能解释神的言语，判断人的祸福时没有丝毫的错误。（出《酉阳杂俎》）

李鹄

前秀才李鹄，到颍川去朝拜，夜里来到了一家驿站。李鹄刚躺下，就看见一个像猪一样的东西，忽然走上厅堂的台阶。李鹄吓得赶紧逃走，穿过后门，来到了驿站的马棚里，在草堆里藏了起来，屏住呼吸等待着。那怪物也跟了过来，发出声音围着草堆转了好几圈，瞪大眼睛看着李鹄藏身的地方，忽然变成一颗巨大的星星，飞了起来，有好几道亮光直上天空。驿站的人拿着火把，在草堆里找到了李鹄，此时，李鹄已经被吓昏了。过了半天才苏醒，他就讲述他所看到的事情。没过十天，李鹄没有得病却死了。（出《酉阳杂俎》）

僧智圆

郑余庆在梁州做官的时候，龙兴寺里有一个和尚，名叫智圆。他擅长持善不失和敕令勤工的符法的事，在治邪理之病方面，大多效果显著。每日都有几十人在门口等候，时间一长，智圆也老了，渐渐阳科脚甲，有布衣妇人，甚端丽，至阶作礼，泣曰："妾不幸，夫亡子幼，老母危病，知师神咒助力，乞加救护。"智圆曰："贫道本厌城隍喧湫，兼烦于招谢。弟子母病，可就此为加持也。"妇人复再三泣请，且言母病亟，不可举扶，智圆亦哀而许之。乃言从此向北二十余里，至一村，村侧近有鲁家庄，但访韦十娘所居也。智圆诘朝如言行二十余里，历访不得，乃还。明日，妇人复至，僧责曰："贫道昨日远赴约，何差缪如此？"妇人言："只去师所止处二三里耳。师慈悲，必为再往。"僧怒曰："老僧衰暮，今誓不出。"妇人乃大声言："慈悲何在耶？今事须去。"因上阶牵僧臂，僧惊迫，亦疑其非人，恍惚以小刀刺之，妇人遂倒，乃沙弥误中刀，流血死矣。僧遽与行者瘗于饭瓮下。

沙弥本村人，家去兰若十余里。其日，家人悉在田，有人皂衣褐褛，乞浆于田中，且说其事。沙弥父母，举家号哭，诣僧，僧犹绐焉。其父及锹索而获，即诉于官。郑公大骇，俾求盗吏细按，意其必冤也。僧具陈状，复白："贫道宿债，有死而已。"按者亦以死论。僧求假七日命，持念，为将来资粮，余庆哀而许之。僧沐浴设坛，急印契缚擽，考其魅，凡三夕，妇人见于坛上，言："我类不少，所求食处，辄为师破除。沙弥且在，能为誓不持念，必相还也。"智圆恳为设誓，妇人喜曰："沙弥在城南某村古丘中。"僧言于官吏，如其言寻之，沙弥果在，神已痴矣。发沙弥棺中，乃一苕帚也。僧自是绝其术。（出《酉阳杂俎》）

地懈怠了。郑余庆非常尊敬他，就在城东的空地上，盖一间草房请求他来居住。还有一个刚出家的小和尚和一个行者。过了几年，一个清闲之日，智圆在太阳底下剪脚指甲，有一位穿布衣的妇人，非常端正美丽，在台阶下行礼，她哭着说："我真不幸，丈夫死了，孩子年幼，老母亲病得很重。我知道大师的神咒可以帮助我，所以特来求您救救我母亲。"智圆说："我向来讨厌城隍的喧闹，也厌烦招呼答谢。你的母亲病了，可以来这里，我给她治疗。"妇人又再三哭着请求，还说母亲病得很严重，已经不能搀扶。智圆很同情她就答应了。于是妇人就告诉智圆，从这里往北二十多里，到一个小村子，鲁家庄就在村子的附近，只要打听一下韦十娘住的地方就行了。第二天早晨，智圆就像妇人说的，行了二十多里，但是四处打听也没能找到，就回来了。第二天，妇人又来了。智圆责怪她道："我昨日远行去赴约，为什么会有这样的差错？"妇人说："我住的地方，就离大师昨日去的地方二三里远。大师慈悲，请您一定要再去一趟。"智圆生气了，他说："我年纪大了，没有体力，如今绝对不出去了！"妇人也大声地说："你的慈悲在哪里？今天你必须要去！"于是她走上台阶去拉智圆的胳膊。智圆十分惊慌窘迫，也怀疑她不是人，恍惚间就拿小刀刺她，妇人就倒下了，发现竟然误刺了小和尚一刀，小和尚流血而死。智圆连忙和行者一起把小和尚的尸体埋到了水缸底下。

小和尚是这个村人的人，他家离寺院十几里远。有一天，小和尚的家人都在田里耕作，有一个身穿黑衣背褐色行李的人到田里来求水喝，就讲了这件事。小和尚的父母和全家都大哭，来拜见老和尚，智圆还想骗他们。小和尚的父亲就用铁锹挖出了小和尚的尸体，立刻告到了官府。郑余庆十分惊骇，命令捉拿的官吏详细审理此案，认为智圆一定是被冤枉的。老和尚详细地陈述发生的事，还说："这是我欠的一笔旧账，只能一死！"审理的人也觉得他该死。老和尚请求七日后再处死他，用这七天时间来念咒，是为了将来的财产和粮食。郑余庆非常同情他就答应了，于是老和尚沐浴净身摆设祭坛，急印符契，捆绑木桩，寻访那个鬼魅。过了三个晚上，那妇人就出现在祭坛上，她说："我有不少的同类，我们找食物的地方，动不动就被大师

南孝廉

唐南孝廉，失其名，莫知何许人，能作鲙，縠薄缕细，轻可吹起。操刀响捷，若合节奏。因会客炫伎，先起架以陈之。忽暴风雨，震一声，鲙悉化为胡蝶飞去。南惊惧，遂折刀，誓不复作。（出《酉阳杂俎》）

谢翱

陈郡谢翱者，尝举进士，好为七字诗。其先寓居长安升道里，所居庭中，多牡丹。一日晚霁，出其居，南行百步，眺终南峰。伫立久之，见一骑自西驰来，绣缋仿佛，近乃双鬟，高髻靓妆，色甚姝丽。至翱所，因驻谓翱："郎非见待耶？"翱曰："步此，徙望山耳。"双鬟笑，降拜曰："愿郎归所居。"翱不测即回，望其居，见一青衣三四人，偕立其门外，翱益骇异。入门，青衣俱前拜。既入，见堂中设茵毯，张帷帘，锦绣辉映，异香遍室。翱愕然且惧，不敢问。一人前曰："郎何惧？固不为损耳。"

作法所破除了。如今小和尚还活着，如果你发誓不再念咒了，我必定把他还给你。”智圆真诚地发了誓，妇人高兴地说：“小和尚就在城南某村的古墓里。”老和尚把小和尚的消息告诉了官吏，官吏按照他说的去找，发现小和尚果真在那，神志却已变得痴傻。打开小和尚的棺材，发现里面装的是一把扫帚。自此，老和尚智圆就断了自己的法术。（出《酉阳杂俎》）

南孝廉

唐朝有一位孝廉，只知姓南，却不清楚他的名字，也不知道他是哪里人，他擅长做鱼片，他做出来的鱼片纹理又薄又细，轻得几乎可以把它吹起来。当他拿着刀做鱼片的时候，有响声，动作灵敏，就好像十分契合节奏。于是他就会邀请宾客一起，在他们面前展示自己的技术，提前架好架子把鱼片摆好，忽然一阵暴风雨，发出了一声雷震，所有的鱼片都变成蝴蝶飞走了。南孝廉又惊讶又害怕，于是把刀折断，发誓再也不做鱼片了。（出《酉阳杂俎》）

谢翱

陈郡有个叫谢翱的人，曾经考取过进士，喜欢写七言诗。他之前寄居在长安升道里，他住的庭院里，有很多的牡丹花。有一天晚上，雨过天晴，他走出家门，往南边走了百步，远眺终南山，站了许久，接着他看见西边有一人骑着马飞奔而来，那人穿戴华贵，身姿绰约，走近了看才知是双鬟女子，这女子梳着高高的发髻，化着漂亮的妆容，姿色十分美丽。那女子走到谢翱面前，停下来对他说：“您不会是在等我吧？”谢翱说：“我走到这里，只是望望山而已！”女子笑了，下马向谢翱行礼说：“请您回家吧！”谢翱不清楚她的意思，但还是回家了，远远地看到自己的住处，门外站着三四个婢女。谢翱越发觉得奇怪。进门时，那几位婢女都一齐上前行礼。进了屋，谢翱看见厅堂中铺了地毯，挂着幔帐，富丽堂皇，光彩辉映，屋子里充满了不一样的香味。谢翱十分惊愕，又感到害怕，不敢询问。有一个人上前说：“您不要害怕，自然是不会伤害您的。”

顷之，有金车至门，见一美人，年十六七，风貌闲丽，代所未识。降车入门，与翱相见，坐于西轩。谓翱曰：“闻此地有名花，故来与君一醉耳。”翱惧稍解。美人即命设馔同食，其器用物，莫不珍丰。出玉杯，命酒递酌。翱因问曰：“女郎何为者？得不为他怪乎？”美人笑不答，固请之，乃曰：“君但知非人则已，安用问耶？”夜阑，谓翱曰：“某家甚远，今将归，不可久留此矣。闻君善为七言诗，愿有所赠。”翱怅然，因命笔赋诗曰：“阳台后会杳无期，碧树烟深玉漏迟。半夜香风满庭月，花前竟发楚王时。”美人览之，泣下数行曰：“某亦尝学为诗，欲答来赠，幸不见诮。”翱喜而请，美人求绛笺，翱视笥中，唯碧笺一幅，因与之。美人题曰：“相思无路莫相思，风里花开只片时。惆怅金闺却归处，晓莺啼断绿杨枝。”其笔札甚工，翱嗟赏良久。美人遂顾左右，撤帐帟，命烛登车。翱送至门，挥泪而别。未数十步，车与人马，俱亡见矣。翱异其事，因贮美人诗笥中。

明年春，下第东归，至新丰，夕舍逆旅。因步月长望，感前事，又为诗曰：“一纸华笺丽碧云，余香犹在墨犹新。空添满目凄凉事，不见三山缥缈人。斜月照衣今夜梦，落花啼雨去年春。红闺更有堪愁处，窗上虫丝镜上尘。”既而朗吟之。忽闻数百步外，有车音西来甚急。俄见金闺从数骑，视其从者，乃前时双鬟也。惊问之，双鬟遽前告，即驻车，使谓翱曰：“通衢中恨不得一见。”翱请其舍逆旅，固不可。又问所适，答曰：“将之弘农。”翱因曰：“某今亦归洛阳，愿偕东，可乎？”曰：“吾行甚迫，不可。”即褰车帘谓翱曰：“感君意勤厚，故一面耳。”言竟，呜咽不自胜。翱亦过了一会儿，门前来了一辆金色的车，下来了一位十六七岁，风姿容貌都十分秀丽的绝代美人，她下车走了进来，与谢翱相见，同坐在西窗下。她对谢翱说："听说这地方有许多名贵的花，所以来这里和您一起饮酒赏花。"谢翱的恐惧稍稍消除了些。美人就令人摆酒与谢翱同饮，用的那些器皿物品，没有不珍贵丰盛的。美人举起玉质的杯子，将酒送过来让谢翱喝。谢翱就问她："您是做什么的？不会是别的仙怪吧？"美人笑了却不说话，谢翱十分坚决地请求，美人就说："您只需知道我不是人就够了，何必还要问呢？"夜已经深了，美人对谢翱说："我家住得很远，现在就要赶回去，不能在这儿停留太久。听说您擅长写七言诗，希望您能有诗送给我。"谢翱非常失落，就拿着笔赋诗道："阳台后会杳无期，碧树烟深玉漏迟。半夜香风满庭月，花前竟发楚王时。"美人读着诗，流下眼泪，她说："之前，我也学过写诗，想要写诗回应您所赠的诗，希望您不要见笑。"谢翱非常高兴，请她写下来，美人写字要拿绛色的纸笺，谢翱看了看书箱里，只有一幅绿色的纸笺，就拿给了她。美人题诗道："相思无路莫相思，风里花开只片时。惆怅金闺却归处，晓莺啼断绿杨枝。"她的文笔很不错，字迹也很工整，谢翱一边欣赏一边赞叹了很久。接着，美人看了看身旁，拨开幔帐，命人拿着烛灯上了车。谢翱把她送到门口，流着眼泪告别。没走出几十步，车和人马都看不见了。谢翱对这件事感到很奇怪，就把美人的诗收藏在书箱里。

第二年春天，他落榜东归，到了新丰，晚上住在客店里。在月下散步远望时，感慨往事，又写道："一纸华笺丽碧云，余香犹在墨犹新。空添满目凄凉事，不见三山缥缈人。斜月照衣今夜梦，落花啼雨去年春。红闺更有堪愁处，窗上虫丝镜上尘。"接着就朗诵这首诗。忽然听到几百步之外，从西边传来很急促的车马声。不一会儿就看见一位高贵女郎，后面跟随着骑马的几个随从，看她的随从就认了出来，原来是之前那个梳着双鬟的侍女。谢翱吃惊地问她，侍女急忙上前告诉他，立刻就停下车。美人派人对谢翱说："我恨不得在大道上相见。"谢翱请她住到客店，她坚决不答应。他接着问她要去哪里。她回答要去弘农。于是谢翱就说："我现在也要回洛阳，想和您为之悲泣，因诵以所制之诗，美人曰："不意君之不忘如是也，幸何厚焉？"又曰："愿更酬此一篇。"翱即以纸笔与之，俄顷而成曰："惆怅佳期一梦中，五陵春色尽成空。欲知离别偏堪恨，只为音尘两不通。愁态上眉凝浅绿，泪痕侵脸落轻红。双轮暂与王孙驻，明日西驰又向东。"翱谢之，良久别去。才百余步，又无所见。翱虽知为怪，眷然不能忘。及至陕西，遂下道至弘农，留数日，冀一再遇，竟绝影响。乃还洛阳，出二诗，话于友人。不数月，以怨结遂卒。（出《宣室志》）

僧法长

河南龙门寺僧法长者，郑州原武人。宝历中，尝自龙门归原武。家有田数顷，稔而未刈。一夕，因乘马行田间，马忽屹不前，虽鞭挟，辄不动，唯瞪目东望，若有所见。时月明，随其望数百步外，有一物，如古木色，兀然而来。长惧，即回马走道左数十步，伺之。其物来渐近，乃白气，高六七尺，腥秽甚，愈于鲍肆。有声绵绵，如呻吟，西望而去。长策马随其后，常远数十步。行一里余，至里民王氏家，遂突入焉，长驻马伺之。顷之，忽闻其家呼曰："车宇下牛将死，可偕来视之！"又顷，闻呼："后舍驴蹶仆地，不可救！"又顷，闻惊哭。有出者，长佯过讯之，曰："主人有子十余岁，忽卒。"语未竟，又闻哭音，或惊叫，联联不已。夜分后，声渐少，迨明而绝。长骇异，即具告其邻，偕来王氏居侦之。其中悄然无闻，因开户，而其家十余人皆死，鸡犬无存焉。（出《宣室志》）

一起走可以吗？”美人说：“我的行程很急，不可以。”就挑起车帘对谢翱说：“感谢您对我的深情厚意，所以来与您见一面。”说完，就放声哭泣，情难自禁。谢翱也感到悲伤哭泣，于是就念了她作的诗。美人说：“没想到您对我如此念念不忘！我该有多荣幸啊！”又说：“我想再酬答一首。”谢翱立刻拿了纸笔给她，不一会儿，诗就写好了，纸上写着：“惆怅佳期一梦中，五陵春色尽成空。欲知离别偏堪恨，只为音尘两不通。愁态上眉凝浅绿，泪痕侵脸落轻红。双轮暂与王孙驻，明日西驰又向东。”谢翱向她表示感谢，许久才离去。才走了百余步，她又看不见了。虽然谢翱明知她是怪物，却始终眷念她不能忘记。他到了陕西，就改道去了弘农，停留了好几天，希冀能再遇见那美人。竟然再也没有踪影，于是就回到了洛阳。将那两首诗拿出，说给好友听。没过几个月，他因为心中悲怨郁结，就死了。（出《宣室志》）

僧法长

河南龙门寺有一个僧人叫法长，他是郑州原武人。宝历年间，他曾经从龙门回到原武老家。他家里有好几顷田地，田里的庄稼成熟了还没收割。一天晚上，他骑着马在田间走，马忽然停步不再往前，即使用鞭子抽它，它也一动不动，只是瞪着眼睛望向东边，好像看到了什么。那时月光明亮，顺着马望的方向看到几百步之外有一个东西，颜色就像年代久远的木头，突然过来了。法长心里害怕，立刻拉回马跑到路旁十几步远的地方，在那里等着。那东西越来越近，原来是一团白气，有六七尺高，比鱼店还要腥，还要脏。那白气还发出好像呻吟出绵绵的声音，它望了望西边就离开了。法长骑着马紧跟在它后面，总保持着十几步远。就这样走了一里多，来到了村里姓王的家门前，那白气突然就进去了，法长停下马等在外边。不一会儿，忽然听见这家里有人大喊：“车棚里的牛快要死了！大家都来看呀！”又过了一会儿，又听见有人大喊：“后屋的驴倒在地上，救不活了！”又过了一会儿，听见有人惊哭的声音。接着有人从家里走了出来，法长假装路过这里，一询问，那人说：“这家主人有个儿子，才十多岁，突然

河北村正

处士郑宾于言，尝客河北，有村正妻新死，未敛。日暮，其儿女忽觉有乐声渐进，至庭宇，尸已动矣。及入房，如在梁栋间，尸遂起舞。乐声复出，尸倒。旋出门，随乐声而去。其家惊惧，时月黑，亦不敢寻逐。一更，村正方归，知之，乃折一桑枝如臂，被酒大骂寻之，入墓林，约五六里，复觉乐声在一柏林上。及近树，树下有火荧荧然，尸方舞矣。村正举杖击之，尸倒，乐声亦止，遂负而还。（出《酉阳杂俎》）

僧弘济

医僧行儒说，福州有僧弘济，斋戒精苦，尝于沙岸得一颅骨，遂贮衣篮中。归寺数日，忽眠中有物啮其耳，以手拨之落，声如数升物，疑其颅骨所为也。及明，果坠在床下，遂破为六片，零置瓦沟中。夜半，有火如鸡卵，次第入瓦下烛之，弘济责曰："尔不能求生人天，凭朽骨何也？"于是怪绝。（出《酉阳杂俎》）

就死了。”话还没说完。又听到哭声，还有人惊叫，接连不断。入夜之后，声音渐渐小了，等到天亮就再也没有声音了。法长奇怪，就把事情详细地告诉了邻居，一起到王家来查看。院中静悄悄的，没有一点声音，他们破门而入，看见王家十多口人都死了，连鸡和狗都没有活着的。（出《宣室志》）

河北村正

处士郑宾于说，他曾经到河北客游，有一个村正的妻子刚死，尸体还没有放入棺材。傍晚，他的儿女们忽然感觉有乐声在慢慢地靠近，来到庭院时，那尸体就动了。等到乐声进了房屋，那声音就像萦绕在房梁之间，尸体便开始跳起舞来。乐声又出去了，尸体便倒下了。不一会儿尸体出了家门，跟着乐声而去。他家里人又惊讶又害怕，那时天已经黑了，谁都不敢出去寻找追赶。一更的时候，村正才回来，知道了这件事，就折了一根胳膊那么粗的桑树枝，借着酒劲一边骂一边四处寻找，他走进了墓林，大概走了五六里，又感觉乐声在一棵柏树上。就走近那棵树，走到树前，看见树下有星星点点的火光，尸体正跳着舞。村正举起木棒就打，尸体倒了下去，乐声也停止了，接着他就背着尸体回家了。（出《酉阳杂俎》）

僧弘济

行医和尚行儒说，福州有一个和尚叫弘济，他真诚地斋戒，认真刻苦。他曾经在沙岸上捡到一个颅骨，就把它收藏在衣篮中。回到寺里几天后，忽然在睡觉的时候感觉有东西在咬他的耳朵，他就用手把那东西打落，那东西落地时的声音就像几升东西落地那样重，他就怀疑是那颅骨做的。到了第二天一看，颅骨果然落到了床底下，于是他就把颅骨打碎成六片，零散地放在瓦沟中。夜半时分，有鸡蛋那么大的火球，一个接着一个进入瓦下，用烛光照着它，弘济责备地说道：“你不能在人间求生，靠一块烂骨头又能怎样！”于是怪物就消失了。（出《酉阳杂俎》）

金友章

金友章者，河内人，隐于蒲州中条山，凡五载。山有女子，日常挈瓶而汲溪水，容貌殊丽。友章于斋中遥见，心甚悦之。一日，女子复汲，友章蹑屣企户而调之曰："谁家丽人，频此汲耶？"女子笑曰："涧下流泉，本无常主，须则取之，岂有定限？先不相知，一何造次！然儿止居近里，少小孤遗。今且托身于姨舍，艰危受尽，无以自适。"友章曰："娘子既未适人，友章方谋婚媾，既偶夙心，无宜遐弃。未委如何耳？"女曰："君子既不以貌陋见鄙，妾焉敢拒违？然候夜而赴佳命。"言讫，女子汲水而去。是夕果至，友章迎之入室，夫妇之道，久而益敬。友章每夜读书，常至宵分，妻常坐伴之，如此半年矣。

一夕，友章如常执卷，而妻不坐，但伫立侍坐。友章诘之，以他事告。友章乃令妻就寝，妻曰："君今夜归房，慎勿执烛，妾之幸矣。"既而友章秉烛就榻，即于被下，见其妻乃一枯骨耳。友章惋叹良久，复以被覆之。须臾，乃复本形，因大悸怖，而谓友章曰："妾非人也，乃山南枯骨之精，居此山北。有恒明王者，鬼之首也，常每月一朝。妾自事金郎，半年都不至彼。向为鬼使所录，榜妾铁杖百，妾受此楚毒，不胜其苦。向以化身未得，岂意金郎视之也。事以彰矣，君宜速出，更不留恋。盖此山中，凡物总有精魅附之，恐损金郎。"言讫，涕泣呜咽，因尔不见，友章亦凄恨而去。（出《集异记》）

金友章

有一个人叫金友章，是河内人，在蒲州中条山隐居了五年。山里有一位女子，经常拿着罐子到溪边打水，容貌十分美丽。金友章在屋里远远地看着那女子，心里非常喜欢她。有一天，女子又来打水，金友章悄悄地走过去开门，调戏她说："谁家的美人，如此勤快地打水！"女子笑着说："山涧下的流水，本来就没有主人，有需要就过来取，哪有什么限制！你从前也不认识我，就这么冒失！我就住在这附近，从小就是个孤儿，如今暂时寄住在姨母家里，尝尽了艰辛，自己也还没有嫁人。"金友章说："既然娘子没有嫁人，我正在谋求婚姻，与你婚配是我的心愿，你也不应该远嫁，不知这样可以吗？"女子说："既然你不嫌弃我相貌丑陋，我怎会拒绝你？但是要等到了晚上我才能来成全我们的好事。"说完，女子打了水就走了。到了晚上，她果真来了。金友章就把她请进屋里，他们行夫妻之道，时间一久就越尊敬对方。金友章每天晚上都会读书，经常读到半夜，妻子总是陪伴着他。就这样过了半年。

一天晚上，金友章像平时一样拿着书阅读，可妻子却不坐下，就只是站在那里服侍他。金友章就问她有什么事，她却说的是别的事。金友章就让她睡觉。妻子说："你今晚回房间的时候，请千万不要拿着蜡烛，就是我的万幸。"后来金友章拿着蜡烛回屋上床睡觉，看见被子下的妻子原来是一具枯骨。金友章惋惜叹气了许久，又用被子盖上了。过了一会儿，她就恢复了原来的样子，她非常害怕，就对金友章说："我不是人，而是山南的一个枯骨精，住在这座山的北面。有个叫恒明王的，它是鬼的首领，平时每个月都要朝见一次。自从我嫁给了你，这半年来都没到那去了。方才我被鬼抓去，打了我一百铁棍。我遭受这样的毒打，受不了这样的痛苦，因此刚才没有化身成人形，没承想让你看到了！事情已经清楚了，你应该快点离去，更不要留恋。在这座山里，只要是个东西，就总有精魅附着在上面，恐怕会对你不好。"说完，她哭泣呜咽，接着就不见了，金友章也伤心地含恨离开了那里。（出《集异记》）

于凝

岐人于凝者，性嗜酒，常往来邠泾间。故人宰宜禄，因访饮酒，涉旬乃返。既而宿醒未愈，令童仆先路，以备休憩。时孟夏，麦野韶润，缓辔而行，遥见道左嘉木美荫，因就焉。至则系马藉草，坐未定，忽见马首南顾，鼻息恐骇，若有睹焉。凝则随向观之，百步外，有枯骨如雪，箕踞于荒冢之上，五体百骸，无有不具，眼鼻皆通明，背肋玲珑，枝节可数。凝即跨马稍前，枯骨乃开口吹嘘，槁叶轻尘，纷然自出。上有乌鸢纷飞，嘲噪甚众。凝良久稍逼，枯骨乃竦然挺立，骨节绝伟。凝心悸，马亦惊走，遂驰赴旅舍。而先路童仆出迎，相顾骇曰："郎君神思，一何惨悴！"凝即说之。适有泾倅十余，各执长短兵援蕃，觇以东。皆曰："岂有是哉？"洎逆旅少年辈，集聚极众。凝即为之导前，仍与众约曰："傥或尚在，当共碎之。虽然，恐不得见矣。"俄至其处，而端坐如故。或则叫噪，曾不动摇；或则弯弓发矢，又无中者；或欲环之前进，则亦相顾莫能先焉。久之，枯骸欻然自起，徐徐南去。日势已晚，众各恐耸，稍稍遂散。凝亦鞭马而回，远望，尚见乌鹊翔集，逐去不散。自后凝屡经其地，及询左近居人，乃无复见者。（出《集异记》）

于凝

岐州有一个叫于凝的人，生来就爱喝酒，经常来往于邠州泾州之间。他有个老朋友叫宰宜禄，有一次出去喝酒，过了十来天才回来。不久之后，他因为喝酒过了一夜还没醒，就让童仆提前赶路，以准备休息事项。那时正当孟夏，种植小麦的田野里韶光湿润，他骑着马慢慢地走，远远看见路旁有一片很美的树林，就走了过去。到了就把马拴好喂了草，还没坐稳，忽然看见马头朝南看，鼻息惊恐害怕，似乎看见了什么。于凝也随之看去，在百步远的地方，有一具雪白的枯骨蹲坐在荒坟上，它各部位骨骼，没有不具备的，眼和鼻子通明，背部的肋骨十分小巧，上面的枝节清晰可见，于凝立刻骑上马慢慢走上前去。那具枯骨就开口吹气，枯叶和灰尘纷纷自行飘了起来。天上有乌鸦飞来飞去，十分嘈杂。过了好久，于凝才缓缓走近了些。枯骨就竦然挺立起来，骨节十分高大。于凝心里害怕，马也吓得跑了，就赶紧跑到了旅店。提前赶路的童仆出来迎接，见了他十分吃惊地说："您的神情怎么如此凄惨憔悴！"于凝就讲了路上发生的事情。刚好有十几个泾州的兵，各个拿着长短兵器来援助蕃兵。他们向东边看了看，都说："怎么会有这样的事呢？"再加上旅店里的年轻人，聚集了很多人。于凝就在前边为他们带路，还和大伙约定好说："若是它还在那里的话，我们就一起上去打碎它。这样虽好，怕是再也看不见了。"不一会儿就到了那里，那枯骨还像之前那样端坐在那里。有人朝它大叫，它也没有动摇。也有人拉弓射箭，却没有射中的。有的人想要过去包围它，却也只是互相看着谁都没有上前。过了很久，枯骨突然自己站了起来，慢慢向南离去。天色已晚，大家都很害怕，慢慢就散开了。于凝也骑马回来了。远远望去，还能看见乌鸦鸟雀们一起在空中飞来飞去，赶也赶不散。在此之后，于凝多次经过这里，每次向住在附近的人打听它，竟没有再看到的。（出《集异记》）

卷第三百六十五 妖怪七

王申子 韩 佽 许 敬 张 闲 太原小儿 李师古 孟不疑
戴 詧 杜 悰 郑 絪 河北军将 宫山僧

王申子

贞观中，望苑驿西有民王申，手植榆于路傍，成林，构茅屋。夏月，常馈浆于行人，官客即延憩具茗。有儿年十三，每令伺客。一日，白其父，路有女子求水，因令呼入。女年甚少，衣碧襦白幅巾。自言家在南十余里，夫死无儿，今服禫矣，将适马嵬访亲情，丐衣食。语言明晤，举止可爱。王申乃留食，谓曰："今日已暮，可宿此，达明去也。"女亦欣然从之，其妻内之后堂，呼为妹，倩裁衣数事。自午至戌，悉办。针指细密，殆非人工。申大惊异，妻尤爱之。乃戏曰："妹能为我作新妇乎？"女笑曰："身既无托，愿执井灶。"王申即日借衣贯酒，礼纳为新妇。其夕暑热，戒其夫，近多盗，不可辟门。即举巨椽，捍户而寝。及夜半，王申妻梦其子被发诉曰："被食将尽矣！"妻惊，欲省其子。王申曰："渠得好新妇，喜极呓言耶？"妻还睡，复梦如初。申与妻秉烛，呼其子及新妇，悉不应。扣其户，户牢如键。乃坏门阖，才开，有一物，圆目凿齿，体如蓝色，冲人而去。其子唯余脑骨及发而已。（出《酉阳杂俎》）

王申子

唐朝贞观年间，望苑驿站的西边有一个平民叫王申。他亲自在路旁栽种榆树，榆树长成了树林，还盖了几间茅草屋。夏天，他经常送水给路上的行人喝，遇上了官客他就请他到屋里休息并送上茶。王申有个十三岁的儿子，他经常叫儿子来迎接侍候客人。有一天，儿子告诉父亲，路上有一位女子要水喝，于是父亲就让儿子把女子叫进来。女子非常年轻，身上穿着绿色短衣，头上戴着白色头巾。她说她家在南边十几里的地方，丈夫死了，没有儿子，如今服丧期已满，要到马嵬坡去拜访亲戚，所以来讨要点衣物和食物。她口齿清楚伶俐，举止可爱。王申就留她吃饭，对她说："现在天色已晚，可以在这住一晚，明天再去吧！"女子也就欣然答应了，王申的妻子把她安置在后堂，称呼她为小妹，请她帮忙裁衣做事。从午时到戌时，她就全部做完了。她裁的衣服针脚细密，几乎不是人工所能达到的。王申十分惊讶，他的妻子也特别喜欢她。王申就说笑道："小妹能当我的儿媳妇吗？"女子笑着说："我现在已经没有了牵挂，愿意留下来操持家务！"当天，王申就借新衣服并且买酒，举行婚礼迎娶她为新媳妇。那天晚上很热，她告诫丈夫，最近有很多盗贼，不能开着门睡觉。丈夫就拿来一根大椽子，把门顶上睡觉。到了半夜，王申的妻子梦见儿子披散着头发说道："我快要被吃完了！"妻子很吃惊，想要去看儿子。王申对她说："他娶了一个好媳妇，高兴得说梦话呢！"妻子继续睡觉，又做了与刚才同样的梦。王申和妻子拿着蜡烛，喊他们的儿子和新媳妇，都没有答应。敲他们的门，门关得牢牢的。于是就把门砸开。门刚打开，就有一个长着圆目利齿、通体蓝色的怪物朝着人冲了出去。而他们的儿子只剩下头骨和头发了。（出《酉阳杂俎》）

韩 佽

韩佽在桂州，妖贼封盈，能为数里雾。先是，尝行野外，见黄蝶数十，因逐之，至大树下而灭。掘得石函，素书大如臂，遂成左道。归之如市，乃声言："某日收桂州，有紫气者，我必胜。"至期，果有紫气如匹帛，亘于州城上。白气直冲之，紫气遂散。忽大雾，至午稍霁。州宅诸树，滴下铜佛，大如麦，不知其数。是年韩卒。（出《酉阳杂俎》）

许敬 张闲

唐贞元中，许敬、张闲同读书于偃月山。书堂两间，人据其一，中隔有丈。许西而张东，各开户牖。初敬遽相勖励，情地甚狎。自春徂冬，各秉烛而学。一夜二更，忽有一物，推许生户而人。初意其张生，而不之意。其物已在案侧立。及读书遍，乃回视。方见一物，长可五尺余，虎牙狼目，毛如猿玃，爪如鹰鹯，服豹皮裤，见许生顾盼，乃叉手端目，并足而立。许生恐甚，遂失声，连叫张生相救。如是数百声，张生灭烛，柱户佯寝，竟不应之。其物忽倒行，就北壁火炉所，乃蹲踞视。许生呼张生不已。其物又起，于床下取生所用伐薪斧，却回而坐，附火复如初。良久，许生乃安心定气而言曰："余姓许名敬。辞家慕学，与张闲同到此。不早谒诸山神，深为罪耳。然浮俗浅识，幸勿责之。"言已，其物奋起，叉手鞠躬，唯唯而出。敬恨张生之甚也，翌日，乃撤书而归。于是张生亦相与俱罢，业竟不成。（出《传信志》）

韩佽

韩佽在桂州的时候，有一个妖贼叫封盈，他能兴起几里的云雾。在此以前，封盈曾经在野外行走，看见了几十只黄色蝴蝶，他就去追赶蝴蝶，追到大树下的时候，蝴蝶就不见了。他就在地上挖，挖到了一个石盒，盒中有手臂那么大的道书，从此他就走上了歪门邪道。回家后来到集市上，就扬言某天要收复桂州。当出现紫气的时候，他一定会胜利。到了那一天，果真有紫气像布帛一样，横贯在州城的上空。但有白气径直冲向紫气，紫气渐渐散了。忽然兴起了大雾，到午时，天气稍微放了晴。在州衙宅院里的每一棵树上，都有铜佛滴下。铜佛就像麦粒那么大，不知道有多少个。在这一年的时候，韩佽死了。（出《酉阳杂俎》）

许敬 张闲

唐朝贞元年间，许敬和张闲一起在偃月山读书。有两间书堂，每人各占一间书堂，书堂中间有一丈远的间隔。许敬在西边，张闲在东边，各自打开各自的门窗。起初二人相互敬重，互相勉励，感情十分亲密。从春天到冬天，他们各自点着蜡烛学习。有一天夜里二更的时候，忽然有一个怪物，推开许敬的门走了进来。一开始他以为是张闲来了，并不在意。那怪物已经站在书案的旁边。等把书读完一遍才回过头来看，这才看见那怪物，这怪物高约五尺，长着老虎的牙齿狼的眼睛，毛像猿猴，爪子像鹰鹞，穿着豹皮裤子，它看到许敬回头看，就交叉着手摆正眼睛，合并脚站立着。许敬十分害怕，就放声连着大叫张闲来救他。就这样喊了几百声。而张闲熄灭了灯，关上门假装睡觉，竟然没有回应他。那怪物忽然倒退着走，走到北墙下的火炉那里，在那里蹲下看着许敬。许敬还在不停地叫张闲。那怪物又站起来，到床底下拿起许敬砍柴用的斧头，退回来坐下，像之前那样守在火炉旁。过了许久，许敬才平心静气地说：“我姓许名敬。离开家乡来求学，和张闲一起来到这里。没能早一点去拜见各位山神，实在是有罪！只是我才学浅薄，请不要责怪。”话刚说完，那怪物奋然而

太原小儿

严绶镇太原，市中小儿如水际泅戏。忽见物中流流下，小儿争接。乃一瓦瓶，重帛幂之。儿就岸破之，有婴儿长尺余，遂迅走，群儿逐之。顷间，足下旋风起，婴儿已蹈空数尺。近岸舟子，遽以篙击杀之。发朱色，目在顶上。（出《酉阳杂俎》）

李师古

李师古治山亭，掘得一物，类铁斧头。时李章武游东平，师古示之。武惊曰："此禁物也，可饮血三斗。"验之而信。（出《酉阳杂俎》）

孟不疑

东平未用兵时，有举人孟不疑客昭义。夜至一驿，方欲濯足，有称淄青张评事者至，仆从数十。孟欲谒之，张被酒，初不顾。孟因退就西间。张连呼驿吏，索煎饼。孟默窥之，且怒其傲。良久，煎饼至。孟见一黑物如猪，随盘，至灯影而灭。如此五六返，张竟不察。孟恐惧不睡。张寻太鼾。至三更，孟才寐。忽见一人皂衣，与张角力。久乃相捽入东偏房，拳声如杵。顷之，张被发双袒而出，还寝床上。至五更，张乃唤仆使，张烛巾栉。就孟曰："某昨醉中，都不知秀才同厅。"因命食，谈笑甚欢。时时小声曰："昨夜起，交叉两手朝许敬鞠了个躬，唯唯诺诺地退出去了。许敬因此非常恨张生，第二天他就搬书回家了。张闲便也不和许敬一块学了，学业到底没学成。（出《传信志》）

太原小儿

严绶镇守太原的时候，街市里的小孩到水边游泳嬉戏。忽然看见从中流流下来一个东西。小孩子们抢着去接。发现原来是一个瓦罐，在上面盖着好几层帛。孩子们拿到岸上打碎了它，里边有一个一尺多高的小婴儿，一出来就快速地跑。小孩们就去追他。片刻间，婴儿的脚下生起了旋风，他早已腾空几尺。河岸旁有一个摆船的人，赶忙用篙把婴儿打死。一看，他的头发是红的，眼睛长在头顶上。（出《酉阳杂俎》）

李师古

李师古在治理山亭时，挖到了一个东西，类似于铁质的斧头。那时李章武在东平游历，李师古就把那东西给李章武看。李章武非常惊讶地说："这可是禁物，能喝三斗血！"经过查验，李师古才相信。（出《酉阳杂俎》）

孟不疑

在东平没有用兵的时候，有一位举人名叫孟不疑，客居在昭义。有一个夜晚，他到了一家驿站，刚想要洗脚，就有一个人自称是淄青的张评事，也来到驿站，带了几十个仆从。孟不疑想要去拜见他。张评事刚喝过酒，一开始就不理他。孟不疑就退回到西间。张评事连连喊驿站里的官吏，索要煎饼吃。孟不疑安静地看着，对他的傲慢无礼很生气。过了很久，煎饼到了。孟不疑看见一个像猪一样的黑东西，跟着盘子到了灯影之下就不见了。像这样来回了五六次，张评事竟然没有察觉。孟不疑很害怕，一直不敢睡觉。不一会儿房间里就发出了张评事的鼾声。三更的时候，孟不疑才睡下。忽然就看见甚惭长者，乞不言也。”孟但唯唯。复曰：“某有故，不可早发，秀才可先也。”探靴中，得金一挺，授孟曰：“薄贶，乞密前事。”孟不敢辞，即前去。行数里，方听捕杀人贼。孟询诸道路，皆曰：“淄青张评事，至其驿早发。及明，但空鞍，失张所在。骑吏返至驿寻索，驿西阁中有席角，发之，白骨而已，无洎一蝇肉也。地上滴血无余，唯一只履在傍。相传此驿旧凶，竟不知何怪。”举人祝元膺尝言：“亲见孟不疑说，每诫夜食必须祭也。”祝又言：“孟素不信释氏，颇能诗。其句云：‘白日故乡远，青山佳句中。’后尝持念。溺于游览，不复应举。”（出《酉阳杂俎》）

戴誉

临川郡南城县令戴誉，初买宅于馆娃坊。暇日，与弟闲坐厅中。忽闻外有妇人聚笑声，或近或远，誉颇异之。笑声渐近，忽见妇人数十散在厅前，倏忽不见。如是累日，誉不知所为。厅际有枯梨树，大合抱。意其为祥，因伐之。根下有石，露如拳。掘之转阔，势如鏊形。乃烈火其上，沃醋复凿，深五六尺，不透。忽见妇人绕坑，拊掌大笑，有顷，共牵誉入坑，投于石上。一家惊惧。妇人复还，大笑，誉亦随出。誉才出，又失其弟。家人恸哭，誉独不哭。

有一个黑衣人在与张评事打架。打了很长一段时间，两人就相互揪到了东偏房，那拳击声就像舂米的棒槌声。片刻之后，张评事披散着头发坦露着双臂出来了，回到床上继续睡觉。五更到了，张评事就叫来奴仆，点灯，梳头，缠头巾。到孟不疑这里，对他说："我昨天喝醉了，都不知道和您同住在一起！"于是叫人摆好饭菜，边说边笑很高兴。有时还小声地对孟不疑说："昨晚上那样对待您很惭愧，请不要说了。"孟不疑只是一声声地答应。张评事又说："我有点事儿，不能早早出发。您可以提前走。"他把手伸到靴子里，拿出一锭金子，送给孟不疑说："这是一点小意思，请你为之前的事保密。"孟不疑不敢推辞，就提前离开了。走了好几里，才听到有追捕杀人的强盗。孟不疑询问路上的人。他们都说："淄青的张评事，早早地就从驿站出发了。到了第二天，就只剩下空马鞍，不知张评事去了哪里。骑马的官吏回到驿站寻找，在驿站西间里有一张席子，打开一看，就是一具白骨，连一块苍蝇大小的肉都没有。地上也没有一滴血，旁边只有一双鞋。都说这个驿站从前就很不吉利，不知道到底是什么怪物。"举人祝元膺曾经说过："我亲耳听见孟不疑说过，他经常告诫大家晚上吃饭时必须要祭祀。"祝元膺又说："孟不疑平时就不信佛教，但他很会写诗。其中有两句诗是：'白日故乡远，青山佳句中。'之后还曾经拿出来朗诵过。孟不疑沉迷在游览名山大川中，再也没有参加过科举考试。"（出《酉阳杂俎》）

戴詧

临川郡南城县的县令叫戴詧，之前在馆娃坊买了一所宅院。闲暇之日，他和弟弟悠闲地坐在厅堂里。忽然听到外面有妇人说笑的声音，有的近有的远。戴詧对此感到很奇怪。笑声慢慢地靠近，忽然看见几十个妇人分散地站在厅堂前，突然又不见了，就这样一连好几天，戴詧不知道为什么会这样。厅堂边上有一棵干枯的梨树，有合抱那么粗。大家认为它是不吉利的征兆，于是砍了它。在树根下有一块石头，露出的部分有拳头那么大。越往下挖越大，样子像煎饼鏊子形。就在石头上面点上大火，淋上醋，继续挖。挖了五六尺深，

曰："他亦甚快活，何用哭也？"詧至死，不肯言其状。（出《酉阳杂俎》）

杜悰

杜悰未达时，游江湖间。值一程稍遥，昏暝方达一戍。有传舍，居者多不安，或怖惧而卒。驿将见悰骨气非凡，内思之，此或贵人，若宿而无恙，必将相也。遂请悰舍于内，供待极厚。至夜分，闻东序隙舍，汹汹如千万人声。悰取纸，大署己之名，系于瓦石，掷之喧聒之处，其声即绝。又闻西序复喧，即如前掷之，寻亦寂然，遂安寝。迟明，驿吏问安，公具述之，乃知必贵，以束素饯之。及大拜，即访吏擢用。（出《玉堂闲话》）

郑絪

唐阳武侯郑絪罢相，自岭南节度入为吏部尚书，居昭国里。弟缊为太常少卿，皆在家。厨馔将备，其釜忽如物于灶中筑之，离灶尺余，连筑不已。其傍有铛十余所，并烹庖将热，皆两耳慢摇。良久悉能行，乃止灶上。每三铛负一釜而行，其余列行引从，自厨中出。在地有足折者，有废不用者，亦跳踯而随之。出厨，东过水渠。诸铛并行，无所碍，而折足者不能过。其家大小惊异，聚而视之，不知所为。有小儿咒之曰："既能为怪，折足者何不能前？"诸也没挖到底。忽然看见一个妇人围着坑拍掌大笑，片刻之后，她拉着戴詧一起进入坑里，把他扔到石头上。看到这，一家人又惊又怕。妇人又回来了，她放声大笑，戴詧也跟着她走了出来。戴詧刚走出来，又失去了他的弟弟。家人们都悲伤地大哭，只有戴詧没哭。他说："现在的他十分快活，没有必要哭。"戴詧一直到死，也不肯说出实情。（出《酉阳杂俎》）

杜悰

在杜悰没有发达的时候，他就在江湖上漫游。正巧走一段比较远的路程，黄昏时分才到达一座城。城里有驿站，大多的驿站客人很不安，有的因为恐惧而死。驿吏见杜悰骨气不一般，心里就想，他或许是个贵人，倘若能在这里安然无恙地住一晚，将来一定会当宰相。于是就请杜悰住在驿站里，对他的待遇非常丰厚。到了夜半时分，听到东厢的空屋里，沸沸扬扬好像有千万人的声音。杜悰拿出纸来，用大字写下自己的名字，系在瓦石上，把它扔到喧闹的地方，那声音立即就消失了。又听到西厢屋里也很喧杂，就像之前一样把名字扔过去，不一会儿也安静了，于是就安心地睡去。天将亮，驿吏来问安。杜悰详细讲述了夜里发生的事情，这才知道他将来一定会大富大贵。驿吏就拿出一捆丝绸为他践行。等到杜悰当了大官，就去寻访了当年那个驿吏，并提拔重用了他。（出《玉堂闲话》）

郑絪

唐朝年间，阳武侯郑絪被罢免了丞相的官职，后来，他又从岭南节度使入京做了吏部尚书，居住在昭国里。太常少卿是他的弟弟郑缊。一日，郑絪和弟弟都在家中。在厨房的饭菜即将都准备齐全的时候，忽然有什么东西在灶火中举着，离灶一尺多高，连连举着不停止。锅旁边有十几口平底锅，都在煮着东西，马上要煮热的时候，锅的两耳都在慢慢地摇动。过了很久，这些平底锅都能行走了，就停在了灶台上。每三口平底锅架起一口大锅行走，其余的锅排着队做带领的铛乃弃釜于庭中，却过，每两铛负一折足者以过。往入少卿院堂前，大小排列定。乃闻空中轰然，如屋崩，其铛釜悉为黄埃黑煤，尽日方定。其家莫测其故。数日，少卿卒，相国相次而薨。（出《灵怪集》）

河北军将

湖城逆旅前，尝有河北军将过。行未数里，忽有旋风如斗器，起于马前。军将以鞭击之，转大。遂旋马首，鬣起竖如植。军将惧，下马观之。觉鬣长数尺，中有细绠，如红綖。马时人立嘶鸣，军将怒，乃取佩刀拂之。因风散灭，马亦死。军将剖马腹视之，腹中已无肠，不知何怪。（出《酉阳杂俎》）

宫山僧

宫山在沂州之西鄙，孤拔耸峭，迥出众峰。环三十里，皆无人居。贞元初，有二僧至山，荫木而居。精勤礼念，以昼继夜。四远村落，为构屋室。不旬日，院宇立焉。二僧尤加悫励，誓不出房，二十余载。元和中，冬夜月明。二僧各在东西廊，朗声呗唱。空中虚静，时闻山下有男子恸哭之声。稍近，须臾则及院门。二僧不动，哭声亦止，逾垣遂入。东廊僧遥见其身绝大，跃入西廊，而呗唱之声寻辍。如闻相击扑争力之状，久又闻咀嚼啖噬，啜吒甚励。东廊僧惶骇突走，久不出山，都忘途路。或仆或蹶，气力殆尽。回随从，从厨房里走出来。地上有断了脚的，有报废没用了的，也一瘸一拐地跟了上去。它们出了厨房，往东走经过水渠。平底锅们一起行走，没有遇到阻碍，就是断了脚的不能通过。他家老老少少都觉得很奇怪，聚集在一起观看，不知道该做什么。有一个小男孩骂着说：“既然能作怪，断了脚的为什么不能向前走？”平底锅们就把大锅扔在庭院里，退了回来，每两口平底锅架着一个断了脚的通过水渠。走到少卿的堂院前，大小排列站定。就听空中轰轰作响，就像房子崩塌一样。那些平底锅和大锅都变成了土块煤块。过了一整天才安定下来。他们家无法推测这是什么原因。几天后，太常少卿郑缊死了，相国郑细也跟着死去了。（出《灵怪集》）

河北军将

在湖城的旅店前，曾经有一个河北的军将从这里经过。走了没几里，忽然在他的马前刮起了有斗器大小的旋风。军将用鞭子打它，它变得更大了。于是军将就扭转马头，马的鬃毛像树木一样立了起来。军将很害怕，下马来察看。他觉得马的鬃毛长了几尺，其中有像红线的细绳。马时不时像人那样立起来嘶叫。军将很生气，就拿身上的佩刀砍马。旋风便散去了，马也死了。军将把马肚子剖开一看，肚子里已经没有肠子。也不知道那是什么怪物。（出《酉阳杂俎》）

宫山僧

宫山在沂州西边的边陲上，它孤峰挺拔，高耸陡峭，远远高出众峰。宫山周围三十里，都荒无人烟。贞元初年，有两个和尚来到宫山这个地方，居住在树荫下。他们每天夜以继日地认真勤奋地做礼拜念经。四周村庄的人，就为他们建造了房屋。没过十天，庭院房屋就建好了。两个和尚更加勤勉，发誓坚决不出屋子，就这样过了二十多年。元和年间，有一个冬日的夜晚，月光十分明亮。两位僧人各自在东西边的走廊下高声诵经。周围十分寂静，时常听到山下有男子悲伤痛哭的声音。那声音逐渐靠近，不一会儿就来到院门前。二位僧望，见其人踉跄将至，则又跳进。忽逢一水，兼衣径渡毕，而追者适至。遥诟曰：“不阻水，当并食之。”东廊僧且惧且行，罔知所诣。俄而大雪，咫尺昏迷。忽得人家牛坊，遂隐身于其中。

夜久，雪势稍晴。忽见一黑衣人，自外执刀枪，徐至栏下。东廊僧省息屏气，向明潜窥。黑衣踟蹰徙倚，如有所伺。有顷，忽院墙中般过两廊衣物之类。黑衣取之，束缚负担。续有一女子，攀墙而出，黑衣挈之而去。僧惧涉踪迹，则又逃窜，恍惚莫知所之。不十数里，忽坠废井。井中有死者，身首已离，血体犹暖，盖适遭杀者也。僧惊悸，不知所为。俄而天明，视之，则昨夜攀墙女子也。久之，即有捕逐者数辈偕至。下窥曰：“盗在此矣。”遂以索缒人，就井絷缚，加以殴击，与死为邻。及引上，则以昨夜之事本末陈述。而村人有曾至山中，识为东廊僧者。然且与死女子俱得，未能自解，乃送之于邑。又细列其由，谓西廊僧已为异物啖噬矣。邑遣吏至山中寻验，西廊僧端居无恙。曰：“初无物。但将二更，方对持念，东廊僧忽然独去。久与誓约，不出院门，惊异之际，追呼已不及矣。山下之事，我则不知。”邑吏遂以东廊僧诳妄，执为杀人之盗。榜掠薰灼，楚痛备施。僧冤痛诬，甘置于死。赃状无据，法吏终无以成其狱也。逾月，而杀女窃资之盗，他处发败，具得情实。僧乃冤免。（出《集异记》）

人不动，哭声也停了。那人越过屋墙进来了。东廊下的僧人远远看见那男子身形十分高大，他跳到了西廊下，诵经的声音不一会儿就停了。好像听到相互打击搏斗的声音，过了一会儿又听到咀嚼吞吃的声音，吸吮的声音很响亮。东廊下的僧人非常恐惧，急忙逃走。僧人太久没有出山，都不记得路了。有时候前仆，有时候后倒，精力几乎用尽。回头一看，见那人踉踉跄跄快要到了，就又奔逃。忽然遇上一条河，僧人直接穿着衣服渡了过去，而追他的人刚好也到了。那人在河边远远地骂道："要不是被河水阻拦，我也会把你吃了。"东廊僧人继续行走，心里感到很恐惧，不知道要到哪里去。不一会儿下起了大雪，咫尺之间却昏暗模糊。突然看到一户人家的牛棚，于是就藏在牛棚里。

天黑很长时间，雪势稍微晴了。忽然看见一个黑衣人，拿着刀枪从外面缓缓地来到栏下。东廊下的僧人屏住呼吸，朝着亮处偷偷地看。黑衣人来回地徘徊，好像在等待着什么。过了片刻，突然从院墙里扔出两袋衣物之类的东西，黑衣人拿起来，把它捆绑了一下背在肩上。接着有一个女子翻出院墙，黑衣人带着她离开了。僧人怕自己的行迹遭到败露，就又开始逃跑。恍恍惚惚不知要到哪里去。走了不到几十里，忽然掉进了一口废井里。井里有一个死人，身体和头已经分开了，带着血的尸体还有温热，大概是刚刚被杀害的。僧人又惊又怕，不知该怎么办。过一会天亮了，一看，原来是昨夜翻墙的那个女子。过了许久，就有好几个追捕的人一起来到了这里。往下一看说："盗贼就在这里！"于是用绳子吊上他，在井里把他捆绑起来，还殴打他，僧人就快死了。等到把他拉上来，他就把昨夜发生的事从头到尾讲了一遍。有村里人曾经到过山中，认出了他是东廊下的僧人。然而他和死的女子是一起被找到的，没办法自己解释清楚，就把他送到县衙里。他又仔细地列举了事情的缘由，还说西廊僧已经被妖怪吃掉了。县官就派人到山中寻找察验，西廊僧正安然无恙地端坐在那里。西廊僧说："起初没什么东西。只是快到二更的时候，我们才东西边相对念经，东廊僧忽然单独离开。他很早之前就和我有誓约，不出院门的。当我感到十分惊讶奇怪的时候，已经来不及追喊他

了。山下发生的事，我就不知道了。”于是县官就认为东廊僧在撒谎，认为他是杀人的盗贼，并捉拿他。对他又是拷打，又是用火烤用烟呛，让他备受痛苦。僧人十分冤枉，痛恨给他捏造的罪名，宁死也不肯认罪。没有人证物证，法吏最终没办法给他判罪。过了一个月，那个杀女人偷东西的盗贼，在别的地方事发败露，从他那里得到了详细真实的情况，僧人才被免除了冤枉。（出《集异记》）

卷第三百六十六　妖怪八

杜元颖

杜元颖镇蜀年，资州方丈大石走行，盘礴数亩。新都县大道观老君旁泥人须生数寸，拔之，俄顷又出。都下诸处有栗树，树叶结实，食之，味如李。鹿头寺泉水涌出，及猫鼠相乳之妖。蛮欲围城，城西门水，有人见一龙与水牛斗，俄顷皆灭。又说，李树上皆得木瓜，而空中不实。（出《戎幕闲谈》）

朱道士

朱道士者，大和八年，常游庐山。憩于涧石，忽见蟠蛇如堆缯锦，俄变为巨龟。访之山叟，云是玄武。朱道士又曾游青城山丈人观。至龙桥，见岩下有枯骨，背石平坐，接手膝上。钩锁，附苔络蔓，色白如雪。云，祖父已常见。（出《酉阳杂俎》）

郑　生

俗传人之死，凡数日，当有禽自柩中而出者，曰“杀”。大和中，有郑生者，常于隰川，与郡官略于野。有网得一巨鸟，色苍，高五尺余。主将命解而视之，忽无所见。生惊，即访里中民，讯之。

杜元颖

在杜元颖镇守蜀地的时候，资州有一块一丈见方的大石头能行走能跑，霸占了好几亩地。新都县有个大道观，观里的老君旁边的泥人长出了几寸长的胡须，便把它拔了，不一会儿又长了出来。在都城各地有栗子树，它的果实长在树叶上。它的味道就像在吃李子的味道。鹿头寺的泉水会涌出来，还有猫和老鼠相互吃奶的怪事。有一次，蛮夷想要围住都城，城西门发大水，有人看见一条龙在和水牛打斗，不一会儿都消失了。还有人说，李子树上都结了木瓜，但是木瓜里面是空的，没有瓤。（出《戎幕闲谈》）

朱道士

在大和八年，朱道士曾经在庐山游玩。他在涧石间休息，忽然看到一条大蛇盘着身子像一堆丝绸，不一会儿就变成了一只大龟。他向山上的老翁打听，老翁告诉他那是玄武帝君。朱道士还曾经到青城山的丈人观游览。他走到龙桥，看见石头底下有一具枯骨，背对着石头平坐在那里，把手放在双膝上。钩曲成锁，身上附着苔藓和缠着藤蔓，颜色像雪一样白。他说他祖父就经常见到。（出《酉阳杂俎》）

郑　生

民间相传人死了之后，大概几天内，灵柩中就会有鸟飞出来，这种鸟叫“杀”。大和年间，有一位年轻人姓郑，他在隰川时曾经和郡官到野外打猎。有人用网捉到一只苍色羽毛的大鸟，它有五尺多高。

民有对者曰："里中有人死，且数日，卜人言，今日'杀'当去。其家伺而视之，有巨鸟色苍，自柩中出。君之所获，果是乎？"天宝中，京兆尹崔光远因游略，常遇一妖鸟，事与此同也。（出《宣室志》）

赵士宗

会昌元年，戎州水涨，浮木塞江。刺史赵士宗召水军接木段。公署卑小地窄，不复用，因并修开元寺。后月余日，有夷人，逢一人，如猴，著故青衣，亦不辨何制。云："关将军遣来采木，被此州接去，不知为计，要须明年却来收。"夷人说于州人。至二年七月，天欲曙，忽暴水至。州城临江枕山，每大水，犹去州五十余丈。其时水高百丈，漂二十余人。州基地有陷十丈处，大石如三间屋者，积堆于州基。水黑而腥，至晚方退。知州官虞藏玘及吏，才及船投岸。旬月后，州水方干，除大石外，更无一物。唯开元寺玄宗真容，去旧处十余步，卓立沙上。其他铁石，一无有者。（出《酉阳杂俎》）

曹朗

进士曹朗，文宗时任松江华亭令。秩将满，于吴郡置一宅。又买小青衣，名曰"花红云"。其价八万，貌甚美，其家皆怜之。至秋受代，令朗将其家人入吴郡宅。后逼冬至，朗缘新堂修理未毕，堂内西间，贮炭二百斤。东间窗下有一榻，新设茵席，其上有修车细芦篾十领。东行，南厦。西廊之北一房，充库。一房即花红及乳母，一间充厨。至除前一日，朗姊妹乃亲，皆办奠祝之用。铛中及主将叫人解开它看一看，突然它就消失了。姓郑的年轻人很惊讶，就询问那里的乡民，有乡民对他说："乡里有一个人死了好几天了。占卜的人说，会有'杀'在今天离去。这一家人都等在那里看着，从灵柩中飞出来一只苍色大鸟。你捕捉到的，就是这只鸟吧！"天宝年间，京兆尹崔光远在打猎时，曾经遇到一只妖鸟，当时的情形和这相同。（出《宣室志》）

赵士宗

会昌元年，戎州涨大水，江流被水上的浮木堵住了。刺史赵士宗叫水军们打捞木段。公署低矮窄小，就不再使用，就合并到修开元寺了。一个多月后，有一个夷人碰到一个像猴子的人，他穿着旧青色衣服，也分辨不出是何种服制。这人说："关将军派我来采木头，却被这州接了去，不知道有什么办法，只能明年再来收了。"夷人把这事报告给州人。到了第二年七月，天快亮了，忽然发大水了。州城一面临近水，一面靠着山，之前每次发大水，还能离州城五十多丈。这时候大水却高一百多丈，二十多人被冲走。州基地有陷下去十丈的地方。有像三间房子那么大的石头堆积在州基上。水很黑，又散发着腥臭，到了晚上才退去。知州官虞藏玘和其他官吏们，这时候才来到船上，回到岸边。过了十天之后，州城里的水才干。除了大石头之外，没有其他的东西了，只有开元寺唐玄宗的雕像，离开原来的地方十几步，直立在沙上。其他的铁石器物，全都没有了。（出《酉阳杂俎》）

曹朗

进士曹朗在文宗皇帝在位时期担任松江华亭县的县令，在任期快要满的时候，他在吴郡置办了一处宅院，又买了一个名字叫花红的小婢女。买她的时候花了八万钱，她的容貌十分美丽，这一家人都很爱怜她。到了秋天，别人顶替曹朗的官职。县令曹朗就把他的家人都迁入了在吴郡置办的宅院里。之后接近冬至时，因为新堂的修缮没有完成，曹朗就在厅堂里的西间，储存了二百斤的炭。东间窗户下煎三升许油，旁堆炭火十余斤。妹作饼，家人并在左右，独花红不至。朗亲意其惰寝，遂召之至，又无所执作。朗怒，笞之，便云头痛。忽有大砖飞下，几中朗亲。俄又一大砖击油铛，于是惊散。厨中食器，乱在阶下。日已晚，俱入西舍，遂移入堂，并将小儿。及扃堂门，子母相依而坐，汗流如水，不谕其怪。朗取炭数斤燃火，俄又空中轰榻之声，火又空中上下。忽见东窗下床上，有一女子，可年十四五，作两髻，衣短黄襦裤，跪于床，似效人碾茶。朗走起擒之，绕屋不及。逡巡，匿芦篋积中。朗又踏之，啾然有声，遂失所在。坐以至旦，鸡鸣，方敢开门。乳母花红熟寝于西室。

朗召玉芝观顾道士作法。数日，有人长吁曰："吾是梁苑客枚皋。前因节日，求食于此，君家不知云何见捕？"朗具茶酒，引之与坐。皋谓朗曰："吾元和初，游上元瓦棺阁，第二层西隅壁上，题诗一首。"朗苦请，皋曰："方心事无悰，幸相悉。他日到金陵，可自录之。足下之祟，非吾所为。其人不远，但问他人，当自知。"朗遂白顾道士，舍之。里中有女巫朱二娘，又召令占。巫悉召家人出，唯花红头痛未起。巫强呼之出，责曰："何故如此？娘子不知，汝何不言？"遂拽其臂，近肘有青脉寸余隆起，曰："贤圣宅于此。夫人何故惊之？"花红拜，唯称不由己。朗惧，减价卖之。历二家，皆如此。遂放之，无所容身，常于诸寺纫针以食。

面有一张床，床上新铺了席子，那上面有十领修车的细芦苇席。朝东边走是南厦。西廊的北边有一个房间，充当库房来用。一个房间是花红和乳母的住处。一间当作厨房。在除夕的前一天，曹朗的姊妹和母亲都亲手置办祭奠祝贺用的物品。平底锅里煎着三升左右的油，旁边堆着十几斤的炭。妹妹在做饼，家人们都在旁边，只有花红没到。曹朗的母亲认为她在房间睡懒觉，就把她叫来了，她又没做事情。曹朗很生气，就用鞭子打她。花红便说她头痛。突然有一块大砖飞了下来，差点儿就打中曹朗的母亲。顷刻间又有一块大砖击中了油锅，于是家人们都吓得散开了。厨房里的器具在台阶下乱成一团。当时天色已经晚了，人们都进了西屋，于是都走到堂上，抱着小孩。等到关上堂门，母子二人相互依靠着坐了下来，汗就像水一样流下来，都不知道是怎么回事。曹朗取来几斤炭生上火，不一会儿空中又出现了轰塌的声音，火又在空中上下飞动。突然看见东边窗户下的床上，有一位女子，年纪大概有十四五岁，头上梳了两个发髻，身上穿着黄色短衣，跪在床上，好像在效仿人碾茶。曹朗跑过去抓她，他们围着屋子追，曹朗也没追上她。她快速地藏身到芦席堆中。曹朗又用脚踹她，踹得她发出啾啾的声音，于是她就不见了。大家一直坐着，直到天亮，听到了鸡叫声，才敢打开门。乳母和花红在西屋熟睡。

曹朗叫来玉芝观的顾道士来作法。过了几天，有一个人长长地叹气道："我是从梁苑来的客人枚皋。之前趁着过节，我来过这里要饭，你家不知什么原因就把我抓了起来。"曹朗准备了菜和酒，带着枚皋坐下。枚皋对曹朗说："我在元和初年游览过上元瓦棺阁，在阁楼的第二层西边的墙壁上，写了一首诗。"曹朗苦苦请求枚皋告诉他那首诗的内容。枚皋说："你现在有心事不快乐，庆幸我们相互了解。以后你到了金陵，你可以亲自抄录下来。你家里有妖怪作祟，不是我干的。那个人离这里不远，只需要询问其他人，你就会知道了。"于是曹朗就把这事告诉了顾道士，顾道士就放弃了这件事。乡间有一个叫朱二娘的女巫，曹朗又请她来占卜。女巫叫全家人都出去，只有花红因为头痛没起来。女巫硬是把她叫出去了，责怪她说："为何会这样呢？娘子不知道，你为什么不说出实情来呢？"就过来拉她后有包山道士申屠千龄过，说花红本是洞庭山人户，共买人家一女，令守洞庭山庙。后为洞庭观拓北境二百余步，其庙遂除。人户卖与曹时用，庙中山魅无所依，遂与其类巢于其臂。东吴人尽知其事。（出《乾𦝫子》）

秄儿

彭城刘刺夫，会昌中，进士上第。大中年，授鄠县尉卒。妻王氏，归其家，居洛阳敦化里第，礼堂之后院。咸通丁亥岁，夜聚诸子侄藏钩，食煎饼，厨在西厢。小僮秄儿，持器下食。时月晦云惨，指掌莫分。秄儿者，忽失声仆地而绝。秉炬视之，则体冷面黑，口鼻流血矣。擢发灸指，少顷而苏。复令数夫束缊火循廊之北。于仓后得所持器。仓西则大厕，厕上得一煎饼，溷中复有一饼焉。（出《三水小牍》）

李约

咸通丁亥岁，陇西李夷遇为邠州从事。有仆曰李约，乃夷遇登第时所使也。愿捷善行，故常令邮书入京。其年秋七月，李约自京还邠，早行数坊，鼓始绝，倦憩古槐下。时月映林杪，余光尚明。有一父皤然，伛而曳杖，亦来同止。既坐而呻吟不绝，良久谓约曰："老夫欲至咸阳，则蹒跚不能良行。若有义心，能负我乎？"

的手臂。她的胳膊靠近肘处有一寸多长的青脉隆起。女巫说："圣贤就住在这儿，夫人为什么会感到惊讶？"花红下拜，只说自己是身不由己。曹朗十分害怕，就把花红降价卖给了别人。她经历了两家，都是这样。于是就放走了她。她没有地方容身，就经常到各个寺院里去做些针线活儿养活自己。

之后有一个包山道士，叫申屠千龄，他从这里路过，他说，花红原本是洞庭山人家一起买的一个女子，叫她守着洞庭山庙。后来因为洞庭观向北拓展了二百多步，那座庙就废除了。那些人家将她卖给曹朗时，寺庙里的山妖鬼怪没有地方依存，就和它们的同类们在她的胳膊上巢居下来。东吴的人们都知道这件事了。（出《乾鐉子》）

秄儿

彭城的刘刺夫，在会昌年间考中了进士。他正值中年，在被授为鄠县县尉的时候死了。他的妻子王氏回到老家，住在洛阳敦化里的宅院礼堂的后院。咸通丁亥年的一个夜晚，她家聚集了各位子侄来玩"藏钩"的游戏，吃煎饼。厨房在西厢。小孩秄儿端着食器来送饭。当时月色昏暗乌云低垂，伸手不见五指。秄儿忽然失声摔倒在地，没有了呼吸。人们拿来灯烛一看，发现他的身体冰冷，面色发黑，口鼻流血。经过针炙拍打，过了一会儿他才醒过来。又让几个男子拿着破麻捆绑做成的火把，顺着走廊的北边去寻找。在仓库后面找到了秄儿所拿的食器。仓库的西边是大厕所。在厕所找到了一张煎饼。粪坑也有一张煎饼。（出《三水小牍》）

李约

咸通丁亥年间，陇西的李夷遇担任邠州从事。他有个叫李约的仆人，是李夷遇考中进士的时候就使用的仆人。他勤恳敏捷还善于走路，所以李夷遇就经常让他进京城送信。那年秋天七月，李约从京城返回邠州，早早地就出发了，走过了几个住宅区，更鼓才停下。他很累，就在一棵古槐树下休憩。那时月亮照耀在林梢，月亮的余约怒不应，父请之不已。约乃谓曰："可登背。"父欣然而登。约知其鬼怪也，阴以所得哥舒棒，自后束之而趋。时及开远门，东方明矣。父数请下，约谓曰："何相侮而见登？何相惮而欲舍？"束之愈急。父言语无次，求哀请命，约不答，忽觉背轻，有物坠地。视之，乃败柩板也，父已化去。掷于里垣下，后亦无咎。（出《三水小牍》）

张缜

处士张缜，多能善琴。其妻早亡于江陵，纳妾甚丽。未旬日，主庖小青衣于灶下得一铜人，长可一寸，色如火。须臾渐大，长丈余，形状极异。走入缜室，取其妾食之，毛发皆尽。食讫渐小，复如旧形，入灶下而失。（出《闻奇录》）

马举

马举，常为山南步奏官。间道入蜀，时兵后僻路，绝无人烟。夜至一馆，闻东廊下有人语声，因往告之。有应者云："中堂有床，自往宿去。"举至中堂，唯有土榻。求火，答云："无火。"求席，隔屋掷出一席，可重十余斤。举亦壮士，殊不介意。中夜，有一物如猴，升榻而来。举以铁椎急击之，叫呼而走。及明告别，其人怒去。更云："夜来见伊独处，令儿子往伴，打得几死。"举推其门，光还算明亮。有一个弯着腰拄着拐杖白头发的老头，也在槐树下停了下来，坐下来之后还不停呻吟。过了许久，他对李约说："老汉我想到咸阳去，但是腿脚不灵便不能长时间行走。你要是有义心，能背我走吗？"李约非常生气，没有答应。老头就不停地请求。于是李约就对他说："你可以趴到我背上来！"老头欣喜地趴在他的背上。李约知道他是鬼怪，暗中把随身带着的"哥舒棒"拿出来，从后面绑住他往前走。那时到了开远门，东方有了光亮了。老头几次请求下来，李约对他说："你为什么要骑到我身上欺侮我？为什么又害怕我要离去？"李约捆绑得更紧了。此时老头说话没了顺序，苦苦地哀求着李约。李约不答应。突然李约感觉背上变轻了，有东西掉落到地上。一看，原来是一块破棺材板子，老头已经变化而去。李约把棺材板子扔到里巷墙下，之后也没发生什么灾祸。（出《三水小牍》）

张镇

处士张镇，有许多才能，特别擅长弹琴。他的妻子很早的时候就死在了江陵，之后他又纳了一个妾，十分美丽。十天不到，负责做饭的婢女在灶台下捡到一个大约有一寸高的小铜人，像火一样的颜色。不一会儿铜人渐渐长高，长到一丈多高，形状样貌都非常怪异。它跑进张镇的屋里，抓到张镇的爱妾，吃掉了她，连毛发也都吃完了。吃完之后，它就渐渐变小，又像之前那么大，回到灶台下就消失了。（出《闻奇录》）

马举

有一个人叫马举，他曾经做过山南步奏官。他抄小路到蜀地去，当时经历战乱后的偏僻小路上，没有一点人烟。夜里，他来到一家旅馆，听见东廊下有人说话的声音，就过去告诉别人。有人回答道："堂屋中间有床，你自己去睡吧。"马举来到中堂，那里只有土炕。他要火，有人回答说没有火。他要一张席子，旁边的屋子扔出一张席子，那席子有十来斤重。马举也是个壮士，丝毫没有在意。半夜，有

不可开。自隙窥之，积壤而已。举后为太原大将，官至淮南节度使。（出《稽神录》）

韦琛

昭义从事韦琛，幼年时，尚在学院。冬节夜，捧书以归。及寝堂，绝无人，独厨中有构火烹油之所。因窥之，则铛长数尺，久而复低，如是者三四。琛大恐，奔出于门，方见其家。悉于外寝，营享奠之所矣。琛神色惨栗，且告之故。家人咸叱之，以为稚子妄语也。俄顷，厨中有主庖青衣，就铛作食，仍映小儿于怀抱间。儿踊身索哺，因误坠铛中。沸油涌溢，青衣大叫。火已及屋，长幼奔救。或沃以水，焰则转炽，盖膏水相激也。乃杂掷罽毹茵毯之类，久之方灭。火灭，儿已燋矣。阖室惊怖，为之罢节。青衣亦以此发悸而死。（出《唐阙史》）

张谋孙

广州副使张谋孙，虽出于阘茸，有口辩，善心计，累为王府参佐。咸通初，从交广辟，遂为元寮。性贪侈，聚敛不倦。南海多奇货，若犀象珠贝之类，不可胜计。及府罢北归，止于汝坟。于郡西三十里，郁阳驿南，汝水之上，构别业，穷极华敞。常凿一池，欲北引官渠水涨之。或曰："此处今年太岁所在也。"谋孙诫役夫曰："掘得太岁则止。"明日及泉，获一土囊，破之，中有物升余，色一个像猴一样的东西来到了炕上。马举急忙用铁椎打它，它大叫着跑了。等到天亮告别时，那人生气地离去，还说："夜里见你单独一人在那儿，就叫儿子去陪你，你把他差点打死了！"马举去推那扇门，推不开。从门缝偷看，就看到了土堆。后来，马举做了太原大将，官位升到了淮南节度使。（出《稽神录》）

韦琛

昭义的从事名叫韦琛，他幼年的时候，还在学校读书。冬至的夜晚，他捧着书回家。走到寝堂里，没有一个人，只有厨房里有堆火煮油的地方。于是他就朝厨房里偷看，就见到有一只几尺高的平底锅，过了许久，平底锅又变低了，这样的现象出现几次了。韦琛非常害怕，就跑出了门，这才看到自己的家人。家人们都在外屋，正在布置祭奠的场所。韦琛的神情凄惨不停发抖。他就把刚才发生的事告诉了家人。家人们都训斥他，认为是小孩子胡乱说话。不一会儿，厨房里有一个专门做饭的婢女，在平底锅前做饭。居然还映射出一个小男孩在她怀里。小孩跳着要喝奶，它就不小心掉到平底锅里。沸腾的油溢了出来，婢女大叫。此时，火已然烧到了房子，男女老少都跑来救火。有人用水来灭火，火焰却变得更旺了，应该是油水相激的原因。于是就乱扔一些瓶子、罐子、垫子、毯子之类的东西，过了很久才把火扑灭。火灭了，那个小孩已经烧焦了。全家人都十分惊讶害怕，为此就没有过节了。那婢女也因为这件事惊吓得病死了。（出《唐阙史》）

张谋孙

广州副节度使叫张谋孙，他虽然出身贫寒，但是他能说会道，工于心计，接连担任王府参佐。咸通初年，由于他广泛地交朋友，于是成为幕僚。他性情贪婪奢侈，对聚拢钱财毫不厌倦。在南海一带有很多奇特的货物，比如犀角、象牙、珍珠之类的东西，数都数不清。等到他任期已满，辞官回到家乡时，他走到汝坟这个地方就停步了。他在郡西三十里，郁阳驿站的南边，汝水上，修建了一栋别墅，非常

白，如粟粒，忽跳跃四散而隐。谋孙遂中暴病，信宿而死。（原缺出处，明抄本作出《三水小牍》）

李黄

渠州刺史李黄，夏日憩于小厅。见鼠穴中有一人，长数寸，执彗，扫穴前而入。有二人，亦长三二寸，舁一镬，添水爨薪。须臾，镬前有一夜叉，执铁杈，叉一人。披紫袍，执象笏，长三二寸，形色状貌，乃李也。黄虽惧而不敢惊之。乃咄黄脱衣，入镬中，须臾而出，黄衣服而入穴中。又见一妇人出火中，乃黄之孀妇，寓岳州久矣。主镬者扠黄娣入镬中，须臾，又出。娣服衣亦入穴中。主镬者亦入，又二人舁镬入。而拥彗者又扫去其灰烬。数日如此，黄大忧，遣访其娣，亦无恙。数年方卒。黄十余年方卒。（出《闻奇录》）

宋洵

进士宋洵，下第南归。兄波，为金州石泉令。洵以县邑喧杂，于县东数里葺一山居。未毕，役者闻山石中有妇人语云："宋三郎来矣！"及洵居之，因月夜，于书堂侧屣步。又自闻石中云："宋三郎来矣！"驻步听之，石门忽开。见妇人数辈，再拜笑曰："请三郎入来。"洵欲走，为数辈所擒。入其室，石门遂闭。仆夫急告波，穿奢华宽敞。他曾经为了挖一个水池，想要从北面引来官渠里的水灌满它。有人就说："这个地方是今年太岁待的地方。"张谋孙就告诫干活儿的工匠们说："挖到太岁就停下来。"第二日工匠们就挖到黄泉，拾得一个土囊。打破土囊一看，里边有一种一升多一点的东西，颜色是白色，像谷粒，忽然跳跃着四散而隐没。后来张谋孙得了暴病，两个晚上就死了。（原缺出处，明抄本作出《三水小牍》）

李黄

渠州的刺史是李黄，夏季的一天他在小厅里休憩。李黄看见老鼠洞里有一个几寸高的小人儿，手里拿着扫帚，打扫完洞前就进洞了。接着又出现两个也是二三寸高的人，抬着一口锅，给锅里加上水，点上火。过了一会儿，锅前出现一个夜叉，手里拿着铁叉，铁叉上叉着一个人。这个人身上穿着紫色袍子，手里拿着象牙笏板，有二三寸高，看它的身形、神色和样貌，就是李黄。李黄虽然感到恐惧，但是不敢惊动他们。夜叉训斥着李黄，叫他脱掉衣服，进入锅中，不一会儿又出来了。接着李黄穿着衣服进入了洞里。又看见从火里出来一个妇人，这个人便是李黄的妻子，住在岳州很长一段时间了。负责看锅的人把李黄的小妾叉到锅里，不一会儿又出来了。小妾穿着衣服也进入洞里。负责看锅的人也进去了。接着那二人抬着锅进了洞里。拿扫帚的人就扫去那些灰烬。几天来都是这样。李黄十分发愁。派人去打听他的小妾，也安然无恙，过了几年后才死的。而李黄是十几年之后才死的。（出《闻奇录》）

宋洵

进士宋洵，在考试落榜之后就向南回到了故乡。他的哥哥宋波，是当时金州石泉县的县令。由于县邑里喧闹嘈杂，宋洵就在县城以东几里的地方盖了一所山居。山居还未盖完时，干活儿的人们就听到山中的石头里有一个妇人在说话，她说："宋三郎来了！"等到宋洵住进山居后，在一个月夜，宋洵在书堂旁边散步。自己也听到石头中

石求之，终不能得。（出《闻奇录》）

张氏子

唐文德中，京官张，忘其名，寓苏台。子弟少年，时往文人陆评事院往来，为一美人所悦。来往多时，心疑之，寻病瘠。遇开元观道士吴守元，云："有不祥之气。"授一以符，果一盟器婢子，背书红英字，在空舍柱穴中。因焚之，其妖乃绝。闻于刘山甫。（出《北梦琐言》）

僧十朋

刘建封寇豫章，僧十朋与其徒奔分宁，宿澄心僧院。初夜，见窗外有光。视之，见团火，高广数尺。中有金车子，与火俱行，呕轧有声，十朋始惧。其主人云："见之数年矣。每夜，必出于僧堂西北隅地中，绕堂数周，复没于此。以其不为祸福，故无掘视之者。"（出《稽神录》）

宜春人

天祐初，有人游宜春，止空宅中。兵革之后，井邑芜没。堂西至梁上，有小窗，窗外隙荒数十亩。日暮，窗外有一物，正方，自下而上。顷之，全蔽其窗。其人引弓射之，应弦而落。时已夕，不能即视。明旦寻之，西百余步，有方杉板，带一矢，即昨所射也。（出有人说道："宋三郎来了！"他停下脚步来听，突然石门被打开了。他看见里面有好几位妇人。妇人们接连下拜，都笑着说："请三郎进来吧！"此时，宋洵想要离开这里，却被妇人们抓住了。宋洵进去之后，石门就关上了。仆人们急忙禀告宋波，宋波将石头凿穿寻找宋洵，最终都没能找到。(出《闻奇录》)

张氏子

在唐朝文德年间，有一位京官姓张，不记得他的名字了，居住在苏台。他时常与一些少年子弟，来往于文人陆平事的院子，一个美人就因此喜欢上了他。来往了很长一段时间，他心里就很疑惑，不久就生病了，人也变得消瘦。这时，他遇见了开元观的道士吴守元，吴守元说他有不祥之气。他就给了张氏一张符，符上画有一件盟器和一位婢女，背面写了一个红色的"英"字。在空屋子柱子下的洞穴中烧了符，那妖就消灭了。这是从刘山甫那里听来的。(出《北梦琐言》)

僧十朋

在刘建封侵犯豫章的时候，僧人十朋和他的弟子们跑到了分宁这个地方，住在澄心僧院里。刚入夜，他们看到窗外有光亮。仔细一看，看见一团高和宽都有好几尺的火。火中有辆金制的车子，和火同行，发出"呕呕呀呀"的响声。一开始，十朋非常恐惧，僧院的主人说："几年来，我们都能看到这种现象。每到夜里，它一定会出现在僧堂西北的墙边上，围着僧堂走几圈，又在那地方消失。"因为它没做过祸事，由此也没有想要挖开地看的人。(出《稽神录》)

宜春人

在天祐初年，有一个人在宜春游玩，住在一处空宅院里。因战乱之后，这个城乡变得荒凉破落。从厅堂的西墙到房梁上，有一个小窗。窗外是几十亩荒地。傍晚时分，窗外有一个正方形的东西，从下边往上来。不一会儿，窗户就全被挡上了。这人就拉弓射它，随着弓

《稽神录》）

朱从本

李遇为宣州节度使，军政委大将朱从本。本家厩中畜猴，圉人夜起秣马，见一物如驴，黑而毛，手足皆如人。据地而食此猴，见人乃去，猴已食其半。明年，遇族诛。宣城故老云，郡中常有此怪，每军城有变，此物辄出，出则满城皆臭。田頵将败，出于街中，巡夜者见之，不敢逼。旬月祸及。（出《稽神录》）

周本

信州刺史周本入觐扬都，舍于邸第。遇私讳日，独宿外斋，张灯而寐。未熟，闻室中有声划然。视之，见火炉冉冉而上，直傅于屋，良久乃下，飞灰勃然。明日，满室浮埃覆物，亦无他怪。（出《稽神录》）

王宗信

唐末，蜀人攻岐还，至于白石镇，裨将王宗信止普安禅院僧房。时严冬，房中有大禅炉，炽炭甚盛。信拥妓女十余人，各据僧床寝息。信忽见一姬飞入炉中，宛转于炽炭之上。宗信忙遽救之。及离火，衣服并不燋灼。又一姬飞入如前，又救之。顷之，诸妓或出或入，各迷闷失音。有亲吏隔驿墙，告都招讨使王宗俦。

弦声它也落了下去。那时已经是夜里了，不能立刻出去看。第二天早上去找，朝西走了一百多步，发现一块方形的杉木板，上面带着一支箭，这便是他昨晚射中的东西。（出《稽神录》）

朱从本

李遇担任宣州节度使时，军政大事都委派大将朱从本去做。朱从本家的马厩里养着一只猴子。养马的人夜里起来喂马，看见了一个像驴的东西，黑色的身体上面还长了毛，手和脚都很像人。那东西在那里吃朱从本家养的猴子，看见有人过来就走了。那时猴子已经被吃掉一半了。第二年，他家遭遇了被灭家族的灾难。宣城的老人们说："郡里经常出现这样的怪物，每次军变城陷的时候，这东西就会出现。它一出现全城都是臭的。田頵快要败落的时候，它就出现在街道上。巡夜的人看见了，却不敢靠近它。过了十来天灾祸就来了。"（出《稽神录》）

周本

信州刺史周本到扬都去参拜皇帝时，住在官署里。刚好碰上是家讳的日子，他就单独住在外面的屋子里，点着灯睡觉。还没有进入熟睡，就听到屋里有划过的声音。他起来一看，看到火炉在缓缓地上升，直到附着到屋顶上，过了许久才降下来，灰尘纷纷飞扬起来。第二天，屋子里的东西都被覆盖着，也没有发生什么奇怪的事。（出《稽神录》）

王宗信

唐朝末年的时候，蜀人在进攻岐山后返回，走到了白石镇，裨将王宗信就住在普安禅院的僧房里。那时正值严冬，僧房里有一个大禅炉，炉中的炭火烧得很旺。王宗信有十几个妓女，她们各自占好床位睡觉。忽然王宗信看见其中一位女子飞入炉子里，在烧得旺旺的炭火上扭曲翻转。王宗信连忙过去救她。等到将女子救出火炉时宗俦至，则徐入，一一提臂而出。视之，衣裾纤毫不毁，但惊悸不寐。讯之，云被胡僧提入火中，所见皆同。宗信大怒，悉索诸僧立于前，令妓识之。有周和尚者，身长貌胡。皆曰："是此也。"宗信遂鞭之数百，云有幻术。此僧乃一村夫，新落发，一无所解。又缚手足，欲取炽炭爇之。宗俦知其屈，遂解之使逸。讫不知何妖怪。（出《王氏见闻》）

薛老峰

福州城中有乌石山，山有峰，大凿三字，曰"薛老峰"。癸卯岁，一夕风雨，闻山上如数千人喧噪之声。及旦，则薛老峰倒立，峰字反向上。城中石碑，皆自转侧。其年闽亡。（出《稽神录》）

欧阳璨

三传欧阳璨，住徐州南五十里。有故到城，薄晚方回。不一二里，已昏暝矣。是夕阴晦，约行三十里，则夏雨大澍，雷电震发。路之半，有山林夹道，密林邃谷，而多鸷兽。生怖惧不已。既达山路，雨势弥盛。俄见巨物出于面前，裁十余步。长丈余，色正白，亦不辨首足之状，但导前而行。生恐悸尤极，口常讽大悲神咒，欲朗讽之。口已噤矣，遂心存念之，三数遍则能言矣。诵之不辍，俄失其妖。去家渐近，雨亦稍止。自尔，昏暝则不敢出庭户之间矣。（出一看，她的衣服并没有烧焦。又一位女子也像前一位女子一样飞了进去，他又把她救出来。不一会儿，所有的妓女有的飞进去，有的被救出来，一个个都迷迷糊糊憋闷而失声呻吟。有一位贴身的小吏隔着驿墙报告给都招讨使王宗俦。王宗俦到了，就缓缓地进屋，把妓女们一个个地提着胳膊拉了出来。一看，她们的衣服裙子丝毫没有损坏，但是都被惊吓得不能睡觉。询问妓女们时，她们说，是被一个胡僧提进火里的。她们看到的都是一样。王宗信非常生气，找来所有的僧人站在眼前，叫妓女们来辨认。有一个姓周的僧人，身高样貌都很像胡人。他们都说那胡僧就是他。于是王宗信就把他打了几百鞭子，说他有幻术。其实这个僧人是一个村民，最近才落发当了和尚，他什么都不懂。王宗信又捆住了他的手脚，想要拿炭火烧他。王宗俦明白他的冤屈，就解开他让他逃走了。最终也不知道是什么妖怪。（出《王氏见闻》）

薛老峰

福州城里有一座乌石山，山上有一座山峰，山峰上刻了三个大字“薛老峰”。在癸卯年的一个晚上刮风下雨，人们听到山上好像有几千人在吵闹喧哗的声音。等到天亮时，一看，薛老峰居然倒过来了，山峰上的字也倒过来朝上。城里的石碑，全都自己调转了方向。这一年闽国覆灭了。（出《稽神录》）

欧阳璨

通晓古事能写会唱的欧阳璨，住在徐州以南五十里的地方。一天，他有事要到城里去，到了傍晚才返回。走了不出一二里，天就已经昏暗了。这天晚上是阴天。大概走了三十里，就下起了滂沱的夏雨，雷电大作。走到半路，就有山林夹杂着道路，树林茂密山谷深幽，有很多的鸷禽猛兽。欧阳璨的心里感到非常恐惧。欧阳璨走上山路之后，雨势变得更大了。突然看见一个巨大的东西出现在他面前，仅离他十几步远。那东西高有一丈多，是纯正的白色，也辨认不出手和脚

《玉堂闲话》）

的样子，它只是在前面引领着他走。他更加恐惧，嘴里时常念着大悲神咒，他想要大声念出口，可是嘴里已经念不出了，所以只好在心里默念，念了三五遍之后就能说话了。他就不停地大声念。不一会儿那妖物就消失了。离家越来越近，雨也慢慢停了。从此以后，他一到天黑就不敢出门了。（出《玉堂闲话》）

卷第三百六十七　妖怪九人妖附

妖怪

东柯院

陇城县有东柯僧院，甚有幽致。高槛可以眺远，虚窗可以来风。游人如市。忽一日，有妖异起。空中掷下瓦砾，扇扬灰尘，人莫敢正立。居僧晚夕不安，衣装道具，有时失之复得。有道士者闻之曰："妖精安敢如是？余能去之。"院僧甚喜，促召至。道士入门，于殿上禹步，诵天蓬咒，其声甚厉。良久，失其冠。人见其空中掷过垣墙矣。复取之，结缨而冠，诵咒不已。逡巡，衣褫带解，裤并失。随身有小襆，贮符书法要，顷时又失之。道士遂狼狈而窜。累日后，邻村有人，于藩篱之下掘土，获其襆。县令杜延范，正直之人也。自往观之，曰："安有此事？"至则箕踞而坐。妖于空中，抛小书帖，纷纷然不知其数，多成绝句，凌谑杜令。记其一二曰："虽共蒿兰伍，南朝有宗祖。莫打绿袍人，空中且歌舞。"又曰："堪怜木边土，非儿不似女。瘦马上高山，登临何自苦。"延范觉之，亦遽还。其不记者，绝句甚多。又有巡官王昭纬，恃其血气方刚，往而诟詈，至则为大石中腰而回。（出《玉堂闲话》）

妖怪

东柯院

陇城县有一个东柯僧院，里面的景观十分幽雅别致。倚着高高的栏杆就能远眺，打开窗户就能迎来微风。院里的游人多得像集市上的一样。突然有一天，有妖怪出现。从空中扔下瓦片和石头，扇动起纷纷扬扬的灰尘，人们都不敢正面站立。住在院里的僧人早晚无法安宁，他们的衣服用品时而失去又再次获得。有一位道士听说了这件事之后就说："妖精怎敢如此？我能除掉它！"院里的僧人十分高兴，很快就找来了他。道士进了门之后，在大殿上走禹步，并朗诵天蓬咒，他的声音非常高亢。过了很久，他的冠帽消失了。有人见到他的帽子在空中被扔过墙壁，到外面去了。他又把帽子捡回来，系好缨带戴在头上，接着不停地念咒。很快，道士的衣带被解开了，衣服被脱下了，连裤子也一块消失了。他随身携带着一个小包袱，里面保存的是符书之类的重要物品，片刻间也不见了。道士就只能狼狈地溜走了。过了几天，隔壁村子里有一个人在篱笆下挖土，就挖到了道士的小包袱。县令叫杜延范，是一个刚正的人。他亲自到僧院去看，说："怎么会有这种事！"到了僧院之后他就傲慢地坐在那里。妖怪在空中往下扔小书帖，乱纷纷地不知道有多少。书帖上大多写的是绝句，

王守贞

徐州有寄褐道士王守贞，蓄妻子而不居宫观，行极凡鄙。常游太满宫，窃携道流所佩之箓而归，置于卧榻蓐席之下，覆以妇人之衣，亵黩尤甚。怪异数见：灯檠自行，猫儿语："莫如此，莫如此。"不旬日，夫妻皆卒。（出《玉堂闲话》）

彭 颙

宣州盐铁院官彭颙，常病数月，恍忽不乐。每出外厅，辄见俳优乐工数十人，皆长数寸。合奏，百戏并作，朱紫炫目。颙视之，或时欣笑，或愤懑，然无如之何。他人不见也。颙后病愈，亦无复见。后十余年，乃卒。（出《稽神录》）

吕师造

吕师造为池州刺史，颇聚敛。常嫁女于扬都，资送甚厚。使家人送之，晚泊竹篠江岸上。忽有一道士，状若狂人，来去奔走。忽跃入舟，直穿舟中过。随其所经，火即大发。复登后船，火亦随之。凡所载之物，皆为煨烬，一老婢发亦尽。余人与船，了无所损。火灭，道士亦不复见。（出《稽神录》）

来凌辱取笑杜县令。还记得其中一二首，一首是："虽共蒿兰伍，南朝有宗祖。莫打绿袍人，空中且歌舞。"另一首是："堪怜木边土，非儿不似女。瘦马上高山，登临何自苦。"杜延范察觉到了，也赶忙回去了。还有很多没记住的其他的绝句。还有一个巡官叫王昭纬，他仗着自己血气方刚，来到东柯院就破口大骂，到了僧院就被大石头打中了腰而灰溜溜地回去了。（出《玉堂闲话》）

王守贞

徐州有一个人叫王守贞，他是一个不出家的道士，他有妻子有孩子，也不住在道观里。他的行为尤其卑劣。他曾经到太满宫游历，把道士们佩带的符箓偷偷地拿了回来，放在床上的褥子底下，在上面盖上他妻子的衣服。他的行为对道法亵黩得十分严重。他家里就屡次出现怪事：灯架会自己走路，猫儿会说话，它说："不要这样！不要这样！"十天不到，他们夫妻二人都死了。（出《玉堂闲话》）

彭颙

宣州盐铁院的长官名叫彭颙，他曾经生过几个月的病，精神恍惚，闷闷不乐。每次他走出外厅，就会看见几十个歌伎乐工，他们都有几寸高。各种乐器一起演奏，各种戏曲一起表演，五光十色光彩夺目。彭颙看见后，时而欣然微笑，时而气愤，然而却没有办法。其他人看不见这些。后来，彭颙的病痊愈了，就再也没有看见。此后过了十几年，他才死了。（出《稽神录》）

吕师造

吕师造担任池州的刺史，很会搜刮百姓财物。他曾经把女儿嫁到扬州去，陪嫁的东西特别多。他让家人们送这些东西到扬州，他们晚上就停泊在江边上。突然来了一个道士，样子像个狂人，在来回地奔跑。忽然他跳到船上，直接从船中间穿过。随着他所经过的地方，火就立刻烧了起来。他又登上后面一艘船，火也跟着烧了过去。

崔彦章

饶州史崔彦章，送客于城东。方宴，忽有小车，其色如金，高尺余，巡席而行，若有求觅。至彦章前，遂止不行。彦章因即绝倒，舆归州而卒。（出《稽神录》）

润州气

戊子岁，润州有气如虹，五彩夺目。有首如驴，长数十丈，环厅事而行，三周而灭。占者曰："厅中将有哭声，然非州府之咎也。"顷之，其国太后殂，发哀于此堂。（出《稽神录》）

黄 极

甲午岁，江西馆驿巡官黄极，子妇生子男，一首两身相背，四手四足。建昌民家生牛，每一足，更附出一足。投之江中，翌日浮于水上。南昌新义里地陷，长数十步，广者数丈，狭者七八尺。其年，节度使徐知询卒。（出《稽神录》）

熊 勋

军吏熊勋，家于建康长乐漫之东。常日晚出，屋上有二物，大如卵，赤而有光，往来相驰逐。家人骇惧。有亲客壮勇，登屋捕之。得其一，乃辟缯彩包一鸡卵壳也。剉而焚之，臭闻数里。其一凡是船上装着的东西，全都烧成了灰烬。有一位老婢女的头发也掉光了，其余的人和船，都没有损坏。火灭了之后，道士也不见了。（出《稽神录》）

崔彦章

饶州的刺史名叫崔彦章，把客人送到城东。宴席才刚开始，忽然有一辆小车，颜色是金色的，有一尺多高，围着宴席走，似乎在寻找什么东西。小车走到崔彦章面前就停下不再往前。崔彦章立刻就晕倒了，用车运回去时就死了。（出《稽神录》）

润州气

戊子年的时候，润州出现了一股好像彩虹的气体，光彩夺目。气体的前头像一头驴，这股气体有几十丈长。围着厅堂走，绕了三圈之后就消失了。占卜的人说："这厅堂将会出现哭声，然而这并不是州府的灾祸。"不一会儿，他们的皇太后就死了，在这座厅堂里发丧。（出《稽神录》）

黄极

甲午那一年，江西驿馆的巡官名叫黄极，他的儿媳妇生了一个男孩，有一个脑袋，两个身体相互背对着，四只手四只脚。建昌有一户百姓家的牛生了一头小牛，每条腿上又附加了一条腿。把它扔到了江里，第二天就漂到水面上。南昌新义里的地塌陷了，几十步长，宽的地方有几丈宽，窄的地方七八尺窄。这一年，时任节度使的徐知询死了。（出《稽神录》）

熊勋

军吏熊勋，他家位于建康长乐漫的东边。曾经有一次在天色已晚的时候出来，看见屋顶上有两个东西，好像鸡蛋大小，颜色是红色，还在发光，一来一往相互追逐。家人们都非常恐惧。有一位亲

走去，不复来矣，家亦无恙。（原缺出处，明抄本作出《稽神录》）

王建封

江南军使王建封，骄恣奢僭，筑大第于淮之南。暇日临街，坐窗下，见一老妪，携少女过于前。衣服褴褛，而姿色绝世。建封呼问之，云：“孤贫无依，乞食至此。”建封曰：“吾纳尔女，而给养尔终身，可乎？”妪欣然。建封即召入，命取新衣二袭以衣之。妪及女始脱故衣，皆为凝血，聚于地。旬月，建封被诛。（出《稽神录》）

广陵士人

广陵有士人，常张灯独寝。一夕，中夜而寤，忽有双髻青衣女子，资质甚丽，熟寐于其足。某知其妖物也，惧不敢近，复寝如故。向晓乃失，门户犹故扃闭。自是夜夜恒至。有术士，为书符，施髻中。其夜，佯寝以伺之。果见自门而入，径诣髻中，解取符。灯下视之，微笑。讫，复入置髻中，升床而寝。甚惧。后闻玉笥山有道士，符禁神妙，乃往访之。既登舟，遂不至。途次豫章，暑夜，乘月行舟。时甚热，乃尽开船窗而寝。中夜，忽复见，寐于床后。某即潜起，急捉其手足，投之江中，纨然有声。因尔遂绝。（出《稽神录》）

近的客人强壮勇敢，就爬上屋顶去抓捕那两个东西。抓住一个，发现原来是用丝绸包着的一个鸡蛋壳。把它打碎之后用火烧，臭味传出了好几里。另外一个跑了的，也没有再来了。他家也安全无事。（原缺出处，明抄本作出《稽神录》）

王建封

江南军使叫王建封，蛮横放纵，奢华无度。他在淮水的南面建造了一处大宅院。有一天闲来无事，王建封坐在靠近街市的窗子下。他看见一位老太太带着一位年轻女孩从眼前走过。虽然那女孩衣服破破烂烂，却有着绝世的姿色。王建封喊她们过来，问她们话，她们说："我们孤寡贫困没有依靠，乞讨到了这里。"王建封说："我纳你的女儿为妾，供养你一辈子，怎么样？"老太太很高兴。王建封就让她们进来，叫人拿来两套新衣服给她们穿上。老太太和少女刚脱下旧衣服，二人就变成了凝血，在地上聚集。过了一个月，王建封就被诛杀了。（出《稽神录》）

广陵士人

广陵有一位读书人，经常点着灯单独一人睡觉。有一天晚上，他半夜就醒了。忽然看见有一位梳着双髻的青衣女子，她的姿色非常美丽，此时正在他的脚下熟睡。他知道她是个妖怪，害怕得不敢靠近她，又像之前一样睡去。天快亮的时候女子才消失，门窗还像原来一样关闭着。从这以后，女子每个夜里都会来。有一位术士就给他写了一道符，让他放到女子的发髻中。那天夜里，他假装睡着等候她。果真看见她从门口进来，她径直从发髻中拿出那道符来。在灯下一边看，一边微笑。看完之后，再次放回发髻中，就上床睡觉了。他十分害怕。之后他听说在玉笥山上有一位道士，符咒禁语十分神奇精妙，就前往玉笥山求访道士。他登上船之后，那女子就没来了。中途船停在了豫章，夜里很热，他们乘着月色开着船。那时因为天气很热，就把船窗全都打开睡觉。睡到半夜，那女子再次出现了。她睡在

张 镛

兖州录事参军张镛者，少年时，尝居淄州。第中忽多鬼怪，唯不睹其形质。家僮辈捧执食馔，皆为鬼所搏，复置空器。或以器皿掷于空中，久之方堕。或合自行于地，更相击触。又飞火块著人身，烧而不痛。若有诟詈之者，即砖石瓦砾，应声而至。常有一儒生，不信其事，仗剑入宿于舍，其剑为瓦石所击，锋刃缺折。又有称禁咒者，将入其门，倏见瓦石交下，不能复前。宾客来者，或被搏其巾帻，掷致他所，至有露顶而逸者。如是累旬方已，其家竟亦无他。（出《玉堂闲话》）

宗梦徵

晋蔡州巡官宗梦徵，善医，居东京。开运二年秋，解玉巷东有病者，夜深来召，乘马而至。将及四更，去解玉巷口民家门前，有一物，立而动，其形颇伟，若黑雾亭亭然。仆者前行，愕立毛竖，马亦鼻鸣耳耸不进。宗则强定心神，策马而去。比其患者之家，则不能诊脉，尤觉恍惚矣。既归伏枕，凡六七日方愈。（出《玉堂闲话》）

床上后，他就偷偷地起来，急忙抓住她的手脚，把她扔到江里去，便发出了打鼓一样的声音。从此这妖物就绝迹了。（出《稽神录》）

张 镛

兖州录事参军是张镛，在他年轻的时候，曾经居住在淄州。他的宅院中突然出现了很多鬼怪，只是不能看到它们的模样。家童们捧端的饭菜，都会被鬼抢去，再把空的食器放回来。有时把器具丢到空中，过了很久才掉下来。有时全都自己在地上行走，还互相接触撞击。有时还把火块丢到人的身上，在燃烧时却感觉不到痛。如若有辱骂鬼怪的人，立刻就会有砖瓦石块随声而来。曾经有一位儒生，他不相信会有这种事，就拿着剑住进院子里。他的剑被鬼怪们拿着瓦片石头打得锋刃断缺。又有一个自称会符咒的人，在即将进大门时，忽然看见瓦石交会落下，不可以再向前走。来到这里的宾客，有的会被夺走头巾，丢到其他的地方去，以至于还有光着脑袋逃跑的人。像这样接连折腾了十天才停下，后来他的宅院也没再发生别的怪事。（出《玉堂闲话》）

宗梦徵

晋朝蔡州巡官名叫宗梦徵，擅长医术，居住在东京。在开运二年秋天，解玉巷东边有一个患有疾病的人，他的家人深更半夜来找他看病，他是骑着马来的。在将近四更的时候，解玉巷口百姓家的门口，宗梦徵发现一个东西，站立着并且会动，身形很大，像高高立起的黑雾。宗梦徵的仆人走在前面，吓得马上停下了脚步，毛发惊悚地立了起来。马的鼻子也翕张，竖起耳朵，不敢向前进。宗梦徵镇定了一下心神，骑着马走过去。等他到了病患的家，已经被吓得不能诊脉，精神变得特别恍惚。宗梦徵回到家之后，突然病倒，过了六七天才痊愈。（出《玉堂闲话》）

黄仁濬

舒州司士参军黄仁濬，自言壬子岁，罢陇州汧阳主簿，至凤翔城。有文殊寺，寺中土偶数十躯，忽自然摇动，状如醉人，食顷不止。观者如堵，官司禁止之。至今未知其应。（出《稽神录》）

孙德遵

舒州都虞候孙德遵，其家寝堂中铁灯擎，忽自摇动，如人撼之。至明日，有一婢偶至灯擎所，忽尔仆地，遂卒。（出《稽神录》）

人妖

东郡民

汉建安中，东郡民家有怪。无故瓮器自发，訇訇作声，若有人击；盘案在前，忽然便失；鸡生辄失子。如是数岁，人共恶之。乃多作美食，覆盖著一室中，阴藏户间伺之。果复来发。闻声，便闭户周旋。室中了无所见，乃暗以杖挝之。至久，于室隅闻有呻呼之声，乃开户视之。得一老翁，可百余岁，言语状貌，颇类于兽。遂周问，及于数里外得其家。云："失来十余年，得之哀喜。"后岁余，复失之。闻陈留界复有怪如此，时犹以为此翁。（出《搜神记》）

黄仁濬

舒州司士参军名叫黄仁濬，他自己说，在壬子年，他会罢免陇州汧阳主簿的官职。到了凤翔城，城里有一座文殊寺，寺庙中有几十个泥像。这些泥像突然就自己摇动起来，它们的样子就像喝醉酒的人，一顿饭的时间都没停下来。来观看的人人山人海，官府禁止人们围观。到现在都不知有什么应验。（出《稽神录》）

孙德遵

舒州都虞侯名叫孙德遵。有一天，他家卧房里的铁灯架，突然就自己摇动起来，好像有人在摇动它。到了第二天，有一个婢女偶然来到灯架所在之处，突然就倒在地上死了。（出《稽神录》）

人妖

东郡民

在汉朝建安年间，东郡有一户百姓家里发生了奇怪的事。瓮和罐等器具平白无故地自己就打开了，还发出了巨大的声响，就像有人敲击它们似的。盘子和案子本来在眼前，突然就消失了。鸡生下的蛋总是消失不见。像这样有好几年了，人们都非常厌恶这件事。于是就多做些好吃的食物，把它们盖住放在一间屋子里，暗中藏在门后等待着。果真又来打开了。人们一听到声音，就把门窗关了与它周旋。屋子里看不见丝毫的东西，就暗中用木棒打它。打了许久，在屋子的一角听到了呻吟的声音，才打开门来一看究竟。看到一个老头，年纪能有一百多岁，但是说话和样貌，特别像野兽。于是就四处询问，在几里外的地方找到了他的家。他的家里人说，他走丢了十几年了，能找到他真是又悲又喜。一年多之后，他再次走丢了。听闻陈留一带也有像这样的怪物，那时人们还以为就是这个老头。（出《搜神记》）

胡 顼

夏县尉胡顼，词人也。尝至金城县界，止于人家。人为具食，顼未食，私出。及还，见一老母，长二尺，垂白寡发，据案而食，饼果且尽。其家新妇出，见而怒之，搏其耳，曳入户。顼就而窥之，纳母于槛中，窥望两目如丹。顼问其故，妇人曰："此名为魅，乃七代祖姑也。寿三百余年而不死，其形转小。不须衣裳，不惧寒暑。锲之槛，终岁如常。忽得出槛，偷窃饭食得数斗。故号为魅。"顼异之，所在言焉。（出《记闻》）

乌程县人

吴孙休时，乌程有人，因重疾愈而能响言，音闻十数里外。所闻之处，即若座间。其邻家，有子居外，久不归省。其父假之，使为责词。子闻之，以为鬼神，颠沛而归，亦不知所以然也。（出《广古今五行记》）

李宣妻

晋安帝义熙中，魏兴李宣妻樊氏，有娠，过期不孕。而额上有疮，儿穿之而出。（出《广古今五行记》）

赵宣母

长山赵宣母，妊身，臂上生疮，儿从疮中出。（出《广古今五

胡 顼

夏县县尉名叫胡顼，他是一个词人。曾经有一次他到金城县去，在一户人家里住。人家为他准备了食物，但他没有吃，自己偷偷地跑了出去。在回来的时候，胡顼见到一位身高有二尺的老女人，头上垂着稀少的白发，一个人霸占着桌子正在吃东西，饼果快要被她吃完了。那家的新媳妇出来，看见她的时候非常生气，上去揪着她的耳朵把她拖进屋里。胡顼就走过去偷看，看见新媳妇把老女人装进了笼子里，老女人的那两只红得像丹砂的眼睛还在向外窥望。胡顼问新媳妇这是什么原因，新媳妇说："这个人的名字是'魅'，是上七辈祖奶奶。已经活了三百多岁还没死。她的身体变小了。不用穿衣服，不害怕冷和热。把她锁在笼子里，四季都是如此。要是偶然从笼子里跑出来了，她能偷吃好几斗饭。所以才叫作'魅'。"胡顼对此感到很奇怪，奇怪的原因就在这妇人说的话里。（出《记闻》）

乌程县人

三国东吴孙休在位时期，乌程有一个人，因为一次很严重的病痊愈之后，就能喊出很大的声音，这个声音可以传出十几里之外的地方。在能听到他说话的地方，感觉就像他在座间里。他的邻居有个儿子住在外地，很久都没有回来探望家人。邻居就假借他来，让他说些责怪儿子的话。邻居的儿子听到了，以为是鬼神，就风尘仆仆地赶回来了。也不知他到底为什么能这样。（出《广古今五行记》）

李宣妻

晋安帝义熙年间，有个魏兴人叫李宣，他的妻子姓樊，她怀孕了，但是过了孕期都没生下来。而她的额头上有疮，婴儿就是从这疮口中生出来的。（出《广古今五行记》）

赵宣母

长山赵宣的母亲，她怀孕了，她的手臂上长了疮，婴儿是从这疮

行记》)

马氏妇

后蜀李势末年，马氏妇妊身，儿从肋下出，母子无恙。其年，势为桓温所灭。(出《广古今五行记》)

杨欢妻

宋孝武时，荆州人杨欢妻，于股中生女。及孝武崩，子业立。狂勃，被废见害。所生女，至齐犹存。(出《广古今五行记》)

寿安男子

寿安男子，不知姓名。肘拍板，鼻吹笛，口唱歌。能半面笑，半面啼。一乌犬解人语，应口所作，与人无殊。(出《朝野佥载》)

崔广宗

清河崔广宗者，开元中为蓟县令。犯法，张守珪致之极刑。广宗被枭首，而形体不死，家人舁归。每饥，即画地作“饥”字，家人遂屑食于颈孔中，饱即书“止”字。家人等有过犯，书令决之。如是三四岁，世情不替，更生一男。于一日书地云：“后日当死，宜备凶具。”如其言也。(出《广古今五行记》)

里生出来的。(出《广古今五行记》)

马氏妇

后蜀李势末年，有一个妇女姓马，怀孕了，孩子是从她的胸侧生出来的，母亲和孩子都平安无恙。就在那一年，桓温把李势给消灭了。(出《广古今五行记》)

杨欢妻

南朝宋孝武帝在位时期，有个荆州人叫杨欢，他的妻子从大腿上生了个女儿。等到孝武帝死后，刘子业被立为皇帝。因为刘子业非常残暴，所以被废除，接着被害死了。而杨欢的妻子生下来的女儿到了齐朝都还活着。(出《广古今五行记》)

寿安男子

寿安有一位男子，不知道他的姓名。他的肘会拍板，鼻子可以吹笛，嘴巴会唱歌。还可以半张脸笑，半张脸哭。有一只黑狗能听得懂人话，它答应别人后做的事情，和人没有不同。(出《朝野佥载》)

崔广宗

有个清河人名叫崔广宗，他在开元年间做了蓟县县令。因为他犯了法，所以张守珪判他死刑。虽然崔广宗被砍下了头，但是他的身体不死。他被家人们抬了回去。每到他饿了的时候，他就在地上写一个“饥”字，家人就把碎食从他的脖孔中填进去，饱了就写一个“止”字。家人们有犯了错的，他就会写字决定该如何处置。就这样过了三四年，这种情况都没有发生变化。崔广宗的妻子还生下一个男孩。有一天他在地上写道：“孩子后天就会死，应该预备好凶具。”后来，事情果真像他说的那样。(出《广古今五行记》)

许州僧

许州有一老僧，自四十岁已后，每寝熟，即喉声如鼓簧，若成韵节。许州伶人伺其寝，即谱其声，按之丝竹，皆合古奏。僧觉，亦不自知。二十余年如此。（出《酉阳杂俎》）

田 瞫

秀才田瞫云，大和六年秋，凉州西县百姓妻，产一子。四手四足，一身分两面，顶上发一穗，长至足。时朝伯峻为县令。（出《酉阳杂俎》）

元 镐

故京兆少尹元镐，任虢县令日，怒一狱子王行约者。命曳之，去巾，既无毛发，而有两角，长三四寸。镐曰："真牛头也。"遂舍之。（出《闻奇录》）

无足妇人

晋少主之代，有妇人，仪状端严，衣服铅粉，不下美人。而无腿足，繇带以下，如截而齐，余皆具备。其父载之于独车，自邺南游浚都，乞丐于市，日聚千人。至于深坊曲巷，华屋朱门，无所不至。时人嗟异，皆掷而施之。后京城获北戎间谍，官司案之，乃此妇为奸人之领袖，所听察甚多，遂戮之。（出《玉堂闲话》）

许州僧

许州有一位年纪大的僧人，从他四十岁之后，每到熟睡的时候，喉咙里发出的声音就像在演奏音乐，好像有节奏。许州从事演唱的人等他睡着了，就用谱记录他的声音，用乐器来演奏，都合乎古乐。老僧醒后自己也不知道怎么回事。二十多年都是这样。（出《酉阳杂俎》）

田瞫

秀才田瞫说，在大和第六年的秋天，凉州西县有一位百姓的妻子，生了一个儿子。他有四只手四只脚，一个身子却有两张脸，头顶上的头发长成一穗，头发一直长到了脚。那时的县令是朝伯峻。（出《酉阳杂俎》）

元镐

之前的京兆少尹叫元镐，他在担任虢县县令的时候，对一个叫作王行约的狱卒很生气。叫人上前拖他，摘掉了他的头巾，他的头上没有头发，却长了两只角，角有三四寸长。元镐说："果真是牛头。"于是便放了他。（出《闻奇录》）

无足妇人

晋少主在位的时候，有一位妇人，她的仪容外表十分端庄，身上穿着华丽的衣服，并不比美人差。她却没有腿和脚，从腰带以下，就像被截去一样平整，其他的部位她都具备。她的父亲专门用一辆车拉着她，一直从邺南到浚都，在集市上乞讨，每天都会聚集上千人。街道深处小巷子和豪门大院，没有她不去的地方。那时的人们感慨她的奇怪，都会投以钱物施舍她。之后在京城抓到了一个北戎的间谍，官府查案发现，原来这妇人就是奸人的首领。她收集到了很多情报，于是就把她杀了。（出《玉堂闲话》）

娄逞

南齐东阳女子娄逞，变服诈为丈夫。粗会棋博，解文义。游公卿门，仕至扬州从事而事泄。明帝令东还，始作妇人服。叹曰："有如此伎，还为老妪，岂不惜哉！"史臣曰："此人妖也。阴为阳，事不可。"后崔惠景举事不成应之。（出《南史》）

孟妪

彭城刘颇，常谓子婿进士王胜话。三原县南董店，店东壁，贞元末，有孟妪，年一百余而卒。店人悉曰张大夫店。颇自渭北人城，止于媪店。见有一媪，年只可六十已来，衣黄绸大裘，乌帻，跨门而坐焉。左卫李胄曹，名士广。其妪问广何官，广具答之。其媪曰："此四卫耳，大好官。"广即问媪曰："何以言之？"媪曰:"吾年二十六，嫁于张詧为妻。詧为人多力，善骑射。郭汾阳之总朔方，此皆部制之郡，灵夏邠泾岐蒲是焉。吾夫张詧，为汾阳所任，请重衣赐，常在汾阳左右。詧之貌，酷相类吾。督卒，汾阳伤之。吾遂伪衣丈夫衣冠，投名为詧弟，请事汾阳。汾阳大喜，令替阙。如此又寡居一十五年。自汾阳之薨，吾已年七十二。军中累奏，兼御史大夫。忽思茕独，遂嫁此店潘老为妇。迩来复诞二子，曰滔，曰渠。滔五十有四，渠年五十有二。"是二儿也，颇每心记之。与子婿王胜，话人间之异者。（出《乾𦠆子》）

娄逞

南齐东阳有一位女子名叫娄逞，她能变换衣服假扮男子。大致懂得一些棋艺博戏，理解文义，在公卿门第里交游。当她做到扬州从事的官职时，事情就泄露了。齐明帝叫她回到东边，她才穿上女人的衣服。她感叹道："我有做官的本事，却要回家当个老妇人，难道不觉得可惜吗？"史臣说："这是个人妖。由阴变成阳。这样的事情是不可以的。"后来崔惠景发动政变没有成功就应验了这件事。（出《南史》）

孟妪

彭城有一个人叫刘颇，他曾经对他的女婿，进士王胜说过，贞元末年，在三原县南董店店铺东边的旁边，有一位姓孟的老妇人，活到了一百多岁才去世，人们都把这个店叫作张大夫店。刘颇从渭北进了城里，住在了老妇人的店里。看见有一位老妇人，年纪大概六十来岁。她身上穿着黄色的绸缎大皮袄，戴着黑色的头巾，跨过门坐了下来。左卫李胄曹，名字叫士广。那老妇人问李士广做的是什么官，李士广详细地告诉了她。那老妇人说："这是四卫，是个大好官！"李士广就问老妇人："为什么这么说？"老妇人说："在我二十六岁的时候，嫁给张詧做他的妻子。张詧这个人力气很大，擅长骑马射箭。郭子仪总领朔方，这都是由他的部下来管辖的郡。就是灵、夏、邠、泾、岐、蒲。我的丈夫张詧，就是郭子仪任用的，赐予了他很多的奖赏，经常跟在郭子仪的身边。张詧的样子，和我长得非常像。在张詧死后，郭子仪非常伤心。于是我就穿上了丈夫的衣服，戴上丈夫的冠帽，假扮成张詧的弟弟，请求到郭子仪手下做事。郭子仪十分高兴，让我接替了张詧的空缺。像这样我就又寡居了十五年。在郭子仪死的时候，我已经七十二岁了。军中接连有人奏请，让我兼做御史大夫。我突然感到很孤独，于是就嫁给这个店主潘老汉为妇。过了不久又生下了两个儿子，叫潘滔、潘渠。潘滔五十四岁了。潘渠五十二岁了。"妇人的这两个儿子，刘颇经常在心中想起。他和女婿王胜，讲述着人间的怪事。（出《乾䐀子》）

黄崇嘏

王蜀有伪相周庠者，初在邛南幕中，留司府事。时临邛县送失火人黄崇嘏，才下狱，便贡诗一章曰：“偶离幽隐住临邛，行止坚贞比涧松。何事政清如水镜，绊他野鹤向深笼。”周览诗，遂召见。称乡贡进士，年三十许，祗对详敏，即命释放。后数日，献歌。周极奇之，召于学院与诸生侄相伴。善棋琴，妙书画。翌日，荐摄府司户参军。颇有三语之称，胥吏畏伏，案牍丽明。周既重其英聪，又美其风彩。在任将逾一载，遂欲以女妻之。崇嘏又袖封状谢，仍贡诗一篇曰：“一辞拾翠碧江涯，贫守蓬茅但赋诗。自服蓝衫居掾椽，永抛鸾镜画蛾眉。立身卓尔青松操，挺志铿然白璧姿。幕府若容为坦腹，愿天速变作男儿。”周览诗，惊骇不已，遂召见诘问。乃黄使君之女，幼失覆荫，唯与老奶同居，元未从人。周益仰贞洁，郡内咸皆叹异。旋乞罢，归临邛之旧隐，竟莫知存亡焉。（出《玉溪编事》）

白项鸦

契丹犯阙之初，所在群盗蜂起，戎人患之。陈州有一妇人，为贼帅，号曰白项鸦。年可四十许，形质粗短，发黄体黑。来诣戎王，袭男子姓名，衣巾拜跪，皆为男子状。戎王召见，赐锦袍银带鞍马，署为怀化将军。委之招辑山东诸盗，赐与甚厚。伪燕王赵延寿，召问之。妇人自云：“能左右驰射，被双鞬，日可行二百里。盘矛击剑，皆所善也。其属数千男子，皆役服之。”人问有夫否，云：“前后有夫数十人，少不如意，皆手刃之矣。”闻者无不嗟愤。旬日

黄崇嘏

五代前蜀的伪相名叫周庠。他一开始是在邛南幕府中，留下来管理府里的事情。那时临邛县送来一个失火人，叫黄崇嘏，刚刚下狱，就送上了诗一首，诗中写道："偶离幽隐住临邛，行止坚贞比涧松。何事政清如水镜，绊他野鹤向深笼。"周庠一读完诗，就召见了他。他自称乡贡进士，年纪在三十岁左右，十分恭敬地回答问题，回答得详细又敏捷，周庠就下令放了他。过了几天，他又送来一首歌。周庠觉得他很特别，就把他召进学院，与各位读书的子侄相伴。黄崇嘏擅长下棋和弹琴，妙于书法绘画。第二天，黄崇嘏就被举荐代理府司户参军。有"三语"的称号，小官吏们都敬畏他，他做的案牍文书漂亮清楚。周庠不仅器重他的聪明，而且赞美他的风采。黄崇嘏在担任府司户参军超过一年后，周庠就想把女儿嫁给他，做他的妻子。黄崇嘏又带上一封辞谢信，依旧送上了一首诗，说："一辞拾翠碧江涯，贫守蓬茅但赋诗。自服蓝衫居扳椽，永抛鸾镜画蛾眉。立身卓尔青松操，挺志铿然白璧姿。幕府若容为坦腹，愿天速变作男儿。"周庠看完诗后，非常地惊讶，于是就召她来，诘问她。原来黄崇嘏就是黄使君的女儿，很小就失去了母亲，只是和老祖母共同居住，到现在都没有嫁人。周庠越发仰慕她的贞洁，郡内的人都感叹她的与众不同。过了不久她请求辞官，回到了临邛以前住的地方，竟也不知她是活着还是死了。（出《玉溪编事》）

白项鸦

在契丹刚开始侵犯京城的时候，他们所在的地方盗贼蜂起，戎人非常担忧。陈州有一个妇人，她是盗贼的元帅，外号叫白项鸦。年纪有四十来岁，身形样貌又粗又短，黄色的头发，黑色的身体。她来参拜戎王时，用的是男子的姓名，她所用的服饰和头巾以及拜跪的方式，都是男子的样子。戎王召见她，商赐了锦袍、银带和鞍马给她，让她暂时担任怀化将军。委派她去招安山东的盗贼，赏赐十分丰厚。伪燕王赵延寿把她召来，询问她。妇人自己说，她能骑着马在都下，乘马出入。又有一男子，亦乘马从之，此人妖也。北戎乱中夏，妇人称雄，皆阴盛之应。妇人后为兖州节度使符彦卿戮之。（出《玉堂闲话》）

左右射箭，挎两张弓，一天能走二百里路。举长矛击刀剑，都是她擅长的。她手下有几千个男子，都听她使唤，为她做事。有人问她有没有丈夫，她说，前前后后有过几十个丈夫，只要有一点不称意，都被她亲手杀掉了。听到的人都非常气愤。过了十天在都下，她骑着马进出。又出现一个男子，也骑着马跟着她。这男子是个人妖。在北戎叛乱中夏时，这妇人称王，这都是阴气旺盛的现象。后来，兖州节度使符彦卿把这妇人杀死了。（出《玉堂闲话》）